HE XING AN WEN JI

贺兴安文集

第2卷

目　次

第三辑　王蒙评传

序一 …………………………………………………… 许觉民 3
序二 …………………………………………………… 何西来 6
前言：跨越半个世纪的作家 ……………………………… 10

第一章　在战争和革命风雨里成长 ……………………… 14
　一、幸与不幸的家庭 …………………………………… 14
　　　祖籍河北南皮/父母情况/何其芳取名/家庭文化情况/家庭不和
　二、优异的文化环境 …………………………………… 17
　　　就读北师附小/教语文的华老师/跳级考入平民中学/有空就去图书馆/"处男作"/阅读大量书籍和进步作品
　三、歌颂那"春天的心" ………………………………… 21
　　　校友眼中的王蒙/同学情谊/讲演比赛获奖/散文载学校年刊
　四、少年布尔什维克 …………………………………… 22
　　　不忘日本侵略/眼看国民党日益腐败/结识地下党员/阅读革命书籍，参加"补习班"/少年入党/积极工作，迎接解放

第二章　欢欣与踌躇的岁月 ……………………………… 27
　一、新生活的铺垫者和赞颂者 ………………………… 28
　　　从学生转为团干部/区团委生活/80年代"幸福一代"/联系中

学团工作

二、《青春万岁》的写作 ……………………………………… 32
夏令营长/开始写作/结识萧殷萧也牧/小说结构与人物性格/乌托邦色彩

三、坚挚的爱情 ……………………………………………… 38
从结识到定情/《春节》的触发/人生二事：爱情与文学/携手人生旅程

四、《组织部来了个年轻人》与理论之累 ………………… 40
从歌颂到揭露/作品引起巨大反响/"典型环境中的典型性格"/争议与再认识/何来"小资产"

五、"讲话"传闻与"扩大"成"右派" …………………… 48
毛泽东肯定王蒙反官僚主义/毛泽东说"事情正在起变化"/作协与团市委不同意见/被"扩大"成"右派"/下放郊区劳动

六、还是决定去"西域" ……………………………………… 54
妻子不认王蒙"反党"/京郊劳动四年/北京师院任教/发表《眼睛》《夜雨》/决心去新疆

第三章　新疆生活十六年 …………………………………… 59
一、初去的安排 ……………………………………………… 60
北疆南疆采访/发表散文/报告文学被抽下/社教名单中被除名

二、生灵对灵魂的喂养 ……………………………………… 63
长期下基层/巴彦岱房东/与众乡亲相处/感受新疆人

三、语言和歌声对灵魂的喂养 ……………………………… 68
学习维语/"忧郁是歌曲的灵魂"/夜半歌声/北疆南疆的歌

四、在那烟酒迷离时 ………………………………………… 71
不担任副队长/忙家务/开始抽烟/酒醉之时/"不写作的好处"

五、自奋中的负累 …………………………………………… 75
拾起钢笔/"欣喜若狂"/《最宝贵的》《这边风景》流产/"右

派"平反,党籍恢复

第四章 "复出"初的创作喷涌 …………………………… 80
一、从《布礼》《蝴蝶》到《杂色》 …………………………… 82
　　揭示历史,坚持信仰/偏爱《蝴蝶》/感人的萧铃/翁式含与兰佩
　　玉的"深谈"/讽刺的《莫须有事件》/寓意深藏的《杂色》
二、《夜的眼》《春之声》等短篇小说 ………………………… 96
　　《悠悠寸草心》《春之声》《夜的眼》受到关注/《风筝飘带》/
　　《深的湖》《说客盈门》/《歌神》《心的光》/《惶惑》《春夜》和
　　《听海》
三、散文、杂文和微型小说 …………………………………… 106
　　怀念性散文/《激动与沉思》/悼念邵荃麟萧也牧/访德、美、
　　墨/思想杂谈/《论"费厄泼赖"应该实行》/揭示性微型小说
四、理论探讨和文学评论 ……………………………………… 117
　　谈小说创作/谈作家学者化/作家应有"自己的哲学"/谈典型
　　环境中的典型性格/鲁迅的《雪》/把评论当散文写/评王安忆、
　　张弦、张承志、陈建功

第五章 艺术思维的进一步拓展 ……………………………… 129
一、《风息浪止》《深渊》《鹰谷》与《名医梁有志传奇》 ……… 131
　　《风息浪止》《深渊》《鹰谷》的抒情/梁有志和梁有德/"人
　　应该把握住自己"
二、短篇小说的多方探求 ……………………………………… 141
　　场面的触发/情绪的追寻/小事的展示/爱情的多方描写/爱
　　的偶然、虚幻与怪异/荒诞小说/《高原的风》《冬天的话题》
三、《在伊犁》等系列小说 ……………………………………… 160
　　"我＋主人公"/房东二老/依斯麻尔、爱弥拉、爱莉蔓、阿麦德/
　　抒情的《逍遥游》和《夜半歌声》/新写实的《大陆人》

目 次

四、长篇小说《活动变人形》 ... 171
家庭作为审美对象/"活动变人形"玩具与人物性格组合多样性/必然崩溃的家庭/倪吾诚的悲剧

五、纪实的散文、杂文创作 ... 184
国庆观赏/怀念华老师、萧殷和江南/《雨》《船》/《访苏心潮》

六、文学工作和文学评论活动 ... 192
文艺多元发展的几对矛盾/过去思维逻辑的几种弊端/当代作家比较分析/当代评论的评论

第六章 身为作家,又充当"桥梁"的日子 ... 205

一、宏阔的批评视野 ... 206
文学三元/文学失去轰动效应以后/评《老井》《红高粱》/评残雪

二、中短篇小说更加多样 ... 214
生活事象的撷取与解剖/《没情况儿》《夏天的肖像》/《纸海钩沉——尹薇薇》/《来劲》等荒诞作品/《一嚏千娇》/通俗的《球星奇遇记》

三、色调各异的散文和杂文 ... 225
人事记载/《苏州赋》等游记/生活的鳞与爪/议"红卫兵遗风"/随感偶拾

四、同王干的十次"对话录" ... 230
把文学比喻为"魔方"/审美的另类、别类、悖反和逆向性/文学不决定于观念和环境/"走向世界"提法不妥/当代作家评论/文艺批评从"领导"型回归多元化/"方法热"/"有深刻思想的批评"

第七章 作家的自我复归 ... 249

一、伸进生活枝蔓里的小说创作 ... 250
写得十分客观/老人黄昏恋/《小说瘤》/得失心态/《蜘蛛》

二、散文、杂文的丰收 ……………………………………… 259
　　往事补记/写颜色和声音的散文/新疆记访/自我心态写照
三、序文、创作谈和"欲读书结" ……………………………… 268
　　为摄影家、漫画家、相声作家、作家和评论家写序/评王朔/供人思考的现象/综合性评述/"玩符号"/评李香兰
四、原生博大的《红楼梦》 ……………………………………… 279
　　"原生"与"混沌"/研究方法应多样/钗黛新说与宝黛"天情"/从泛爱到唯情到痴呆
五、李商隐的深挖细掘 ………………………………………… 287
　　《锦瑟》解读五层/结构的"心灵场"/更加"向内转"/"无题"七律的无主体无对象无时间无空间

第八章　进入花甲之年后的选择 ……………………………… 296
一、由"人文精神"争论所引起 ………………………………… 300
　　社会关注"人文精神"/不同意"失落"说/再说王朔/二王之争/对"人文精神"的界定
二、"季节系列"——历史变迁的"心路历程" ………………… 310
　　人物"心灵史"/青年一代的"爱"/极"左"的判处/精神大失态
三、相调剂的另一些小说创作 …………………………………… 322
　　《暗杀——3322》/《春堤六桥》/《歌声好像明媚的春光》/荒诞小说《郑重的故事》/《笑而不答》
四、散文：出访,漫游,交谊,怀念 ……………………………… 335
　　游德国/或重感觉或重思辨/《蓝色多瑙河》/怀念冰心、曹禺、夏衍、冯牧、荒煤/"我眼中的胡乔木"/周扬/"我心目中的丁玲"/张光年

后语：晚年自述"我的人生哲学" ……………………………… 345
作者的话 ………………………………………………………… 358

附录

《王蒙评传》补遗 …………………………………… 361
王蒙近作的心态描述 ………………………………… 373
王蒙的散文 …………………………………………… 380
说说王蒙的小评论 …………………………………… 393
王蒙晚年小说变异 …………………………………… 399
《王蒙自传》拐点谈 …………………………………… 411
也是一种盘问,一种嬉戏 …………………………… 427

第四辑 作家作品评论

艺术的相抗与理论的兼容 …………………………… 433
生命的光辉 …………………………………………… 437
是血泪史,也是斗争史 ……………………………… 440
家史创作散论 ………………………………………… 444
从凝视到发现 ………………………………………… 454
追寻人生的彩虹 ……………………………………… 459
面对批评潮流的双重反拨 …………………………… 461
雄浑深沉的琴音 ……………………………………… 467
章永璘的哲理摄取力及其他 ………………………… 473
一幅差强人意的讽刺画 ……………………………… 489
谈《拂晓前的葬礼》 …………………………………… 493
转化性格的艺术探求 ………………………………… 497
何立伟作品碎语 ……………………………………… 501
报告文学的好势头 …………………………………… 506

妇女解放的一声深长的呼吁	511
笑与思	516
"烛照"下的"抽样"	521
《迷路的地图》小释	523
《残梦》碎语	525
由直面抒情走向艺术营造	528
要紧的还是那颗"心"	533
《我是太阳》创新处五点谈	535
灵魂的自我审判	543
机构存而人才亡	546
以笑匡世　借笑养性　因笑成体	549
动人的心灵	551
灵与肉的双重扼杀	554
关于信仰的一些调查	556

王蒙评传

序 一

  我读王蒙的小说，最早的是1957年的那篇《组织部新来的年轻人》，读后很觉新鲜动人，我遇到爱读小说的朋友逢人就介绍，他们也都很称赞，认为是作家新人中极有希望的一个。可是不久后，忽传这篇小说是"毒草"，作者因此被划为"右派"。我听到后很惊异，真不知这小说到底错在哪里。我见到不少人都为此嗟叹，觉得一位有才能的作家从此将湮没无闻了。这种顾虑，一般人都会有的，当了"右派"以后还能写什么小说？一个人遭此厄运，只能自认晦气，千怪万怪，只怪自己吃错了药似的选择了写作这个行当，倘若不声不响不是安全了吗？谁叫你写这些劳什子的东西，弄成这个地步，以后千万火烛小心，学会少开口，"只要不开口，神仙也难下手"，干脆从此离了这个行当吧，发誓不再写什么了。可是王蒙却不如此想，他并不以此为训，不但不悔，反而变本加厉地发誓以后要继续写作。他辞谢了分配他去教书的工作，昂然携带一家人西出阳关，不顾风雪炎阳折腾人，哪里有生活，哪里就有诗，带着"罪名"，到边远的伊犁，西域景象虽嫌空旷，但一样地可以在生活中觅取灵感。此行竟达十六年。在戈壁滩上，自然不能公开发表文章，但是他强烈要求写作的愿望并未稍减，到20世纪70年代末回到北京时，他一身黄土中，却贮满了对生活的追求力，他的文思，顿时如打开闸门般的奔放开来，新作一篇篇问世，一发而不可收。不消说，爱好王蒙小说的同他相识或不相识的读者和朋友们都为之喜。那时节，他的小说如一注来潮，形成了一个"王蒙热"。我以为，这是王蒙创作生涯中的全盛时期。

　　作家应当永远是个作家，决不能轻易去干别的，不知为什么有一年他忽然当起官来。官一做长，就当不成作家，作家未必是人类灵魂的工程师那么高贵，但作家却是"自由之意志，独立之精神"的精神劳动者的成员之一，这是确实无疑的。这样的作家，首先有独立的人格，以自身观察所得而不受干扰地观照人生。一个作家丢却了这些是何等可惜。他小说写得少了，偶尔见到他写了一些新诗，我为他可惜。还有一层，一个人当了官，不管自己如何当心，很自然地会与他人隔了一层哪怕是薄薄的纱幕，纱幕厚起来，就会变成一堵厚厚的纱墙，那是不以人的意志为转移的事。那时节，我略为听到一点微词，说此刻的王蒙，已不像先前，已"一阔脸就变"矣。我那时有几次见到他，仍谈笑如初，说话也不拖长音，感觉似乎没有变，不过，也许曾经变过亦未可知，但总要眼见为实，至少我还未见过，可能各人的感觉不同。不久，王蒙大约悟出了此中滋味，辞官重当作家，可见作家入仕途总是不宜的，他的这一转化，才算是真正的回归；当官何足喜，作家的丧失倒是堪忧虑的。自此他又恢复了正常生产，终日写作不辍，由中短篇进入长篇。有一次遇到他闲谈，他说每天必须写一点，如吃饭睡觉一样，不写一点总觉得一天中少做了一件事。我想，做一个作家就这一点特别，不知哪来的瘾，孜孜不倦，看来很辛苦，却成了生活的乐趣。

　　不知哪一年，王蒙写了一篇有荒诞派色彩的小说《坚硬的稀粥》，内容晓示着一种习惯势力的改变之难。小说终究是小说，又不是新闻报道，却有人拿来与现实状况作对照，进而影射、上纲、深文周纳、落井下石。好在明人眼里都看得明白，王蒙和别的作家，写了不少关于"粥"的文章，维护着那篇小说，那真是有趣得很。

这以后的事，我就不很清楚了，好在贺兴安老友写了这本《王蒙评传》的书，记述了王蒙的经历和遭遇的全部。他写完这本书后，要我写序文，写序文是要正襟危坐地坐而论道的，岂是我这个年迈而散淡之人能写得出的？不过既然答应了他，就得交卷，我拿起笔来情不自禁地想到了我知道的几件事。我想，写王蒙可写的事情很多，但以上几则，我以为是他一生中较为重要的事，主要的是他处理这些事之得当，颇使我赞叹不止。

《王蒙评传》这本书，是对传主的生平事迹及其作品全面评述之作，在搜集资料到殚精竭虑地写成文本，是要花大工夫的。老友贺兴安有志于此已久，终于最近完稿。书中对传主之评述，既翔实又十分客观，所写事例，无一处无来历，均以文本为据，摒绝一切虚构，纯以尊重事实为本。因此，读者之得益，恰在于从中增长一点人生见识，知晓一个作家所走过的道路，有着与他人不同的脚印，可以说是既坎坷不平，又滋生着欢喜；既曲折多难，又柳暗花明；既常在夹攻中奋斗，又不时在坦途上徜徉；既感到孤立无援，又领略到众多友情的温馨。总之，既悲又喜的作家的航行，可让你领悟到人生到底还是有希望的和快活的。至于对传主的小说及其他作品的评论，兴安老友的某些独具慧眼之见，将会给你带来一阵子的惊叹。

许觉民

2003年9月13日

序　二

这是国内出版的第一本《王蒙评传》，也是第一本大篇幅王蒙传记类书籍，作者是我的老同窗贺兴安。

兴安与我同学是在20世纪的50年代末到60年代初做研究生的时候。我们的研究班叫文学研究班，是中国人民大学和中国社科院文学研究所合办的，何其芳是我们的班主任。毕业后，我留在文学所，兴安去了新华社工作。但是始终未忘他所学的文学专业，做着不醒的文学梦。"文革"结束后，终于有机会调到文学所来，我们又变成了同事；有一段时间还同在《文学评论》编辑部管点事情。兴安除了编辑工作，还从事当代文学批评，写过文学批评理论著作和沈从文研究的专著。因此在学界和理论批评界颇有些影响。繁忙的编务和研究工作之余，他还写点散文，出过散文集，文笔清丽、新颖，自成一格。

他和夫人曹玉如均已退休多年。玉如也是学中文的，像他一样多年在新华社从事新闻工作，并从那里"致仕"。20世纪90年代末，我与兴安合编一套当代著名学者的散文丛书，其中季羡林的一本，就请她编辑，她干得极为细致、极为认真，季老本人极为满意。出书以后，我们三人一同去季老家。记得走在北大校园的路上，谈到王蒙研究的现状，我们都感到虽然文章出过不少，也有几本研究专著，但是与王蒙在文学领域多方面的成就与贡献比，显然是不相称的。至今没有一本像样儿的传记。我建议由兴安写一本王蒙传，我呢，写一本专论。鉴于玉如的研究潜力，我说最好你们合作。先搞一个王蒙年谱，作为写传记的基础工作，以后还可以单独出版。经过这几年的艰苦奋斗，《王蒙年谱》已编成付梓，《王蒙评传》也将于不久出版面世。很惭愧，我由于杂事纷扰，用志不专，至今未将专论写出。不过，有了他们夫妇二人的《年谱》和《评传》，就为我以后的研究提供了很大的方便。

为《王蒙评传》写序的事，我就是在那次去季老家的路上应下的。现在，清样出来了，摆在我的案头，我得践诺，义不容辞。

在当代作家林里，王蒙要算是大家。从写《青春万岁》算起，到现在，整整半个世纪了。中间虽有因被错划为"右派"而绵延二十余年的空白，但复出以后却进入了创作的喷涌期、全盛期。他的创作，以小说为主，以小说名世。他的长篇小说、系列小说、中篇小说、短篇小说、微型小说，都有佳作。这些佳作，大体都能反映半个世纪以来我国小说所达到的水平，这当然包括思想水平和艺术水平。除小说以外，王蒙还在散文、杂文、随笔、报告文学、诗歌（新诗和旧体诗）、文学理论、文学批评、红学研究、李商隐研究等文学门类一试身手，虽说成就不无参差，却也说明了他多方面的才能和潜力。"五四"新文学运动以来的许多大作家，如鲁迅、胡适、郭沫若、茅盾、老舍、朱自清、闻一多、何其芳、俞平伯、钱锺书等，都是学者型的作家。有鉴于此，所以早在20世纪80年代，王蒙就提出要做学者型的作家，这是他经过认真观察和冷静思考之后而发自内心的真诚的呼吁，带有战略性，事关当代中国文学发展的后劲和那一代当红作家能否攀上更高一级的台阶。而他本人，正是这样做的。面对王蒙的多方面的文学成就，特别是他的别开生面的红学研究，我以为在同辈作家群里，他已是一位当之无愧的学者型大作家了。兴安的《王蒙评传》，就是这样一部按照传主的生命历程，按照编年的时序，全面梳理和串讲了这位学者型大作家的多方面的文学成就。

在文学批评和文学研究上，鲁迅是主张必须顾及作家的全人和全部作品的。而评传正是一种以全人和全作品为对象的研究方式，既有传记的特点，又有评论的特点。兴安的《王蒙评传》因为是在全面梳理王蒙的有关传记材料和文学活动的基础上写出的，又参考了重要的王蒙研究成果，所以无论对于王蒙的研究者来说，还是对于喜欢王蒙作品的一般读者来说，都有一定的参考价值。至少，可以作为入门的导引。

为了写好评传，使读者对传主的生平有更多的了解，自己落笔时能更好地做到知其人而论其事，兴安夫妇除了尽可能详备地搜集和参考已有的书面材料外，还对王蒙青少年时代的同学、同事、朋友、知情者进行了口头采访，这就大大补充了某些重要的空缺。书面材料和访谈材料的结合，就使评传中对于传主文学活动的叙述与评论，更立体、更多面，也更活泛。

从结构上看，《王蒙评传》共八章，外加一个前言和后语。八章是评传的展开部，前言和后语，则似乎是更带理性色彩的入话和小结。

前言中给我印象特别突出的是兴安关于局限的申论："一个人是一种存在，同时也是一种局限"，"一个人是有局限的，只能在局限中做人。或者说，一个人的清醒和明智，就在于善于自觉地在局限中做人"。这与其说是他遵循的一种想事方法，不如说是一种研究王蒙过程的感悟。但我以为，人固然如恩格斯所说，只能在既定条件下创造历史，条件就是局限，包括外部环境和自身素质。但人绝不只是对这既定条件的消极适应，而是通过积极地创造，突破各种局限，争得发展。一切发展，都是对旧框架、旧规程、旧习惯、旧调门即现存局限的突破。如果人类永远无法完全摆脱一切局限是一个正确的命题，那么，人类总是在不断地突破中实现自身的发展也同样是一个正确的命题。无论对群体，对个体，都莫不如此。局限—突破—再局限—再突破……直到无穷。这就是历史，这就是个体的生命史、奋斗史。王蒙作为一个作家，有着一颗不安分的心，不安于现状的灵魂，在艺术的和人生的道路上，他是永不疲倦的探索者。而他的全部业绩和成就的取得，都可以归结为对诸多局限的突破，尽管每一个具体的突破都不可能没有其自身的局限。所以王蒙不断地强调"寻找"，强调学习，以求得创新和突破。

兴安的结语是对王蒙的新作《我的人生哲学》的评价，他通过对这本书的几个主要方面的评述，为他的《王蒙评传》找到了最好的归结点，升华为"哲学"。而这哲学又与他在前言中一再强调的"局限"形成必要的对照。在我看来，他所概括的王蒙人生哲学的四个方面，都是王蒙突破局限、寻求发展、取得成就所持的哲学立场和方法。王蒙是一个巨大的研究对象，需要理论批评界朋友们的共同努力。兴安的这本《王蒙评传》，是在他夫人的帮助下所取得的一项重要成果，尽管在我看来还有不少可以改进之处，但他毕竟填补了王蒙传记研究的空缺，走出了可喜的一步。我们没有理由苛求迈出最初步伐的人。他谦虚地说"先抛一块砖头吧"，即便真是"砖头"，总得要有人"先抛"，才可望引出"玉"来，何况再高的学术大厦也要用一块一块的砖头砌上去。

至于到底如何评价这本《王蒙评传》，读者不妨见仁见智，那是作序的人无论如何也强制不了，包办不来的。

何西来

2003 年 9 月 15 日　六砚斋

前言：跨越半个世纪的作家

本书评传的人物，是大家熟知的。

采访过王蒙的中外记者，对他都有一番描述。比较文雅的说法是，他是20世纪后半叶直至现在的当代中国历史的活跃的在场者、参与者、见证者和叙述者。说得具体一点，就有点耳目一惊了：从十四岁中学生地下党员到年轻作家，从专职青年团干部到"右派"分子，从京郊打入另册的劳动改造者到大学教师，后来，又在新疆生活16年，担任生产大队副队长，平反回京后，官至文化部长。且不论他的创作业绩，单这份经历，就成为一种社会的人物资料，体现一种历史的变迁和社会沿革进程的某种批判。

一个人是一种存在，同时也是一种局限。大概，除了上帝，谁也不能避免。王蒙当初受到毛泽东保护又忽然荒唐地被划上了"右派"，他怎么也想不到如此结局。然而，他的主要表现是服从，乃至顺从。他连他妻子受到株连、开除党籍以及对此事不服所产生的应有的不满和激愤也没有。作为一个历史活动，包括对错误政治运动的反应、反弹和反馈，大概，人言各殊，任何一个人的表现和作为，都只能是一种局限。

王蒙是另一种对策：静观与内省。他对强加的处置，是静静地观察，以及自我约束和自我苦思。他下到京郊去劳动，对于一个新涉足的农村世界，对于农民群众，总有一种敬畏之情，有学不完的东西。对他个人的处理，一千条一万条，都是属于个人的东西。他苦苦思索，包括各种筹算，他只能从家庭到农村劳动场所的往返穿梭中，尽到一份丈夫和父亲的责任。

然而，他不是一受挫折就丧志、就敛翅的人。就是在形势稍稍松动、他摘了帽子、并在大学谋得一份优异的教职的时候，他没有按常人设想、照章办事地生活下去。他依然躁动不安，他决定西迁新疆。应该说，王蒙不当"右派"，不会去新疆，既然当了，也不能折服自己的意志。他要到边陲去，如果那是一种"下沉"，是鸟儿的谷底盘桓，他要在"下沉"中求得生命的重新"跃进"，他不忘"天空的召唤"，不能没有"勇敢的飞翔"。事实证明，他的选择对了，他的不屈不挠、甘冒风险的对创作的坚持对了。历史派定了一个人的履历的戏剧性，个人选择又增添了人生旅途的戏剧性。

在某个角度可以这样说，历史玉成了他，他又以丰硕的劳动成果回报了历史。他的坎坷，他的复出，他的始终坚持不懈的追求和拼搏，凝结成了1000多万字的创作。他是文学界罕见的创作和评论"双肩挑"，他评论当代，研究古典，在创作领域里，从长中短篇小说微型小说，到散文杂文报告文学，他从诗情、写诗开始文学创作，新旧体诗作一直不断。他还是一位维文和英文的文学译作者。他出访60余次，足迹遍及40多个国家和地区。他还受聘为近十所大学的教授、名誉教授、顾问和文学院长。他的作品被译成英、法、俄、日、德、意以及维吾尔、哈萨克等大小语种20多种文字出版。他的作品获得的奖项近30个，包括意大利蒙德罗文学奖、日本创价学会和平与文化奖。

王蒙在年逾花甲回忆自己的人生道路时，引用过恩格斯的论述。他说："用恩格斯的说法，历史的发展是由合力构成的那个对角线，对角线就是中道。"他多次表示要做"中道或中和"的选择。这种选择，不是极端的选择，不是年轻时那种"单纯"的选择，而是和平建设"常态"环境下他认定的选择。因此，他主张"和而不同"。在历史的众多合力中，在各不相同、各有差异和矛盾的总的合力中，它们之间，可以争论，又应该携手并行，和谐共处。他主张"不把我自己作为一把尺子来衡量别人"，不搞你死我活，不搞一朝天子一朝臣。恩格斯说得很清楚，各个人的意志融合成"一个总的合力"，虽然这融合的结果谁也难以预料，但"每个意志都对合力有所贡献"。

笔者在近些年，包括这本书稿的写作和学习过程中，深深感悟到，一个人是有局限的，只能在局限中做人。或者说，一个人的清醒和明智，就在于善于自觉地在局限中做人。我们看到，过往的半个世纪，历史并没有按照当初人们的设想往前发展，我们年轻时准备要打的第三次世界大战并没有发生，曾经壁垒的世界两大阵营已经不复存在，世界以新的矛盾形态往前推进。世界在和平竞争中，呈多元互补，又走向全球化。我们曾经看人观察人的那种光泽普被、无远不盖、好像世界发展置于一人掌中的现象，实际是一种乌托邦。人的贡献有大小，但是，看到人的局限，能够在局限中做人，窃不揣冒昧地认为，这是现代人的一种觉醒。

王蒙进入老年之后，在经历坎坷沉浮岁月之后，深深地体悟到这一点。他的"中道中和选择"和"和而不同"主张，他的从政实绩，他的文章讲演中关于文化性格文化环境文化大国的诸种设想，都体现这一点。他观察历史，评价人物，总是用宏大的继承和发展人类文明人类文化的眼光，不把个人圣像化，又从人的局限中发掘每个献身者的光辉。

从笔者个人的心理感受来说，从20世纪50年代的阅读到这部书稿的写作，总是以一个旁观者来观察他。他的有些决定和见解，很勇敢很大胆，他又经常是十分谨慎、小心，并仔细掂量自己的步履。我只能说，他充分地估量了他的有限的存在，却在这种有限中显示了惊人的爆发力。他的活跃是公认的，当今文界很少有人与他匹敌。这活跃，是人生对世界关系第一可取的精神品格。他涉笔的领域甚多，不能说他每一种写作都达到至精至美，但即便是占用时间不是特多的对鲁迅、曹雪芹、李商隐的研究，在相关的行家看来，也能新人耳目，启人心智。作家的业绩躲不过他的心灵，应该是心灵照耀业绩，业绩显示心灵，王蒙经常给自己立下心灵的标杆，他自己也承认自己的实际作为与之存在距离。王蒙未止于至善。

实际情况是，王蒙的贡献作为，已经客观地写在这半个多世纪的历史文本里了，需要众多人来认识它、评价它。笔者撰写这本书稿的初衷和愿望并不低，但实际成果不会如笔者所思所想所愿。这不仅因为笔者的水平、能力、精力有限，也因为王蒙创作牵涉的文化学术含量太多太大太深，又处在一个复杂多变的时代背景之中，需要众人一起来商讨来补充。笔者总是逢人便说，先抛一块砖头吧，在已经和将要出现的评述文章论著中，作为一份普普通通的发言，就挺可以了。

第一章 在战争和革命风雨里成长

一、幸与不幸的家庭

王蒙祖籍河北省沧州专区南皮县。这个县因出了清末两广总督、抗法英雄张之洞而颇有名气。王蒙的出生地点是北京沙滩。不久，回南皮县龙堂村，四岁，再回北京。他自报履历说："我出生在1934年10月15日。出生后回过南皮。1937年'七七事变'爆发后，全家彻底迁往北京，叫作'逃难'。至今我依稀记得坐马车逃难，夜宿旅店，听到牲口吃草声音的情形。"[①] 小时候，他在家里说沧州话，在学校里说北京话。他五岁上小学，十岁即跳级考入中学。

王蒙出生的时候，父母都在北京大学上学。之前，据王蒙向笔者介绍，父亲王锦第曾留学日本，在东京帝国大学教育系毕业。父亲热衷于研讨哲学，与研究法国文学的何其芳先生，还有李长之先生，在北大同住一间宿舍。离开北京大学后，父亲担任过北京高级商业学校校长，担任过北京大学和北京师范大学的讲师。

母亲董敏，在北京大学辍学之后，担任过小学教师，北京女一中图书管理员，有时待在家里做家务。解放后，也当过小学教师。另据材料，母亲的祖上同清朝大文学家纪晓岚还有点亲戚

[①]《我是王蒙》第40页，团结出版社。

关系。

王蒙的"蒙"字，按说应读第二声。他与妻子崔瑞芳（笔名方蕤）初识时，自我介绍说，我就叫"蒙古"那个"蒙"。某些时候，他自己仍然读第三声的"蒙"。王蒙的名字是父亲的北大同学何其芳给他取的，"何先生说：'给你的儿子取名叫"阿蒙"吧！'这是从小仲马的名作《茶花女》中获得的灵感，此书的男主人公的名字现译阿芒；阿芒、阿蒙，只是译法的不同。王蒙的父亲一听，就连声叫好，只是说不要那个'阿'字了——认为那是南方人的习惯，给孩子起什么'阿猫''阿狗'的名字，北方人听着太别扭了——于是确定了起单名'蒙'字"①。王蒙姐姐王洒的名字是李长之给取的。

在这样一个知识分子家庭里，又地处文化古城北平，王蒙的童年生活还是幸福的。王蒙记得小时候玩过的玩具有皮球、毽子、玻璃球、桃核、小刀、木枪、木刀、面具、镜子、放大镜，还同比自己大一岁的姐姐跳房子、踢毽子、抓子儿，玩那种三部分排列组合的人像画册"活动变人形"，白雪公主和七个小矮人的木偶。父母还给他买过放在水上可以点火推进的轮船模型。同住在家里的，还有一位年轻丧偶、膝下无嗣的二姨，王蒙称她为"我的第一个文学教师"。这位姨母从王蒙五岁起就教他练毛笔字，造句做作文。他还记得小学二年级的第一篇作文，是描写春风的，姨母代他加了一个警句式的结尾："风啊，把这大地上的黑暗吹散吧！"老师没有察觉出来，在上面用红笔重圈密点。

王蒙只是出生不久跟随母亲回过一趟老家沧州，住了三四年，即回到北平。他先在香山慈幼院附属幼稚园（幼儿园）受教育，后于1940年进了北平师范学校附属小学（现名西四北四条小学）。他说："才上学的第一学期，只此一学期考了个第三名；其他各学

---

① 方蕤《我与王蒙》第2页，广西教育出版社。

期，回回是第一。小学没毕业，读完五年级，跳级考入中学。"①
王蒙小时候，外祖母把着手帮他描过红模子。他记得七岁时，外祖母向他介绍曹禺《雷雨》中的人物，说鲁大海是一个"匪类"，繁漪是一个"疯子"。上小学，由姨母为他提好裤子，系好鞋带，削好铅笔，整理好书本和书包。王蒙从小知道成绩好可以免缴学费，读书特别用功。他在班上是小个子，坐第一排，脑袋显得很大。在家里，家人和外面来的同学都称他"小蒙"。

王蒙回忆起儿时朗诵吟咏冰心散文诗的情景时说："或者还可以补充一句，不仅是我和我的大一岁的姐姐，而且我的父母，都是冰心的热情的读者。"②他的同学到家里来找他，常赶上他们全家听孙敬修在电台讲故事。谈起自己一辈子有什么享受，王蒙首先提到的就是游泳。他的父亲"一辈子酷爱游泳。他一辈子一事无成，最后，他的生活里唯一留存下来的让他爱好的东西便是游泳。从小，他就给我灌输了游泳乃人间第一乐事的认知"。说到漂浮技术，"用家父的话来说，你可以仰卧在海面上，可以在海面上打个盹"③。这些，都看出他们家庭共同的文化爱好和父子间的乐趣。

在《壮游的"阿甘"》一文里，王蒙又自认"我的童年是不幸的。这不幸，主要是家庭不和。父母都挚爱自己的子女，然而，他们之间，又酿成一种说不清的爱爱仇仇、恩恩怨怨。母亲有时终日流泪，又藏着孩子，不让父亲见面，父亲手里拿着巧克力，找不到孩子。或许，如方蕤所说，这个家庭的组成就是构成这种不和的一个因子，再加之家庭成员组成的畸形：他的外祖母、母亲、姨母组成联盟，和他那单枪匹马的父亲抗衡"。有时，他父亲在屋里，屋门被反扣上了，怎么叫开门，也是徒劳。"五岁的王蒙

---

① 方蕤《我与王蒙》第6页，广西教育出版社。
② 《光明澄静如归故乡——谈冰心早期的散文小品》，见《王蒙文集》第七卷第446页，华艺出版社。
③ 《壮游的"阿甘"》，见《我是王蒙》第130—131页，团结出版社。

在门外，拨开一道门的缝隙往里看，只见爸爸像一头愤怒的雄狮，不停地来回走动；一会儿又坐在那张藤椅上，一根接着一根地点着烟，吸进去，又吐出来，一团团的黑烟弥漫在空中。他想叫一声'爸爸'，又怕妈妈不高兴，他幼小的心灵上蒙着一层解不开的迷雾。""有一回，他的父亲从外面回家，正从院中往室内方向走来，迎接他的是一盆才出锅的热绿豆汤，从室内以迅雷不及掩耳的速度倾盆泼出。""那件事，对他的刺激太强烈，几十年来，每逢忆起他的童年，总是离不开那盆热绿豆汤情结。"①

方蕤还说，她跟王蒙相识以来，他从不轻易说起这些家庭往事，每每提到这些话题，他很痛苦。王蒙的父亲后来又另立家室，有后母，还有弟弟。对于这个不和的不幸家庭，王蒙在小说《活动变人形》里，虚虚实实投入了不少家庭的素材。笔者对此甚有理解，并有同感。就一个敏感的孩子来说，不和的家庭是一种童年的痛苦，是一种不愿提及的痛苦的回忆，又是一份深藏着人生意蕴、可资后人体味的生活资料。一个孩子最初感受人世间的爱仇恩怨冷暖，常从家庭始。一般说来，这种家庭常常促成它的子女早熟，性格孤单内向，而且耽于思索。

二、优异的文化环境

王蒙就读的幼儿园、小学和中学，就水平来说，在北平，在全国，都算第一流。

北师附小有一首校歌，它这样唱，"北师附小是乐园，汉清百岁传"，"向前，向前，携手同登最高巅"。小学的老师多是北平师范学校毕业的。王蒙在《华老师，你在哪儿？》一文里，特意怀念教他语

---

① 方蕤《我与王蒙》第2—3页，广西教育出版社。

文的华霞菱老师。这位老师教语音用"国语注音符号",教学极端认真,一丝不苟。她有时也训诫体罚学生,弄得学生哭鼻子,但学生私下里都服她。有一次,王蒙上"写字"课没有按规定携带笔墨纸,华老师质问时,他和另一个瘦小女生站起来,低着头。那个女生表示愿意罚站:"我出去站着去吧,王蒙就甭去了,他是好学生,从来没犯过规。"王蒙感到绝处逢生,当即喊道:"同意!"华老师横了他一眼,他脸红了。还有一次考试,不会写"育"字,他偷偷地看了书,被华老师判定"成绩不能算数"。可见,世无完人,亦无完童。他在文章里一直记得这两次犯错误,也记得华老师带他去先农坛参加全市中小学生运动会之前,在糕点铺吃了一碗油茶,一块点心,这是他平生第一次"下馆子"。

这位华老师在抗战胜利的1945年去了台湾,王蒙这篇怀念文章写于1983年。到了1988年9月2日,经傅春安先生海峡两岸奔走,在台湾找到了华老师,并于这天在北京饭店见面。王蒙一进门就认出了老师,"快步上前,鞠躬,握手:'华老师,您好!'华老师年过七旬,依然那么精神。'哦,这就是我的学生,王蒙。部长,你好!'华老师一口流利标准的普通话。'您可别这么称呼,'王蒙马上说,'我是您的学生,是在您的栽培下……'"① 此后,他们又建立了联系。王蒙跳级入学的平民中学(现北京四十一中)建校于1921年,第一任校长是我国著名教育家陈垣。他在《我在平民中学》②一文中,写到当时的校风:"当时男生一律推光头,穿黑色校服,带'平中'领章,打裹腿。每天早晨举行升旗仪式、早操、朗诵孙中山的'遗嘱'。"他一直记得几何老师王文溥,"不仅使你知其然,更着重讲授其所以然","从这里得到思辨的初步训练"。女英语老师毕炜"高大""漂亮",有着"'牛津'式的发

---

① 方蕤《我与王蒙》第9页,广西教育出版社。
② 见《王蒙文集》第九卷第3—4页,华艺出版社。

音",还送过他一本英语《天方夜谭》。教音乐的乔淑子老师是作曲家又是歌唱家,还演过歌剧。跟着他,王蒙学会了唱贺绿汀、黄自的歌曲,至今还会唱他作曲的校歌,还有《车水歌》和《第一次的春雨》。这位乔老师还能教国文。对于一个家庭经常发生争吵的孩子来说,最好的去处就是上学。上完了学也不想回家,宁愿在路上闲逛。有一次进了街上一家棺材铺,看着不同的棺材,他问道:"掌柜的,您的这个棺材多少钱?"掌柜的感到惊讶,要这位"小兄弟"快回家。当然,最好的去处是阅览室、图书馆。九岁时,王蒙就独自去离家里小绒线胡同不远的太安侯胡同,那里有个民众教育馆,里面有图书室:

一有空,我就去那儿看书,一去就坐到闭馆时分。大概常去看书的人中我年龄最小,个头儿最矮,而且又常是最后一个离馆吧,管理员对我非常熟悉。到了冬天,天黑得很早,炉火快灭时,呵口气便凝成了雾,手都冻僵了。管理员见我还在看,就总是和气地催促我说:"小孩儿,该回家啦!"[1]

《绘图本王蒙旧体诗集》(上海古籍出版社)载有他的《题画马》(七绝):"千里追风孰可匹,长途跋涉不觉劳。只因伯乐无从觅,化作神龙上九霄。"王蒙称:"此诗作于1944年,时10岁,读小学五年级,算是我的'处男作'。"这里,看出他的少年不凡志趣。

另外,北海旁的全国著名的北平图书馆,从家里走去,也不是太远。王蒙个子矮,初二就戴上眼镜,显得少年老成,进出图书馆大门,也不太受到盘问阻拦。

从一个小小的中小学生来看,王蒙的读书范围是惊人的。从《小五义》《大宋八义》《七剑十三侠》等武侠小说,到《少林十

---

[1] 《王蒙人生小品》第3页,花山文艺出版社。

二式》《八段锦》《太极拳式图解》等练功的书，到冰心、沈从文、丁玲、巴金、许地山、朱自清、刘大白、胡适的作品，鲁迅的一批杂文，《士敏土》《铁流》等苏联小说和一些世界文学名著。从他的回忆里，看出许多文学作品对他的幼小心灵的影响。他说："记得我上小学的时候，有篇课文是叶圣陶先生写的《小蚬回家去了》……就是说买了一只小蚬，看它还是活着的，想到它妈妈一定很想它，于是孩子们就把它放回水里，小蚬回家了……那个狼来了的故事，我就觉得很残酷，而这个故事我就觉得非常温暖。爱护生命也是一种教育。"（《从儿童文学说起》）"五十四年前，我才十岁时，读了易卜生的剧本《社会栋梁》与《群鬼》，当时，我当然不懂易戏，但是仍然感到一阵阵的寒气从脊梁背上冒出，我已经隐隐感到了宿命的绝对性残酷性与恐怖性和人性的丑恶。"（《绝对的价值与残酷》）

阅读、接触文学艺术，直接培养了他的正义感、革命心和对写作的爱好。他还回忆起，"我在上小学的时候听老师就讲过，在法国大革命的时候，革命快要失败了，这时候一奏《马赛曲》，大家一唱《马赛曲》，使失败的人都鼓起了勇气，向前冲锋，大革命得到了胜利"。（《关于文化和艺术问题》）"十岁左右，我读了《悲惨世界》，前几章使我大为震动……十二岁，我读了《钢铁是怎样炼成的》，并且奉为圭臬，我曾说过，这本书培养了一国又一国、一代又一代革命者。"（《从实招来》）他在谈冰心散文小品的文章里还说过，他初中上学时就背诵过冰心的《山中杂感》，现在看来，是不是有点"意识流、打破时空界限"的写法？另外，谈起他自己十一二岁写的《春天的心》，联想到刘绍棠读了他这篇"超早期"旧作后对他说："唉，跟你现在的文风一样……"（《读理论文章偶记》），感到一个人的写作方法借鉴也好、求新赶浪也好（如"意识流"方法），都有自己的内在依据。

到了1948年那个沉闷的夏天，他因同地下党一同志的联系暂时中断,从北大工学院自治会的"六二"图书馆,借读了康濯的《我的两家房东》,因为从中窥见了新生活的图景,"欢喜地流出了眼泪"。

三、歌颂那"春天的心"

笔者 2002 年 2 月 22 日采访了王蒙上中学时最要好的同学秦学儒。他们同在当时的平民中学上学,秦学儒从昌平农村来,家境贫苦,在北京城里上学投寄在一个较为富裕的同乡家里,同家里的仆人共同起居。秦学儒说,我当时心情不愉快时,就找王蒙谈心。谈着谈着,王蒙心疼我,竟为我流下了伤心的泪,三年中我只见他哭过这么一次。有一次,他的脚摔伤了,还是我每天背他上四楼教室上下课。我们一起加入地下党,迎接解放。

秦学儒在《我的同学王蒙》[①] 一文里说:王蒙"小时候,留着小分头,长脸形,脸蛋上还常有点红晕,戴近视眼镜","年龄小、个子小,平常拎个大书包差不多都要挨地似的。他在班上老是坐在最前排"。"1946 年下半年,北平市举行了一次全市中学生讲演比赛,内容是讲反法西斯战争胜利的。记得他取得了第一名。"这次讲演获奖使王蒙在平民中学小有名气。在 1989 年的九九重阳节的原平民中学(现北京四十一中)校友会成立大会上,王蒙被推选为四个名誉主席之一。他在会上说:"……我小学没毕业,没有小学毕业文凭;我高中没毕业,没有高中毕业文凭;我只有一张平民中学的毕业文凭。我感谢老师对我的教育……"

年轻的心是纯洁的,富于同情心的,又是勇于上进的。秦学儒对王蒙的赠言是:"王蒙学文学、历史,研究富有思想力,脑子灵敏。"王蒙给秦学儒的赠言是:"劳动的双手会写出同情的血泪,

---

① 见《中国纪检监察报》1996 年 3 月 17 日第四版。

诚实的良心立志做神圣的教师。"这里已经出现了意象的假借与通感。秦学儒说，平民中学1948年毕业的高、初中班经校长批准，出了一本《1948年北平平民中学年刊》，里面刊载的唯一一篇学生作文是王蒙的《春天的心》。

春天的心，也就是少年的心，是王蒙当时心灵的自我展示和写照。春天的心，是自我更新、自我修正的心，它要脱去冬日残留的枯枝败叶，萌生出新绿和枝芽。王蒙在这篇散文里歌颂了春的活跃，春的生气蓬勃，又让想象的翅膀飞翔。在春天里和云雀一同唱歌，和风筝一同跳舞。他写道："我们都是小孩子，应该有小孩子的心，而小孩子的心便是春天的心呀！"

文章里引用了一些古典诗词，歌颂春山、春水、春花、春草乃至春宵，然而，这些诗词写不完春天的美，"人在这美的结晶里，丑恶的会变成美善，污浊的会变成纯洁"。最后一段是：

> 虽然如此，春天的诗和含苞待放的春花一样、刚伸出头来的草一样，是幼稚的，是脆弱的。她是才入世的小娃娃，而不是千锤百炼的勇士；她是呢喃倩舞的小燕，而不是在狂风暴雨里挣扎的海燕；她是小花而非大树，诗歌而非枪炮（请恕我这句话似乎包括对诗歌的不敬）。但是，春天要被更成熟、更热情、更坚强的夏天代替，春天的心也变成钢铁的心了。①

四、少年布尔什维克

对于出生在20世纪30年代、成长在40年代的一代中国人来说，最大的特点就是政治上的早熟。在抗日战争、解放战争的背

---

① 《王蒙文集》第九卷第2页，华艺出版社。

景下，青少年的救亡意识、民族意识、阶级意识得到充分的培育。它们是同人们的生活不可须臾分离的思维内容和交流话题。

"七七卢沟桥事变"使北平沦入日寇的铁蹄之下。人们普遍感到被奴役的精神重压。王蒙刚刚懂事的时候，忘不了一次吃饭时父亲对他讲过的一席沉重话语："你要记住，你小时候是生活在一个战争的年代，是给外国军队占领的年代。"上小学有篇课文鼓吹"中日满亲善"，老师不愿讲，学生不想听，大家连喊带哄，闹了一堂课。王蒙同情劳苦大众，10岁左右上小学的时候，在一个笔记本上练习写过一个洁道夫（清洁工）的小说，写他拿着扫帚扫街，没有钱又冷，生活苦，家里的妻子儿女都等着他。自己还起了一个笔名，叫"艾文"。日本刚一投降，人们还对"国军"、国民党政府心存一些希望，但是很快便幻灭。国民党军队有的在胸前佩戴"雪耻"二字，伤兵拄着拐杖。但有的伤兵对老百姓态度极坏，动辄就居功自傲，"老子是枪林弹雨中出来的"，抡起拐杖就打老百姓。国民党军纪极坏，在偏远的街道或城镇，不少军官嫖娼。至于"接收大员"的腐败（王蒙曾对前任秘书杨流昌介绍，国民党接收大员贪污成风，学校里连粉笔都贪），经济一团糟，物价飞涨，货币贬值，老百姓更是众口怨言、有口难言。

王蒙回忆起当年，因为"具有反日的民族自尊心理"，对抗战胜利"兴奋若狂"，也"曾热烈地欢迎'国军'的到来"，但是，"国民党政府迅速使我绝望。整个腐烂的旧社会孕育着伟大的人民革命运动"[①]。

在平民中学，高王蒙四届的高中学生何平，是学校里唯一的地下党员。他在2002年1月22日访谈中对笔者说，他当时发现王蒙思想进步，就成了他的"启蒙人"，培养他入党。何平在回忆文章《我记忆中的小蒙》里说，1945年暑假开学后，新来的初一班

---

① 王蒙《我是王蒙》第41页，团结出版社。

学生中,"有一个小巧伶俐,清秀文静的小同学,十分惹人注目。他聪明好学,成绩突出,曾多次受到表扬,在全校演讲比赛中,获全校第一名。并被选送到校外参加比赛"。"经过几次接触,我了解王蒙家庭及社会关系单纯,本人头脑清楚,有正义感,同情并向往学生运动,遂把他及他的同窗好友秦学儒列为党的积极分子加以培养。利用课余时间,有时在学校操场,有时去王蒙家里,有时到我家,我给他俩介绍进步书籍,同他们讨论政治形势,由浅入深地把党的纲领、性质、作用讲给他们听。"[①] 王蒙等人还参加了地下党办的"寒假补习班",请大学生中的共产党员给他们这些进步中学生讲述革命道理。他们悄悄阅读了一些马克思主义小册子、毛泽东著作和革命(包括苏联的)文艺作品,如《论联合政府》《社会发展史纲》《大众哲学》《白毛女》《李有才板话》《士敏土》《铁流》等。王蒙还回忆起,抗战胜利后,他从党的地下工作人员那里学会的第一首进步歌曲是苏联的《喀秋莎》。到了1947年,何平高中毕业进入北大,就把他们两人的关系转给北平地下党中学委员会的黎光。

黎光在2002年5月的谈话里对笔者说,他当时是北平地下党学委中学部部长,全市分5个区:中心、西北、西南、东北、东南,他们属西北区。他从何平那里接到这个关系,感觉王蒙聪明,有觉悟,不满美蒋。王蒙家境清苦,母亲当过教员,秦学儒家里更苦。他们都爱文学,介绍他们入党,可以在群众里做宣传工作。

秦学儒的回忆基本相同,情况更细。他对笔者说,他和王蒙一起同何平或黎光相会的时间多,单独相会的时间少,因为学校当局和同学都知道他们俩是要好的同学,这种联系比地下党惯用的单线领导更保险。到了1948年秋季,他们进了河北省立高级中学一年级甲班,10月间有一天,"黎光约王蒙和我到北平图书馆的

---

① 见《瀚海》杂志1992年第2期。

树林里，在周围有人走动的情况下，他和我俩谈了参加中国共产党的问题。并让我们考虑一个星期，然后在什刹海西岸再相会，确定我俩入党问题。一周后我俩与黎光在什刹海西岸相会。王蒙和我都坚定地说：'自愿参加共产党，并为共产主义奋斗终身。'我俩说完以后，黎光作为我俩的入党介绍人正式介绍我俩入党。并把我俩入党日期定为这年的10月10日"①。

王蒙自己回忆说："我记得那是1945年的下半年，我十一岁半，有一天我站在平民中学（现在的四十一中）的操场上，这时候过来一个高二学生，他是我们学校的垒球明星，叫何平——跟我聊天。我们不认识，但都知道对方的名字。他问我最近看什么书，我就说看某某书。然后说：我觉得现在我思想'左倾'，看到贪官污吏什么的，心里烦透了。恰恰何平是地下党员，我到现在也不知道自己当时为什么突然说出这么一句话，可就是这句话决定了我的一生。这次谈话以后，各种进步书籍就源源不断地供应上了——像艾思奇的《大众哲学》、毛泽东的《新民主主义论》、卡塔耶夫的《我是劳动人民的儿子》……这些书和当时的语境正好相符——日本投降了，国民党来了，把老百姓搞得一塌糊涂，中国并未得救，而那些书似乎指出了拯救这个国家和人民的真理，我坚信这些真理，走向革命。当时，在革命与不革命之间，我是有选择机会的，但是做出这样的选择，是和我的气质有关。我的确是个忧国忧民的热血青年。"② 他曾经主办一个手写的传抄刊物《小周刊》，出了一期就被校长制止了。

王蒙是当时北平地下党中年龄最小的学生共产党员。黎光还约高一乙班的徐宝伦和王蒙、秦学儒两人一起到沙滩北大文学院

---

① 《我的同学王蒙》，见《中国纪检监察报》1996年3月17日。
② 《敞开心胸，欣赏与接纳大千世界》，见王蒙著《王蒙说》第218页，中央编译出版社。

的一个教室开会，宣布成立河北高中党支部，徐宝伦为党支书，他们俩为支部委员。秦学儒说，后来知道当时的河北高中二三年级还有一个20名党员的党支部，都由黎光同志领导，那是解放后的事。在支部成立到北平解放的4个来月的时间里，秦学儒说他们支部3个人做了一些工作：向黎光汇报学校情况；他和王蒙各联系一个同学，准备发展成民联盟员（即后来的新民主主义青年团员）；国民党调动军队防守北平时，了解一下鼓楼内的情况，看能否在作战时作为一个指挥部；1949年1月31日，国民党宣布投降的夜里四五点钟，在校园的墙上、大门上，贴好标语，组织同学扎横标、挂彩旗、写标语，迎接解放军入城。王蒙把它们概括为"发展组织，积蓄力量，迎接解放，保卫北平的工作"。

第二章　欢欣与踌躇的岁月

　　1949年1月底，解放军刚进北京城，在国会街北京大学四院礼堂召开了全市地下党1000多人的大会。过去没有横线联系的党员第一次联系了，"原来你是党员！""原来你也是自己的同志！"大家齐唱《国际歌》，北京市即将上任的军政领导和大家见面，做报告。会议从中午开到晚上，部队派车外出购买食品，烧饼、油条、大饼、窝头、酱肉，满场传递扔接，景象热烈动人。当年"七一"，在先农坛体育场开会庆祝党的生日，中间一场大雨，与会者浑身淋湿，没有人离场。毛主席和中央领导来到会场，仅鼓掌欢呼就有半个小时，毛主席讲话，郭沫若朗诵诗，全场沸腾。会议结束，大家兴奋离场，已经是次日凌晨3点多钟。

　　那是怎样的年代，又是怎样的青年？如果回头算一算，即使从20世纪辛亥革命、"五四"运动算起，有过如此欢欣鼓舞的一代青年吗？王蒙回忆说，"我年轻时常常觉得过往的老一辈实在活得冤——他们竟然那么多年活在旧社会，旧社会的生活岂能算是人的生活？后来的人也不如我们幸福，他们完全没有见识过新旧社会，没有新旧对比，没有见识过革命的凯歌行进与美丽光荣的新中国在旧中国的废墟中诞生"，只有他们一代，感到"无限光明无限幸福无限胜利无限热情十分骄傲自豪"，"是历史乃至上天的选民"[①]。然而，当他们自我感觉无比骄傲自豪的时候，他们没有

[①]《你是哪一年人》，见《王蒙说》第166页，中央编译出版社。

或极少考虑到自身的局限性，这也是他们无法避免的、历史派定给他们的局限性。如果说，比他们长一辈的人更具有历史眼光、更深知中国国情，比他们晚一辈的人更为眼界开阔，更能从世界格局中观察中国，他们就只是从抗日反蒋的战争和革命的风暴中居于一隅地认识昨天和今天。黑白是非正反对比十分分明，二者择其一。当历史以其固有的规律、而不是以人的意志为转移向前运行的时候，这一代青年人就缺乏应有的认识和准备。

50年代青年人刚刚告别黑暗、告别旧中国后，觉得一夜之间便可进入天堂，苏联就是人间天堂。王蒙说："苏联是我少年、青年时代向往的天堂。"作者在《如歌的行板》里写到"平等、无私，天下为公，人人为我，我为人人"成为吸引人"净化灵魂"的奇异的精神力量，青年们感到"我们在财产上是贫困的，是一无所有的——这正是我们的骄傲，然而在精神上，在友爱上，我们感到了真正的富足"。一个乌托邦世界活动在青年人的脑际里。王蒙作为一个青年团干部，在同青年共同度过欢乐的时光后，他也有自己的选择。历史不是总向胜利者奉送鲜花，当一个政党执政、新政权施政暴露出许多体制上的弊端、产生官僚主义等等问题的时候，王蒙在欢呼之余，也掉过头来，采取一种审视的目光。王蒙等50年代青年作家，接二连三地在中国当代历史中经历了许许多多戏剧性或悲剧性事件，这些事件也成为一面面镜子，照射出历史进程中又一轮风风雨雨。

一、新生活的铺垫者和赞颂者

在北京和平解放的时候，王蒙还是河北高中（地安门中学）一名学生。他是作为地下党员，遵循领导的意见，考试并选定这所学校的。他们这个地下党支部在1949年初做了大量的迎接解放的工作，目睹了这一翻天覆地的变化。

第二章　欢欣与跨踬的岁月

开初，王蒙还做过河北高中一年级民主青年联盟支部的负责人。很快，当年3月，就调到当时的中共北平市委青年工作委员会（后筹建为新民主主义青年团北平市工作委员会），脱离了学生生活，成了一名专职团干部。同年8月，王蒙又调到中央团校学习，到1950年5月学习期满后，分配到新民主主义青年团北京市第三区（后改为东四区）工作。

王蒙刚从中央团校毕业，住在东长安街团市委的集体宿舍里，当时有家也不肯回家住。他才15岁半，在《怀念刘力邦同志》[①]一文里，戏称自己是"一个十足的人小心大的革命家"。他调到青年团东四区工作委员会担任学校工作干事，刘力邦是他的顶头上司、团区工委书记。对刘力邦，王蒙回忆说："她不讳言她很欣赏我的各种分析与见解，欣赏我的语言与文字能力。但同时，她常常对于我的丢三落四、马马虎虎感到恼火。（我想这和年龄有关，日后长大，虽然也有上述情况，总的来说远没有当年那么严重。）她的欣赏与她的恼火我都十分清楚，我也完全接受她的意见，只是在改正自己的弱点方面，见效很慢。"那一年秋天，王蒙就东四区中学生的暑期生活给《北京日报》写了一篇通讯稿，拿给刘力邦看。刘"喜形于色，连连夸奖，而且立即背诵起文中的一些她认为写得比较优美的词句"。过了几个星期，报纸只以简讯形式从通讯稿中选出了几句话，就那么六七行，把稿中的文学描写砍了个一干二净。这是王蒙解放后第一次给报纸投稿，他说："刘力邦同志是最早发现我的'文学才能'的人之一。"到了1953年，他们在工作上分手了，他常常想起刘力邦，"想到有这样一位关心我爱护我毕竟也还是了解我的领导同志在北京，使我感到温暖"，"在困难的日子里我总觉得我对于像力邦同志这样的好同志有一个义务，我不能沉沦，我不能虚度光阴，我要拿出点成绩来报告给他们"。

[①] 见王蒙著《我是王蒙》第56—59页，团结出版社。

笔者 2002 年 3 月 7 日、12 日走访过当时同在青年团东四区委工作、先后同王蒙共事的王晋和段天顺，他们都是解放前北平的高中学生、地下党员，都比王蒙大两岁。王晋当时担任区团委书记，王蒙是区团委中学部部长，后来是副书记。段天顺在区团委是搞组织工作，王蒙一直搞学生工作。整个区团委也就十多人。在他们的回忆和叙述里，给我们描绘了一幅半军事化或战时共产主义的生活图景。

王晋说："我们那个区团委，都是十六七八，没有超过二十岁的，都没有结婚。大家都住在机关里，实行的是供给制，管吃、管穿，冬天发棉衣，夏天发单衣，连裤衩都发，发一点零用钱。大家没有级别，吃大锅饭，窝窝头、馒头、高粱米，一个礼拜吃一次肉，高兴得不得了。早晨起来穿衣服就工作，晚上工作完了脱衣服睡觉，大家在一起无话不谈，没有戒心，没有隔阂。感到党员这个称呼，同志这个称呼，亲如父母，亲如兄弟。"

段天顺说，我们区团委十来个人，大家都很真诚、热情、单纯，同吃、同住，没有上下班，没有礼拜六礼拜日。

就是这样一个区团委，同区党委、妇联、工会都在一起，都在东四十一条大院子里，共一个伙房，几十人，党团工会妇联，领导和组织整个东四区的社会生活。

如果把眼光放开一点，看看整个北京市，看看整个国内，随着土地改革和民主改革的推进，社会风气大大改变，农村打倒了地主，城市改造资本家，妓女妓院没有了，乞丐不见了，以所有制和生产关系为目的的革命运动不断推进。在当时按照按劳分配、按劳取酬的原则，不仅赌场要取缔，连发行彩票这种现象也会被视为鼓励投机，违背社会主义原则。

如果再把眼光放开一点，放到国外，对整个世界的 20 世纪上半叶基本布局做出归类分析，我们当时都崇信唯所有制论、唯生产关系论。大家传播一种思想，说第一次世界大战打出了一个苏联，第二次世界大战打出了新中国、东欧，出现了社会主义和资本主义两大阵营，如果再往后发展，打第三次世界大战呢？大家不往下说了，意在不言中。一个没有剥削、没有压迫、实现公有制、铲除私有制的红彤彤的世界，就在那里招手。

在历史发展中，如果说20世纪是以社会主义实践掀开新的一页，那么，在中国青年心目中，50年代，特别是中苏友好时期，就是理想主义变成现实的灿烂的年代。人们以告别罪恶、迎接解放、除旧布新的欢欣心情，迎接这一中国历史从未有过的年代。王蒙是这样来歌颂这个年代和这个年代的青年的：

> 伟大的中华呀，自从黄河发源于青海的巴颜喀喇山北麓，自从黄帝轩辕氏驾着指南车在大雾中与作恶多端的蚩尤氏酣战，自从河出图，洛出书，文王演周易而孔丘修春秋，在你的漫长的、悠远的历史上，究竟有几遭像20世纪50年代初期那样，年青有为，充溢活力，万众一心，蓬勃向上呢？……
>
> 是的，如果当青春到来，……正逢衰老的祖国突然恢复了青春，正逢已经霉锈和停摆了的钟表突然按照每秒钟3000转的速度加速旋转，那么，我敢说，从周口店的北京猿人到亿万斯年以后的可以轻易离开我们的小小的地球，到别的星球，到别的星系、别的空间去做客的未来人，在这无数个一代又一代人中间，你是幸福的一代！你是令人——前人和后人羡慕的一代！你的人生是骄傲的，饱满的和没有遗憾的。①

在这个年代，王蒙作为青年革命者，在年轻的中学生中工作。段天顺回忆说："王蒙性情聪慧，聪明，有智慧。在解放军围城的日子里，我们常在地安门东侧小茶馆里聊天。后来，他做中学工

---

① 王蒙《如歌的行板》，见《王蒙文集》第三卷，华艺出版社。

作，热情非常高，经常到各学校去串。他有追求，上进心强，很深入，和学生、和基层干部关系都很好。他心地善良，肯帮助人，有个特点，就是他善于分析思想，很真诚，无戒备，无隔阂。我们聊天的时候，他讲起天主教与基督教的区别，这方面我不懂。他做中学工作的时候，有一段，还抽出来，参加整顿教会。那时候，我们在区团委生活和工作，要说别的印象，他就是生活邋遢一点，比较散漫，星期天起得晚，我们就揪他的耳朵。至今，我们都向往这个群体。"

解放初王蒙从一名高中生转为专职团干部，这几年主要是做中学生团的工作，他自己说："这几年的大部分时间我联系几个中学的团的工作。在中国翻天覆地、高唱革命凯歌行进的年代成长起来的少年——青年人的精神面貌是非常动人和迷人的，特别是其中那些政治上相当早熟的'少年布尔什维克'，给我终生难忘的印象，当然，我自己也是其中的一个。"[1] 这几年，他积累了相当丰富的中学生和青年学生的生活经验。

二、《青春万岁》的写作

王蒙迟迟没有选定自己的终身职业。这一方面是由于他有广泛的兴趣爱好，当学生的时候既喜欢代数几何，又爱好文学音乐绘画，在逻辑思维和形象思维两方面都有发展的潜能，另外，因为他的特殊经历，少年时就梦想当一名职业革命家，比较容易地接受了从高一学生转为专职团干部的工作安排。

然而，职业革命家还是一个相当宽泛的职业形象，特别在革命斗争取得胜利、革命政权已经建立之后。职业革命家在和平建

---

[1] 《年轻的履历》，见王蒙著《我是王蒙》第41页，团结出版社。

设时期，也同选择一个专门性职业并不矛盾。1952年，我国第一个五年计划建设开始，王蒙曾申请高考，学土木建筑。他被脚手架、卷扬机、搅拌机所吸引，希望到一线工地去。这个申请没有批准。就是在被错划"右派"以后，他的文学创作已经产生盛大影响，还曾经闪过念头，改行去搞数学。

但是，对生活的热爱，使他在根本性情上选择了文学。他幼年就养成对社会生活一种诗意的敏感、探寻和追求。他从小就能背诵许多古典诗词，平时说话就随机带出诗词歌赋。在区团委工作，同事就见他念诵普希金和西蒙诺夫的诗文。他一直记得自己度过的一个除夕之夜："那是在1953年的新年除夕，我以区里的新民主主义青年团干部的身份去一些学校参加学生们的迎新活动，我骑着一辆破自行车在鼓楼大街上飞奔，听到了午夜的钟声……在飞速行进中度过了一年，我自我感动得要命，当然，那是幸福。"[①] 他担任过东四区第一个学生夏令营——马特洛索夫夏令营的营长。他说，"1953年深秋的一个晚上，在离北新桥不远的一幢新建的二层小楼里，当时担任共青团的干部的十九岁的我，怀着一种隐秘的激情，关好那间办公室兼宿舍的终年不见太阳的小屋的门，在灯下，在一叠无格的白片艳纸上，开始写下了一行又一行字"，"我意识到这是发生了一件影响我的一生命运的事情"[②]。

就是这样，王蒙从新生活的铺垫者、赞颂者，又自觉变成了创作者。他在另一处说，对生活的爱使他走向文学，"我既是生活的实行者、当事者，又是生活的欣赏者、观察者"。曾在区团委工作的王晋对笔者说："我和王蒙都做中学工作。当时中学生活十分丰富，夏令营、营火晚会、远足、节假日、男女校对口组织合唱团。我们就议论，如此丰富的中学生活，却没有一本反映中学生

---

① 王蒙《浪漫情怀》，见《靛蓝的耶稣》，作家出版社。
② 《我在寻求什么?》，见《我是王蒙》第177页，团结出版社。

生活的小说。没想到，他动了这个心了。开始的时候，他偷偷地写，关起门来写，桌上堆着各种卷宗文件，埋着头在里面写。后来，被发现了。那时，团干部思想开明，耀邦同志主持团工作，大家都支持团干部上进，晚上尽量给他提供方便。我们中学部一个同志，还帮他誊清手稿。我们后来也知道，这就是他的第一部长篇小说《青春万岁》。"

《青春万岁》从1953年11月写起，初稿用了一年。1954年冬，王蒙把初稿拿给文学讲习所的潘之汀，潘转给了中国青年出版社。到1955年，出版社文学编辑室吴小武（萧也牧）约王蒙去萧殷家谈话。萧殷肯定了作品的基础，并就全书缺乏一条主线、一条贯穿线索提出了许多具体意见。1956年初，萧殷帮助王蒙以中国作家协会的名义申请了半年创作假。同年9月，书稿写完。

50年代初，作为中国青年学生活动的一个黄金时期，这部长篇集纳了当时中学生多姿多彩的生活状况，让读者看到了他们奋发有为、追求理想又耽于梦想的精神风貌，这本身就构成了它的特殊价值。王蒙在《祝〈青春〉丛刊创刊》的祝词里的两句话："青春需要文学的光彩、文学的抚慰与鼓舞、文学的启迪与丰富。文学需要青春的活力与热情、青春的率真与勇气。"[①] 倒是说出了这本长篇小说存在的价值。

作者在小说的首页《序诗》中，写下了这样的句子：

> 所有的日子，所有的日子都来吧，
> 让我编织你们，用青春的金线，
> 和幸福的璎珞，编织你们。
> ……
> 所有的日子都去吧，都去吧，

[①] 见《王蒙文集》第六卷第311页，华艺出版社。

> 在生活中我快乐地向前,
> 多沉重的担子,我不会发软,
> 多严峻的战斗,我不会丢脸;
> 有一天,擦完了枪,擦完了机器,擦完了汗,
> 我想念你们,招呼你们,
> 并且怀着骄傲,注视你们。

作者在构思这部作品的时候,最大的苦恼在于结构。能不能采用长篇小说惯有的手法,集中写一两个主人公的命运,集中写一个故事的始末?萧殷在1955年审读书稿时,正是就需要一条主线、一条贯穿线索提出了自己的想法。王蒙考虑再三,作了这样的表示:"我希望我写得与众不同:生活气息、诗情、哲理……我企图打破那种以一个贯穿的戏剧性的故事来结构全篇的惯常的写法。"① 后来,作者在一次唱片音乐会上,听了苏联一部交响乐新作,在结构上受到启发,感到应既分散又统一,既多样又和谐,有时主次有序,有时又互相冲击,突然变调,达到总体的和谐。小说在抒情的《序诗》之后,第一节一开篇就是写女中高中学生的群相,写她们的露营和有男中孩子参加的营火会,作品的主要人物、次要人物几乎全都露面了。

作者着意以"生活气息、诗情、哲理"驾驭全书,让各种人物穿插其间,实际上也就是萧殷1957年在书评中所肯定的作者表现这群中学生所显示的"艺术力量和思想力量","这种力量不能不归功于作者深邃的观察力与体察入微的感受;不能不归功于作者的概括能力与磅礴的抒情诗般的革命热情"②。

作品无意推出一两个主人公,但是,纳入其中的许多女中学

---

① 王蒙《我的第一篇小说》,见《王蒙文集》第七卷第620页,华艺出版社。
② 萧殷《读〈青春万岁〉》,《文汇报》1957年2月23日。

生重要人物中,都有各自分明可辨的人物性格。而且,从头至尾,从各种学生活动到高中毕业分配,人物性格都没有固定化、静止化,各自都有自己的思想爬坡和成长过程。郑波家境坎坷,性格沉稳顽强,身在学校,一心向往革命,终于艰苦努力补上了过去落下的功课,成绩名列前茅。杨蔷云聪明活跃,积极肯干,但是心直口快,待人处事有点所向披靡,不顾影响,后来就有所觉察,注意自我收敛。李春功课好,性情孤傲,从母亲屈死中感到做人不能"窝囊",在自我奋斗中又只顾自己,最后找同学谈心认错。袁新枝和她的父亲袁闻道一样,是班上很好的黏合剂,有动人的剪影。至于那个"仁慈堂"孤儿出身、信仰天主、性情忧郁的呼玛丽,出身资本家家庭、老闹头痛、意志消沉、受过姐夫侮辱的苏宁,更是让读者过目不忘,也都有自己的长进。作品最后写到她们中学毕业的时候,她们除旧布新、成长前进,点题般地作了这样的抒发:"人生是这样美好,我们的父兄和弟妹都羡慕地注视我们,劳动和功勋召唤着我们,让我们献出中学时代所有的热情、聪明和美丽,尽情地唱吧,跳吧,笑吧,只要地球不脱离它那椭圆形的轨道,震荡它一下也不要紧——青春万岁!明天万岁!"

  应该说,以中学生生活为题材,在主旨思想的深度开掘上,是相当困难的。如果拘泥于作为创作流派的现实主义的客观描绘,容易在写作上给人以初见新鲜、久习又觉沉闷的感觉。王蒙能适时摆脱这种局限,加入浪漫主义色彩很强的介入和抒发。作者有时让他的人物对自然界做出独语式对话,有时又插入一段,呼喊"亲爱的读者",让不同岗位的读者同他笔下的中学生联系起来,要他们"过新年的时候到学校来吧,不要拒绝孩子们的激情吧"。例如写到郑波送别她的男朋友后,她独自笑了:"她笑了半天,自己也不知道笑什么。真好,在这个初雪的夜里,大街上静悄悄,没有人听见她的笑,小雪花也不打扰她。但是,雪花当真不知道她的快乐吗?不,它知道。要不,为什么它们这样起劲地满空飞舞？为什么它们特别地绕着郑波旋转？它们落在郑波的头发上、眉毛上、耳朵上，马上又化去。它们微微地挑动郑波的心。郑波在那儿站着不动，雪花引起了她无限的柔情。"

王蒙不去拘守已存的科律，而是采用他的"生活气息、诗情、哲理"的特长，用它们介入作品，介入人物，借以拍击读者的心扉。

这部作品在反映 20 世纪 50 年代中学生生活方面，具有不能替代的价值。从今天来看，如果有什么问题值得反思，那就出现在除旧布新方面。从告别旧中国、旧学校来说，作品写得真切，从布新来说，作品显得比较模糊，亮色太多。学校团组织的大量活动，团组织与教师与学校行政的关系，科学的教学秩序如何安排，那是 50 年代面临的问题。作品曾点到袁先生同团支部的关系不够协调，郑波提出的"这几年，老师们把知识传授给我们，但是，说起我的思想和性格的成长，从教师那儿得到的毕竟不多"，实际上是不适当地突出政治已经潜生在当时火热的中学生生活里了。作品在最后写到杨蔷云要保送到苏联留学，同她的男朋友张世群在颐和园有这样的对白：

"据说，一去就要七年。多么想这个颐和园呀。"
"不要紧，你到克里米亚玩去，黑海海滨的公园会很美！"
"要离开北京了，相当远啊。"
"远什么？到了共产主义社会，从北京去莫斯科，就和从你们女中到地质学院一样方便。"
"对了。"蔷云点头。

作者当时只有二十岁，他笔下的人物也只有十七八岁，对于当时的中国如何继往开来，我们不能够求全责备地要求他们做出科学的分析判断，如果联系到此后极"左"政策的恶性发展，我们就更可以理解这一切了。然而，毕竟这是社会乌托邦的一个投影，不能遮盖小说整体现实主义画面的价值。

三、坚挚的爱情

1957年1月28日，王蒙同崔瑞芳结婚，婚礼在北京西四小绒线胡同27号举行。新房里有新买的软椅、转椅、一头沉书桌和玻璃门书柜等新家具。没有主婚人、证婚人、伴娘、伴郎和牵纱童。婚宴是自家做的炸酱面。当天下午，双方的一些朋友、同学前来祝贺，吃喜糖瓜子花生。王蒙提议听听唱片，首先放的是苏联歌曲《列宁山》，崔瑞芳又要求放了周旋的《四季歌》和《天涯歌女》，接着又放了柴可夫斯基的第四交响曲第二乐章——《如歌的行板》，还有《意大利随想曲》。王蒙还唱了意大利歌曲《我的太阳》。最后，大家还一起唱了《深深的海洋》。

当时，王蒙刚调到四机部有线电厂担任团委副书记，崔瑞芳就读于太原工学院。崔瑞芳在他们的婚礼的回忆里，还有这么一笔："但我仍然为婚礼比我想象的要冷清而觉得遗憾，从而预感到了一帆风顺和风头正健的王蒙似乎正面临着什么事变。其实我是最不在乎人的这些处境的沉浮了，我有勇气直面前景的险恶。"[①]

他们的相识是1950年夏。如果从青少年经历来看，崔瑞芳同王蒙十分相似。崔瑞芳在北平上中学时于1948年参加革命，1949年加入共产党。他们真正相识、真正打交道是1951年夏。那时王蒙作为北京城三区团委的干部，召集各校学生干部开会，研究学生暑期活动，崔瑞芳是北京女二中的学生。一进门，王蒙就说："我好像在哪儿见过你？"崔瑞芳回答："是吗？不会吧，我从来没到这里开过会。"他们回忆似乎是头一年在北海公园会过面，似

---

① 方蕤《我与王蒙》第161页，广西教育出版社。

乎，某种先验缘分的念头一直闪现在他们的心里。

相识后，王蒙有一次问崔瑞芳："你猜我爱的第一个人是谁？"崔答："我哪里会知道。"王说："那是周爱华，我在电影里看到她时，认为她真美。我想将来我长大后，就娶她这样的人。""那年你多大呀？""十二岁。"他们笑了起来。他们有一次在地安门西大街散步，还有两站就到目的地，崔提议："咱们坐电车吧！"王不肯。等电车到站，王把崔推上去，电车"当当"前行，王在马路上跟着跑。促成他们爱情滋生和发展的另一个重要因素，就是他们共同对文学的爱好。王蒙在谈话中，常引用一些古典诗词，崔瑞芳对这位小她一岁的年轻人的少年老成，极为赞赏。1956年，崔瑞芳在太原工学院念书的时候，3月的一天忽然在校园黑板上看到"王蒙"两个大字，说是《火花》编辑部要找小说《春节》的作者，因为王蒙写的这篇小说的主人公自称是太原工学院的学生，他们误以为王蒙也在这个学校里。崔瑞芳下完第四节课，顾不上吃午饭，一口气跑到解放路新华书店，找到了刊有这篇小说的《文艺学习》1956年3月号。她就地坐在阅览架旁边，一口气读了这篇小说，呀，小说中那个姓"王"的"我"，不是在渴望着她、呼唤着她吗？她迅即给王蒙写了一封信。就在这年暑假8月底崔瑞芳即将返校时，王蒙来到崔家，直率地向她求爱。接着，9月9日，王蒙从北京来到太原工学院来看她。在崔瑞芳同窗同宿舍的女同学的簇拥下，他们的爱情关系，也得到了公认。

这一对青年由太原定情、北京结婚开始的爱情生活，经历了漫长而又坚挚的旅程。崔瑞芳回忆时，有过这样的概括："路是我们共同走过来的。路途不论有多么遥远，前途不论有多么渺茫，途中不论有多少的荆棘，路面不论是多么坎坷，气温变化不论是多么无常……我们都曾经携手胜利地也许可以说是快乐地走过来了。"他们一起经历了"反右派"、下放劳动、去新疆，他们生儿育女，营造家庭，走过了近半个世纪。"王蒙常常感慨地说：我这一生没有什么憾事,人间没有比爱情和文学的成功更令人骄傲的了,我是一个幸运者。"①

王蒙在爱情和文学上的两大成功,不单是并行不悖的,也是互为因果的。1953年,王蒙在东四区团委一张破旧办公桌上,把公文批件放在表层,悄悄地偷偷地写作《青春万岁》的时候,崔瑞芳走进门来,他告诉了这个秘密。她于是连声说好,"你写吧,准行"。1956年9月9日,王蒙请假五天,来到太原看她,一起看晋剧,逛柳巷、海子边公园,不巧因照相机的胶卷没有挂好照了一卷空片,临到王蒙乘火车返京之前,告诉她一个惊喜的消息:"《组织部来了个年轻人》将要发表在《人民文学》9月号上。"②他们的爱情就与文学纠结在一起了。

四、《组织部来了个年轻人》与理论之累

就在1956年,王蒙的《青春万岁》修改稿尚未完成的时候,9月号的《人民文学》发表了他的短篇小说《组织部来了个年轻人》③。这是王蒙写作中第一个重要的转折。它标志作者由过去一味地站在社会、学校、机关、权力部门一边,无比信赖地站在它们一边,去审视笔下的人物,转换了另一种角度。即掉过头来,转向党的一级机构区委会,转向"年轻人"新来的那个"组织部"。这是一种可贵的敏感,也是一种难能的转折。

《组织部来了个年轻人》把故事安置在北京的某个区委。林震作为一名谦虚谨慎、努力工作、受过教育局奖励的党员小学教员,

---

① 方蕤《我与王蒙》第163—166,17—21页,广西教育出版社。
② 方蕤《我与王蒙》第163—166,17—21页,广西教育出版社。
③ 原稿题目为《组织部来了个年轻人》,1956年发表时题为《组织部新来的青年人》,后恢复原名。

突然提着行李，调到区委组织部工作。他到组织部报到遇到的第一个人就是第一副部长刘世吾，此人油气较重，能顺口溜地正确地说出组织工作的重要性，但是，心地冷漠，觉得一切"就那么回事"。他遇到的第二个人是大大咧咧、工作不深入、满足于空洞汇报的顶头上司韩常新。在麻袋厂，他看到厂长低头下棋，只讲工作要对上级负责，在男女关系上受过处分，另外一个组织委员只会吵架，谈起工作"像搁了一个星期的窝窝头一样干巴"。从这里，如果我们对比地看看王蒙此前的作品，《小豆儿》写姐弟二人如何提高警觉，观察解放前在国民党军队干过事的叔叔和父亲如何鬼鬼祟祟，最后从叔叔的箱子里搜查出手枪，立即向公安局派出所报案，《青春万岁》里写女学生苏宁决定向区政府写信，检举揭发父亲如何囤积面粉、倒卖面粉、破坏粮食统购统销政策，都是写大义灭亲，表现权力机构的威力和职能，这篇有关区委的新作，就明显看出一种掉转笔锋的新意了。

在林震面前展现的、实际主持组织部工作的、最终同他直接冲突的刘世吾，是这样的人：有思想有能力，但是传阅文件只翻翻题目和结尾就签名送去；对于亟待解决的问题总是拖沓，认为解决的"时机目前还不成熟"，满足于"成绩是基本的，缺点是前进中的缺点"；能分辨"是"与"非"，知道"是"一定战胜"非"，又不是一下子战胜"非"，以致发展到一种"可怕的冷漠"，"不再爱也不再恨"；于是，他可以出神地研究一盘象棋残局，发展到自我醒悟地得了一种职业病，"炊事员的职业病是缺少良好的食欲"，"我们，党工作者，我们创造了新生活，结果，生活反倒不能激动我们"，他认可了乃至不去克服这种职业病。在列席参加的区委常委会上，林震举起了手，正面对刘世吾展开了严厉的批评。

使读者感到巨大震动的是，作品没有去写一个糊涂、无能、简单粗暴的官僚主义者，刘世吾解放前作为北大自治会主席，年轻热情,有过辉煌的革命斗争经历,是组织部的职业使他得了这种可怕的"职业病"。组织部这个行当,受不到监督和竞争,顶头的党委书记又忙这忙那顾不得插手干预,如果指望一个干部、一位领导的自我修养和品质,是不能保证一个机构的活力和健康的。50年代,就有读者敏感到,如果林震本人将来当上了组织部的领导,会不会变成第二个刘世吾,这种敏感是令人深思的。

作品以它新颖、有深度的设计和开掘,引起了社会广泛的反响。《文艺学习》杂志收到300多封读者来信肯定这篇作品,杂志社还组织了作品讨论,在4个月时间里,收到了1300多篇来稿。许多知名作家、批评家如秦兆阳、艾芜、康濯、刘宾雁、唐挚都著文参加讨论。这些文章大都肯定了作品的现实意义,赞扬了作者敏感地、又不是简单化地塑造了刘世吾这个特殊人物,称赞了林震的斗争精神和可贵的品格,当然,见仁见智,也就作品的不足发表了各种意见。这些讨论,也都肯定了作品是在当时创造新英雄人物的主流之外,在干预生活的揭露性领域里,做出了宝贵的探索。

现在看来,在围绕这篇作品的讨论中,对文学创作和文学理论的发展影响最大的,是当时流行的一种理论观点的介入,特别表现在这篇作品的否定性的批评之中。这种理论观点就是搬用典型环境中的典型性格论和阶级分析法。

李希凡在《评〈组织部新来的青年人〉》[①]里,认为作品在"刘世吾等人的典型环境"上出了问题,"在典型环境的描写上,由于作者过分的'偏激',竟致漫不经心地以我们现实中某些落后现象,堆积成影响这些人物性格的典型环境,而歪曲了社会现实的真实"。评者认为作者在刘世吾等人的揭露性描写里,实际只有一个结论:"在党中央所在地,党的生命核心的北京,党的工作的

[①] 《文汇报》1957年2月9日。

各个环节,和站在这些环节上的所有领导干部,都是大大小小的官僚主义者,都是黏结成这个区委组织部工作错误的'一系列的缘故'。"这样,在"典型的历史的和现实的环境"描写中,作品是"艺术真实的歪曲",也是"客观现实的歪曲"。其次,此文认为作者赞扬林震的诸多描写,如斗争的软弱性,对生活的梦想,包括音乐在内的独特爱好,同赵慧文的爱情纠葛,以及孤僻忧郁情调,"这些高尚、淡雅不同流俗的美,这些超然于现实生活的诗化的狂热的梦想,并不是布尔什维克的对待生活的'现实主义'的态度,相反的,却和过去的褊狭的小资产阶级灵魂王国里的人生观和审美趣味,大有相通之处"。最后,文章追踪作者站在什么立场描写这一切,结论就是没有把"立足点移过来",在"是用小资产阶级的狂热的偏激和梦想,来建设社会主义和反对官僚主义,还是用无产阶级的大公无私的忘我的激情和科学的'现实主义'的态度,来建设社会主义和反对官僚主义"的问题上,王蒙同林震是"一致"的。

唐挚在《什么是典型环境?——与李希凡同志商榷》[①]一文中,以保护者的角色对李文进行了反批评。唐挚在文章里没有过多地从理论概念、环境典型不典型等等出发,而是比较平实地评论了作品的成绩和不足。他就"刘世吾性格的真实性以及这性格究竟是如何形成的"替作者作了辩护。唐文认为,刘世吾极度冷漠的性格,有它的历史原因,作品写到他对于革命斗争和各项事业总是抱着一种"单纯""美妙""透明"的梦想,对于眼下的组织部长工作却感到冷漠、厌倦。另外,也指出作者以"艺术家的勇气"正视了这种性格产生的现实原因,如区委书记所兼的组织部长只是挂个名,刘世吾得不到监督,区委常委开会常常人到不齐,有人打瞌睡,等等。评者发问:"如果这一切确实可能存在",

---

① 见《文汇报》1957年2月25日。

它们又使得刘世吾等人的"性格和作风得到发展，因而找到了自己性格赖以生存的空隙，作者为什么不应该尖锐地批评、勇敢地加以鞭挞，作者愤慨的声音，为什么不值得我们警惕？"唐挚认为，不能"把产生某种落后性格的现实原因加以探索，一概斥之为'歪曲''夸大'"，更不能因为小说所写事件发生在北京，就是得出"党的工作的各个环节""所有领导干部"都成问题的结论。文章没有肯定作品充分地描写了典型环境，但认为李希凡以"典型环境"否定整个作品，是不能成立的。此外，值得注意的是，唐文在文章中没有贴阶级标签，没有用小资产阶级、资产阶级、无产阶级去给人物划类，也没有因人物、因作品而连及作者，做出作者同某人物站在一起，也是"小资产阶级"顽强地表现自己的一种现象等等结论。

有关这篇小说的评论，已经过去近半个世纪了。改革开放后，这篇小说也以"重放的鲜花"得到了正名。王蒙自己1979年也认为，小说"最近宣布'落实政策了'"。笔者在此无意追究当初那场作品讨论的是是非非和诸多问题。但是，在回顾中，有个理论问题值得我们今天提出来加以探究，那就是，在讨论中，以及文学创作中，出现了用"典型环境中的典型性格"和"阶级分析"来统治和观察我们文学的现象。

可以说，"典型环境中的典型性格"论对20世纪的苏联文学和中国文学，其统治时间是数十年计。恩格斯在1888年4月初给玛·哈克奈斯的信里，就她的小说《城市姑娘》提出了自己的看法。恩格斯首先肯定了作品的"现实主义的真实性""真正艺术家的勇气"，但是，还不是"充分的现实主义"。接着，他提出了著名的论断："据我看来，现实主义的意思是，除细节的真实，还要真实地再现典型环境中的典型人物。"[①] 恩格斯认为，《城市姑娘》

---

① 《马克思恩格斯选集》第四卷第462页，人民出版社。

中的工人阶级形象是以"消极群众的形象"出现的,他们"不能自助",如果这是对1800年或1810年即圣西门和罗伯特·欧文时代的正确描写,那么,对于作品所表现为1887年,在战斗无产阶级进行了50年之久的斗争看来,这种描写就不可能是正确的。"工人阶级对他们四周的压迫环境所进行的叛逆的反抗,他们为恢复自己做人的地位所做的剧烈的努力——半自觉的或自觉的,都属于历史,因而也应当在现实主义领域内占有自己的地位。"

恩格斯显然是拿作品同它所表现的特定时代进行对比,提出这个著名论断的。恩格斯的意思是,作为表现一个时代的小说,不仅要描写阶级斗争的关系,而且要写出阶级力量的消长和对比,显示工人阶级的反抗和觉醒,只有这样,才是写出了典型环境。但是,恩格斯就一部特定小说所表现的特定时代、所表现的工人阶级的特定面貌而提出来的要求,并不是绝对的、无条件的。恩格斯并没有完全否定《城市姑娘》,而且对她说,您这次是先写"工人阶级的消极面",把描写"积极面"留给另一本书。一个时代有各种各样的作家,每个作家又各有特殊的写作范围和描写对象,一个作家有许许多多作品,作品又因或歌颂、或暴露、或突出积极面、或着意鞭挞阴暗面以及体裁规模的不同(长篇小说有可能全面概括,短篇作品适于剖析生活横断面)而形成各种不同的风格样式,究竟哪个作家、哪部作品适于恩格斯的这种分析,那是千差万别、不可绳之一律性要求。何况,不能要求一部特定作品都要完全等同于一个特定社会的阶级分析。在20世纪30年代的苏联文学和中国文学发展中,不实事求是地、违反艺术规律地强行要求作家在每篇作品都去表现"典型环境中的典型人物(性格)",负面影响是很大的。于是,写土地改革、写合作化、写军事战役、写城市工厂学校,普遍出现艺术布局大同小异的公式化局面,那种"队长(厂长、司令、校长)抓业务、书记指方向、知识分子(专家)大动摇、抓出一个大坏蛋"的程式套套,在读者中就见怪不怪了。

把某种理论观念先验地、强行地嵌塞到创作和评论中去，就会出现争论的浪费，或无益的争论。本来，这篇作品就是写一个敏锐、勇敢进取的青年人对一个沉闷、拖沓的机构和领导发起的一场冲击，里面的生活情趣和人生哲理让人感奋、给人启迪，这就够充分、够有深意的了。这里面谈不上无产阶级指向资产阶级，也不是资产阶级指向无产阶级（特别是急风暴雨的阶级斗争结束之后，所有制关系改变之后），而是人民内部的一场思想交锋，是先进与保守守旧守成的一场交锋。这里，不存在丑化某级组织、党委进而指向市委、指向中央的"客观现实的歪曲"，如果因为作品提到北京、又是直属的某区委组织部，北京又是中央所在地，由此，用"典型环境"作上下左右牵连，那么，任何作品，哪怕一个讽刺相声，也可以套用这种分析方法。因为，相声里总有人物，人物总有职业，有社会联系，有中央地方的各种关系，任何人都可以蛛丝马迹地说出作者如何"歪曲"一二三来。于是，在作品讨论中出现了一种奇怪的现象，批评者极力列出作品没有写出"典型环境"，支持者又指出作品如何充分地写出了"典型环境"，在概念上兜来兜去，莫衷一是。

"阶级分析"法，似乎也同出一辙。本来，在存在阶级的社会中，人们因对经济和生产关系的关系的不同而形成不同的阶级营垒和阶级观点，这是一个科学的历史唯物主义观点。然而，在我国20世纪50年代往后的发展中，"阶级分析"的滥用，也影响到文学。知识分子似乎不约而同地被认定是"小资产阶级"，后来又发展到知识分子、包括党内的知识分子都属于"资产阶级"了。作为无产阶级的政党，里面的知识分子都属于资产阶级，似乎逻辑不合，又都习焉不察。这个问题，一直到改革开放，认定知识分子属于工人阶级，才得到拨乱反正。那么，王蒙的《组织部来了个年轻人》里面的人物该不该划阶级呢？批评者普遍地把林震、赵慧文分析为"小资产阶级"的狂热、偏激、梦想、审美趣味、灵魂王国等等,反正,不是无产阶级的。然而,从作品的实际描写来看,从林震到组织部报到写起,写到他的积极谦虚,"夜晚记日记","到处征求人们对他的意见","除了工作,就是工作",受过奖励,订学习规划,会前看材料准备提纲,认真向领导汇报情况,希望赵慧文把意见对区委书记谈,或写成材料给《人民日报》,认为"人要在斗争中使自己变正确,而不能等到正确了才去做斗争",这对一个青年党员干部,有什么可以挑剔的呢?作者写到他与赵慧文的关系,写到他们两个人欣赏画,欣赏美丽的《意大利随想曲》,两个人的精神共鸣,林震的性意识的敏感与萌动,那种使人激动也使人困扰的"情绪的波动"等等,是不是一写到这些,就是"小资产阶级"呢?是不是别的阶级就不存在这种"情绪的波动"呢?笔者在此无意把林震划归无产阶级,而是觉得在作品所实际表现的人物社会关系中,没有必要粘贴这类沿用已久的阶级标签。如果贴了阶级标签,就有一个阶级路线,有联合谁、反对谁的问题。无怪乎,有的批评者建议王蒙要在作品中写出林震应该和工农群众相结合,同工厂的魏鹤鸣这样的人交朋友,而不能只写他和赵慧文的交情和关系。似乎这一来,林震就可以从小资产阶级跃升到无产阶级,作品就可以站得住脚。这种建议真是让人啼笑皆非,作家创造作品时萌生的那种艺术激情、艺术构思,就完全被一个社会问题的社会分析所肢解所替代,其艺术效果就可想而知了。

王蒙在1957年回忆这篇作品时,感到自己写作时,产生了很好的"艺术感觉","迷信""生活真实",相信生活比理论更丰富,于是大胆地写作下去。但是,当铺天盖地的批评压了下来,当某些不适宜的理论观点套了进来,他自己也抵挡不住。除了某些明显的扣帽子他有保留外,作者自己也检查了"作者的心灵深处还存在着一些与林震'相通'的东西——它们是对于生活的

'单纯透明'的幻想,对于小资产阶级知识分子的孤芳自赏与狂热心理的玩味,不喜欢'伤感'却又以伤感点缀自己的'精神世界'等等",自己成了人物的"思想感情的俘虏"。① 现在看来,一个时代的局限除了发展到一定历史阶段才能予以廓清之外,那些当事人,那些时代局限的身受其害者,有时也不能认清这种局限,甚至支持那些批评自己否定自己的错误观点,这种现象是令人思考的。而且,这种现象在我们过去那些反反复复、批过来批过去的日子里,也屡见不鲜。

五、"讲话"传闻与"扩大"成"右派"

王蒙的《组织部来了个年轻人》在文学界引起广泛关注、激烈争论的时候,正好赶上党中央决定从1957年起开始整风,整顿主观主义、官僚主义和宗派主义。毛泽东看到这场争论,讲话了。王蒙介绍:"他讲了多次,包括在熙年堂召开的新闻、出版、文艺座谈会上,在最高国务会议上,都讲了这个问题。在中央宣传工作会议上的讲话,我听了录音。几次讲的意思大致内容是这样:听说王蒙写了一篇小说,有赞成的,有不赞成的,争得很厉害,反对的人还写了文章对他进行'围剿',要把他消灭。可能我这也是言过其实,我看了李希凡写的文章(指李希凡在《文汇报》上发表的《评〈组织部新来的青年人〉》),不大满意,李希凡也是新生力量嘛,现在写文章我看不懂,大概是当了政协委员的关系吧。"王蒙接着解释说:"毛说到李希凡时,有点讽刺的意味,不过时过境迁,这些都没关系了。现在李希凡还是我的朋友。除李

---

① 王蒙《关于〈组织部新来的青年人〉》,见《王蒙文集》第七卷第587页,华艺出版社。

的一篇外,还有一篇,就是陈其通、陈亚丁、鲁勒、马寒冰四个人合写的准备在《人民日报》发的《是香花还是毒草》,立意要把我的那篇小说打成毒草。后来这篇文章的清样送到毛泽东那里,他看后非常不满意。"王蒙接着介绍说:"毛泽东看了这篇文章后说,反对王蒙的人提出北京没有这样的官僚主义,中央还出过王明、出过陈独秀,北京怎么就不能出现官僚主义。王蒙反官僚主义我就支持。他是共青团员吗?(别人回答说:不是,是党员。)是党员也很年轻嘛。王蒙有文才,就有希望。当然,《组织部新来的青年人》也有缺点,正面人物写得不好,软弱无力,但不是毒草,就是毒草也不能采取压制的办法。这一点给我的印象很深。接下来,他还引了王勃《滕王阁序》中最有名的两句:落霞与孤鹜齐飞,秋水共长天一色。说:我们的政策是落霞与孤鹜齐飞,香花并毒草共放。"①

黎之在《回忆与思考》一文里,谈到毛泽东在 1957 年 1 月的省市委书记会议期间,读到《文艺学习》上讨论《组织部新来的青年人》中马寒冰(四人之一)批评这篇小说的文章,在会议结束那天找了周扬、林默涵和作协的几位负责人谈了对这篇小说的看法。黎之的日记只是记了大意,内容与王蒙的上述介绍基本相同。黎之文章还介绍了毛泽东 1957 年 2 月 27 日在最高国务会议和十一次(扩大)会上的讲话,其中有:

> 有个人叫王明,哎,不对,叫王蒙。他写了篇小说,叫《组织部新来的青年人》,批评我们工作中的缺点。仔细一查他也是个共产党。共产党批评共产党,好嘛。有人说北京没有官僚主义。北京怎么没有官僚主义?北京的城墙这么高,官僚主义不少。现在有人围剿王蒙,还是部队的几个同志,

---

① 王蒙《我看毛泽东》,见《王蒙说》第 403—404 页,中央编译出版社。

好家伙，大军围剿啊。我要为王蒙解围。①

毛泽东这些有关王蒙的《组织部新来的青年人》的讲话，是在全党动员整风的1957年初期。毛泽东1957年3月12日《在中国共产党全国宣传工作会议上的讲话》中的第七点，谈到"'放'还是'收'？"的问题时，明确提到"党中央的意见就是不能收，只能放"，"放，就是放手让大家讲意见，使人们敢于说话，敢于批评，敢于争论；不怕错误的议论，不怕有毒素的东西；发展各种意见之间的相反争论和相互批评，既容许批评的自由，也容许批评批评者的自由；对于错误的意见，不是压服，而是说服，以理服人。收，就是不许人家说不同的意见，不许人家发表错误的意见，发表了就'一棍子打死'"，"我们主张放的方针，现在还是放得不够，不是放得过多"②。毛泽东关于王蒙作品的讲话，是在这样的背景下讲的。王蒙解释："他讲这些，当然都是从最高意义上作为一个政治家讲的，我体会他是想通过这件事尽可能把空气搞得活跃一点，创造一个自由环境，真正贯彻百花齐放、百家争鸣。"③但是，随着整风形势的发展，大鸣大放的开展，情况变了。毛泽东1957年5月15日写了一篇发给党内阅读的文章《事情正在起变化》，到6月8日，就起草了题为《组织力量反击"右派"分子的猖狂进攻》的党内指示了。

无疑，毛泽东关于王蒙小说争论的讲话，是带"保护"性的，一是认为王蒙反官僚主义，对王蒙本人也有所肯定；二是认为那些批判并把王蒙作品打成毒草的文章不在道理，是压制，妨碍整风运动的开展，妨碍百花齐放、百家争鸣方针的贯彻。当时，文

---

① 黎之《回忆与思考——1957年纪事》，见《新文学史料》1999年第3期。
② 《毛泽东选集》第五卷414—416页，人民出版社。
③ 王蒙《我看毛泽东》，见《王蒙说》第404页，中央编译出版社。

艺界和社会上传播的毛泽东"保护"王蒙的讲话，大致也是这两个方面，大家理解是发生在整风运动初期。

同时，我们也注意到，毛泽东有关王蒙的讲话，没有正式列入毛泽东的文章，见诸报纸，或载入《毛选》，也没有见诸党内文件，比如党中央就王蒙小说专发一个有毛泽东批语的文件。这样，毛泽东讲话，有真实性，大家都传播；但又是确确实实地"传闻"，而不是"文传"。这种"传闻"，可以使一个谨慎的领导在处理王蒙"右派"问题时不以这篇小说作立案根据，却又无法为王蒙此后打一张保票。

当记者普遍问到王蒙"毛泽东保护了你，后来为什么还把你打成了'右派'呢？"这个问题时，王蒙无法回答。王蒙说："定我为'右派'的过程和内情到现在也不知其详，我也不想知其详。"至于定王蒙为"右派"，正如他本人所说的，"我认为没必要报到他（毛泽东——引者）那里，也不可能是经过他的过问的"，"当然我无权也无法要求像他这样的党和国家的领袖不断地过问我的创作、个人的遭遇，我不能那样去要求，也不应该再去麻烦他"[①]。

另据黎之的回忆，1957年"反右"深入后某天，周扬提到北京团市委要来人，同作协谈王蒙的问题，请林默涵"明天找他们谈谈"，并说："我看还是不要划王蒙'右派'。"第二天，在林默涵办公室，"林说：我和周扬同志研究了一下，大家觉得不划王蒙'右派'为好。他的小说是毛主席肯定的。王蒙才二十几岁，很有才华，年轻人有缺点多帮助他，团委那位同志说：我们不是根据这篇小说划王蒙'右派'的。他向党交心，交出很多错误思想，对党不满。他说他要写一系列批评老干部的小说，出一本叫《蜕化集》。团委的同志还说王与很多'右派'分子来往密切，如刘绍

---

① 王蒙《我看毛泽东》，见《王蒙说》第405页，中央编译出版社。

棠、林希翎等等"①。

王蒙对自己如何被打成"右派"分子，直接谈的次数并不多。他在几处谈到1957年"反右"斗争后期，自己被"扩大"化进去，戴了帽子。当时，"反右"开始后，他从四机部有线电厂调回团市委宣传部参加运动。团市委宣传部副部长王晋在访谈中对笔者说："据我所知，王蒙在运动中没有贴大字报，也没有在会上发表任何所谓向党进攻的意见。开始，有些关于他的引起轰动的小说《组织部来了个年轻人》的议论，意见也不一致，有的说它丑化党的形象，丑化党的机关，丑化党的干部。后来，毛主席还说了保他的话。"同在市委参加运动的段天顺在访谈中谈："我当时看了这篇小说，我赞成，觉得写得好。小说突破一般反官僚主义的主题，写的层次要深。里面的人物，我们都熟，有的是区委的人，改名换姓。'反右'运动初期，团市委领导还让王蒙去中国人民大学了解情况，学生辩论中有个林希翎，很出名。组织还让他去人大作解释，王蒙的观点和调子，同林希翎不同，我在场。后来，情况变化了，王蒙'补划'为'右派'。我是市委组织部的，我曾经公开为小说辩护，有人说你是'组织部'的，为什么支持小说反对'组织部'呢？我也受到牵连，在小组进行检查，又调查，连我爱唱流行歌曲也算进去，划成'中右'，成了没有改造好的小知识分子。"

具体到王蒙如何"扩大""补划"为"右派"分子，团市委的同事都谈到这样一个情况。王晋对笔者说，当时团市委宣传部有一个人，"善于分析问题，道貌岸然，十分马列。他设下陷阱，让你一步一步挖，跟着往里钻。分析起来，好像也入情入理。他启发王蒙交代问题，'难道不会有××××吗？'有时还动之以情，晓之以理。王蒙定'右派'，实际没有什么材料，全是他交代的。

---

① 黎之《回忆与思考——1957年纪事》，见《新文学史料》1999年第3期。

比如挖你'星期天不爱开会呀','对区委机关干部有哪些看法呀',一步一步引申,给揪出来了。王蒙后来开玩笑说,是自己交代的,'自己出卖自己'。另外,那时候的人,都很单纯、天真、幼稚。觉得党苦口婆心,要自己和过去的我划清界限,把自己清除出去,是为了党好,是为了党纯洁"。王晋还说:"我对'反右'有些看法,党动员整风,给自己提意见,说有则改之,无则加勉,言者无罪,闻者足戒,怎么一下不认账,变成向党进攻?我向党交心,想不通,这当然不得了。我没有贴一张大字报,只是提了这一条意见。结果,运动中期让我靠边站,开会不让参加,后来,按严重'右倾'给开除党籍,一开除就是20年。王蒙和我,一个'右派',一个'右倾',我们一起下放到门头沟了。"

当时,1957年11月,王蒙还在七三八工厂做团委工作,领导要他回团市委"学习"、解决他的思想问题。他的妻子谈及当时的情况:"左一学,右一学,左一检讨右一检讨,他也不知道自己究竟犯了什么弥天大罪。最后开了整整一天的对他的批判会","当时的王蒙完全是布尔什维克的气质……几天里食无味,睡无眠,前思后想,百思不得其解,最后还是想出了一条:自己太狂妄了。不狂妄,年纪轻轻,能写出那么多小说来吗?""一段时间以后,他又对我说:'我自幼受党的教育,现在党给我戴上帽子,就要戴上,这是纪律,也是对我的挽救与一种特别方式的教育。现在需要改造,我就应服从,好好的改造……'"王蒙是1958年5月给戴上了"右派"帽子[①]。

王蒙当时的同事也谈到,一个特殊部门固然在人员处理上起了一些作用,根本上还是那场"反右"运动。开展运动有方针政策,有划分标准,有数字指标。可悲的是,整人的,挨整的,都觉得是在捍卫党的纯洁性。王晋对笔者说:"我们团市委百十来

---

① 方蕤《我与王蒙》第27页,广西教育出版社。

人，有 15 人左右定为'右派'，像我们严重'右倾'、开除党籍的还有三个。这些人定了'右派'，就有离婚的。我们这些人，加上一些家属，都下放到门头沟区斋堂小区军响乡的桑峪村。我们在一个村，但是，我们的待遇要比王蒙他们好。我们可以和社员一起劳动，他们单编一个队，积肥队，淘大粪，由社员带着他们干。从 1958 年下放起，到 1959 年，我们就回来了，重新分配工作。团市委我待不下去了。王蒙他们回不来，继续劳动，转到潭柘寺那边去了。"

六、还是决定去"西域"

对定王蒙为"右派"反对态度最鲜明的、抗拒表现最激烈的，是他的妻子崔瑞芳。她想，王蒙这种"有志者"，"为什么偏偏要把他推向反面去"？她这样自审自评："我是不太懂理论的，也是不会讲策略的。我不想，也不会想通，我履行的是：我行我素。""所以我不会有好果子吃。1958 年 5 月，我成了自由人。"① 她当时正在太原上大学，认为王蒙不会反党。既然认为王蒙不会反党，学校要她划清界限，她就不划清界限。这样，她的党籍也没有了，大学没上完，就离开太原了。

这一年的 8 月 1 日，不满二十四岁的王蒙，戴着"右派"分子的帽子，扛着妻子准备好的一卷大行李，从西直门站换上车，行程 40 多分钟，就到了雁翅站。在站上小饭铺吃了一餐饭，他听到先期下放的同命运的人来信说，离了雁翅，再想吃细粮就困难了，他说"那顿饭我吃得相当用心"。接着，他开始了三十六里山路的负重行军，一路过山涉水，用了六个多小时，肩膀后颈都被

---

① 方蕤《我与王蒙》第 27—28 页，广西教育出版社。

行李绳勒出了血印，终于到达了目的地门头沟区斋堂小区军响乡的桑峪村。

这一路，他被筑路的打眼、放炮、推土的建设景象所吸引，晚上住下来后，还听到开会辩论、补课、追查、深挖，会议喊叫声传到村落里。从此，王蒙开始了自己生命历程中第一次为期4年的劳动下放改造生活。

从心底里说，几乎没有人能心悦诚服地承认自己是"右派"，但是，在表面上，特别是正式做出结论后，又几乎极少人拒绝接受。当时，党的形象太强大，每个人又多少能看清现实，希望向前看。当他们被处理劳动改造，那种人人平等、参加体力劳动、与工农结合、人人需要自我改造的意识，又很容易被他们首肯、接受。王蒙当年在桑峪村住下的那一家，青年人叫张克大，他父亲严重哮喘，母亲双目失明，一家人待王蒙如亲人。他们问寒问暖，多方照顾，"王，歇歇，别使着"。"使着"就是"累坏""累垮"的意思。有一次，张克大对着王蒙说话了："你们怎样思想不好了？我看你们挺好嘛！"[①] 农民的直观判断，往往要强过特定条件下政治强加给人的扭曲。王蒙"流泪"了。

对于错误处理，当事人的表现也是多样的。那位王蒙同事、没有贴一张大字报发表一篇言论、仅因对"反右"做法不满意就被打"严重右倾"开除党籍的团市委宣传部副部长王晋，居然"醒悟"过来了。他对笔者说："我开除党籍的第二天，就向组织递交入党申请书。"呀！这是讽刺剧，还是带泪的悲剧呢？是对谁的讽刺，又是谁的悲剧呢？

王蒙在京郊劳动期间，当然要考虑自己的处境和前景，短期的，长远的。他们这些被"扩大"戴了帽子的，在下放人员中，又是最低一等的。每逢休假返京，都不是坐汽车，而是半夜3点起

---

① 王蒙《群山如潮》，《王蒙文集》第九卷第508页，华艺出版社。

床，走36里路到雁翅上火车。他们下决心磨炼自己。

王蒙谈及自己履历时，仅用"1958年至1962年，我在北京郊区参加体力劳动"一句话来概括他这四年生活，实际是1958年秋去门头沟桑峪生产队，1959年去潭柘寺一担石沟造林大队，1960年去大兴县三乐庄副食生产基地。这四年，他们小家庭新添了两个男孩，大儿子生于1958年，取名为"山"，二儿子生于1960年，取名为"石"，迎合王蒙山沟背石劳动之意。他在对外界的静观和对自我的内省中，不畏缩，不悲观，在深明大义中积累自己的思索。他这样回忆和感慨京郊4年的劳动生活：

> 我的军响，我的桑峪，我的斋堂，我有生以来第一次下乡，第一次毫不含糊地得到了严峻的锻炼的地方！我在你这里深翻地，我在你这里开万人大会欢呼"人民公社好"，我在你这里早上3点起来爬山收秋背萝卜，中午在地里吃炸油饼。到了冬天只剩下一天两顿渣子粥，我是你这里的那一段神圣、严厉、热烈、荒唐的岁月的见证……①

王晋还介绍，到了1962年，杨伯箴在北京师范学院当院长，他是解放前北平地下党城工部学委，负责中学工作，后来，担任过团市委书记、市委教育部长。这位院长了解王蒙的为人诸多方面，当年9月就把他调到北京师院中文系当教员。

这一年，是在农村劳动回来之后。头一年，他还摘了"右派"分子帽子。1962年，他在《北京文艺》和《人民文学》分别发表了短篇小说《眼睛》和《夜雨》。这两篇小说色调明朗，都是写主人公心灵转变的新质。前一篇写一个大学生文化馆图书管理员，终于在农村姑娘的渴求、热情、积极向上的"眼睛"的逼视下，

---

① 王蒙《群山如潮》，见《王蒙文集》第九卷第505页，华艺出版社。

在先进动人思想行为的感召下，改变了向未婚妻寄书的小打算。后一篇写一个农村姑娘在久旱盼来的那场"夜雨"中，决定第二天不进城办喜事，而是加入到村里抗旱保丰收的队伍里去。两篇作品反映了王蒙对新人、新思想、新行为的赞叹，也是他对新的人际关系、人生追求的向往。作为一名大学中文系教员，一年有两篇作品发表在著名文艺期刊上，应该说是相当充实的。1963年夏，他还写了一篇研究鲁迅作品《雪》的甚有独见的文章《〈雪〉的联想》。崔瑞芳这样说："尽管在50年代末，他被迫搁笔，毕竟在60年代初，他的作品《眼睛》《夜雨》重新问世。"在北京师院任教一年期间，"我们新分到了两间花砖地的房子"。王蒙"已博得学生们的喜爱，且拥有一个安逸的小家庭"①。

然而，作为妻子，崔瑞芳毕竟深深地了解王蒙。也许，换上另一个人，类似的经历在北京师院获得了相当优越的安排，多半也就认了。但是，崔瑞芳在回旋着"他能安于在北京师院中文系任教的平稳生活吗"这类的问题时，她的回答是："他——王蒙，不能。"实际上，在1962年写的《鸟儿》一诗中，王蒙已透露了心声：

> 不，不能够没有鸟儿的翅膀/不能够没有勇敢的飞翔/不能够没有天空的召唤/不然，生活是多么荒凉。

1963年，文联在北京西山八大处办了一个读书会。王蒙同新疆维吾尔自治区作家协会副秘书长、《新疆文学》杂志副主编王谷林在这个读书会经常见面聊天。王谷林在2002年4月11日访谈中对笔者说："这之前，当初'反右'后期在文联大楼大礼堂批王蒙的时候，我也见过他。我赞赏他的《组织部来了个年轻人》，觉得他们批得不在理。这次读书会，我们一起学习，我谈到新疆好，少数

---

① 方蕤《王蒙——"放逐"新疆十六年》第7页，东方出版社。

民族，风土人情，地域特色，物产丰富。王蒙产生了去新疆的愿望，向我表明了这个愿望。我当即同在北京治病的新疆维吾尔自治区文联党组书记联系，又转同区党委管文教的书记林勃民谈此事，林勃民同志爱才，尊重文人，他们都表示同意支持。"1963年10月某天，王蒙从读书会给正在北京109中学教书的妻子打了一个电话：

　　——我正在会上，号召作家们到下面去，我们去新疆好不好？
　　——我太赞成了，新疆是个好地方，那里的人能歌善舞。
　　——你同意，我就请新疆的代表王谷林给联系了。
　　——太好了，太好了。那么孩子呢？
　　——一起去啊，全带上。

当天晚上一回家，王蒙就同妻子商量去新疆的一些具体事。崔瑞芳牵挂的，是家里有年迈的母亲，"我们要去多久？"王蒙回答："去十年，十年我们就回来。"他表示，如果干出一番事业，回不回北京根本不是一个问题；如果奋斗了半天一事无成，即使回到北京，又有什么意思！崔瑞芳认为，"他充满了对生活、对于一切新鲜经验的兴趣和追求"，"毕竟他是从'组织部'出来的年轻人，是青春的歌手，是在新中国的阳光下成长起来的一个初露锋芒的作家"，"到宽广的天地去，到少数民族地区去，去锤炼自己，生根、发芽、开花。要做一番事业，要写出使人们心灵发光、发热，永世长存的作品来"，"他放弃了在京都的一切，他选择了去'西域'"。她作为妻子的态度是："他的理想、心愿就是我的。我毅然地支持了他去新疆。"[①]

---

　　① 方蕤《王蒙——"放逐"新疆十六年》第8页，东方出版社。

第三章　新疆生活十六年

　　王蒙这次到新疆去，当然不是下放。不是那种国家单位锻炼干部或者任用乃至重用干部前的那种考核式的下放。也不是流放，不是那种处理干部、调离北京、安插边疆式的下放。是王蒙自己主动提出来的，而且是他"摘帽"以后、可以发表作品、在大学讲坛有份优越工作之后提出来的。同时，又确是他人生第一次大挫折后的下放，是被动打击后的主动选择，或者，叫作"摘帽"者的自主选择，用他的话来说，"如果没有'反右'运动中的被'扩大'，我大概不会去新疆"。

　　他去新疆的心情极为复杂。既然已经走上了创作的道路，也不能因为遭遇人生大劫，就改弦更张、自我屈从，走一条人皆认可的、能维持下去的路子。这位不到30岁的青年作家，处逆境，不丧志，在未来的安排上，仿佛是先要潜入谷底，以便获得更高的翱翔。他记起那首自励的《鸟儿》的诗，"不能够没有勇敢的飞翔"，新疆，祖国大地，艰苦创业的生活环境，那里有"天空的召唤"。

　　王蒙谈他新疆的经历是："从1963年底到1979年，我在新疆生活、工作、劳动了将近十六年，特别是从1965年到1971年，我在伊犁地区的巴彦岱公社'劳动锻炼'，并一度兼任公社二大队的副大队长，是一段非常宝贵和永远难忘的经历。"1971年，回乌鲁木齐，"上了两年'五七'干校以后，从1973年我先后在新疆维吾尔自治区文化局、文联担任翻译和编辑工作"[1]。1976年10月的粉碎"四人帮"事件，使他"欣喜若狂"，至此，王蒙便开始又一个新的人生历程了。

一、初去的安排

1963年12月23日，王蒙和崔瑞芳，带着一个五岁、一个三岁的儿子，登上从北京开往乌鲁木齐的69次列车，全家迁往新疆。列车疾驰而去，除了行李包裹，他还随身带了一个金鱼缸，可以观赏鱼儿自由自在的游动。妻子说："我们什么时候能回来？"王蒙答："三五年，顶多十年。"他们一路感到新鲜和兴奋。当列车在西安停下，需要停3小时再换车继续西行的时候，王蒙提议去看大雁塔。一家四人，公共汽车和三轮车兼行，满足了观赏著名古迹的愿望。接着，车经河西走廊，出玉门关，过乌鞘岭，见火焰山、吐鲁番，后面便是盐湖、达坂城、乌拉泊，到乌鲁木齐已是28号晚7点，过了五天四夜了。

一路上，王蒙讲讲故事，有时全家一起唱歌，歌声是激昂的，唱着唱着，又变得伤感、忧郁起来。妻子很敏感，有时发现王蒙的眼角凝聚着晶莹的泪，但不愿去正视他。王蒙在车上写了4首绝句，除写天山雪、嘉峪关、乌鞘岭外，第4首是："死死生生血未冷，风风雨雨意弥坚。春光唱彻方无恨，犹有微躯献塞边。"

一下乌鲁木齐车站，四顾陌生。还是前来迎接的新疆作协分会副秘书长、《新疆文学》副主编王谷林第一个发现了他们。他安排了一辆面包车，收拾了一切行装物件，把事情安排好了，人上了车，然后对面包车司机说："走，开往文化路五巷六号。"

---

[1] 《我是一个"奇迹"》，见《我是王蒙》第61—62页，团结出版社。

王谷林在2002年4月11日的访谈中对笔者说:"王蒙到新疆以前,把房子安排好,我让火墙早几天就点着。他爱人当教员的工作也定了。新疆文联是欢迎他的。他容易和大家相处,比较随和,没有架子,没有知识分子那种高傲劲儿,比较朴素,和大家融洽。文联党组考虑安排他在《新疆文学》编辑部工作。我们在一个院子,朝夕相处。除了给他看些稿子,在编辑部帮助工作,我个人想法主要是想让他下乡,到下面走一走看一看,接触实际,了解新疆生活,写点东西。我让他把长篇小说《青春万岁》给我看,我一度想刊物给它分期发一发。"在适应了乌鲁木齐的严冬之后,1964年4月一开春,王蒙就被安排到火州吐鲁番出差,5月,又去南疆的模范公社——麦盖提县红旗公社深入生活,一去就是五个月。

　　王蒙用散文的形式记录了这两次出差。吐鲁番属于北疆,5月写的《春满吐鲁番》发表在《新疆文学》上,7月写的《民丰小记》中的民丰县是南疆,全县才13000多人,从乌鲁木齐出发,穿天山,绕沙漠,沿昆仑,路程是5000公里,比到北京的8000公里短一些,坐班车得走11天。

　　《春满吐鲁番》是王蒙这个北京人第一次报道新疆的春的喜讯。这里有特写:吐鲁番县聚集五千人花二十天修建了五十几公里公路,苦尽甜来的阿尤布老人过去为地主扛活57年,如今78岁当上了大队贫下中农委员会主任,规划队的技术干部来自汉族和全国各地,塔尔郎沟大渠的修建将给终年无雪雨的吐鲁番引来天山雪水。满目之下,各族人民,男女老幼,火车、汽车、毛驴和骆驼,真是火焰山周围一派战天斗地的沸腾景象。

　　更为重要的是,这春的喜讯的新疆报道中所透露的是作者的春的投入、春的感奋、春的涌动,或者如他自己文中所说是春的洗礼。文中,作者有时直言:"我们是到吐鲁番寻春来的",有时出面对读者说:"请你再走近一点,请你与民工们拉拉话,请你和他一起干点活"，后来，在县人民委员会院子看到不知名的小鸟，作者就伫立"久久地欣赏着这群鸟鸣春的情景"了。

当然，作者的这些初到新疆的散文，描写的还是当初农村实行人民公社体制的时期。现在看来，具体状况各个地方不尽一致，历史经验又需要反思和总结。一大二公，一平二调给经济体制和生产发展带来的挫折和危害，也许本身就要付出学费才能获取。然而，当人民群众热情投入集体生产、建设集体项目的时候，作家首位的要求就是自身的投入，加入到群众的劳动洪流中去。王蒙是积极地、全心地投入。

王蒙1964年6月到民丰，很快又西行，到喀什地区麦盖提县红旗人民公社深入生活，写了两篇报告文学：《红旗如火》和《买合甫汗》。《新疆文学》一位负责人刘波写信给正在南疆的王蒙说："你来了，很快就下去了，而且写出了作品，东西写得好，区党委和大家都很满意……"然而，批判电影《北国江南》和《早春二月》的文艺"整风"又开始了，由批判《海瑞罢官》引发的一场更大规模的斗争又显露出新的杀机。主持《新疆文学》的王谷林对笔者说，我们发过艾青的作品，王蒙的这时不能发不好发，我就让他化名发。但是，后来，王蒙的歌颂模范红旗公社的《红旗如火》在排版付印前不得不抽了下来。阶级斗争这根弦一经人为地拧紧，政治挂帅这根神经必然异常地敏感，王蒙这个"摘帽右派"的表现、创作和对他的使用，也就成了人们在下面议论的话题。王蒙私下对妻子说："这种事情真是毒化我们的生活啊！什么时候生活里能够消除这些毒素呢？"

王蒙从南疆回来，当年年底，就说让他参加集训，下乡搞社教。很快，又传出消息，有三个人（一位有海外关系的画家，一位"反修"斗争有思想问题的维吾尔族女同志，加上"大右派"王蒙）"没资格"，从社教干部中除名"退回"。

这是王蒙来新疆后遇到的第一次打击。他当初的满腔热忱，全心投入，积极地生活劳动写作，受到了冷遇。很快，在政治待遇和创作前景上给他出示了两块警告牌。他同妻子用"渺茫"二字说出了他们当时的心境。就在那个气氛越来越紧的 1964 年冬天，王蒙闲着没事，很清闲，只是每星期六到工厂去劳动，一切都等着重新的安排。他原来已经从事的在新疆的采访和写作，不能继续下去了。他的诗作《养生篇·拉力器》说出了此时的心情：

多少青春
多少肌肉
忽然展翅
不飞①

二、生灵对灵魂的喂养

王谷林对笔者谈到这样一个情况。本来，调王蒙来新疆，是件好事，但是，随着"阶级斗争，一抓就灵"的口号越喊越紧，文化艺术的批判斗争形势越来越急，王蒙的安排、工作都成了问题，连他的调动也成了掂量和议论的话题。王谷林说："干脆，让王蒙下去，离开乌鲁木齐。"他们几位文联负责人请示自治区管文教的书记林勃民，研究结果，让王蒙以"劳动锻炼"的名义，下到农村基层去，长期蹲点，深入生活，全家都搬下去。

1965 年 4 月，王蒙先期一人，坐三天长途汽车，到达伊犁。不久，下到距伊宁市八公里的维吾尔族集居地巴彦岱，分配在二大队一生产队参加劳动，住在老农阿卜都热合曼和农妇赫里其汗家里。9 月，全家又从乌鲁木齐迁到伊宁市。

---

① 方蕤《王蒙——"放逐"新疆十六年》第 21 页，东方出版社。

这种安排，是不幸中的大幸。王蒙曾说，去新疆，"使我有可能从内地—边疆，城市—农村，汉民族—兄弟民族的一系列比较中，学到、悟到一些东西"。① 一竿子插到底，一个人住进语言不通的维吾尔族老夫妇家里，使他有可能从比较者、陌生人的眼光中，学到别的环境都无法与之相比的东西。巴彦岱六年，是他十六年新疆生活最宝贵、一再称道的六年。

作家不同于学者或其他职业人的主要之点在于对人的观察，对人的特殊生命的感受、激情和认知，并以人的丰富的、鲜活的形象生动的形式储存在自己情绪的库存里。作家不可须臾离开周围的人，必然要受他们的影响和制约，同时，周围的人又有可能化作他心灵的人物，成为创作之源。就王蒙文学界的交往来说，在审读《青春万岁》的过程中，萧殷和萧也牧都可以视为这样的人物。一方面，他们是他的良师益友，在创作上关心他、帮助他；另外，他们也以自己的生命渐渐化作他笔下的人物。王蒙总是记得，北京赵堂子胡同6号，萧殷这个和颜悦色的小老头，向他开启了第一道文学殿堂之门。萧殷身体不好，苦心读他的书稿，送他自己写的谈创作的小册子，通过作协为他请到了半年创作假，在社会上讨论《组织部来了个年轻人》时，他撰文维护作者、肯定作者的政治品质，在他"扩大"成"右派"后，又殷切地劝慰他，走的时候让他带走了两条热带鱼。那个戴深度镜、微微驼背、斯斯文文、南方口音的编辑室负责人，居然是鼎鼎大名、受过批判的萧也牧，王蒙先是"敬畏"，又觉"怜悯"。萧也牧谈创作总是"深知个中甘苦"，又"带几分悲凉"，有时又"很激动""两眼又放着光"，"他的这种劲头让我感到了他对创作这一门该死的劳动的神往"。到1963年，他也就劝王蒙"要甘于沉默"，"让咱们沉默，咱们就沉默吧"。他要车去火车站送王蒙全家去新疆，到1978

---

① 《我是一个"奇迹"》，见《我是王蒙》第61页，团结出版社。

年王蒙返京，才知道萧也牧长眠地下甚久，而且"死得很惨"。对王蒙来说，他们也以自己的心灵、品行和命运，哺育他的灵魂，喂养他的灵魂。

长期住在维吾尔族老农家里，使他完全潜下心来，感受一下陌生的世界。一小卷行李，放进一间不到六平方米的小库房里，只有梁上的两只燕子与他做伴。在《故乡行——重访巴彦岱》①一文里，王蒙回想起当年的房东二老，"那6年里，我差不多每天都喝着您（赫里其汗老妈妈）亲手做的奶茶。茶水在搪瓷壶里沸腾，您坐在灶前与我笑语"。老妈妈先是把茶水兑在锅里，抓一把盐放在葫芦瓢里往锅里一转悠，然后把一碗加工过的浓缩牛奶和奶皮子倒进锅里一搅。"您的奶茶做好了，第一碗总是端在我的面前，有时候，您还会用生硬的汉语说：'老王，泡！'我便兴致勃勃地把大馕或者小馕，把带着金黄的南瓜丝的苞谷馕掰成小小的碎块，泡在奶茶里。"这位阿帕（大妈）还专门去伊宁看望过王蒙和妻子的住处，说老王在巴彦岱太孤单，建议他们把孩子接来。老妈妈勤劳一生，1979年便去世了。王蒙这次重访时，问："您在哪里呢？青杨树叶的喧哗声啊，让我细细地听一听，那里边就没有阿帕呼唤她的'老王'的声音吗？"

还有阿卜都热合曼老爹。他们二老从燕子在王蒙小屋里筑巢判定他心地善良，又让他住进正屋，"从此，我们一起相聚许多年，我们的情感胜过了亲生父子"。老爹知道王蒙的遭遇后，思索着，然后说："老王，不会老是这样子的，请想一想，一个国家怎么能够没有诗人呢？没有诗人，一个国家还能算是一个国家吗？元首、官员、诗人，这是任何一个国家都不能或缺的。老王，放心吧，政策不会老是这个样子的。"这个细节还被作者写进《在伊犁》系列小说里。按王蒙的说法，像老爹这样的人物"算不上什

---

① 见《王蒙文集》第九卷，华艺出版社。

么典型，既不怎么先进，也不奇特、突出"，"他们不贪、不惰、不妒、不疲沓也不浮躁、不尖刻也不软弱，不讲韬晦也不莽撞"，"虽然缺乏基本的文化知识，却具有一种洞察一切的精明，和比精明更难能的厚道与含蓄。数十年来我见到的各种人物可谓多矣，但绝少像老爹这样的"。读者会感到，王蒙没有自身的挫折，特殊的处境，他是不可能长期接触和观察这种人物，他也不可能从这些平凡人物中体察到那种灵魂和品行的深深伟力，那是比采写英雄伟人更能考验作者的功夫和功力的。

作者这种生活在基层、从日常交往和劳动中获取感悟也拾得题材的路子，不同于走马观花，不同于阅读第二手资料，不同于记者式的人物采访，那是一面之识一面之词。在《在伊犁》的系列小说中，我们感到它不同于一般的虚构小说，不同于那种作家作为局外人的客观描写，我们经常看到"老王"出场，作者加入人物，参与故事，并影响人物和故事的发展。《哦，穆罕默德·阿麦德》里的主人公，就跟"老王哥"交往密切。这位机灵调皮、热情冒失又疾恶如仇的小伙子，总是爱往作者身边贴，作者出于各种考虑，对他是不即不离。他们互相影响，许多令人笑破肚子的故事，都是在同作者的这种关系中演示出来的。到了《好汉子依斯麻尔》，主人公同"老王"的关系，已经是影响到相互的性格发展了。依斯麻尔能干，是"铁腕"人物，从带队修水渠到"文革"中当造反司令，样样事情都出风头。这位好汉可能听说"老王"对他有点不满，比如说过他"又是诺契（好汉），又是'泡契'（牛皮大王）"，有一次，居然对"老王"挑刺摆架子："不上工怎么不请假？"作者说，这是伊犁劳动6年的唯一"干部""对我这样生硬地说话"。事情过后，他们也就友好地交谈了。依斯麻尔答应热心帮"老王"的忙，确实是一个有魄力、有能力、做过贡献、心地并不坏的好汉子。

借生灵哺育灵魂，喂养灵魂，那要看你是什么样的灵魂，灵魂处在怎样的境况中，有无可能和有无能力处置生灵。否则，你无由也无能接触和探究那些复杂多样又深刻独特的生灵。这方面，作家的逆境往往比顺境处于更有利的位置，在逆境中又更考验作家的灵魂。王蒙《在伊犁》系列小说里（见第五章），让我们看到"老王"经历的复杂的人生，观察到各种各样的、令人感奋、令人哀叹的生灵，那是只有生活在新疆才能获得的灵魂的洗礼。同时，我们从他的散文里，从他的写实的回忆文字里，也同样感受到这一点。

即使是公路上，我们看看王蒙写的新疆的汽车司机。他们9月沿塔克拉玛干大沙漠行车，常常是"决定开夜车，把三天的路程并成一天一夜。从上午开到午夜两三点，司机实在累得受不了了，便把车一停，人钻到车下面倒头便睡……立即传出了师傅的鼾声"（《在公路上》）。作者曾同伊犁二中的两个老师在寂寞的春节"开怀痛饮"，"一个老师因为不知什么罪名而在那时不能任教，他赶着马车为大家拉运煤炭，皮里青、察布查尔、干沟、铁厂沟的煤矿成为他常常出没的地方。如今，平了反退了休，也算是安度晚年嘛。他流泪了，我们也流泪了"（《又见伊犁》）。还有大队支部书记阿西穆·玉素甫，"1971年，我离开巴彦岱前去乌鲁木齐'听候安排'的前夕，阿西穆同志对我说：'不要有什么顾虑，放心大胆去吧！如果他们（指当时乌鲁木齐的有关部门）不需要你，我们需要你。如果他们不了解你，我们了解你。你随时可以带着全家回来，你需要户口准迁证，我这里时刻为你准备着。你需要房屋，我们可以立刻划出九分地，打好墙基。一切困难，我们解决。'"（《故乡行——重访巴彦岱》）。支部书记这是在使用什么权力，对一个"摘帽右派"发话呢？这些场景、见闻和友谊，写进作品的没有写进作品的，永远铭刻在王蒙的记忆里。

他常常想，"新疆可真不白来"，那是在北京不可能获得的"伟大粗犷的经验"，那是北京、上海养尊处优的青年只有去伊犁才能见识的"四月泥泞"。作者正是在那些特殊岁月里，把自己的命运同众多乡亲的命运连在一起，众多乡亲也以各自特殊的命运纳入他自己的人生经历。当作者回到北京后，对于巴彦岱，感到"那是承受不了的回忆、友情、温暖与记挂"，感到将来不论走到天涯海角，将永远"带着这知我爱我的巴彦岱的一切影形声气"。跟这位"老王"打过交道的众多乡亲，将永远提供他鲜活的记忆，哺育他的心灵。作者说："有生有日，一息尚存，我不能辜负你们，我不能背叛你们，不管前面还有什么样的胜利或者失败的考验，我的心是踏实的。"(《故乡行——重访巴彦岱》)

三、语言和歌声对灵魂的喂养

王蒙到新疆去，到伊犁去，在少数民族中生活，和维吾尔族父老兄弟相结合，探寻创作之源，他自知除了适应他们的生活方式，习惯干馕和奶茶，更重要的是克服语言障碍，过语言这一关。

语言作为一种社会现象，紧紧地依附于一个民族、一组人群。一切生命，一切生灵，依赖于语言得以自我表现和相互交流。生命的有限，生灵的更迭，凝结着语言的永恒。不熟悉语言，不可能从根本上了解和熟悉一个民族、一组人群。当然，还有歌声。歌声和音乐，同语言一样存在着某种共同的本质，它们都是生命的存在形式。也许，歌声比起语言，更能表现那种语言不能达到的自我表现，交流人们那种语言难以实现的相互交流。

王蒙一住进那唯有梁上羽燕为伴的维吾尔族小屋，就把劳动和学维语列为自己的两大任务。维吾尔族的男女老幼，都是他的老师。房东大娘的八九岁的外孙女口齿清楚，发音准确，成为他的"小老师"。当时的"天天读"成了他学维语的好机会。他背诵

"老三篇"和上百条"语录"的维吾尔译文。他找到了新疆出的《维语课本》和语文杂志有关维语的文章。一方面做学生,一方面当教授维吾尔新文字的"先生",有时给大队干部讲拉丁化的维吾尔新文字。

他觉得,维语有"无穷的词汇、小舌音、卷舌音与气声音","语法就更麻烦了,什么名词的六个格,动词的时态,人称附加成分",认为"一种语言并不仅仅是一种工具,而且是一种文化,是一个活生生的人群,是一种生活的韵味,是一种奇妙的风光,是自然风光也是人文景观"[①]。后来,还阅读维文译本的世界文学名著。

学了就用。一年以后,他可以给大队干部做翻译。回到乌鲁木齐,一些维吾尔族同志发言,都愿意找他当翻译。到了1984年,王蒙访问苏联乌兹别克塔什干,他用维语接受电视采访,同当地人士交谈。用王蒙的话说,乌语与维语,就像天津话和北京话一样接近。1987年,民委主任司马义·艾买提同他这个文化部长联合招待西藏歌舞团,他要司马义·艾买提讲维语,他担任翻译,全场活跃。

学会了维语,感觉"不仅多了一个舌头也多了一双耳朵,你可以舒服地听进另一种语言,领略它的全部含义、色彩、情绪……多了一双眼睛,读通曲里拐弯由右向左横写的维吾尔文字。更多了一个头脑一颗心,获得了知识、经验、理解、信任和友谊"[②]。在《心声》一文里,他认为维吾尔语作为突厥语族、阿尔泰语系,是几百万维吾尔族兄弟的"心声",是一扇窗,一条路,一座桥,一双耳朵,是舌头,是灵魂,是信念,是胸怀。借维吾尔语,王蒙在新疆生活中,在同维吾尔族父老兄弟的共同生活中,

---

① 《我的另一个舌头》,见《我是王蒙》第90页,团结出版社。
② 《我的另一个舌头》,见《我是王蒙》第90页,团结出版社。

表示"我要与你们将心比心,以心换心",通过"语言",通达他们的"心"①。

王蒙喜欢音乐。解放前就爱唱进步歌曲、革命歌曲、苏联歌曲。他也喜欢民族音乐,二胡名曲,以及河北梆子,京韵大鼓等戏曲音乐。在文学创作中,不仅写进了歌和乐,还在作品情调、作品结构方面,从音乐中得到启示。

到新疆后,知道维吾尔诗人纳瓦依说过:"忧郁是歌曲的灵魂。"他感到,维吾尔音乐、新疆音乐,更是和他的心境一拍即合了。他说:"听音乐对我来说,起着最大的休息作用。我觉得可以这样说,听音乐实际上是一种灵魂的洗澡。"

1965年全家迁到伊犁,住在解放路的巷子里。那里的居民房舍都有临街的窗。每天半夜都听到一个醉汉唱着歌。这个不知名、未谋面的汉子大概把他的经历、他的民族的悲欢苦乐都传递出来了。他有时也唱俄罗斯歌曲《山楂树》,但用的是伊犁民歌、"他兰契"(维吾尔一个分支)的发声和唱法。唱者不知道一扇窗户里有一个王蒙,而王蒙却以心灵的感应同他对答同他交流。作者说,"午夜,睡醒一觉听到他的唱歌,唯觉百感交集,难以状述"。于是,他表示:"谢谢你,你给了我这么多。"②

从专门的乐理知识、音乐知识和演唱水平来说,这些都不是王蒙的所长。他是以一个作家一个特殊流浪者的爱好文学艺术的心灵去感知新疆歌声的。他走访南疆,又在北疆长期生活,觉得北疆民歌(以伊犁为中心)的代表作如果是《黑黑的眼睛》的话,南疆民歌(以喀什噶尔为中心)的典型就是《阿娜尔姑丽》。伊犁民歌忧郁、深情,"更散漫,更缠绕,更辽阔,没有开头也没有结尾,抒不完的感情联结如环,让你一听就陷落在那里,痴醉在那

---

① 《王蒙文集》第九卷第67页,华艺出版社。
② 《夜半歌声》,见《王蒙文集》第一卷第552页,华艺出版社。

里"。南疆民歌奔放、热烈，更富于"节奏性"，"他们体验着大地的辽阔、荒芜、寂静与神秘；他们也体验着自己内心的火焰的跳动、炽热、熬煎和辉耀"。[①] 他说，"我从来还没有听过像伊犁民歌那样忧伤、又那样从容而且甜蜜的歌"，"我从来还没有听过像喀什噶尔民歌那样温柔、又那样野性的歌"[②]。

当他感知新疆的歌、并纷至沓来写下他的联想文字的时候，读者察知他的潜心、谦和、志趣、自我充实以及语言文字无从表达的心绪。他觉得民间盲艺人司马义山一唱《黑黑的眼睛》，"一声'黑眼睛'，双泪落君前！他一唱我的眼泪就流出来了！"他觉得"歌声是开放的，如大风，如雄鹰，如马嘶，如季节河里奔腾而下的洪水，歌声又是压抑的，千曲百回，千难万险，似乎有无数痛苦的经验为歌声的泛滥立下了屏障，立下了闸门，立下了堤坝"[③]。这一切，不也同时折射他自己的磨难曲折、痛苦忧伤，同时又壮心不改，准备克服多种险阻、迎接未来吗？

作为一种信号，一种承载，语言和歌声能给人们以提示，以引发，同时，又不让你穷尽。如果说，有限的生命、生灵，总是化作永恒的语言，永恒的歌声，那么，具体的语言和歌声，又必然黏附鲜活的生命和生灵。

四、在那烟酒迷离时

王蒙初到新疆，特别是下到伊犁农村，心情相当好。一切都是那么新鲜，又那么生疏，他需要熟悉，需要学习。无论是南疆

[①] 见《王蒙文集》第九卷第77—79页，华艺出版社。
[②] 见《王蒙文集》第一卷第549页，华艺出版社。
[③] 见《王蒙文集》第九卷第78页，华艺出版社。

的游历采访，还是深入到维吾尔农家，住进阿卜都拉合曼老爹、赫里其汗老妈妈家里，他都感到前面开启了一个新的世界，一切都等着自己去投入，去创造。对于一个政党，一个政权来说，不管自己意识到或意识不到在"反右""补划右派"上的处理错误，这位青年作家都将以新的选择展示自己；作为他本人，也不管这个政党和政权日后如何处理自己，他将在这种新的选择中锤炼自己，发展自己，等待的会是历史新的裁决。

然而，情况又发生变化了。等"文化大革命"发展到武斗、夺权、生产瘫痪的时候，崔瑞芳说："这个时期，王蒙的情绪很低沉。从城市到农村，几乎所有的机构都瘫痪了，无政府主义达到极点，连巴彦岱农村的庄稼也都无人管理。王蒙的'三同'只好三天打鱼，两天晒网。"① 村子里有两名外来"自流人员"造反派给王蒙贴大字报、要把这个"大右派""这条毒蛇"揪出来，尽管这件事没有闹起来，王蒙这个生产大队副队长的职务是不能再担任下去了。王蒙在家里养猫逗猫，剁白菜喂鸡。

此时，按崔瑞芳的说法，在"文革"后期，他们也"凑了一个热闹"，于1969年3月27日，又添了一个女儿，取名伊欢，伊犁的欢乐。外面的武斗正欢，在一切无人管理的情况下，王蒙有了一个尽丈夫与父亲的职责的好机会。从妻子坐月子到喂牛奶、加钙片把女儿带到1岁零4个月，王蒙昼夜全包。那时，不需要写作，也不需要笔，有时，要用的时候，找儿子借借笔。妻子开玩笑，王蒙当时的"唯一笔耕"是为女儿伊欢记日记②。

王蒙抽第一支烟是29岁，在乌鲁木齐一次茶话会上。一位老同志劝他抽，他回来对妻子说"太呛"。过了两年，他没有摸烟。后来，"文化大革命"太烦闷，抽起烟来。同维吾尔老乡一样，抽

---

① 方蕤《王蒙——"放逐"新疆十六年》第72页，东方出版社。
② 方蕤《我与王蒙》第50—52页，广西教育出版社。

起莫合烟，截一张报纸边，把莫合烟末撒匀，卷起来点燃了抽，一会儿灭掉，就再点燃抽。他也抽烟斗，多数情况还是抽香烟，各种低劣的烟他都领略过，抽着抽着睡着了。他也置办过"烟具"——烟斗、烟嘴、烟荷包（装新疆马合烟）。如果在常人体会吸烟与写作的关系，是吸烟有利于思维，有利于写作，王蒙则恰好相反。他回忆自己之所以吸烟，正是"不搞写作""不能搞写作"的"文化大革命"时期，"我吸烟的效益是促进消除文思而不是促进文思。一吸烟就恍惚，一吸烟就犯困，一吸烟就用夹烟替换了执笔，用吞云吐雾替换了推敲词句，用一口一口吸烟的动作代替了一笔一画的写字，用自生自灭的思忖代替了文学构思"①。

喝酒情况同吸烟大抵相似。在巴彦岱一次骑车，突然被大队会计截住，把他拉到玉米地里，会计从腰里掏出了酒瓶，没有下酒菜，没有酒杯，会计就顺手拧了自行车铃盖，两人就轮番一饮而尽。如果说，这样的情趣，和乡亲的相处，足以令人回味一生，那么，诸多情况，是花钱买醉。当众人谈到饮酒经历的像猴子（活泼好动）、像孔雀（炫耀吹嘘）、像老虎（怒吼长啸）、最后烂醉像猪这样四个阶段，王蒙补充最后要达到醉到无知无觉的像石头阶段。有一次小醉之后，他骑着单车见到一株大树，便弃车扶树笑个不停。又有一次，醉后骑车，沿街躲避车辆，担心出车祸，最后一到家，把车一扔，又是哭又是叫。在他看来，饮酒更多的是痛苦，是"文化大革命"岁月的穷极无聊，"是死一样地活着与活着死去。死去你的心，创造之心，思考之心，报国之心；死去你的情，任何激情都是可疑的或者有罪的；死去你的回忆——过去的一切如黑洞、惨不忍睹；死去你的想象——任何想象似乎都只能带来危险和痛苦"②。

---

① 《吸烟》，见《王蒙文集》第九卷第 604 页，华艺出版社。
② 《我的喝酒》，见《王蒙人生小品》第 23 页，花山文艺出版社。

醉酒之后，也常常聊天谈心。有一次下到伊犁自治区党委当干部的宋彦明同王蒙谈到斗批改，谈到一批干部会被遣散，或"就地消化"，也为自己的出路而忧心。王蒙趁酒意大谈自己要学理发，学中医，以后要靠行医或理发吃饭。而且，后来真给宋彦明的儿子推头，花了四十分钟，自己还不满意。

到了1971年，乌鲁木齐的主管部门为文联、作协被揪斗的老作家、老干部在南郊乌拉泊办学习班，办"五七"干校，原《新疆文学》主编、王蒙的朋友王谷林戴上了"现行反革命分子""反革命修正主义分子""阶级异己分子""反党分子"等四顶帽子。他们发觉，王蒙在下面，倒是没有事，不受冲击，于是把他从伊犁调回乌市参加学习班。后来不久出了林彪事件，学习班和干校的管理松弛下来。王蒙进了炊事班，学会和面、包包子、炸丸子、灶里捅炉子。在除夕之夜，同几个朋友饮酒，大家都醉了。有人说："老王，咱们一起回伊犁吧！"因为王蒙全家还在伊犁。王蒙立即用右手敲桌子大喊："不，我想的并不是回伊犁！"他的醉话使朋友们愕然。等到大睡一觉醒来，自己完全忘了这件事，不相信说了这句话，只是感到右手受了伤，桌面被拍坏了。

除了烟酒，王蒙在新疆还有个爱好，就是游泳。从1973年到1975年，王蒙结束了干校生活，业务工作没有开展起来，于是整天游泳，到红雁池去，还带着两个儿子。有一段"批林批孔"学习，规定每天下午必须到会，于是，上午游泳，匆匆换衣，直奔学习会场，头发还蓬乱，嘴唇还发青紫。如果说，烟酒使人犯困，迷糊，影响健康，那么，游泳就使人身体健康，头脑清醒，而这两种状态，都给王蒙带来痛苦，使他感到空虚。

有一段，王蒙的单位工作瘫痪，妻子在中学工作比较忙，他就主动把家务承担起来。排队买粮，自然是他的事。每天还做好热饭热菜，妻子一下班就吃得上。钢笔没有用处了，他的衣服口袋、书包里，没有钢笔。妻子把这一切看在眼里，心里很难过，有时劝他：

"你还是提起笔来吧。你写你的，不管那一套，哪怕是记录一下生活。写好了，放在抽屉底下……"他觉得这个说道很奇怪，像是不好理解，他回答："你在说什么啊，我怎么听不明白！"

正是在这种"不是促进文思而是消除文思""死一样活着和活着死去"的心境中，王蒙出现过"反语性"的辞章和文句。他回忆当年"不写作""每天体味着不写作的好处"时，是这样自我辩护的："不写作有益身心健康"，"不写作有利于家庭和睦幸福"，"不写作有利于人际关系和谐"，"不写作有利于自身修养"，"不写作有利于食欲"，"不写作有利于安全"等等，"不写作的好处如山、如海、如天。我那时真的这么认为。我那时听到朋友谈到'你王蒙将来还是要写点什么'，就觉得这人不但是痴人说梦而且是居心不善，形同戳我的伤疤，要我的小命……我会红着脸和他辩论，我其实什么也不会写，什么也写不了，压根就不想写，永远也不去写的……"[①] 他把这看作自己的"一段心路历程"。作为政治斗争大批判，作为"文革"推行的文字狱和所谓全面专政，由此加害于知识分子所引起的变态心理，你会从他的"不写作"的自我辩护中感到他是含着泪水的。

五、自奋中的负累

从心情来说，王蒙在"文化大革命"中那种自我沉醉或麻醉、患迷糊、寻解脱的心情，毕竟是偶尔的，是在某些境遇中诱发出来的。他的游泳健身，也不能保持长时间的轻松和快乐。倒是样板戏《沙家浜》中的两句词，被他经常地、反复地念唱："听对岸，响数枪……这几天，多情况，勤瞭望，费猜想……"对于外

[①]《写作不写作》，见《王蒙文集》第九卷第606—607页，华艺出版社。

面大的局势，他总是在"勤瞭望"，特别是"文化大革命"各种政治变故不断发生的时候。阶级斗争这根弦拧到极致的时候，它就会自然崩裂。林彪事件的出现，也是这根弦上的一个变奏。到了1974年，新疆开始恢复文联、作协的工作。"文化大革命"中被胡乱打成牛鬼蛇神的部分干部，开始平反。据崔瑞芳回忆，1974年10月15日，王蒙过四十岁生日，受到了真正的触动。那天，家里难得地买到了啤酒，妻子和孩子举杯为他祝贺。他想了很多，十九岁写了第一部长篇小说，二十九岁举家西迁新疆，本想开辟新的写作前景，写出更有分量的作品，结果被十年"文革"耽误。如今，已满四十岁了。他读了安徒生一篇童话，描写一个人的墓碑，碑上题词大意是：死者是一个大学者，但还没来得及发表著作；死者是一个大政治家，但还没来得及当上议员；死者是一个运动员，但还没来得及破纪录。王蒙一再向妻子复述它的内容。就在过四十岁生日这一天，"他庄严宣告：再也不能等下去，必须从今天而不是明天就开始努力写作！"①

王蒙又拾起了丢了长时间的钢笔。开始，他搞维文翻译，翻译的第一篇小说是一位青年作者写的《奔腾在伊犁河上》，反映放木排青年工人的生活；还翻译了诗歌，包括新疆著名诗人铁依甫江的作品。铁依甫江从50年代就挨批，打入"另册"，"文革"中说成敌我矛盾，下到农村，后落实政策召回，在乌拉泊"五七"干校，干起活来，一人顶仨，同王蒙谈得来。王蒙回忆说："我在1973年以后也通过铁依甫江的美言争取了自己的处境的些微改善，如可以不去坐班，可以更多地读书、翻译与写作，虽然没有写成什么，但是老铁没有拒绝向我伸出援助之手。"② 不久，创作研究室就告诉王蒙可以不坐班，在家里写作。

---

① 方蕤《王蒙——"放逐"新疆十六年》第117页，东方出版社。
② 《哭老铁——并哭鲍昌、莫膺丰》，《王蒙文集》第九卷第380页，华艺出版社。

整个1975年，王蒙都在家里写作。他计划写一部以新疆维吾尔农村为背景的长篇小说《这边风景》。但是，写作中遇到了巨大的障碍。崔瑞芳说："当时'四人帮'正在肆虐，'三突出'原则统治着整个文艺界。王蒙身受二十年'改造'加上'文革'十年'教育'，提起笔来也是战战兢兢，不敢越雷池一步。作品中的人物又必须'高大完美'，'以阶级斗争为纲'。于是就出现了这样的矛盾现象：在生活中，他必须'夹起尾巴'，诚惶诚恐，而在创作中又必须张牙舞爪，英勇豪迈。他自己说，凡写到'英雄人物'，他就必得提神运气，握拳瞪目，装傻充愣。这是一种什么样的滋味，不是'个中人'是很难体会得到的。"崔瑞芳说他这部作品"写得很苦，很下功夫"①。

1976年，"四人帮"垮台。王蒙说，"1976年10月的事件使我欣喜若狂，我当时已经感觉到，旧的时期结束了，充满了新的希望的新时期开始了"②。崔瑞芳介绍说，"这历史的转折也成了王蒙文学活动全面复苏的开始"，"用他自己的话说，他'又回到了一个巨大的、有魅力的世界中来'，'只有在写作时，才会有一种空前的充实感'"③。1977年，完成了《这边风景》初稿，交给了约他写稿的中国青年出版社。1977年，《新疆日报》发表了王蒙的短文《诗·数理化》，1978年，《人民文学》第5期发表了《队长、书记、野猫和半截筷子的故事》，接着，另一些短篇作品，《向春晖》《快乐的故事》《最金贵的》《光明》也相继发表。

一般来说，短篇作品比较容易把握。从对象到主体观照，不需要花费太多的时间。长篇小说就完全不同，它要检验一个作家长期的积累，从生活经验到观念方法。它写作于一时，却可以看出一个作家经年累月的文化经历和阅历。中国青年出版社向王蒙

---

① 方蕤《王蒙——"放逐"新疆十六年》第118—120页，东方出版社。
② 《我是王蒙》第62页，团结出版社。
③ 方蕤《王蒙——"放逐"新疆十六年》第118—120页，东方出版社。

发出邀请，去北戴河修改《这边风景》。王蒙高兴至极。他的第一部长篇《青春万岁》就是交给这家出版社，只是由于外在形势，小说已经发排，被长期搁置下来。1978年6月，王蒙抵达北戴河共青团黑石路招待所，一待就是半年，苦心修改《这边风景》。

大好消息是，《青春万岁》将于1979年由人民文学出版社出版，这部作者在《〈青春万岁〉后记》中称之为反映"50年代某些城市中学生的生活和思想感情""反映新中国的朝阳的光辉"的作品，经过四分之一世纪的磨难，终于和读者见面了。1978年12月5日，由《文艺报》和《文学评论》主持的一次会议，为包括王蒙的《组织部来了个年轻人》在内的作品落实政策。写于1978年清明节的《最宝贵的》获得了当年"全国优秀短篇小说奖"。这个短篇像一幅速写，没有理念的介入，正视了市委书记儿子蛋蛋在"四人帮"倒行逆施、迫害老干部活动中一起告密行为（将另一位书记经总理批准秘密住进野战医院告诉了"左派领导"，致使绑架受害而死）。父亲眼中"愤怒的光芒"，儿子的"呆滞""蜷缩"和"语塞"突出了一个问题：除了前途、名声和称号（包括入党）之外，人生"最宝贵的"，"譬如说，我们的主义、道德和良心……"作品提出了甄别"假借革命的名义"之外的道德和良心问题。作者后来说，作品最后所写市委书记的内心独白"充满了我的血泪"。

长篇小说《这边风景》的进展依然令人忧心。终于，历经数年、花很大精力写作和修改的这部长篇，出现了流产局面。崔瑞芳说："这本书写成于'四人帮'统治时期，整个架子是按'样板戏'的路子来的，可以说在胎里就受了病，先天不足。尽管有些段落很感人，有些章节也被一些刊物选载过，但总的来说是个不正常的产物，怎么修改也挽救不过来，最后只好报废。"[①] 任何作家都存在自身的局限。处在我们这样一个长期自我封闭、与世隔

---

① 方蕤《王蒙——"放逐"新疆十六年》第121页，东方出版社。

离的环境里，时代的烙印、社会的制约，几乎是任何作家都摆脱不了的。有时，作家自身一时不能省察。然而，仅仅凭借自身的自奋努力，依靠自己的天分和才华，是摆脱不掉特定历史加于的负累的。王蒙自己后来在《王蒙文集·第四卷说明》里也省视到《向春晖》"充满了'三突出'之类的违反艺术规律"的痕迹。王蒙在等待着新的社会变革，等待着一场接一场的更深入、更广阔、对自己也更具有历史革新意义的思想解放运动。

　　1979年2月，王蒙的"右派"问题获得改正，恢复党籍。屈指算来，他在新疆生活的岁月比他曾经设想的整整多了六年。这是历史派定给他的，是在时间进程与历史进程上都完全超乎他个人想象的。他把新疆当作他的"第二故乡"，他说他上了七年的巴彦岱大学，他把房东老两口视作亲生父母，乡亲称呼他是合格的"砍土镘切"（拿锄头的劳动者），村领导在他离开时说："他们如果不欢迎你，我们欢迎你；他们如果不要你，我们要你。"这些景况和话语，他都记得。一位老同志知道他在新疆的日子，知道由于维吾尔农民和当地干部的保护，整个"文化大革命"中没有受过任何人身侮辱，王蒙说，这位老同志"认为我在十年内乱中'平安无事'是一个'奇迹'"。岁月依旧前行，历史和个人依然要迈出新的步履，王蒙接到回北京工作的调令。1979年6月12日，王蒙全家登上了70次乌鲁木齐始发的列车，迁回了北京。

第四章 "复出"初的创作喷涌

王蒙全家离开乌鲁木齐的时候,在火车站送行的有他们在新疆生活和工作的同志和朋友40多人。崔瑞芳回忆:"火车徐徐开动,车上车下泪水洒成一片","我实在忍不住,望着那逐渐远去的人群,不禁失声痛哭。王蒙比我会控制自己,他连连说:'我们还会回来,我们一定会再来的!'"[①]

这一次,是北京市文联出面联系,把王蒙调回北京。王蒙的叙述是:"1979年初,在'沉冤'二十余年之后,'反右'中的问题终于得到了彻底的改正。我从北京市委开出了迟开了十六年的党员的组织关系介绍信回新疆,心中感慨万分","同年夏天,我终于举家迁回了阔别十六载的北京。"[②]

历史的发展,有时是以它的奇异诡谲展现在世人面前。它往往脱出理论家乃至先贤哲人的逻辑推理和理性展望。王蒙当年入疆,是以他个人生活历程的一个突变来进行自我调节的。他从一个幼年就没有离开过北京的学生、干部、作家、教师,到忽然要求改变户籍,他有自己的考虑。如他所说,"如果没有'反右'运动中的被'扩大',我大概不会去新疆",既然被"扩大"了,又"摘了帽子",他就要考虑作某种大的变动。最初的考虑是,深入边疆生活,从事文学创作,同时又是劳动锻炼,改造思想,革心洗面。

---

① 方蕤《王蒙——"放逐"新疆十六年》第123页,东方出版社。
② 《我是一个"奇迹"》,见王蒙著《我是王蒙》第62页,团结出版社。

第四章 "复出"初的创作喷涌

他想以新的征程、新的努力、新的业绩，开辟未来的半辈子。

王蒙当然没有想到会发生"文化大革命"，更不会想到这场"革命"以1976年"四人帮"的垮台作结束。历史发展一反一正，当过来人、局中人曾经诅咒"文革"这场历史大曲折的时候，殊不知正是它催促了这震撼中外的十月事件。脓包的恶性溃烂，加速了肌体的自我修复。王蒙以"摘帽右派"身份迁入新疆，他还不可能想象自己的尔后身世会出现如今这般的政治前景，他去北京市委开党的组织关系介绍信，没有料到会有这样"彻底的改正"。仿佛一道曙光，使他意外地看到了人生道路上开辟了一个新的境地，也就是他的继北京生活、新疆生活之后的第三阶段人生历程。他这样描述自己当时的心情："1976年10月的事件使我欣喜若狂，我当时已经感觉到，旧的时期结束了，充满了新的希望的新时期开始了。当然，那时我没有想到拨乱反正能够这样彻底。"[①]

王蒙刚回北京，住在市文化局的一间九平方米的小屋里，对面是盥洗室，昼夜流水哗哗，窗外每晚都响起性能良好的高音喇叭。然而，这一切干扰不了他，他说："时值盛夏，我每天'赤膊上阵'，只穿一个短裤衩写作。"

处于新时期的王蒙，新疆归来之后，已经不同于当年在北京当干部的王蒙了。他把自己的这次"复出"，称作"第二次解放"，有时认定是"二度青春"，甚至干脆呼为"复活""起死回生"。他在经历人生大曲折后，获得了新的自我确认。这时，他明白无误地表达了自己新的创作起点：

> 二十年来，我当然早就被迫离开了"组织部"，也再不是"青年人"。然而我得到的仍然超过于我失去的，我得到的是

[①] 王蒙《文学与我——答〈长城〉编辑部××同志问》，《王蒙文集》第七卷第653页，华艺出版社。

大有作为的广阔天地,得到的是经风雨、见世面,得到的是二十年的生聚和教训。故国八千里,风云三十年(八千里,指北京到新疆的距离),我如今的起点在这里。①

这也是评论界和他本人一再提及的"故国八千里,风云三十年"。这是他四十六岁后、不同于二十一岁时的创作又一起点,也是一个支点。当他苦苦地寻求"复活了的我面临着一个艰巨的任务:寻找我自己。在茫茫的生活海洋、时间与空间的海洋、文学与艺术的海洋之中,寻找我的位置、我的支持点、我的主题、我的题材、我的形式和风格"时,这也是自我寻求的一个回答。

一、从《布礼》《蝴蝶》到《杂色》

《布礼》是作者"复出"后撰写的第一篇中篇小说,也是当时一篇意识形态色彩极为强烈的中篇小说。

作者在小说安排上大致是把一个比较完整的人物故事、一段相对独立成形的生活景象熔铸在中篇小说里,把某些撷取式的、横断面式的人物画面截获在短篇小说里。《布礼》发表于《当代》1979年第4期,人物时间跨度长达三十年。

王蒙说,1979年初,他去北京市委开恢复党员组织关系的介绍信,"心中感慨万分",这便是中篇《布礼》的由来。当时,他需要对"反右"运动这场强加给自己的政治大灾难、大迫害,进行整体回顾和反思,需要写出比较重头的作品,而这也是他当时的当务之急,是他"复出"后需要面告世人、世人也常会询问于他的首要问题。他需要揭示这段历史,也需要表明如何对待这段

---

① 王蒙《寻找什么?》,《文集》第七卷第690—691页,华艺出版社。

历史的现实态度。

《布礼》不是自传，却又是以作者经历为蓝本的一种写作。作品记录了主人公钟亦成被打成"右派"以及后续政治遭遇的全部荒唐，又深入展示了他对党员称号和革命事业的极端忠诚。"致以布礼"（布尔什维克敬礼）成为一个标志，一个信号，牵引作品涉及的长久时间和广大空间。

对钟亦成《冬小麦自述》四句小诗的无限上纲和肆意牵连，可以说精干地折射了我们过去历次政治大批判运动的全部文字游戏。"反右"运动有指标，一开始全区只揭出三个人，按指标应揪出31.5人，结果在压力下定了九十多个"右派"，这不明明违背实事求是、常说的有多少是多少吗？钟亦成是下乡劳动改造的最后一个"分子"，据说他的问题还要复查，支部书记通知他可能改为留党察看两年的处分，他眼巴巴地等着，后来下通知"这次运动一律不搞复查"。该复查就复查，怎么这次心血来潮就不复查呢？还有，批评与自我批评的全部荒唐逻辑：你不是批评过某饭馆工作"马虎""不如私营"吗？这不是对社会主义不满吗？你不是有个人主义、个人英雄主义、绝对平均主义、自由主义、温情主义吗？（再高层、再优秀的领导都承认有，你能没有？）好，"所有这些主义到了社会主义革命的严重关头就发展成为与党与社会主义势不两立的对立物，使我成为党内的党的敌人！"在钟亦成这种自我批判、自我分析的逻辑推动下，认定了："我是'分子'，我是敌人！我是叛徒！""中国如果需要枪毙一批'右派'，如果需要枪毙我，我引颈受戮，绝无怨言！"你凌雪（爱人）"千万别不相信，千万别怀疑，更不要对党不满。哪怕是一点一滴的不满，它会像一粒种子一样在你的心里发芽、生根、长大，这样，就会走到反党的罪恶的道路上"。这是非宗教的一种宗教信仰，非忏悔的一种自我忏悔，其性质只会更愚昧。它把一个政党圣像化，在一种圣光的照射下，一个无罪者可以走向自我定罪，甘愿听任发落。当我们回顾20世纪"反右"以后历次政治运动,我们经过冷静思索,不会把这场运动仅仅归咎于个人错误。几十万"右派"忍受下来,一个民族沉默不语,这也同时应该从我们集体承续下来的封建愚昧精神积淀里寻找解释。

作品描写钟亦成的"致以布礼"的坚定共产党人信仰时,着重写他的十七岁。十七岁,是诗性勃发的年龄段,是初恋的年月,是确立理想、可以赴汤蹈火的岁月。钟亦成正是在这样的年龄段,读了许多进步书籍,目睹了北京解放前国民党的种种腐败,经历了组织进步学生、佩戴红袖标、站岗布哨、迎接解放的革命浪漫,特别是参加全市的第一次党员大会。这次党员大会,可以说是一种战时共产主义式的、辉煌诱人的、平等博爱的大集会,一唱起"起来,饥寒交迫的奴隶",会场一传递起烧饼夹酱肉、煎饼卷鸡蛋,一看到主席台就座的司令员、将领、新市委领导都是穿的成批生产的草绿色军装或灰色干部服,一位首长一看到他的穿着就脱下身上穿的棉军大衣给他披上,他就情不自禁了。钟亦成这样自励:就是为了参加这一次的党员大会,"他宁愿付出一生被委屈、一生坎坷、一生被误解的代价,即使他戴着各种丑恶的帽子死去","他不懊悔,不伤感"。

然而,当钟亦成在青年时期经历了如此这般的精神洗礼,就遗留了一个历史问题。他对局势发展和个人命运作了各种各样的设想,唯独对一个党员与政党的应有关系,不作任何思索。他落后了,比起他爱人凌雪对划"右派"根本"不服气""不举手",他已经是一个逆来顺受的、慢慢走向"迷忠""愚忠"的局外人了。当一个专制者假借革命的名义倒行逆施的时候,正是需要他这样的顺民。及至后来,钟亦成只能从爱情和婚姻中找到慰藉,从下放劳动中找到慰藉。当他因舍身救火、身负重伤、送到了医院,还要受到领导的怀疑、质问和盘查,他的自我感觉是"他死了"。

作品设计了一个"灰影子"的两次出现,作为主人公坚定信念的一种自我雄辩。对这个"灰影子"的否定一切、看透一切、嘲弄一切的全部沮丧言论,钟亦成作了有力的驳斥。然而,是不是也可以设想一下,不把问题处理得那么极端,作品有那么一个别的颜色的影子向他提问:对于这场政治迫害,对于它的全部荒唐,你做了些什么?本来是自我整风,结果打击和镇压许多直言者、好心人,不从正面吸取匈牙利事件的教训,而是走向反面,如果用"拒绝民主"来界定它,不是较为合理吗?那"五四"运动提倡的"民主"与"科学"精神如何承传呢?作品露出了底细,把政党与成员的关系说成感恩图报的母子关系,"亲娘也会打孩子,但孩子从来也不记恨母亲。打完了,气会消的,会搂上孩子哭一场的"。如果作为一种民俗,在民歌中唱一唱比喻为母亲的颂词,这或无不可;作为一种科学态度,作为社会生活的正常而又健康的运转,这种政党与成员的母子父子关系之说,只能暴露历史遗留下来的家族性、封建性,而缺乏现代性了。事实也正如此,这场政治运动的错误迟迟得不到纠正,一直要等到某个特殊的历史时机。到了后来,钟亦成这对"右派"夫妇,只能对整个宇宙、全部自然界终归有"物质不灭和能量守恒的法则"这一规律发出感慨,祈求天意和报应,瞩望社会生活政治生活显示"不灭和守恒的伟大法则",钟亦成怎么着也觉得这法则起作用得"太慢了"。

《布礼》以对"反右"运动的勇敢揭示和对革命事业的信念,在读者中产生了广泛的影响。作品展示的那种在党的威信最高的时期,遇上了主人公成长中的"十七岁",他那"沉冤"二十年的心理剖析,具有珍贵的历史价值。作者在作品译成英译本出版的前言里,提到这种"历史的刻骨铭心的经验",希望"生活在完全不同的条件下的美国读者能有机会多少地体验一下这独特的遭遇"①。然而,这篇作品在思想上的疏漏和缺失,又是确实存在的。

---

① 见《王蒙文集》第七卷第703页,华艺出版社。

或许，这本身就是历史，是难以摆脱的历史限制。可能，作者本人去北京市委开出迟开了十六年的组织关系介绍信时，就沉浸在感慨和激动里，还来不及作更为深刻的反思。也可能，作者在构思谋篇的时候，不把它当作自传，在钟亦成身上有明显的虚构和添加，然而，又终归在思想境界的重要方面同人物拉不开距离。作品写到的老魏临终前的那番自我检讨，交出的那份平反报告，固然极为珍贵，又感到来得突兀，没有下文。王蒙三年之后在给李子云的信里谈到："中篇小说评奖时，扬《布》抑《蝴》与扬《蝴》抑《布》的意见之间颇有争论，直到最后一分钟大概才变《布》为《蝴》的。由于传出去我个人似乎也宁可偏爱《蝴蝶》一点……"[①] 最后将全国第一届（1970—1980）中篇小说奖定为《蝴蝶》。这中间，读者最后和评委的种种议论，作者自己的省察，也应该说明问题吧。《蝴蝶》写作晚一年，与《布礼》堪称作者"复出"初期中篇创作中的一对孪生姐妹。如果说作者当时试验或突出一种以心理描写为轴心（或称"意识流"，或称"意识流"带动"生活流"）的创作方法，"布礼"与"蝴蝶"就分别是这两篇作品牵动意识流与生活流的一个信号或引子。它们的意识形态色彩都很强，而且是作者"复出"后进行思考的首当其冲的问题。

然而，《蝴蝶》似乎在思想跨度上先天就具有某种优越性。在"老张头"与"张副部长"的庄生变蝴蝶、蝴蝶变庄生的纵贯全篇的意识流动中，获得了从形象到思想的圆满的解决。《布礼》中的反思"反右"运动、坚持革命理想（如何坚持，如何更好地坚持）这两大命题，确实难度太大了，这种难度有时是需要岁月、需要历史变革才能彻底解决的。

作品写张思远1979年担任副部长决定再来一次山村之行，是作品的核心部分。这之前，他从小石头到张教员、张指导员、张

[①] 见《王蒙文集》第七卷第629页，华艺出版社。

书记、张副部长,已经有了蝴蝶般的多次自我变异。他曾经因为突出政治,指斥划为"右派"的妻子海云为"堕落",认为"文革"斗争会上儿子冬冬打他耳光是"阶级报复",后来,他自我醒悟了,从政治生命到家庭生活,他都"庄生梦蝶"般醒悟了。这次,他抛开"张副部长"身架,以"老张头"身份进行重访,如一石击水,如书中所说"枣落如雨",引起了重大反响。大哥大嫂们的热情接待,就因为他们面前还是那个"老张头",他更是悟出了一个大干部的受礼节"尊敬"、前呼后拥,是对着那个职位的、权力的,如同当年他感到"这尊敬不是对张思远而是对市委书记的",而这一次如此这般的接待,恰好不是对"张副部长"的。另外在情节发展上,还安排了他探望冬冬和秋文,希望这个唯一儿子能调回北京老父亲身边,希望这位"既清高,又随和,既泼辣,又温良"的秋文医生能和他重组家庭,希望在这次重返中,获得思想体验和家庭团圆的双重丰收。然而,在这种大干部遇到的、人皆言好、应该解决而且定能解决的问题中,张思远遇到了意外。冬冬以"不愿意当高干子弟"为由拒绝回城,秋文以"野惯了"、不愿放弃自我(乡村医生)为由拒绝做"部长夫人",而且,秋文不是婉辞谢绝,反而回敬了一通批评:"您想的只有自己!官儿大的人总觉得自己比别人重要","部长夫人的生活会使我窒息。在那样的环境里,我找不到自己的位置。"

张思远的喉头都郁结了,他从碰壁中认识了自己,升华了自己,也认识了新的生活、新的人。张思远以"老张头"返村,又在秘书的跟踪下以"张副部长"回城,作品写得好:"他一无所得?他满载而归。他丢了魂?他找到了魂。"他登上的飞机"翅膀略略抬高","比任何一只蝴蝶都飞得高得多",然而,飞机,蝴蝶,人,必定回到大地,都是大地的儿子。他觉得在那一切"之间",张副部长与老张头之间,他与冬冬、秋文之间,与山村老农之间,昨天、今天和明天之间,有一种联系、一座桥,那是"充满光荣和陷阱的桥",这联系这桥是存在的,其见证是他的心,是他自己。张思远这次返村,当然不会是他的最后一次,何况时时刻刻保持那颗"心"哩。

同上述两个中篇关系比较密切的,或在题材和思想上有某种近缘关系的,是1981年发表的《如歌的行板》和1982年4月写成的《相见时难》这两个中篇。它们的人物都互为学友,互为同事,这些人物经历了"反右"运动,或在"文化大革命"中挨整,有共同的语言,有共同的革命理想,对过往的历史和面临的现实都做出了自己的思考。

《如歌的行板》的周克,一开始同《布礼》的钟亦成有共同的命运。周克也是地下学生,在20世纪四五十年代,那个中华民族悠久历史难逢难遇的新旧交替、摧枯拉朽、朝气蓬勃、奋发有为的年代,都是十七岁或十九岁,同志关系真是可以牙刷共有,"平等,无私,天下为公,人人为我,我为人人"。然而,周克没有重复钟亦成的命运。作品腾出大量的篇幅写音乐,写初恋。如萧铃交出金克的求爱信,他们一起去喝酸梅汤;周克的爱情觉醒,他们在北戴河的相聚。读者的感觉是,如果这种"纯情"的描写不过早过多地被外在诸如政治等因素所干扰,这倒也蛮不错,因为这也是读者感兴趣的生活;如果这种"纯情"的展示忽然受到外来因素的干扰,读者反而觉得需要对这种因素加以审视。作者的这些文字,脱去了他"复出"后的某种沉重,接连到了他20世纪50年代的青春的欢乐。

使作品具有特色的,展示情节发展和人物形象的内涵力量的,是1957年"反右"运动后的文字。这篇作品不像《布礼》,不像钟亦成较为单一地陷入那种理性的、力难胜任的历史反思,不像钟亦成留给读者的那种坚定的革命信念与薄弱的历史反思之间的差距。周克在"反右"中也是指斥女友萧铃在政治上"堕落"(《蝴蝶》中的张思远批判海云也是用"堕落"一词,这是多么残忍的一词啊!),但萧铃作为回报的是以身许给那个"右派"金克,她用她的良心、善良和直陈的判断回敬了"反右"的极"左"荒唐逻辑,她用爱情和生命投注出去,使周克和社会巨大弯曲在历史天平上显得十分轻飘。对于音乐,对于那《如歌的行板》,她不像周克那样聪灵善变,以至于政治敏感到把金克送他的柴可夫斯基乐曲唱片和唱机都当作"问题"加以揭发,她一直爱听《如歌的行板》,只是在最后,她感到时代和心情都变了,我们需要"新的乐章",因为乐曲的"经典"与乐曲的"限度"并不是矛盾的,她"挺立"着。

萧铃成了作者笔下经历"反右"运动的女性形象中一个最动人、最光辉的女性。是她,在追求爱情,献出爱情,又背叛了爱情。她背叛了周克,选择了苦难;又在出国潮的风气中,背叛了金克,选择了孤独。周克作为"反右"的揭发者批斗者不同于受害者的钟亦成,当他反思这段历史的自我辩护多于自我检查、侃侃而论"历史的必然性并不能保证道路的一段性"的时候,终于,在安定医院同精神错乱的萧铃的那场邂逅,"冲决了我的全部提防",他泪如雨下。他感觉"她在召唤",她"召唤"他什么?另外,在1962年找到第一个妻子玉莲之后,他发现自己的爱情已经支付罄尽,给她的所剩无几,在冥冥之中感到对不起这个女人,这个也爱他、"也是美丽的,为人也不错"的女人。这两个女人给他的太多了,沉重得使他抬不起头来。作者以形象的深厚力量奠定了作品,打动了读者,那个相对而言比较单薄的人物理性辩护,就不太被人们看重了。

作为故事情节的真正开始,中篇小说《相见时难》也应该从20世纪40年代末中国历史这一难以与之匹敌的岁月算起。主人公是青年学生,从事进步的和革命的学生活动,满目疮痍的旧中国面临着革命大风暴,旧北平即将蜕变为新北京。然而,作品没有按照这个时间、地点、人物持续地写作下去,而是一落实到这个起点，很快就枝蔓到它的女主人公蓝佩玉身上，一个 1948 年思想"左倾"、感情脆弱、同地下党失约、又被国民党拘捕、担心左右（共产党与国民党）都沾不了边、被家庭胡乱送到美国成了"美籍华人"的女子身上。

这位去国三十一年的蓝佩玉于 1979 年表示愿意回国参加父亲蓝立文的追悼会。她的不辞而别和突然归来，成了作品所描写的这京城一角故事情节的起点和终点。她的到来，给作品设定的特定人际关系的平静水面投下一颗石子，也使男主人公翁式含和她首尾接应，为他们的思想交流（或曰接火和碰撞，也有理解和保留）和"相见时难别亦难"这一主题做了安排。

作品没有急于接触它的核心主题，而是挪出大量篇幅描写人生世相，描写京城风情，正像《如歌的行板》挪出篇幅描写青春爱情一样。那位改嫁的蓝立文妻子杜艳的一副嘴脸，蓝佩玉回京城的寻访，成了作品两大块重要的画面。读者随着蓝女士的行踪，回味复习了京腔京味京城景点，对于杜艳这个"女标枪手"的推拉旋转镜头，真是把相声、数来宝、顺口溜的手法都用上了，有时叫人啧啧慨叹：这位"继母"呀，人呀人。这得力于作者是北京人。也许，仅凭这些，作品就拥有特定生活画面的价值。

翁式含同蓝佩玉的思想交锋，自然使人联想起此前的人物钟亦成、周克。他们身上都有作者的某些影子，又不是作者本人。应该说，作者与人物的距离，到了翁式含，就越拉越大了。翁式含假想同蓝佩玉对话中反驳革命的代价"可怕"："怕的人请走开。历史是不会因为害怕付出代价而停止前进的运动。"反驳革命的挫折令人"沮丧"："您可以沮丧，您有沮丧权。但是我没有沮丧权，因为我是现今的中国主人。"这些都使人想起钟亦成和周克，那种感情冲动的义正词严。然而，当他面对的不是那个"灰影子"，不是假想的论敌，不是那个认为当初不抗日、做日本殖民地、说不定比现在更现代化更富裕的下三烂大学生，他多少感到这种自我申辩不够了。蓝佩玉当初被捕、离开北京,没有出卖翁式含,没有出卖革命,倒是翁式含在"文革"中被打成了"叛徒",勒令他交代与"美国特务蓝佩玉"的关系。他感到蓝佩玉不是"挑衅",没有"尖锐的责难",他不能满足假想对话中自我辩论的"胜利",他觉得"不那么心安理得"。他感到蓝佩玉的到来,一再要求同他交谈,是一个"严重的挑战"。

对于这两位主人公的交谈与交锋,作品实际上是安排了一个不了了之的结局。相见时难别亦难,难就难在这种真实的言谈与对话中。翁不满足于假想中的回答,蓝也不满足于已有的交谈。蓝佩玉当初"崇拜"和"佩服"二万五千里长征,她不明白为什么领导这个长征的政党在"反右"之后一直到"文化大革命","失误"又一再"失误"。翁式含用"五千年的痼疾"、我们已经"做了手术"来解释,显得过于蒙混,他自己也不安心。当蓝佩玉发出短笺,要求"再往深里谈"的时候,作品故意安排翁式含去石家庄出差,把这最后一次面谈推掉了。翁回了一信:"有些话,慢慢地谈吧。我们总会找得着机会的。"把一切都推到日后去,似乎只能如此回答。

作者看出翁式含有碍于同蓝佩玉作进一步深谈,又不忍心让她就此而别,于是,安排她径直到翁家去,来一个寓意性的结尾。作者写到蓝佩玉在翁家遇到一个老农民,那是他们下到农村的一个房东,又写到她看到墙上一串香袋,让她忆旧忆中华。她带着真实的、丰富的、矛盾的乃至荒谬的印象回去,那翁式含录赠的李商隐的"从来系日乏长绳,水去云回恨不胜,欲就麻姑买沧海,一杯春露冷如冰",也许是他们二人日后心灵沟通的一种维系,既然历史的运行从来不可预测不可挽回,我们姑且喝一杯清冷的春露吧。作品的如此处理比此前中篇的类似或同类主题要有张力,有蕴涵,有历史深度。

作者谈到这个中篇的写作过程中,正为它的走向、重心、支点乃至题目费尽思索,读了《文学评论丛刊》中何西来评论他作品的文章。何西来特别提到了李商隐的诗的意境对他的影响。"对,我应该从李商隐的诗里找出这篇作品题名。哪个诗?'相见时难别亦难,东风无力百花残……'这不是现成的吗?就叫《相见时难别亦难》。又何必别亦难?《相见时难》这不已经够了吗?"①

作为题材、主旨、写作方法手法的拓展,乃至试验,作者还发表了《杂色》(1981年2月)、《湖光》(1981年12月)和《莫须有事件》(1982年7月)三个中篇。《湖光》写老人心态。六十七岁的老革命、司局级副主任李振中在老伴去世后,主动退休让位,各地旅游参观,撰写回忆录。作品接触到不以老资格作为猎取额外权益的资本、对年轻人新的生活追求保持"清明豁朗"的健康态度这样一个带有普遍性的主题。但是,不论是回忆还是前瞻,对老人或年轻人,作品说得好:"是的,一切都将凝聚在历史里,在历史面前接受审判和选择,在历史的长河里获得永远的生命。"《莫须有事件》以讽刺夸张的手法写坑蒙拐骗得以通行的社会关系学。白羊县城关公社临时雇用的办事人员王大壮居然要筹办一个"脚癣牙病治疗研究培训联合团",在报上登出招生广告。他以利益驱动为诱饵,一切都在"莫须有"的骗局中进行。在名誉团团长副团长、名医名博士名教授名人、顾问导师主任等荣誉头衔的加冕亮牌的宣传造势中,以上主席台参加高级社会活动领取讲课费等出名获利为实际效应,各方人士纷纷束手就擒,受骗报名者很快就报满截止(有的担心报不上名还私下拉关系开后门),该团"成立大会"顺利隆重举行。这个骗子的信条是:"有本事的人不算有本事,能联络有本事的人,能利用有本事的人才算有本事。"作品唯一坚决抵制者、女主人公周丽珠拒绝参加"成

---

① 《谈触发》,见《王蒙文集》第七卷第171—172页,华艺出版社。

立大会"。但是,她在这宗关系学链条运转中无所作为,恰恰相反,她的潜意识里,王大壮向她游说的加冕头衔和讲课报酬还曾经使"她有点动心",当三姑六舅们登门求情,要求给孩子报上名,她真是有口难辩。当关系学运转大功告成,副县长、省里副厅长乃至北京部里的巡视员都表示参加"成立大会",周丽珠唯一的洁身自保就是不要这个名、这个钱,不参加这个骗人的会。但是,这个"成立大会"声势太大,她只得以"身体不好"为由,向王大壮"请了病假"了。《杂色》的主人公曹千里是1931年出生、解放前参加过进步学生运动的人物,也是同作者经历相连、为作者所熟悉、前述中篇经常写到的一类人物。然而,作者在这篇作品里投入了更多的实验和创造。如果说前述中篇里这类少年布尔什维克或进步学生运动中成长起来的人物,有他们的生活史,有"风云三十年"的人物命运变迁,这篇作品只写了人物1974年7月4日这一天的活动。

对这篇作品的争议较大。有的认为跟着人物"上山"了,怎么忽然就结束了,有一种读后"上当感"。有的执着现实主义,典型环境中的典型性格,情节链条和人物具象,觉得这种写法跟小说太离谱,有种"失重感"。

我们不妨看看这篇写于美国依阿华城五月花公寓(1980年9—10月)并于1981年2月回国修改的作品的主要用心。作者设计的时间、地点、人物和老马都涂上了"杂色"。1974年维吾尔族地区一个公社革命委员会的马厩,由于天天闹夺权无人精心看管,老马是灰中杂白、遍体血污和斑痕,马厩的尘土、粪便、杂草可以淹没脚脖子。曹千里来公社三年,你看他的履历,参加过反美反蒋的学生运动,却因不安心经济工作,从湖北开小差跑回天津,按自动脱团处理;考入中央音乐学院,又爱好无标题音乐,在"反右"运动中定为"中右";自愿支援边疆,因不尊重领导被贬入小学教书;"文化大革命"中起来造反,又被打下去,成了逍遥派。他一切都"本地化",脚穿破皮鞋,身着破棉袄,从内心到外表,也都显出这种"杂色"。

  作品着重描写的,或作者要特殊投入的就是主人公这一天的"心路历程"。这位几近心灰意冷的四十三岁汉子,难道就这样"武大郎玩夜猫""跛驴配瞎磨"地骑上这可怜的老马日复一日、年复一年地消耗余生吗?他这天只是去统计一个什么数字,这位爱好音乐的知识分子,难道就甘愿"调出"上层建筑、下放公社当统计员以至永远吗?7月间,雪山融化,塔尔河开始季节性的奔腾咆哮,你这不能灌溉、提供舟楫的"荒漠的襁褓里的河!你什么时候发挥出你的便利,唱出一首新歌呢?"一路上,作品写了马的颠簸老态,写了它驮着这"无用人"的感兴,写了恶狗和蛇的出没,还有供销社门市部里女售货员的"姣好的笑容"。曹千里在思绪中有一种"隔世之感",仿佛自省到了自己过去的某些"散漫"与"轻狂",还有对西方音乐的迷狂。工宣队批评他"一脑子的斯基还有什么芬","远不如吃饱了睡大觉,对人民的危害还少一些",他自己也似乎一度变成了"新人",心想"滚它的蛋吧,贝多芬和柴可夫斯基",应该"用钢铁铸造自己"等等。就是在这种杂乱的思绪中,老马驮着他走过了戈壁和山岭,来到了塞外江南似的另一个世界。忽然,老马精力充沛,仿佛"能跳跃,能飞翔",说着:"让我跑一次吧!"那风儿、流水和天上的鹰都在说,让它跑,让它飞。

  人物继续他的前行,回忆的印象叠加而来。他骑着马又经过了哈萨克牧人区,来到了绿色的草地,如海般的放牧草地。他流泪了,他想起了少年的几何命题乃至万事万物,都应该有一种"伟大的和谐和神妙的平衡",他舒舒喉咙,鼓起勇气唱起歌来了。突然,来了一阵冰雹和暴风雨,他干脆脱下衣裤,任其淋透。在雨过天晴、艳阳高照又感到饥饿、疲倦、失重的时候,他来到了在石头中扎根生长的孤独矮小的"独一松"下,他和这棵树默然相对,怆然泪下。在哈萨克老妇人的毡房里,他一口气喝了三大碗共五公斤马奶,终于,慢慢缓过来了。他向主人索要:"给我一个冬不拉!"这是他来公社三年来第一次弹奏乐器,他已经从埋葬乐器、埋葬音乐、埋葬过去中觉悟过来了。他弹出了乐曲《初春》,又放开喉咙,歌唱了青春,歌唱了生活。作者曾经想把小说题名为"志在千里"的主人公曹千里,在这里展现出来了。

似乎,写出这一天,已经足够了。他已经从历史强加给他、给他充塞和铸造的旧态进入了新态,从杂乱的、混沌的、茫然的、无为的思绪中清理出生命的真谛。至于以后的命运和安排,那都是次要的,他终于走出毡房,觉得心明眼亮,打了一个呼哨,那杂色的老马原来是"那样俊美、强健、威风",他骑着它,唱着歌,一路呼啸向前。

小说的做法不可约束,不能局限。有重在情节的,有重在情绪的。

在意识流、重心态的写法中,有可以理出情节史乃至编年史的,有不能理出性格情节变迁史而重在某种意象、象征和寓意的。的确,读《杂色》要有一定的耐心、细心,作者说读起来有点"乏味"。高行健在评论中也说"全然无故事可言",有人"不免失望",但是,他问:"为什么小说又一定得讲故事呢?"高行健说《杂色》"是一篇既幽默又深沉的相声",说笑之中有诗意,"写得纵横开阔,不仅勾画了一路上的景色和人物的感受,还将人物对自己的身世,对社会、对时代的种种思考,都网织其中。内容之丰富,容量之深广,远远超过一篇同样篇幅的按通常讲故事的方式写出来的小说"。他还谈到了作者"独特的语言风格,即自由活泼的联想,词、词组、句子的并列和对比,跳跃的句式结构和长短句相间"。他认为此作可以列入当代作品的"杰作之林"。[①]

---

① 高行健《读王蒙的〈杂色〉》,载《读书》杂志1982年第10期。

二、《夜的眼》《春之声》等短篇小说

1979 年，王蒙发表的短篇小说《悠悠寸草心》获当年全国优秀短篇小说奖。当"四人帮"被粉碎、历史冤假错案得以平反、大批领导干部重返工作岗位的时候，作者及时地抓住了领导干部与人民群众血肉相连这个主题，写出了人民和时代的期望。作品借省委招待所一名理发师的第一人称，以他的眼光，借理发室这块地方，检阅了解放后三十年某省委领导干部的人世沧桑。从解放初军区司令帮助理发、副部长甘当试验品、李政委为理发师买眼药、赵省长刘厅长主动洗池子打扫卫生，到后来一些"老主顾""有了事情"、不见了，到"新首长"来理发"笑容也不多"，他们有了"特级房间"，看出了人事、作风的变迁。理发师吕师傅救助关了八年、被整得死去活来的地委书记唐久远，成了患难之交。唐久远后来落实政策当了省辖市市委书记，还给吕师傅寄特产，邀他来玩。吕师傅抱着不因当官就去拍马屁、也不因当官就故意回避的态度，决定去拜访他。一到市委，就看到警卫森严，为开工作会议调用全市最好的商品、厨师、演员，卖热门低价货、"优质"冰棍，唐书记忙碌和周旋于领导、轿车和驾驶员之间，尽管他听到唐书记的工作作风不错，他忧虑了，特别是唐书记安排人"给他发两个购货证"之后。吕师傅考虑再三，决定还要再次去"看看老唐"。

《悠悠寸草心》以鲜明的主题、强烈的现实性、切中肯綮的思想价值受到欢迎。

今天，人们会问一切官员，你们有没有理发师这样的朋友？你们了不了解他们真实的反应？作品的写法平实，比较传统，作为理发师的"我"的叙述语气，有的地方知识分子气重了一些。就主题

鲜明、写法平实而言,还有《友人和烟》《表姐》等短篇小说。

在短篇作品中,作者从探索和创新方面迈最大一步的,首推《夜的眼》(1979年)和《春之声》(1980年)。这两篇作品没有相对独立完整的故事情节,作者也有意不安排这种故事情节。如果在写作中有主题先行、细节先行、故事先行、感觉和心理活动先行之类的区分,这两篇小说就是感觉先行。而且,不仅是"先行",是感觉贯穿始终。《夜的眼》写作家陈杲在粉碎"四人帮"、拨乱反正之后,从边远小镇来到这阔别二十多年的大城市,看到夜晚路灯的光河,留长发与烫发,高跟与半高跟,公共汽车上工人谈论民主、谈论评奖、要民主与要羊腿的争论,青年男女拉着手,扳着腰,楼房各家的电视机正在播放国际足球赛,录音机里香港歌星的歌声等情景,最后因持信找一位领导帮助修理小汽车受到他儿子冷遇而乘车返回①。《春之声》写工程物理学家岳之峰"咣的一声"坐着闷罐火车回家过春节,赶上80年代第一个春节回家探望摘了地主帽子的父亲,他给抱孩子的妇女让座,听到车厢里关于自由市场、包产到组、差额选举、结婚筵席等各方面的议论,录音机播放德语歌曲,正好是那位妇女在学德语,尽管车厢不时传出"箱子不能压""别踩着孩子"的声音,他还是感受到车站广场上售货丰富,联想到解放前斗争的岁月,看到这列车的火车头居然是崭新的内燃机车,这闷罐车向前奔驰,响着春之旋律。

这两篇作品就像两卷素描,每一卷里的素描都是主人公不同场景的见闻和感受。如果《夜的眼》更多诉之于视觉,《春之声》就更多诉之于听觉。作者主要意思不在于写故事、写命运、写人

---

① 作者在《谈触发》一文中,谈到他刚从边疆调回北京,有一次为某单位办某事而碰壁,在迷宫一样的住宅区看见一盏昏黄的灯,小说和题由此触发而来。见《王蒙文集》第七卷第169页,华艺出版社。

物感情和思想的变化或升华。如果是这样，前一篇就是进城走后门修汽车碰壁的故事，后一篇就是春节拥挤坐闷罐车回家探亲的故事。这故事没有什么可说道的。恰恰反过来，这两篇作品的人与景本身具有某种独立意义，人物的活动排在其次，各种景象引起的人物的感受（包括引起读者的感受）倒是主要的，它们本身是有有机联系的。正如作者谈到《夜的眼》时所说的："这小说的灵魂恰恰不在于走后门，而在于他零零星星的感受上：对于街灯，对于售票员，对于上夜班的工人，对于看足球赛的观众。"至于"这里的走后门的事，在《夜的眼》中所处的地位，和街灯的印象是差不多的"[①]。笔者还记得，"四人帮"实行"全面专政"，弄得舞台银幕的人物只有男的或只有女的，看不到他（她）们的对象的时候，一遇到解放思想、拨乱反正，我们忽然发现无灯的公园居然拥挤着青年男女的说笑、唱歌与舞蹈，我们简直当作新闻奔走相告。王蒙的这两篇作品，带有一种新闻价值，让我们看到处于"转机"时期的各种新的景象，这里面既有伤痕、拖累、犹豫与困惑，又有批判、思索、信念与希望，仿佛借助"夜的眼"的凝视、"春之声"的谛听，在城市夜景里，在闷罐车里，感受到冬去春来、除旧布新的各种动人情景。

然而，这样的试验与创新又遗留了问题。在它们具有文学的新闻性或新闻的文学性（毕竟不同于新闻报道，里面灌注着文学的"人学"灵魂），或者带有某种史料价值的时候，它们自身在处理人与景、情与景的关系中，又显得在人、在情方面是一个弱势。的确，这些作品的主人公在主题深化、思想感情的深刻动人方面，没有太多可探究的。作为一种创新，偶一为之，也应该偶一为之，又需要考虑长短得失。多样，也允许各有长短。也许，《春之声》获1980年全国优秀短篇小说奖，就包括总体上对这种探索与创新

[①] 王蒙《在探索的道路上》，《王蒙文集》第七卷第609页，华艺出版社。

的支持。待到紧接着发表的《海的梦》这个短篇里，在安排人与景的关系中，就明显地加大了人的分量。作为曾经被打成"特嫌"的外国文学翻译家缪可言，喜欢海洋，也希求过爱情。当因政治问题年届五十二岁尚未获得爱情以后，组织安排他第一次来到了海边休养所。他在海里游泳，发出"海——呀——我——爱——你！"的长叹，然而在一个月的疗养中，在梦想了五十年的海洋面前，他只待了五天。他惆怅，若有所失，又有新的朦胧的追求。也许，海的爱、海的梦，反而促进了他的早早离去。这一切，是那么沉，在"人与景"的天平上，迅速使人的一头抬了起来。当然，不同作品的主旨立意不同，任何比较都是跛足的。

《风筝飘带》（1980年）和《深的湖》（1981年）是作者复出初期极有分量的两个短篇[①]。《风筝飘带》的感觉描写，那女主人公素素经历的红的世界（红书、红旗、红袖标、红海洋）、绿的世界（牧草、庄稼、下农村）、黄的世界（枯叶、泥土、光秃冬季）、黑的世界（下乡知青走后，她得了维生素 A 缺乏症，视力一度受损），丢失了的红色的梦、白色的梦（水兵服、医学博士）、蓝色的梦（上天空、去海洋）、橙色的梦（关于爱情），还有，她的放风筝的梦，那"从 1966 年，她已经有十年没有做过这样的梦"，"从 1970 年，她已经有六年没有做过任何的梦"，以及多处她与男主人公之间的精短的、连珠炮式的对话描写，这一切，真是色彩缤纷、珠玉错杂。作品借助视觉、听觉和其他感受的代码，浓缩地、大容量地把素素小时候受毛主席接见、后来下乡当知青、回城在清真食堂做服务员、同佳原这个心地善良的修伞学徒工（骑车在路上扶起一个被撞倒的老太太，结果被反诬是他撞的，要走

[①] 作者在《谈触发》一文中，谈到这两个短篇受到现实生活的触发：1979 年底刚搬入前三门新落成居民楼，一天一个亲戚告诉他见到一对青年男女在楼的通道阳台谈恋爱。1978 年去北戴河，一次月夜散步，意外见到一对情人。见《王蒙文集》第七卷第 171、169 页，华艺出版社。

了身上的钱和粮票,他并不为此后悔)谈恋爱,都表现出来了。他们这一对儿,真像其貌不扬的风筝屁股帘儿上的飘带,但是,男的建议女的学阿拉伯语,因为"你们是清真馆",而且"完全可以做到和驻埃及大使具有同样的智慧、品格、能力,甚至远远地把他甩在后面","关键在于学习",他们马上念到了阿文的"阿达姆"即"人"这个最美的词,她也真的学起阿文来了。他们手拉手谈恋爱,找不到地方,爬上了新落成的十四层楼顶层,男的说他明年要考研,他们还用起外文词儿,还表示"我们要一个又一个地考上研究生",他们总会有房子。他们从高楼分手的时候,结尾写得极妙,男的也说起"梦见一个——风筝",女的惊讶他们的不约而同。是的,那简陋的"屁股帘儿"风筝有着两根飘带,它们飞呀,飞得比新楼还高,比山上松树还高,比上空的苍鹰还高。

《深的湖》的写作与作者长期思索一个哲理问题有关。作者说:"我曾经是契诃夫的崇拜者,我也曾经迷恋'反庸俗'的主题。但是在实际生活里,我却发现,任何伟大辉煌浪漫的事情都包含着平凡、单调、琐碎乃至其他貌似庸俗的东西。"生活太复杂,对于"反庸俗"的诸多议论,"我要看一看,它究竟代表的是一种脚踏实地而又充满理想的奋斗精神,还是一种不着边际的孤芳自赏"[①]。这似乎有一点创作的问题先行、主题先行,但是,正如作者在《在探索的道路上》一文中所说的,如果有生活根底生活储备,因主题先行、受主题引发的某种特殊的创作现象创作过程,就一定失败一定是不合理的存在吗?我们也不能把事情说得那么绝对。

这个问题又是如此普遍、如此重要。如果我们在人的政治生活中经常议论民主与羊腿,那么,在人的生活、人的文化生活里,就常常谈论庸俗与高尚、庸俗与反庸俗。《深的湖》的前面一部分写了一个"愤世嫉俗"者的形成过程。杨小龙这个新时期大学生

[①] 王蒙《撰余赘语》,《王蒙文集》第七卷第701—702页,华艺出版社。

回忆三年前在一本画册上看到一幅题为《湖畔》的画,深深为它所吸引。画面有湖水、老树新枝的垂柳、树下一个青年的背影,仿佛在幻想、期求什么。当他得知这幅画的作者就是他的父亲杨恩府,他激动了。画家?父亲?他回想"文化大革命"初期红卫兵要他父亲在一幅领袖侧身头像上加一只耳朵,父亲听从了,而且表示"我有罪",主动做出一个"喷气"式。又想起1977年冬季高考他父亲在众多送饭的爸爸群中那副人矮、罗圈腿、八字脚、爱缩脖的穷酸相。还有他父亲日常生活中围着油盐酱醋转、为买一斤羊肉甘愿排两小时队的模样,以及既要他高考、又曾有过的"读书多了会变蠢"的言论,他简直对不上号了。当他直面询问父亲是不是《湖畔》的作者,父亲竟嗫嚅搪塞,说什么"幼稚,肤浅,单薄,小资产阶级情调",把美与丑、是与非都颠倒了,他感到极为痛苦。他慢慢演变成了一个敏感多情的"愤世嫉俗"者,"我好像戴起了契诃夫的夹鼻眼镜,用我那颗敏感的、温柔的、高尚的心发现着和透视着一切庸俗"。

　　就是这样一位大学生,觉得世界充满了庸俗,连他的父亲也包括在内。他写了一首《失却》的诗,觉得"时间令我识破了那么多虚伪丑陋,心中便只剩下了冷漠与虚无",否定过去,对未来的寻求又感到茫然。当他父亲看到这首诗,又回敬了他一首,要他"喊一声再见,告别那娇嫩的洁净",要他知道生活的复杂,"她捉弄你,她嘲笑你,她什么也不给,就是这样也要去爱,去追,去献出热情","去追赶那颗最明亮的属于你的星星",他震动了。等到这次参观新的美术展览会,他竟然错过了,由别人提出才看清了看懂了他父亲的石雕新作《猫头鹰》,他醒悟而且自省了。那《猫头鹰》的石雕眼睛,像是两个半圆形的坑,深得像两个湖,"他把他们那一代人的悲哀和快乐,渺小与崇高,经验和智慧,光荣和耻辱……还有其他的一切的一切,全装进去了"。我们观察人,观察生活,我们自身处置一切,生存而且奋斗下去,不是也常常感到需要具备这种"深的湖"似的眼睛吗？

作者在1980年又拿出了两篇讽刺的、幽默的、夸张的、荒诞的短篇小说：《说客盈门》和《买买提处长轶事——维吾尔人的黑色幽默》。后一篇如副题所说是维吾尔人的黑色幽默，是十足的逗乐。按常理，人们在"文化大革命"十年经历中，常常是被折腾得颠三倒四、死去活来，但是，在这种沉闷和死寂之中，人们也需要喜，需要乐，生活中也确有这种因子。这位"没有一天不开玩笑"的文艺处买买提处长，当作家著文心切，又不被社会承认，居然因自报"认识周扬"（维语里"认识"与"知道"同义），被小将打成"黑作家买买提"，六个大字写在制服后襟上，并"触及皮肉"。等到众作家诗人来看他，他喊道："你们不承认我是作家，人民承认。"这位处长，在监管人员要求他"不避重就轻"交代问题、讲出来可以不抓辫子不戴帽子不打棍子时，他说："我觉得第一次和第二次世界大战都是我发动的。而且，我正准备发动第三次世界大战。"这种现象，真可以让主持人忍俊不禁、方寸大乱，是生活赐给百姓的一点苦中之乐。

《说客盈门》发表后，在读者中广为流传。为抓劳动纪律，某糨糊厂厂长将县委第一把手的表侄解职除名，结果怀着各种目的登门说情的高达199.5人次，小说成了权势得不到监督、反被众人百般呵护、只求苟且安生的一个话题。作者在《在探索的道路上》一文中说到这种借鉴了单口相声的幽默小说，说它们体现了创作的二元乃至多元，在写作上可以平衡作者的心理，增进身心健康，在阅读上也可以争取各式各样的读者，使他们开怀解颐。

1981年，作者以新疆少数民族生活为题材，写出了短篇小说《温暖》《心的光》和《最后的"陶"》。此前，在"复出"初的1979年，还写了《歌神》。《歌神》以抒情性、音乐性和故事性见长，仿佛聚集了作者在新疆生活期间对音乐的爱好，以及立意写出少数民族歌手的愿望。那也是作者沉闷的新疆岁月的另一美丽的天地，他凝入了自己的情思。《温暖》在购物排队上，沿用了夸张、讽刺的手法。六十二条带鱼，一百多人排队。凭本定量购买的砖茶只有二十板，排队多达一百三十人。如果加上权权交易、权钱交易、人情交易的私下"走后门"，可以想见现场的一锅粥。一个驼背老太太声称自己是砖茶排队第一名，因她半夜起来还没有人排队的时候就把一根银发绑在招牌的钉子上。于是，队伍争执嘈杂起来了，各种雄辩批驳倾注而下，就在老太太抵挡不住、坐地哭泣的时候，一位"结巴"说话了："论论论年纪她够得上当我我……们……的母母母母母亲……我们都是个人……人……人人人人人啊！""结巴"主动把自己的排位让给老太太。于是，沉默。于是，这个小镇此后变得人人互礼互让互帮互助了。

《心的光》和《最后的"陶"》瞩目于维吾尔和哈萨克姑娘，瞩目于她们的心地、怀抱、追求和眼光。至少在客观上，这两个短篇互为表里，一是向外，一是向内，一是从安逸中向往外面的世界，希求自身的发展，一是在外面的发展中，回首向内，眷恋着故土故情。

当《心的光》的聪明美丽的维吾尔族姑娘凯丽碧奴儿满足于小城高级迎宾馆服务员的工作、满足于制帽匠未婚夫给她买进口衣料布置舒适新房的时候，她发现错过了一个大好时机，她对旅客中的一位电影导演要她试唱、朗诵、试演表现得过于娇气、矜持乃至搪塞。但是，导演手中的录音机开启了她的自我认识、醒悟和向往的新天地。她用借来的录音机私下录下了导演要她唱而未能唱的《黑黑的羊眼睛》，哎呀，竟比唱片里的歌星声音毫不逊色。她想起曾经想报考大学因姐姐、母亲的劝阻而被迫放弃，又想到"真的选上了我"、将成为"了不起的维吾尔女人，一个艺术家"，自己的名字"凯丽碧"与"奴儿"本是"心灵"与"光辉"意，是"心之光"呀！于是，那天晚上"没有理睬她的丈夫的殷勤与温存"，"她落了泪"。

《最后的"陶"》中的哈萨克姑娘哈丽黛已经是北京大学毕业生，在北京第一外国语学院进修了两年英语，即将赴澳大利亚留学。她乘飞机回故乡回夏季牧场探望，发现寄养她的大叔同他的儿子、同她恩师的儿子存在巨大的代沟。一个传统保守，一个锐意改革，仅年轻人从山东买来六头大叫驴，"让清真的马和不洁的驴交配"这种"荒唐和卑鄙"等，大叔就要"杀"了他们。哈丽黛在他们的矛盾中徘徊。她真想留下来给年轻人当"参谋"，还想嫁给一个哈萨克小伙子，就像恩师儿子牧业大队长库尔班那样，"库尔班的侧影是多么迷人，他的颧骨和下巴是多么有力啊！他为什么还没有结婚呢？"她脸红了。就是怀着这些希望，治理牧区和陪伴亲人的希望，她真想宣布不走；又是怀着这些希望，她又乘长途汽车、小飞机、大客机，从县城回到了北京。她告别了"陶"（哈萨克语"山"的意思），又怀念着"陶"。她想，到了堪培拉，第一件事是给大叔一家人写信，"特别是——给库尔班写一封信"。

　　到了1982年，王蒙的《惶惑》《春夜》和《听海》等三个短篇在题材和写法上又有新的拓展。它们不同于此前着眼于社会问题的主题明确的小说，也不追求故事情节，它们不是幽默讽刺故事，也不同于《夜的眼》那种感觉先行、意识流动。它们在感觉、意识描写上，更精微化，有时捕捉那种倏忽即逝的心理闪念，或者注目那种极少公众交流的隐蔽的心理症结。

　　《听海》着力描写盲老人和小姑娘的海边疗养。"我来听海"是这位盲老人的宣言。他的皮肤能感觉月光的照耀，在虫鸣中能感知"每个虫都有自己的曲调、自己的期待和自己的忧伤"，从海波的"噗——""沙——""稀溜"声感受海的运动海的胸襟，坐在礁石上感觉海浪和岩石的日夜搏击不会以海浪的粉身碎骨告终，当女孩子让老人"快看"一只飞翔的大鸟，他回答"它不累"。盲老人在听海中联想到自己的身世、亡妻、过往的峥嵘岁月，对于我们一般读者来说，我们不是更应该珍惜我们的感觉、生命，包括借助通感，更充分地感受大千世界的美丽和魅力吗？《春夜》是抓住日常家庭生活的一个心理闪念，让无限生机的春夜也像大海一样，启迪我们、提高我们。李副教授两口子忽然听到大学生女儿跟一个"电车司机"交朋友，"沉默"了，他们不约而同地、又认定"不是去盯梢"地去了紫竹院。看见一对年轻情侣的女方很像女儿，他们躲进了树丛里。后来看到认错了，他们又感觉这是"盯梢""没有教养"，又一起逛公园吃冷饮，又发现他们老两口有二十多年没有这样双双散步，又回忆起他们年轻时恋爱时划船散步，又联想起老周夫妇干涉女儿恋爱偷看日记致使三十一岁的女儿"矢志独身"，感悟到"我们心上的茧子并没有厚到把我们与春夜的公园完全隔开"，"我们就一天不会听不懂春夜的语言，白石桥和紫竹院的语言"。他们觉得只应该告诉女儿：珍重。同时也更要告诉自己：珍重！

《惶惑》中的刘俊峰得的是这样一种心理症候：他以环保主任（司局级与部级之间）、乘软席、带助手、出入小卧车接送、上下各厅处长迎送的身份来到二十八年前来过的工城的时候，总觉得若有所失，总觉得不如二十八年前作为大学毕业生乘硬席、在车厢拉演员唱《三十里铺》、提着包走过天桥、花六角钱住四人间旅馆、主动护理同房的病孩子那样"值得眷恋和珍重""更令他神往"。特别是有一位中学女教员自称是他50年代"老相识"，来电话求见，见了面就向他展示他当年的题词，又请他吃饭邀他到班上同学生见面讲话，临到上火车，她不请自来，向他车厢他怀里扔来一兜苹果，他先是厌烦，又有一些感动。刘主任来此地，要听汇报、做报告、批文件、看材料、和北京通话，对于"联系群众"，心想"一天24小时接待找上门来的可爱的群众，也满足不了'群众'的要求"。然而，他又确是"群众信赖拥戴、官而不僚"的前途无量人才。他终于抽出一个午休时间去女教员家表示歉意，到了北京又始终无法驱除这位老师穷追不舍地爱戴他的印象，他感到"惶惑"。读完这篇小说，很自然联想到过去流传甚广的"权力就是腐蚀""绝对权力就是绝对腐蚀"的尖锐、深刻而又存在异议的判断。其实，把权力与权力者分开就行了，权力者可以驾驭权力，权力者可以认识、分辨和处置权力，甚至为了合理有效而平衡、制约乃至放弃权力。读者并不要求刘主任满足女老师的一切要求，但刘主任为了应酬有书记、副省长、市长"陪他"的某厅长的家宴，旋即取消与女老师的原定相约，应该视为作者埋下的一个伏笔。

　　作者为了展示人物的微妙而又复杂的心理，用电影镜头般的过去与现在的印象叠加，如《惶惑》，有无法诉诸画面只能借助文字的"无声的语言"，如《春夜》，老两口走出家门，明明是不放心、带有"盯梢"性质去探看女儿的男朋友，却又不便又不必明言，"她投来了一个疑问的目光，无声地问：'难道去找107？'他无声地答：'是的。'她无声地问：'去白石桥？'他无声地答：'是的。'"甚至，公然说，"除了有声的对话以外，他们还说着上述的无声语言。而在这无声的语言的最深处，他们的灵魂发出了以下的低语"，于是，又有一大段有引号的他们的共同的心声。这种写法，至少在典型的现实主义创作原则里，在19世纪现实主义名家作品里，是不多见的。但是，文无定法，作者在给李子云的信里，列举了包括意识流在内的文学艺术的种种手法，然后说："……诸如此类，我是满不论（北京土话，这里论应读 lin，音"吝"）的，我不准备对其中任何一种手法承担义务，不准备从一而终，也不准备视任何一种手法为禁区。"[①]这里，看出作者的"拿来主义"的勇气。

三、散文、杂文和微型小说

　　"复出"与"改正"的王蒙，从新疆迁回北京，面对周围人事的变化，现实生活的除旧布新，自然是兴奋激动，对一切都充满

[①] 《关于创作的通信》，见《王蒙文集》第七卷第630页，华艺出版社。

了兴趣与关注。也很自然,除了小说,也同时是散文、杂文等纪实文体写作的大好时机。有着那么多的对新疆的怀念,1978年6月离开新疆半年,王蒙1979年1月又造访了乌鲁木齐、吐鲁番、鄯善和吕吉。到1981年,他又回过伊犁,回到住了六年的老房东所在的巴彦岱。在《萨拉姆,新疆!》(1979年)和《故乡行——重访巴彦岱》(1982年1月)里,王蒙怀念当年六平方米独居房里"梁上做巢的新婚的一对燕子",已经故去的阿帕亲手烧的奶茶。他反躬自问:"即使我住在冷热水龙头就在手边的地方,我能忘记这用麻花扁担挑着大小水桶走在巴彦岱的田野上的日子吗?"有时候,感觉到现实生活一种倏忽即逝的情绪,他要记录下来,写下一篇文章。他发觉十年浩劫之后,北京某些年轻人视外地视边疆为敝屣,东风市场饭馆里一个穿着入时的人挤兑对方:"瞧你那个样儿就是老外!(按:后来我才知道,老外乃是外地人的诨名)好容易进北京吃一顿饭还不老实点?晚上您(这里忽然用了第二人称的尊称式)就回您那个外地啃窝头去吧!"他这位熟悉北京与边疆的作者,感到痛心。他觉得十年浩劫败坏了"祖国各地的人爱北京,向往北京""北京人也爱边疆,爱祖国各方"的宝贵的感情(见《北京——祖国》,写于1979年3月27日)。那篇《我收听了〈梦幻曲〉》(1980年4月),仅题目就给人一种解除精神禁锢之后的动人景象,好像一个人悄悄地、用手挡住嘴巴地告诉对方这个收听的消息。文章指出那个把舒曼的《梦幻曲》打入十八层地狱的"革命"的结果是"一片沙漠"。"精神上的荒凉甚至比物质上的贫困更可怕",我们需要生活、爱、创造和劳动的权利,"也包括做梦的权利"。散文这种文体自由不羁,表现多方,从记事到叙述到感情到思想,从诗歌抒情到戏剧情节到小说人物塑造,它都可以拿来,为我所用。

写于1979年的《激动与沉思》[①]是一篇重要散文。它一针见

[①] 见《王蒙文集》第九卷第396—400页,华艺出版社。

血，慷慨激昂，对我们每个人（包括作者、评者和所有读者）发出逼视，要扪心自问，无从逃遁。张志新这位女共产党员，"她是我们的党培育出来的，是我们的民族培育出来的"，"但她是被人用党的名义残酷屠杀了的。我们的民族和人民没有能拯救自己的女儿。她的惨死是党的耻辱……是九亿中国人民的耻辱"。于是，"她有权利问我们，她问了：'同志们和亲人们，你们谈我夸我哭我演我唱我画我纪念我学习我，但你们为什么没有救我？为什么没有救我呀！在我被割断喉管、被枪毙的时候，你们在哪里？'"我们每个人应该自我审视，我们的党应该自我审视，我们过后都在自我审视，但是，够用吗？把这种惨剧仅仅归罪几个"小丑""四人帮"，这够用吗？我们不得不同作者一起长叹："啊，中国，我强大而又软弱的、可爱而又可怜的母亲！"文章没有停留在这些，文章认为："历史的悲剧，民族的悲剧，不能仅仅用个别恶人的个人品质来解释，不是天降灾星。"文章深入一层，探究原因，"因为我们曾经迷信"，"我们又曾经轻信"，"我们的心灵上积蓄着过多的古代和中世纪的尘垢"等等。当然，如此等等探究，是有关一个方面一个方面的，它不应该仅仅局限于个人的行为，而应该形成一种社会性的革命行为。如文章标题所示，"我们需要激情，我们尤其需要科学"。特别是作者从张志新事件引发出来的我们应做的自我检查："我们又曾经轻信，把我们的不可剥夺和不可让渡的民主权利，甚至把我们的头脑，把做出判断和决定的能力，拱手交给了声言是代表我们的人，把我们的命运，把国家民族的希望寄托于领导人个人的道德和善心。"民主与法制的改革和治理，公民个人的普遍觉醒，也许是我们这些从历史中走过来、又不愿愧对历史的继承者在改革开放中抱定的唯一可取的奋斗目标。

　　时过境迁，物是人非，王蒙这几年写的悼念亡者、悼念逝者的散文《祭长者——邵荃麟同志》（1979年4月21日）和《一个甘于沉默的人》（1980年7月），在艺术上思想上，堪称散文中的精品①。

它们首先得益于生活，得益于作者同邵荃麟、同萧也牧过往的真挚的交情。文章没有把这些亡者、逝者圣洁化、光环化，也没有把他们无辜化，在某种程度上，他们还是那个扼杀他们的极"左"路线的妥协者、屈从者和精神扭曲者。正是这样，才如此深沉地震撼我们的心灵啊！写邵荃麟的死用了三句话："被隔离时终夜无眠的咳嗽，死后一年才通知家属，连骨灰也没有领到。"写萧也牧的死只用了一句话，是团中央干校一个同志告诉他的："也牧同志死得很惨。"然而，他们是怎样的人啊：邵荃麟这位翻译《被侮辱与被损害的》的长者，一口把"解决"读成"改决"的南方口音，即使王蒙被打成"右派"后的1962年，也还是平易地和他"谈谈心"，对他划为"右派"，"我们觉得很惋惜"，后来又认真审读《青春万岁》，表示不得不压下这部稿子，"恐怕你经不住再一次批判了"，"先把它摆一摆吧"。那位"戴着深度眼镜、微驼着背、斯斯文文"、也是带南方口音的萧也牧呢？解放初就因《我们夫妇之间》挨批判（罪名是小资产阶级倾向，天知道把哪些不满意的东西都装在"小资产阶级"这个框子里）而沉寂了，但是，和王蒙谈起话来，"谈起创作来他很激动，有时用手势加强语气，他的这种劲头让我感到了他对创作这一门该死的劳动的神往"，谈起自己的作品时，"两眼放着光"。就是这两位文学家，心地善良，是非明辨，却在某些时候屈服了。邵荃麟居然批评某人对批判自己"反党""想不通"，说"这里有一些下意识的东西……"，对他本人这个"三反分子"，据说，"直到您生命的最后时刻，您还在认真考虑着自己一生对党所犯下的过失"。萧也牧似乎不那么去"俯就"，只是对作者表示"要甘于沉默"。作家这种本该呐喊、本该放歌、要笑、要叫的职业，却要"沉默"！他们两人都未敢未能

---

① 见《王蒙文集》第九卷第357—363页，华艺出版社。

正视那个错误路线，一人在只知自省（而且是错误的自省）中死去，一个决心"沉默"后也未能幸免于"惨死"。

这两篇散文见出作者观察细微，感情深沉，不溢美，不避讳，作品语言紧紧黏附作品的个性个体，极少那种照顾性的、泛而不实的文字。

这一段时间，王蒙开始出访活动。他这位自称"足迹未过扬子江的纯而又纯的"北方人，1980年6月随冯牧、马加、柯岩一行，作为中国作家访问团访问西德两周。同年8月底，应美国衣阿华大学国际写作计划主持人聂华苓女士邀请，去美国访问4个月。1982年5月，再次访美，参加纽约圣约翰大学举办的中国当代文学讨论会，并顺访墨西哥一周。这些访问使作者写下了8篇散文。里面，有一些是写一人、一事、一情、一景的。《别衣阿华》（1981年3月）着重记叙各方人士和朋友同中国作家之间的友谊；《橘黄色的梦》（1982年8月25日）写一位女诗人兼职小学教师如何讲授诗歌，启发学生写出诗歌；《雨中的野葡萄园岛》（1982年10月3日）描写美国东海岸大西洋里一个旅游胜地维尼亚尔岛，一个唯有别墅和旅游购物街组成的、也许冬天会空荡无人的小岛，作者说："我有点担心，再下上一夜雨，也许这些房子连同这个小岛，都会溶化消失在大洋里。"然而，在天津出生的美国作家约翰·赫西尽地主之谊，同美国女戏剧家丽莲·海尔曼给他们带来了温暖。

《在贝多芬故居》（1980年11月）一文中的造访对象，自然是人人景慕的。文章着重写贝多芬故居的"窄小""不起眼"，"贝多芬出生的房间、会客的房间和弹琴的房间……都那样矮小而平凡"，还有耳疾后，痛不欲生写下的秘密遗嘱。然而，他承受了生活和命运的压力，写下了辉煌的乐章。这位声音艺术大师，听不见自己创造的乐曲的声音，却以这种创造美化和丰富了人类的灵魂，包括召唤作者等人和台湾学生来此地参观，这蕴含着怎样的深意呢？作者说，"然而，贝多芬无言，贝多芬故居无言。"《隔山乱弹——记在柏林欣赏的一次音乐会》（1980年）记叙的则是同贝多芬的古典音乐全然不同的另一番情境，中国作家出席的1980年6月9日的音乐会是在柏林交响乐厅这座现代派建筑里举行的，听的又是现代派音乐。建筑的"奇"，形态与线条的"奇"，"与其说是建筑物，不如说是立体几何图形"，不规则，像游龙，更像天马行空。身处这种建筑，又感受现代派音乐，一种乐队人多、乐器繁复、声音破碎错综忽悦耳忽刺耳的音乐，"它在蔑视一切谐和中寻找自己的谐和，它在否定一切旋律中形成自己的旋律"。作者由此而联想到西方当代一些多线条、快节奏的具有"独特的表现力"的现代派电影和小说。怎么办呢？不理它，抹杀它，都很容易。作者说，"宣布现代派艺术的死刑，是不费吹灰之力的。但其结果，被抹杀、被处死的不一定是现代派艺术，倒是我们本身的耳聪目明，头脑活跃。"

更为综合性的、多面性的出访散文有《浮光掠影记西德》（1981年1月）、《旅美花絮》（1981年6—8月）和《墨西哥一瞥》（1982年3月）[①]。《浮光掠影记西德》写的是作者第一次踏上西方异土。当时东西德没有实现统一，面临的是意识形态和社会制度的鲜明壁垒。作者承认西德之行中，"我的印象众多、深刻、牵动我的情思；然而，试图归纳和叙述这些印象，却太冒险"。一到西柏林，自然想到过去印象中它是"魔窟"，或为赫鲁晓夫说的是"毒瘤"，柏林墙用水泥和砖石、铁丝网和地雷把东西隔绝分开。西柏林闲散、快活、热闹、喧嚣，仅领养老金的人就有50万，另有大学生7万，作者想寻根究底了解它的收入和生产，却无从得知。文章写了"西柏林的欢乐是西方世界刻意经营的结果"，"联邦德国的财政支出，有一半是补贴西柏林的"，但西德没有因此而亏空赤字，"他们的人口平均收入仅次于瑞士而在欧洲居第二位"。

---

① 见《王蒙文集》第九卷第134—162，174—237，246—258页，华艺出版社。

高大建筑、高速公路，欧洲最大超级市场，乐队和舞蹈，一位经济学博士住房达400多平方米，发愁的是汽车多、楼盖得高，还有妓院，当神甫、修士、修女的青年和少女，应有尽有。作者在旅游中确立了一种开放眼光，即"不带偏见"、摆脱教条囿域的眼光，"让我们不带偏见地去赞美德国人的干劲和技术的飞速发展吧"，"让我们不带偏见地去观察西方社会的弊病和难题吧"。作者看到的在德国的中国人最显著的职业就是开饭馆，这是一个世界性现象。移民的就业水平反映他们母国的历史和现状，作者感慨了："巨大的与历史悠久的祖国啊，难道你除了宫保鸡丁和糖醋鱼片以外，就拿不出更先进、更像样的技术成就吗？你当年拿出指南针、火药、印刷术时候的进取精神到哪里去了呢？"这是大陆人的、也是海外一切华人的心声。

《墨西哥一瞥》同样记叙了友谊，记叙了墨西哥汉学家、美籍英籍西德籍汉学家对中国的情谊，他们陪同作者参观人类学博物馆、美术馆、金字塔古城特奥梯乌阿坎，还参加讨论文学的圆桌会议。也许，读者更感兴趣的是作者介绍的这个国家同中国有许多共同经历，墨西哥城拥有1400万人口，位于海拔2000多米的高原，人种皮肤呈红棕色，离美国最近而不用英语。一位前总统说过的"墨西哥的麻烦在于她离天堂太远而离美国太近"这样一句意味深长的话，以及"独立，繁荣，进步"的竞选口号，面包价格严格控制在世界的最低水平以及欧洲征服者摧毁了本土文化而当今的墨西哥人极力保护这种文化等等。我们也从心底里说，墨西哥，一路走好。

《旅美花絮》记录了作者第一次访美4个月的各种见闻，共计4万多字，32条。作者说花絮只是记琐事，信手拈来，不发议论。然而，各种现象、琐事本身生动活泼，潜伏着思想，能开人耳目、启人心智，有时胜过干瘪的说教。从树、花、草写起，美国红杉有的高达100米、树龄长达2200岁，还有玛丽莲·梦露这个出身

第四章 "复出"初的创作喷涌

贫寒的性感明星在"性崇拜"的簇拥下最终服安眠药自杀,有无人弹奏的两架钢琴在演奏《匈牙利狂想曲》,有七八十岁的老人上大学,有同性恋者的登记结婚和火炬游行,有的汽车一发动就提醒你绑安全带、不然它不答应,有物品便宜得惊人就像偷来的一样的所谓"小偷市场",有举希特勒像的纳粹党人集会和拥护中国"四人帮"分子的活动,有一位英裔摇滚歌星约翰·里恩因未能给一名青年崇拜者签名而被后者开枪杀害,如此等等,真如作者在打油诗所说,"有此一金元帝国兮,富丽堂皇,既不那么像地狱兮,也绝非天堂,乱乱哄哄,危机四伏兮却又活泼要强"。这里,联系到作者在《浮光掠影记西德》一文里谈到的西方社会现象,有左有右,各式各样,光怪陆离,无奇不有,"人们的痛苦产生在相互矛盾的倾向里,人们的追求和希望也产生在这些相互矛盾的倾向里。社会的分裂产生在这相互矛盾的倾向里,社会的平衡也恰恰依赖于这相互矛盾的倾向"。它不同于过去的社会主义阵营那种理想主义的提纯,那种既是生产资料公有制的提纯,又是意识、兴趣、行为的提纯和一律化。这些不同,应该说是各有利弊,只能在实践中、竞争中不断完善,在我国改革开放的20世纪80年代初期,作者的如此录像、如此集纳,有的备以待考,有的存而勿论,如他所说:"花絮好写兮而难以概括、综述,多知道点实际情况兮也好避短扬长!"

杂文在文体上完全可以归于散文。它们都是因真人真事、真实的现实生活而发。大概,有感于社会的某个论点、某种思潮,专门地写出来发发议论,名为杂文。这段时间,王蒙发表了杂文《论"眼不见为净"》(1979年2月)、《关于"自成一派"与"一鸣惊人"》(1979年4月8日)和《论"费厄泼赖"应该实行》(1980年1月)。在创作界,杂文往往更见出一个作者对社会生活的急切关注,更见出作者的思辨者、思想者的色彩。

《论"眼不见为净"》把这条谚语列为中国"最可恶的遗产"

"最可恶的国粹",是提倡瞒和骗、苟活与愚昧的怯懦和愚蠢的哲学。从"眼不见为净"到"非礼勿视",到"不干不净吃了没病",到"眼不见心不烦",把一切都归因于、归罪于眼睛,"眼睛是一切痛苦和灾难的根源"。于是,大家都闭上眼睛,中国停滞了,等到人民觉得中国太不"干净"了,人民"烦"了,就闹起了革命。文章指出,时至今日,"仍然有人继承这种闭眼睛、不准睁眼或只准视而不见的看家本领"。

《关于"自成一派"与"一鸣惊人"》实际上是为"自成一派"和"一鸣惊人"这两个界定语正名和平反。文章有感于《北京日报》一则消息,消息说某大学几个错划的"右派"分子当时只是筹办一个同人刊物,说他们想自成一派、一鸣惊人只是意识上的毛病,不应作敌我矛盾处理,云云。可见,这两个界定语一直蒙受不白之冤。文章说,百花齐放就是提倡各流派自由竞赛,好的作品就是能一鸣惊人,"一个根本不想自成一派和一鸣惊人的胸无大志的文艺工作者,是肯定做不出多少贡献来的"。"枪打出头鸟",是"四人帮"和极"左"文化专制主义一贯采用的伎俩,自成一派和一鸣惊人作为贬义,作为"帽子",正自觉不自觉适应了他们的要求。

杂文《论"费厄泼赖"应该实行》在社会上反响较大。它脱胎于鲁迅先生的《论"费厄泼赖"应该缓行》(见杂文集《坟》)。一个要"缓行",一个要"实行",就自然引起了人们的兴趣。"费厄泼赖"是英语"FairPlay"的音译,意为公正的、平等的竞赛。王蒙一开篇就说鲁迅说的"缓行"不是"不行""不实行"。鲁迅在文章里就说:"仁人们或者要问:那么,我们竟不要'费厄泼赖'么?我可以立刻回答:当然是要的,然而尚早。"王蒙把鲁迅的"缓行"论断作了基本概括:"包含着两层意思:一、'费厄泼赖'是应该实行的。实行'费厄泼赖',最终是有它的必要性与可能性的。二、'费厄泼赖'目前还不能立即实行。实行'费厄泼赖'的必要性与可能性当时尚未变为现实性。"也就是说，一切要看时间，看地点，看条件。20世纪上半叶，中国处于激烈的阶级斗争和民族斗争的时候，自然不同于50年代之后公认的大规模的、急风暴雨式的阶级斗争基本结束之后。极"左"路线的基本错误就在于这种判断上的混淆，在历次政治运动中错误地、歪曲地宣扬鲁迅的名言名篇，于是，"缓行快要变成超时间、超空间的真理"，有悖于鲁迅的原意了。

针对极"左"错误和"四人帮"专横表现出来的残酷斗争、无情打击，作者对"费厄泼赖"作了新的引申和诠释："'费厄泼赖'意味着和对手的平等的竞赛，意味着一种文明精神，一种道德节制，一种伦理的、政策的和法制上的分寸感，一种民主的态度，一种公正、合理、富有余地、宽宏大度的气概，意味着'三不'主义和'双百'方针。"核心是"民主"二字，应成为治国之道。文章接着说，"论处理人民内部矛盾要注意'费厄'"，"论在学术问题上尤其需要'费厄'"，"论对敌人也非绝对地无条件地不实行'费厄'"，最后是"论在'费厄'问题上不能搞僵化和'凡是'"，有针对性地切合了我们的历史教训和现实经验，有利于我们惩前而毖后，继往而开来。特别是在"费厄泼赖"问题上不能搞"凡是"，不能搞"句句是真理""一句顶一万句"，因为，从历史的长河来看，人类的认识是不断更新不断发展的，只有社会奉行的民主精神和科学精神才是常青的、永恒的，任何个人的认知都是有局限的。（当然，今天谈论实行"费厄泼赖"也不是绝对的、无条件的，我们不能废除政权的处置包括刑事犯罪分子在内的专政职能，正如鲁迅先生当年也说到"费厄泼赖"精神"也非绝不可行"，而是要"看清对手"，并非不分青红皂白。这是不说自明的。）

这段时间，王蒙还写了20多篇微型小说。微型小说同散文、杂文一样，都是一种敏捷的文学形式。所不同的是，微型小说不受制于真人真事，是虚构而成。这样，微型小说的写作更灵活、更自由，使突出、集中、夸张、讽刺的职能更能发挥。又因为是小说，有故事，能吸引人，读者三五分钟就可以读一篇，捧腹一笑，愉悦精神。有一些是增长见识、有益于精神涵养的，更广更深一层的，如为人处世、持家传家、从政治国，都能从中得到教益。

《赛跑与摔跤》（1981年）是提倡"劲儿要使在点子上的"。A地与B地都开展了赛跑运动。A甲得了冠军，A乙、A丙、A丁等都加紧锻炼，提高跑速，你争我赶，甚见精神。B地不然，B甲得了冠军，B乙不练跑，专门练使绊子，结果让B丙得了第一。见此情状，B乙下次改绊B丙，这样，B地赛跑方寸大乱，赛跑成了摔跤。于是，体委建议B地暂停赛跑，改为摔跤与拳击。作品说："欲知B地运动员是否在摔跤、拳击方面取得了优异成绩，且听下回分解。"《雄辩症》（1982年）挖苦那些讨论、辩论问题不到点子、空泛地炫耀辩才口才的人。当医生请此症患者"请坐"时，他说："为什么要坐呢？难道你要剥夺我的不坐权吗？"医生请他喝水，他说"并不是所有的水都能喝"。医生说水里没有放毒药，他更是滔滔不绝了："谁说你放了毒药了呢？难道我诬告你放了毒药？难道检察院起诉书上说你放了毒药？我没说你放毒药，而你说我说你放了毒药，你这才是放了比毒药还毒药的毒药！"如此等等。最后，作者戏言，把虚构的此雄辩症患者同真人真事挂上了钩："经过多方调查，才知道病人当年参加过梁效的写作班子，估计可能是一种后遗症。"一笑！

《不准倒垃圾》（1981年）说A地与B地开展卫生竞赛，双双得了红旗。为了巩固成绩，A地负责人到处张贴布告："此处严禁倒垃圾，违者重罚！"结果居民被迫绕着倒，天黑偷着倒，深夜倒，黎明前倒，弄得垃圾遍地。B地负责人只在一处贴了招贴："此处可倒垃圾"，并且安排了集中清除垃圾的办法。可以想象，这两地的下一次卫生竞赛会是什么样的结果。和此篇异曲同工的是《请务必鼓掌》（1981年），他是讽刺搞花架子、做表面文章。E地群众热情，看演出、听报告、欢迎检查团、联欢、迎送外宾，都热烈鼓掌。后来，调来一位科长，每次活动都召集群众训话："一定要热烈鼓掌！鼓掌的时候，绝不允许中途停止！拍肿了手也要继续拍！鼓不鼓掌是态度问题，立场问题……"大家鼓完了掌的时候，他还要上台号召："让我们为了×××再次鼓掌！""让我们……再再次鼓掌！""……再再再次鼓掌……"两年之后再到E地，"发现那里的人对一切都冷冷淡淡，不论有什么喜事，谁也不鼓掌，有的已经忘记什么叫鼓掌和怎么样鼓掌了"。这位科长心不坏，就是一门子心思，而且你不知道他哪里来的那门子心思要求群众捧场鼓掌，不实事求是、不顾群众真实反应地布置群众加码鼓掌，结果，上述A地负责人严禁垃圾，垃圾到处都是，此E地某科长弘扬鼓掌，掌声熄了。

《小小小小小……》（1981年）①说H省地方戏"H剧"近年日趋衰落。约100年前，H剧出了艺名"香又红"的天才演员，唱、做、念、打，无一不精。香又红老了，人们最喜爱的是香又红的掌门大弟子小香又红，"小香又红不仅在艺功上与香又红惟妙惟肖，而且连长相、嗜好、习惯，也与香又红极似"。诸如瓜子脸，眼皮下痦子等等，没有也要依样画一个。小香又红又老了，占领舞台的是小小香又红，后来，又传到了小小小香又红。"按照微积分的原理，如此小小小小小小下去，就趋向于零了。"

四、理论探讨和文学评论

王蒙关注文学评论，也写作大量评论，包括某些理论问题的探讨。在创作与评论"双肩挑"的当代中国作家中，他算得上首屈一指。当然，这首先归因于他对文学的热心、热情，他说他要

---

① 上述微型小说均见《王蒙文集》第五卷"微型小说"栏，华艺出版社。

参加许多文学讨论会，要准备意见，要发言，便形成了评论文章。他认为文学是"社会的事业，整体的事业"，不仅从文学角度，也从社会角度，愿意发表意见，公之于世。

他不同于某些不打算写评论、不愿意或不屑于写评论的作家，不同于全心贯注创作的作家，这里面有他的兴趣爱好，他的素性本性。他上学时就喜欢文科和理科，喜欢形象思维，也喜欢逻辑思维，甚至在审美层次上，他也把形象思维与逻辑思维一并考虑进去。早在1956、1957年，他就写文章评述形势，谈创作体会，评论新人新作。他"复出"后，除了跟踪形势，参与文学界批判"四人帮"和各项拨乱反正的思想讨论，写下许多除旧布新的文字，在理论建设上，他就创作经验、特别是短篇小说的创作体验，作了系列的、连续的研究探讨。这方面，重要的文章有《当你拿起笔》（1979年10月—1980年1月）、《我在寻找什么》（1980年7月）、《倾听着生活的声息》（1980年9月）、《一个值得探讨的问题——谈我国作家的非学者化》（1982年）、《漫谈短篇小说的创作》（1981年9月）和《漫谈小说创作》（1982年3月）[①]。这些文章既系统地宏观地、又微观地细部地多侧面地总结了过去（着重解放后）的文学创作和小说创作的教训经验和体会。鉴于我们建国后作家队伍的平均文化水平有降低趋势，当代文学也没有出现文化巨人式的大作家，王蒙倡导作家的学者化。他认为：不能把创作和做学问完全看成两路"功"，不能把形象思维与逻辑思维分辨得那么绝对，"能够完成伟大的史诗的作家，能够不同时是思想家、史学家、美学家、社会学家和诗家吗？"我们不能满足于一己的特殊经验、才气和灵气，才华与学问要结合起来。与这种倡导相对应的一个命题，自然是学者的作家化，学者也应了解创

[①] 上述文章见《王蒙文集》第七卷"创作谈""谈自己的作品"栏和第六卷"综论"栏，华艺出版社。

作实际，磨炼自己的艺术感觉和艺术感情。这是推动创作和评论、发展文学事业和学术事业的一个很宝贵的意见。

王蒙在评论文字方面作过自我估量，他说："我的'评论'是打引号的，因为它缺乏理论的严谨性，而更多的是随感的性质。"[①]他在个别评论用语方面，确有不规范、过于从自我感觉出发、未能约定俗成的某些弱点，比如，在上面提到的《漫谈短篇小说的创作》《漫谈小说创作》这两篇很有分量的文章中，一再提到小说、文学是"对生活的一种发现"，又是"对生活的一种发展"。此处的"发展"一词，在文学评论中就极少见，意思比较含混。实际上，他这里的"生活发现"与"生活发展"就是生活真实与艺术真实、既源于生活又高于生活的意思，他自己也讲文学来自生活，又不等于生活，是生活的一种补充和深化，是生活的一种虚拟和假设，一种新的排列组合。生活，客观现实和主观世界，都是一直在发展中的。但是，王蒙结合自己的创作体验和阅读，能够微观地、细化地、多面地谈出创作的要素、小说构成的各个方面，有利于我们增加视点、扩大思路。在我们常常谈及的小说的人物、冲突、情节、细节、主题思想之外，他还提到意境（要创造一种氛围，一个艺术世界）、色调（严肃、温暖、幽默、含蓄、热情奔放、冷峻精确等多种不同的调子）、节奏（生活事件的节奏与叙述节奏的一致和不一致，叙事和描写的快和慢、疏和密）。他还谈到作品表现方式方法上的戏剧性与非戏剧性、逻辑性与非逻辑性、偶然性与必然性、因果关系与非因果关系、抒情与非抒情、传统与非传统，我们要着重生活的丰富性多样性，更要提倡艺术表现的多样性不可穷尽性。同时，艺术手法的解放与规范又不矛盾，"任何一种突破，都和一种新的规范分不开，没有规范的突破，没有要求的突破，是不存在的"。人们经常提到的王蒙

[①] 《文学与我》，见《王蒙文集》第七卷第655页，华艺出版社。

喜用的意识流，他说，意识流不是"胡说八道"，"你写意识流，必须有生活依据。不是胡扯淡，得符合心理活动的规律，要有社会根据，不能与个人、社会、时代、民族的特点分开。第一要准确、第二要深刻、第三要巧妙……第四，还要有丰富的社会意义。第五，要有很高的美感"。"一个是要解放我们的艺术手法，一个是要给我们的艺术手法树立更高的规范。"

涉及文学的发现、文学的创造这一根本关系到艺术质量的问题，王蒙提到这样一个事实："这次开作协理事会，领导同志在接见部分同志时，特别引用了叶老（圣陶）在一篇文章里说过的话：'每个作家应该有自己的哲学。'"[①] 这是当代文学发展的一个关键问题，任重而道远，遗憾的是这个提倡一直未能真正落实下来。

值得特别注意的是，王蒙以他的艺术敏感触及了我们理论与创作中最大的一个命题——典型环境中的典型性格。恩格斯就现实主义、就典型环境中的典型性格给哈克奈斯的一封信最早于1932年作为俄文译文在苏联得到传播以后，先是在苏联，后来又在中国，产生了巨大的影响。完全可以说，典型环境中的典型性格成了苏联文学、中国新文学历经半个世纪统率一切的理论问题和创作问题。

恩格斯认为，哈克奈斯的中篇小说《城市姑娘》中的女主人公作为19世纪80年代伦敦东头的一个女工，非常消极，缺乏觉悟，紧锁在自己的小天地里，受宗教观念的束缚，无意投身当时自觉的工人运动，"您的人物，就他们本身而言，足够典型的；但是环绕着这些人物并促使他们行动的环境，也许就不是那样典型了"。"典型环境中的典型性格"（"典型人物"过去一直译作"典型性格"——引者）就这样作为现实主义、作为理论和创作的一个重要命题，在苏联和中国得到广泛传播和大力推崇。它要求作

---

① 《漫谈小说创作》，见《王蒙文集》第七卷第126页，华艺出版社。

家作品不单单写出人物的个性和共性,表现人物的性格特征,而且,必须体现人物和性格所处的时代环境,体现社会生活的本质特征和主导方向。

应该说,恩格斯的这个命题和解说,作为刻画人物性格的大型叙事体裁和戏剧体裁,作为现实主义这种创作方法本应承担的反映社会生活本质的要求,是完全正确的。恩格斯推崇巴尔扎克,列宁评价托尔斯泰,以及中外文学画廊的里程碑式人物形象,都对此作了很好的说明。但是,任何命题都有一定的条件和范围,任何文学命题必须放在一个社会的总体格局和全盘安排中加以观察和考虑。王蒙在1980年夏天两次文艺座谈会上,谈及了"典型环境中的典型人物"这个命题。在1982年12月撰写的《关于塑造典型人物》一文①中,他说:"尽管塑造'典型环境中的典型人物'的命题,是一总结性很强、意义很大、甚至可以说是对于现实主义的叙事文学创作具有根本性意义的命题,但它毕竟不是无所不包的,更不是唯一的创作规律,它并不具有排他性,并不能成为主宰全部文学史和文学现象、衡量一切文学作品的独一无二的'核心命题'。它的适用性和有效性,仍然是有限度的。"他举出,作品体裁不同,诗歌中的多数、散文、杂文都不是以塑造人物为主要表现手段;即使是短篇小说,有的着重写人物,有的着重写一个场面、一种情绪、一种"瞬间感受"、一个奇特的风趣的故事,有的甚至主人公不是人物而是动物,动物+拟人化≠人物,更≠典型人物;契诃夫的小说《套中人》是写人物的,《草原》则是写人的思想感情、写俄罗斯大地的形象,《苦恼》则是写人的行为、写马车夫只能向马诉苦这一奇特而又感人的行为,它们之间的价值不存在孰优孰劣,也不取决是否写了人物性格;俄国的《钦差大臣》《死魂灵》是塑造典型人物的,美国的幽默名篇《第

---

① 见《王蒙文集》第七卷"创作谈"栏,华艺出版社。

二十二条军规》就不注重写人物，而是写一种荒唐逻辑，"主人公"可以算这第二十二条军规；西德诺贝尔文学奖得主海因西里·伯尔的名著《丧失了名誉的卡特林娜·布鲁姆》，其核心不是卡特林娜的性格，而是对一个荒谬事件的冷峻的新闻体的精确描述，事件的精确性代替了性格的确定性；至于夸父、刑天、精卫、传说中的孟姜女、寓言中的杰米扬、童话中的丑小鸭、海的女儿，与其说是人物的典型化，不如说是某种典型的精神、特质和遭遇，是采用抽象、假借和象征的手法，与现实主义按照生活本来面貌表现人物的个性化和典型化不同，如此等等。从分辨到事例，这些论述开阔了我们的创作视野和评论思维，让我们思索如何正确而又恰当地领会革命导师的言论。这个问题当然是有感而发、极有针对性的。回想20世纪中叶前后，苏联文学和中国新文学自觉和不自觉推崇的、在文学作品普遍呈现出来的唯现实主义是大家都一门子心思奔"典型环境中的典型性格"的现象，回想文学创作界唯巴尔扎克、托尔斯泰为最高规范，一些人有意识无意识以争当今日巴尔扎克、托尔斯泰为最理想的归宿，回想年长月久积存的带有普遍性的一个阶级一个典型以及公式化概念化的弊端，我们冷静地、求实地反省和审视这种现象，是十分有意义的。真理往前多走一步，就变成谬误。文学创作的百花齐放不同于体育的百米竞赛，而我们又常常不自觉地用百米竞赛来分辨手法、风格和创作方法创作流派，我们把自己局限了，我们的路子越走越窄。这也就是王蒙说的我们"不能把典型的人物这一要求'单一化和绝对化'"的意义所在。

除了一些宏观性的理论文字，王蒙还直接投入评论，写作品赏析，写作家作品评论，以评论的形式写，或因邀请以作序的形式写。他对文学的热情关注使他不同于某些闭门独自经营的作家，他同作家和评论家有许多交往和交情，他有话要说，朋友们也希望他说。

第四章 "复出"初的创作喷涌

这一类评论文字中，首先要提到的是他于1963年夏在北京师范学院中文系任教时写作、于1979年发表的分析鲁迅一篇散文的《〈雪〉的联想》[①]。此文不单是一篇优秀作品赏析，或者对此前关于鲁迅的《雪》的文章的批评，做翻案文章，同时，它在方法论上具有意义，至少昭示了批评家写作家作品评论应采取的视角和方法。

收入鲁迅《野草》集的这篇《雪》，过去在评论文章里（包括著名批评家冯雪峰的论著）、在大学讲堂里，有过许多评论，又有大致相同的观点。王蒙把它概括为"南北说"，即认为作品写了两种冬天，两种雪，鲁迅喜欢南方的冬天、南方的雪，那是"可向往的美丽的"，是"理想世界"。与之"对立起来"的是北方的冬天，是他要"否定"的。这两者又同南北的"现实"分不开，什么"现实"呢？似乎是不言自明的当时的北方的军阀统治和南方的革命运动。王蒙在辨析的时候，采用了细密的、求实的方法，即注视作品文本。王蒙列出鲁迅作品原文，关于"朔方的雪"的全部文字，没有一点、一句话能说明鲁迅持"否定"态度。相反，这"朔方的雪的形象""恰恰是一曲苍凉悲壮的赞歌"，诸如"在晴天之下，旋风忽来，便蓬勃地奋飞，在日光中灿灿地生光，如包藏火焰的大雾，旋转而且升腾，使太空旋转而且升腾地闪烁"等等，与北方军阀毫不相干。"江南的雪"呢？王蒙从文本中指出，"鲁迅对于江南的雪的感受和态度，其实也是复杂和微妙的"，他举出那日渐消融的"雪罗汉"的描写，"固然也有含蓄的'眷恋'，但与其说眷恋引起了'向往'，不如说是惋惜，特别是那对于雪罗汉后期的寂寞命运的描述，更是响彻了我们所熟悉的、此时的鲁迅所特有的那种深沉、清醒、冷峻和无可奈何地微微嘲笑的调子"。他认为，这"南雪"与"北雪"，对当时的鲁迅，不是

[①] 见《王蒙文集》第七卷第291—305页，华艺出版社。

什么"理想"与"现实",不是什么一个要肯定、要"向往",一个要否定,而只是"回忆与现实"。或者说,这两种雪,是鲁迅对过往的童年与青春的反视,又是对自己现实的写照。王蒙说:"鲁迅在《雪》中塑造了两个形象:江南的雪和朔方的雪。使我们联想起两种性格:美艳又不免脆弱的童年和青春与坚强又不免孤独的战士和公民。"鲁迅作品最后写的那在"无边的旷野""凛冽的天宇"中"闪闪地旋转升腾着"的是雪,是"雨的精魂","是的,那是孤独的雪,是死掉的雨,是雨的精魂"。这正是当时的鲁迅的形象。

　　比较起来,王蒙的这种解释是更贴近作品,更能为读者所接受的。王蒙在这篇文章的注释里说:"作家的意图,作品的形象,读者(评论家)的解释,这三者的关系很复杂,是密切关联而又各自有其相对的独立性的。"在文学表现上,这三者的关系有时不完全一致。作为评论家,努力的方向是切切实实研究作品的文本、作品的形象,力求自己的阐释接近作家的意图,并赢得读者的共鸣。当然,不同的评论和解释,应允许它们的存在,而且评论不可能穷尽作品,但是,在方法论的竞争中,总有一些比较正确,更接近真理。王蒙的这种"联想可以尽情,发挥可以大胆,却不能离开形象本身的特征"的主张,使我们联想到 20 世纪文论的发展和流变。也许,这种主张更接近注重文本的俄国形式主义、英美新批评派、法国结构主义,但又不同于这些流派的唯我独尊。经验证明,我们又不能把文本研究孤立化、绝对化,我们同时要结合社会历史批评、接受美学、精神分析的有益视角,使我们的认识更全面更完整。王蒙在分析中,联系了鲁迅《野草》中《好的故事》《秋夜》《一觉》《过客》《死火》等一系列作品和某些小说作品的形象,联系了当时的社会背景,并同泰戈尔、高尔基、屠格涅夫、巴尔扎克、巴金、冰心笔下的童年青春形象作比较,有助于对《雪》做出特殊和真切的判断。

王蒙为当代作家写了许多评论。这些评论使人感到亲切、诚挚，如对兄弟姊妹般地做出自己的诉说，好处说好，不好处说不好，待商量讨论处说待商量讨论。这些评论比起专业作家的文章更带有理论的牵连、提升和概括，比起专业评论家更显出观察的细敏，想象的丰富和感情的投入。他说："我追求把评论当散文或者杂文来写，当然，这样做或许能显得活泼一些，但同时会影响这种文字的严密、科学性。"① 这段话的后半段包含他的自谦，他的评论读起来如同散文、杂文，本身就成为美文，这是普遍公认的。

文学的评论同时也是评论文学。鲁迅先生是中国新文学这方面的开路人，是典范，在当代文学中，王蒙也被普遍承认是这方面的实践人，带头人。这一阶段，他评论的作家有张有德、高晓声、王安忆、张弦、张承志、吴若增、陈建功、戴晴等，还有20世纪得到最后一枚诺贝尔文学奖的高行健。

在他的评论《王安忆的"这一站"和"下一站"》② 里，我们看出他对作品和人物的感受力，这种感受力有时使评论者独立出来，表达自己的感慨。他说，我们无法"在王安忆传达的一代青年人（当然也只是青年人的一部分）的追求、奋斗、迷茫、痛苦和希望面前转过脸去"，王安忆和她的主人公在我们饱经忧患的土地上"发出了颇不轻松的声息"。他甚至直说："'瞧，我们的日子有多么沉重！'我仿佛听见王安忆和她作品中的主人公们的同声叹息。"他这样评述王安忆观察生活的"坦诚和独特的目光"："从她的作品里，我们可以感受到她对于生活的温柔的、不能不说还有些天真的幻想，以及她对于自己的幻想、对于青年人的热情的遭际、对于一切冷暖炎凉的十分敏感。这种敏感来自一种同情心，她的作品里充满了对于各式各样的不幸者，处境艰难、地位卑微

---

① 《文学与我》，见《王蒙文集》第七卷第655页，华艺出版社。
② 《王蒙文集》第七卷第313—318页，华艺出版社。

者的同情,正是这种同情,使那些渺小的读者从王安忆的作品里不会仅仅得到哀怨和眼泪,而会得到同情、爱、慰藉。那些站得高一些的读者呢,会从这些作品中得到关于自己的责任、使命的启示。如果在我们的身边还有荒漠的心灵,这样的心灵从王安忆的作品里得到的将是毛毛细雨的滋润,因而,他们的心将不致进一步龟裂下去。这正是她的不那么令人愉快的作品里包含着的积极的、暖人的东西。"这里,感受力甚至推及读者反映了。王安忆的《本次列车终点》里的人物已经感到这次列车到达的不是终点,而是"又一次列车即将出站",王蒙说:"'应该再扩大一点!'说得多好,王安忆已经觉察出这一点了,这也正是她自己的不足。"

王蒙评论张弦的小说创作的文章①里,已经不单单是感受力,而是对小说的人物作定性分析了:

> 他们大多是一些女性,她们有秀美的外表和心灵,她们有过天真而又美好的青春,但是,当有形的而在更多的情况下是无形的俗恶势力扑向她们的时候,她们是不设防的,也许可以干脆说这是一些善良的弱者。对于斗争,她们都那么缺乏准备、经验、艺术和勇气,她们是太娇嫩了,似乎不该生在这个荆棘丛生、战云密布、难逢开口笑的世界上……多数人的悲欢离合全是表现在爱情、婚姻和家庭里的。然而,与一般的甜腻腻的恋爱或者想入非非、虚无缥缈的感情不同,她们的爱情是发生在、变故在、回响在中国的现实的土地上,与政治、与经济、与历史、与地理(例如"角落")、与社会心理这样深、密地纠结在一起的,是食人间烟火者的爱情。

在论及张弦小说的语言和风格时,王蒙又使用了他惯用的一

---

① 《善良者的命运》,见《王蒙文集》第七卷第319—325页,华艺出版社。

长串的、组合得新鲜活泼吸引人的句子,他说张弦"叙述干净、语言纯朴","没有那种爆破式的、倾泻式的或者旋风式的恃才大书特书,没有那么多大段抒情、哲理、政论以及那些令人羡慕又让人晕眩的天南海北、古今中外的学识显示,没有那么多色彩浓重的、当当响响的、有刺激性的语言,不论是方言、行业语言、绘色绘形、大粗大细的群众语言或者是高深渊博夹带欧化的'现代'知识分子语言,都很少用"。在总体上,"怨而不怒,哀而不伤,平而不淡,深而不艰,情而不滥,思而不玄,秀而不艳,朴而不陋,这就是张弦的风格,这就是张弦的节制,这也恰恰是张弦的局限性"。

为了认识张承志的小说《绿夜》的特色,王蒙在评论文章①一开头就出示了一个形象:"一本小说集如果浸在水里,也许会变得字迹不清因而无法辨认;一轮明月映照在河里却会出现非凡的另一个月亮和许多闪烁摇动的影和光。"他认为,这篇作品没有开头,没有结尾,没有通常的人物和事件的交代和静止的环境描写,不借助传统小说的性格鲜明、情节生动、结构完整等等办法,"摆在你面前的,是真正的无始无终的思考与情绪的水流,抽刀也断不开的难分难解的水流","不,这并不是一部浸在水里的书,而是一条反映着日月星辰、峰峦树木的河流"。在回忆和谈论知识青年上山下乡运动时,弟弟的"我们没有昨天"与哥哥的"我们有昨天"是两种迥然有别的精神状态,即使是痛苦地令人落泪地否定过去,也不是可取的。文章这样评述作品的思想:"不但有昨天而且要寻找昨天,寻找那未能永驻的青春。于是哥哥重新回到了草原,重新体味那有点迷茫的、却毕竟是充满生机的绿色的夜。"

王蒙为陈建功的小说集《迷乱的星空》作序的《永远做生活与艺术的开拓者》一文里,明确地提到了写工人的《丹凤眼》等

---

① 《读〈绿夜〉》,见《王蒙文集》第七卷第326—331页,华艺出版社。

作品与写知识分子的《迷乱的星空》等作品在题材、语言、手法上是鲜明有别的。"一上场就是两套家什，两套拳路，两把'刷子'的'二元'现象"，也明确地表达了自己的意见，"迄今为止，建功写知识分子的小说远不如写矿工的小说更有特色，有风格"，但也承认以评论短论而论人论作家是瞎子摸象，陈建功的灵魂和生活都有待于开掘和发展，"目前为这个灵魂下断语还为时过早，因为这种二元现象在标志着丰富的同时，也标志着他自己还正在摸索，他还没有写出他最得意的代表作，他的创作还不那么稳定"。

第五章　艺术思维的进一步拓展

本书划分章节，大致是以三四年为一章。大概，作家的创作历程，同社会生活中诸如学生求学、人员升造乃至各类职务的任期相仿，都是以四年或三年为一个阶段。王蒙在谈及自己的写作计划时，也说过："大致上，在差不多四年的短篇—中篇相当多产地写了一批以后，我要稍停一停，转入写更有点分量、更扎实、更能立起几个实实在在的艺术典型的新作品。"① 当然，一个人的特殊经历，社会历史的特殊变故，常常又出现另外一些情况。

我们把1979年王蒙从新疆回京到1982年，看成他"复出"的初期，那时候，他无职无官一身轻，又适逢改革开放、拨乱反正的初期，迎来了继50年代中期的又一个创作热潮。从1982年起，王蒙开始担任一些社会职务和文艺界的某些领导工作。1982年10月，在中共十二次代表大会上，当选为中共中央候补委员。到了1983年8月，任《人民文学》杂志主编。1985年1月，出任中国作家协会常务副主席兼作协党组副书记。同年9月，在党的代表会议上当选为中共中央委员。到了1986年7月，担任国务院文化部长。这期间，他还在1984年5月，作为团长率中国电影代表团赴苏联参加塔什干国际电影节；1986年10月，率代表团访问朝鲜；接着11月12日访问阿尔及利亚、罗马尼亚、匈牙利和波兰。

中共中央委员或中央候补委员，不是一个具体的职务，但是，

---

① 《文学与我》，见《王蒙文集》第七卷第657页，华艺出版社。

它的荣誉和责任是众人皆知的。在标志改革开放全面开展的中共十二次代表大会于1982年9月召开的时候，王蒙还不是代表，只是列席，开会是在人民大会堂二楼，不是在一楼。大会最后选举他为中央候补委员，他还"大吃一惊"。"我看大会最后公布出名单来，上面有一个叫王蒙的。然后通知下午两点钟在人民大会堂开会。回去后我就委托北京市文联的一个工作人员，我说你问一下那个王蒙是谁，是我的话我不好不去，如果不是我去了很不好意思——人家说不是你，你回去吧，显得我很想当中央委员的样子。所以是这样一种情形。后来他们就问了一下，然后就给我打电话——人家说，就是你。那时我还在北京市文联，进行职业创作。"[1] 王蒙担任中央候补委员，应该说，既感到一种荣誉，又感到一种责任，更重要的是一种使命。

党的十二大提出的党在新的历史时期的总任务是：团结全国各族人民，自力更生，艰苦奋斗，逐步实现工业、农业、国防和科学技术的现代化，把我国建设成为高度文明、高度民主的社会主义国家。大会把继续推进经济建设作为全面开创新局面的首要任务。十二大的决议鼓舞人心。这个时期，身为中央候补委员的王蒙，又担任中国作家协会常务副主席兼党组副书记，担任作协下属全国最重要的文学创作刊物《人民文学》的主编，就使一种庄严的责任感同文学界的重要领导职务结合了起来。王蒙在他的《王蒙文集》十卷本（华艺出版社）的《自序》中，自我问答地谈论"我为什么写作"的时候，其中有一条谈得极为平实，也极为令人信服。他说："至少我有理由希望，在写作的时候我能够比我自己还要好一点，聪明一点，丰富一点，有时候更执着一点，也有时候更豁达一点……我不满意于自己，我已经没有办法再重新投胎一次生活一次，我只能在写作里得到一些校正与补偿。"既

---

[1] 《答日本共同社记者问》，见《王蒙文集》第七卷第674—675页，华艺出版社。

然写作的时候比不写作的时候,有一种新的心理感受力承载力,那么,恕笔者在此做些牵连和联想,王蒙担任中央候补委员和文艺界领导职务之后,比纯然一个职业作家,自然会产生不同的心态和状况了。他在《王蒙文集》第六卷说明中也说道:"本卷所收'代言'部分,是指我担任某些文艺工作的领导职务时的带有公务而立言的性质的言论,与纯粹的个人创作个人言论有所不同。"这种"不同",使得他这样给自己定位,也因这定位而产生特殊的立言:"我当时给自己派定的角色是充当党中央与广大文艺工作者特别是作家们之间的桥梁。我努力用文艺家、作家的语言至少是文艺家能够接受的说法来解释宣传当时的党的方针政策,努力用党的语言党的思想来反映广大文艺工作者、广大作家们的呼声、意见。"

这是王蒙此后不同于此前、此后又不同于将来卸任重要领导职务之后的一个特殊状况,是他身为专业作家又兼任重要社会工作时期的一个特殊状况。

一、《风息浪止》《深渊》《鹰谷》与《名医梁有志传奇》

1983年2月和4月,王蒙分别写完了《风息浪止》和《深渊》两个中篇小说。从写作材料来看,作者在这一年明显地远离了他"复出"初期中篇小说留下的他个人经历的浓重的影子,他开始把笔触移向了另外一些生活领域。这对他本人来说,是创作的变换和调剂,是材料和情绪的变换和调剂。他也可以借此拿出自己关注的另外一些人物,另外一些生活画面,说出自己的想法和意见。

《风息浪止》又同《深渊》不同,前者近似生活实录的写法,写得朴素本色，后者极近夸张之能事，漫画色彩强，虽然它们都存在着幽默和讽刺。

《风息浪止》写北部山区W市下属边远的黑石县城镇知青联社团小组长金秀梅作为家庭"五讲四美"的代表当上了地区先进个人的故事。与立标兵、树先进、以点带面的初衷相违背，金秀梅引发了上上下下、家里家外、报纸媒体的轩然大波。这个故事很有趣，一开始就错，错上加错，人人有错，错误人人有份。这故事中与错误相对应的正确的一面就叫实事求是，错误就在于不实事求是，叫它唯意志论、主观唯心、从自我出发，都可以。在大的社会问题上、政策问题上，当然不会是人人有错、各打五十大板，但是，在一般社会生活上，在与己有关的问题处置上，我们不是经常出现并非每个人都唯我正确绝对正确永远正确吗？我们借此作些自我反思有什么不好呢？

一开始，W市地委临春节开会时，项图秘书长决定大年初四召开的地区先进个人座谈会上要增加一名家庭"五讲四美"的代表，限24小时内把姓名和事迹报上来。不是先涌现家庭"五讲四美"先进分子，而是要物色这名代表，不是会议反映生活，而是生活要屈从会议意旨，便是一错。地区报纸好不容易在一堆废稿中找到售货员金秀梅的先进事迹的报道，但因事迹口径不对，决定找大笔杆华章采访金秀梅，添油加醋，虚实结合，写成了领导中意的好材料，又是一错。这位确实表现不错的金秀梅姑娘也有错，她也学会了吹捧大笔杆，口口声声都是"华作家"。她开始还觉得"华作家"为她代拟的发言稿"吹得太过"，又决定"讲就讲"。她当上代表，去W市，进省城，上省报头版头条，登新华社电讯稿，风光了一阵，觉得昏昏然，"出名原来也不难"。这都是她的错。那篇吹捧她的报告文学《一株光灿灿的红梅》传到她的对象李大公家里后，弄得全家紧张，二老担心"娶不起"这个媳妇，大公说"我落后，配不上"。文章又说她如何帮助小闵小林调解家庭纠纷，弄得这小两口也说她"踩忽我们"。李二嫂同她本是一个团支部，又是支部书记，有的好事情是两人一起做的，此事引发了文人之间和领导干部之间的矛盾，结果南方某刊物又登出赞扬李二嫂的《崇高》一文，其中事迹几乎与金秀梅毫无二致。卷进此事的文化馆、报社、地县委各领导，乃至省委负责人，也都各有各的错。此事闹得上上下下鸡飞狗跳，金秀梅流泪不可终日。怎么办呢？省里派来了调查组。实际上，解决起来也很简单。常说风息浪止，风高浪必急，不实事求是之风便是根由。当错误的各个方面认识到、体察到这一点时，便风平浪静了。金秀梅与李大公和好如初，黑石县知青联社的上下左右关系也慢慢缓和了。

  作者一反过去先进人物受打击归咎周围人物嫉妒的故事结构，采用层层剥笋、一环扣一环的方法，写出此类现象的另一别例。写法类似推理小说，从会议到舆论到个人，从领导到集体到群众，写出人人有责、人人有错，只有人人自我调适，才能做到风息浪止。如果联系到我们过去发动的某些政治运动，在主观意志的强行推动下（经常伴随着理想主义的辉煌感召），宰割现实，宰割生活，宰割群众，加上宣传舆论的摇唇鼓舌，不是同作品的这场风波颇为相似吗？当负面效应丛生，群众怨声沸起，不是经常出现不从上面做根本反省，反而责怪下面，反而把本来适合自己头上的那项不实事求是的帽子往下面扣吗？多么难解多么费解多么难行的"实事求是"啊！

  《深渊》是为两个人物画像，他们的思想和言辞都有一种"口若悬河"的风格。他们都陷入文学情结，为文学所纠缠所苦恼。女主人公高桂琴是北方 H 小镇的中学生，后来当上幼儿园老师，男主人公梅轻舟是流落到这里的中学教师，被错划为"胡风分子"。高桂琴爱幻想，觉得小镇单调，读起小说来常产生性幻想，不止"爱"上一个电影演员，认为爸爸妈妈太俗气，原因是"无爱的婚姻，那是不道德的"。梅轻舟在她心目中，是用"风衣"

"皮箱""懒洋洋的步子""含蓄的苦笑"、似忧非忧的"皱眉头""洁白的牙齿"来描绘的,特别是那帅得不得了的又黑又密的头发经他"轻轻把头一甩",简直是"任何人无法达到的",何况他还"写过电影",又正在写一部长篇哩。而且,梅轻舟越是向她谈到一位女友为他自杀,另一位女演员向他求爱,"反右"被划成"右派"、当了"摘帽右派"后又换了几次女友,她越是为他倾心。她觉得他是"一个真正的情种",他吐出的烟在空中浮动变幻,"像一幅幅画",他们结合了。即使"文革"中他受到批斗,她也以卖血来维持两人相濡以沫的日子,她表示"我愿意做你的牛,做你的马,做你的拐棍,做你的扇子,做你的火炉,做你的筋骨"。这是一个献身者的爱情,五体投地般的甚至是驯服奴隶般的爱情。

1979年以后呢?这位不乏才气的"胡风分子""摘帽右派"得到改正平反以后呢?他的话剧获奖,又改编成电影,由他自己来主演,又写旅游片、爱情片和中篇小说,全家调回了V市。然而,扬名之日,又是才尽之时,又是沉沦之时,或者,这才尽是由于沉沦。他说河南一女性为不见他一面就"跳江",只要他找对象的话一传出去,一个小时就会排成长队,衣袋里装着两三个女人的求爱信和照片,可以一口气说出同十几个女人的风流韵事,说什么"艺术家的妻子就应该守空房"。他满足于贵宾宴请、记者采访、疗养座谈、撰文吹捧(而且是自吹自擂借评论权威名义发表)的虚荣,有时也能自省到"我的热情、理想、真诚已经没有了""搞出了什么了?搞出了个屁",但一任自己沉沦下去。小说点了题,是从女主人公角度来说的。"我落在深渊里了",这位同父母吵起架来可以说"你们生气,气死活该!我生是姓梅的人,死是姓梅的鬼,姓梅的过去和好多个女人勾勾搭搭,我愿意"的女性,这位到后来可以表示"他完全自由,我绝不限制他,不告发他也再不和他纠缠,如果他需要,还可以继续做他名义上的妻"的女性,自认落在泡沫般的、深不见底的深渊里了。她总结这是由于"虚荣和所谓爱情"所致,她也想拿掉"蒙眼的黑布",回到H镇,回到幼儿园。

如果从作品的题目来看,完全是从女主人公的爱情遭遇来展开叙述的,首尾结构也说明这一点。那么,那位男主人公呢?他的自我沉沦构不构成一种"深渊"呢?作品有所涉及,但没有有意识地挖掘,也没有细微的、或明或暗的表示。这样,读者也同女主人公一样:"我完全不明白,梅轻舟到底是个什么样的角色?"也许,这样的挖掘有利于推进和深化作品的主题。笔者不知道这是不是作者的疏忽或者某种缺失,或者,现有的写法多少给人一种"痴情女子负心汉"的常用框架的感觉,能不能在两幅生动人物画之外,更多一些开掘,更多一些对框架的突破呢?

过了一年,王蒙写出另一个中篇《鹰谷》(1984年3月)。《鹰谷》是一篇什么样的小说呢?以写人物为主吗?不像。以写故事为主吗?那不过是去林场运木材的故事。构成这篇小说中心的是抒情,是鹰谷之行中作者要追寻的那份特殊的、人们常常习焉不察的人的情感。一年之前,作者写完故事性很强的《风息浪止》的时候,他觉得有些"遗憾",觉得这个故事"有某种讽刺、幽默、剖析,却缺乏我一贯最喜爱的诗意,抒情性,缺乏一种更加庄严崇高的东西。这只有留待下一批作品来弥补了"①。《鹰谷》至少是这种弥补中的一篇。

鹰谷在作品里已经成了一个圣地。1971年临到快过国庆节的时候,乌鲁木齐文教"五七"干校要派四个人去数百里外的山区林场运木头,事情就落到了两个待改造的"五七"战士("我"和艾利)和两个非战士(朱振田本是国民党的代理副排长,因为收编时想取得高一点待遇虚报自己是连长,就一直被视作"匪连长"的历史反革命。图尔迪有攻击"文化大革命"的言论)身上。

---

① 《撰余赘语》,见《王蒙文集》第七卷第702页,华艺出版社。

开始，艾利还觉得他和"我"是"江契"（维语战士意），自视高人一等，向"我"努一努嘴，说那两个不是"江契"哩。然而，他们颠簸着进入雄鹰在山谷盘旋的另一个世界的时候，"我"感到出现了一个精灵，"到深山去！到深山去！到深山去啊！一个看不见的精灵似乎在我的耳边低语，在我的耳边低唱"。"我"看着那山：

> 长着树的山看起来是蓝紫色的，边缘的线条与色彩也特别柔和，你一看便不由得相信，那边山上深含着许多幽雅和美丽。而在更高处，是皑皑的庄严冷傲的白雪。这白雪与路边的初冬才下的头一两场雪不同，那是积年不化的雪。谁知道那清冷砭骨的银冠是地球的哪个年纪的古董？而这美丽的银冠下的远山，看来却虚无缥缈，像山，却又像一片紫灰色的云。

既然那雪山、那自然向"我"开始打开它那神秘的长卷，"我"就回话了："你好，鹰谷。你好，雪、树、山、云间、石头，还有正在落山却变得更加金碧辉煌的太阳。""我"躺在夜晚的木屋里，从屋顶的缝隙处看见了星星和天空，"摘掉眼镜以后，不知道是由于散光还是近视，我一再强烈地感到那星星已经从木房缝中落入了我们的屋子，已经变成了停留在我们室内空中的一盏亮晶晶的灯。只是随着我的眼睫毛的眨动，这'灯'忽上忽下，忽大忽小……'睡吧，在这深山里。'星星好像对我说"。

笔者自此联想到过往的历史上的流落者、流放人，那些被恰当与不恰当处置的受刑人，当他们被社会抛弃、远离喧嚣而独居僻远山林的时候，依靠什么来支撑自己的精神生活呢？他们不正是从自然的无私施惠中、从对深邃神秘的自然的心领神会与心灵对答中，乐此不疲地吮吸这自然这人世蕴含着的诱人与美丽吗？

当"我"走到鹰谷的峡谷边缘,看到山谷布满了奇异的各种石头,还有水中水边水上的石头,他明确地自比了。他觉得这些石头大概还保留着对于无涯宇宙、深幽久远的光与色的记忆,"如今,时过境迁,它们大概是相约聚首新疆天山北麓的鹰谷,闲话叙旧,各自述说自己的灿烂辉煌、有声有色、纵横亿万光年、上下亿万劫难的往事。也许在交谈当中它们能逐渐平忽冷却,那就是它们历尽沧桑的报偿和安慰么?"他后退了一步,感到晕眩,"我真想像鹰一样地展翅飞起,不是向上飞,而是向下飞到山涧里……如果不会飞,我就跳下去!……我坚信我就要跳下去了……我坚信这山涧是我的,而我也是这山涧的。"他后退了,望着那高飞的、变成了黑点子的山鹰。

这是作品的第一主旋律,是抒情,也是阐发的一种思想,是同自然的相约相许相亲相聚,总算他们见了面,可以互诉衷肠了。作品的第二主旋律,也是抒情,是抒发同邂逅者、同深山伐木工、哈萨克牧人、汽车司机以及那位老新四军、"打倒了,下来了"的林场检查站"书记"(又是木桥守护人,他同那位大学毕业的林业技术员妻子是怎样在这偏远的林区奉献自己的余生的啊!)的感情。这些抒情都是在拂去艰难生活的芜杂表土之后,一触即发地撞击了、察见了对方心灵的美丽火花。诸如,那个大大咧咧的"匪连长"朱振田同"我"合抬木头发现"我"力气不支,只是挪肩"让出去一个扁担头","我"便感到肩上分量减轻了,那山东伐木工身上显示的力、勇与善,那四人中的"负责"艾利悄悄把"我"带到哈萨克女人家喝奶茶、受到照顾、并送他们狍子肉的温爱情景,那图尔迪讲述的阿图什丫头吃无花果把它往手里一拍、还带着细嫩手的香气,以及他朗诵的波斯诗人奥迈尔·阿亚穆的"柔巴依"(类似汉民族的"七绝",那四句确确实实是对大写的"人"的礼赞:"我们是世界的期待和果实/我们是智慧之眼的黑眸子/若把偌大的宇宙视如指环/我们定是镶在上面的宝石。"），还有，他们的载木汽车返程时遇到受伤的木桥，人人齐心协力卸木渡桥的动人场面，如此等等，正如作品所说，"人间有多少最最珍贵的东西，当我们与之邂逅的时候，由于急躁，由于粗鲁，由于贪欲，也由于缺乏知识和思想准备，结果，只顾了匆匆消受却完全忽略了品味和体尝"，这一次，"我"是着实地在那鹰谷之行中体味到那些邂逅人的心灵美、精神美了。

正是这两股感情的旋律，支撑着这篇作品，支撑着"我"的这次鹰谷之行。作品最后写到"我"不论在世界的哪个角落，祖国的哪块地面，总觉得有所恋，有所失，有所思，有所忆，因为，在此后的那个"我"以外，"似乎还有一个我，或至少是我的一部分，已经留在了那个奇妙的名叫'鹰谷'的地方"。王蒙作品中真实与虚构、通讯报告与小说创作有时难以区分，只觉得中篇小说中的这一篇里的那个"我"、那个"老王"，最接近在新疆"五七"干校的作者本人了。

两年之后，王蒙的《名医梁有志传奇》写的是另一种人生故事，是对人生的另一种设问。故事主人公不是经历了政治运动的劫难（如"反右"等），而是在相对平和的环境中的个人命运的变异。故事中的小白弟弟梁有志与小黑哥哥梁有德是一对孪生兄弟，1946年双双上了大学，也都是进步学生，在弟弟有志的启发和带动下，也都先后加入共产党。然而，弟弟生来聪明，功课拔尖，哥哥脑子慢，被人夸奖仁义厚道，他们解放后的命运却判然有别。

和哥哥梁有德进市委组织部工作、因办事慢条斯理（说话结结巴巴）、被认为踏实稳重、由科长而副处而正处相反，梁有志吃亏就在"太聪明"。梁有志办事快，读书多，被认为浮躁骄傲、小资产，尤其是不满意会议拖沓、报表成堆，又爱提出一些与领导上司不同的见解，显然是组织性差，好表现，"党性不纯"。工作了七八年，还是一个"干事"。

"德、智、体"过去一直被认为是用人、考核干部的标准。德第一、智第二，正如政治第一、艺术第二一样，这个次序是不能颠倒的。什么是"德"？是照章办事是德呢？还是敢于突破陈规陋习是德呢？那就说不清楚了。但是，有一条，当你的言论行动触动了顶头上司和权力的既定设想，往往不作科学分辨，你的"德"和由此的晋升就要考虑了。封建社会有所谓"女子无才便是德"，要求妇女百分之百的服从，对于男子，对于一个机构的下属，推行的实际上是"下属有德便是才"，只要你尽忠孝之道，便给你信任，委以重任。

在封建遗习较重的环境里，梁有德就是有德，梁有志的智慧和才干只得东奔西突，想学小提琴，想学外语，想写小说，想画画，最后因为自己爱闹病，又爱读书，从学中医中找到突破口，同阴阳五行、针灸拔罐、《伤寒论》《道德经》《周易》打起交道了。又因为偶然，因为机缘，他居然凭对针灸和医书的一知半解，用针灸把一户贫农的后天哑巴媳妇给治好了。从此，名声大振，他开始了名医的传奇生涯。

王蒙在《梁有志他》① 一文中说："历史扮演着人，人表演着历史。""人是能够胜任许多角色的。"又说："归根结底，生活在前进。人应该把握得住自己。"这"人应该把握得住自己"，成了作品另一个发人深思的思想。如果说，这梁氏兄弟在"文化大革命"前的升沉荣枯更多是令人困惑，那么，此后更多是发人深思、启人心智了。经过"文化大革命"的折腾，梁有德这个副局级干部，终因不学无术，办理了离职休养手续。梁有志在逍遥与自愧中度日，却阴差阳错，担任了这个城市中医学院院长。当梁有德牢骚满腹、对改革开放看不惯、憋怨自己是"老实人吃亏"、统战政策是"反革命比革命还光荣"时，弟弟梁有志反驳了："你凭良心说，现在的政策好还是'文化大革命'时期的政策好还是十七

---

① 见《王蒙文集》第七卷658页，华艺出版社。

年前的政策好？"当梁有志被任命为中医学院院长，他在首次全院师生员工大会上声称这"纯属偶然"、甚至是"误会"，声称自己其实不懂医，最多算个"赤脚医生"，愿为大家"跑腿办事"。他把心扑在专业上，觉得找到了自己的专业，下决心在中医学方面钻研攻关，认为这是他的"真正的事业的开始"。他迷上了中医理论，一种特殊的思辨模式，认为"中医是医，更是境界，是一种弥漫于天地社会中的气"。他对传说提名他当副省长不以为然，认为"人各有志"，连院长职务也想辞去，让年轻同志上，自己致力于读书学习。由于领导劝说，加上省政协开会选举，他1986年又当上了省政协副主席。和他的哥哥不同，他注意严格地把握住自己，又在历史的上下牵制、左冲右突中演绎着自己的传奇人生。

梁有志存在着两个传奇人生，一是他本人的，一是传说与舆论中的。他本人由大学生而干事而赤脚医生而中医院长而省政协副主席；传说舆论中的他就虚虚实实了，神针、名医、专家，因秘书小刘整理他的谈话讲稿发表出来的文章而名扬遐迩，因接待外宾而显示"外交才能"，头衔太多，内外科加妇科肛门科都被认为是"权威"，批评了下级发错药事故被传说为"很'左'"，本不想当官被传播为没当上副省长总算闹了个副主席，加上秘书小刘因他的剩余价值或踩他或捧他的两面伎俩，他都在这种臧否交加、上下夹攻的风风雨雨中过来了。当小刘指着他的鼻子说"您并不是专家啊"，他"脸红了"。这"脸红"得太好，他有良心真心，懂得自省，他虽有患得患失，但依然坚持了不图虚名、在无多之年坚持读书学习充实自己。传奇不传奇，重要的是对自己心中有底、把握住自己。

这篇小说以鲜明的现实介入获得全国传奇文学奖，并被《中篇小说选刊》评为优秀中篇小说。在20世纪80年代中期改革开放深入发展的时候，历史的拨乱反正得到现实的落实，现实的主体选择又远胜于历史，传奇人物越来越多，人的传奇色彩越来越强，这篇小说在读者的心灵中，至少起着碇石的作用。

二、短篇小说的多方探求

这几年，作者在短篇小说方面出现了更大的创作势头。这当然与短篇小说这种便捷、灵活、且能允许虚构的文体有关，另外，随着改革开放的深入推进，可写的能写的东西越来越多，可采用的并推动求新创新的表现方式越来越多。这也就是作者在十卷本文集中所说的，与他"复出"后的"急于倾吐"的心情有关，与进入80年代后"愈写愈多，愈写愈放得开了"的状态有关。

如果从篇目来看，不把《在伊犁》《新大陆人》等系列小说中的短篇小说计算在内，这四年发表的短篇小说就多达20多篇，在数量上超出回北京的头四年。在摄取材料、描述对象方面，更注重生活现象和人物状态的细部、微观，有时还指向某些奇妙、混沌，乃至模糊难以言明的境状。有如实的写法，也有拟人的方式，还有从这个阶段开始并延续下去的荒诞小说试验和写作。像《高原的风》《冬天的话题》是针对了社会问题、人生现象的重大问题，另外的作品又只是触及小得不能再小的小事。有从场面开掘的，有从情绪追索的，在关涉爱情的诸多篇目中，可以说把多种方法投入进去了。这里，我们试作一个大致的梳理。

有时是一个场面的触发。《青龙潭》（1983年）、《灰鸽》（1983年）、《在我》（1986年1月）等作品的主要特点是因缘一个场面，这个场面的构思完成了，作品的思想和形象也就表现其中了。一个元代就命名为"青龙潭"、在清代留下乾隆、嘉庆皇帝"御笔"的地方，的确是自然界的一个小小的杰作，相传这个三层青石的石潭里住有青龙。历史几经变迁，到了最近，这个传说又盛行起来了。作品说，1982年10月16日雨后下午，有三批客人来到了青龙潭：第一批是祖籍在附近的老干部赵书章两口子，并有县委副书记陪同，他们是来看风水、寻旧情；第二批是坐着嘉陵牌摩托车的一对青年男女，男的是大学毕业生，他们商议要不要把工作调到这儿来，把户口迁过来，在这里成家立业；第三批是坐着丰田牌旅行车的澳籍华人，祖籍也是这个省，想捐资修建一所旅游饭店，陪同的是外事干部。这三批客人来了又要走了，老干部赵书章身旁围的是一帮老人，他们回忆往事，数列辈分；那一对青年身后跟着的是山村姑娘，有的穿上了高跟鞋；跟随澳籍老乡的是一群孩子，他们议论这位"外宾"脖子上的"套绳"领带。走的时候，老干部留下了祝福，青年人说"回去再合计合计"，澳籍老乡留下的意见是毁掉水库、恢复青龙潭旧貌、建成一个国际性旅游区。于是，这三拨客人成了村里议论的中心，有说"水库是不能毁，青龙早晚也要回来"的，村里主事的副支书夜晚做了一个梦，梦见公路上有三条龙在舞动，可能就是那三辆车、三批客人。

《灰鸽》写的是一个进城打工的木匠强发，在推刨子的时候，看见一只鸽子落到了木头的另一端。他在村里有掏鸽子窝、吃鸽子肉的习惯，他的嘴馋了。鸽子扬翅一飞，落到了马路正中，结果，小轿车、公共汽车、无轨汽车和自行车纷纷刹车、停车，围观的人打手势，不要轧着鸽子。在驱赶无效、鸽子在汽车底盘下不肯出来的情况下，强发拨开两边的行人，趴下去，爬向车底，鸽子又飞走了。众人先是喊"危险"，又鼓掌赞许他，有人拍打他的肩膀，一个女孩还说"您真好"。就是这样一个场面，这个木工的所思所为，是抓鸽子、吃鸽子，还是救鸽子？是用刨子推鸽子而不可得，还是在车下赶鸽子为了获得赞扬？他觉得那一声"您真好"不是"真"的，他最初不是想解救鸽子。当鸽子飞向高空、交通恢复正常的时候，"他流下了浑浊的泪水"。或许可以说，这一个场面，却让木工的思想经历了一个世纪。

《在我》的场面是一片居民楼空出的一个户外活动场所。作品在语言表现上出现了大串连、大集市、大欢乐、大爆炸。这天早晨新来乍到的一对武林高手吸引了众人目光，老太太一双三角粽子式小脚，闪转腾挪，身轻如燕，男的一身中西合璧，耍起单刀来，寒光闪闪，劈砍带风。又见来了两位外国游客，摆弄照相机，"豌豆腐"（奇妙）、"耐斯"（美好）起来。正当表演、"欧开""咔嚓"之时，一位挑蝈蝈笼子的农民插了进来，站在二位武星之间，夺得了镜头的中心位置。众人一派嘘声，轰他损他，要把他扭送公安部门。外宾却高兴异常，连呼"贾斯特豌豆腐（正好）""普瑞提古德（妙极了）"！小说的思想全在这个欢乐的喜剧场面了。作品最后说这张三人照获当年世界风俗摄影二等奖，只是这二位武星见到中间的"傻帽儿"，堵心欲呕，用剪刀把自我以外的二人剪去，唯独这"傻帽儿"留下全照，贴在床上方顶棚上自我欣赏。

有时是一种情绪的追寻。《黄杨树根之死》（1983年）和《苦恼》（1983年）是写作家生活的。前一篇写一位作家养成的一种多感的性格，热衷于一种多感的思绪。他才情似不缺，感慨却太多。好不容易在三十五岁之年发表了小说《春雨》，却被某些好的评语弄得飘飘欲仙，甚至热泪盈眶；他觉得自己的十六年"出纳"生涯对自己的"优秀作家"身份是一种侮辱，是一种罪过，极不喜欢别人重提他的旧职旧名；他想象如果那十六年有适宜的土壤，也许出版了十部选集，获得了多种国际奖；他觉得自己是处在抒情与写作的世界里，跟他谈镇江香醋山西陈醋的老朋友是"俗辈"，是"蛮横"，是"屠戮他创造的心灵"；妻子劝他"正常一点"，他说作家就是些"白昼见鬼的人"，"我和一般人就是不一样"；他附庸风雅地用稿费买了黄杨树根盆景，又呆坐独对，写作了《黄杨树根的寂寞》，甚至想如同福楼拜当年宣布"包法利夫人就是我"一样,宣布"黄杨树根就是我";最后,黄杨树根折腾死了,他自我写照地写了一篇《撕毁》,什么也写不出来了。一位作家挨着文学的边,又没有深进文学的底,始终在上空作精神的盘桓,善感而多愁,生出一种情绪的发热、紊乱、崩溃,凄然泪下。作品最后倒是暗示他想改变一下生活和思想方式,到山里去,那里"有扑扑棱棱的黄杨树"。《苦恼》琢磨的是因创作而引起的另一种情绪:一个作家如何才能具备才华、进入真正的创作境界呢?对于培养者和被培养者来说,都容易产生这种苦恼情绪。青年女作家钱莉莉的中篇小说在父辈作家金永的手把手地帮助下,在一流文学期刊上发表了,但是,金永却流出了泪水。这位长辈看到这位幼辈的手稿后,虽发现她的鲜花露珠的某些才能,但离真正的才华和成熟还很远。他不忍心让她独自摸索崎岖山径,认为这是"残酷",于是,作品大部分都是按他的意见改写的。他发现她还不清楚"才华的特点偏偏是要自己闯,哪怕鼻青脸肿,赴汤蹈火"。当他在家里看到钱莉莉因作品发表留下的感谢字条,送来的两瓶小磨香油、一瓶广东腐乳,他苦恼了,感到对他是沉重的"打击"。但愿,钱莉莉也终能体察到、觉悟到这种"苦恼"。小说《光》(1983年)要捕捉的是另一种情绪,它既是主人公、每个人的自我独立、自身觉醒的情绪,也是作家要阐扬的一种宝贵情绪。当一位富于幻想的初中女教师在地区首府观赏著名钢琴家司马英年的贝多芬音乐演奏会的时候,她注意到了身旁一位英俊小伙子投过来的倾慕目光,他们散场后还同行了一段路。原来,仅仅依据她的风度、她的委内瑞拉式白帽子,那位小伙子误认为她是司马英年的女儿。后来他失望地离去了。这件事使这位女教师愤怒了,觉醒了,"她恍然大悟,她这个人从小就借着别人的光"。她想起,她小时候因父亲是全国劳动模范而受到周围人的注意,不是因为她自己;她上学时因班上出了一名男作家一名女诗人而受到人们的打听和盘问,也不是因为她自己;这次听音乐会又是这样。她在回家的漆黑的路上，只有借着车辆的灯光，雷电的闪亮，星星的微光，得以辨认路程。她想起了萤火虫，"让我做一个萤火虫吧，让我发出自己的光"！于是，她健步如飞，感到一团一团蓝色的光焰正从胸口升起。我们每一个读者，每一个在大地上行走、在社会上生存的人，也同女主人公一样悟出："当她自身不再仅仅是光照物而且也变成光源的时候，这大地的色彩，世界的色彩是怎样的灿烂辉煌！"

有时是一件小事的展示。《小事》（1984年）里写了两个故事。故事之一的《失态》里说，一位大学副校长带着十三岁孙子去庐山休养，发现在高级招待所吃饭时，他们吃的饭与别人不一样，早餐多一盘炒鸡蛋，中午别人没有清炒虾仁，晚上别人没有熘鱼片。此事最初由孙子告诉他、并同对面一位老人同桌时得到证实。那位老人同副校长目光相遇后立即把眼光转向一边，而且变得阴沉。副校长为此事纳闷不解，又觉得是否因为他当了副校长"这个解释使我脸红"。孙子的神情是有几分得意。到了第六天早晨没有拿鸡蛋来，孙子有点不乐意，并"噘着嘴问"，副校长一面教育孙子"少废话"，同时也觉得"怏怏地"。到了第七天，服务员又给爷孙俩加了两杯牛奶，他们不禁"窃笑"了。他们失态地笑了3分钟，这中间，副校长虽觉得孙子的笑是低级、无聊，并感到愤怒，感到内心的谴责，但终于忍俊不禁，自己也笑了。对面的老人离开了桌子。副校长感到他那具有穿透力的目光"看透我的渺小的五脏六腑"。这的确是一件提不到桌面的小事，但从这种放大的展示中，可以察见人性人情的许多耐人寻思的东西。如果不提孩子、不提老人，仅从具有成熟的长者之风的副校长来看，他早先因差别而感到"脸红"，后来又因失去差别而"怏怏地"，后来又掺和到失态的笑里去了。这失态的笑是什么呢？作品隐晦地说，是得意满足，还是自责羞愧？对于招待所强加的特殊和差别，副校长自我剖析地说，在最初感到"不可捉摸、难于意料"

之后,又"夹杂着半推半就、难以启齿的对于某种恩宠的期待和同样多的惭愧之情",至于"这件事情里似乎也夹杂着一种命令的威严与随意,一种快活与嘲弄,一种餐厅人员的至高无上的威权的荒谬性……"就更值得人们思索了。因小见大,因吃喝小事而见社会大事,读者会联想到更多更深的含意。故事之二的《滚雪球》,说一次《红楼梦》学术年会的最后一个晚上,各人都在忙自己的事,只是为会议服务的司机小李不在房里。本来,时间只有八九点,问一问找一找也就行了。有一位女士诸葛云用"小李丢了"郑重报告情况。《〈红楼梦〉的"荒诞色彩"》一文的作者说6点40分还见到他,是游泳去了。另一位热心老太太则帮腔说:"是小诸葛先发现的,小李丢了。"于是,诸葛云身后跟有七八个与会者。这时,任何人发表认为小李可能平安无恙的见解,就有不关心同志的嫌疑,任何入情入理的事实推断在"诸葛云的关心他人的强烈情感、责任心、使命感"面前,都会黯然失色。诸葛云的判断就显示出"更优感、更强大,所向披靡,战无不胜",何况还有"不怕一万、就怕万一"哩。结果,雪球越滚越大,《荒诞色彩》一文作者干脆来个180度大转变,提示:一、报告派出所;二、报告东山口海军值班舰艇,进行海面搜索;三、打长途电话到上海学会的上级领导……于是,会议老弱病残齐动员,连患过心脏病的老人也在海边呼叫。到了11点过3分,小李哼着歌儿回来了。他说,游完泳去打扑克了,"怎么,不是说晚上不用车了吗?"对于那个阵势,他掉下了眼泪。后来,那位《荒诞色彩》的作者说,他作了调查,没有任何一个人认为有兴师动众去找小李的必要,但"在诸葛云的不容置疑的高尚动机与坚决性下面,出自大同小异的考虑,他们都跟着行动起来了"。他说到自己的大转变,"我没有别的办法"。问到他调查了诸葛云没有,"她那天晚上的真实思想你知道吗?"他摇摇头。对于这个简单故事,对于故事中人物的真实思想,读者只会感叹地说,复杂呀生活,人呀人!

第五章 艺术思维的进一步拓展

在作者这几年写得最多关于爱情方面的十来篇短篇小说中，也可以看出多题材、多视角、多方法、多形式。《爱的影》（1984年）之一的《雪地上的一串小水潭》写得像一篇清纯的散文，"我"作为一个上班人经常走过无名横巷的时候，总是看见一对青年男女羞怯地转过脸，对着墙，谈情说爱。"我"怕打搅他们，有时急匆匆地走过，有时想改变路线，有时为了事先给一个信号，还哼哼歌，觉得"他们比我更有理由去要求那一块小小的地面的安静"。"我"的护佑目光，和他俩回头报以幸福的微笑，"甚至我以为是期待着我的首肯"。秋末了，无名小巷的男青年不见了，只有失去往日笑容的女青年，"我"想启齿问候，但毕竟是陌生人。"我"回家寻思不安，决心第二天和她谈话，"用过来人的智慧和深情"。一个雪花飘飞的日子，"我"撑开黑色圆伞，下决心向她走去。哦，原来在拐弯处，他俩又在一起，"他和她，别来无恙"，他们打着伞，偎依地向前走去。忽然，他俩回转了头，向"我"微微一笑，"我的泪水淌落下来，淌落到了刚刚被他俩淌落的雪水融化形成的雪地上的一串小水潭里面"。亲爱的读者，你能不为这无名小巷里陌生的关爱所感动吗？青年情侣们能不为这陌生的护佑而感到幸福吗？《爱的影》之二的《慰》也是写这种护佑，那是女工程师金乃静对楼上一位每夜啜泣的大姑娘的护佑，护佑的方法是第二天上班时争取在楼道里碰面，"投给姑娘以一个平静的、理解的和劝慰的目光"。她们一直维系这种心照不宣的关系，直至姑娘发出笑声之后。此篇的结构稍觉与前一篇相重。《爱的影》之三的《虎伏》与另一个短篇《妙仙庵剪影》（1983年）[1] 是写爱情的变异，偶然的破灭。《妙仙庵剪影》在给我们提供旅游业开发的鲜活画面中写到米如云这个具有艺术才能的高中毕业生，带着剪刀和黑纸，登上仙人峰，为游客剪影。头三天，免费为游客奉送

---

[1] 均见《王蒙文集》第四卷，华艺出版社。

头像。他的精彩美妙的剪纸作品赢得好评，名声鹊起。在排队争相剪影的城里人中，一个穿竹布裇的、前额隆起的姑娘一再退让，却向剪影人投去关注和同情的目光。一天下午狂风大作，姑娘前来，主动帮助收拾行装。他们好像相见如故，心心相印。米如云主动要求为姑娘剪影，姑娘温顺地把侧影给了他。然而，小伙子神情慌乱，好像无法担当这样的信赖。正当姑娘万分欣喜看到自己头像的时候，米如云因不满这个造型而掉泪，并把头影揉成一团，请求再剪一次。姑娘觉得受到这种打击和侮辱，捂着脸离去了。小伙子考上大学之前，照常营业，然而，姑娘再也见不着了。《虎伏》中的一位漂亮女大学生因为同班长一起朗诵诗歌，被声音浑厚而温柔的英俊班长弄得神魂颠倒了。她要向他承认一个姑娘的"被彻底征服"，他不来拥抱，"这世界上再没有我可以容身的地方"。在一次她要求同他在操场玩铁圈虎伏中，正好她的头对着他的脚，"我偷眼看了他一眼，我的天……太可怕了，那个英俊的青年消失了，在我脚下那边的他的面孔……我不说了，从此，我不再理他"。既然人间充满了爱情的遗憾和缺失，充满了爱恋者与旁观者估量的本可以实现的美好爱情的终于不能实现，文学也不妨留下这种偶然和破灭。作品只是说，那位剪影人此后不论给谁剪影，"总要把前额稍稍隆起一点"，那位女大学生后来依然"风韵犹存"，只是前不久"她和她的丈夫离了婚"。

如果说《木箱深处的紫绸花服》（1983年）是写早年的爱情，《色拉的爆炸》（1983年）①就是写暮年的爱情。那件腰身纤瘦的紫绸花服仅在新婚之夜穿了一次，却被女主人公丽珊在木箱深处压了二十六年。那是他们在1957年夏天新婚之前挑定的一件衣服，新婚第二天天太热没有穿，之后他们下放边远农村，"文化大革命"遇上破"四旧"，直到80年代，这件衣服一直压在箱子里。

---

① 均见《王蒙文集》第四卷，华艺出版社。

女主人公的声音是，"这个，我要留着它"，"我要把它藏起来，不让任何人把它夺去"，"不论有什么样的新衣服，好衣服，我最珍爱的，仍然只是这一件"。木箱里其他新衣好衣更迭替换，唯这件保存不动。这中间，女主人公一度想送给儿媳妇，儿媳妇觉得"老掉牙"，儿子以"这是你们的纪念"为由，物归原主。丽珊和丈夫伏在床上寻思，衣服上滴下它的主人的热泪。作品表现初婚的欢乐，年华的苦涩，爱情的坚贞与持久。在写法上，作品用了拟人法，让衣服拥有灵魂和语言。紫衣服想说，我"不是四旧"，又说，"我的真正的青春，原来是在 80 年代"，衣服也有它的忧伤和欢乐。终归，这对夫妇和衣服仍聚在一起，"他（它）们已经通过了岁月的试炼，他（它）们尽了自己的心力"，"他（它）们已经得到了平静、喜悦、真正的和解和愈来愈好的未来。他（它）们有他（它）们的温热和骄傲和幸福"。《色拉的爆炸》是写一对老夫老妻的爱情，这种爱情是在已经离休的老太太可能患有癌症、老伴陪她去 C 市作最后诊治过程中所显示的爱情，是一种特殊氛围的爱情，是双方心照不宣又不言自明、不便挑破又心领神会的爱情。他们在"你睡得好吗"与"嗯，好""春天真好"与"真好，好极了""你感觉怎么样"与"很好""你可以休息休息"与"不"的对话中，潜藏着深厚的台词。她坚持要上街，"趁着我还没有住院的时候"，她没有说"趁着我还没有×的时候"，连她在街上说"我们虽然走得慢可我觉得好像走得很快似的"，他也感到语义双关。他们相约这一天下午在"色拉子"西餐馆门口见面，这之前他要去医院，而且坚持确诊结果只能单独告诉他。当他得知不是癌的时候，他们的这种特殊心境特殊的爱又采用另一种形式：他们走进了"色拉子"餐馆，他们听音乐，点牛排，频频对话，女服务员端的三盘色拉扣在地上，溅了他们一身，他们又吃了臭豆腐和槟榔，最后，他们晚上回家，两人为看地图、上错车、买不买鸭绒睡袋、进"高级音乐茶座"等等发生了争执。回到宾馆,老太太噗地一笑:"我不是癌。"他大为惊异:"你怎么知道?"她回答:"两个月了,你没跟我抬过杠,今儿晚上拗劲又上来了,还埋怨人。"作品的调子从寂静到欢实,读者会称赞这种白头偕老、心灵相通又妙趣横生的爱情,"乒、叮、叭,好像是轰炸机投弹,三盘色拉遍地开花",又像是"鸣礼炮",为不是癌,为他们的爱。

和上述写爱情的作品相比,到了《爱情三章》(1985年)[①]、《失去又找到了的月光园的故事》(1986年9月)、《史琴心》(《风马牛小说二题》之一,1986年11月)[②],作者笔下的爱情就写得更虚幻,更奇特,甚至更怪异了。《失去又找到了的月光园的故事》留下了一对情侣在一个公园里的经历。当他们少年热恋时,在大公园里过牌坊,上石桥,穿湖边山石,他们命名为"月光园"。特别是雨后月出、偎依相吻之后,他们觉得这如梦的"月光园",是属于他俩的,即使在日光下给园子拍照,也充满月光的效果。待到十年动乱,他们来到大公园,发现"根本没有这么一个月光园",过了三年又来踏勘,依然没有。进入80年代,他俩回到阔别二十余年的故乡城市,作为刚刚做了祖父母的他们在公园漫不经心地走着,蓦地,泛着青光的牌坊、石桥、湖边山石,月——光——园,一切如昔。他们的心乱了,"一瞬间好像经历了生与死,投生与轮回,昏迷与复苏"。自然,公园的历史有修复、开放、衰败、关闭、又修复开放,更重要的是他们的少年美妙经历,是实境、梦境与读刘大白的诗境的幻觉的大混合。《爱情三章》三个故事之一的《报应》,还是平实的,那不过是对世人传言的男方不能比女方太小、"演员有可靠的吗?"等俗见的一种纠正。与此相比,《信》这个故事就显得奇特而且浪漫了。女生欣竹这个

[①] 见《王蒙文集》第四卷,华艺出版社。
[②] 这两篇见《王蒙文集》第五卷,华艺出版社。

班上文体委员同男生陈敬这个学生会文体部长相恋相爱以后，陈敬早一年毕业去了边远地方，他们相约相许通信联系。结果，欣竹整整等了一个月，每天都从收发室空手而还。她终于收到一封信，打开一看，全是白纸，百思不得其解。七年之后，欣竹在建筑设计院婉拒同事给她介绍的一个又一个一流男子，又不顾办公室和周围人的议论和反对，自己在设计院门口贴出了"征婚启事"。奇怪的是应征者居然是陈敬。他在信里说，"终于把你找到了"，他说一分手就在列车上给她写了信却不见一字回复，他说他等了漫长的七年，他说这一天命运让他到这个城市来，看见设计院门口她的召唤，"我应召了"。他们永远也说不清是怎么回事，作品作者也说不想充当侦破恋情的福尔摩斯。是爱的等待的胜利？是爱的昭示的另一途径的相逢相交？或者，鼓励一切相爱者要蔑视一切可能的误会、差错和挫折？作者说他"不想解释任何你不相信的情节关节"，"只要衷心地赞美爱情，赞美爱的温暖与幸福，赞美爱的丰富与绝妙，伟大而且——恐怖"。

《爱情三章》中的《水漂儿》与《史琴心》就写得更加怪异。设想中的一对人儿就根本没有产生"相爱"，甚至互不相识，在爱情分类上可以扣她们一顶帽子：单恋，单相思。一位在大学任教的女性，在"揪斗过来，改造过去，盐水里淹，碱水里泡"的日子里，妙龄的梦虽已过去，春天的心依然在颤动。她在女儿湖的拱桥上遇上了一位流露出才华也流露出忧伤的男子，随即捡起石片，在湖面打水漂儿。她总觉得那男子一直在拱桥上注视她，并说"真好啊"，露出微笑。她仿佛觉得那男子是在"三八"节这天她的生日对她的祝贺。这一年，她三十二岁，接着一次又一次去女儿湖边，都没有看见拱桥上那位男子。到了第二年的"三八"节，她乘电车去女儿湖，在迎面驶来的电车里看见了她期待了整整一年的熟悉的身影，觉得"他毕竟来了。在我的'三八'"。此后，进入十年的动乱，她只得中断或间歇，甚至"为自己的虚妄而羞愧"。进入80年代，她嫁给学校锅炉工，生下的女儿正好十岁生日，又去女儿湖打水漂儿。呀，拱桥上又出现了那个已经陪伴她17年的熟悉的身影，只是白了头发。她眼里充盈着泪水，她下决心跑过去，哪怕只是握一次手。哦，那个人却向另一位矮个子妇人打招呼，他们并肩地离去了。她觉得是可悲的"误会"，也许那男子十七年前在湖畔等待的就是那位矮个子妇人。《史琴心》里那位三十六岁的语文教员史琴心，也产生了"误会"，不过帕瓦罗蒂演唱会上确有一位中年男子坐在她的身旁。她曾经一次又一次"交朋友"失败，留给她的是更多疑、更冷漠。她有一种洁癖，觉得窗外那矗立的烟囱像恶魔，床单每天要换一次，那帷帐拉严的床从来没被任何粗野卑俗的目光接触过。但是，演唱会上那位坐在身旁的中年学生家长说话的声音吸引了她，她说"您听歌的时候哭了"，他说一生中只能听到一次这样的歌声，他说二十年前同孩子的妈妈唱过"多么辉煌"，现在她"不在了"。这一夜，她难以入睡，第二天觉得窗外鸽子围着烟囱飞翔，并栖息成为鸽子树，都显得十分惬意，也许可以邀请学生家长来做客，又感到一种压力和威胁，但那中年男子的"泪珠里不正映射着那辉煌的'我的太阳'么？"一只鸽子飞到了她的窗台，响起了敲门声，她觉得"他来了"。她冲到门边，把门大开，怔住了：原来是邻里一小青年要求进来抓窗台那只鸽子。"史琴心这才发现，她的遮床的帷幕竟然是大开的。"她呜呜地哭了。对异性的敏感，对爱情的期盼，各人构想的性偶像、性幻想，都借特殊的境遇、历史的变迁，酿制了一个又一个浪漫乃至荒谬的故事。人上一百，种种色色，对于这些作品描写的奇情、奇境、奇遇（有的长年思恋的对象可能虚有其人），对号入座者不多，但增长见识、启人心智的地方却不少。

这几年中，王蒙在短篇小说的创作方法、写作手法有别于如实的、传统的现实主义而另行探求的作品有《焰火》（1984年）、

《无言的树》（1985 年）[①]、《他来》（1986 年 1 月）、《铃的闪》（1986 年 2 月）、《致爱丽丝》（1986 年 2 月）、《Z 城小站的经历》（1986 年）、《音响炎》（《风马牛小说二题》之二，1986 年 10 月）[②]。这其中，有的作品作者把它列为"荒诞小说"。《无言的树》是将树人格化，借树来传扬人应有的品格和情操。这树出现在村口河滩地，觉得这地方需要它；它给小草提供荫庇，接待蝴蝶和鸟类；它渴望水，面向阳光，与风为友，风吹叶落，帮助它的更新；它让少先队员野餐，让树枝折断，挽救一个上吊的少女；它身上长满了小虫，觉得"我完了"，正赶上大雷雨，将小虫驱尽，又遇上了雨过天晴、风和日丽。这无名树不同于旁边的"话痨"患者响杨，响杨成天唠叨，自我显摆，滔滔不绝。响杨对一对大龄青年搔首弄姿，引起他们的不满，无言树却被他们写诗配画。无名树也遭到植物学家、长发青年的非议，狐狸的嫉妒，能受得起委屈。最后，响杨受雷击起火，无名树全身俯去，悲痛万分。《Z 城小站的经历》是琢磨人人皆有的一种心灵之结，希求得到人生之谜的解答而终于得不到这种解答，故事情节上已接近非逻辑推理的荒诞。

王蒙在《王蒙荒诞小说》自序[③]中说，同符合真实性的事体情理的常规小说相比，"荒诞小说，不但其材料是不可能的，而且其逻辑、其'事体情理'（《红楼梦》语）也是不可能的"。不可能，不真实，又要去写这种荒诞小说，原因在于，"不可能的却又是一种变形的可能，一种更加深层次的可能，或者可以说是一种深层次的事体情理"。这也是荒诞作品生存的基础。他举出，"在我的生活经验中，不但有清明的、真实的、可以理解乃至可以掌握的

[①] 见《王蒙文集》第四卷，华艺出版社。
[②] 上述作品见《王蒙文集》第五卷，华艺出版社。
[③] 见《王蒙荒诞小说·自序》第 1—2 页，漓江出版社 1998 年版。

过程，也有许多含糊的、不可思议的、毫无逻辑可言的乃至骇人听闻的体验"。从政治运动、生老病死、人事无常、枉费心机的努力直到打算进那个房间、进去了才发现是另一个房间，都有这种状况。他自称变得"不'老实'、不本分"，"对不起"读者，"我有意与现实生活拉开距离，我也乐于试验在我们这个长期缺少想象力的文苑里小说写作到底能发挥出多少想象力——看看大同小异的小说这玩意儿到底能够飞多高行多远"。在我国新文学发展进程中，那种全然否定和批判荒诞作品的情况已经结束，文学对生活的关系开始摆脱单一性、单面性并填补某些空缺，但我们在这方面积累的经验尚不足。一般按理说来，一种异出的创作方式，它异出了规范，又必然受制于新的规范，它摆脱了常规的自律性、排他性，必然拥有自己特有的自律性、排他性。写于共和国建国三十五周年的《焰火》，追踪到二十年前，写他的寄予，她的追逐；写空中的心（真正的男子汉的心）要她拿去，而她却迷惘；写她失去了他，就像童年失去了妹妹幻幻；写她的心扉合紧了，但今年的国庆有焰火，她那曾为焰火失落的掉泪的心灵大门又打开了，她和他变成了一体。如果从作品写到的"他"的寄予——写在"她"的笔记本上的四句诗恰好是王蒙1962年的诗作[①]来看，读者从小说中可以捕捉作者的某些身影。但通篇写得虚幻，写她的梦，写天空焰火的腾起，高高地挂着的那颗心，写她和他的向往、追求、迷惘以及进入80年代的欢乐，这些，读者的联想不妨自由一些、朦胧和非确指一些。《铃的闪》和《音响炎》是分别写电话和音响，写电话和音响在生活中溅起的各种花絮，真是花样翻新，喜忧交加，人性百面，又荒谬可笑。写"诗折磨着生活电话折磨着诗"，写诗人用棉被包裹电话，写新机器电话不出声只有铃的闪，写矛盾心情又不愿"实行现代化反电话非电话化"，写来

---

① 见《王蒙文集》第十卷第6页诗作《鸟儿》，华艺出版社。

电话的无端索求和接电话可能获得的诱惑，写Y国音响发达到了"但闻音响声，不闻人语响"（到处有歌声，不知唱歌人），写Y国因此得了音响综合征，患者不相信一切真实的声音，包括爱情的甜言蜜语、外交的滔滔雄辩、行刑的枪声，写艺术家使用特种设备、音乐对话演唱全靠音响，围绕电话和音响，把人生和社会的各种世相都纳入进去，最后是那位为电话苦恼的诗人"泪下如雨，相信诗总会有读者，诗神永驻，诗心长热，尽管书店不肯收订"，Y国经国会辩论，决定建立反音响机构与反音响秘密警察，结果是"怪病逐渐减少，各种需要用声音的演员也开始认真练声了"。作品写得万象纷呈，幽默讽刺逗乐，读者频频发笑，也可以各有所得各取所需。

这几年的短篇中，影响最大的、艺术上比较成熟的，当数《高原的风》（1985年）和《冬天的话题》（1985年）[①]。在20世纪80年代，当返城、留城、不愿离城之风盛行的时候，当争房、分房、住进新房成为城里人关注中心的时候，这篇作品给我们吹来了一股高原的风。《高原的风》把特级教师宋朝义、妻子江春、儿子龙龙为分得两套房子所产生的复杂的得失情绪以及女教师与他们的纠葛表现出来了。宋朝义前半生住房拥挤、努力改造、奋力拼搏，终于平反回迁、教书出书，成为远近闻名的特级教师，然而，分得新房的兴奋刚来，一连串的失落感接踵而至。他搬进"佳室"，有几位朋友不进他的门，前来祝贺的人说话又不三不四，说现在可以"死亦瞑目"。市委领导建议把他调到侨务部门，他心想自己的本业是教书，却以人大代表、市政协副主席、侨联副主席、社科联副主席的公函去搞煤气罐，自己的教师本职不写进去，觉得"羞死"。他成天被拉去向参观团介绍经验，好像自己到了被录制下来存到档案馆的分上了。他的妻子流泪了，他们悟出："当

[①] 这两篇作品见《王蒙文集》第四卷，华艺出版社。

生活是痛苦的时候，我们为了生活而痛苦。当生活不再痛苦的时候，我们为了自身而痛苦。"当过去房子挤、处境艰难的时候，为生活而痛苦，还可以获得奋斗的欢乐，当眼下日子"芝麻开花节节高"，为自身而痛苦的时候，留下的只有失落和悲哀了。宋朝义身上，可以看出一切苦去甘来、荣誉加身又能自我审度者的身影。

对于宋朝义的如此忧心忡忡，他的好友说他是"烧包"，他的成天忙装修房子买新家电想凭姑姑关系办去美国留学被他视为迷惘一代的儿子，也说他是"烧包"，是"受罪的命"。宋朝义依然充满使命感，到处发言，写文章，答记者问，为中小学教师待遇呼吁，甚至想把那个独单元借给住房困难的女教师小李，说儿子"自私""轻浮"。然而，戏剧性的事件发生了：在全家与小李吃饭等多次接触中，儿子宣布，他要与小李结婚，原先的女朋友吹了。小李大他四岁，插队的时候还生过一个孩子。儿子说，原先的女朋友顺着他，也能满足父母，但是，小李"却能改变我整个的生活……您连我都不了解，就更不可能了解小李"。父亲傻眼了，这回轮到宋朝义怀疑儿子是"烧包"了。儿子还说，真正"烧包"的事在后头呢，他和小李决定去青海玉树藏族自治州当教师。父亲问他去美留学的事，他说希望三年以后去，最好和小李一起去。宋朝义夫妇怀疑是梦呓，但龙龙是坚决的，"高原的风是真实的"，他们也"知道高原上的风有多么强劲"。

像龙龙这样的城市骄子、能享有城市繁华并可能出国留学的青年人，心田吹来一股高原的风，给读者、给社会带来的兴奋和感奋是巨大的。作品的意义不仅于此，它也给宋朝义和江春吹来高原的风。他们年轻时经受过高原的风，然而，这高原的风又不是重复往日的上山下乡，现代青年给它注入了更新鲜更丰富的内容。宋朝义能够理解儿子，"毕竟还能感受那不安的忧患重重的灵魂的痛苦，那与生俱来的火烧火燎一样的焦灼"，他们当下的优越境遇，也需要高原的风，"他还能烧包，还能做点傻事"。或者说，那高原的风不是简单地召唤人们到高原去，甚至说高原的人也是需要的，城里的一切从业从职包括要职高职的人员，都需要这高原的风。宋朝义听到儿子讲的尖刻的话，如果把痛苦的不安、不懈的追索也当作"烧包"，"有那么一种烧包是人类的伟大天性。您烧包，这证明还没有到给您开追悼会的时刻"，他感到那呼唤儿子与未来媳妇的高原的风"正在他心里吹得野"。作品发表之时，引起读者的瞩目，并获得好评。宋朝义的意识流动描写上，作者没有把他静止化、光环化。宋朝义为分两套房子等优厚待遇而受宠若惊、诚惶诚恐，朋友们纷纷夸他抬他、既羡慕又讨好他，妻子一针见血指出："问题是你，你实际上也挺得意。"儿子告诉他们要和小李结婚，他还一度猜测"会不会是小李看中了咱们的房"，话音刚出，就感到脖子红，"他自己都没有料到自己竟会这样卑劣"，凡此种种，把人物写活写实、写得有立体感了。也许觉得儿子龙龙存在一种突发性的大转折，那也是宋朝义太自信，我们都能说自己了解当今的年轻人吗？

社会生活中，有一个基本对应面，就是人与事，哲学范畴叫作主体与对象，人要做事、研究事，做得对不对，研究是否正确，可以讨论鉴别，自己也可以投身进去研究，这样，才能获得知识，推动社会进步，这叫作对事不对人。但是，在我们的观察和记忆里，有一种社会风气恰恰相反，《冬天的话题》里的全部话题就是这种话题。V市科学院院长朱慎独费时十五年，写了七卷本《沐浴学发凡》，从沐浴与人体、循环、消化、呼吸，一直到"浴巾学"，到沐浴学"拾遗"。新近从加拿大留学归来的赵小强，在晚报写了《加国琐记》，提到"我国多数人的习惯是晚上入睡前洗浴，但这里人们更喜欢清晨起床后洗澡"。这两件事本来没有多少关联，即使是洗澡习惯和时间，也是"多数人""更喜欢"，而且也可以展开讨论，但V市却传开了捕风捉影、无中生有、因人而不是因事而设的话题。可以把它们分成几种心态：帮伙心态，朱家崇拜者的余秋萍匆匆走进会客室,开口便说:"小赵公然跳出来反对您!""他发表了一篇文章说洗澡的时间应该是在早晨!""早晨洗澡与晚上洗澡,这并不是一件小事……为什么认为加拿大人的沐浴方法就一定是正确的呢?"朱家三个得意门生也赶来拜访,同仇敌忾,认为这样搞下去沐浴学就会从根本上被推翻,接着城里便传开了"朱博士说赵小强是放洋屁"之类的言论。赵小强一帮"哥儿们"也闻风而动,栗历历愤怒击掌说:"他们没有文化……他们的沐浴学全是废话,他们的任务只剩下了一条——目标正前方:火葬场!"小赵还压住这些哥儿们的抨击,认为"朱老是我的恩师",主动去朱家解释。朱老一跳老高:"我不是没有文化吗?……我不是只剩下了一条任务——目标正前方——火葬场吗?"之后,不同的人分别找到他们两位。挂靠心态,有些人专爱研究人的"关系",而且上串下连,上挂下靠,议论朱赵关系的发生与背景。一帮人说小赵回国提职、提薪、分房、评职称受阻,是朱老在起作用,证据之一是朱老有一次没同小赵握手。另一帮人说来V市的人都得投靠朱门,否则登龙门无术,证据之一是小赵回国第二天给朱老对立面的时堪虑教授送去一大堆洋货,朱家里时隔一个半月才去,"只带了'三五'牌香烟一条和骆驼牌打火机一个",由此而联系到"少壮派与元老派""新党与旧党"之争,一直扯到了"实践"与"凡是"上。站队心态,余秋萍和栗历历是双方老帮伙,等而下之、关系疏远的,就面临"站队"了。有的人认为站在某某一边是胜利捷径,一见到小赵,就"没头没脑先骂一通朱慎独再说","小强同志,你会看出来的,我是跟着你的"。另一些人则向朱门提供小赵幼年的不良言行材料,"朱老,您老人家只要看得起我,有用得着的时候您给一个眼神就行,鞍前马后,供您驱遣"!当然,也有人机灵,一心搞平衡,见到双方都是满面笑容。这样,朱老和小赵陷入了被同情被告密被参谋的泥沼,成了"派头头"而不能自拔。空议心态,这个话题之所以盛行不衰，从下到上都存在一种空对空的议论，猜测、传播、分析、上纲、表态，都是空作议论，不针对事物的真实面目，关切的是自身的利益和自我表态。V市的那些专攻人的"关系"的传言者、分析家们，通过谈话、电话、信件，由于太勤、太细、太生动，每一次传言都得创造性的补充，以至于人们怀疑那些报信者、效忠者所传流言是不是有许多就是他们制造出来、传播出去又赶来报告的。更奇怪的，一篇半年前采访小赵的《话争鸣》文章里，批评"缺乏争鸣"的话语"有真理面前人人平等，说说轻巧，做起来何其难哉！不要说权力、权势、权威、地位，'官大一级压死人了'，就是资格和年龄，也往往成了事实上的检验真理的标准"，被朱老看到了，简直觉得左右开弓，打了他无数耳光，誓死自我捍卫。小赵妻说这是半年前的文章，小赵说当年吴晗写《海瑞罢官》还没有开"庐山会议"却说文章是为彭德怀鸣冤叫屈哩。话题传到了V市晚报总编和责任编辑那里，因为事件是由赵文引起的，为了平衡，又发了评论"认为加拿大的月亮比中国圆"等文章，于是，小赵处境可疑，"赵小强入境时被搜出了美洲出产的新式避孕工具"之类的传言又出来了。话题转到了更上层，V市一位有影响的人物发话了，一篇关于爱国主义的讲话，诸如"他们还是好同志，他们还是爱国的。他们毕竟还是回来了嘛。不回来也可以是爱国的嘛"，一直传达到党小组。传达时每次都强调"不要紧张"，不知怎的，传达后又增加了"紧张"。这个冬天的话题，也以这场空议结束。

这个话题从1983年11月一直延续到第二年2月，V市知识界内外几乎都卷了进去。这是一个莫须有的话题，是一个浪费的、不产生任何成果的话题。我们这些身处各种人事关系的现实中人，我们这些经历历史各种政治运动的过来人，平时不自觉不自知，被作品集中了、挑明了，感觉是那么回事，对我们的公共政治和个人交往，都是一个很好的剖析和警示。在阅读中，我们时常发笑，笑过之后，细想下来，又感到一种揪心，一种痛苦。

作品采用层次剥笋、滚雪球的方法，写得充实，写得欢实。它是夸张的，非现实发生的，又是真实的，可信的。作品写到最后，朱赵二人的任何声辩都无济于事，他们已被双方固定了、控制了、强加了。连浴池也"站队"，被人裹胁进去，"清快浴池"挂牌晚上营业，从下午4点半到晚12点，"时代浴池"贴出布告，从早晨3点到上午11点。作品的解扣只有留给赵小强，他只是介绍加拿大人喜欢早晨洗澡，他与那个"时代浴池"毫无关系，至于他自己以及任何别人，只要有设备，早晨洗，中午洗，晚上洗，睡前洗，刮风脏了回家就洗，夏天出一身汗洗一次，一切无须争论分析，莫非自己的洗澡时间也被强加固定了吗？他决心2月14日下午7时45分去"清快浴池"入浴。此行动当然又引出了笑话，余秋萍打来电话，说他"用实际行动纠正了自己的偏颇和失误"，"朱老很高兴"；栗历历前来质问，说他"转了向了"，"要磨掉自己的棱角"。小赵觉得回答这样的问题至少是精神病，周围的人是不是要服氯丙嗪类药物。看来，"话题"还会在V市延续下去，唯一的是小赵开始从中逃脱，他思考为什么包括一些没有意义的争论最后都变成人事关系之争，为什么这种争论都逼着你搞形而上学与绝对化？但愿我们同小赵一起思索下去。

三、《在伊犁》等系列小说

给人的感觉是，王蒙的系列小说《在伊犁》不像是小说。他不像一般小说家，在那里一门子心思虚构故事、编织和突出人物性格，也不像他自己过去那样，带有泛指性地创作小说，他明明是在写他在新疆的独有的真实的生活经历。作者时不时地在作品中出场，仿佛是为了写作的方便，避免不必要的误会，他不得不把真实的人名隐去，改名换姓。作品的特指性极为清楚，人、事、地点、民族背景、作者身份都清晰可辨。如果看看他妻子撰写的《王蒙——"放逐"新疆十六年》一书①的目录，里面把这一组系列小说的某些篇目连同王蒙的关于新疆的纪实散文都作为"附录"编进书里，就更可以佐证他这一组系列小说的纪实性或个人史实性。

1965年至1971年，王蒙在伊犁农村"劳动锻炼"六年，1965年至1973年，全家户口转到伊犁，在伊宁市安家落户八年，他用"难忘""奇特""珍贵"六个字来概括他这段经历。在他的这段生活里，维吾尔等少数民族乡亲，用他们的乳汁，用他们的心和力，哺育了他，保护了他，也成长了他，特别是在那动乱的年代里。他谈论这个系列的写作心情时说："我们的边陲，我们的农村，我们的各族人民竟蕴含着那样多的善良、正义感、智慧、才干和勇气，每个人心里竟燃烧着那样炽热的火焰。那些普通人竟是这样可爱、可亲、可敬，有时候亦复可惊、可笑、可叹！即使在我们的生活变得沉重的年月，生活仍然是那样强大、丰富、充满希望和勃勃的生气。"②他觉得，对伊犁的回忆，总是历久不衰，兴高采烈，又感慨万端，已经成了他和家人谈话的一个"永恒主题"。他觉得，这段生活一定要记录下来，他需要写，他不能不写，真实的怀念是第一要义，至于采用什么形式，那是次要的了。

正是因为这一点，这一组作品显示出一个基本艺术特色或结构特色："我+主人公"。在作品里，在文字行进中，作者不是处于局外境地，以局外身份去虚构小说编制小说。作者就是局内人，参与作品人物的活动，与主人公们相识相处相交。"我+主人公"就是"老王+主人公"，老王有时换成老王哥、王先生、王民，作

---

① 见方蕤《王蒙——"放逐"新疆十六年》，东方出版社。
② 《系列小说〈在伊犁〉后记》，见《王蒙文集》第七卷，华艺出版社。

品里甚至偶有他的妻子"崔姐"的名字出现。这个"老王",从作品展示的全部行藏、阅历、处境、身份来看,就是王蒙自己。在这个系列的8篇作品①中,有着重写"我"居住过的《虚掩的土屋小院》(1983年)和《葡萄的精灵》,有着重写"我"见闻相识的《哦,穆罕默德·阿麦德》(1983年)、《淡灰色的眼珠》(1983年)、《好汉子依斯麻尔》(1983年)和《爱弥拉姑娘的爱情》(1983年),有着重写"文化大革命"中逍遥派生活的《逍遥游》(1984年),还有花絮集锦《边城华彩》(1984年)。这种"我+主人公"的结构,贯穿在整个系列中,包括《边城华彩》里的《燕子和猫》《夜半歌声》等短篇,那是写他在伊犁农村住房里与他为伍的燕子和猫,写他在伊宁安家时夜半听到的歌声,当然,这里的"我+主人公(人物)"就换成了可爱的燕子和猫,换成了他从未谋面、又经常半夜闻其声的歌人了。前文提到的中篇小说《鹰谷》,是写他离开伊犁以后的一段经历,也是这种"我+主人公"的结构,按理也可以把它视为这个系列的一个续篇,作者也认为在"整个写法、事件、情绪,都与《在伊犁》诸篇一致",在收集时就把它一并收进《在伊犁》里了。

　　这种"我+主人公"的艺术结构也正是作者这个系列的创作意图的一个表现。作者自己就说,同以前的小说不同,"一反旧例,在这几篇小说的写作里我着意追求的是一种非小说的纪实感,我有意避免的是那种职业的文学技巧",追求职业小说家难以具备的"真实朴素,使读者觉得如此可靠"的优点。② 从上述情况来看,《虚掩的土屋小院》就是对"老王"这位来伊犁劳动锻炼、接受改造的北京作家的最初描写和记录。在这个门虽设锁、但仅有象征意义的维吾尔农家虚掩的院子里,穆敏老爹、阿依穆罕大娘

---

① 均见《王蒙文集》第一卷,华艺出版社。
② 《系列小说〈在伊犁〉后记》,见《王蒙文集》第七卷第697页,华艺出版社。

把老王安置在隔壁小屋里,他们三人过着一种特殊的家庭生活。仅仅是因为组织的安排,在一种特殊的政治环境里,他们才得以从彼此相隔千里之遥,而实现相聚情同一家。老爹和大娘的生活、劳动和命运,老王的生活、劳动和命运,彼此相分而又相合,关怀、护佑、尽心尽力、互帮互助,都在作品里表现出来了。作品说:"写起伊犁的人和事来,没有什么人比房东二老我更熟悉,与我关系更亲密,更能牵动我的心了。在我成人以后,甚至与我的生身父母,也没有这种整整六年共同生活的机会。"可以想见,这维吾尔族二老在"我"这一生中的地位。穆敏老爹通情达理、豁达有见识。比起时而产生情绪波动的老王来,他对生活对局势往往显得更镇静,更有一个稳定性的判断。1970 年公社搞斗、批、改,组织贫下中农毛泽东思想宣传队,他作为被吸收的队员,也身挎红书包,里面装着他不会读的"语录"和"老三篇",但是,当老王情绪不好的时候,他却讲了一席话:"不要发愁啊,无论如何不要发愁!任何一个国家,都需要有'国王''大臣'和'诗人',没有'诗人'的国家,还能算一个国家吗?您早晚要回到您的'诗人'的岗位上的,这难道还有什么怀疑吗?"这席话反映了我们过去政治动荡岁月里一切房东和户主们对前来落户、前来改造的知识分子和干部的共同心声。穆敏老爹本是南疆人,是在父母双亡后离家到北疆的。他扛长活几十年,又当了七年民族军的兵,孤身一人,房无一间,到 1950 年才同丈夫故去、守寡十年的阿依穆罕大娘结婚。他操持生产队的农田浇灌,不知道休息。他有理论,对老王说:"对于我们浇水的人来说,夏天,在哪里不能睡觉呢?有时候我靠着墙坐着,坐着坐着就睡着了,这就是一觉。马就是这个样子的。老王,你可曾看见过马躺在地上睡觉?"有一天,他对老王说:"我在想死。"老王吓了一跳,他回答:"小时候大人告诉我的,清真寺里的阿訇告诉我的,如果我们是好人,我们每天都应该想五遍死。做五次祈祷,就想五次死,夜间,更应该多多地想到死。""人应该时时想到死,这样,他就会心存恐惧,不去做那些坏事,只做好事,走正道,不走歪道。"

比较起来,房东大娘阿依穆罕更为直率,什么话都对老王说。如果说大爹善于酿酒,酿制历经秋冬春夏四季、或暴晒或窖藏、忽混浊忽净化的原汁葡萄酒(见《葡萄的精灵》),大娘就善于烧奶茶、烧砖茶,每一次都是把第一碗奶茶端给老王,就着馕,用汉语说:"老王,泡!"她前后生的六个孩子,因"胡大不给","全部死光"。她一生善良、勤劳,终因目疾失明,过几年也就去世了。作品写到老王第八年来探望,就只剩老爹一人看管清真寺,听说后续了一个矮个子孤老婆子。老王一想起在家里共同生活了六年的两位老人,"就有一种说不出的爱心、责任感、踏实和清明之感。我觉得如果说我二十年来也还有点长进,那就首先应该归功于他们"。

在着重写人物的几篇作品中,《好汉子依斯麻尔》写得酣畅淋漓,《爱弥拉姑娘》和《淡灰色的眼珠》就比较缠绵,耐人寻思。在日常活动中,有那么一些人,如果派上用场,总能做出一番惊天动地的事业,否则,就会像流星一样熄灭。依斯麻尔就是这样的汉子,他带队参加1965年冬季水利大会战,指挥若定,提前班师凯旋,他又发出对待农民就像对待麻雀、抓紧了会捏死、抓松了会飞掉的高论。就是这位汉子,"文革"中造反当司令、当队长,终因不大的经济问题给抹下来了。他死于小肚子长脓包,因为恪守回族不相信医院的旧习,拒绝服药消炎,只喝羊油。从他身上,读者会感叹:农村里潜生着多少这样的英才勇士,又有待教育提高啊!

《爱弥拉姑娘》中爱弥拉的苦恼是在爱情婚姻的自主选择之中。她在县里集中学习,爱上了一位男教员,同养母给她安排的大队干部发生矛盾,娘家亲戚和公社领导都站在养母一边。"爱弥拉姑娘走了",爱弥拉又从远方带来一个英俊男子,又回家生孩子。养母数落女儿外嫁把小学教员的工作弄没了,养母暴病去世后,养母的遗产也被哥哥处理了,她在争吵中只得空手而还。作品说,维吾尔农家女子多半想从婚姻有所获取,娘家又总要从婚姻中得到物质好处,爱弥拉姑娘完全是付出,一个接一个代价的付出。在她的爱情幸与不幸的众说纷纭议论中,只有她执着了爱情,坚持了爱情。作者和读者都愿为她送去祝福。

《淡灰色的眼珠》中爱莉曼的不幸,在于她同漂亮、善良的阿丽娅结成姊妹情的日常相处中,暗暗地爱上了阿丽娅的丈夫马尔克。她的爱的揭晓只有等待阿丽娅的命运安排之后。男主人公马尔克,蓝色眼珠,木工活精良。妻子阿丽娅,淡灰色眼珠,公社里最漂亮的女人。爱莉曼眼珠乌黑,藏着漆黑的火焰。阿丽娅得肝癌了,马尔克要变卖全部家产(包括俄罗斯母亲留下的金项链),为妻子治病,爱莉曼友情有加,潜心护理阿丽娅。妻子想在去世前看到丈夫与一直爱他的爱莉曼成婚,动员老王说服丈夫。他们三色眼珠之间,是如此善心、诚挚而又痴情,又如此不得圆满。结果是妻子埋葬乌市东郊,丈夫蓄须缠头,终身不娶。痴心求嫁的爱莉曼一再受到冷遇之后,一怒之下,嫁给了当年阿丽娅与之离婚的老裁缝。

人物是可爱的,情节是动人的,文学给读者留下记忆之源、人生思索之源,这本身就是文学的一份职责。

穆罕默德·阿麦德(《哦,穆罕默德·阿麦德》)是一个绘声绘色、呼之欲出、趣味十足、令人喜欢的维吾尔族小伙子。他不正也不反,堪称多面体,可亲、可爱,又可责、可气,终归又可叹、可夸,占有当代文学人物画廊的特殊席位。

从北京来劳动锻炼的"老王"第一次来渠埂劳动,这位头发卷曲的小伙子第一个起来打招呼,指着渠埂,"坐下,休息";渠埂另一边,坐着花花绿绿的女社员,他又蹲过去,传来活泼笑语声;老王收工时发现他干活比自己还少,拿的砍土镘戏称挖耳勺;

他请老王到家里吃饭,谈起老王在工地吃硬馕,"心疼"得掉下眼泪;老王劝他换大一点砍土镘,他说"我不爱劳动嘛","我爱看书……爱情小说。我最喜欢爱情啦,我最喜欢美、漂亮,我喜欢女孩子",说着说着可以跳"坦萨"(交谊舞),跳维吾尔舞,弹都塔尔。他注意维护维、汉团结,关心新来同志有如自己是生产队礼宾司接待处干事。

他必要时勇于自我牺牲,也不计后果,孤注一掷。玛依奴尔的到来与"特务"问题成了他经历的两件大事。高中毕业的玛依奴尔来队里同他结识建立友谊之后,他的微型砍土镘换大了。他发现她父亲贪钱财要把女儿许给木匠,他硬是买车票、出主意,把她送到他远亲家躲了半年。女儿父亲威胁他三天不交出女儿,"我挤干你的血!"他指责"你这是卖女儿!"他因新房落成喝酒时说的"我真想去当特务"一句话,成了村里"反革命集团"一名成员。据说当初他的维文定罪材料有"该犯一贯思想反动,好逸恶劳,崇媚资、修,在1969、1970年曾两次宣称要当特务,实属丧心病狂、罪大恶极,处理意见,建议处以极刑,或无期徒刑,或有期徒刑、或管制改造"等字样。处理如此大的幅度,成了后来平反一大笑料。

作者说,到1981年老王重访旧地,情况变了。如今,按劳取酬,他换了一把特大号砍土镘。老王问起想当"特务"的事,他解释是看到电影上那些特务生活"挺有意思","那时候我很寂寞","唉,年轻,不懂事,傻瓜蛋呀"。他告诉老王1973年去南疆带的钱不多,娶不了太好的媳妇,别人给他领了个"骨瘦如柴,脸上、脖子上、身上都长着白癜风的小丫头",他硬是花钱请维医给治好了,他说他妻子给他留下两个孩子,回南疆老家了,现在她病好、发育得丰满,"我配不上她了"。如果她明年再不回来,他不会去找她,强扭的瓜不甜,他打算把孩子交给奶奶,"我要流浪去,在我们的母亲祖国,在我们伟大的祖国流浪"。他拿下都塔尔，唱着：

> 我也要去啊，我也要云游四方，
> 我要看看这世界是什么模样。
> 我要看看这世界是什么模样。
> 我要走很远很远的路，
> 我要越过高山和大江。
> ……

如果联系到他喜欢唱的另一首歌，"在我死后，在我死后你把我埋在哪方？"他的性情是忧郁的，后来，眼神又显得呆滞。你除了感觉他心地善良之外，突出的就是他对生活的热爱，对生活充满了敏感、关注和求知。他浪漫得有点浮游云天而不着实地，如果，换上更好的年头，他的岁月会焕发出更加灿烂的光华吧。

其后的两篇作品，《逍遥游》是写伊犁在"文化大革命"中没有介入两派派仗和武斗的逍遥派生活的，里面留下了许多宝贵的历史画面。《边城华彩》写了五件事情，趣味、见识、地域风情，都有。值得特别讲述的是，王蒙在伊犁生活近八个年头，他对伊犁浓厚的、真挚的感情，在《逍遥游》里抒发出来了。他仿佛一介书生，手执伊犁地图，又是一名实地观察者、寄居者，急切地要向读者诉说他的观感和评论。伊犁首先是一条河的名称，源头由巩乃斯河、特克斯河和哈什河三条河汇合而成，它又是哈萨克自治州的名称，下属包括伊宁市在内的八个县市和两个专区。作者第一次造访伊犁河，正是1965年春天从北京下到新疆劳动锻炼不久，他看见沼泽地，蓝紫的马兰花，高坡上的牧民帐篷，河岸的坡地断崖。在他当时的心目中，伊犁河岸冲刷而成的断崖，"高高低低，欲倾未倒，她像是古战场的断垣残壁，充满了力，充满了危险和破坏的痕迹，也充满了忍耐和坚强，那是一种恐怖的、伟大的美"。这也是作者的心情写照。特别是走到河边,看到河中岛屿、天上盘桓的鹰、水面黄褐色野鸭,不时传来的河岸塌方声和对岸的人声畜吼,"这一切给了我这样强大的冲击,粗犷而又温柔,幸福而又悲哀,如醉如痴,思吟思歌,化雷化闪,问地问天",于是,他呼喊了:"哦,伊犁河!让不让我歌唱你?我该怎样歌唱你?"到了20世纪70年代初,作者回到乌鲁木齐南郊"五七"干校,过着思想沉重和劳动沉重的日子,他们经常谈论的便是天山那边、赛里木湖那边的伊犁,"我和我的少数民族干校学友,常常用谈论伊犁来抵挡生活的寂寞和沉重,来激发我们对于生活的爱恋和信心"。有一次出远差运木材,有人说大山那边便是伊犁,"我开玩笑说,爬到山上去,闭上眼往下滚吧,滚到伊犁去!"伊犁有他同住六年的老房东,有一起劳动和生活的少数民族兄弟,有伊宁市的临街的窗,有武斗期间他们小院里相依为命的众多乡亲,对伊犁的抒情是王蒙新疆生活中最美最动人的抒情。他买一张十八块六角的长途汽车票,觉得有说不出的滋味。从乌鲁木齐挤挤搡搡地上车,第二天走在荒漠里,第三天走过碧蓝的、倒映高处雪山的赛里木湖,他觉得那是"平静而又蕴藏着不安的湖水"。是伊犁在那艰难而又动乱的岁月,给了他哺育、安慰和鼓励。于是,他觉得暂时可以把一切搁下,"让我们到达伊犁吧,来到这天山系脉之中的这块富饶、温暖、单纯而又多彩,快乐亲切而又常常唱着忧郁的酒歌的地方"。

还有,给人印象最深的,就是《边城华彩》里的"夜半歌声"。自然,在伊犁的岁月里,作者听歌、学歌,体察到了伊犁歌儿的特殊美,"伊犁歌儿一种特殊的散漫和萦绕。每一句的最后一个字都把声音任意拉长。旋律不断地周而复始又不断地变化,首首无始无终……它是那样忧郁,那样深情,那样充溢着一种散漫和孤独的美",那是天山、伊犁河和草原的人们积年累月凝结而成的历史精魂。把著名盲人歌手达乌德请来参加聚会唱歌,当作者阔别十年在1981年重访伊犁听到这歌声的时候,"才一声,唰地我流出了两行热泪"。然而,作者要着意追述的是在伊宁经常听到"一个不知名的,我从未见过面的"歌人的歌声。深夜零点到一点,一个醉汉的潮起潮落的歌唱,沙哑的、断续的、有时接不上气的歌声,使人联想他的青春已逝,心境悲凉,忽而,又唱出俄罗斯歌曲《山楂树》,用他兰契(维吾尔一个分支)的歌唱方法。他经常唱的维语歌儿《羊羔般的眼睛》有这样的词:"你羊羔般柔顺而美丽的眼睛!/你永远消失了的温柔而明澈的眼睛!/你雾里的河边的山楂树!/你没有在伊犁生长过、却被唱过的山楂树!"听众可以借此猜测他的身世,他同一位姑娘的失去了的爱情,他永驻此地的怀念。经夜歌声起,悲凉传四方。笔者作为一个读者,也不禁发问:你这夜半歌人啊,你是明眼人还是盲者呢?你和听者不曾谋面,又如约夜半歌唱,你是否觉得谋面是一种多余,最需要的是直接通达听者的心灵,无遮挡地诉说你的衷肠呢?你这寂寞的、孤独的歌人啊!

作为系列小说,除了《在伊犁》,王蒙还写了《新大陆人》系列小说五篇:《轮下》(1986年3月)、《海鸥》(1986年3月)、《卡普琴诺》(1986年5月)、《画家"沙特"诗话》(1986年)和《温柔》(1986年7月)。前者是新疆长期生活的产品,《新大陆人》是写各种方式去美国的中国人,作者向我们"介绍一批这样的新到新大陆的中国大陆人",如同哥伦布1492年发现大陆之后,20世纪80年代"亚洲文明古国中国的大陆人,又发现了美国"(《作者谨识》)。这是作者出访美国和大陆观察所得。

时代背景、审美风尚、作家兴趣、读者接受,这些都影响到创作方法的采用。如果说《在伊犁》主要是现实主义、写实主义的,《新大陆人》则显出明显的新写实主义色彩。新写实主义不像现实主义那样讲选择、集中、概括、典型化,讲因果报应、逻辑推理,讲写什么还要极力体现为什么。《轮下》写主人公出国遇到车祸，这在现实主义是不值得提倡的，一种偶发事故在现实主义里常常要改为执意他杀或卧轨自杀。《海鸥》里的侯晓云在"文化大革命"中跳来跳去，不到两年"反戈一击十一次"，此人无法留外事局工作，安排在旅游局。由于接待美国研究中国发展问题的专家查理斯，二人互相吹捧，侯晓云也名扬大洋彼岸。在省里安排他访美之后，他回信称要同美国黑人小姐结婚，不回国了。对于这个一贯"风派""震派"的人，他如何在国内爆发为"中国发展战略学家"，在美国被大学和官方争相邀请访问、讲学，作品未予置评、分析或揭底。作品到此为止，结果如何？等着吧。这种写法，在过去的现实主义法则里，也是不曾出现的。读者的反应是会有这种人。作品最后说的"见怪不怪，其怪自败。多出点花样，倒也耐人寻味"，倒是说出了这种创作方法的特点。

　　作者也自称这种系列小说是"纪实小说"。它们也大多采用第一人称。《轮下》中的"你"，算得上王蒙的"挚友"，是王蒙当初在区团委工作时的一个下级。作品提到王蒙的《青春万岁》、担任夏令营营长、新疆生活和出访美国等许多经历，似乎还没有一篇短篇作品如此把作者自己摆进去。"你"只比王蒙小一个半月，先做团的工作，后来教书，都很勤奋。1957年被打成"右派"，家庭因有"海外关系"，属于不能吸收入党的杠杠之内。就是这样一位追随党的事业的人，60年代自己学英语到1980年联系出国了。作品只写了他一桩事情办得不好，毁了自己当初爱上的还是女初中生的妻子J，同Z在美国闹婚外情。"你"出国前"号啕大哭"，出国后旋即感到美国梦的破灭，"完全不理解跑到美国是要做什么"，王蒙也"觉得你该失去的与不该失去的都失去了，想得到的却没得到"。就这样，在表示"我要回去"与办理同妻子离婚案等多种纠缠中，胡乱地遇上了车祸。

　　《轮下》中的"你"的口头禅是"我还行"，有自信，完全能成就一番事业。其他小说中的"新大陆人"，有能耐不多的，也有没有多少能耐的，都借父亲关系、大哥关系等等，去美国了。他们都有一条，去美国在事业上得不到发展，都想回来，又都不便谈回来。他们同美国人到中国来不一样。也许，这只是王蒙笔下的一批"新大陆人"，但他们的命运，太令人感慨。

从写作来看，作者写他们在中国的事情多，写在美国的过于简括。这些"新大陆人"还只是掠影，不像《在伊犁》，有长期的经验和积累，形成分量坚实的特写。

四、长篇小说《活动变人形》

一个作家的创作，从根本上讲，都是源于他的经历、生活、耳闻目睹的人间万象。所谓虚构、加工，从根本上讲，就是他的真实体验体察的一种艺术发酵。一个作家的作品，常常是他成长中、经历中的诸多生活现象的一种反映，常见的是他成熟后对社会万象的观察和思考。有写农村题材的，有写都市题材的，有着重写女性命运的，有着重写知识分子生活的，都见出作家自身的历史。但是，一个共同的现象是：作家都有自己的家庭生活。家庭生活无疑是文学资源的一个重要库存。可对待家庭生活，就千差万别了。有的作家尽心涉及，有的不怎么尽心，有的根本不去涉及。然而，对于一个严肃认真的作家来说，应该是题材无禁区。他不需要粉饰家庭的炫耀，也不需要掩饰家庭的讳莫如深。从文学使命感出发，他往往要摆脱重重的俗见与虚荣，要不断克服自己的心理障碍，把指向社会生活的那把冷峻的解剖刀，也拿来指向家庭，指向自己，指向父母和亲人。其剖析的敏锐、大胆、深入和不留情面，应该与他的其他题材的作品，不分轩轾。或许，这也是一个作家的真诚的考验与见证。当然，写作有记录、缅怀与悼念，也有允许虚构的小说等创作样式，这都是次要的。作家有无表白,或有多少表白,说里面写了他的家庭,这也是次要的。明智的读者不会对此做出追问,严肃的作家在自我审视、自家审视上也不因此受到干扰。

王蒙写于1984—1985年的长篇小说《活动变人形》据他自己说,"'破土'于武汉翠柳村,大干于北京门头沟西逢寺,完工于大连'八七'疗养院","这部小说我写得十分痛苦。从来写东西没有这样痛苦过"①。当王干直接问道:"《活动变人形》有没有自传色彩在里面?"他作了这样的回答:"当然有自己非常刻骨铭心的经验。在某种意义上,所有作品都有自己刻骨铭心的经验,所以都是'自传'",同时,进一步强调"可以说是我写得最痛苦的作品,有时候写起来要发疯了"②。如果用"痛苦"二字来界定这部长篇在他作品中的写作感情特色,这恰恰说明了他直面自己的经验、经历,或者把家庭生活纳入写作素材作总体思索时所使用解剖刀的严峻性,以及由此产生的感情状态。这是他的其他作品不曾具有的如此集中而又鲜明的感情状态,因为他不单是解剖自己,而是指向家人,指向有可能被读者认定的父母,这在中国传统道德来说,是何等令人心灵震颤,而对作家来说又是需要何等艰难的心理承受,去攀缘那高高的精神峰峦啊!

当笔者把这本评传往前推进的时候,一个明显的事实摆在面前,这部表现20世纪三四十年代一个家庭生活的作品,又是作者迄此为止的作品中追踪历史最久远的一部作品,是人物性格最为复杂最为多重性的一部作品,是作品形象人物形象最耐人寻思、容易引起歧见、也难以急于做出定论的作品。我们可以从三个方面进行讨论。

---

① 《第二卷说明》,见《王蒙文集》第二卷第1页,华艺出版社。
② 《王蒙、王干对话录》,见《王蒙文集》第八卷第572—573页,华艺出版社。

（一）家庭成员人物性格的多重性

《活动变人形》里描写的20世纪三四十年代北京城里一个普通家庭，有中国传统的历史文化作背景，又处于内忧外患、外族欺凌的社会动荡之中。人物的心理素质、生理素质以及弗洛伊德分析的利比多，加上人物偶然聚合组成的家庭结构以及各种利害冲突产生的家庭纠纷，使得每个成员确立了自己的位置，又形成了自己的性格。在家庭纠纷这个既生活化、有时又十分激烈（不仅是离与合，还牵涉生与死）的矛盾冲突中，在恩恩怨怨爱爱仇仇的复杂关系中，人物的两重性、多重性也细致入微地表现出来了。

作品写到倪吾诚有一次在当铺里当掉了自己的瑞士表，在一家儿童玩具文具店给孩子买了一本色彩鲜艳的名古屋出产的"活动变人形"，书里全是画，头、上身、下身三部分，可以独立翻动，根据不同的排列组合，组成各个不同的人物图案。作品好几次提到这个"活动变人形"，作为观察人物的一个最简单的玩具，"每个人可以说都是由三部分组成的。他的心灵，他的欲望和愿望，他的幻想、理想、追求、希望，这些是他的头。他的知识，他的本领，他的资本，他的成就，他的行为、行动、做人行事，这些是他的身。他的环境，他的地位，他的站立在一块什么样的地面上，这些是他的腿。这三者能和谐，能大致调和，哪怕只是能彼此相容，你就能活，也许还能活得不错。不然，就只有烦恼，只有痛苦"。如果把上至民族历史文化的影响下至经济地位、生理心理素质形成的个性个体差异，都归并到这三个部分中去，也大致可以作为分析一个人的玩具。

倪吾诚作为河北一个穷乡僻壤的首户的子弟，祖父曾主张变法维新，参加过"公车上书"，自费刻印过提倡天足的传单，戊戌变法失败后自缢身亡。父亲吸鸦片，能干的母亲觉得借此可以拴住丈夫的心，反而支持他吸大烟。作为遗腹子的倪吾诚，受到辛亥革命的影响，思想激进，没有走母亲教他抽大烟、表哥教他手淫的老路，要进洋学堂上学，后来在母亲死后又去欧洲留学。他自己付出的代价是服从母亲和长辈安排的婚事，同乡下一名中医兼地主的女儿姜静宜完婚。这位在中国革命和欧洲文明影响下学成归来的学生，一身西装，满口新名词和英文，脱离实际，飘忽不定，常常生活和高蹈在理想与幻想的纠缠不休之中。他讲欧洲，讲笛卡尔和康德，从新派小说学到"爱"字，给妻子的信是应该有"爱的萌芽"，可妻子满口是"钱呢钱呢钱呢"，"你让我最不愉快的就是这个'钱'字啊"。他认为女孩子应该唱歌、应该跳舞，走路应该挺胸，应该去浴池洗澡，"你们应该生活！你们应该成为现代的人！你们应该享受真正的人生"。而如今女儿也动辄同母亲一样讲"多费钱"，他感慨万千。吵起架来，他觉得他的家是积淀几千年弊病的"污垢的家"，而他这位"翩翩浊世之佳公子"，偏偏向往文明，渴求爱情与幸福。他自问："为什么他要生活在这样一个年月，这样一个地方，既不敢也不能抗日，又不敢也不愿附日，既不敢也不能离婚，又不甘心如静宜所愿地塌下心来与静宜过日子，既不能离开中国、不能摆脱一切中国乡下人的劣习，又不能心甘情愿地做一个地地道道的中国人呢？"他摒弃了前辈抽大烟、讨小老婆的生活，又在精神苦恼之中浪荡过、追求过新的女人；他在同妻子一度"和好"之后让她身怀新孕，又在再三思考之下下决心同她离婚。当妻子在酒席上号啕大哭地揭露这一切时，倪吾诚也哭了："静宜，我对不起你。各位，我对不起你们。"这是一个从家庭到社会生活的梁上君子，又是充满矛盾、痛苦和多重性的梁上君子。姜静宜也在县里洋学堂上过学，但新文化之风吹不散她承受的妇道家训，就像她那双尽管后来放开了、仍然裹了四个月的脚背拱起的小脚一样。"嫁鸡随鸡，嫁狗随狗。哪怕嫁块木头，也要守着这块木头过一辈子。"开始，同丈夫还有过一些快乐的日子，后来把孤寡的母亲和姐姐接来北京一起住后，因为丈夫说岳母随地吐痰、用鞋底擦痰是"龌龊"，就逼着丈夫下跪赔不是，引起了丈夫的伤心和憎恨。她对丈夫的唯一索求是"钱"，自己的唯一职守是柴米油盐，对丈夫的人际交际、社会活动是不参加，不置喙。吵起架来，她就说："姓倪的我告诉你……你是我夫我是你妻，这孩子是你亲骨肉，你愿意也是这样，你不愿意也是这样。你没有一点爱情了。没有一点爱情孩子哪里来的？你想想你去欧洲留学用了谁的钱？你刚才的一番话简直像禽兽！"她在行动上就是搬到西房，同母亲和姐姐住在一起，把丈夫一个人"孤立"在北房里，而且根据母亲姐姐的意见，让孩子端给丈夫的食物要低于她们的水平。她一生忠于妇道，养育子女，对丈夫不曾有任何二心，但是，当她采用恩威并举、软硬兼施的手法对待丈夫的时候，她的总体良苦用心是挽救婚姻，却一天一天失去爱情。

母亲姜赵氏、姐姐周姜氏（静珍）迁来北京，加入静宜的家庭成员，这本是中国四世同堂、五世同堂的一个遗习，但她们的封建积习和复杂性格又背离了她们的初衷。姜赵氏的祖父是清代翰林，丈夫是县里唯一一所高级中学的校医，无儿子，有遗产，也能摆架子。女婿说她随地吐痰"龌龊"，她非要让人下跪磕头赔不是。她骂起人来，可以从头骂到脚，从心术骂到姿势，从皮肤骂到骨髓，而且采用了家乡的"骂誓"，"他个死姓倪的着誓的"——"着誓"就是让被骂的人被"誓"所击中，"我早就说过这个小子不是个人，不能信他的"，"就是要败祸他，损着他！你坑咱们，咱们也坑你！"她修起脚来有瘾，解开裹脚布，用瓦盆热水烫脚，对缠足长出的脚垫和鸡眼，用刀反复削修，直至出血。再就是鼓捣煤球炉子，用滚开热水浇尿罐，细心耐心，乐此不疲。她可能对这个家庭做过生煤球炉子之类的贡献，但寻事闹事干起仗来，连外孙女也不放过。最后，在"文革"时期的红卫兵面前，一面磕头一面喊"红卫兵爷爷",喝下红卫兵命令她喝的洗脚水,腹泻卧床而死。

她们母女三人中,静珍是写得最为有声有色的人物。她十八岁结婚,十九岁守寡,她叫"守志"。每天清晨例行的梳妆是书中最精彩的细节。她用毛巾在一大盆温水里浸湿,打上猪胰子,在脸上抹过来蹭过去,好像有什么人企图堵住她的嘴、鼻孔,要她窒息,呼吸器官出声地挣扎和反抗。当水已成黑色、脸愈来愈白的时候,就"拿出了梳子、箧子、分簪、扑粉盒、质量低劣的胭脂、唇膏与香粉蜜"以及发卡、发网,端出一碟水泡木刨花,照了显出麻点的镜子,"她看到了一个黄黄的、长中带方的类似男人的脸……眼珠黑亮有神,眼角里流露出那么多幽怨、聪慧、疯狂和早来的憔悴……她的过高的颧骨和过方的下巴以及过分有力的鼻梁,都是她所不喜欢的。她相信这是'克夫'的面相,她相信这是她终生痛苦不幸的征兆——也许是根源"。她用粉扑在脸上扑打,伴着冷笑和自言自语,然后,"她要再洗一次脸,她要把脸上的已经敷上的一切化妆品全部洗掉。她清醒地知道她的使用化妆品的理由、权利和历史已经终结,化妆品已经与她无缘,方才的施用更像是一种怀旧和送葬的仪式"。她曾考虑过去水月庵出家,但非常爱自己的头发,当娘说到"十个尼姑九个花",觉得带发修行更是邪行。妹妹传达倪吾诚"姐姐应该改嫁"的话,她视妹夫为"异兽"和"疯子"。她喜欢读爱情故事,读得津津有味,但绝不脸红心跳,读完又觉得茫然,像是她的躯壳在读书,她的魂无处安身。她做起肉饼来,有时只顾自己先吃,不管别人。她又是一个敢打敢拼的强人,娘家一个族侄想在她父亲死时争得一份家产,她硬是拿着一把菜刀守住大门。在那次她们三母女对阵倪吾诚的图章事件中,就是她"用左脚踢开门,用右手抄起一碗热绿豆汤照准倪吾诚的面部就砸了过去"。当然,她也疼爱自己的两个外甥,后来帮他们带过孩子,给倪藻改过作文,是他的第一位文学教师。这是一个多么矛盾复杂的性格啊!

在写家庭矛盾的作品中,这部长篇小说没有在家庭成员中否定一方、肯定一方,没有把人物单面化、正反化、黑白化。在他(她)们身上,都有历史的阴影,旧的伦理道德的拖累,个人禀赋性格的种种痼疾。这是同我们阅读巴金的《家》、观赏曹禺的《雷雨》不同的一种状况。如果借用"异化"这个词,每个人在自身负累和利益冲突中,都走向自身异化、异己化,亲人变成仇人,夫妻终归离散。在旧家庭、旧社会这个大染缸、大酱缸、大搅拌机里,人人不能幸免,不能逃脱。于是,一切都走向反面,同当初结婚的愿望相反,同最初组合家庭的始料相悖,人人变得扭曲、畸形、变态、不能自控。倪吾诚死后,倪藻评论说:"他一生追求光荣,但只给自己和别人带来过耻辱。他一生追求幸福,但只给自己和别人带来过痛苦。他一生追求爱情,但只给自己和别人带来过怨毒。"实际上,这个评论,对于她们母女三人,也是适合的。

(二)一个必然崩溃的家庭

如果把这个家庭的崩溃仅仅归咎于男方有时不归家、不给钱或有"外遇",这是表象的,不全面的,不深刻的。实际上,当初他们相亲之时,倪吾诚看见这个"娇小天真的女孩子",静宜瞥见征服她的"那高大的身影",互相也还十分慕悦。他们结婚之初,在北京也有过快乐的日子。

无疑,倪吾诚时而一夜不归,把象骨图章交给妻子(是在恍惚状态中拿出来的),造成妻子受骗拿作废图章去领工资的印象,是他的错误和失误。但是,妻子同母亲姐姐的对策又是一个错误,不仅送过去的饭菜要低一等,而且在窗户纸上捅一小洞,放得下一只眼睛,"她们轮流通过这个小洞监视倪吾诚",不用时拉上白纱布帘,外面不会发现。她们还派儿子到外面盯父亲的梢。等到回家,对骂、啐唾沫、泼绿豆汤、用头撞怀,一场接一场恶战。

他们也曾相互谅解，丈夫表示了"抱歉了""对不起"，妻子也感到丈夫要她做"现代女性"的一派好心，倪吾诚在中学兼些课，按月把薪水交给妻子。如果把他们之间的悲剧，归因于不归家、不拿钱、有外遇，那么，这之后，这一切都不存在了。然而，倪吾诚依然沉醉于他那虚无缥缈的理想，在那虚无缥缈中依然不坠于实地。巴甫洛夫做过一个实验，把一块牛肉吊在狗的面前，当狗扑上去快挨着肉的时候，把肉一提，如是实验若干次，结果狗疯了。倪吾诚说："我就是这样的一只狗。"对于他所幻想、所希求的事业、追求、爱情、家庭乃至物质生活，他觉得自己就是什么也捕捉不到的那只狗。在生活和人情的重压之下，他甚至想到了偷，又为自己的庸俗和堕落脸红到了耳朵根。他反顾自身，联系到妻子、岳母和姨子，还有自己的子女，他们竟然站在一边，不理解他的爱、他的良苦用心。他不能满足这病后和好了的生活，于是，他呼喊："欧洲，欧洲，我怎么能不服膺你！"他"再想想自己的国、自己的村、自己的家的众贞节烈妇和候补贞节烈女，真想放一把火把自己烧死，把倪家姜家烧个鸡犬不留"。

这个家庭的特殊结构、文化心态又促进了、加速了家庭的崩溃。大年三十，家家剁肉馅，姨子说是剁"小人"，家家都有自己心目中的"小人"。偏偏在这个晚上，女孩子倪萍一针见血地说："只要我妈和我爸爸一'和'，我姥姥和我姨就不乐意。"姜家母女惊呆了，于是骂倪萍。待到半夜，倪萍哭了，哭得痛苦和疯狂，"骂誓"了，"着"誓了，弄得骂她的人都保证："全不算，全不着！"她抓住姥姥和姨姨的胸口，一一质问"着不着"，直到对方答应"我一个人着"方肯罢休。整个家庭乱了套。

这个家庭的崩溃表现为一种特殊的形式，既让人感到意外、略生喜庆又十分荒唐，本是喜剧，又是悲剧，是封建伦理、社会恶习这个毒瘤的瓜熟蒂落，是虚幻追求被实际生活撞得粉碎的必然结果。倪吾诚感到"偌大的世界，竟没有一条路对于他是走得通的，所有那些高尚的思想，他能实行吗？所有那些低下的苟活，他能安心吗？噢……生不如死，他连死也不敢"！于是，书中写道："倪吾诚在知悉妻子怀了第三胎以后，下定了决心：他必须与静宜离婚。"尽管这之前，他流过泪，咒骂自己是"恶人""畜生"，"这样无耻，这样不文明，这样没有人的气味"。他自知提出离婚将是对妻子毁灭性的打击，在道义方面完全站不住脚，自己不但是伪善者，也是谋杀者，但是坚持离婚。他即将有第三个孩子，"我爱孩子！正是因为爱，我才必须和她离婚"。他承认自己欠着静宜的债，将来有了钱，第一个要报答的就是静宜。他认为自己的能力、智力、热情和苦干精神，通通被压制着，自己的潜力发挥出来的不到千分之一，其余都被压在五行山下边，绑在仙人绳里头，"这五行山、这仙人绳就是我的婚姻，我的家！"

他唯一比较服气的留过洋的医生赵尚同找他谈话："你这么不喜欢你太太，为什么和她生了不止一个孩子……""你是一个卑劣的人……你要发泄你的兽欲……你觉得她应该为你而牺牲，而你不能为她牺牲什么。"静宜借丈夫找到好差事请了朋友们一桌酒席。她发动突然袭击，揭露倪吾诚在有新差事、她变卖私产帮他养好病并在她怀上第三个孩子的时候，要跟她离婚，座客闻之色变，并为她垂泪。倪吾诚也跟着抽泣了，说对不起静宜和大家，"请你们相信我，我是为了大家好、也包括静宜的幸福。现在她正在怀孕，这个话可以从缓"。赵尚同起身，叭，叭，叭！三个嘴巴。几天后，报上传出倪吾诚自缢的消息。

刘再复谈及《活动变人形》的人物时说，他们所处的"精神牢狱"，"这是由他们的社会文化环境的外地狱与心灵的内地狱构成的"。倪吾诚因为接受过西方文化，比其他家庭成员又多一层"醒了而又无路可走"的"理性的痛苦"，"整个社会是个大地狱，而他的家庭是一个小地狱。每一个人都在自造地狱，也同时为他人制造地狱"。作者呢？"王蒙对这些人物的审判，不是以一种政治法官的身份,而是以一个大爱者的身份(甚至本身就是在这地狱中生活的一员)。因此,他既憎恶着又同情着,既审判着又辩护着,既拷打着又抚慰着……于是他不仅拷问着一切罪人,而且自己也是受拷问者和受审判者","他最终宽恕了一切被拷问的人,因为他的拷问,本来就出于炽热的爱,他的精神审判乃是挚爱到冷酷的精神审判"①。他无可奈何地看到了这个家庭的必然崩溃。

(三) 倪吾诚形象的深远意义

从人物性格、人物情节的发展来看,如果把倪吾诚的形象截断至20世纪30年代,截断至出国留学,他就会是一个进步青年的形象,被加入到当时巴金笔下、曹禺笔下那些封建家庭的年轻新进、追求理想的反叛者的形象系列中去。如果把倪吾诚的发展截断至40年代,比如说1943年的离婚出走、自杀未遂,他会是一个一味空想、不图实干的大学讲师,一个在政治上平庸、在生活上不能自足的自怨自艾者,一个弃妻弃家的浪荡子和败家子。作品不止于此,让倪吾诚投奔解放区,经历解放后的政治运动,直至"文化大革命"和改革开放的最初阶段。这个形象贯穿20世纪中国历史的动荡年月,更复杂、更多面、更耐人寻思,人们可以从一个生命的长长岁月风云中对人生作更多的思考和感悟。

他原有性格的追求理想、崇尚空谈、脱离实际、不图实干以及自怨自艾和不时泛起的善良天真等多重多面,又有新的发展。他自杀未遂后,辗转于山东、河北,栖息于胶东半岛,在政治平庸、不能抗日、不会附日、日寇覆亡前夕还充任日伪"民众大会"代表等等左奔右突中,终于,1946年决定去解放区,投奔共产党。他的原有的欧洲人文主义理想,倒是同革命的反剥削、反封建、

---

① 《挚爱到冷峻的精神审判——评王蒙〈活动变人形〉》,见刘再复《论中国文学》,作家出版社,1988年版。

斗地主合上拍。1949年以后,他享受供给制"中灶"待遇,一度成为"革命大学"的研究人员。他甚至会说,我对前途是乐观的,有马列主义和毛泽东思想,我们没有克服不了的困难。1955年肃反运动中,他的日伪时期以及与外国人交往的问题受到审查,自己并无怨言,主动作自我反省自我检查。1958年"大跃进"中,他踊跃报名参加劳动。他认为"文化大革命""才是最深刻最彻底的一次革命……这是类似黑格尔的'绝对理念''绝对精神'的一次革命。就是要大树特树绝对权威",甚至表示对包括"敬爱的"江青"同志"等领导人的"敬意"。作为一个知识分子,他的这种心路历程,是耐人思索的。他从专制主义的腐朽的旧中国过来,没有反封建的经历,陡然投身不断革命的历次运动,被不断革命继续革命彻底革命以及人们至今尚能记得的"红色恐怖万岁"之类的口号所吸引所征服。在他的长长的心灵史中,他从"五四"文化接受的个性解放和稀薄的民主和科学观念,竟然同不断革命的极"左"政治、专制色彩的理想主义合上节拍,确实让我们看到了这个中国知识分子的特殊性。

倪吾诚的事业追求,依然是高谈空谈,不能实干。他解放初离开革命大学应聘到一所私立大学做讲师后,在授课业务中,他还是没有自己的观点和材料,没有自己的知识和逻辑,他的一点机智应酬不了实际的考验。1954年他宣布要写一篇批判资产阶级实用主义的论文,写完寄给一家大报后,还寄来了校样,他欣喜若狂,报纸还是通知他不能采用。儿子倪藻批评他老是强调客观,看不到内因是主要的,用安徒生一篇关于坟墓的墓碑的童话来批评他,说墓碑上写着这里埋葬着一位伟大的诗人,但他还没有来得及写出诗的一行。他也悲愤起来,说《阿Q正传》中地位最低的是小尼姑,连小D也打不过的阿Q,也可以摸摸小尼姑的光头皮,"可我呢,我现在的地位还不如小尼姑。我是次小尼姑"。于是,他又自怨自艾、自轻自贱,准备做"家庭主男",再就是吃饭馆、游泳，这是他剩下的两条兴趣。

在爱情婚姻上，倪吾诚依然故我。1943年他离家出走后，到1950年才正式办理离婚。1949年，他的已经参加革命的儿子倪藻曾经以为革命能使父母和解，但是，同父亲的谈话使他同意了他的离婚。倪吾诚办离婚手续前，迫切要求照两张相，同妻子、孩子合照一张，同妻子静宜合影一张。世上大概没有这样的"离婚照"，他伸开手臂拥搂着妻子，双目含泪，像是一个贤夫。静宜在照相过程中还错以为丈夫改变了主意。领到离婚证后，倪吾诚哭成了泪人儿，"我对不起你，我对不起你！"一个狂狷自负的倪吾诚完全被一个多愁善感、善良天真的倪吾诚所代替。然后是他的第二次结婚，这次婚后第三天便拿出了同妻子和孩子的离婚照，让新的妻子欣赏，抒发自己的人道主义，结果不到一周便是大争吵，其争吵程度很难说比同前妻的争吵更缓和。他仍然同孩子有一些联系，那个决定离婚时的遗腹女，根本就拒绝叫他爸爸，他想听听她的声音、摸摸她的手，都难以实现。他唯一能敞开心扉、能够诉苦、抱怨、伸手求援的，就是他的儿子倪藻；他在弥留之际，在告别世界的时候，说得最多的就是"谢谢"两个字。

这是怎样的一个躁动不安的灵魂呀！他向往得那么多，追求得那么多，实际作为又是那么少，他向世界袒露自己的胸怀，又无补于这个世界。在他死去前十年，已经双目失明。那时他在"五七"干校监督劳动，他的严重的白内障和青光眼需要动手术，县医院又没有这个条件。在当时赤脚医生占领医疗阵地的情况下，他表态愿做试验支持赤脚医生这一社会主义新生事物。后来丧失视力后，倪吾诚雄辩地反驳埋怨赤脚医生、也埋怨他轻信的亲友："你又有什么办法能够证明，眼睛如果不交给赤脚医生，就一定能够得救呢？"这是以怎样的心灵在进行怎样的逻辑推理啊！他延续解放前的自信，并把它与学习马列主义、毛泽东思想结合起来："我要用毛泽东同志的天才的思想去总结消化古今中外一切哲人的思想遗产。而且要批判封建阶级、资产阶级","我的潜力百分之九十五还没有发挥出来。"后来,快七十岁了,他失去了双目的视力,失去了那么多日月年华,却说"我的黄金时代还没有开始呢"。作品最后写到倪藻对父亲的一生感到震颤和困惑,无法判定父亲的类别归属,骗子?疯子?傻子?寄生虫?好人?窝囊废?老天真?被埋没者?流氓?市侩?享乐主义者?书呆子?落伍者?理想主义者?汉奸?老革命?极"左"派?极"右"派?堂吉诃德?罗亭?奥勃洛摩夫?孔乙己?阿Q?假洋鬼子?他的无法归属,恰恰是这个形象提供给读者和评论者需要重新思考的,从他来说,面对生活,如何迈步?从别人来说,面对这个人,如何对待和处置?

王蒙在同王干对话时,提到几乎所有的人都批评《活动变人形》的"续集"的"潦草和失败","续集"写了倪吾诚和全家解放后的经历,篇幅却只有前面正集的七分之一。王干也说:"你为什么要把倪吾诚解放后的过程匆匆带过,如果不写不是更好吗?"对此,王蒙说:"很简单,如果没有这个续集,就无法表现倪吾诚性格的悲剧性。就是他性格的悲剧性并没有因为1949年中华人民共和国的成立而结束。并不是一个简单的'社会制度问题'。"[1]作者这个解释是有道理的,应该说,倪吾诚的特点,这部长篇小说的难得的独到之处,是写了从20世纪30年代直到"文化大革命"后改革开放初知识分子的命运。作者进一步说:"倪吾诚的悲剧不和政权的更迭、路线的对错有什么非常密切的关系,他在日伪时期是悲剧,在国民党时期仍然是找不着位置的,解放以后甚至有一点所谓革命的经历,仍然是一个找不到自己位置的人。"这正是这部作品不同于只写人与政治制度,而着眼历史文化的惰性、民族痼疾的长期性以及人物性格史的复杂性多重性等等更为深刻处之所在。王蒙在《答韩国〈现代文学〉杂志社问》第8问"您

---

[1] 《王蒙、王干对话录》,见《王蒙文集》第八卷第582页,华艺出版社。

最著名的文学作品是什么？"时说："例如，韩国的中央日报出版社用韩语出版了我的小说《活动变人形》，请翻阅一下该书。"①作者如此看重这一部作品，是值得认真研究的。我们看来，倪吾诚的性格悲剧带来了他的爱情悲剧、家庭悲剧，又反映出近一个世纪中国从西学东渐以来直至新时期的社会悲剧和历史文化悲剧。人物的超长历史跨度和复杂性格内涵在我们的当代文学作品中，可以说填补了一个空缺，还没有作家如此涉猎过。

　　这部作品读后，也感到有一点不满足。笔者以为，这涉及一个结构问题。作品在人物展开上，确有前重而后轻、前详而后略现象，而且，作品在正集部分对家庭成员用笔太分散，续集部分又觉太匆促。如果在总体上把倪吾诚的主线位置更突出，让他在不同历史时期纵贯下来，把其他家庭成员安置在较为次要的位置上，作者的上述独特的深刻的旨意，会不会更能圆满地实现呢？

五、纪实的散文、杂文创作

　　从复出到改革开放的深入推进，王蒙的心情一直处于兴奋和激越的状态。他还需要用散文等纪实文体记录自己的心绪、交往、外地参观和出访等各种活动。虚构是纵横作家的想象，是社会现实中的作家，是历史的折射和投影，而纪实作品则是作家所处的社会现实，是作家要面对、要处理的历史。

　　即使是一年一度的国庆节，他也要记录"十几辆大清扫车排成'>'字形自东向西驶过天安门，把已经清扫过的许多遍的路面再来一次清扫。清扫，这是历史上的开路先锋"。国庆节已经与"悲哀肃穆的丙辰清明"不同，与"11次接见红卫兵与林彪的有

---

① 见王蒙《精神食粮》第274页，华东师范大学出版社。

气无力的万岁声"不同，看到礼花，觉得"人沐浴在光明和美丽的礼花里，天和地是一片光明和绚丽。让每一个有限的生命都成为历史长河里与祖国大地上的一朵礼花吧"（《国庆小札》，1984年10月9日）。他说，"我喜欢北方的初冬，我喜欢初冬到郊外，到公园去游玩"，冬天，"地阔而又天高。所有的庄稼地都腾出来了。大地吐出一口气，迎接自己的休整，迎接寒潮的删节"，于是，他呼喊着走出去，"去迎接漫天晶莹的白雪，迎接盏盏冰灯，迎接房间里的跳动的炉火，和火边的沉思絮语，迎接新年，迎接新的宏图大略，迎接古老的农历的年，二踢脚冲上天，还有一种花炮叫作滴溜，点起来它就在地上滴溜滴溜地转"（《清明的心弦》，1983年11月26日）。他要记录住在美国衣阿华城郊外"五月花公寓"的时候，每天早晨要穿上美国球鞋和衣阿华大学运动衫，"充满了一种生命的愉悦，一种向前行进的信心，一种轻快而又脚踏实地地努力跑的热情"，步子起迈，"也许身子也没有前进，却只见晨风迎面吹来，枫林从身边走过，草坪变换着图形，蓝天也在舒展身躯，清新的空气沐浴着肺腑，荡摇的地面热烈而又多情，不时有活泼的小松鼠从脚边蹦跳而过"。这清晨的跑步，像是唱歌，"像是一声响亮的宣告：来吧，白天，来吧，世界"（《清晨的跑》，1986年）。在《我的一日》（1986年6月）里，他这样记录他一天的安排：早5点40分起床，同妻子换上旅游鞋，跑跑走走，去陶然亭公园看丁香、看桃花，回家洗头洗脸，然后去上班。下午去北京大学参加授予日本名作家井上靖名誉博士学位的仪式。晚饭后接到电话去协和医院看望老作家韦君宜，共叙往事和友谊。接着又赶往民族文化宫，观看青年艺术剧院演出的《魔方》，迟到了。晚上入睡前喝一听"汉尼肯"啤酒，睡下又回味最近的诗作。这些散文写得十分活泼贴切。

自然，在这样的心境下，也最容易忆旧，对比性地回忆起过去的日子，并且把它们写下来。这同处境沉闷、思想懈怠、懒于动笔的劫难的岁月里就完全不同了。王蒙的《华老师，你在哪儿?》（1983 年 5 月）是他记叙小学生活最详尽的一篇文字，那是他几天前去看望北京师大附小特级教师关敏卿后写作的。他还想起新疆的生活，1984 年，又一次念着："伊犁，你永远在我身边，永远在我心里，我永远不会离开你。"（《伊犁，我没有离开你!》）从他特殊的生活经历里，用"流水"来形容维吾尔语，"生动、机智、纯朴而又多彩，富有生活本身的活力的维吾尔语"，他努力并终于学会了维语。在新疆 30 年大庆的时候，又来到了乌鲁木齐，"我又听到了那流水一样的维吾尔语，我又能用经受了离别的新疆的维吾尔语与我的新老维吾尔友人谈笑风生地交谈了。那不是一般的语言，而是一个民族的心声，是我喜爱的奇妙的音乐"（《心声》，1985 年）。从新疆回到北京后，他们早晨做奶茶喝。王蒙想起那六年，差不多每天都喝赫里其汗老妈妈烧的奶茶，老妈妈 1979 年病故了。在自治区成立 30 年大庆的时候，他于 1985 年 10 月撰写文章《奶茶》，"你还记得我们在巴彦岱农村的苹果树下喝奶茶的情景吗?""不知道阿卜都热合曼的身体可还硬朗?"他没有忘记新疆，没有忘记维吾尔族，什么原因? 他诙谐地说，"原因就在于，虽然在北京，我每天早晨仍然要喝两大碗奶茶。"

这几年里，他写了两篇人物怀念的散文：《安息吧，鞠躬尽瘁的园丁——悼萧殷师》（1983 年 9 月 8 日）和《何期泪洒"江南"雨》（1984 年 11 月）。它们在有关这两个人物的纪念文章中，都是较有影响的。前一篇写萧殷对他处女作《青春万岁》的关心和帮助，对他的"第二次文学青春"的热情召唤。一个讲广东话的小老头，和颜悦色地对素不相识的青年习作者讲述艺术感觉、结构、情节、主线之类的体会，还撰文肯定《组织部来了个年轻人》和作者的"政治品质"，这在当时是少有的。特别是如下一席话："我向来是实事求是的。那位作家说过什么话，我听见了，但我不认为那是反党性质，我就坚持说，那些话里并没有反党的意思，你要那么理解是你的事情……有的人，一会儿说是问题严重，一会儿又说是没问题，什么都否定了……这种人真是品质成问题！"这对于处于政治风浪中的文人来说，对于我们这些政治风浪的过来人来说，是多么值得珍视的宝贵品格啊！作者被"扩大化"以后，他不仅没有生分，反而劝慰地说："不要着急，特别是文艺的问题，比较复杂……"待到1978年粉碎"四人帮"、又讨论"实践是检验真理的标准"，他给了王蒙一封"欢欣若狂"的回信，逢人即说"王蒙来信了"，并约王蒙给《作品》写稿。到1983年初，王蒙夫妇去广州的医院探望卧床已久的萧殷，"萧老哭了"，他们似乎都意识到，"这便是永诀"。

《何期泪洒"江南"雨》的写法就是让事实讲话，勾连性的议论感慨极少。篇首引出美籍华人、《蒋经国传》作者江南1984年10月15日开车去旧金山商店上班时，遭埋伏的凶手枪击身中三弹。文章叙述作者1980年首次访美时在陈若曦家认识江南（真名刘宜良），叙述第二天江南开车陪作者游览旧金山，叙述江南和妻子、小儿子1981年回国旅游，作者在北京尽地主之谊，叙述作者1982年访问墨西哥前住在他家里，最后叙述江南的被刺在海内外华人中的反响。然而，江南是怎样的一位作家啊，他在中国政治的风云流变中坚守怎样的一个自我啊！这位华人作家"有相当大的政治兴趣，但他的兴趣主要在观察评论方面，看不出他有意参政"。他的政治主张呢？"他显然不是社会主义者，连对社会主义有好感也谈不上。他深知台湾当局的腐败，深知蒋氏统治的弱点，深知台湾的现状是毫无前途的。他对台湾当局的抨击确实激烈，而且打中痛处。他深知历史的必然是祖国的统一。同时，他对祖国大陆上的种种消极现象，'骂'得也是不亦乐乎，有时候我听着都相当扎耳朵。"他大概哪儿都不能待、不愿待，只待在美国。他向作者介绍了多次被监禁的台湾作家李敖的两件事："第一，李敖认为中国文人的一大弱点是不会赚钱，不会赚钱便无法自立独立，造成了文人的软弱性。而李敖会赚钱。第二，李敖在近一次出狱后，蒋经国曾经约见，被李敖拒绝。李敖并公开声明他与蒋素不相识，无交道可行。"江南在旧金山经营一家工艺品商店，大概也受到李敖的启发。就是这么一位作家，他的生存和死去，都给人们提出一大堆问题，让人们思索。文章说，"他对美国的一切，从政治制度到商业经营到音乐歌曲到电视，倒是颇多溢美之词，很少批评。"他热心接待大陆去的作家，要说为人，作者说"他是一个重友谊、讲义气的人，同时又很精明"，要给他进一步定性，也不得不同意文章说的："我看他确是一个地地道道的既关心祖国，也诚心诚意地忠于美国的华裔美国公民。"包括王蒙在内，还有许多华人作家都提醒他多加小心，因为他对蒋氏多有批评，有关方面相当嫉恨，他总是哈哈大笑："在美国，他们不敢！"然而，这位精明过人的作家，恰恰是在美国饮弹身亡。他的被刺使世人不可思议，文章发问："怎么连这样一个赞成祖国统一但又对海峡两岸都批评得相当厉害的、接受美国的一套价值观念的'非左派'人士都不能容？"这也是江南以自己的死向世界的发问。作者最后说："我真盼着能立即飞到旧金山、赶到达利市，向崔蓉芝和他们的孩子们表示我的诚挚的慰问。"

有时候，在外出观光或旅行途中，在比较闲暇的时候，因景生情，因情写景，写出了俗称的所谓景物散文。作者于 1984 年 6 月航行在从武汉到重庆的江轮上写出的《雨》和《船》，便是这样的作品。下雨，是容易引动人的情思的。作者站在雨中船的甲板上，想起小时候北京城夏日的大雨，积水上一个又一个半圆形的小泡儿；想起 1958 年处于逆境时在景山公园劳动挑砖时赶上的大雨，淋了个落汤鸡；想起新疆草原上骑马遇上大雹雨，前不着村，后不着店，干脆"我欣然地、狂喜地在大雹雨中策马疾驰"；想起了 1982 年访美时在东海岸遇上的整整一个星期的阴雨，觉得"雨中的大西洋，似乎泛着更多的灰白相间的浪花"。雨的最大特点是给人带来不适、不便，使人限制，甚至淋你一身湿。雨的最大优点是迷蒙，或者暴烈，让你遐思，既有"忧伤的甜蜜"，有时又"叮叮咚咚地敲响沉闷的大地"，"因为它充满生机，因为它总是快快活活，因为只有它才联结着无边的天和无边的地"。最关键之处是，要从雨中获得解放，获得自由，不是怨它，而是爱它。美国名片《雨中曲》的一个形象，让我这个笔者永生不会忘却：舞者持伞在雨中舞蹈，他舞步的轻重大小等各种变化，溅起水花的大小纷呈，和着音乐节拍的强弱平缓，让舞台舞蹈难以企及。王蒙篇首便说："我喜欢雨，从小。"船、舟车，自然是造福人类的工具。作者想起年轻时梦想改行当列车员，在暗夜观察着山峦、河谷、道路、桥梁和天上的移位的星星，"最主要的是他拥有比你我大几倍、几十倍、几百几千倍的空间和距离，也就有那么多倍的生活"。他在 80 年代以前，还没有乘过远行的船。他想起小学"劳作"课叠纸船的失败，幼年那件玩具船的终归损坏，建国初参加北海、什刹海过团日乘坐的"瓜皮小艇"，他"出事情"了，瓜皮小艇翻了船。"果然只不过是瓜皮小艇"，这句话说得好啊！后来，他就来到新疆瀚海，有沙漠之船的骆驼、牛车、马车、汽车。"直到 80 年代，我才和海上的、河上的、也包括陆上的（车）和天上的（飞机）船们结下了不解之缘"，他行进在人生的各种船只上。"晚一点了么？"他自问，他觉得年近五十，"我开始懂得了不像梦幻中的船那样脆弱，不像公园里的船那样旖旎和小巧，又不像沙漠里的船那样拙笨和缓慢。"如今乘坐在长江的航船上，是自励，也许也同是和船上同行的相许相约，当然，发动机不得怠懈，船工必须谨慎，他们要"踏长风、奔大海，勇敢而又沉着地前进"。在旅行途中，在到达目的地之前，除了写景抒情外，还有一种观光性的散文，是只能在途中放眼、不能在目的地驻足的，比如三峡。游览过三峡的人，古今中外不少，但几乎都没有登上三峡，或其中的任何一峡，只能靠眼睛。王蒙这次乘江轮"东方红"

32号，从武汉驶向重庆途中，于1984年4月5日、6日写了《三峡》。这篇文章使读者感兴趣的是，它提出了关于旅游观光的哲理情思问题。这里有个矛盾："你要独立地观赏、思考、发挥你的想象，吸收和凝固你的印象，又要听广播介绍，孔明碑、香溪（王昭君的故乡）、白帝城、孟良梯，那是前人的欣赏与想象的结晶，又是真实的历史的遗迹。"至少，这二者不能偏废。于是，"我觉得无山不是神女峰，无云不是巫山云，无人不是'楚王''宋玉'的隔代之交"。"一位穿着鲜红的毛线衣的船家女挂起白帆，轻摇单桨，在水花溅溅之中大胆地驾小木船逆流而上，向云雾中去。也许她就是神女的化身，神女在80年代的劳动化？"另外，对于山川景色来说，任何写作人都存在一种永恒的悲哀和痛苦，"你刚拿起笔，你还没有写下一个字，又有多少个美的信息、美的形象与美的诗情在你握笔的一瞬从你的生命里一滑而过哟！归根结底，哪怕高质高产伟大的巴尔扎克，究竟是他写下来的多，还是由于他埋头写作而辜负了、忽略了、错过的多呢？究竟是他把握了与表现了世界，还是世界在更大的程度上掠过了他呢？"你不必满足一切已成的文字和图片，你还得多加观赏。

作为已经到达目的地的观赏，作者在这之前写了《西沙之什》（1983年）和《南海三章》（1984年2月），记录了作者去西沙去南海的观感，写得真切，写得细微体贴。这之后，作者访问了苏联，写了《塔什干晨雨》（1984年）、《我们明朝就要远航》（1984年）、《塔什干——撒马尔罕掠影》（1984年）、《苏丽珂》（1984年）、《大馅饼与喀秋莎》（1984年）、《访苏心潮》（1984年）和《访苏日记》（1984年）。

王蒙率中国电影代表团于1984年5月20日至6月11日，访问苏联，参加塔什干国际电影节。他在回答电影节主席阿卜都拉耶夫能不能把见闻报道给中国人民时说："当然，这正是我的工作。我回国后要写一系列的文章报道我们的访苏之行。"仿佛是做了分工，在日记等文章里，记叙具体的安排，包括在塔什干电影节的 12 天生活，一次稀有的晨雨中看到的沉默的马克思塑像；在原诞生地寻找的许多苏联歌曲，"我们明朝就要远航"；在塔什干和撒马尔罕这两个乌兹别克加盟共和国的城市里的见闻和友好活动，作者在新疆学会的维吾尔语和乌兹别克语堪称兄弟语言，在此派上了用场；访问格鲁吉亚的山城第比利斯，那是斯大林的故乡，流传斯大林年轻时最爱唱的《苏丽珂》；到苏联汉学家托罗普切夫家里做客，他正在翻译王蒙的作品，女儿喀秋莎给他们唱《喀秋莎》。不，这些记载还不够，这些只是具体的活动见闻，他要整理整个的访苏情绪，便写了《访苏心潮》。20 世纪四五十年代中国年轻一代养成的对苏联的向往和渴慕，那浓如诗意、由歌声来承载和传递的情绪，在《访苏心潮》中充分表现出来了。历史的情绪只能从历史中寻求解答。作者对此前访问过的美国、联邦德国和墨西哥，其感受是用"开眼"二字；对于苏联，他在感情上化解不了、分解不了。作者说他十五岁就梦想去苏联，那首"贝加尔湖是我们的母亲，她温暖着流浪汉的心，为争取自由而受苦难，我流浪在贝加尔湖滨"的歌曲，那样凝聚人的沉思。各种文学作品、图片、电影使作者初到莫斯科，却"一切都给我以似曾相识、似曾相逢的感觉"。他觉得这次游历苏联，是"一次重温旧梦的旅行"，是"一次告别旧梦的旅行"，又是"一次灵魂的冒险"的旅行，"因为再没有第二个外国像这个国家那样在我少年时代引起过那么多爱、迷恋、向往，后来提起它来又那么使我迷惑、痛苦乃至恐怖"。就让这种迷恋、这种复杂情绪像文物一样保存在心灵的库存里吧，不必急于求得明确的解释，尚有时日。

红场、列宁墓、克里姆林宫上的红星、无名英雄纪念碑上的圣火，一切依旧，只是众多的列宁像代替了斯大林。莫斯科国际机场入境手续办理得缓慢而又仔细，"一位等待入境的人被要求摘下眼镜，以便更好地观察他的脸部"，电影节文艺晚会的幕布迟迟不能拉开，原因是当地的领导人姗姗来迟。列宁墓成为"全苏精神的聚焦点"，电影节开幕那天的第一项活动便是组织者带领各国代表团向列宁像献花圈，提到苏共总要加上同位语——"列宁的党"，标语口号依然是"在列宁的旗帜下战无不胜"。苏联的面包价格低廉，书价和报价便宜，公交、飞机票、火车票便宜，钢产量惊人，但是新鲜牛羊肉贵，水果蔬菜贵，纺织品花色单调，糖果点心包装差，家用电器不贵但落后笨重。一切生产都在统一意志下进行，虽然愿望良好，但老百姓不领情，他们不能满足于吃面包、喝喀瓦斯、交通便宜。于是，一个自称莫斯科大学生的女孩子在街上要求路人兑换美元，一个同代表团打过交道的女孩子希望嫁给一个西方游客。商店服务员普遍面孔呆板，一位美国游客对作者说，"这里的人没有微笑"。

　　作者这一次访苏，是在苏联解体的前五六年。他在文章里说："70年来，还没有别的事件像十月革命的影响这样深远。他们硬着头皮，有时候也吹着牛皮，在没有先例而又困难重重、常常是在骂声一片的情势下，硬是搞起了自己的一套，建立了一个强大的国家，足以与得天独厚的资本主义头号强国美利坚合众国相抗衡，相争夺，平起平坐。"同作者接触的苏联朋友都关心中苏关系的改善，实际上，中苏关系的恶化，世界政治格局的云谲波诡的变化，本身就是一个比理论逻辑要复杂万倍的现象，这大概也就是作者在文尾所说的"天道无常，人间沧桑。成败功过，相因相生。恩仇敌友，相反相成"吧。

六、文学工作和文学评论活动

　　从1982年起，王蒙陆续担任了文艺界的一些领导工作。在除创作而外的有关文学和文学讨论的文字里，有一些是他担任领导职务的讲话、报告、发言和文章,他把它们收在一起,命名为"代言"。这几年时间里,有关"代言"的文章有20余篇。他在《王蒙文集》"第六卷说明"中这样表述自己这些文章的立足点:"自1982—1989年,我历任中共中央候补委员、中央委员、《人民文学》主编、作协党组副书记、文化部长等职。""我努力用文艺家、作家的语言至少是文艺家能够接受的说法来解释宣传当时的党的方针政策,努力用党的语言党的思想来反映广大文艺工作者、广大作家们的呼声、意见。我追求的是广大文艺工作者团结在党的周围,也使党的文艺工作、文艺政策更加符合文艺家们的心愿与实际。"他这些文章直接同他担任的文学工作发生关系,是因工作、因公务才可能发表的言论。当然,也是经过个人思考、力图起"桥梁"作用的言论。

除开"代言"而外,更为大量的、主要的评论文章,是王蒙个人撰写的。这里面,除了具体的作家作品评论(包括为作家评论家写的序言),有许多是综论性的、整体性的、理论性的或杂感性的文章,以"综论""创作谈"或"杂谈"的形式发表,是作者观察文艺思潮、跟踪文学创作和文学评论发展状况或针对某种社会心态而写的长短大小不一的文章,这几年里,这类文章多达40篇。

改革开放、拨乱反正之后,经过短暂时期的革命现实主义的恢复,很快便出现了创作和评论多元发展的局面。作者在《我的几点感想》(在青年文艺理论批评工作者座谈会上的讲话)、《当前文艺见解十题述评》(1985年10月5日为新疆文艺爱好者和大专院校师生作的报告)等讲话和文章里,就这种多元发展理出了如下几对矛盾:

1. 主体和对象。创作主体和评论主体的强调有利于承认艺术规律和艺术属性、否定过去简单的哲学反映论,但是,"在创作中,既有生活的心灵化,也有心灵的生活化,没有心灵的生活是一种僵化的生活，没有生活的心灵是空虚的心灵"。在《也说主体》一文中提出，没有主体的对象是自在的对象，没有对象的主体是架空的主体，"心灵与生活，主体与客体，永远是这样或那样地、各有侧重而又变化多端地相争斗、相制约、相统一、相组合在一起"。

2. 方法和模式。用自然科学的信息论、控制论、系统论来研究文学，扩大了过去研究文学的单一模式和简单方法。创作是有规律的，也有模式，"创作过程体现为不断熟练地运用掌握这个模式，又不断地打破这个模式。突破就是不断用新的模式代替旧的模式"。

3. 艺术和社会。忽视艺术特性，把艺术与社会的关系简单化，是过去的弊端。不能把文学的当代性、与生活同步仅仅理解为题材的规定性。汪曾祺写旧社会的生活，也具有当代性。文学艺术不是一般的社会现象，也是美的对象，我们今天仍然需要童话。但是，不能走向片面化、极端化。他的另一篇文章的题目就是"社会性不是文学之累"。

4. "文化寻根"与世界性。新时期文学出现的"民族文化寻根"受到拉美文学和加西亚·马尔克斯的《百年孤独》的影响，也表明我们不能丢掉我们文化的根，加深了我们对社会、对人物的剖析，同时，又不能把民族性同世界性割裂开来。"每个民族都要发挥自己文化的特点，没有自己的特点就无法在世界文化中，包括世界的进步文学中站稳自己的脚跟。但还有另外一个道理，就是只有具备了世界性，才真正具有了民族性。"

5. 通俗文学和严肃文学。通俗文学的兴起和受到欢迎，是正常的现象，不能否定。"我们现在要警惕的与其说是通俗文学，不如说是商业化对文学的冲击。"商业化冲击只会降低文学艺术的质量，"国家应该把发展严肃的高档的文学艺术事业当作一项智力投资来考虑"。另外，也要注意逐渐提高观众、听众、读者的欣赏水平，克服曲高和寡、"叫好不叫座"的现象。

6. 观念和本体。各种方法、观念、学派、流派的争相亮相和发展，有利于多侧面、多手段地研究文学。同时，"每一种文学观念都可以从世界的构造，人的构造以及古往今来的文学成果里找到它的根据"。在《观念与本体》一文里，他提到，就文学本体而言，"研究文学观念、艺术观念，不仅从观念中寻找，而且从本体中探求"，"本体永远优于观念也大于观念"，我们应以博大开放的胸怀汲取一切有益的思维成果，又不至于因倾心于某种观念而封闭保守，做到真体味，真发现，真创造。作者那篇受到夏衍1986年9月22日致函推崇的《小说家言》（1986年，在新时期文学十年学术评论会上的讲话），就以"概括的代价""选择的困惑""对模式的超越""生活是文学最大的参照系"等小题，论述了对评论家的主体、作家的主体说来，任何概括、选择、模式都是有局限的，用一句老话，生活之树常青，文学艺术的发展永无止境。

在《社会进步与道德、审美评价》（1984年）一文里，就"进步"与"善"、与"美"的复杂关系，作了札记。一方面，我们要看到它们之间的不等式，"历史的发展并不是沿着道德的自我完善的轨道来行进的"，也不依从某种审美范畴的自身完善的发展逻辑。我们看到商品经济有时会破坏古朴淳厚的民风，工业文明常常破坏田园美、自然美，我们不能用"进步"来衡量或取代"善"和"美"；另一方面，我们又是向前看的历史乐观主义者，人类的文明和幸福，只能在历史的进步中实现。我们在歌唱深山老林、穷乡僻壤的同时，应以更大的热情去歌唱新的城市、新的开发、新的征服自然的里程碑、新的生活情趣和生活方式。物质文明的建设并不能自动地保证精神文明的提高，也不能用崇高的理想或道德原则去代替发展经济、组织经济生活的具体政策措施。商品经济对农村自然经济是一个巨大的进步，也不能把商品经济的原则扩大到一切领域里去。恩格斯说过，少女为失去了爱情而歌唱，商人却不能为失去了金钱而歌唱。当然，"大锅饭"也不是值得推崇的善与美。生活考验作家的美感、道德感、历史感、时代感。如作者所说，我们要歌唱"向前进步的运动"，同时，"生活在它的不同的侧面、不同的层次，显现出多形、多态、多色调乃至多趋向的运动和旋转"，我们也要加以探讨和表现。

在《理论、生活、学科研究问题札记》（1980年）一文里，作者细微地分析了我们生活中常常通行的、习焉不察的思维方法、逻辑习惯和表述方式，提出了发人深思的见解。至少，有下述几个方面：1. 大道理崇拜，或一般规律崇拜，普遍性与本质性崇拜，认为抓到了大道理，就有了一切，纲举目张，有了纲就有了一切。这样，不去研究矛盾的特殊性，不去研究目，满足于、也必将停留于"句句是真理的套话与句句是套话的真理"。结果，套话变成了空话、废话，抽去了"大道理"的生机，"大道理"变成了排斥具体认识的"唯一"，使科学研究和学科研究得不到发展。林彪说马列主义就是"那么几条"，"够用"，学"语录"是"捷径"，"一本万利"，就是鼓吹教条主义和蒙昧主义。2. 在教条化的同时，还存在普泛化、实用化，把马克思主义当作一切真理、一切科学、一切常识、一切美德、一切聪明智慧成功胜算的同义语。如"马克思主义科学"的提法，把中医、蒙医、藏医也包括进去；如"马克思主义文艺学美学"，把古往今来一切实用的审美观点都包括进去；商品经济中调整物价是根据马克思主义，冻结物价也是根据马克思主义，以致用马克思主义治疟疾，用马克思主义打乒乓球。他们看不到马克思主义的革命的、科学的、独特的内涵，不去认识马克思主义的三个来源和三个组成部分，而是思想懈怠，随意套用。3. 作为立场、观点、方法，马克思主义可以指导和影响学科研究，又不能包揽和代替学科研究。我们可以用马克思主义观点分析《红楼梦》的背景和价值，"红学"中特有的考证以及汉语形音假借，却不属于马克思主义。即使是马克思主义哲学的学科研究，它总结了特定时代的科学成果，也不能轻易断言马克思主义已经或必将囊括自然科学和社会科学的一切成果，能够取代哲学的发展的全部内容。究实说来，我们常说的马克思主义只能包括而不能代替文学的现实主义，而就现实主义的日新月异的分化与发展来看，就一个作家掌握世界、表现世界的现实主义特色来看，也很难说马克思主义就"包括"了现实主义如江如河的奔腾不息的历史内容。认真分析马克思主义的"有效半径"，恰恰是我们应该采取的慎重的、着重事实的、也符合马克思主义学风的科学态度。我们不能把马克思主义作为定语，先验地粘贴在一切学科研究中去，应该看到马克思主义与各学科研究，有指导与被指导的关系，也有相互补充、相互丰富的关系，还有并行不悖的关系。只有认识这些，才能真正贯彻"双百"方针。而且，对马克思主义在全世界的传播、研究和发展，也必须实行创作自由，学术自由，百家争鸣，百花齐放。4. 用所谓"马克思主义的语言"来鉴定和批评人们的学术交往和语言交流，成为过去的某种习惯。大批判盛行时，有人讲"友谊"、讲"良心"、讲"善良"、讲"爱"，就有人批评"不是马克思主义的语言"；在学术研究中，如离开马克思主义的语言范畴，也有人提出这种批评。作者说，马克思主义的术语，我们要认真学习和钻研，"但我们并不能由此认为马克思主义是一套特殊术语的产物，不能用词汇来判断理论属性更不要说用词汇来判断真伪正误了"。毛主席的讲话文章多用中国气派、中国文化传统和个人风格的语言，有的西方研究家说他引用马克思的话还没有引用中国老书上的话多。解放思想也包括解放语言。我们的文学概论、文艺评论，在语言术语上过去大都来自苏联，师承别、车、杜，大可不必因循沿袭下去，更是要从生活、从实践中学习活的语言。在这篇札记里，如此等等的细微分辨很多，有一些也并非定论，我们完全可以开展讨论，互相切磋，目的是开动脑筋，活跃思想，推动理论学术的发展。

这几年时间里，在具体的作家作品评论、作品论著序言文字方面，作者发表了约30篇文章。其中，专文评论某个作家的有14篇，专文评论评论家、编辑家有6篇，在综合性评论文章里评论的作家人次30多人。比如，可能受当年别林斯基逐年评论俄国文学的启发（如别氏的《一八四一年的俄国文学》《一八四二年的俄国文学》等文章），作者的《读一九八三年一些短篇小说随想》（1984年2月写于北京）和《一九八四年部分短篇小说一瞥》（1985年）两篇文章，评论的作家就多达23人。可以说，这段时间里的知名作家几乎都受到了他的关注，一些新秀、有歧义有争议的作家作品，他也热心参与评论。作为一个专业作家，在文学评论里投入如此巨大的注意力、工作量，即使在专职的评论队伍里，也是叹为观止的。这归因于他的生活激情和工作职务，归因于他对形象思维和逻辑思维的双重兴趣，归因于他同文学界各方人士商讨切磋的热切之心。

由于此前作者撰写的评王安忆、评张弦、评陈建功的文章甚有影响、受到欢迎，他的评铁凝、梁晓声、阿城、张承志、李杭育、刘索拉、张辛欣的文章以及其他文章，自然受到广泛关注。这些文章写得生动活泼，自由舒展，不拘一格，开合自如，轻灵而又实在，峭拔而又见地稳实，脱去评论文章易患的匠气、浮泛气。笔者试着从中理出两方面的特点：

第一，好处说好，不足处说不足，作多种多样的"评"与"比"。

对于受到欢迎叫好的新人新作或旧人新作，写出热情洋溢的肯定性、推崇性的文字，也许不是十分困难的。难得的是好处说好，不足处说不足，运用比较方法这个最基本的评论方法，把作家作品放在横向和纵向的比较当中确立其特殊的、恰当的位置，在众口同声的赞扬中，能够提出另一种角度的观察和意见，这就比较困难了。王蒙在评论1982年小说创作的《漫话几个作者和他们的作品》（1983年）一文里，说王安忆"取材相当平凡，不符合任何已形成的潮流或者浪头或者模式","写得相当冷静、客观,从不讳写人的各个侧面",但"她绝非冷漠无情,恰恰相反,对于她笔下的人物,她几乎都寄予最大限度的爱、善意和同情"。不足之处在于"她的生活经历还有待扩展,她的取材平实有余而奇警不足,她的人物朴质有余而崇高不足,她的情感善良有余而炽热不足",和张承志相比,张的作品"特点在于一种抑制不住的火热的情思,这恰恰是王安忆所缺少的"。"这样一种对于生活、人民的爱,这样一种激情的思考与思考的激情,这样一种灵魂的不安、充满追求和进取的运动,这样一种对于生活的雄健的而又不乏妩媚温馨的感受,我以为是张承志作为作家最可宝贵的品质。"和王安忆相比,"张承志的作品有时失之艰涩,缺少让生活本身发言,从而提供雅俗共赏的可能与多方面地加以评价的可能的那种王安忆式的巧妙与从容,但他的作品里也包含着王安忆所不能比的生活与情感的升腾与浓聚"。作者在比较张辛欣与王安忆、张承志时,就更是坦率真诚、直言不讳。他说,引起争议的张辛欣拥有自己的年轻的读者和崇拜者,她的作品"有它'独特'的对于生活的理解和感受,有与作者的年轻相比相当老辣的因而是触目惊心的构思与表述,它们是对于人们的心灵的一次认真的冲击、认真的挑战",从中"我们看到了一个天分高、有才华、有一定的阅历和一定的知识积累,也并不十分年轻的青年的被扭曲的心灵,它受过伤害,弥漫着失望和孤独,骄傲而又愤懑,它发出了在自己看来是字字血泪、而在他人看来颇有偏颇和夸张的呻吟和叹息,当然,也有焦虑"。如果从写"恶"这一点来看,"王安忆也写'恶',然而她是怀着'善'来写'恶'的,用'善'来照耀'恶'的","张承志也写'恶',然而他是怀着火烫的、近乎愚傻(我从这两个字最好的意思来解释)的对于理想和信念的忠诚来鞭挞'恶'",而张辛欣呢,"她既没有'降'到王安忆那样脚踏实地的与千百万'庸常之辈'在一起,同情他们,抚慰他们,同样也讽劝他们，并为他们而立言、而呐喊；她又没有'升'到张承志那样，九死未悔地去贯彻那种对于人民、对于革命理想的博大的忠诚和炽爱。由于心气过高而产生的过分的愤懑，过分的敏感，于是，恕我说得重一点，她有时是带着'恶'意来写'恶'的"。但是，最后，作者仍然郑重地说，"我不但相信她的才华，而且也同样相信她的深藏的善意，相信她的深藏的热情，对于祖国和人民的爱。1979年她写的《一个平静的夜晚》是多么美好啊！"在评论作家作品的单篇文章里，他深入作家作品内部，寻求它的特点，也指出它的不足。有时，他用人物概括作家作品特征，或用地域综合作家集子的特色。他说，"我们不妨试着把香雪作为铁凝的为数不少的中、短篇小说的一个核心人物。"（《香雪的善良的眼睛——谈铁凝的小说》，1985年）又说："李杭育的这一批小说中有一个共同的主人公，她便是葛川江。"（《葛川江的魅力——序李杭育短篇小说集〈最后一个渔佬儿〉》，1985年）至于梁晓声的作品《今夜有暴风雨》，他便冠以"英勇悲壮的'知青'纪念碑"的题目[1]。他说铁凝的"香雪的难能可贵的对善与美的追求是她的长处，但她不能老是用一种比较幼稚的方式去处理复杂得多的题材……她应该在不失赤子之心的同时，艰苦地、痛苦地去探寻社会、人生、艺术的底蕴"。他称赞李杭育笔下的"葛川江的系列给人以耳目一新之感。这条江的命运与人的命运纠结在一起，葛川江的性格培育了她的孩子们——居住在她的江面上与两岸的人们的性格。葛川江像是一个古老、威严、暴烈而又多变的精灵，人化为'船长''渔佬'、大黑与秋子、耀鑫与桂凤、关木娘与'弄潮儿'们"。当然，也"希望他能从更大的背景上把葛川江与葛川江以外的大世界写出来"。作者还把李杭育的小说同中国传统小说

---

[1] 以上所引文章均见《王蒙文集》第七卷"作家与作品"和"序"两部分，华艺出版社。

作比较，说从古至今的小说"更多地把艺术的聚光集中在社会、政治、伦理的人际关系方面。在与天斗、与地斗、与人斗这'三斗'之中，我们似乎更精于人与人的斗争"，像李杭育的小说如此留意写地理、写自然，是难能可贵的。

从比较中认识作家作品的特色，从比较中看出作家作品的价值或得失，也从比较中体现一个评论家的眼光与胸怀。当刘索拉的小说写到20世纪80年代某些城市青年的特殊心态，写到一些"好像生活在云端里，疯疯癫癫，忽冷忽热""好像是一群吃饱了撑出病来的年轻人"的时候，评论说，"我们不能不学会与她的小说中的人物对话，理解他们，而且越来越重视他们"，"刘索拉有刘索拉的真实。正像贾平凹有贾平凹的真实，王安忆有王安忆的真实一样。承认一种而否认另一种是容易，却未必是公正和明智的"。他呼吁"有更大的胃口、更宽广的胸怀、更坚实的基础、更神奇的超越、更宏伟的汇万象于一炉的时代的与民族的交响乐章"，这篇为刘索拉小说集所写序言的题目就是"谁也不要故步自封"（1986年）。

第二，把宏观的整体思想把握同微观的个别艺术品位结合起来。王蒙在评论作家作品时，从标题到进入正文，能很快地突入对象的细部，观照出它的耀眼特色，同时，又不忘把这种特写镜头加以提拉，再用远镜头或摇镜头加以全局观察和对照对比，达到一种求实的而又公正的认识。当然，有时在论述时，也作逆向行进，目的是尽可能摆脱某些专业评论工作者容易出现的全局把握、理论分析有余而具体观照不足，或某些作家撰写评论时细部观察、艺术品位较强而总体认识、全面估量欠缺的现象。他巡视1982年几个有影响的作家的小说创作，在较为细微地比较了王安忆、张承志、铁凝和张辛欣的作品之后，有这样一段从全局着眼、作整体评估的文字："从这些极片面的观感中，我想到，我们的小说创作是有成绩的，它更加多样了。与此同时，严肃地思考生活，分明地揭示生活的矛盾、传达时代的威严步履，从而能在读者中引起强烈反响的作品有些减少。我们在欢呼小说的多样化与美文化的同时，不能不警惕把忧国忧民的文学变成闲情逸致文学的苗头。"（《漫话几个作者和他们的作品》）同样，在《来自生活的启示——读艾克拜尔·米吉提的小说》（1984年）一文里，在对哈萨克族艾克拜尔·米吉提的一些小说逐篇进行评说并同时肯定鄂温克族的乌热尔图、藏族的扎西达娃等少数民族中十分活跃的作家之后，又提出了这样宏观性的批评："但我想冒昧地说一句，他们的作品在颇具异彩的同时也有着一个共同的弱点：分量还显轻。这里的关键在于不仅要写出一时一地的风俗画和风景画，而且要写出我们的伟大的时代，社会的急剧变动与生活的滚滚向前。不仅要写出赏心悦目、美妙多情的文字，而且要自觉地去为人民立言，为民族的振兴而呐喊呼号。"

这里，既要细，也要粗，借用一个词语，就是做到"巨细无遗"。细是敏锐、细密，无遗珠之憾。他说铁凝的"细致入微的艺术感觉"和"语言的天籁感"，是体察的细。他批评梁晓声有时"过于堆砌悬念、巧合和冲突"。说刘心武的甚有影响的《立体交叉桥》等问题小说有时"互有重复——既反映了作者的见解的统一性也说明了他进一步拓展思路的必要"。说阿城《棋王》中王一生的"信条里确也存在着消极的东西"。这都是观察体味的细。同时，他又把他们放在大的时代背景里加以评价，做到全局在胸、心地沉稳。他在《读一九八三年一些短篇小说随想》（1984年2月）里提到有愈来愈多的作家"把笔触伸到穷乡僻壤、深山老林的'太古之民'里去"，而且有些是"优秀的作品"，同时又说："原始、天真、质朴的美是迷人的，进步的、日新月异的、富有现代文明色彩的美则更值得我们去体味。'最后一个渔佬'当然是可以写的，'最初'一个或几个新的生产方式与生活方式的主人就更值得大书特书。"在评论张承志的《北方的河》的《大地和青春的礼赞》（1984年春节）一文里，对这篇作品作了热情洋溢的推崇，甚至风趣地说："在看完《北方的河》以后，我想，完啦，您他妈的再也别想写河流啦，至少三十年，您写不过他啦。"

又在后面对作品中"考研"的情节提出批评，"对结构全篇起着重要作用的'他'考研究生的故事，不仅写得匆匆忙忙，从整体来说，也写得缺乏深度和新意，更缺乏全篇作品所具有的那种杰出的气势和壮美。他这个故事没有选好，起点低了，与河及关于河的描写处于不同的精神高度上，因而也影响了和谐"。这一点意思，是一种一般读者、评者很难说出，又是一经说出便获得读者、评者赞同的好意见，笔者感觉到，说得真好呀！

这几年，王蒙还腾出精力，为评论家编辑家崔道怡、阎纲、张韧、曾镇南、周政保、宋耀良的论著和编辑选本撰写评介文章。一方面看出他同文学界各方人士的广泛交往，另外，如他所说："文学创作的繁荣离不开广大的文学创作家的涌现和辛勤劳动，离不开文学评论家的评介、推动，也离不开文学编辑家的沙里淘金的功夫与甘当人梯的精神。"[①] 我们只要想一想《古文观止》《唐诗三百首》这些选本在中国文学史上的巨大推动和普及作用就足够了。这些文章看出王蒙对所评对象的独到开掘，又最终体现他本人的思想情怀。他为宋耀良《十年文学主潮论》写的序言里，热情洋溢地肯定了改革开放头十年文学的"多样性、活跃性与速变性""开拓精神、创造精神、更新精神"，"有时候我感觉，这十年似乎是把——例如欧洲——的一百多年的文学史压缩在我们新时期十年的短小阶段里"，同时，又清醒地估量它的弱点与不足，"丰富、活跃、浓缩的文学十年的另一面是过热与匆忙，是缺少更加稳定的成果……就是说，它带有一定的幼稚性与脆弱性，脚跟还没有站得那样稳"。新时期文学的辉煌足以同"五四"新文学、

---

① 《〈小说拾珠〉序言》，见《王蒙文集》第七卷，华艺出版社。

同二三十年代的新文学相媲美，但就作品地位、作家修养上，又可以做出更细微更深入的比较。这个论题已经引起作家、评论家、编辑家和社会各界的注意和兴趣。或许，从更高角度做出历史比较，同时也把它放在欧洲文学、世界文学的一百多年的总格局中进行比较，做出自我认识自我评估，会给我们更多的意想不到的启发。

第六章　身为作家，又充当"桥梁"的日子

根据第六届全国人民代表大会常务委员会 1986 年 6 月 25 日第十六次会议的决定，李先念主席令第 42 号，王蒙担任文化部长。从王蒙的个人经历和他多次表白，可以看到这样一个事实：他少年就追求革命，怀抱理想主义，在他的人生观词典里，干革命，搞政治，乃至在一定条件下兼职从政，都是很自然、可以理解的。他担任文化部长等职，给自己"派定的角色"是"充当党中央与广大文艺工作者特别是作家们之间的桥梁"，并为此感到慰藉。[①]

从身为中共中央委员又是作协党组副书记来看，这在文化界还是数得着的，就从政经历来看，就不是这样了。解放初同王蒙在北京市团区委共过事的王晋，就在 2002 年 3 月 12 日一次访谈中对笔者说，"我对王蒙有三句话：他是一个与年龄不相称的职业革命者，是一个与学历不相称的作家，又是一个与资历不相称的部长"。他是笑着说的。当然是肯定的、推崇性的语气。

王蒙初任部长时的秘书杨流昌在 2001 年 12 月的访谈中，对笔者说，"王蒙在文化部当部长，想当一个理想官员，比如说，出国不带我、不带秘书一起出去。新疆的朋友来北京办事，带些酒，他要退，就让我退。每天去部里上班，也不影响写作。有一幅漫画，画他前面喝咖啡，另一只手在写小说。"

[①] 参阅《第六卷说明》，见《王蒙文集》第六卷，华艺出版社。

确实，当文化部长，已经不同于当作协党组副书记，这是职业从政，得签发文件，讲话也带有指令性，布置工作，请示汇报，是参与了政治家的行列。这三年多不到四年的时间，是他经历中特殊的时期。从上述他的关于政治家与作家异同的言论来看，他需要过一种双重生活，这是他不同于一般专业作家、也不同于一般专职政府官员的地方。当一名部长，要遵循一些基本规范，要思考政府总的方针政策和部里的具体状况，对本职工作的来龙去脉要作调查研究，布置工作后要密切注视部属各机构的反应和群众反响；回家写小说、搞创作，就比较自由、放得开了。这种从政、从文的双重生活，在他身上也互有联系、互有影响，又都各有区别、各有境界和区域，不是一码子事。他的另一位前秘书、现中国美术馆副馆长王安在 2000 年 8 月 20 日的访谈中对笔者说，"王蒙的脑子实际上有两架机器，一架机器是进入文艺创作，进入精神活动领域，要完全放得开，有好的想象和语言，而且是追求一种极致。一旦面对工作、现实生活、实际问题，另一架机器就开动了，要实事求是，要考虑到各个方面，评价人和事反正只有一个标准，要从不同角度、不同标准看待人和事，这样才更接近实际。这两种方式有联系，又不一样。"

一、宏阔的批评视野

王蒙在文化部长任期，可以表述为双轨并行，即一方面要承担公务，另一方面又要从事文学写作。在他本人言论、讲话、文章方面，或者总称有关文艺文化的评论文字方面，有一部分是作为部长的公务立言或"代言"，这方面的文字约 23 篇，另一部分就是个人的评论。就实说来，王蒙当部长，没有太多妨碍他的个人写作，但是，他的个人写作，特别是文艺评论，又不能不受他

第六章 身为作家,又充当"桥梁"的日子

部长任职的影响。具体表现是:与此前此后的年份相比,他这几年的有关文学艺术的形势评估、总体考察和综合分析的文章多了,具体的作家作品评论少了。时间精力有限,职务在身,目光见闻所及,和一般的作家评论家不同,这是一个很自然的现象。

这段时间,他撰写的带有宏观性的第一篇文学理论文章,是发表在《文学评论》杂志1987年第1期的《文学三元》[1]。在使用"元"这个现实中带有坐标性、维度性的概念上,王蒙提出文学是"三元"现象:文学是一种社会现象,又是一种文化现象,一种生命现象。过去,特别是解放后从苏联搬用过来的文学概论、文学理论教科书中,都是把文学看成一种社会现象。那时,我们引用马克思、恩格斯、列宁和斯大林的有关社会结构的言论,把文学仅仅看成一种社会现象,或者看成一种上层建筑、一种意识形态,它由经济基础所决定,并且反作用于经济基础。而且,当社会发生变化,经济基础出现更迭,文学作为上层建筑和意识形态,也要随之发生变更,也就是常说的社会存在决定社会意识。随着我们的改革开放,特别是邓小平在1981年关于形势和任务的讲话里说的,三中全会以后取消了文艺为政治服务的提法,文艺不从属于政治,但也是不能脱离政治的,就使我们在文学的定位上,有可能考虑不把它等同于政治和法律,不仅仅看到它的上层建筑和社会意识形态的属性。王蒙谈到文学不仅是社会现象,又是文化现象时说:"人们可以用暴力革命的手段摧毁旧的社会与建立新的社会结构,但人们很难或事实上做不到人为地消除一种源远流长的文化传统和按照自己的意志去建立一种全新的文化。"确认文学的文化属性,就使我们从根本上克服过去存在的文学围着政治转、围着生产关系经济基础转,以致成为政策和政治的"传声筒"的流弊。他说:"与社会现象的范畴相比较,文化现象可能是一个更

---

[1] 见《王蒙文集》第六卷,华艺出版社。

加广泛却也更加独特，更加稳定却也更加充满内在与外在矛盾冲突的范畴。""文化内涵决定了文学作品的特别的丰富性、多面性、全方位。"无疑，这大大地开阔了作家和评论家的视野，或者说，开阔了文学的视野。把文学看成一种生命现象，王蒙这篇文章讲得不是十分清楚，他自己也承认这是"一个还未被普遍认可与赋予科学界说的范畴"，但是，在文学之"元"上，在理论方向和文学定位上，这个见解是可以成立而且普遍都在探讨的问题。所谓"生命现象"，就是不只看到文学的社会性、文化性，同时也要联系到它的生命特征。它使我们观察文学不仅注意到它的一般性特征，也要注意到作家作品的个性个体特征。王蒙的解释，"文学像生命本身一样，具有孕育、出生、饥渴、消受、蓄积、活力、生长、发挥、兴奋、抑制、欢欣、痛苦、衰老、死亡的种种因子、种种特性、种种体验"，或者他称之为起支配地位的"积极的痛苦"，这些似乎有些费解，他所说的"从文学作为生命现象的特质出发，自然会强调主体作用、自我表现，强调人性、强调对于创作心理学与接受美学的研究"，可能更为清楚一些。也许，把生命现象这个文学艺术之"元"同科学作比较分析，更能说明问题。科学家的科学著作科学见解，被后人修正了超越了，它就失去了生命，文学艺术不然。作家艺术家的生命在作品上得到物化外化，作品艺术品中的人物构成一个个独立的生命体，作品艺术品本身又是一个生命的有机体，这一切形成文学艺术的生命现象，它们历经时代和纪元而生生不息，使读者和观众在接受中如同面对一个生命。这些大致规范了文学艺术的生命现象的有关方面。王蒙提出这个问题，理论界议论这个问题，可以使我们开阔视野，健全心智，实现他说的"提倡一种尽可能打破过分褊狭的文学观的排他性的通达态度"。

王蒙这段时间总论综论文学形势、发展状况、创作批评以及观念流变的文章，大约占他评论文章总数近25篇的一半，字数是

第六章 身为作家,又充当"桥梁"的日子

绝大多数。大概可以借用"文学:失却轰动效应以后""自由与失重"和"文学评奖与文学尊严"这三个文章的标题,概括这些文章的基本指涉和内容。

他认为,80年代中期以后,文学上的"突出的好作品似乎是逐年减少","值得称道的好作品就更少。富有激情和感染力的作品似乎确不如前","作家们写什么,怎么写,似乎已经很难出现那种'轰动'的效应"。他在《文学:失却轰动效应以后》①里,对此作了三方面的分析。首先,社会的安定、稳定和正常化带来的影响。和过去相比,"一个社会日益把注意力集中在经济建设、经济活动上而不是集中在政治动荡、政治变革和寻找新的救国救民的意识形态上的时候,对文学的热度会降低"。其次,"开放的结果会使人们见怪不怪"。如果说封闭使人少见多怪、大惊小怪,那么,在开放环境中,人们见识多了,这个"热"那个"热"过去之后,必然容易"凉"。第三,作家在此前出现创作"喷涌"之后,"他们需要的是某种新的调整、充实、积累、酝酿、蜕变。作家正像油井,不可能总是喷涌"。他举出包括自己在内的作家,即使"新作不已","也有一种实际上的危机或者'颓势'在等待着他们",比较年轻的一些作家,也出现"后力不支"。

另外,这新时期十年直至80年代中期出现的逐渐"失却轰动效应",又是同解放后从未出现的"创作自由"的繁荣而又热闹的景象相联系、相伴随的。王蒙在《文艺报》(1988年4月16日)上发表了《自由与失重》②一文,对这种文学自由景观写了一段难得的文字,我们不妨引来观赏一下:

> 看啊,有的追求现实主义,有的干脆搞起超现实主义、

---

① 见《人民日报》1988年2月9日,或《王蒙文集》第六卷,华艺出版社。
② 见《王蒙文集》第六卷,华艺出版社。

先锋派……有的强调纪实、新新闻主义，有的荒诞、变形、魔幻。有的优雅多情，有的干脆把粗鄙作为一种审美追求。有的坚持追求真、善、美，有的则提出"审丑"的主张与"审美"相辅助……有的追求和谐、平衡、清晰，有的则引纳不和谐、不平衡、模糊为美学范畴。有的追求畅销"票房价值"、曲高和众、雅俗共赏，有的干脆说有一个知音就行。有的追求国内得奖，有的追求洋奖，以致有人讥之为中国作家的"诺贝尔情结"与电影家的"奥斯卡情结"。有的要求反思、要求端正方向，并对文艺现状提出严肃的批评，有的对这种批评根本不屑一顾，一味要求突破禁区，再突破，再再突破。有的狂想狂呼"走向世界"，有的断言新的文艺聚焦是"残忍"。有的提倡贴近生活、与生活"同步"，有的提倡"空灵"，与生活拉开距离。有的刻意求新，痛感愈求新就愈容易发现"洋已有之"因而发作"撞车恐惧症"。有的则斥所有创新探索为异端，呼吁"重炮反击"，有的干脆形容说，创新好比一条疯狗，逼得文艺家狂奔。有的声言要建立新的理论体系，本体论与方法论体系，有的声言不要体系，有的号召保卫已有的体系传统。好不热闹煞人也！

在列出上述文学界的自由纷繁（主要是创作界）的景象之后，王蒙又在《何必悲观：对一种文学批评逻辑的质疑》[1]一文中，评述了批评界、舆论界的一些论述逻辑：认为"'落后'的国家文学也注定落后"，"中国在经济上科学技术上还居于世界后列，因此文学上也只能望西洋之项背而兴叹"；认为观念对文学有决定意义，"中国还缺少产生最新最现代的观念的土地"，所以中国不可能产生伟大的作品；把文学与文化等同起来，认为中国文化（包

---

[1] 见《文艺报》1989年1月28日，或《王蒙文集》第六卷，华艺出版社。

第六章 身为作家,又充当"桥梁"的日子 | 211

括科学技术、管理机制等等)落后必然带来文学落后,认为"中国文化是走向世界的主要障碍,中国文化传统是压在中国代代作家身上的重负";认为文学要"走向世界",似乎中国文学不在世界之中而在世界之外,似乎一个伟大作家不是以自己有价值的作品吸引世界,而是成天"为自己不能走向世界而不安";一些存在"西洋情结"的论者有一种"灰溜溜的艳羡者的心态",认为"文学与艺术也要拿西方的货色做唯一的上帝,做衡量自己的成败得失的标准";一些论者"动辄用过时不过时新不新的说法来评价文学",似乎文学是时装,动辄宣布对方过时;认为"局限性决定一切",用历史、时代、观念、民族、传统、理论、体制、社会、环境、语言文字等多种"局限性"来指责对方,似乎伟大作家没有局限性,不存在"强烈的局限与伟大的超越局限"的统一;为出现文学"大家"而困惑,有的论者认为三五年将出现大家,有的认为得十五年、二十年,有的地方作协甚至定出规划,若干年培养一批大家。更多的是否定一切、骂倒一切、自我膨胀的心态,"不是追求与认同文学、艺术本身的价值"。

这是王蒙对80年代后期文学状况的总体检视,在创作和理论批评上既有自由竞争、异见纷呈,又出现繁杂失重、逻辑错出,这一切又是伴随轰动效应逐渐失却而出现的。于是,作者呼吁"文学评奖与文学尊严"。在众多评奖、实验、新潮、新著、旗号、或眼界朝外或封闭自守中,维护"文学尊严",在繁杂失重的心态中,稳住心灵的碇石。作者说:"就诗神缪斯与诺贝尔奖来说吧,哪个高、哪个重要?""文学、艺术、社会理想、道德理论与审美理想,文学家的追求、操守与历史使命意识,是不是应该比任何得奖,哪怕是令人羡慕的诺贝尔奖与奥斯卡奖更崇高、更巨大、更深刻、更永恒、更根本得多呢?"[①] 于是,在论述"失却轰动效

---

① 见《王蒙文集》第六卷第365页,华艺出版社。

应"的文章里,他预测文学"进一步分化",希望走向"深沉化",实现"民族性与时代性的结合"。于是,在《自由与失重》一文中,他提出"自由的文艺不是失重的文艺",应该是"真实的""深刻的""有理想、有追求、有热情的""坚持创造的原则","愉悦人们心灵的",而且,是有"思想性"的,有"善于用艺术来思想的头脑和灵魂",离不开"爱国主义""社会主义人道主义"和"历史的进取精神"。同时,在一些招人耳目的批评逻辑中,做到不趋时、不起哄,做到细微分辨、保持清醒的头脑。这几年,他也写了一些具体的作家作品评论,有对电影《老井》《红高粱》《芙蓉镇》《人·鬼·情》的评论,也有对玛拉沁夫、刘西鸿、残雪和日本作家井上靖历史小说的评论。这些评论中,他已经显露出日后成为显著特征的一些端倪,即对声誉较高、交口称赞的作品,尽心探讨它存在的问题,对有争议、容易否定又确有长处有特色的作品,尽力发掘和肯定它的价值,这一切当然是求实的,目的是一个:珍惜创造力,推动文艺创作。

似乎是电影《老井》《红高粱》得奖了,众人说的好话多了,作者把立足点放得更高些,把观察点安得更深些,更有利于百尺竿头,推动艺术进一步发展。作者也说得明白:"谁让'老'与'红'得了大奖而名噪一时了呢?在为张艺谋庆功的同时,我们不是可以以真正的艺术、以电影大家而不仅是追逐潮头的工匠即押宝押对了以赢家的标准来要求他们吗?"我们看到,作者批评《老井》"表现环境、表现风俗画,表现诸如械斗、坍方,井底做爱之类的刺激固然未尝不可。但是当这些东西掩盖了真实的人生,至少是胜过了真实的人生的时候就会使观众觉得头重脚轻"。批评《红高粱》中"'我爷爷'与'我奶奶',野了半天爱了半天烈了半天却仍然使人觉得陌生,觉得相隔,摸不着他们的心思;虽然他们似乎不乏血肉,然而他们缺乏的是灵魂"。"我爷爷"向酒里撒尿,"终于还是为撒尿而撒尿,终于还是导演牵线而'我爷爷'

第六章 身为作家，又充当"桥梁"的日子

当了会尿的傀儡"，以及批评这两部片子所作的立论：以"一分刺激就须要十分人生垫底儿"，"外在的东西胜过了内在的东西，外化、视觉化的太厉害了，它打动的是你的眼睛而不是你的心"。①这些，都使人感到真切实际，发人深省。当然，他也表示不能赞成说这些电影是"售国人之陋、邀洋人之赏"这类只是扣帽子、不加具体分析的批评。

残雪的作品出现后，引起了人们的注意，也带来了争议。一门子叫好同轻易全盘否定一样，都是不可取的。王蒙在《文艺报》1988年10月1日发表了评论残雪的《读〈天堂里的对话〉》②。这里，我们不去引证王蒙对她的具体作品的评论，而是在方法论上思考如何阅读和评论她这样的"新潮"作家。王蒙说，"残雪确实是个罕有的怪才。"如果我们循着王蒙说的"直觉、梦幻、潜意识、变形等等，她运用得十分熟练，无师自通"，我们不会为"懂"与"不懂"揪住不放，这也是文学界这一类作家共同的现象；但是，即使是"直觉、梦幻、潜意识、变形"等，有的用得好，表现丰富，而且有深度；有的用得不好，表现浅薄，或生硬故作。还是看真货色，具体作家作品不同，不能笼统褒贬。王蒙肯定了残雪"穿刺了不少读者的心灵，她丰富了文学的想象力与表现力"，"有些描写让深邃与冷峻达到惊心动魄、令人拍案称奇的地步"。同时，他也提到，"也许可忧的是，在丰富了文学的同时弄不好她却完全可能限制了自己，封闭了自己，贫乏了自己"，他甚至说残雪的"爱用词汇"可以编纂一本不厚的"残雪文学语汇词典"，电脑操作人可以掌握残雪小说的模式，这可不是好的评语。我们还是要作认真调查研究，继续观察，包括同作者作友善和直率的对话。至于具体到残雪的《天堂里的对话》，王蒙还是

---

① 见《王蒙文集》第六卷第356—360页，华艺出版社。
② 见《王蒙文集》第七卷，华艺出版社。

"觉得亲切而不是一味地堆砌和追加阴冷",是"一个优美的初恋故事"。

二、中短篇小说更加多样

随着改革开放头十年的过去,我国当代作家普遍经历了一个由喷涌勃发期转入一个相对休整间歇期的创作过程。政治运动和拨乱反正渐渐远去,迎来的是一个渐进和平建设时期,社会文化传媒的多样发展,作家久积于心的创作能源和能量初步得到开发和释放,这一切都使得作家需要停歇下来,寻觅新的步履。王蒙这十年的创作,可以使读者大致看到他的经历和积累。他可能考虑下一步要酝酿大部头创作,把自己的经验和观察加以更加系统的调理和整理,也需要继续体察现实生活和世人世相,随时拿出即时之作,而从他这几年的中短篇小说的写作状况来看,他已经着手暂时异出传统的、至今仍占主流位置的创作方法和写作路子,从人物性格——故事情节——社会历史的基本格局枝蔓开去,做不拘一格的多方试验。这里,既有同时代作家之间的相互呼应,也有他本人的刻意追求。这三四年的中短篇中,有对人生更加细化、切面化的透视,正确对某种事象的把握,继续了他的荒诞小说的写作,也有推理小说和通俗小说的新作,总之,不那么拘守于相对完整的人物性格故事情节了。

1987 年发表的《较量》《手》《庭院深深》《吃》和《选择的历程》等短篇小说[①],大多是撷取某些生活事象,解剖透视而成篇。《较量》中的赵主任完全不必要参加中华风光学会三周月纪念会,但是,妻子说小鲁说得实在,"你去,会议的规格就不同了,

---

① 均见《王蒙文集》第五卷,华艺出版社。

就可以租到会议厅的正厅,就可以来记者、发消息、上电视,就可以报销会议经费,还可以提高标准",儿子说小鲁曾经是街坊,"您'文化大革命'当中在家听候处理那阵,他妈妈还给咱们家提溜过两条带鱼……再说,咱们喝的这个啤酒,也是托小鲁买的呀";小鲁又登门,说张老"答应了出席我们的会,担任我们的名誉会长",机关下属也都劝他去,他去其他许多领导就会去。当赵主任终于表示"一定去",在会上又终于发现张老没有去,觉悟到"说也怪,他又有理又有权,但最后总是乖乖地听从小鲁他们摆布"的时候,他还是上了主席台,"他已经学会,出场的时候含笑扫视一下大庭广众,略略地挥一挥手"。读者会感到,一种什么样的生活哲理、逻辑推理催促着这位赵主任上了主席台呀!又会发问:你"含笑扫视""挥手"之间,就完全忘了内心的酸楚,就那么安然地"学会"了这一切吗?作者在《吃》里为中国人的"吃"摄像,为了请吃和吃请,不惜带病上阵,吃完住院;为了招待"土"外宾,全家方案迭出,争论不休,吃完还为姜应该切成多大的片或丝唉声叹气;为了这次烙饼,全家弄得关系紧张,以后吃饭缺少了兴致。《手》才1300多字,写一位厅长因为车抛锚,就便看望了身患不治之症的下属的下属,他握了"病人从被子下面伸出的细瘦枯黄带汗的手",就是这一握,使得这病人终生不忘,病人妻在丈夫去世后说有重要话面谈:"您是唯一关心了他的领导。"这位领导根本不认识病人,且"回家后为洗手打了三遍扇牌香皂"。他记得,他不知道应该自责还是自慰,是退回感激还是就这样接受病人临终前"念念不忘的刻骨铭心的感情"。《庭院深深》和《选择的历程》的篇幅稍长,前一篇写一位儿歌作曲家因为受到音乐学院老院长和老师们的提携而当上了某市音乐家协会主席,他回报无门,写信不复,感受到人情世间的冷暖。他可能察知而不得明知,似乎一切真诚情谊都随"大楼历历"取代"庭院深深"而消失不见了。《选择的历程》中的牙疼患者有明晰可辨的行为逻辑，他去口腔医院挂号门诊，后经中华国际痛牙学会会长的清谈指点，又改送礼拉关系去看中医，继而由老太太用铜顶针蘸醋刮痧，气功师对他发功，最后病情恶化，系主任劝他写信向新任市长求助，医院复函由"资无痛"医生主治，终于选择了拔牙治疗方法。临到去医院，护士又说资无痛医生患了脑溢血，容后安排。通篇讽刺夸张幽默，极尽语言之狂欢。这篇作品已接近半荒诞小说，笔锋指向诸多不良风气，最后还不忘将文化界学术界诸多炫耀新潮新派新名词新旗号的现象一一曝光，含笑地扫它一笔！

1988年发表的短篇小说《没情况儿》和《夏天的肖像》[①] 是具有特色的、耐读的两篇作品。《没情况儿》里出现了王蒙在新疆的真实经历，作为主人公的"你"——新疆"五七"干校结识的一位新近去世的朋友，在作品里以第二人称的身份被勾画了一生。这位"京油子"亡友一生都冒着烟，不曾红火地燃烧过。他一生都是"没情况儿"，有时有一点"情况"，又终于"没情况儿"。从他作为出身中高层的孤儿，1946年就投奔解放区，后来被"掐了芽儿"，到抗美援朝复员分到边疆，总是一百个不顺心不满意。他抽烟喝酒，对待朋友也够坦率，真诚倾诉，朗诵、游泳、"沙龙"里侃大山样样都不错。但是提起读书，他就说"我现在是不读书不看报不听广播，三不主义"，"我现在是抽烟、喝酒、砌城墙"；提到学维吾尔语，他就把学语言和语言本身贬了个一文不值；提起"写点东西"，他就说"谁写那个去"。"五七"干校结束分配他去展览馆，他不去，后来一心出国探亲看儿子，也因"看病太贵"郁闷而归。临终前妻子问他"要不要告诉王蒙"，要不要告诉那个"和你在北京街头散了一夜步"的女人，他都否定了。他就这样"清清楚楚"地走完了自己的一生。读者在这里会

[①] 见《王蒙文集》第五卷，华艺出版社。

发出嗟叹：人啊，你得把握住自己啊，你当初在政治中被"掐了芽儿"，不能总是否定一切、"没情况儿"下去啊。这篇作品以"没情况儿"作口头禅，贯穿全篇，达到相声中例如"马大哈"状写人物、状写整个人生的效果。

《夏天的肖像》是一篇优美的引人遐思的爱情小说，场面就是海滨旅游地，有海浪，有蓝天白云，有钢琴声，有陌生异性的相交相逢。仿佛作者在写作上要做些情绪的调剂，他要写如诗如画的爱情了。这位带着孩子、年已三十六岁的女人，当那个同她一起欣赏钢琴的年轻美术学院的年轻人提出在海滨"给您画一张像"、并出示他的工作证时，她拒绝了。然而，这拒绝却带来了她的"心慌意乱"，仿佛她游泳时海浪还发出请求为她画像的声音。"可以，可以，她要大喊。欢迎！欢迎！谢谢你！谢谢你！"这是她心底的另一个声音，她觉得一生一世还"没有留下肖像"。晚上儿子发烧，年轻画家"意欲助人为乐"，也被她轰走了。当第二天来车接孩子时，画家解释："所长让我来的……您去办手续，我帮你抱孩子。"到了第三天女主人要坐火车回城之前，画家拿着一张碳化素描来了，画面是一个女钢琴家坐在琴凳上，目光深情而又遥远。女主人公误以为画的是那天他们一起听演奏的女钢琴家，他又说："您难道看不出来，我画的是您吗？您和那位女钢琴家，双胞胎一样地相像。您的眼睛您的神态比她的还更有情感……对不起，我并不认识您，我也许不应该这样画。我请求为您画像，遭到了您的拒绝……但我还是画了。如果您生气，就把它毁了吧。"临到火车开车只有十分钟，她在站台上徘徊。"她东张西望，等待着，等待着。"无疑，王蒙在写婚外情，也不妨说是婚外恋。但是，如何认识这情这恋呢？如果把这篇小说改名为"海滨邂逅"，你该如何估量他们此时默念不会再相逢、以及说不准会带来下一次重逢的这一次邂逅呢？当一个谦和、善良的男性突然恭悦一个已经有孩子的女性，而这个女性又恰恰从丈夫身上寻找不到彼此爱情的不断共建的欢愉，电话中丈夫又只交代"安全第一"，只诉说如何忙不能来海边共聚，这又隐伏着怎样的危机呢？不！小说不是描写这女主人公留下不归，只写她在月台上留恋地徘徊着、等待着，觉得"那个素昧平生的画家孩子会来的"。小说写到的她和他，涌流的感情是自然的、正常的、健康的。然而，作品末尾留下的以下几句话倒是作品的核心所在——"是他发现了她，了解了她在海里、在钢琴演奏的时刻乃至孩子生病的时刻所感觉到的一切。他画的那个'她'的目光里有多少含蓄的渴望和飞不出茂林的鸟儿的痛苦，那圣洁的面容正是她梦寐以求的。那肖像才是真正地被找出来的她！她愿意为这样的面容这样的目光去死。"笔者在此横生一念，希望女主人公的丈夫和一切丈夫都珍视这几句话，相关人都心灵沟通，真诚对语，也许，因此而导致不同的情节链条和命运后果，到那时，你再做出肯定和否定吧。

1989年发表的《初春回旋曲》和《纸海钩沉——尹薇薇》[1]都是采用小说里套小说、故事里套故事的结构方法，在短篇小说写作方式上，又另辟蹊径。它们引出五六十年代一篇小说的故事情节，既写作品的命运，又写人物可能出现的新的变故，让读者看到诸如时局变迁、舆论兴替、人情冷暖，乃至文坛掌故。《纸海钩沉——尹薇薇》[获第四届（1988—1990）《十月》文学奖]写王蒙1956年的旧作《尹薇薇》的投稿、打清样、修改、终于被枪毙、最后打成"不得外传"的油印件，成了揭批王蒙"右派"问题的"要害"材料。《尹薇薇》只是写一对情人应六年前之约重新聚首的故事，男友发现尹薇薇已有两个孩子，陷入琐碎家务，对保姆极为苛刻，原定两人合作写作的计划作罢，二人不欢而别。作品联系这篇《尹薇薇》写到作者当年阅读法捷耶夫《青年近卫军》的情况，法捷耶夫的修改和他的自杀，"文革"中女红卫兵的

---

[1] 见《王蒙文集》第五卷，华艺出版社。

命运,《钢铁是怎样炼成的》里保尔的爱情情节,反"右"批判《尹薇薇》的各种胡乱上纲上线,以及尹薇薇此后三十余年可能出现的命运。比起单一故事情节的短篇小说,这篇作品能给读者一种广远的思想意象,产生对作家、对人物的一种深远的历史沧桑感。

王蒙1956年原作《尹薇薇》中的尹薇薇,是一个为生活所累、失去理想、陷入家务琐事的女大学生,这在人物形象多样性安排上是完全允许的,何况还有"我"与她的告别。后来的批判者声言"驱散王蒙身上的迷雾",那么,他1989年这篇新作设想到如果人物去世,讣告会是:"这里埋葬着一个普通人,她没幻想过也没苦恼过,她还没有开始,后来就结束了或者成了小孩子们眼中的迷雾了。"这个结尾是深有意蕴的。

这几年时间里,作者还发表了后来收入荒诞小说集的《来劲》(1987年1月)、《虫影》(1989年12月)、《十字架上》(1988年6月)、《组接》(1988年9月)[1]和《神鸟》(1989年)[2]。显然,荒诞作品已经占领他创作中的一角。《来劲》引起了较大的反响,"懂与不懂"的反应已经成了读者接受中的一个议题,有的评论还专门出来就文本乃至逐段做出读解或串讲。一般来说,这类荒诞作品不同于常规作品,主要表现在叙事方式的某些基本点的不同,结合王蒙自己出面做出的解释,主要表现在三方面:第一,事理情理。荒诞作品的选材,其逻辑联系是不可能、不真实的,于理不符,于情不合。也就是王蒙说的"事体情理"(《红楼梦》语)是不可能的。但是,这种形式的不可能、不真实,又表现出内在的乃至深层次的可能与真实,形式的变形和不合逻辑透露出实质的真实和情理。第二,人物情节。荒诞作品有时没有贯穿始终的

---

[1] 以上见《王蒙文集》第五卷,华艺出版社。
[2] 见《王蒙文集》第四卷,华艺出版社。

人物情节链条，有时是杂多人相，而且故事情节破碎不完整。王蒙在《懂还是不懂》[①]一文中说，"习惯于故事完整，情节曲折动人及具有教化意义的小说读者"，"习惯于段落与段落之间，起承转合之间的逻辑因果关系的读者，对于写得比较破碎、跳跃、迷幻的作品常常觉得无法理解"。这里，读者需要拓展想象，开辟新的、多样的感受领域，捕捉那荒诞表象中内在的统一。第三，语言表述。荒诞作品有时在语言上错综、杂乱乃至前后冲突，在局部之内或局部之间不像常规作品显得清晰、可以条贯。王蒙说："习惯于通常的、含义确定、符合语法与逻辑规则的语言的读者，对于表达非常态的、不确定的乃至自相矛盾的、怪异的感受的非常态的语言也会感到不懂。"这里需要整体鸟瞰，又需要具体分析、分别对待，开掘和拓宽对异态语言的感受能力。笔者在阅读中，也存在"不懂"的问题，但是，笔者认为，与其对某篇难懂的作品作不厌其烦的带有确定性的解读，不如就我们解读荒诞作品的观念和方法多作一些交流和讨论，就中外优秀作品积累的经验以及荒诞处置的长短得失多作一些交流和讨论。在实际考察中，所有已出版的荒诞作品中，无非是三类：有作者某些特殊的投入和创造，但粗疏不成熟；形成一种特殊的自足，见地和艺术表现非同一般，比较深刻和饱满；诈唬有余，内功不足，乃至借荒诞掩盖其贫乏。我们需要在处置荒诞作品时，从"不满"进入"清醒"状态，在交流和讨论中推动荒诞文学创作的发展。而且，一般说来，作者的原意，作品形成和结构辐射的意义，读者的接受是不可能相同归一的（小说的荒诞与绘画的抽象尤甚），这三者之间能够趋同、互补就是最佳状态了。我们应该在大的审美幅度内允许保持自己的特殊性。

王蒙称他这些荒诞小说为"试验"，实际也是一种"补充"。

[①] 见《王蒙文集》第七卷第775页，华艺出版社。

当一个作家的积累和情思已经涌动到感觉不能借助自己习惯的、常年采用的常规方式加以表现的时候，他会觉得需要另觅渠道。至少是换换解数，换换口味，就像一个跳民族舞或跳芭蕾舞的演员在一种特殊的场合，需要跳起与自己习惯的程式完全不同的、怪异的舞式舞步一样。王蒙两篇小说的标题《活动变人形》和《组接》也表露了这方面的想法和写法。《活动变人形》里的头、上身、下身三部分的各种各样的不同组合，可以变化成不同的人形，就看你怎么摆弄。《组接》里没有中心人物和贯穿到底的故事情节，里面头部、腰部和足部分别代表人的青少年、中年和老年，是作者自身经历中观察到的各种人生现象的分别剪贴和集纳，里面分明显露不同年代的历史步履。那青少年的剪影是那样浪漫，有朝气，有诗意，和苏联文学中那些流放西伯利亚的英雄形象那样心心相印；到了"足部"，几乎没有一幅人物剪贴是富于进取心、富于诗意的，画面都比较俗气、比较沉重，是古典理想主义的破灭，抑或仅仅是现实生活乐趣的把握？还有那个"尾部"，是写作者失眠披衣而起静坐院子的散乱观察和联想，一切也任你联想开去。如果要寻找主题思想，那么它就存在于画面的拼贴和你的联想里。里面倒是露出了作者关于写作的一句真心话："结构，是可以变化和摸索的。"

《十字架上》写得非常严肃。它借荒诞的形式把十字架上的耶稣同尘世信徒俗人作了对比性的展示。当那痛苦的耶稣宽恕一切罪人、不求赦免和释放，自愿被钉在十字架的时候，此后的滚滚人寰的表现形态是何等令人深思啊！精神追随的，祈求个人幸福的，作"鸦片毒品"批判的，指责"骗子""两面派"的，灵则信不灵则不信的，批它"摆架子""摆十字架"的，应有尽有。不，作品不是提倡信仰基督，从作品的引语到"我就是耶稣"的表白，全篇律动着一种精神追求的世俗化。各自对号入座吧，如果想从作品里寻找救世良方，那是胶柱鼓瑟，如果从中做出人世精神环视，也做出自省，那也听便。

《来劲》的篇幅不长。如果说《组接》是将众多人物借助头、腰、足组接出繁多的人生景象，《来劲》则是从一个叫作向明的主人公身上绽放出更为繁多驳杂的人生景象。《来劲》在表现上更为集中完整，作品十一个自然段落，涉及主人公（连同音异形的名字就是一大串）的得病与否、路途奔赴、接待场景、赴任境况、现场观感、应邀景象、点评说道、会后招待、繁杂发问等等，借助作者独有的、擅长的包括贯口相声在内的诸多连缀句式句法，把大量的知识信息包揽进去，写得多样变异、反差抵触、光怪陆离、五光十色，最后这个主人公"他她它""列入世界名人录黑名单成为最佳男女煮脚（主角）"。王蒙在同王干对话中表示对此作"非常得意"，说"从表面上看是文字游戏，但所表达的对世界的把握是很不容易的，世界一下子旋转了，一下子搞活了。从政治上经济上说就是搞活了"，在表现上"把整个语言都打乱了"①。在阅读中，我们感到主人公频繁活动、万象丛生，但是，这一切令人发笑发怵发呆的景象，都只能是改革开放后的景象，我们会同主人公一样想，如最后一句说的："现在的事可真来劲！"

在中篇小说里，他这几年拿出来的《一嚏千娇》和《球星奇遇记》②在写作内容和手法上，同过去大异其趣。《一嚏千娇》里的老喷可以说是过去频繁多变的政治运动中酿制出来的、在复杂人际关系里周旋过来的、又担任了一点领导职务的一个"人精"。作品把老喷作分解式的、局部透视又前后拼贴的描写。这位常在报纸显露姓名的人物，"连打一个喷嚏都打得那么有风度"，是"高雅的喷嚏"，他在大会上迟到了，脸上露出"矜持和笑容"，

---

① 见《王蒙文集》第七卷第775页，华艺出版社。
② 《王蒙、王干对话录》，见《王蒙文集》第八卷第594—595页，华艺出版社。

"这笑容没等你捕捉住业已消失",他握手时伸出来的手指冰凉,而且手指根本就不"曲拢",尤其是那眼睛,你的手刚一碰触他的软手,"他的眼光顷刻转向了别处",他去衣架取衣,"仅仅抖这一下大衣就令小人物愧死",一位外国记者说他是"戏剧明星",一位话剧演员见他就自愧弗如、"出汗过多"。

除了风度和习气,老喷在各种政治风口浪尖的主要表现是左右逢源、踩压别人、张扬自己。作品写了他三次眼泪:50年代后期批判一位史学泰斗,他把对方说"要耐心"批出个花来,"你要耐心做什么?你的耐心是针对谁的?"什么人"在人民大众胜利之日如此如煎如熬加入炼狱因而提出耐心这样一个纲领呢",接着又自我批评,"我也需要洗澡、洗脸、洗脚、理发",痛哭流涕。第二次是在"文革"中检查自己对女秘书"右倾",说她不是贫下中农出身,不宜做机要工作,由于"情面考虑、温情主义的考虑",没有开口把她调离。他能"含着泪不得不难分难舍地亲切含蓄地把你帮助到一个正在形成的政治地狱里去"。第三次落泪是帮助经历坎坷的老"坎",在"吾爱吾友吾更爱真理"、不能"明批暗保,阳揭阴包"的表白中失声痛哭。作品说,就是这位喷公落泪之后,他的"前女秘书发作了精神病,她想挖掉他的眼睛,后却变成了想挖掉自己的眼睛"。

作品没有完整的故事情节,就是这些连缀和拼贴,完成了人物雕像。这位喷公给当代作品人物群相增添了一尊新的雕像,读者对他的反应如作品末尾引用的一句北京俚语:"谁难受谁知道。"

《球星奇遇记》归通俗类,归轻松逗乐类。作品写恶的肆虐,写善与恶。从人物看,酒糖蜜就是恶,恩特是半善半恶,善恶交织,勃尔德是真正的善,如白纸般单纯可爱人物。

无业游民恩特来到此地被市长捧为世界足坛名将的时候,他老实表白"小的不谙足球""不是球星恩特",但社会权势的需要可以不顾事实、遮盖真实。歌唱巨星酒糖蜜胡乱把他拥入怀中,他也就糊里糊涂被换上足球服,在害怕对方一脚劲射、连忙转身抱头撅腚的情况下,正好屁股尻门子把球反弹回来,"落入对手的门区"。屁尻反弹成了这个球星、这篇作品的著名细节,一部故事编排巧妙的通俗作品需要这种令人叫绝、令人传颂的细节。于是,恩特风光起来,商家、媒体围绕炒作,市长也因之而获王后勋章,以至于那位真球星恩特在拉美因为造势太弱,反被诬冒名诈骗,一命呜呼。

通俗作品还需要有针对性的揭露时弊。当恩特为这种误会反省不安,妻子酒糖蜜说:"请问,一切机会不都是误会的产物吗?球星的机会是由误会造成的,那么歌星舞星影星呢?王后首相大臣法官呢?作家学者教授名流呢?"而且,她还指使他"不要踢球",做"管踢球的",当皇家足协副会长、会长、议员,甚至收拾那个市长。这些都是令人警醒深思的。

当小球星、真本事的勃尔德出现了,这篇作品从"通俗"变成了"严肃",由写恶、写丑,变成了写美。作品后面出现的雪峰下圆木别墅的场面,也使读者的精神得到调剂,和前面的污浊世俗形成对比。恩特的表现也是动人的。他为勃尔德和狼搏斗、保护他们的孩子深受感动,他终于拉着那个一心加害勃尔德的妻子的手,一口咬掉她的左手小指。他在教堂作了全面忏悔。他从卧室花瓶里看到两件东西,一件是陛下上院议长的信,祝贺他担任上院议员,一件是装有毒药的绿塑料盒,密信要他把勃尔德(他的最大威胁)"开销掉"。恩特陷入沉思,他想到把毒药留给酒糖蜜,因为她的"下一个目标将是恩特自己",也想到把绿盒留给自己,"体现上帝的惩罚"。作品最后写"他要自主选择",没有交代作何种选择,只是最末一句:"他将要成为上帝。"作者不顾已成的喜与悲、丑与美的写作规范,唯愿世人同恩特都能弃恶从善。读者的阅读,从开头的嬉笑逗乐,进入了结尾的惊心动魄,灵魂受到震撼。

三、色调各异的散文和杂文

作者在1989年5月撰写的《忘却的魅力》① 一文开头引了这么一句话:"散文就是渴望自由。自由的表达,自由的形式,自由的来来去去。"当然,也包括杂文等文体类,因为它们都比较随意轻灵,不拘一格,"自由的来来去去"。作者担任领导职务后,没有约束,反而激发了他的文学参与意识,他的观察、思考、抒发、论说,承载所及,散杂文自然是一个不可或缺的、重要的渠道。

这几年,就人事关系说,他写的《给陶萍同志的信》(1987年6月30日)、《满面春风的克里木·霍加》(1988年3月26日)、《纪念马彦祥同志》(1988年2月8日)、《哭老铁——并哭鲍昌、莫应丰》(1989年3月4日)以及《与诗琳公主会见》(1987年),都是表述他的真实的个人经历,有的是对朋友和同志的悼念,有的是部长身份应邀的会见。这些文章都写得自然平实、不事雕饰,在记述个人印象时,不忘突出对方的特点。从他的记载中,我们认识到泰国诗琳公主是一位爱读书、爱写作、亲切质朴、心地善良的未婚女性。在悼亡文章中,维吾尔大诗人铁依甫江的"运动"中学会检讨、能化险为夷、"又始终是二目炯炯,面带笑容,身强力壮,谈笑风生"的性格,戏剧艺术家马彦祥受到坏人和戏霸使用威胁恐吓手段的一个细节描写:"有一天,刀剪铺给马彦祥同志送来五把菜刀,说是马彦祥同志几天前让人通知定做的。马彦祥同志深知没有这个事,但是他照单付款……"都令人过目不忘。

在参观游记类散文中,《别有风光的堪培拉》② 记载了他的澳

---

① 见《王蒙文集》第九卷,华艺出版社。
② 见《王蒙文集》第九卷,华艺出版社。

大利亚首都之行。他把堪培拉同波恩、莫斯科、东京、阿尔及尔、巴黎、伦敦和开罗作比较，说这个年轻的首都城市有的是开阔的空地，绝不高耸的平实房屋，还有荒丘，树龄却是数万年的桉树。"这些荒丘和树木使初次造访者惊喜地发现，堪培拉还没有联结，还没有脱离开大自然母亲的怀抱，还没有像其他大城市那样形成自己的一个紧张促迫的天地。"读到《苏州赋》[①] 一文的题目的时候，笔者就感到发怵。苏州被文人写得太多了，作者会拿出一篇什么样的游记呢？作者此文写于1988年11月7日，七年之前来过一次苏州，那一次他没有单独成文。这一次会怎么写呢？

《苏州赋》没有正面去写虎丘、寒山寺、观前街和众多园林。它反过来写，不去写对象而写主体，写再访者的接受反应。作者是这样描写他这个北方人的感受的：

> 不，我不能再在苏州停留。她的小巷使我神往，这样的小巷不应该出现在我的脚下面只能出现在陆文夫的小说里，梦里，弹词开篇的歌声里。弹词、苏昆、苏剧、吴语吴歌的珠圆玉润使我迷失，我真怕听这些听久了便不能再听懂别的方言与别的旋律。也许会因此不再喜欢不再会讲已经法定了推广了许多年的普通话——国语。那迷人的庭园，每一棵树与它身后的墙都使我倾倒，使我怀疑苏州人究竟是生活在亚洲、中国、硬邦邦的地球上还是生活在自己营造编织的神话里。

他甚至还联系自己的笔墨生涯做出抒发："看到那一个个刺绣女工的惊人的技艺和耐心，优雅和美丽，我还能写作和滔滔不绝地发言吗？能不感到不好意思吗？还有勇气或者有涵养去倾听那些一知半解的牛皮清谈、草率无涯的胡说八道吗？在苏州待久了，

---

① 见《王蒙文集》第九卷，华艺出版社。

还能承受那些乏味、枯燥与粗野的事情吗?"像"苏州是一种诱惑,是一种挑战,是一种补充",已经是一种哲理语言判断,有指涉、有分寸、不绝对。到了抖搂出"苏州"与"反苏州"的词语,这一时髦现代的词语粘贴与并比,已经让人有点发笑。作品所说的"在我们的生活里,苏州式的古老、沉静、温柔已经变得越来越陌生。而大言欺世、大闹盗名、大轰趋时的'反苏州'却又太多了",这种语言表现太绝。到了"苏州是一种珍惜,是一种保护,对于一切美善,对于一切建设创造和生活本身的珍惜与保护。也是一种反抗,是对一切恶的破坏的无声的反抗",就是我们追究不已的文章的主题旨意了。他的另一些散文如《鳞与爪》(1987年)、《羊拐》(1988年)、《吻》(1988年)和《意见》(1988年)等篇①,都是对生活中一事、一象、一人、一景或者叫生活的鳞与爪的捕捉与登录。我们的经历中,常常有一人一事擦肩而过,我们不知其名,不再相逢相遇,又铭记于永远。有时他(它)们在心灵颤动的力量超过我们某些相识相交的朋友。作者在《鳞与爪》中第三则记录了50年代在山西太原吃刀削面时遇见的一位服务员,他"矮矮的个子,留着平头,椭圆形的头脸,一脸孩子气的笑容,只是眼角皱纹透露出他已经并不年轻",两只手各端三大碗面,"他是奔跑着来为顾客上面的,又奔跑着去算账","他跑得快,账也算得快,一口清,声音洪亮","他满场飞。他满场飞跑着端面,拾掇餐具,擦桌子、摆碗筷、算钱、收钱、找钱,像一阵风,像是在跳舞,像在舞台上表演",于是,顾客都把目光投向他,欣赏他,赞扬他。那篇《吻》不到200字,记录一位师范学校刚毕业的女老师,把一个上课不好好听讲、做小动作的学生叫到办公室谈话。她热心劝说,激动得"脸蛋都红了","学生被她的热情和言语打动了,盯着看她的面孔,她的小辫,她的嘴唇,沉醉了。

---

① 见《王蒙文集》第九卷,华艺出版社。

忽然，学生跑过来，亲了她一下。然后，她和学生都惊呆了"。文章最后一段是："她还从来没有爱过，没有被吻过呢。这天晚上，她大哭了一场。"读者可以对此作多种联想，但这是生活，一种引人注意的、不乏意味的生活。大概，这些小的散文可以借用作者1988年《题〈青春〉微型纪实文学青春奖》的三句话做出评价："世相便是好文章，纪实便是好方法，短小就是好技巧。"

这几年，作者还发表了十来篇杂感或杂文，从写作路数来说，它们和散文相符合，彼此之间无决然界限。也许，杂文更多地不是指向具体的人、事、地，而是指向世相、世事、世情，更带有综合性、抽象性、议论性，可以把杂文列入散文这个大的类别，算作一个补充。《诬告有益论》（1988年）、《且说长城与龙的评议》（1988年11月）和《话说"红卫兵遗风"》（1989年1月）①是就诬告、长城与龙、红卫兵发表议论。1966年诞生于中国的红卫兵运动是中国的特殊的社会现象，它激发于对中国政治、中国社会主义实践积习的冲击，又受制于中国更高的政治，它不同于"五四"运动以来一直在民主与科学精神感召下的青年学生运动，受个人迷信和极"左"政治的钳制，为"四人帮"等阴谋家所利用，最后又成为他们的牺牲品。把红卫兵现象仅仅看成青少年的"造反"思想行为，既不全面准确，又是肤浅偏颇。王蒙在《话说"红卫兵遗风"》里认为，"这里不但有历史、社会、文化的根源而且也有人性的依据。红卫兵遗风同样没有也不可能一时绝迹。红卫兵式的思想与行为意识仍然保留在一些普通人包括批评红卫兵运动很严厉的人身上"。文章用爆破意识、砸烂意识、速成意识、救世主意识、破四旧意识、新纪元意识、两极意识、站队意识、"最最最"意识、学术文化专政意识、山头意识等来概括红卫兵遗风。文章说："自从项羽烧阿房宫以来，就树立了大破特破、破字

---

① 见《王蒙文集》第九卷，华艺出版社。

第六章 身为作家，又充当"桥梁"的日子

先行的先例。这种做法既反映了人性的通病又形成了我国的独特传统。这就形成了我们在文化性格上的三个不足：一是吸收新的变革自身不足；二是保护保持发扬一切有价值的旧的不足（以至于围棋茶道要去学日本）；三是点滴建设不足。一个过剩，便是大言清谈过剩。"这种联系民族传统做出的反省和检查，是值得人们思考的。而且，作者估量，这种遗风"还会保持下去，保持相当长时间"。《且说长城与龙的评议》一文批评了"用一种经世致用的、政治与道德以及意识形态的价值观念评判文物"或分析民俗信物如说长城表现闭锁、龙代表皇权等"评议"现象，认为它们"过于执"，"缺少现代的宽容气度，缺少一种现代意识所必需的价值观念的广泛性与多样性"。这种批评意见是切实的。历史文物，作为一种文化积淀，具有独立的、超越它的使用价值的审美价值和观赏价值，它成为旅游业开发的一个方面，应该加以珍视，而且谁也抹杀不了。我们对一切文化征象，应该保持宽松、宽容的心态，不必搞得那么紧张，那么局促不安。但是，人们的精神探求是多方面的，这种多元、多样、多角度的精神探求，可以相同，也可以相异，相互补充乃至彼此相左相冲突，而且文化领域的门类各不相同，有旅游业、建筑业，也有历史、哲学、文学艺术等更加悬浮于空中的思维形式，如果有的学者、作家和画家，要将长城等作为反思的对象，写一写，画一画，让我们探寻民族文化传统的多面性、两面性、负面性，即使把长城与封闭锁国联系起来，应该也是或无不可的。

作者另外一些随感集纳、散见偶拾的杂文如《不算寓言》（1986年8月）、《也算学问》（1986年）、《随感三则》（1987年）和《说"吹牛"及其他》（1987年）[①]，有为人行事的体察和体会，有因"不战而胜""以无胜有"而至"大道无术""大智无谋"

---

① 见《王蒙文集》第九卷，华艺出版社。

"大德无名""大勇无功"的生发，有对空理论、大废话、乱踩人、瞎起哄、吹牛皮的揭底，写得随心又不失尽心、精心。《漫说喜剧》①是对"悲"与"喜"的环形立体透视，作者说"喜剧精神是一种自我批评的精神，是一种健康的反省精神，是一种民主的精神。没有民主的自我批评，就没有喜剧"，是有启发的，中国需要真正的悲，也需要真正的、深度的喜。发表在《武汉晚报》（1986年9月6日）的《皮实的诗》，是一篇趣味横生的短文，文章由1979年吴祖光对作者说的"咱们这样人，皮实"一句话引发而来。作者用北京旧日卖布头自卖自夸的顺口溜，对"皮实"作了解释："经铺又经盖，经洗又经晒，经拉又经拽，经蹬又经踹。您说皮实不？"吴祖光后来还题写"皮实"，被作者裱起来、挂起来。文章又旁及吴祖光在"五七干校"一首打油诗："眼高于顶命如纸，生正逢时以至此；行船偏遇打头风，不到黄河心不死。"王蒙对它作了串讲，说第二句的"正"字（吴祖光告诉他原本是"生不逢时"的"不"字，后改"正"），"着此一字，尽得风流；着此一字，尽得皮实之要领"，说"命如纸"也罢，"既然生逢其时，便要皮实到底，直到黄河之清，到中华振兴腾飞之日"。至此，笔者也有一点感兴，我们这些普通读者，也希望、也唯愿自己变得"皮实"一点，大家都"皮实"下去哩。

四、同王干的十次"对话录"

1988年冬至1989年夏，王蒙和青年评论家王干进行了十次对话，整理成《王蒙、王干对话录》。就对话的内容来看，从对文学的界说、当今中外文学状况到具体的作家作品评论、批评家评论，

---

① 见《王蒙文集》第六卷，华艺出版社。

十分广泛。如果列出母题和子题，可以多达几十个、上百个，每一个都可以列为论文题目或评论对象，真要一一加以论述、分析、论证和结论，那可不得了。如今，他们采用对话体的形式，既是文学交流、文学载体的另一种形式，也是他们本人独立成篇的文章、作品之外的一个补充、一个填缺，似乎经这么一抖搂一拾掇，他们一些系统的、零散的见解，都可以借此表达出来。

对话体不像论文那样有坚实的论述，它要求简明的、可信的分析，更主要的是，它带有扫描的风格，随意而又灵活，囊括性极大，如王蒙在这篇对话录的《致读者》所说，"有时候为了谈得起来，也可能这个问题我是比较有把握深思熟虑地谈的，而另外的一个问题完全像接球似的，你来了我只好说几句"，这样，"由于是两个人说话，就比较随便。反正说完以后就可以把它甩出来"，不像"平常写文章的时候会很谨慎、很小心"。同时，又可以显示这种样式的优势，它更能见出作者的本真，不像文章里那么讲照应、讲平衡，而是更直率、无遮拦。也许，因此而担心得罪人，但明眼人不会误会不解的。王蒙同王干对话、交流的问题很多，笔者试着粗略地把它们分成四个方面：一是对文学的界说，这个问题的理论性、抽象性较强；二是视角问题，如何观察和评价当今文坛，包括中国的和外国的，如何看待某些观点、议论和事例；三是对当代中国文学创作的评论；四是对当代中国文学批评的评论。

（一）"文学这个魔方"的比喻

他们一开始就讨论"文学是什么？"这个问题，应该说，这个涉及界定文学是什么的问题，不单是如何看待文学这个特殊对象本身，它牵一发而动全身，牵涉到对整个文学、文学创作、文学批评和文学史的看法。在苏联的文艺理论占据我们大学讲台的那些年月，对文学的界说是，"文学是现实生活的反映"，这个界定从精神对物质、意识对存在的哲学基本命题出发，名曰坚持唯物论反映论，实际空泛不着边际。有时解释这种反映是能动的反映或形象的反映，但因当时作家、知识分子划归资产阶级，要进行思想改造，为了正确地反映社会现实，只能消灭个性、削弱个性。而且，"现实生活的反映"这个界说，明显地看出是建立在独尊现实主义的文学的实践经验基础之上的。因此，把文学之争归结为现实主义与反现实主义的斗争、把文学史总结为现实主义与反现实主义的斗争史，是文学这种界说的一个逻辑的必然结果，文学风格、创作方法和表现形式的多样性丰富性也必然加以抹杀。当时，钱谷融在个人研究中提出文学是"人学"，界说异出，新人耳目，突出了人在文学中的中心位置，也因为不符合文学是现实生活的反映这个界说，而受到批判。

在这次对话中，王蒙提出了一个切实的想法："我常常想，各种对文学的议论，包括我们俩的对话仍然是一种'摸象'，只是摸到一部分，但试图全面、什么都承认时往往又失之空泛，最后什么也没有告诉别人。"他们把文学比喻为由各种色块组成、时时刻刻在旋转变化的"魔方"。王蒙说，"文学是人学"不失为一种好的说法，但感到不满意，"我觉得体育更是人学，体育体现人的健康、素质、灵敏、反应，这是绝对的人学"，心理学、政治学、医学也是人学。又说，"比如还有一种说法，好像是高尔基讲过的，说文学是阶级的触角，阶级的感官，这个说法也不能抹杀，但不仅仅是这样的"，它"遗漏了一大片作品"。王蒙还介绍美国女作家格瑞斯·培丽"讲过一句，文学就是智力游戏"，"认为文学是游戏"。他承认"有'玩文学'的因素，但是完全把文学看成'玩'会令许多人通不过的"。还有一种说法是"文学是一种纯粹的形式"，"但把形式说成一切，形式以外什么都没有，这本身是把本来开放状态的文学变成一种封闭状态的文学的徒劳企图"。一个英国人在一本书上说，"小说是与生活的竞赛"，王蒙说这个说法"非常有趣",但"不严密","经不起科学的论证"。还有说"文学就是一个作家的梦",也适合某种特殊写作状况。另外从文学与宗教的关系来看,文学在历史上曾和宗教同源,后来又异出,王蒙承认对宗教有一种"泛解释",宗教和文学艺术都追求永恒性,都体现献身精神,但是,"哪怕是用泛宗教的观点,绝不可能用宗教精神来解释一切文学现象",用宗教感来解释也是一种简单化,"都是用价值标准的单一化来衡量文学作品",何况反宗教怀疑宗教的情绪在文学里也表现突出。王蒙还补充对文学两种极端对立的说法,"说文学是生活的教科书",说"文学是大便"。前一种大家都熟悉,事例也太多。后一种说法据说是昆德拉在《生命中不能承受之轻》里说的,王蒙说"这对撕破文学上的贵族化、自我神圣化方面有意思",文学也确有"发泄"的作用。但"不同的作家、不同的人格都有发泄,品位仍有高低之分,仍然有有价值、无价值或者负价值之分"。如上说法可以说庄谐并举、多样杂陈。当然,用魔方比喻文学也不为文学所独有,艺术也是魔方,雕塑也是魔方,政治也是魔方。用魔方作比,换个文绉绉的说法,就是文学本性和价值的多面性、变易性和不可穷尽性。如果说我们每个人(包括巨匠大家)都不能摆脱瞎子摸象的局限,但是,至少可以做到这一点:不要武断地以偏概全,要使创作和批评的潜能乃至整个文学事业的发展,获得一种不是挤压扭曲的,而是健康宽松的人文环境。

(二)观察今日文坛的一些视角

在对话中,他们大量地列举了当今驳杂多样的文学现象,中国的、世界的,交流了对这些现象的看法。改革开放的中国文坛,已经摆脱了过去那种简单的、用两个阶级两条路线来观察文学衡量文学的尺度,从实践到理论,告别了封闭锁国的局面,开始同世界交流和对话。他们及时地提出和讨论这些问题,并就什么是最好、最优秀的文学，诺贝尔文学奖得主的文学追求，以及此奖并非文学追求的终极目标，我们应该立什么样的标杆，提出了自己的意见。这些，有利于扩展我们的视野和思维，活跃我们的见闻和想象，通过对话和磋商，尽可能保持一种健康的、而不是浮躁的心态。他们谈到了如下一些问题：审美的另类、别类、悖反和多样扩张。王蒙介绍 1985 年参加西柏林地平线艺术节同著名作家伦茨座谈，伦茨谈到西德一本非常畅销的小说就是描写一些城市人受不了城市生活，跑到荒野里过穴里野人生活。在美国，已经有人带着妻子离开城市去过野蛮的原始生活，过一段又回来。莫言的《红高粱》、李杭育的《最后一个渔佬儿》、王润滋关于木匠的描写、张炜的《一潭清水》、残雪的作品，还有"寻根小说"乃至流行歌曲的"西北风"都涉及"反崇高"的方面，王蒙称为"对古典的、贵族的、高雅的、封闭的文学世界的反抗"，或者叫"反异化"愿望、怀旧情绪、还乡情绪。我们不能用社会进化、科学进步、制度变革、生活方式现代化等价值尺度来衡量文学。王蒙说，"用机械进化论的尺度，或者用单纯的社会功利主义尺度，或者用所谓面向未来、现代意识，实际是用一种很肤浅的表层的简单化的标准来加以抨击，只能暴露自己对文学的隔膜。"这里，一个核心问题就是审美领域的特殊性、复杂性。优美、崇高、贵族化、理想化的东西写多了、读多了，人们也会产生逆反心理，把一些与之悖谬的东西也写进去，作为欣赏对象，包括审"丑"。王蒙说："读者的心理和作家的心理也是很复杂的，他的认同和悖反往往是并存的。"另外，这些逆向性的审美内容也很复杂，有的就不是绝对的怀旧、忆旧、向往旧。王蒙、王干都提到鲁迅既写了城市的卑鄙，又写了童年故乡的苍白和可怜，一方面把童年写得很美好，另一方面又把这一梦幻冷酷地撕破了。当然，他们在"文学的逆向性：反文明、反崇高、反文化"一节的表述也留下值得商榷之处。窃以为，应该把这一切放在审美领域加以考察，属人类审美的另类、别类、悖反现象，属审美领域滋生的子系统的不断扩张不断发展不断变易和丰富多样。它们有"反崇高"的一面，是否用"反文化""反文明"来界定，尚值得斟酌。这里似乎有个形式逻辑的概念界定问题，在"文化""文明"这些囊括文学、艺术、科学以及种种人类价值创造的、尚无类的范畴里，"反文化""反文明"应该是被否定的。而且，即使这种带有逆向性、反主流的诸如"怀旧"等审美现象里，王蒙也说到这一点："这种怀旧从社会功利来看也不是全无价值，它有时也确实反映了现代文明带来的种种遗憾，最明显的是对环境的破坏，野生动物在消失，野生植物在消失，山林在消失，水土在消失。"这里就不是什么文明不文明、文化反文化，而是人类在文化文明的总体走向中的自我调节、不断完善完备的问题。这里说的仅仅是表述。

贵有感觉，又不能满足和停留于感觉，应该追求一种更高、更博大、更浑厚混沌、熔万象于一炉的艺术境界。他们在"感觉与境界"一节里都推崇感觉，王蒙甚至说艺术感觉是"艺术和非艺术起码的界限"。足球运动员有"球感"，高尔夫和台球运动员讲"手感"，雕塑家更是讲手感、感觉，仿佛经过感觉的照耀与操作，出现神奇的球艺，同类产品因之拥有一种神韵，技术状况因之上升到艺术状态。王蒙把感觉分成对生活的感觉，对内心世界和灵魂深处的内省力与对艺术本身的感觉等三个层面。王干提出有些作家又有过于推崇感觉、神化感觉乃至痴迷感觉的片面性，他们认为只有把感觉同智慧、人格、经验联系起来，才能成为伟大的作家。莫言的作品如《爆炸》有很好的感觉，他在感觉上也非常满足，"但他毕竟还没有成熟到把这一切感觉、勇气以及中国常说的才、学、识和经验、经历能够并驾齐驱融会贯通的程度"。小说有散文化、诗化、杂文化的小说，也都是好小说，但最好的小说往往能包容更多的层面，更立体，达到一种混沌境界。屠格涅夫有风格，有感觉，但整体上就不能同托尔斯泰、果戈理相比，如同梅里美不能同巴尔扎克、雨果相比，缺乏后者的磅礴浑厚。就此，王干认为鲁迅思想深刻传播"火种"，但在"文学的境界"上还不能同世界文学大师、文学巨匠相比，"缺少一种超时空的艺术组合力量"。这种把鲁迅作为思想家、革命家、启蒙主义者同作为文学家、小说家分别加以分析评价的思想方法是完全可以成立的。

文学的"超主张"性。现实主义讲求描写真实、塑造性格，现代主义突破这些规范，产生了意象派诗歌、意识流小说以及荒诞派、神秘主义、唯美主义，据说现实主义有五六十种，后现实主义又提倡"还原"和"复现"，提倡"消解典型"，如此等等，名目旗号太多。王蒙认为，不能简单地用这些"主义"和理论分析复杂的文学现象，一个真正的作家应超越某种规则和守则，超越某种主义，即"超主张"性。他表述了公认的一些看法，如"现实主义在文学史上所做出的巨大贡献是有其他的主义没法相比的地方"，"创造一些真实的典型人物"，"现实主义的另一大贡献在于描写，对细节的描写"，"现实主义就是要按照生活的本来面貌反映生活，就有更多的形象性，我喜欢用的是触摸性"，"现实主义在认识价值上是无可比拟的"。同时，他习惯于逆向思维，也就是他说的"文学最容易产生悖论"，比如"现实主义写到人的冲突往往是可以理解"，"一般的现实主义很少写到那种莫名其妙的心理状态，一种原生的，几乎是突然迸发的排斥、斥拒，像美国小说《伤心咖啡馆之夜》让你觉得莫名其妙，忽然爱起来了，忽然打起来了"，"现代主义热衷于写非逻辑，因为生活里除了有很有逻辑的事件外，还有一些不是那么有逻辑过程的用逻辑解释不了的事情发生"。他觉得散文里的现实主义比较明显，如朱自清的《背影》，但是，散文里也有非写实的，"我也不知道给它扣什么样的名义和帽子，但肯定有，写一种心境，写一种如你评朦胧诗说的那种人生的瞬间感受，或者写一种顿悟。很精彩的一篇，就是冰心的《笑》",这一类带有禅和悟的散文太少。他认为把诗歌分成现实主义和浪漫主义两大类比较困难,中国的文艺观从诗词、中国画、中国戏曲来看,"毋宁说更重表现",而不是再现。有鉴于伟大的作品不是一种主义所能概括,如《红楼梦》有现实主义,有浪漫主义、象征主义等等,他说,"我觉得对于许多真正的作家来说,一种主义并不够用","一个杰出的作家,一部杰出的作品,永远比一种主义、一种理论表述更丰富。他和它永远不会理会某种文学主张的不可侵犯不可调和不可逾越的性质。'超主张'性,是作家成就的一个标志"。

文学的"观念决定论"和"环境决定论"是站不住脚的,它反映了某些人的"西洋情结"。王蒙说,"现在有一种说法,就是观念新不新,或者小说是不是有现代意识,似乎小说的成败在很大程度上取决于作者有没有站在时代最前列,说得难听一点,就是那种最时髦的思想","你必须体现出人生是渺茫的,人民群众是无能为力的,生活是荒谬的,好像才是新的观念"。另外,"常常有人在叹息,或者叫抱怨,或者是痛斥,认为中国的作家没有突破自己的局限,因为中国还是一个不发达的国家,中国就不能产生发达国家那样前卫的文学"。王蒙认为,"真正伟大的作家总是能够突破自己的观念,也能突破自己环境的局限"。说曹雪芹的观念有多新,"觉得相当牵强",《红楼梦》涉及的观念"都相当陈腐",但他的小说表现了个性压抑、人性压抑的痛苦,反映了作为一个人的心灵的痛苦。美国小说家约翰·契弗写纽约,"但你很难在他的笔下看到摩天大楼和最时髦的发式、服装、流行音乐,在他笔下恰恰是另外一个纽约,甚至让你感到纽约是一个古老的城市,好像他的笔正是为了留住昨天而在那儿挥动"。伯尔的《篱笆》写一个新当选的工会主席处在暗杀的危险中,派多种保镖进行安全警戒,结果自己丧失了自由,也不符合某些人的现代意识。还有美国女诗人狄金斯,"这个人从上完学以后,不出家门,足不出户，既不符合唯物主义，也不符合体验生活深入生活的原则，也不符合现代意识的原则……她也没有宇宙意识，也没有地球意识，也没有全人类的观念，也没有海洋蓝色文化的观念……而她的诗至今盛行不衰，甚至认为她开了意象派诗的先河"。广东作家和香港作家座谈中国作家得不到诺贝尔文学奖，"是由于中国作家没有写人类普遍关心的问题"，个别评论家一笔抹杀中国文学时存在着这样的潜台词："中国是落后的，中国的文化传统也是落后的，中国的文化是不可能走向世界的，因为世界是以最先进的西洋国家为中心的为代表的。中国创造出来的作品如果努力吸收新东西，你就是假的，'伪现代派'。你要不努力接受新东西，那你就是旧的，是民族的，你是旧的、民族的是不能被世界所接受的。"要不你的作品是旧的，要不就是"在中国装配的索尼牌或东芝牌，或者是雪弗莱或者是奔驰"，你装完了人家也不承认是真正的原装。对此，王蒙称之为某些人心灵里的"西洋情结"。

他们都不赞成中国文学要"走向世界"的提法，就好像中国的轻纺产品要出口要占领世界市场要投合国外顾客的消费需要和审美心理那样，王蒙说："我对'走向世界'最不赞成的……一个真正伟大的作家应该有信心让世界走向他。我相信这些伟大作家在写作时在面对读者面对世界时有一种信心，也有一种恬静的心情，就是说他对自己的作品充满信心，因此他最终会被接受，被世界承认。而且用不着为了走向世界而拼命向世界认同。"他甚至说得更俏皮："每个作家关心的是他的作品能不能最好地表达自己，表达自己对生活的感觉，也说不定走向世界的作家是一个抗拒世界的作家，是一个疏离世界的作家，是一个对世界并不睁眼看的作家。"

（三）真切率直的当代作家作品评论

对话中，他们评论的中国当代作家不下三十位，都是活跃在中国文坛的作家，不少是他们的朋友。王蒙在这些评论中，兼有作家和评论家的双重体验，结合自己的阅读、见闻，采取比较分析的方法。他的见解比较细腻，体现出难得的感觉和品位，能察知一个作家掌握艺术分寸、在自我追求自我突破的道路上的种种得失和甘苦。这些评论都比较自然、随意，不像写独立文章那样瞻前顾后，既直言了对方，也袒露了自己，批评起来用词也不客气，赞扬起来也情不自禁，真话真心话，有利于评论中建立评者与被评者更坦诚、更融洽的良好气氛。

比较分析当然是一种很好的方法，王蒙拿张承志同王安忆比，谈到"张承志的那种热情、理想，那种非常有深度对人生的感受和追求，这里包含着爱、憎恨、骄傲，有一种超常性，但看完以后又苦于抓不着、摸不住……更多是一种内心体验：情感体验。而王安忆的作品写日常生活里的一些小事情，而这些小事情让你觉得有味道，就富有可触摸性，当然，王安忆那种作品写得过多，不突破自己，就会产生一些缺陷，比如变得琐碎，过分的平淡化"。在另一处，他说："我曾经和张承志讨论，说他的作品缺少可触摸性，里面充满了理想、青春、信仰、愤怒，这都是合理的，但也应该是可以触摸的，王安忆的小说就比较有可触摸性。但王安忆的小说又缺乏理想与热情的光照，缺少张承志的那种震撼力。她写的人物叫作'庸常之辈'嘛！"王蒙谈到张承志对理想的执着用过一个词，叫"愚傻"的执着，张承志对此没有反感，当然是"愚傻"一词的最佳意义。他还说到"张承志有一个非常可爱之处，他对文坛是抗拒的，像躲避瘟疫一样躲避文坛。他对文坛的看法非常阴暗，所以他喜欢独行，动不动跑宁夏、跑新疆，他的圣地是新疆、宁夏、内蒙古，他在一种忠于自己理想的追求之中进行了他的创造"。这完全是一个作家的可以理解的、值得尊重的特立独行。

女作家群里的追求也是各种各样。王蒙谈到不少作家在写作风格上有从优美变成"放肆"的现象,"张洁变得很快",从开初《从森林里来的孩子》那种对真善美的渴望,到后来"更多的是一种激愤,甚至是粗野,表现出来的是对丑恶的一种愤怒,往后就越写越放肆"。但是,王蒙也提出了一个值得警醒的状态,"我觉得张洁并没有完全找到她自己,看她的近作和新作,她常采取一种特别自由、特别放肆甚至故意刺激人的方法,有一个小说标题就非常长非常长,好几百字,激烈的尖刻也动人。但同时我很怀疑她是不是能完全驾驭住自己,是不是能驾驭住她抛出来的那些语言",担心像拿一根绳子"抡"一个重物,弄不好抡的东西会把你带走,"使你的主体性失去了"。谌容的作品,从《永远是春天》《人到中年》一直到《懒得离婚》,"她的风格基本上是一以贯之,既有一定的嘲讽,但更多的是叙述的调子,变化并不特别多",属于那种"不轻易地进行自己艺术能力不及的实验""作品写得更规矩,比较审慎地用自己的才能和自己的这支笔"的作家。"我觉得谌容的最大功力在于选材,她选择题材的功力是第一流的,她特别敏感",但长处也会带来短处,她"有时既缺少激情,又缺少灵气,她整个的故事非常好,选材和结构也非常好,但在谌容的作品里找不出一个让你浅吟低唱、徘徊不已的段落"。他认为张抗抗的"创新意识"特别清楚,作品里方法的运用、人称的变换以及独白和意识流等等,是"一个相当清楚的女作家。她的不足之处在于她太清楚了,她的人文主义启蒙和目标明确的创新都太清楚,就形不成一种全面的高涨,就形不成一种真正的激情",她"也老没有特别突出的作品","但张抗抗相当有后劲,她一直保持在她自己的水平线上"。对于铁凝,他觉得"非常有才能","她并没有从优美转向放肆而是从短到长,从生到熟,从灵感到着意经营……她虽然没有从优美转向放肆,但她从优美转向膨胀,这个'膨胀'不带任何道德的含义。她现在的作品越拉越大,而这种非常大的作品里,总的浓度总的信息量总的感情分量是不是相对减少了？她的作品似乎淡化了，或者似乎掺入水似的"。至于宗璞，他们在对话中认为她在写作上"很慎重，非常文雅"，是"隽秀"型作家。

对于张辛欣和残雪，王蒙认为张辛欣"处在逆境状况下的作品都比她在顺境情况下写得好，她最早也写过非常优美、诗意的作品即《在一个平静的夜晚》"，"第二阶段可以说是她的辉煌阶段，她开始用恶声吐露对生活、人生的艰难的怨恨，以《在同一地平线上》为代表"，"《疯狂的君子兰》对异化、对人的庸俗和浅薄的反讽是有深度的，一直到她写《回老家》的散文，写得都相当好"。"我感觉她最后的一篇好作品是《封·片·连》，以后的作品尽管《北京人》造成了一时的轰动效应，所显示的文字功力和纪实的贡献也很大。但她进入绝对自由失去压力之后，她有点掌握不住自己，她有点抓不着自己，迷失了自己，浮躁难安，以至于不知道要写什么。"残雪似乎和读者的心理、社会风尚对着干，她"喜欢写蟑螂、脓血、骷髅，还有人身上的疮，各种疾病。我看残雪的作品总感觉那是对丑恶的东西的敏感，说带几分病态都可以，实际是怕那些东西，并不是她为了欣赏才写这些东西，或者说她用这些东西代替人生里的风花雪月、青山绿水、春花秋月，目的不是为了代替，而是对生活中丑的敏感，她实际是哭泣着来写这些东西"。王蒙还认为残雪不宜写长篇，"那样一种比较变异的心理和非常特殊的对人生的感受需要一种非常精炼的形式将它裁剪下来，然后放在生活的大背景里看好像一页掀过去"。

对于刘心武、张贤亮、张弦、刘绍棠、陆文夫、林斤澜、蒋子龙、冯骥才这样一些社会上有相对稳定性评价的作家，他们能在对话中从另一种角度另一种体验提出新鲜的看法。王蒙回忆1977年在新疆读刘心武的《班主任》那种"心跳得不得了"的激动心情，认为"刘心武有提出问题解决问题的意识"，"最基本的模式就是思考一些生活现象，发现一些生活问题，并且树立解决问题的模式或者一种愿望",是作家中"最明白的人",有主题先行的色彩,"但他小说如果有什么令人遗憾的地方,是不是恰恰在于这种明白呢?""刘心武理论上对现代主义很有兴趣,但他的笔甩不出去。"在对话中,王蒙直言张贤亮的《习惯死亡》刚写完,"老先生自己已经吹上了","他的《早安,朋友》仍然不敢恭维,实在是丢份儿的小说",又肯定"张贤亮是一个非常有代表性的现实主义作家",作品"有相当的分量","写得很沉重,又充满思考,而且他的作品几乎老是离不开说得俗一点就是落难公子和慧眼识君的佳人的模式",还有一个"好处","就是你骂他从来不生气"。王蒙推崇老友张弦的《银杏树》,"《银杏树》写得深刻,主题不像以前那么简单。《银杏树》写的不光是中国的妇女而是整个人们在那种道德、伦理文化圈当中的两难处境。什么叫对?什么叫不对?简直无法解决。张弦当时表示要写国情小说……但很可惜,从《银杏树》后,他基本沉默了,声音已经听不到了"。谈到陆文夫的特点,王蒙细数了"他作品里既有历史的沧桑,又往往有江苏特别是苏州的民俗、风物、行行业业、三教九流的特点,还有就是他的小说具有一种'人间性',他的作品里很少写特殊的人,既很少写英雄豪杰、高官、叱咤风云的人物,也很少写极端丑陋、极恶阴暗的坏人,他往往写普通人",作品"往往能掌握一种不温不燥的火候,很符合古训,怨而不怒,哀而不伤"等等之后,说"陆文夫善于用他自己,他不挥霍自己,也不强迫自己做自己做不到的事情",这是对陆文夫创作用心的一个体验。王蒙说蒋子龙"是一种公民文学的模式",起初是苏联文学"写企业家、改革家的模式","不但揭露弊病,而且讴歌改革者、强者",后来写《蛇神》也在尝试新的东西,但"在整体上还是理性太强"。冯骥才的写作路子比较宽,近来又写三教九流如《怪世奇谈》,王蒙谈他的阅读反应,"我弄不清楚冯骥才的最佳状态是什么,弄不清楚他现在新进行的努力能不能使他得到最好的发挥,能不能最好地表现他的本色"。"是不是冯骥才自己打败了自己？当他煞有介事地说小脚、谈阴阳五行时，我就觉得他不是冯骥才了"，"冯骥才写了这三部以后，我感觉冯骥才失去了，一个喜欢冯骥才的读者就不知冯骥才在变什么魔术，已经感觉不到他的体温，他的脉搏"。这一点，正好同刘绍棠对比，"你冯骥才到底是谁？一个作家能否让人一眼望穿？刘绍棠的作品'你是谁'非常清楚，他就是运河边上古道热肠非常富有农民情趣尤其非常富有京郊农民语言素养的刘绍棠"，但刘绍棠有大的缺失，"对时代、对人物的把握并不深刻"，"遗憾在于他宣传一些老的观念，经常用'忠''孝''目无长上''忤逆'甚至'对党忤逆'这样一些思想观念"。林斤澜呢？是另一种匠心，"他的优点恰恰是对技巧的讲究。特别是对语言、语言和叙述过程前前后后绕过来绕过去的讲究"，"但有时这些技巧变成障眼法……不重视技巧与过分重视技巧，完全没有思想和十分明确的思想都会成为文学上的障碍"。读者诸君，像王蒙对如此众多作家做出如此真切、细致、率真、直言不讳的评论，你能在中外作家中找出几位呢？

有时，还有一种一语带过的批评，王蒙说，"马原有非常强的叙述意识"，有的作家如谌容、刘绍棠长、中、短篇小说都写，而"邓友梅没写过长篇，林斤澜、汪曾祺也没写过长篇"，周克芹"长篇就写得不错，写短篇就没有把短篇的轻巧劲发挥出来"，邓友梅、张洁、丛维熙、张抗抗、王安忆的中篇都写得不错。如果说改革开放头十年短篇小说成绩最大，短篇文体已经走向成熟，那么长篇小说呢？相形之下，"要寻找解放以后第一个十年所出现的《保卫延安》《青春之歌》这样一批有影响的作品却比较困难"。这些评语，都能揭开事物的一角，让大家推知全局，共同思考。

（四）"十年来文学批评"的批评

文学批评在改革开放的头十年，无疑是新中国建立以来最发展最繁荣的时期。这一点，同文学创作有共同之处，又不完全一样。这种局面的一个根本标志就是文学批评开始摆脱从属于政治的附庸地位和工具地位，真正回到自身的独立本体，和文学创作相呼应、相激荡、相促进，推动新时期文学事业的发展。

王蒙和王干对话中都肯定了这一事实，文学批评的地位突出了，作用和影响加大了，不再是政治、政策的附庸，呼唤现实主义、支持"伤痕文学"、批判"黑线论"、倡导人道主义、促进双百方针，显示了自身的独立品格和独立价值。

1. 从"领导"性评论回到批评本体，从"社论"性评论发展到批评多元化

他们回顾"十七年"的文学批评主要是依据政治政策的需要，体现某一时期的"社论"精神，王蒙说，"在一定时期内'评论'与'领导'的概念混同起来了。甚至有的人从理论上提出'党对文艺的领导是通过评论来体现的'，比如周扬同志长期负责文艺方面的工作，他很有威信，他也是大评论家，他的一个报告可以作三个小时、四个小时……这就牵扯到一些理论问题，比如关于'塑造英雄人物''时代精神''写真实''主观战斗精神''深入生活''世界观改造与创作方法的关系'等，这些问题都进入了党的领导范畴，评论就变成领导的一种方式"，各地的宣传部门、作协、报刊、大学讲坛，都要跟着转，都要加以具体贯彻执行。政治变了，评论也要跟着变，王蒙说，"研究现代文学就有问题了，一会儿是鲁迅受到胡风的蒙蔽，一会儿解释成'四条汉子'怎样诬蔑鲁迅，这当然是最突出的例子，当代文学就更麻烦了"。普遍感到跟都来不及，都要使评论写得符合上面的精神，不然，批评家就会遇到麻烦。改革开放后，随着中央提出不再提文艺从属于政治文艺为政治服务，文学批评才开始获得独立的地位。

应该说，作为批评中的一元，为政治服务、反映领导意图、带有"社论"性的批评是一直存在的，今后也会通过各种方式表

现出来。但作为文学批评的总体格局，新时期出现了根本性转折。如他们所说，高行健的小册子出现了，作家评论家发生了可喜的分化，鲁枢元研究创作心理学，"闽派"批评家出现了，林兴宅画起图来，说"最高的诗是数学"，批评的多元格局、多样化追求就形成了。

也许，把批评家分成学者型、编辑型、职业型和作家型，把批评分成感觉印象型、理论型和混合型，不是太重要的。进入近现代社会，无论中外，都可以作这样的划分。就是在政治挂帅、批评成为政治工具的年月，批评家和批评形式都可以作类似的划分，可以是引经据典、语录连篇的掉书袋的理论型的，也可以是即景印象式的。关键仍然在于批评的独立主体地位的回归，批评的多元化、多样化的形成，批评家个性、批评风格和批评自由的落实。19世纪俄国文学批评的声誉同它的突出的独立主体地位有关，别、车、杜各有风格，别林斯基重政论性，杜勃罗留波夫擅长作品分析人物分析，车尔尼雪夫斯基的哲理和美学色彩更强。当然，当时占主导的还是社会历史批评，存在一种"片面的深刻"，到后来出现俄国形式主义，更为多元的局面便形成了。王蒙和王干对话中谈到了新时期十年来的兴旺局面，新涌现的如南帆、黄子平、吴亮、王晓明、季红真等，也都显示各自的风格和追求。

2. 对"方法热"和科学主义的热情肯定

文学批评在1984年、1985年出现的"方法热"，这本身就是改革开放、解放思想、繁荣批评的一个佐证，它放在这之前如"文革"时期或"十七年"，是不可想象的。因为这"方法热"中的许多理论流派方法观点，它们并不是诞生于70、80年代，而是滋生在整个20世纪甚至更早，自身不断衍生和发展。它们的介绍和引进，表明了我们在批评的思维领域里独尊反映论、独尊社会历史批评、独尊现实主义的结束。

王干说中国人"善抓一元，抓住一元就可以牵一发而动全身。

'方法热'的出现是文学发展潮流推动的"。王蒙认为"科学主义也是一条路……也是魔方的一面","把文学作品的信息分成好多部分,运用系统论的方法研究。林兴宅有名言,他自己也解释不清楚,别人驳也驳不清楚,我认为这句话有一定的价值:'最高的诗是数学'"。(笔者回忆,沈从文解放前就讲过类似的话。)王蒙还说:"我还读过一篇文章,就是用弗洛伊德的学说(当时也算作新方法)来分析李商隐的诗,作者我记不清了,那篇文章也是很好的。分析李商隐自己对情感的压抑和压抑所达到的升华。"

王蒙很喜欢感觉印象式评论,自己写的也多是这种评论,但他说,"年轻的职业评论家如果不停地写这种感觉印象式的东西,他们对自己的要求就太低了,而且也无法满足读者、研究者和作家对他们的要求","你的考证要高于第一印象,要尽可能把自己的评论放在更深思熟虑更科学和掌握更多材料的基础上"。引进的各种理论、各种主义,如结构主义、后结构主义、女权主义、精神分析、语义学、叙事学、符号学等等,用来解剖作家作品,王干认为比印象批评"多了一点科学性,逻辑性较强","背景比较广阔","比较客观比较冷静地阐释作品的本来意蕴"。尽管引用者借用者存在他所说的"帽子特别大头特别小的错位现象"、批评"与作品的实际内涵不相称"以及分析作家作品的"切割""瓜分"现象,但是,恕笔者借用一个套词,80年代出现的"方法热"和人文主义、科学主义各种理论的运用或试验操作,其战略意义要远远大于战术上的成果,它的开启性的意义要在一个相当长的时期内才能显示出来。王蒙说,近来"一些年轻的批评家越来越感觉到不能仅仅是当作家的同盟军、吹鼓手、开路先锋,而要讲自己的意见……与此同时,也有越来越多的作家采取反唇相讥,或在作品里,用不屑一顾的态度讲一讲,说对满嘴新名词、满纸新名词或绕来绕去绕脖子的批评最好不看,越看越糊涂",对这种"分离"现象,他觉得"蛮有趣"——在一定程度上不也令人兴奋吗？

3. 反对批评的"泛化""庸俗化"，提倡有深度的思想评论

他们列举了批评的庸俗倾向的一些方方面面，有的地方宣传文化部门领导人不实事求是，极力借评论借座谈会推出地方的"拳头作品"，似乎"拳头作品"的出现主要是依靠"拳头评论"的吹捧。拉关系、讲情面，王蒙举出"老作家孙犁甚至为人写过这么一篇序，说这个人怎么好怎么好，对我非常之好，他写了一本书，我也没有看，但实在不能不替他写序，所以我就替他写序"。再就是开个会（包括吃吃饭，发点纪念品），说说套话、空话、客气话，加以综合报道，实际是不着边际、没有严格要求的高度泛化。还有就是兔子不吃窝边草，批评中不写本省、本市作家的缺点。有的编辑急于推出作品，刚出一校就把清样送请权威评论家赶写评论，"连作品带评论热炒热卖一下子出来"，拉不开距离，得不到应有的反馈和沉淀。

于是，王蒙提出"能不能评三年以前的作品？""建立一种更有权威的评论和更有权威的评奖，这样的评论和评奖应该要求文艺作品经过一段时间的考验。"还包括倡导评奖的"公开性"，减少"保密性"的"幕后"操作。他们提出"需要有深刻思想的批评"。文学评论可以不囿于作品，不单是书评式的评论，王蒙提出评论家可以做出对生活的评论，对社会的评论，对思想的评论。"作为社会问题、心灵问题、精神问题、哲学问题，在今天，人们都面临着那么多令人困惑的问题，这些令人困惑的问题就从作品来评论起，能说的话特别多"，比如从《你别无选择》看当代青年，甚至看艺术心理，从《无主题变奏》看价值观问题，看现在城市青年到底追求什么，因为评论的独立品格、独立价值在于"作品里许多内涵不是作家通过他的作品完全表达出来的，也不是一般读者都能看清楚的，评论家应该更有远见卓识一点，总可以把文学现象、一个作品的现象和历史、文化，和社会的变动，和

各种思潮的涌起、沉浮、碰撞连起来,叫作借题也好",评论家借此"发表他对人生、哲学、社会的看法"。当然,不仅是这些大的问题,还有些小的题目,王蒙举出一个日本人要研究丛维熙作品中的"花",要评论王蒙作品里多种多样的"梦",王干举出艾青诗歌中的"太阳"意象,此外如作品的题目用字等等,都可以列题研究。巨旨宏论,雕虫小技,都不妨评一评,说一说。

第七章　作家的自我复归

王蒙1989年9月获准辞去文化部长职务。

一个明显的逻辑是，像王蒙这样矢志创作的人不可能、也不会长期担任专职行政工作。担任部长，也是一种生活体验，一种作家难以获得的体验，但毕竟要占用太多的时间和精力。

他辞职后，仍接连写作，到1992年，又迎来了创作大丰收。这一年，王蒙发表了短篇小说、微型小说13篇，散文和杂文近30篇，各种文艺杂谈、序言、自述、书评近30篇，还发表了系列长篇小说第一部《恋爱的季节》，撰写了一些诗歌。他的以"综论"形式编入文集的诸如《漫话文艺效果》《再说文艺效果》《题材与作家》《建设与文艺》和《为了民族的生机》等文，从一般情况看来，超出了专业文学评论家的论述视野，他谈文艺效果和文艺题材的多样性、开阔性和辩证关系，他谈建设文艺跟战争文艺、阶级斗争文艺相比应具有的丰富多彩、文化消费、形式追求和精神需求等各方面的特质，他强调坚持十一届三中全会以来的文艺方针政策的连续性、稳定性，这些都显示一种"全社会性""民族生机"的关怀，跟他此前的部长任期以"代言"性质写作的文章，没有大的、根本性的区别。他一如既往地思考和写作，关心文化全局，边创作边评论。

此后，1993年担任全国政协委员，他也进入了年近60的老年期了。当他1993年2月18日在《金融时报》新闻写作培训班讲课中谈及自己的生活近况时，他这样说："生活情况我觉得很好，现在没有行政工作的负担，可以用更多的精力投入创作。来访的人很多，我也到全国各地去，也到国外去访问，前年去了新加坡，去年去过澳大利亚，今年三四月份要去新加坡，可能还去马来西亚。对我个人的写作来说，我认为现在是我写作的黄金时代，实在是太好了。""不过最近我感觉到，尽管我精神面貌还好，头发也还比较黑，但确实是老了。今年我59岁，明年就60了，现在写得多了感觉十分疲劳，所以现在写作的数量也就是每天千字。我年轻的时候最多一天写过15000字，平均也能达到每天三四千字。"①

王蒙的访问不断，继1993年3、4月去新加坡（出席新加坡1992年短篇小说金奖大赛的颁奖仪式及庆典）、去香港（以驻校作家身份访问香港岭南学院）、去马来西亚（担任《星洲日报》主办的"花踪"文学讲座的主讲人）之后，8月22—27日出席了意大利的"文化评论比较方法"国际会议，8月28日—11月30日应哈佛大学邀请赴美讲学。到1993年底，王蒙出版了500万字的10卷本《王蒙文集》。

一、伸进生活枝蔓里的小说创作

作者辞职之后，在小说创作上，总体上仍处于一个相对的间歇期。新的、更大规模的长篇作品在酝酿思考之中，长期牵挂心头的题材、人物故事在写作上基本上告一段落。现今，日常生活的见闻、感受和思绪又时常涌动而来，于是，小说创作上不是大主题大题材大部头，而是把笔触伸进生活的枝枝蔓蔓里。

王蒙的短篇小说《坚硬的稀粥》发表于1989年《中国作家》

---

① 《新时期文学面面观》，见《王蒙讲稿》第110页，上海文艺出版社2001年版。

第 2 期。这是一个生活幽默、语言幽默的故事，它以小题大词、大题小词、政治词语生活化、词语配搭对立化（如标题的形容词名词配搭）为特色，是改革开放后作者摄取生活、表现生活的一种轻松、一阵哂笑。作品写一个四世同堂的大家庭为"膳食维新"引发出来的风趣逗乐的故事。在新风新潮日劲的形势下，这个家庭的吃什么买什么本来都由爷爷说了算的情况也发生了改变。爷爷首先提出"由元首制改行内阁制度"，家庭成员"轮流执政"。在改革饭菜"四十年一贯制"的议论中，作品把主要揶揄讽刺笔墨指向了儿子。他大讲动物蛋白与身高体形、稀饭咸菜与东亚病夫，向往"全国都吃黄油面包外加火腿腊肠鸡蛋、酸奶干酪外加果酱蜂蜜朱古力"，在他的"现代化"主政下，弄得全家胃炎便秘腹痛烂嘴角，一月伙食费三天便花光。接着，又挖苦一通全家唯一喝过洋墨水的堂妹夫，他大讲"根本问题还是体制"而不是吃不吃稀饭馒头，关键是民主，"没有民主就只能稀里糊涂地吃……丧失吃饭的主体意识，使吃饭主体异化为造粪机器"，他提出"竞选"，各人把食品方案提出来，"一律公开化、透明化、规范化、条文化、法律化、程序化、科学化、制度化，一切靠选票靠选民公决"。结果大家纳闷，"有现成饭不吃去竞选，不是吃错了药是什么？"在竞选（由选主政人到选最佳炊事员）闹腾了一通后，这个家庭一分为四：儿子去了合资企业，叔婶搬到了新分的单元房，堂妹夫又出国"深造"了，剩下的爷孙饮食也丰富了。但是，他们都有一个共同的爱好：不忘稀饭咸菜。作品风趣地点题：坚硬的稀粥。就家庭 11 个成员来说，论资排辈当然首推爷爷，过去都是他说了算。但是，在全篇幽默的叙述里，爷爷开通随和，从善如流，最早是他提出轮流执政，他总是显得"慈祥苍劲"。"稀粥"的"坚硬"，从作品的实际描写来看，不是源于爷爷，而是包括那个儿子在内的每个人的心理积淀，早餐可补充，可丰富，可调配，也不必铲除"稀粥"。

作者1990年上半年发表的《阿咪的故事》①《现场直播》和《话、话、话》②写得明白晓畅，人物独白和对话明白，故事也明白。但是，一切都写得十分客观，不露作者的倾向，靠读者自己去琢磨。《现场直播》写一家父母祖母儿子儿媳女儿和一只波斯猫观看中国队对古巴队的女子排球赛现场直播，解说员的解说和家庭成员的观感交叉展示，等于两场现场直播。儿子、儿媳、女儿三人的顶嘴、赌钱输赢，儿子的"崇洋媚外"和横竖挑剔，父亲以老子身份对儿子的训斥，儿子嘟噜父亲房子、差事、外汇券、出国一样也解决不了，父亲的大怒，女儿主张可用"意念"帮助女排打球，祖母的打呼和滑倒地上，母亲说老太太一看电视就睡、一关机就醒、开了再看、一看又睡、睡了还不承认睡，最后，全家也都快乐地坚持下来，只有波斯猫喵喵地叫。作品是给这个幸福的中国家庭录像，存以备考。《话、话、话》写年过半百的两口子的对话，丈夫从星期六晚上诉说第二天去郊外、郊游的种种好处，到第二天赖床又诉说上车的艰辛、人挤人、传染病，决定待在家里的必要，到诉说吃牛肉的最佳选择以及不能从自由市场也不能从国营商店购买的种种理由，一直到诉说吸烟和语言的利弊。妻子先是百依百顺，后来睡在丈夫旁边，觉得可怕，到后来，他激动地去拥抱妻子，妻子没有了，"床上只剩下了他一个人"。这位丈夫成了一个话痨症患者。《阿咪的故事》也很清楚。一家人讨论养猫，奶奶、儿子反对，女儿支持，儿媳主张要剪猫的爪子，作为一家之主的教授说还是要养，为猫道主义，不给猫剪爪子做手术，但是必须立一套规矩，只准猫进厨房、饭厅、锅炉房，不准进卧室、客厅和书房。奶奶为猫找了木匣子、做了小褥子，但猫总是凑到房间客厅门口哀哀求叫，"它要的是人的亲昵而不是

---

① 见《王蒙文集》第四卷，华艺出版社。
② 这两篇见《王蒙文集》第五卷，华艺出版社。

'四星'软席"。这只猫一次钻进儿子的房间，被捉出来打了一顿。此后，猫也进了木匣子，但是又懒、又脏、嗓子又哑，忽然一天不见了。当全家处于思念、失落的时候，这只猫叫着阿咪回来了。家人用牛奶、牛肉接待，敞开了每一个房门，猫的眼睛闪闪发光，好像"打了一个胜仗"，抬头"检阅"每个家人，然后"一溜烟一样地爬上槐树，跳上屋顶，回身望了望惨叫着它的主人们，离去了"。这个故事至少有一个意思：人哪，要善待一切呀，不然有时你改正也来不及了。

《济南》① 写于1990年7月，全篇就是写一位姥姥的回忆，回忆对象是她的一个身为政协委员、老伴也不在的异性老战友。姥姥诉说，"你说你一天都在家"，"你问：'今天你能到我这儿来一下吗？'我说当然"。然而，姥姥老琢磨他找她去到底做什么。原来，在会面中，他要追索他们的第一次见面，那是庆祝济南解放，你说"你看过我扭秧歌"，"你说我们文工团的人举着火把，脸照得红扑扑的。你说你一眼就认出了我是来自城市，是个学生娃。你说我的头发上系着的不是红头绳而是丝带，你说我很特别"。"你告诉我你会弹钢琴……"多么鲜明的第一次印象啊！至此，读者会敏感到一个问题：许多青年时期相识相交的异性朋友，由于某种偶然，或不再相聚，他们在婚姻家庭问题上失之交臂。于是，这位姥姥也在这种回忆与琢磨中，渐渐地进入他们之间的相亲、相依、相恋或者叫"黄昏恋"了。姥姥夜半醒来，"我想起你的含泪的晶莹的眼睛。老人本来不应有那样明亮深沉的目光，本不应有那样温柔。我忽然明白，你找我只是为了友谊，只是为了你'想'我了，只是为了说话……噢，除了你，除了你又有谁会和我谈这些呢"。而这一切，又是"经过那么多隔膜寻觅和误解以后才被觉察。莫非我们所有的情感的细胞都已枯萎，我是木头人么"。

---

① 见《王蒙文集》第五卷，华艺出版社。

作者把笔触伸进了两位孤独老人的心灵深处和情爱世界。姥姥准备"回应"对方,她心想只需跟对方说"我想起济南来了……"他们就会心心相印。然而,第二天一早男方孩子就告诉她,"说你昨夜猝然去世了"。

《我又梦见了你》① 的写作比《济南》早5个月,但它的写作就太虚幻、太不可捉摸了。笔者忽然想到,不妨把这两个短篇联系起来读,不是说它们可以互相注释,而是大致的岁月风云比较接近。《我又梦见了你》中有六个片段的梦境,"我"梦想起"那时硝烟还没有散尽","你有两条小小的辫子","我知道你正在等着我的电话,至少等了三十年"。在那些虚幻的、不真实的、荒谬的梦境中,"我"怀念"你"的如下一些生活形象倒是坚实的:"那个秋天的铜管乐怎么会那样钻心?"是不是"我们在摆荡着的秋千上会面"呢?"我"坐了火车又坐汽车,给"你"打了许多次电话打不通,"我们"可能在炉火里互相握过手,"你的手指上有一个小疤","你生气了","我们之间发生了争吵","我"写了那么多书信也没有找到"你",终于,"我"又拿起电话,一打就通,一找就是"你",在梦里,"我们紧紧地拥抱着,然后再见",我们成了矗立街头的迎风受雨的"石头雕像"。这里,一切记述都是虚幻的,我们可以琢磨"我"对"你"的追寻,追寻的失落,失落后的相聚相亲。然而,也存留一个问题,如果作品里的语言形象不像现在这样散淡,更客体、更稳定、更带有鲜明的特色,那么,在文学的交流中就会获得更多的稳定性。我们当然不赞同古典理论追求作者、作品与读者的统一和同一,那是根本不可能的,我们也不赞成20世纪现代主义理论把它们三者绝对化、孤立化,我们希求达到一种相对稳定性的趋同,这也是文学交流的精髓之所在。作者在《王蒙诗情小说》(漓江出版社)的《如诗的篇什》的序文里,称这篇小说是1989年底离

---

① 见《王蒙文集》第五卷,华艺出版社。

开行政工作后又返回追求诗情的"开篇之作",会不会有另一种可能性使作品发生更大的影响呢?

1991年发表了《室内乐三章》和《小说瘤》①。前一篇三个故事都是记录每个主人公心灵深处的一个症结,这症结又都同怀旧情绪发生联系,似乎这症结的消除都要依赖怀旧,甚至指望着旧的恢复和重现,然而,均非始料,终归感悟到始料的某种破灭。《D小调谐谑曲》里那位院长为冬天房间蚊子的咬包和"D小调谐谑曲"的嗡嗡声所困扰,他想起童年的土房烧炕没有蚊子。《诗意》中的刘教授患了口吃症,总觉得应归因于失去了旧时那个原色土布做的、里面装上荞麦皮的枕头芯。《晚霞》里老张总是想念或梦见家里那块紫色毛毯,认为丢掉毛毯是一生不可原谅的过失。他寻找经年未着,妻子死后别人为他介绍老伴他也答应接待,当忽然发现在妻子褥子下垫着这块紫色的毛毯,他失望了,毛毯颜色变黄,旧物失去魅力了。他还是辞拒了那个同他联系的女人。老人们的怀旧是常常富于诗意的,但他们未能面对今天和未来,未能迎接新的生活,这诗意也会化为水泡和水沫。

《小说瘤》中的主人公得的是另一种心灵的病症,叫作两耳不闻窗外事,脑内但患小说瘤。他不管外面大雨,危房救灾,一心写小说,结果被砸伤被别人扒了出来;他的女友邀他参加别人婚礼,他要写小说,当女友噘嘴不满意,他吻她凸起的嘴唇,"在嘴唇接触的那一刹那分了心",又构思起小说。他自认得了"幸运癌",很多人建议他去医院就诊,最后诊断为"小说瘤",症状是"过分冷漠却又自以为过分热情,过分愚蠢却又自以为十分精明,过分自信却又十分无能"。结果,一无所成,女友离去,"我再也不写了"。

王蒙在1992年发表了《灵芝与五粮液》《名壶》和《调试》②

---

① 见《王蒙文集》第五卷,华艺出版社。
② 均见《王蒙文集》第五卷,华艺出版社。

三篇短篇小说。前两篇是三个故事，它们都牵涉到这样一种特殊的社会心理：一个人因为某种机缘，享用了或者占有了某种或某件值得珍视的物品，但是，这种获得的欢欣忽然变成了获得后的犹豫、不安乃至折磨和痛苦。《灵芝》里的老刘查出内脏有什么阴影，偕老伴乘飞机去某风景区疗养地，因为服务员灵芝姑娘的带领，吃了老中医杜神仙配制的"灵芝仙水"，他于是叫秘书电汇全部存款购买这种对身体有益的仙水。待到回城一年后，老伴从一家报纸周末版上读到《揭开灵芝仙水的骗局》的通讯。《五粮液》中的老赵因为接济一位"混"得不如自己的初中老同学，而接受了对方知恩图报、好不容易翻箱倒柜找到的一瓶"五粮液"。《名壶》里的知名度和地位待遇都很高的李老，也因为接待和招待一位慕名前来"只求一见"的、他的含冤过早离世的老同学的弟弟，接受了对方送来的紫砂茶壶。日常生活中，这类弱势群体向高职位、高名声的关系人赠送自己舍不得享用的珍贵物品，这是多么令人感动、令人心酸的人世交情啊！现实中又常常出现相反的效应：老赵看了电视里打击假冒伪劣商店的节目，这送来的"五粮液"会不会是假的呢？李老收下的那把名匠张二木制造的紫砂名壶（同学弟弟自称是县长送的，因为他救了县长溺水的儿子），家里人也怀疑是不是假的呢？老赵过去常喝"五粮液"，"知道不能光认牌子，长了心眼儿思想'复杂'了，反而把最美好的对于'五粮液'的雀跃之情给破坏了"。《名壶》的结尾不止一个，假的，"小地方人哪里知道张二木名壶"？真的，"越小地方的人越大方"。A."茶壶是真的，情谊是真的"；B."不但壶是假的，只求一见也是假的"，"求他办事是真的"；C."壶是假的，心是真的"；D."请教行家"，有说假的有说真的；E."壶不是张二木的名牌，但质量比名牌还高"；F."不必问真或是假"，你送壶，谢谢，你无所求，再见，你有所求，我尽力，如办不到，对不起，你不满意，可以还壶，还可送些礼物……"他"搞得晚上失眠"

了，但终于，酌量再三之后他睡着了。

《调试》也是写一种获得和拥有，却是一对夫妻购得一台20英寸彩色电视后为"调试"而招来的全部烦恼。他们开始是为调不同节目、为开电视还是关电视而烦恼，后来主要是为调清晰、调色彩、调保真而烦恼。妻子对比了人家的电视后，调试来，调试去，"圆环不如羊角，易拉罐不如同环，鱼骨不如易拉罐"，"拉长缩短，左转右转"哪个也不比哪个好。"好了没有？""好了。""真好了？""真好了！""你说的是真话吗？"作品写道："为否定妻调天线的成绩而辩论？否定了妻的成绩对谁有利？肯定了妻的成绩又是对谁有利？否定了妻的成绩你怎么办？再换一副天线？再换一个电视机还是再换一个妻？"妻子搭梯子上房顶去调，第二天调完天线又调微调，"这样的调整不仅妨碍了看电视，而且使夫与妻之间产生了隔膜"，"你为什么不对我说真话？……你究竟爱上了谁？"夫无言以对，诉说"不要太挑剔，不要求全。水至清则无鱼，人至察则无徒，金无足赤，人无完人"，妻"最痛恨的就是夫的一套一套逻辑"，只是默默掉泪。最后，作品出现了一个滑稽的结局："他俩几乎为调电视离了婚。他俩为调电视更加谁也离不开谁。"夫终于用电烙铁把一切旋钮都焊死，妻中福利彩券又买了一台不用手调的高档"傻瓜电视机"。妻想，傻瓜最好，夫吻了妻的肩膀。作者把笔伸进诸如此类各种生活犄角，将它们显微放大，读者在轻松逗乐中也不无获益。

作者这几年发表的唯一一篇中篇小说是《蜘蛛》[1]。这篇作品专意审丑写恶，以编排故事和蜘蛛形象构成自身的两大特色。老板久战商场，不仅使一个个对手在他的"计算精密，料事如神"的运筹中败下阵来，"连每周做爱几次每次几分钟都是经过优选而排列既定的"。妻子死后，他把全部精力倾注在生意和女儿海嫒身

---

[1] 写于1991年6月，见《王蒙文集》第三卷，华艺出版社。

上，以致两个风骚又怀野心的美妇因打他的主意而碰壁。

作品还写恶以制恶，恶包围恶。与这位老板相比，作品写了一个中等身材、猥琐精瘦的小职员祝英哲。此人开始只能在父亲的床底下铺床过夜，却从三只眼睛闪光的蜘蛛的深邃的语言符号里获取启示和灵感。他对老板和女儿采取长期迂回包抄的战略战术，比方说，用笔记本辑录老板的"失败即罪恶""迟到就是自杀""弱者只有在为强者垫脚时才稍有用处""做人难做狗尤不易""爱兔子就会变成兔子，杀鹰才能变鹰"等胜过曹操处世哲学的格言；比方说，用笔记本写满倾慕思恋小姐的情诗。多年经营之后，祝英哲得到提拔，又在老板和女儿遇车祸受伤、女婿身亡之后，侍奉周围，每天给女儿床边献出卡片上不留姓名的一束鲜花。终于，祝英哲与海媛完婚，老板宣布退休，把职位传给这位"半子"。

借一个中篇小说来专门写恶，这在作者来说，还是第一次。用蜘蛛吐丝织网来写一个阴谋家，把细节的荒诞性与总体的真实性结合起来，在作者也是第一次。作品写祝英哲阴谋篡权，始终伴随蜘蛛，甚至呷摸出蜘蛛对他说的"先吃老鼠后吃蚊子……"的声音，后来还对下属说："还有人说我说过我会吐丝结网，难道我，你们的老板是一个大蜘蛛吗？"这些，在小说做法上，在人物刻画上，似乎没有先例。作者强化了恶和恶的意象，令人铭记于心。

王蒙在《王蒙、王干对语录》里，谈到"荒诞的优势就在于它抽象，它不一定针对哪一国、哪一人、哪一时、哪一事"，是"超社会的，在这种社会制度下可能发生，在另一种社会制度下也可能发生"。像狼和小羊的故事，带有寓言性，"寓言是一种普遍的模式"。同时，荒诞写法又有一种"切肤之痛"的写作需要。[1]作者在《蜘蛛》里戏言小说故事是从海外来，没有社会制度和时代背景的确指。这些，都可以说明这篇审丑的《蜘蛛》所体现的

---

[1] 见《王蒙文集》第八卷第593页，华艺出版社。

寓言性、荒诞性、抽象性、超社会性或超意识形态性，作者的鞭挞，又是不留情面的。

二、散文、杂文的丰收

这几年时间里，和小说创作不同，作者迎来了一个散文、杂文写作的多产期、丰收期。辞去文化部行政工作之后，按他的说法，有一种"归队"之感。一些文债可以偿还了，一些真实的往事可以记叙成文了，一些细微的情绪、过去来不及酝酿成熟的，也可以凝神结想整理成篇了。他还安排回访了一趟新疆。年事渐高，人世沧桑，引发了对社会对人生的思考——这一切，都是散杂文写作的好时机好材料。

这期间，他写作散杂文近50篇。他的一篇散文的题目叫《我可以在读书上下点功夫》，实际上，他现在有较充裕的时间，可以在各方面下功夫。那篇《天街夜吼》写他1992年6月和同行文友登临泰山，夜晚依石而坐，观星月观灯火，"便觉渐入佳境，乃仰天长啸，引吭高歌，歌妹妹你大胆往前走，远处一位不相识的老哥便喊此歌不让唱了，略一困惑，继续唱自己的，不相信这歌能割鸟"①。文章写得十分率性。

有一些散文，如《佛罗伦萨一夜》《榴梿》《海的颜色》《作家的书简与友谊》《搬家》《我和图书馆》《富有兄长之风的苏策》和《在声音的世界里》②等，是一种补记，是记述前些年乃至更早发生的事。《作家的书简与友谊》写得极浓缩、极有情趣，甚至见出他这

---

① 载《新民晚报》1992年9月5日，见《王蒙文集》第九卷第480页，华艺出版社。
② 均见《王蒙文集》第九卷，华艺出版社。

个特殊人的历史:从1962年处境刚刚松动就收到韦君宜鼓励他写作并准备出版《青春万岁》的信,在新疆伊犁收到寄自广州的黄秋耘的"文章与我共甘苦,肝胆唯君最热肠"、自述"不窃王侯不窃钩,闭门扪虱度春秋"的信,"四人帮"倒台收到萧殷"这几天我见人就说,王蒙来信了,王蒙来信了"的回信,收到周扬、夏衍、冰心、黄佐临、荒煤、冯牧等人的信。冰心来信说她不喜欢雨,她爱阳光,也爱雪。荒煤近视眼,字写得又小又密又花。还有,同辈文友如李子云、何士光、刘绍棠、张洁、贾平凹、玛拉沁夫、邓刚、冯骥才、弘征、张承志、铁凝、王安忆、张长、张宇、胡辛、许辉等人的信,真是如他所说,"文人相亲,文德相聚","知我爱我,敢不勤勉小心!"至于他自己,检讨"做得太差太差","丢三落四,疏懒在我,来而不往,失礼于人。信债如山,何日可偿"。念念不忘这种"如切如磋,如琢如磨,相提相携,相警相策"的书信情意。

《佛罗伦萨一夜》和《榴梿》是写吃的,当然也写了见闻。榴梿又臭又苦,众说纷纭。似乎食物也和世界、人生、人情一样,那么复杂,难以简单化,"慕其名,究竟算不算它的知音呢?世界上已经有了那么多万紫千红的水果,又何必再来一个叫人议论、叫人为难的榴梿呢?难道还嫌我们的口味我们的诸种说法太简单吗?"由吃而思想邈远。1987年9月去意大利接受蒙德罗国际文学奖,他主动提出去一趟佛罗伦萨,自然少不了参观比萨斜塔。那一夜该项文学奖评委负责人林蒂尼先生请他去一家著名餐馆用餐,先约晚10点,因为人多,一拖再拖,已经过了午夜,由于长途旅行,"我已半醉半睡"了。餐馆的颜色在夜色中"酷像神甫的道袍,是棕黑色的",不像餐馆,更像教堂,地方很小,"我不知道人们是不是应该怀着神圣的忏悔心情来这里吃饭"。联想到他的另一篇散文《吃的五要素》[①]讲到不仅新闻而且餐馆也要讲"5W",

---

[①] 见《王蒙文集》第九卷,华艺出版社。

即不仅问（吃）什么，而且问何时、何地、何人、为何与如何（吃）的。文章提到纽约一家咖啡馆的墙上、天花板横七竖八贴满了二战的新闻报纸，外刷透明漆，你吃着喝着，兴许一抬头就看见丘吉尔或希特勒的头像；还有费城一家墨西哥餐馆，连墙壁都是裸露的红砖还有凹凸不平的泥巴，有的餐馆标明是海明威、马克·吐温当年常去的地方；伦敦一家古老餐馆说是狄更斯在那里用过饭，这一切，让你去想象吧。但是，有一条，不随意扩大面积、改建门面，顾客再多也不图这种生意，必须维护个性和风格。

写颜色和声音的散文，《海的颜色》和《在声音的世界里》写得很有特色。海仅仅是蓝的吗？作者觉得渤海湾是"草绿色"的，阴雨天又是"灰蒙蒙"的，浅海处常见"黄褐色"，遇到风浪，又成"红褐色"。他去西沙群岛，海是"深深的湛蓝色"。1987年去意大利西西里岛，有机会下海游水，他觉得海滩沙子全是"白色的"，海水是"纯净的天蓝"，那种"少年人的天蓝如玉"。1989年去法国，顺便看了摩纳哥，那海的"天蓝"似"深一些"。然而，不管什么海，都是海水，"浪花又都那么白，白得叫人心碎"。那么，是不是这浪花的"白色"，如同声音里、歌声里的"忧郁"一样，它们之间产生通感，成为色与声的姊妹，使普天众人都心碎呢？《在声音的世界里》写他孩提时听到的算命瞎子吹奏的笛声，是他"这一生的第一节音乐课"。此后，从他喜听的雨声的大、中、小引起的心灵不同感受，风声使心"抽紧"，风雨声混在一起使他"沉浸于忧思中而又跃跃欲试"，一直到不同时代的歌声，写了耳闻声音史。作者土的洋的都能来，从单弦牌子曲《风雨归舟》、苍凉高亢的河北梆子，到《我的太阳》《伏尔加船夫曲》《老人河》，到《喀秋莎》、"我们祖国多么辽阔广大"，到莫扎特、柴可夫斯基、贝多芬、肖邦，到流行歌曲、通俗歌曲、周璇邓丽君韦唯、美国的约翰·丹佛、巴芭拉、德国的尼娜、苏联的布加乔娃、西班牙的胡里奥，他都喜欢。但是，作者说老实话："我的音乐知识、音乐水准并不怎么样。我不会演奏任何一样乐器，不会拿起五线谱视唱。"但是，他喜欢，他沉醉，他从声音、从音乐中理解、倾注了自己的人生。从音乐中，感受到"一种神圣，一种清明，一种灵魂沐浴的通畅爽洁，一种对于人生价值包括人生的一切困扰和痛苦的代价的理解和肯定"，"是我能够健康地活着、继续健康地活下去、战胜一切邪恶和干扰，工作下去、写作下去的一个保证，一个力量的源泉"。

1990年10月，作者再访了一趟新疆，这诱发了他写作一系列心系新疆的散文。他对喀什噶尔这个具有"强烈的对比，炎热与清凉，古老与崭新，干旱与滋润，绚丽与单纯，庄严与活泼"的城市说："时隔十五年，我又来了！我们都走过了那么长的路，喀什别来无恙，思念你的人别来无恙。"（《永远的美丽》）到了巴彦岱，看到老房东还健在，家里"挂上了色彩鲜艳的挂毯和腈纶毛毯"，而"另一家老房东与房东大娘已经谢世。他们的儿媳与我抱头大哭"（《又见伊犁》）。他想起了新疆阿图什一带的无花果，"成熟到金黄色，由一位姑娘来摘下，吃以前放在手心里啪地一拍，然后再敬给你"（《无花果》）。还有，新疆化雪后的《四月的泥泞》，人们穿上高勒胶靴，"从泥里抽出靴子来造成瞬间的真空、空气与泥形成了气泡破裂"的呱呱呱的声音。他这次去巴彦岱乡，农民仍称他是"王大队长"，他又想起当年担任了一年副大队长时《我们"大队"的同事们》，这些干部各有个性，工作劳累，"我特别同情他们"，对于骂干部成风，"我总替他们有点叫屈之感，他们不容易"。还有，他们坐长途汽车在公路上的时候，天热，司机到了半夜把车往路边一停，钻到车底便睡便打呼，"我可没有那么大本事，迷迷糊糊，哆哆嗦嗦（冷的，不是怕的），心想来新疆可真不白来"，他把这称为"伟大粗犷的经验"。

当然，这次去新疆，特别怀念、特别想写的，是《新疆的歌》①。如果维吾尔诗人纳瓦依说过："忧郁是歌曲的灵魂。"那么，作者这次从心里对新疆、对维吾尔民族发问了："你为什么那么忧郁？由于干旱的戈壁沙漠吗？……由于道路遥远音信难传吗？……由于得不到心上人的呼应、得不到知音？"他觉得盲艺人司马义尔唱的《黑黑的眼睛》里面的爱情，"那是一种永远思念、却又永远得不到回答的爱情，那是一种遥远的、阻隔万千的呼唤，既凄然、又温暖"，他觉得"能够这样刻骨铭心地爱，刻骨铭心地思恋的人有福了，能唱这样的歌，也就不白活一世了"！真是："一声'黑眼睛'，双泪落君前！他一唱我的眼泪就流出来了。"作者说得好，对于这首唱不完、像"谜"一样的"黑眼睛"，"我没有解开这个谜"，"我至今学不会这个歌"。这也是永远牵系作者心灵深处的伊犁和谜一样的忧郁哟！

至于南疆的民歌，可以拿《阿娜尔姑丽》作代表。"阿娜尔姑丽"是石榴花，也是南疆常见的姑娘的名字。作者认为这南疆民歌似乎更有节奏性，歌者似乎迈着沉重有力的步子，或骑着骆驼，在漫漫砂石戈壁驿道上长途跋涉，"引路者的歌声坚毅而又温情"，"他们体验着大地的辽阔、荒芜、寂静与神秘；他们也体验着自己内心的火焰的跳动、炽热、熬煎和辉耀"。这篇《新疆的歌》发挥作者散文的抒情性特色，把他对新疆的观察、记忆和怀念，借歌声抒发出来了。

这期间，他还就人们普遍存在的情绪、心态和涵养修养写了一些小文章，如《喜悦》《烦恼》《嫉妒》《我的遗憾》《一笑》《轻松》《无为》《逍遥》《不设防》《安详》《再说安详》《吸烟》《诚贤佞》等文②，其中不少被作者收入前不久出版的《王蒙自

---

① 以上散文写于这次回新疆的半年多时间里，见《王蒙文集》第九卷，华艺出版社。
② 均见《王蒙文集》第九卷"杂文"类，华艺出版社。

述：我的人生哲学》一书里。一般说来，作家们写这类文章，都是在成年、成熟之后，有"阅历""经验"，经过大"摔打"、大"挫折"，"心怀坦荡"，"敢于自省"，具"无私"之心，看透看破人生又拥抱人生。王蒙年近六十，正好静下心来，体味与琢磨，掀开这写作的另一角，向读者传递心声。

《我的遗憾》是把自己摆一摆的文章，写得风趣、坦率，如见其人。他列出憾事十条，包括"非常非常的喜欢音乐，自以为音乐细胞不疲软"，却"不会任何一样乐器"，"连五线谱也识不好"；"学语言的能力似不甚低"，"但至今没有哪一门外语过关"；"喜欢开玩笑，有时引起了不快，得罪了人"，"有时付出了极大的代价"，但"仍然改不过来"；"说是不喜欢奉承，却终于接受了、提携了奉承自己的小人"；还包括"接到了朋友的信，写完信找不到地址了"；有几本"自己写的书，出版过程中连校对的时间都没找出来，错别字很多"，应该说，有的地方他是不检点、不细心的。在如何对待自我的人生哲学上，他说："遇事多想自己的缺点，多想旁人的好处。不要钻到一个牛角尖里不出来，不要越分析自己越对、旁人越错。不要老是觉得旁人对不起自己。"（《再说安详》）谈到为人的"不设防"，他说，"不设防的核心一是光明坦荡，二是不怕暴露自己的弱点"；"不怕暴露自己的缺点，乃至敢于自嘲，意味着清醒更意味着自信，意味着活泼更意味着真诚。缺点就缺点，弱点就弱点，不想唬人，不想骗人，亲切待人，因诚得诚"。这些话说出来，让我们每个人觉得在理、受益，就应该这样本真地做人，不必矫饰。这也是一个人经过摔打后返璞归真的自我认识、自我处置。你会取信于人，彼此真诚相待，当然，你还要前进，也许正因为这样，你才能真正地进步。

作者谈及为人处世时说："我有三枚闲章：'无为而治'，'逍遥'，'不设防'。"他说："无为，不是什么事情也不做，而是不做那些愚蠢的、无效的、无益的、无意义的、乃至无趣无味无聊，而且有害有伤有损有愧的事。"人一生"做一点有价值有意义的事并不难，难的是不做那些不该做的事。比如说自己做出点成绩并不难，难的是绝不嫉妒旁人的成绩"，还有很多很多。"无为就是把有限的精力时间节省下来，才可能做一点事，也就是有为。有所不为才能有所为。无为方可与之语献身。"他讲"无为是效率原则、事务原则、节约原则"，"无为又是养生原则、快乐原则"，"无为更是道德原则，道德的要义在于有所不为而不是无所不为"，"无为是一种自卫自尊。无为是一种信心，对自己，对别人，对事业，对历史。无为是一种哲人的喜悦"（《无为》）①。讲得真好。他把"逍遥"视作"一种审美的生活态度"，"逍遥"就是"把生活、事业、工作、交友、旅行，直到种种沉浮，视为一种丰富、充实、全方位的体验。把大自然、神州大地、各色人等、各色物种、各色事件视为审美的对象，视为人生的大舞台，从而得以获取一种开阔感、自由感、超越感"。自己好学，自己善良，不断丰富自己，或者说，"自己坦荡才能逍遥地生活在天地之间。蝇营狗苟者永远是一惊一乍，提心吊胆"（《逍遥》）。至于"不设防"，前面已提及，除了心地坦荡、不怕暴露自己的缺点弱点外，他还说："无害人之心，无苟且之意，无不轨之念，无非礼之思，防什么？谁能奈这样的不设防者何？"另外，"不设防是最好的保护。亲切和坦荡，千千万万读者和友人的了解和支持，上下左右内外的了解与支持，这不是比马奇诺防线更加攻不破的防线吗？"之所以不设防，"还有一个也许是最重要的最根本的原因：我们没有时间"（《不设防》）。这些讲得都有意思。

在《不设防》里，他谈到"我最喜欢题的自撰箴言乃是'大

---

① 如果联系到他的《喜悦》一文，把汉语中表达愉快一类情绪的字眼如"高兴""快乐""欢欣"和"喜悦"分成四种不同含意和层次加以解释，只有"喜悦"，"是一种带有形而上色彩的修养和境界"，"是一种智慧，一种超拔，一种悲天悯人的宽容和理解，一种饱经沧桑的充实和自信"，这解释是很有意思的。

道无术'四字"。这"大道无术",他多次讲过,是他的"自撰"。他说:"鬼机灵毕竟是小机灵。小手段只能收效于一时。小团体只能鼓噪一阵。只有大道,客观规律之道,历史发展之道,为文为人之道,才能真正解决问题。"而且,这"大道"还另有一解,是大手笔、大智慧、大才干、大谋略、大发现、大创造,它无"术"可寻,旧有的"术"不够用。土话说,打士(懂拳术)怕哈士(不懂拳术),在无先例的特殊境地,无术胜过有术。大作家、大学者、大科学家、大政治家、大经纪人,都符合这一箴言。此箴言纵横天下,贯穿宇宙,指点迷津。他在《也算学问》里说:"用'大道无术'的方式造句,或者可以说'大智无谋','大德无名','大勇无功'。"① 我们仔细琢磨琢磨,大到建功立业,小到恋爱治家,从大中见大,从小中见大,不都能体味到在特殊时机需要发扬创造的开天辟地性,而别开和摆脱一切因循和沿袭吗?

另外,还有一些小的散文或杂文,是涉及细微的情绪,如《轻松》和《感伤》②,仅从命题来看,过去是极少以此为文的。作者在《感伤》里说到小时候看到蚕变成蛹、变成蛾,看到春天的繁花凋零,看到夏夜寂寞的蝙蝠和萤火虫,听到婴儿无助的哭声和算命盲人的笛声,都会产生一种感伤。后来革命了,深知这种伤感的"不健康",并斥为"小资产情调",后来又碰到了挫折和坎坷,伤感也愈来愈少了。但是,这"感伤"是什么?是完全要不得、必须加以根除的吗?如果扣上"小资产"的帽子就是要不得,作者说:"其实真正的小资产者——如卖袜子与开餐馆的个体户,未必是感伤的。"作者承认:"我有过,现在也还有过了时的那点叫感伤的东西。"至于"轻松",现在是公认绝对需要的了。作者说50年代做团的工作的时候,经常是周末夜里办公开会,谈

---

① 《王蒙文集》第九卷第555页,华艺出版社。
② 见《王蒙文集》第九卷第29—30,589—590页,华艺出版社。

不到"轻松"的。作者进而说，轻松，周末调剂，看点节目，有利处太多，有利于身心健康，有利于享受生活的乐趣，"有利于人们知识面和心胸的扩大，有利于人们的全面发展，有利于人们多一点智慧和大度，少一点愚昧与狭隘"，甚至联想到参观一些伟人的生平展览，"我常常为他们劳顿的一生而感到崇高的敬意和些微的遗憾。他们晚年的某些悲剧很可能与他们过于紧张有关"。是不是这个理儿呢？可以琢磨。但在斗斗斗的年月里，整个安排十分紧张，这种过失与错误确与某些决策人过分紧张"有关"，这是不无道理的。对此，作者直白地说："我想得可能有点可笑，但我确实是这样想了。"

吸烟是人的自我选择。尽管我们提倡不吸烟，也不能强行劝止。作者写的《吸烟》一文，令我们感兴趣的不是他的吸烟史，不是他的戒烟的坚决，而是他在那些挫折年月的那种对烟的情趣。他从来不承认吸烟能"促进文思"，但在那吸烟全盛时期，他也有过一种"考验自己的控制力"的游戏，"例如吸着吸着突然停吸一天，或一天只准吸一支，或两天吸一支，我给自己提的口号是：不做烟瘾的奴隶，也不做戒烟教条的奴隶！"为什么还要吸、非要吸呢？"给自己找点事干，给自己创造一个既不打搅别人也不需要别人的机会，给自己制造一个漫思遐想的气氛，给自己的感官与精神寻找一个对象，去注意烟的色、香、味，分散一下那种种的压抑、烦恼和虚空。"他的那种"控制力"的确是一种游戏，一种沉重的游戏。但是，到了1978年6月，收到"文革"后中国青年出版社约他去北戴河改稿子的信函后，"我说戒就把烟戒了"①。他的《一笑》是由街头"福利券"抽奖中奖引发而来。他说，春节收到数十个有奖的明信片贺卡，为这机会而哈哈大笑，"得了机会值得一笑，失去了机会也不妨一笑"，"我们不讨厌机会，不拒绝

---

① 见《王蒙文集》第九卷第604页，华艺出版社。

机会，却绝不依赖机会"，"这一笑，也就够（好的）了"。至于社会世间职业、分工、报酬、荣誉，就根本不必去计较，而且没有那么公平、合理、合乎逻辑的，"人各有志，道不同不相与谋，也不必相为嫉妒"。他说："一位人物在听说某歌星一首歌得了多少多少钱后，大怒，曰：'我一个月才挣多少钱！'噫，何此人物之狗肚鸡肠也！您有意见可以要求增加自己的月薪，可以建议增加个人收入调节税，却大不该这样拉出自己来比歌星。"商品经济正在发展，各种矛盾层出不穷，消除不合理之后又有新的不合理，"面对许多琐屑的吃亏或相对不如人家得旖（益），最好的办法是付之一笑"①。作家命题作文，可大可小，可重可轻，可严肃可嬉戏，王蒙在这里推销处置生活问题的"一笑"了。

三、序文、创作谈和"欲读书结"

一如既往，王蒙应作者的邀请，为他们的作品撰写序文，有作家、理论评论工作者，还有相声作家、漫画家、摄影家。如果艺术各门类是相通的，他的《〈大藏纵情〉序》就是把作家的观照同摄影家的视角融合起来了。他觉得姜振庆的西藏摄影作品的角度"是独特的，是深邃的"，"他提供的不是常人容易看到容易喝彩的那种浮面的美好或者稀罕，而是一种穷其究里的发掘与发现"，同时，"又不仅是眼睛、不仅是取景、不仅是角度了，更重要的是灵魂与客体的一种交融、一种会心、一种共鸣"。这样，姜振庆的作品，里面的"雪山、蓝天、寺庙、长明灯、经文、僧侣、信徒、经幡、施礼、膜拜、壁画、歌舞……所有这一切结合成为一个整体，结合成一种全身心的虔诚、信仰、向往、梦幻，一种

---

① 《王蒙文集》第九卷第586—588页，华艺出版社。

独特的心灵的震撼,一支强烈而又神秘的心曲,一种是非凡的、几乎是悲剧性的境界"。① 从技术到艺术,从客体的实拍到从中闪烁着作者独具的灵魂,而且构成一个"大藏纵情"的整体,这确实不容易。何立伟从一个美文式小说家到试验画漫画,到既画画又配词的诗画配或漫画诗,确是艺坛的新鲜事。他写两句诗"花被采之后/获得了美丽和死亡的速度",又画一幅画"一个大辫子的多情姑娘闻着一枝花,四只鸟儿飞过",王蒙的解释是,"念花朵之凋零,惜春光之短促","这其实也是'念天地之悠悠,独怆然而涕下',不过更温柔些、女性些"。这里要求画的实感与诗的想象的互补与互释。王蒙既然应邀作序,就需要确认《何立伟漫画集》的特殊价值:"一点哲理,一点幽默,还常常有一点无可奈何的忧伤,一种高雅的却又是平凡和易于接受的、不伤害任何人而与世无争的却又是我行我素的风格、个性与趣味展现在他的漫画里。"②

他为韩少功小说集《风吹唢呐声》写的序《空屋及其他》、为胡辛长篇小说《蔷薇雨》写的序《动的"蔷薇雨"》,为郭雪波小说集《沙狼》写的序《需要郭雪波》③,都写得比较贴切,贴近作品的实体,贴入自己的阅读感受,然后做出贴切的评价。他为《灰与绿——朱向前文学批评》写的序《我看朱向前论文》,为贺兴安《沈从文评论》写的序《我说沈从文》④,也写得十分贴切,前一篇贴近被序者,后一篇主要是贴近被序者评论的对象——沈从文。他论说朱向前写得很熨帖,说"朱向前不一定是很爆炸、很具轰动效应的一位,却是比较扎实、比较能经得住考验的一位","他以自己的恳切、认真、一贯,以自己的不无热情的冷静

---

① 《王蒙文集》第七卷第553页,华艺出版社。
② 《〈何立伟漫画集〉序》,见《王蒙文集》第七卷第577—578页,华艺出版社。
③ 见《王蒙文集》第七卷"序"栏,华艺出版社。
④ 均见《王蒙文集》第七卷"序"栏,华艺出版社。

思考，赢得了文学评论中的一席位置"，而且，"既有搞创作的灵气和感觉，有创作实践，又有搞理论的平心静气的深思、逻辑力量与条理，有理论实践与教学实践"。当然，对评论中"过了头"的地方，也真切地提出。《我说沈从文》本身就是一篇动情的美文，当他说到"作家的命运有时成为了更加富有感染力的作品""老舍的'太平湖'的悲剧性超过了骆驼祥子"、沈从文的"寂寞和安静似乎也是一种奇异的'艺术创作'"时，我们都会唏嘘不已。他叙述了少年时对沈从文的隔膜，因为"我太渴望革命了"，待到"在少小的革人家命的骄矜之后又补上了被革的狼狈的一课"，我们又会感慨不已。于是，他下面的即使是对沈从文的"平静的小老头儿""个子不高，谦和质朴，既不俨然，也不凄然，本本色色，没有任何锋芒和矫饰"等等肖像描写，本身也含有历史的分量。他写到了他和沈从文的些许交往，写到了沈先生去世以及不搞任何追悼吊唁活动的遗嘱，对于在任部长、经常要吊唁前辈听取遗嘱处理治丧各种意见的他，也是深有触动的。"湘西别是一个迷人的世界"，"谁能做得到，吹出一个胜景或者'晾'干一个景致呢？"这是值得研究沈从文的人、再写湘西的人深长思之的。

《相声的文学性——序〈虎口遐想——姜昆、梁左相声集〉》[①]是一篇维护和倡导相声文学性的文章。相声有很多特性，除了文学性，还有技术性，如记性、口技性、模仿性、表演性等等。相声向来不为正统文人所青睐。王蒙在《序文》里就说到有些大家"不大喜欢相声，他们把说相声等同于耍贫嘴。有一位可敬的大作家大师长就不无遗憾地批评我的某些小说段落在那儿'说相声'"。怎么"贫嘴"就同文学、同文学语言格格不入呢？相声是笑的艺术，有益身心健康。作者说，"荒唐的逗笑中仍然流溢着生活，而

---

① 《王蒙文集》第七卷第 566—570 页，华艺出版社。

有生活依据的逗笑就不仅仅是逗笑，而成为嬉笑怒骂言之有物的文章了。"姜昆、梁左的这部相声集比起以前人们熟悉的相声段子"似乎多了些生活气息，多了些笑料的立体，多了些心态的概括，多了些耐人寻味的'味儿'；或者，可以说它们更文学了吧"。

在作家作品评论中，他1990年写了《我为什么喜爱契弗》，1991年写了《也算诗话》，到了1992年，接连写了《光照澄静如归故里——谈冰心早期的散文小品》《清新·穿透与"永恒的单纯"》《王朔的挑战》和《精神侏儒的几个小镜头》[①]。从阅读感受来看，总觉得他这些评论，同过去的文章比，写得越来越沉静，越来越纯净，仿佛油灯夜阑之时，敞开心扉，做着细细的诉说。这其中，有的是把自己摆进去，谈对契弗的独特的感受，有的是他过去评论几位活跃的当代作家的续笔续篇，谈诗的"诗话"写得很细，王朔的出现可以说是对文学、对评论（包括他自己在内）的一个"挑战"。评冰心的文章是倾诉式的，是他文章中少有的无保留的倾注和倾诉。在再次评王安忆、张洁、刘心武、张承志和铁凝的文章里，有纵观他们十年来创作历程的比较，有对一些作家由清新进入穿透的普遍现象的估量，同时，他也提出，现代意识并非是单一的，单纯与驳杂、审美与审丑并不是古典与现代的决然划分，在趋时中保持一种成熟、一种稳重，认为"现代意识的首要特质应该是它的广阔性、丰富性、立体性而非线性"，最终以"真正的文学"为主要目标，是大家应该共同斟酌、商讨的。

王朔真是"火"起来了，真是使人尴尬了。在众说纷纭、或贬或褒以及评价失度中，很需要一种相对公允和求实的看法。王蒙的文章一下子就切入了王朔的实体，比如说王朔"赋予了语言以新的特质：褒义与贬义的消解。他的人物在说'我是诡计多端的'或'我是卑鄙的'的时候你觉得他相当可爱。在说'你真悲

[①] 均见《王蒙文集》第七卷"作家与作品"栏，华艺出版社。

壮'或'我英勇不屈'的时候说不定是在涮你"。比如说"王朔的人物非工非农非兵非知识分子非领导非被领导非反革命非革命非先进非落后非中间非改革非保守非正经人非黑社会……"比如说"王朔的调侃胆大包天，什么神圣的词儿他都敢调戏捉弄，什么恶劣的词儿他都敢往自己身上拉"，幸亏王朔生活和出现在改革开放的年代。这是一种什么样的王朔现象呢？作者说"这是一个社会在转型期中必有的心态，王朔的作品将此种心态活灵活现、惟妙惟肖地传达了出来，使社会上最普通的小人物得以达到心理平衡和自我肯定"。作者开玩笑："我私下里早奉劝过王朔：你小子现在无论如何得找人猛批你一顿才行。我连题目都替他想好了：《哪个阶级的"顽主"？》《怎么可以"千万别把我当人"？》《"过把瘾就死"是什么样的人生？》《编辑部里怎会有这样的"故事"？》《谁是你爸爸？！你是谁儿子？！》……可是王朔说偏这样的'托儿'特难找，那原因，也许是没人眼红他兜里揣的那个街道办事处给开的'求职证'吧！"王朔的作品多，地摊书店摆的是，他的小说改编的电影可以搞"电影周""电影月"哩。然而，王蒙不无严肃地谈到了王朔的价值，"他不严肃也不媚俗"，"他替小人物说话，油滑中有时亦有无可奈何的呻吟和装疯卖傻"，"如果你说他小丑，他似乎还真有那么点胆识——不小也不大，至少不比你差"。作者说："我跟王朔在文学上是两股道儿上的，所以我觉得对他是能冷眼旁观一番，他一不留神斜个眼儿，大约也能把我窥个八九不离十，这很有趣。"还是回到老话，文学的路数太多，百花嘛。王蒙以特殊的语言状写和评论特殊的王朔。如果说，评论一个清晰可辨的、众口一词的作家作品，并不困难，那么，评论一个有争议、甚至争议太大的作家，而且使这种评论起一种"碇石"（这种"碇石"能长年月久经得住风浪的左右来回冲击）的作用，就不太容易了。

作者1988年底应邀给《读书》杂志开辟一个专栏，"欲读书结"。至1992年底,共发表文章33篇,见《王蒙文集》第七卷。后因需要,抽出其中9篇,编入另书。一般说来,在人们心目中,《读书》上发的文章就是书评,书文读后感,王蒙的文章则给人另一样感觉,从写作内容来看,不光是阅读书籍,还包括阅读人生;从自我表现来看,也不光是评书品书,还涉及他的眼光、兴趣、思考、议论以及为文的多样性、开阔性。他自谦写这些读书札记、学术小品、一得之余之类,"我缺少正规的学术训练,又没有下认真地做学问的功夫,立论粗疏,贻笑大方之处在所难免",但是,他也承认"我读书用书都倾向于生活,倾向于从生活到生活,生活之树常绿,从实际中找学问"①。

一般人写书评、写文评、写无论大小文章,总是要谈意见,谈见解,谈结论,或如医生审视他的对象,最后总要开出自己的处方;"欲读书结"栏开始两篇文章,就不是这样。它们好像就是给读者列出一种现象,一种供人思索的参照系,而作者不提出自己的结论。作者说海外华文报纸上译载的一个洋人就"夫妻怎样才能和谐"这个题目写的文章,就是"丈夫刚下班,切忌向他诉说家中诸事""丈夫对妻子的打扮不可掉以轻心"等等注意事项,而中国同胞呢,会觉得"真琐碎","你要夫妻和谐吗?首先要有共同的理想、追求、价值取向……其次……","中国人愈来愈习惯从根本上、从整体上、从关键上看问题想问题,解决问题了",叫作纲举目张、大道理管小道理。文章说,"我所拟的中式夫妻和谐论貌似颠扑不破与洋洋洒洒,实际上有两个缺点:(一)千篇一律,缺少新意。(二)可操作性差"。"而洋人的议论呢?(一)确实是琐碎了些。(二)确实可能有所补益。(三)小补益加到一起,也有齐家兼利安定团结的大效益。"接下来,文章写了"发挥":"中国知识分子为大道理、为动辄的整体研究、宏观研究、关键所

---

① 《第七卷说明》,见《王蒙文集》第七卷,华艺出版社。

在付出的时间和精力是不是太多了？"还写了六个"联想"，包括一位西德教授反映他们大学师生不爱听中国学者讲演中国谚语"国家的事，再小也是大事，个人的事，再大也是小事"，"大河没水小河干"，中国人写信封也是从大到小（国、省、市、区、街、号、人）等等。文章列举现象太多，让人浮想联翩。文章也太难一一下结论，文章也说笔者"无意抹杀由大及小、由高及低、先务虚后务实"，然而，我们不是在这种种列举、种种比较之中，让我们思考其他许多许多东西吗？另一篇文章《谁了解毕加索？》①只是列出毕加索不被人理解的现象，他遭到丘吉尔、杜鲁门这些文化素养颇高的"领导人"攻击，渴望评价他的爱伦堡也认为他的某些油画"难以忍受"，大画家马蒂斯认为他的《亚威农的少女》是一种"暴行"，一位可尊敬的"师长"也对作者说："在我们国家，在现在，不可能接受毕加索。"爱伦堡说，研究者确认了毕加索的诸如蓝色时期、粉红色时期、黑人时期等等，"不幸的是，毕加索突然把所有一切时期的划分一股脑儿给推翻了"。作者把毕加索的悲哀称为"海的悲哀""高峰的悲哀"，"毕加索的艺术创造力如海，而一些批评家只能接受海的一个角落、一个区域、一个浪头、一个状态"。当然，我们从另一个角度，又可以把毕加索看成一个湖，对于艺术永无止境的发展来说，他又不是神。他的暂时不被理解处，有哪些将来可以理解处，有哪些又确是他的失误处，这又是一个来日方长的话题了。艺术、批评，这两件日常人们可以触及的事物，又引起人们多少难以捉摸、难以理解的遐想啊！

还有一些评论，不是针对明确的个体，而是带有综合性、历

---

① 《夫妻怎样才能和谐》和《谁了解毕加索？》两文见《王蒙文集》第七卷，华艺出版社。

史性的评论。《反面乌托邦的启示》①是起因于三本书（［英］乔治·奥威尔《一九八四》、［英］阿道斯·赫胥黎《美丽的世界》和［俄］叶·札米亚京《我们》）的阅读。反极权，对科学主义、技术主义的批判，坚持人文主义精神是这三本书的共同倾向，集中指向是"反面乌托邦"，是对我们的历史乐观主义和机械进化论的一个提醒。当科学家用一个卵巢的卵子与一个精巢的精子交配，生产同一类型的人群，这多么可怕！如果统治者用高科技电视监测把整个社会纳入监视之下，人们岂敢讲真话？文章还提出一个令人深思的大问题："正面乌托邦与反面乌托邦果真是泾渭分明、火车道上的两股岔吗？一些美善至极的乌托邦，会不会带来或同时包含着负面的契机呢？"我们刚进入21世纪，"克隆人"的问题不是令人忧虑吗？包括笔者在内不少经历过"文化大革命"的人，不都曾经看到过大家砸烂炊具大办钢铁、每天早晨都拿碗到统一食堂打饭吗？《批评或有之隔》②里面讲到文学批评衡量作品尺度的多种"隔"，如经验的与主观的尺度，分类学的批评，按帽子要求脑袋的批评，用对帽子代替对作品的批评，跟着作家跑的批评，用作者前期作品要求作者近期作品的批评，以A作家A作品为样板来衡量B作家B作品的批评，还有姚文元式批评和胡吹乱捧式批评，这些读来让人似曾相识、见惯不怪。《〈读书〉补》③是就"商榷"一词做文章。文章说，"毛主席有言：世界上的事情就是要商量商量"，怎么本可以商榷的课题，变成了一边倒的大批判？"商榷的必要性取决于人类认识真理的复杂性、长期性"，"认识真理不可能一次完成，也不可能一个人一伙人乃至一代人完成"，应该如切如磋，取长补短，怎么就是商榷不起来呢？作者呼吁："真

---

① 《王蒙文集》第七卷，华艺出版社。
② 《王蒙文集》第七卷，华艺出版社。
③ 《王蒙文集》第七卷，华艺出版社。

正的商榷呀，我们想念你！"反思再三，文章列出商榷的必要条件：商榷者要用真实姓名，不能让"你在光天化日、众目睽睽之下而他身藏迷雾之中，烟幕之下"；再"商榷各方总应大致平等"，不应"带有那种泰山压顶的威势，不带有那种引蛇出洞的兵法，不做出一种大有来头的样子"；另外，"商榷最好是真的商榷，最好不要假商榷之名行批倒批臭打翻在地犹踏脚之实"，"吾国人提倡商榷久矣，而常常商榷不好，原因可能在此"；还有，学术性商榷还要一定的常识基础或共识基础，如小说人物语言不能个个代表作者讲话，不能揪住"小说中的反面人物、被嘲弄人物的话当作者的话批评"，商榷只能商榷论题，不能"一味地钻研被商榷者的自身"，"变商榷为给被商榷者作鉴定，那就不是商榷的任务而是有关人事或安全部门的任务了"。读者读来，感到这些论述有一种真切的历史感，具有现实的警世性，想让"双百"方针真正落实下来。

另外一些文章，如《符号的组合与思维的开拓》《东施效颦话语词》和《再话语词》①，也很有意思。一般情况，这些文章论述的内容，从评论和书评来说，是不为人所注重或提不到桌面的。幼儿园孩子斗嘴，一个说"我不跟你玩了"，另一个回答："爱跟不跟，板蓝根。"这后一句有什么意思呢？从语义学看，没有。把药名板蓝根的"根"与跟你玩不跟你玩的"跟"联到一起，可以说不可理喻。然而，这种表述在孩子中盛行。作者说这种同音连接"产生了一种幽默感，可以用来掩饰窘态，可以自嘲解嘲，可以表达对对方'不跟你玩'的轻蔑态度，可以从无言以对中找出对答的妙语来，乃至可以转败为胜"。实际上，人们在生活交往中（更不用说自我寻思自我表达），有明确语义的语言交流只是表达的一部分，有些表达是借"全无内容的符号组合"来实现的，另

---

① 《王蒙文集》第七卷，华艺出版社。

外，一个人的情绪、思想，它的独特深邃处，是不能完全靠公众的语言工具来表达的，这些都应该是作家、评论家不能忽视的现象。"玩符号""玩语言""玩文字"，就看你玩得当不当、玩得好不好了。有些约定俗成的格言，如"失败是成功之母"，对于思想活跃的人来说，也不是恪守一局。周谷城对作者说，解放初他曾与毛主席讨论这一命题，周先生提出成功也是失败之母，毛主席思索后称赞道："说得对！"作者在"话语词"中，列出许多语词的使用及其流变，特别是一些活的口语语词，如"狂"的褒贬多义，又如"抡或擂"，文章这样说："把不着边际的口出狂言或信口开河称为'胡抡'或'胡擂'，很形象，有视觉感、动作感。笔者更喜欢'抡'字，盖抡更富舞姿意味。"一个人如果在这方面的积累和修养太不重视，就不大好，我们经常不是讲要摆脱"学生腔"，要使作品、文章成为一种艺术吗？

"欲读书结"的垫底文章是《人·历史·李香兰》[①]。对于李香兰这个女人，我的直感是：此人应划历史反革命，日后表现好可以摘帽子。然而，历史的过去，不应是白白地翻去一页。如果我们全面地、历史地分析这个人物，会对我们在如何处置人这个最重要、最严肃的社会问题上，有很大的启发。李香兰原名山口淑子，生于中国，随两个中国义父的姓有两个中国名字：李香兰与潘淑华，后来成了日本人手下的伪中国演员，拍摄过宣传日本远东政策的影片，慰问日军，《支那之夜》，《白兰之歌》……铁板钉钉，为日本占领军效劳的红得发紫的女歌星，是没得话说的。

李香兰又表现为一个被复杂历史所裹胁的复杂的人。在你死我活的抗战结束后，可能因为证实她的日本户籍，当时的国民党政府1946年2月宣告无罪释放，没有定她的汉奸罪。如果从她的全人来看，就感到不能简单处之。日本四季剧团演出的音乐剧

[①] 《王蒙文集》第七卷，华艺出版社。

《李香兰》和《李香兰之谜》（由李香兰与一位作家合写的她的自传）揭开了她的更多方面。她唱的《何日君再来》曾被日伪当局禁止，理由是使"风纪紊乱"，工部局还怀疑她唱这首歌是"期望重庆政府或共产党政府回来"，另一首歌曲《离别的布鲁斯》也被禁。她说她因参加拍摄俄罗斯风格的音乐片《我的黄莺》遭苏、日两国间谍跟踪调查。她同以苏联外交代表机构工作人员身份出现的柳巴姑娘友谊很深，与周璇互相钦慕，切磋歌艺，同日本普罗电影同盟委员长岩崎昶的关系也不错。她1937年前在北京上学，无意间参加了一次抗日集会，当每个人就"假如日本军侵入北京，诸位怎么办"表态时，她在同学们都不知道她是日本人的情况下说："我，站在北京的城墙上。"她说，"我只能这样说"，双方的子弹"都能打中我，我可能第一个死去。我本能地想，这是我的最好的出路"。李香兰成为日本需要的伪满和中国的对日"亲善使者"，她写道："中国人不知道我是日本人，我欺骗了中国人。一种罪恶感缠绕着我的心，仿佛走进了一条死胡同，陷入了绝境。"她本人无罪释放后，恢复了本名山口淑子，婚后随夫姓大鹰淑子，现任日本参议院议员。1978年，她以政治家、友好人士身份访华，1992年庆祝中日建交20周年之际，日本前首相竹下登专程到大连参加音乐剧《李香兰》的首演式，中国领导人接见了四季剧团负责人。文章说，"颜色并非仅有黑白两种，即使在阵营如此分明的第二次世界大战中"，"历史常常使人变得尴尬，使人感到一种撕裂身心的痛苦"。还说，"西方一些人很看重历史愚弄人折磨人这一思想"，例如中意合拍的电影《末代皇帝》就"表现了这一悲天悯人或者更准确一点说悲己悯己的主题"。李香兰从一个中国出生的日本女孩子到日本占领军的歌女，从一个天真学生到良心未泯的艺人，从一个日寇"亲善使者"到无罪释放，到当今日本议员日中友好人士，需要我们更复杂地更深刻地了解人，了解历史。作者说，"历史只有一个"，但是各人有各人的历史，"甚至一个人也可以有几个版本的历史,山口淑子、潘淑华(中学时代的她)、李香兰与大鹰淑子,对于那一段无法抹去的历史的感受是颇不相同的。知道一点历史的不同版本,似乎比只知道一个版本要更能了解人、生活、也包括历史"。如果说,对待人、对待历史,不能搞简单化、动辄一刀切、走阻力最小的路,"正视历史也像正视现实,需要勇气也需要眼光",我们就应焕发起这种勇气和眼光,从生活到艺术。

四、原生博大的《红楼梦》

对于被中国人视为"天下第一奇书"的《红楼梦》进行论述和评说,王蒙用自己的表态来说,"可以说有志于'红楼'久矣!"

它的作者,它的版本,它的特有文本所表现、所包含的博大深邃的艺术内涵,一直是人们关注、议论和争讼的焦点,近二百五十年来,在中国蔚为"红学"。这种文学现象,在国外只有"莎学"才能与之匹比。但是,"莎学"是就莎士比亚和他的全部作品展开而形成的一门学问,"红学"研究的是一部《红楼梦》。

王蒙一再声称自己不是"红学家"。他是以一个作家的经验和敏感再加上自己兼有的评论家的理论视野来对待《红楼梦》的。他谈论《红楼梦》的整体特色、拿它同中外文学名家名著作比较时,先后用过"原生"与"混沌"两个概念。他在《谈学问之累》里说,"《红楼梦》的价值在于它的原生性、独创性、生动性、丰富性、深刻性"[1],又在《伟大的混沌》里讲到它在方法、题材、思想、结构等多方面的复杂"混沌现象"[2]。这是对《红楼

---

[1] 《王蒙文集》第七卷第762页,华艺出版社。
[2] 见《双飞翼》第292—318页,生活·读书·新知三联书店。

梦》的原创性、博大而又不能用单一理论方法进行宰割的一而二、二而一的整体表述。王蒙强调敏锐、开阔、不带先人之见地接触作品。这确实是一部"奇书",奇就奇在鲁迅说的"自有《红楼梦》出来以后,传统的思想和写法都打破了",奇就奇在它像一个完整的人生世界一样让你言说不尽又难以言说。当曹雪芹发出"都云作者痴,谁解其中味"的带有向后人挑战性的语言后,自然,人们就会争相阅读它、体味它、解释它,它的存在就是对小说家、尤其是对评论家的挑战。王蒙没有避开这个挑战。作者从1989年在《读书》杂志发表《蘑菇、宝玉与"我"的探求》起,到1991年就结集出版了《红楼启示录》[①]。后来,又将1989年底至1992年的另外一些文章加上《〈红楼梦〉序》(1994年)和《〈红楼梦〉的研究方法》(1996年)结集列入《双飞翼》[②]。他说:"我不是红学家。我感兴趣的是古人和今人之间有许多可以相通的东西。特别是人生经验、社会经验(包括政治经验)与艺术经验方面,相通之处的趣味性真能令人跳将起来。"(《王蒙文集》第八卷说明)又在《〈红楼梦〉序》里说:"是那冥冥中的伟大写了《红楼梦》。假曹雪芹之手写出了它,又假那么多人的眼睛包括王蒙的眼睛从中看出了一些什么,得到了一些什么。"这里说明他是以自己的经验、自己的眼光去阅读、去评说这部小说。从王蒙有关《红楼梦》的论述里,我们大致可以看到如下一些特殊方面。

(一) 宏阔的眼光

《红楼梦》面世后,从研究评论的总的进程来说,大概经历了三个阶段,也是否定之否定的发展阶段。从脂砚斋到20世纪中叶,到俞平伯诸专家,众说纷纭,异见迭出,有作者、版本、文本的

[①] 王蒙《红楼启示录》,生活·读书·新知三联书店,1991年版。
[②] 王蒙《双飞翼》,生活·读书·新知三联书店,1996年版。

索隐派、考据派以及有关作家作品的包括精神分析和社会分析在内的各种批评言论。从20世纪中叶，特别是新中国建立后，随着马克思主义成为主导或领导的意识形态，出现了年轻人向老专家的挑战，也产生了何其芳等一些学者的有分量、有推进性的研究著述。这个阶段的优势在于对于前一阶段的杂说纷繁的现象有某种程度的澄清，在认识作品的主要价值方面有新的跃进，但是，对包括索隐考据在内的众多非马克思主义的研究方法，也作了全面的否定。他们把哲学的唯物唯心之争搬到文学研究上，将非政治研究非经济分析的一切其他有益有借鉴启迪作用的研究方法统斥为"唯心主义"，如中国科学院文学研究所编写的《中国文学史》做出的"这些唯心主义的论调，全国解放后，在马克思列宁主义文艺思想的指导下，终于受到广泛而彻底的批判而宣告破产"结论性意见。进入改革开放后，百家争鸣、继承发展、借鉴引进的局面出现了。

王蒙的研究评述，加入了第三阶段的"红学"潮流。从他个人的阅"红"经历，个人的创作经验和理论素养出发，突出之点是显示了认识《红楼梦》、评论《红楼梦》的宏阔眼光。

首先在研究方法上。他在《作为小说的〈红楼梦〉》一文里，提出了《红楼梦》的"原生性"和"集合体"的概念，强调作品反映的是一个完整的丰富的人生世界，从感受、思想到题材、表现，作者面对的是一个原生的世界而不是借用已有的界说或历史的、传说的题材，作者本人不是作为思想家、拘守某种观念来切入世界，而是作为艺术家完整地感受世界，他提供给你的是一个本体性的东西，不是强加给你的直线性的因果链或道德教化链，作品里有时呈现一种网状的超因果超逻辑的感应。王蒙说，"从大荒山来，到大荒山去，中间是个迷人的大观园"，"这个世界本来是很小的，但它的价值就在于能够从这个小小的世界联系到大的世界"。正是这种对象的完整性、多样性、丰富性决定了研究方法的多样性、丰富性而不应是瞎子摸象似的单面或数面的局部切入性。作者在《变奏与狂想》里说,"《红楼梦》不是天书,不是卦书,不是符咒,不是谜语,不是'密电码',却像天书、像卦书、像符咒、像谜语、像密码一样地吸引着破译与辨析","原(元春)、应(迎春)、叹(探春)、息(惜春),实在难以想象是作者无意为之的瞎猫碰上了死耗子。宝玉宝钗皆是宝,宝玉黛玉同为玉,当然也不是偶然。咏诗猜谜都有所指,似亦不难看破。有没有至今尚未被完全看破的字、词、句呢?谁知晓"?因此,在研究方法上,"那么索隐一下,只要不排他、不强人从己,倒也不违破闷与把玩之旨",在研究上,"即除了'兴衰史''理乱书''阶级斗争史''情海忏悔录'等性质外,还可以成为'纳兰性德公子传''谈禅论道'之书、'排满革命'之书乃至成为文物成为谜语推背图。我也颇怀疑一些类似'走火入魔'的研究,但即使走火入魔的研究本身,也可以提供一种文化的与文学的研究信息,它本身应该成为合情合理的研究对象而不仅是被嗤之以鼻"。作者叹曰:"红楼多歧路,思之意黯然!"在"红学"里,我们应该容纳而不是排斥多种方法,而且,只有倡导多样研究才能逐渐接近和认识"红楼"这个本体,作者又叹:"奇哉'红楼'!奇书、作者奇,研究得也奇!"

在认识《红楼梦》的创作方法上,也得有宏大的眼光。我们过去认定它是现实主义巨著,实际上,"五四"以前,中国文学就没有出现西方那种与实证主义相辅佐的现实主义。王蒙在同新闻学院学生谈《红楼梦》的《伟大的混沌》的讲话里说,"一般我们称《红》是部现实主义的著作大致是不差的",它更多客观的描绘,摆脱过去小说被提纯的教化模式、善恶报应模式,但"有一些描写显然有作者虚构的成分,说成写实则是不可能的",即如尤二姐吞金自尽也不真实,事实证明吞金不会自杀。此外,"更重要的是曹雪芹在整个比较客观的描写当中又有一些充满主观色彩的描写。这种充满主观色彩的描写套用现在的说法是比较浪漫的描写",还有"第四种笔墨",即"完全是幻化的东西",如石头从大荒山青埂峰无稽崖而来、变玉变人的故事。他 1996 年 2 月在哈尔滨举行的海峡两岸《红楼梦》研讨会上作题为《〈红楼梦〉的研究方法》的发言里,又讲到如果着重从"再现"来理解现实主义,那么也同样可以研究《红楼梦》的"表现",表现主义、理想主义、象征主义,乃至对它进行现代主义的研究。理论批评流派旗号甚多,这里依然说明这样一个问题,由于作品的原生性、本体性、完整性,它就有可能容纳许许多多已成的以及将成或未成的理论方法。如果在认识与研究这部作品问题上保持一种宏阔的眼光,我们就能把自己、也把别人摆在一个正确的恰当的位置。王蒙主张在研究中应以文学的方法为主,文学方法中又以现实主义方法为主,但是,"在它的文本面前,几乎任何一种分析都是可能的,几乎任何一种分析也都是片面的。在它的面前,任何一种评价都是事出有因的,任何一种评价又都是'自圆其说'的一家之言。正像在世界,在人生面前一样,我们感到了那种'知也无涯,生也有涯',以'有涯'追求'无涯'的困惑和乐趣"(《红楼启示录:说不尽的话题——奇书〈红楼梦〉》)。我们每个人要自觉地迎接这种困惑和乐趣。他提到梅新林在《红楼梦哲学精神》一书中用悟道、思凡、游仙——佛、儒、道三个模式来解释《红楼梦》,财政部 1990 年在王炳乾部长领导下,成立班子研究《红楼梦》理财方面的经验和教训,作家刘心武认为秦可卿是宫廷斗争中失败的一个皇族的后代,医生来看病就是报告复辟希望彻底破灭,凡此种种,我们可以哈哈一笑,也不得不点头应允皆可。

(二) 钗黛新说和"天情"悲剧

在《红楼梦》研究中,从完全的人性论而且不分主次、不分轩轾的"钗黛合一""双美合一",发展到社会历史分析、肯定"右黛而左钗"这一主导倾向,这是一个进步。从作者、作品到读者反映,都证实了这个主导倾向。"都道是金玉良缘,俺只念木石前盟","叹人间,美中不足今方信,纵然是齐眉举案,到底意难平",应该说,这里面的暗示,以及作品的主要画面,人们容易得出这个并不艰深的审美结论。

然而,在这一进步中,也有过分简单化的,例如把薛宝钗看成"女曹操",把林黛玉看成叛逆女杰的。在何其芳的研究中,已经开始纠正这种简单化,着眼人物的丰富性、多面性。王蒙的《钗黛合一新论》明显地加入了这种复杂人性的分析,他说,"林黛玉、薛宝钗各代表作家对于人性、特别是女性、应该说是作家所爱恋、所欣赏乃至崇拜敬佩的女性性格的两个方面,也可以称之为两极","一边是天然的、性灵的、一己的、洁癖的,一边是文化的、修养的、人际的"。她们的不同,既有生理素质的,又有心理素质的,"曹雪芹当年之写钗、黛,已经透露了人们在宝钗的'鲜艳妩媚'与黛玉的'婀娜风流'之间的选择的困惑,'燕瘦'与'环肥'之间的选择上的困惑",同时,"感情与理智,率性与高度的自我控制,热烈与冷静,献身与自保,才华卓众与守拙尚同",又多有区别。在性情上,林黛玉不无弱点,薛宝钗不无优势,王蒙在谈研究方法时,有一句戏言:"在钗黛问题上,共产党有一种悖论。作为革命党它应该支持林黛玉,作为执政党它应该支持薛宝钗。"他甚至索隐式地引出贾宝玉梦中与之交欢的警幻仙子的妹妹,乳名"兼美",莫非幻想兼钗黛二人之美?

但是,又不能停留在这种抽象的"双水分流"或"钗黛合一"的人性分析,俞平伯的失误恰恰在这里。王蒙说,"俞先生的理论确实不无道理却又不尽然",二者兼美绝非半斤八两,曹雪芹"仍然露出了倾向,'莫失莫忘',贾宝玉爱的、为之死去活来、为之最终斩断尘缘的,毕竟是林黛玉而不是薛宝钗呀"!应该把人性分析与阶级分析、情种分析与社会历史分析结合起来,何况我们要认识的宝钗黛是封建制度和封建礼教统治和包围下的主人公。

王蒙还提出了宝黛爱情的"天情"概念,即"天然的、性格类型和素质上的感情禀赋,即天生的精神,自来的感情化、情绪化人物;超常的,天一样大的即弥漫于宇宙之间的强烈情感"。在这篇《天情的体验——宝黛爱情散论》的文章里,他对这种"天情"的阐释有如下一些意思,一是宿命性,作品写他们一见面就似曾相识,那绛珠仙草与神瑛侍者以及还泪的故事,都是写他们爱情的超常性,像命运一样来自苍天的至高至上,这是文学之所以为文学的手法,就是作者也不信其实。一是至上性,是两个年轻人在"精神的黑洞中"抓住的唯一可以寄身的感情稻草,贾宝玉希望死后化灰化烟,"风一吹便散","再不要托生为人",证明他不祈求任何投胎与来生,体现一种人生虚空冷彻的"零点结论",这种爱情就成了天一样无边无际。同时,这种"至上"也是"唯一",黛玉闻宝玉将与宝钗成婚,两人只是相对"傻笑"起来。最终发展就是"殉情",这是他们对付人生的最终结盟。同时,这种天情的一个特点,就是爱情变成了一杯苦酒或一杯毒酒,黛玉"焚稿断痴情",由爱而怨而恨,这种殉情之前的怨、恨和呆痴,作者说:"这种情的悲剧性,恨与痴的至死互不理解互不相通,这是比离异、争斗、嫉妒乃至奥赛罗式的误会情杀,罗密欧与朱丽叶式的双双殉情等等都更加悲剧的悲剧性。""天情的下一站只能是永恒的自然的大荒山青埂峰无稽崖,只能是'天',而天对于人来说既是一切又是虚无。"《红楼梦》的悲剧性深刻性,它蕴含的价值,也就在于这种对于一切世俗的否定和虚无,这唯情与殉情以及其中闪烁的追寻与理想的光辉,就让我们各自体味感知了。

(三)对贾宝玉的泛爱、唯情与呆痴的多面性把握

王蒙在《贾宝玉论》里提出要对这个形象进行包括社会学、

心理学与文化学,包括现实主义与象征的、神话的、符号学在内的"更加全方位的研究",以便"把他吃得更准更如实、更有虚"。他不讳言贾宝玉的贵族恶习,作为消极颓废的贾府子弟,贾宝玉同其他老爷少爷并无质上的大区别,他不是生活在中空里。但是,在泛爱、专爱、唯情、呆痴等方面,又表现出中国文学和世界文学绝无仅有的独特性格。作者在《红楼启示录》里说,"正是'天恩',正是养尊处优,不为'稻粱谋',不为饥寒苦的处境,在造成了宝玉的种种'没出息'的同时造成了他的个性的相对独立,思想的相对自由奔放,造成了他对封建贵族主子生活的看透、厌倦、高度的自我怀疑、自我否定与自我批判。"于是,贾宝玉完全投身到对女孩子的爱慕里。作者分析他的爱"由三部分组成:一是专一的、灵肉一致的、知己型的深爱——与林黛玉;二是普泛的对一切女孩子的美丽与聪慧的欣赏即审美式的博爱,并从而希望对方也同样喜欢自己,也可称这种爱为普遍的喜悦;三是皮肉之爱,'初试'或'复试'云雨情式的爱"。贾宝玉可以说是由肉欲发展到泛爱,发展到唯情、专爱,最后进入呆痴。

王蒙在《贾宝玉论》里对贾宝玉这种泛爱与唯情作了进一步分析,他说,曹雪芹没有回避宝玉性心理的"肉"的方面,但是,他不同于纨绔子弟,"第一,宝玉非常尊重这些女孩儿","第二,宝玉经常是以一种审美态度来对待异性的,对于美丽聪明灵秀的女孩儿,宝玉经常抱着的不仅是体贴入微,而且是赞叹有加,是倾倒于造物的杰作之前的一种喜悦、陶醉乃至崇拜与自惭形秽",而且,这种泛爱"经常是没有任何'个人目的'的,是无私的,或者可以戏称之为'为艺术而艺术'的"(比如他"无事忙","喜出望外",为平儿理妆,有什么功利目的?)。但是,"泛爱之中又有专爱,当然是林黛玉,与林黛玉就不仅仅是审美与'为艺术而艺术'了,而是真正的知音,是真正的心心相印的伴侣,是真正的'为人生而艺术'即是生死攸关的'艺术'"。

谈到贾宝玉因林黛玉而患下的呆痴或者痴狂，王蒙说："而偏偏在他表现得最呆、最可笑、最无道理可讲的时候，也是他最为真性情流露、最能表达他的善良、真诚、单纯、执着，最能表达他的青春与生命的痛苦，因而也是他最可爱的时候。""宝玉的悲剧在于他的狂痴，狂痴在于他的更多的悟性，在于他悟到的比别人多却不想不能去做任何事，他的悟性是消极的、无建设性的。"如果说，好的评论是第二次创造，它能使读者对作品人物如见其人，如闻其声，如感知其体温，我们读了如上这些评述，对贾宝玉的感知就更真切、更圆形、更立体了。

王蒙在比较分析贾宝玉时，说他是消极的、悲剧的形象，是"多余的人""局外人"，又不同于俄罗斯人物和加缪的局外人，"他也是一种忙忙叨叨的孤独者、智慧苦果的咀嚼者，而与例如易卜生笔下的人物不同。他也是一种能言语而不能行动的人而与罗亭不同。他甚至也是一种堂吉诃德（如他的祭金钏、探晴雯的壮举与对龄官的爱慕）当然与塞万提斯笔下的毛驴骑士不同并兼有不同于未庄的阿Q的阿Q味道。他多少有些性变态却又与当今的同性恋者有同有不同。他是一个殉情者但与一切鸳鸯蝴蝶派的殉情者不同当然也与少年维特不同。总之这是一个独特的中国的文学典型，是一个既不离奇更不一般的独特角色"。然而，王蒙下的结论是："贾宝玉大于贾宝玉论包括笔者这篇'论'，这倒是无须论证的事实。"

王蒙对《红楼梦》的评论，加入了"红学"的研究，使读者感到开阔、新鲜，推进了对作品的全面和多面的认识。

五、李商隐的深挖细掘

1990年至1991年，王蒙从《锦瑟》入手写了六篇论述唐代诗人李商隐的文章,加上没有标明时间的《混沌的心灵场——谈李商隐无题诗的结构》,共计 7 篇文章以"关于李商隐"部分收入生活·读书·新知三联书店 1996 年出版的《双飞翼》一书里。作者在《双飞翼小语》的前言里说:"身无彩凤双飞翼?心有。心可以有。一翼是小说,一翼是诗歌。一翼是明清小说,一翼是唐诗。一翼是《红楼梦》,一翼是李商隐的诗。我对这双飞翼情有独钟。"(1995 年 7 月)

王蒙这里是谈他研究古典文学的两翼。当我读到他说的"一翼是小说,一翼是诗歌"的时候,我又联想到他自己,一翼写小说,一翼写诗歌,而在总体上整体上,王蒙的双翼是一翼搞创作,一翼写评论,这在当今的中国作家和评论家、学人来说,细数起来,是极少可与之相比的。王蒙是当今文人中的这样一位:他立志在文坛上张开丰满的双翼。

王蒙在安排研究古典文学的双翼上,一翼是巨著《红楼梦》,需要宏观纵览的眼界眼力,一翼是李商隐的律诗,需要微观的细读细解。宏观读"红楼",微观析"锦瑟",王蒙把他的古典文学研究作这样的搭配与安排,也挺有意思。在这 7 篇评李商隐的文章里,我们可以从两个方面去看一看。

(一) 对《锦瑟》的解与阐

如何进行诗评呢?是过于相信自己的观念、别开文本直接谈指涉和内涵呢,还是首先吃透文本,再联系考察做出自己的阐发呢?在阐发上,有无固定的区域限制,允不允许做出多种多样的联系和分析,以便更深入地认识诗人诗作,包括认识中国古诗、理解汉字载体的诸种特色呢?

我们先引李商隐的《锦瑟》原文:

锦瑟无端五十弦,一弦一柱思华年。

庄生晓梦迷蝴蝶，望帝春心托杜鹃。
沧海月明珠有泪，蓝田日暖玉生烟。
此情可待成追忆？只是当时已惘然。

王蒙在《再谈〈锦瑟〉》一文中说，此诗的"特点是它被广泛接受、广泛欣赏、广泛讨论，却又没有定解，歧义甚多"。后人多数认为是"悼亡诗"或"政治诗"，还有说是咏瑟声或喻诗法的，各持己见。宋代刘攽提到"锦瑟"是令狐楚家丫鬟的名字，大概太不顾文本解读了。王蒙在评论中遵循的程序和路径是，首先解读文本。他在《一篇〈锦瑟〉解人难》的文章里说，常言"诗无达诂"，也不是"诗也无诂"。他提出首先吃透文本，"第一层应是诗的字面上的意思，每个字、词、语、句和上下文关联的意思，包括文字的谐音、转义、语气、典故"，要搞清楚。"第二层是作者的背景与写作的触发与动机"，同时，还得考虑"一个作家的写作缘起很具体很微小很明确，但是一篇感人的作品却往往包含着巨大深刻的内容"这样一种情况。"第三层，对于一般读者来说，最重要的是诗的内涵，诗的意蕴。这既与作家创作缘起有关，又独立于作家意顾之外"。应该说，王蒙提出的这三层意思已经把20世纪经历和兴替的形式主义、结构主义、读者反映、接受美学以及社会历史批评等各批评流派的主张都综合采纳进去了。只有如此，才能做出对诗作的合理、公正而又稳当的解读。

王蒙还提出另外两层意思，"第四层是欣赏者个人的独特的补充与体会或者某种情况下的特殊发挥"，"第五层则是对《锦瑟》做学问研究"，这两层没有根本性区别。如果把前三层看成读诗、解诗，后两层就是阐发，就是应允许的各种发挥和研究。当然，如果有前三层作基础，后面的阐发和研究就有一个正确的前提了，至少对于文学研究是如此。

王蒙对《锦瑟》的阐发和研究是很有兴味的。从解读来看，他从前面三层来考虑，同意对这首诗作这样的解释："经过了丧妻之痛、漂泊之苦、仕途之艰、诗家的呕心沥血与收获的喜悦及种种别人无法知晓的个人的感情经验内心经验之后的李商隐，当他深入再深入到自己内心深处更深处之后，他的感受是混沌的、一体的、概括的、莫名的，只可意会不可言传因而是略带神秘的；这样一种感受是惘然的与'无端'的。这种惘然之情惘然之感是多次和早就出现在他的内心生活里的，如今以锦瑟之兴或因锦瑟触动而'追忆'之抒写之。"如果更进一步，从阐发研究这首诗的特色以及为什么易解而又难解以致产生歧义来看，王蒙提出了他的见解，他认为"无端"二字要紧，是诗中"深层的语言"；"无端便觉广泛，便觉抓不着摸不住，强解无端为有端，自讨苦吃，自然艰深"。他提出这首诗在语言结构上的"跳跃性，跨越性，纵横性"的特点，"这种结构的非逻辑性、非顺序性是李商隐的一些抒情诗特别是无题诗以及脍炙人口的《锦瑟》的一大特点"，由锦瑟而弦柱，而华年，从具体的物器跳到抽象的时间，又跳到庄生望帝两个互不相关的人物，再跳到沧海珠泪和蓝田玉烟。这种结构的跳跃性、非逻辑性又同汉语的"奇妙性"发生联系。"汉语不是以严格的主谓宾结构、以语法的严密性为其特征，而是以其微妙的情境传达乃至描绘为其特征。"正是这些，形成了奇妙的意境诗境。

对于李商隐采用的这种不同于其他诗人其他律诗的无线无序非逻辑性的语言结构，王蒙在《混沌的心灵场——谈李商隐无题诗的结构》一文中作了进一步的阐述。他认为这种结构表现为"可简约性，可直通性"，"跳跃、空白、首尾的相对平和与中段的异峰突起"以及"弹性、可更替性、可重组性"等特点，比如把《锦瑟》的首尾两联直接连通起来，"锦瑟无端五十弦，一弦一柱思华年。此情可待成追忆，只是当时已惘然"，就好懂多了，或者重组为"锦瑟蝴蝶已惘然，无端珠玉成华弦。庄生追忆春心泪，望帝迷托晓梦烟。日有一弦生一柱，当时沧海五十年。月明可待蓝田暖，只是此情思杜鹃"，或重组为长短句："杜鹃、明月、蝴蝶，成无端惘然追忆。日暖蓝田晓梦，春心迷，沧海生烟玉。托此情，思锦瑟，可待庄生望帝。当时一弦一柱，五十弦，只是有珠泪，华年已。"这当然是文字多端重组，但也大致保持了原诗情境。原诗原文当然是不可更移的，李商隐是靠"情感的统一性""意象与典事的统一性"和"形式的统一性"，写出了实际上存在的无序中的有序，无线中的有线，跳跃性和非逻辑性中的内在有机性。王蒙把这种特殊的结构称为"心灵场"，是李商隐的内宇宙，是他"蓄积得太多了抑郁哀伤"生发出来的、又借诸象得以完成的混沌完整的诗作。王蒙还用形似蝴蝶的图形线路来标示《锦瑟》的首尾以及中间颔颈二联的两翼。

王蒙这种细解文本、又独特阐发，既放得开、又收得回的评诗方法，给我们提供了一个有益的例证。深入李诗的本体，做出多种解析，并联系汉诗汉语的特点，有助于我们更进一步体会李商隐的奥秘，如他所说，比起那种解释起来"往往各执一词，借题发挥，难得原意，强加于诗人。不若明白其为心灵场结构而以心解之，拥混沌而拒凿窍，得潜心而弃小儿之所谓明白，不损诗情诗意诗美也"。

(二)"向内转"的创作爆发力

王蒙在《雨在义山》一文里，提出一个发人深省的问题："其实纵观义山一生，并未遇到类似屈原、司马迁、李白、杜甫、韩愈、柳宗元乃至王安石、苏轼那样的政治挫折，政治危难，政治的险情，除了在派别斗争中他的某些行为'表现'为时尚所不容外，他没有获过罪，入过狱，遭过正式贬谪。但他的诗文要比上述诸人哀婉消沉得多。"[①] 这是为什么呢？对此，王蒙做出了两个

---

① 见《王蒙文集》第八卷第360页，华艺出版社。

比较分析。首先是拿李商隐同别的诗人进行比较。在《雨在义山》里，他列举了李商隐诗作中写雨的特点，如雨的"细"，雨的"冷"，雨的"晚，即喜写暮雨、夜雨"，雨给诗人带来"一种漂泊感，一种乡愁"，带来一种"阻隔""迷离""忧伤"的主观感受，造成一种美的体验，美的境界，表达为美的形式。文章拿李商隐的"雨诗"同杜甫的"好雨知时节"、韩昌黎的"天街小雨润如酥"、李后主的"帘外雨潺潺，春意阑珊"、温庭筠的"咸阳桥上雨如悬，万点空濛隔钓船"、苏轼的"水光潋滟晴方好，山色空濛雨亦奇"以及情调相近的韦应物和谭用之的"雨诗"相比较，总觉得李商隐写得更惆怅、更忧伤、更凄迷婉转、更带失落感。这里，就牵涉到诗人独特的性格和个性，文章比较分析之后说："作为一个诗人，李商隐常常深入地钻入自己的内心世界，对于自己的身世与情感的'寥落''惆怅'境况十分敏感，又十分沉溺于去咀嚼体味自己的'无端'的'寥落'与'惆怅'。""他经常好像是什么都没有得到，甚至什么都无法再寄予期望。这样，大自然的细雨冷雨暮雨夜雨，就常常成为他的细密、执着、无端无了、无孔不入的温柔繁复而又迷离凄婉的忧伤的物化与外观了。"李义山有云，"古来才命两相妨"（《有感》），他的身世、他的性格就更促使他走向自恋，沉醉于构筑和营造自己的艺术世界，更加内向、"向内转"。对于这个艺术世界，王蒙说："这样一个世界的缔造者注定了要成为它的沉醉者、漫游者、牺牲者，他又怎么样去过正常人的生活、仕宦的生活！"于是，他只得独树一帜、自成一体地投入他的诗作了。

其次，拿李商隐自己的不同类型的诗作进行比较。王蒙在《对李商隐及其诗作的一些理解》里，认为李诗中的政治诗、咏史诗、感遇诗写得也很好，但"李商隐之最最独特的创造与贡献，却不在于或主要不在于这些诗，而在于他的那些为数并非很多的意境迷离、含意曲奥、构思微妙、寄寓深远的七律'无题'

诗，及风格接近于这些'无题'的一些诗，如《锦瑟》《重过圣女祠》《春雨》等"。仅仅是这种七律"无题"中的两首的头一句，王蒙就做出了绝妙的称赞："'相见时难别亦难'，一句诗胜过多少当哭的长歌！""'相见时难别亦难'与'来是空言去绝踪'，两首七律都是头一句便给读者'当头棒喝'，头一句便把欲哭无泪或有血有泪的苦衷'轰炸'在读者头上"，"把'相见'的难与'别'的难相提并写，这是李商隐的创造"，"而'来是空言去绝踪'便是横空出世，突兀得紧，太悲哀了，太痛苦了，给人一个'休克'，令人一下子喘不过气来"。至于这些"无题"律诗中的"春蚕到死丝方尽，蜡炬成灰泪始干""晓镜但愁云鬓改，夜吟应觉月光寒""身无彩凤双飞翼，心有灵犀一点通""刘郎已恨蓬山远，更隔蓬山一万重"等千古名句，读者也可以做出自己的鉴赏。作为《锦瑟》中的"沧海月明珠有泪，蓝田日暖玉生烟"，王蒙的感受是："传达了一种不可思议、不可描述、不可企及的精神——艺术境界：迷茫、苍凉、空旷、远古而又悲戚、静穆、神秘、虔诚，无边无际、无始无终（叫作'无端'，诗开篇便是'锦瑟无端五十弦'嘛）。这样的诗语诗境，有一种宇宙本原的品格，艺术本原的品格，是李诗诗语诗境的一个概括，也是其诗语诗境的一大超越，李诗中再找不着这样细腻柔情而又同时博大庄严的句子了。"难怪此诗成为《李义山集》之首篇，成为他诸诗之序。

对于这些七律"无题"诗作，王蒙在《通境与通情——也谈李商隐的〈无题〉七律》一文里专门录下其中广为传诵的六首进行分析。他说这些诗没有提供确定的主体与客体，"如果是赠答、送别、悼亡、相思、嘲谑……总要有诗的主体与诗的对象。但这些诗没有"。同时，有的还"没有提供具体的时间与空间"，像"'春蚕''春心''身无''梦为'诸联，都是无时间无空间无主体无对象的艺术概括、哲理概括、比喻概括，而越是这种'四无'

句子,越是普及和易于接受,脍炙人口","这样,新闻学里讲的几个 W——什么(What)、谁(Who)、对谁(Whom)、何时(When)、何地(Where)、为何(Why)、如何(How)——你在李商隐的这几首诗里是找不到、至少是找不全找不清的"。此外,"尤其重要的是,这些诗没有提供形象之间、诗句之间、诗联之间的联结、关系、逻辑与秩序"。然而,正是这些不连贯性、中断性,经作者的"内宇宙"统率起来,"既空且间,诗句与诗联之间的空白、空隙、间离、间隔构成了这六首诗的谈不上宏伟阔大、却十分美丽深幽曲折有致的艺术空间","这种'空''间'便是通情与通境,不同的'W'的情感与不同的'W'的环境都可以与它们的艺术空间相通。而这种'空'与'间'的性质,正是李商隐这六首诗的绝妙之处"。

那么,为什么?为什么这种写法的七律"无题"或准无题更卓然于李商隐的其他种类诗作,而且在表现寥落惆怅、哀婉消沉方面,独异于其他诗人呢?王蒙借用了鲁枢元的"向内转"一语。李商隐一生追求功业与爱情,但接连失落,妻子王氏的早夭,与王氏的婚姻又使他在功业上付出了惨重的代价。王蒙说:"外务的失败使他'向内转'起来,在发掘自己的内心世界方面,很少有哪个中国的古代诗人能够与他相比,他的内心世界悲哀而又美丽。用美丽装点了悲哀,又用悲哀深邃了美丽。他对于荣华富贵的向往,对于爱情的向往,最后只是通过诗来虚拟地实现,来画饼充饥(无通常的贬义)。"[①]"只有当诗人致力于表现自己幽深婉转多愁善感的内心、感情世界的时候,他才会不知不觉地摆脱'7W',不知不觉地摆脱某人某事的因果顺序,乃至摆脱时空限制,逻辑限制与语法限制……内心世界、感情世界的相反相成,使这些不

[①] 《对李商隐及其诗作的一些理解》,见《双飞翼》(三联书店),或《王蒙文集》第八卷第394页,华艺出版社。

甚连贯的诗句联成一体"。① 李商隐去世时年仅四十五岁,他不像杜甫、苏轼等人,没有那么多颠沛流离的经历可比拟可诉说的,他在自己所选择的孤苦的内心世界的深挖细掘上,消耗了自己,也成就了自己。

中国古诗在世界享有崇高的声誉,至今仍为各国学人、诗家所称道、所倾倒。《红楼梦》可能因为文字、文化阻隔,不像"莎学"那样广泛传播。但是,来日方长。王蒙的研"红"读李,正好加入到中外学者文人的文化交流中去,有助于彼此理解、磋商和研讨。从他本人的"双飞翼"来看,总觉得他的创作从中国古典小说和诗歌吸取了不少东西,不必引用《相见时难》这篇小说的题目,就是在《蜘蛛》的写作中,也采用了虚幻的写法。他的包括《来动》的一些荒诞作品,不是也可以看到跳跃性、跨越性以及"无端"中的有端吗?另外,在我们过去的创作宣传上,过于单一地强调再现,强调作家下乡下厂、同吃同住同劳动、深入和反映火热斗争的情况下,王蒙文章里介绍的一个唐朝诗人的"向内转"的创作爆发力的经验,不是在另一个侧面、多元中的另一元,给诗人作家文学创作以另一种启发吗?

---

① 《通储境与通情》,见《双飞翼》(三联书店)或《王蒙文集》第八卷第377—378页,华艺出版社。

第八章　进入花甲之年后的选择

一个人进入花甲之年，是他人生经历的一个大的间歇期。如同一个旅人，在日过中天之后，他需要思考和安排这一天的旅程，于是，他在躺椅上坐下来，回顾此前的行程，对余下的时光做出选择。

王蒙进入20世纪90年代之后，在自叙或对答中，多次谈及这六十甲子时的回顾与前瞻。他1994年7月12日对来访者吴漠汀（德国）说，我不会重返政治舞台了，但是，我也不是隐士，对一些社会的、某种政治性的问题，我还是关心的，可能范围内仍然会发表意见。他1993年担任全国政协委员，1998年3月，在第九届政协会议上当选为全国政协常委。对于进入90年代既延续改革开放、又保持稳定的整个局面，他是肯定的。当来访者（吴漠汀）问及"对中国政府的文学政策满意吗"时，他说，"应该说比坏的时候要好得多，比起理想的境界当然还相差很远"，而且，"任何时候开放和不开放那是有冲突的，都是有矛盾的"，改革开放以来，和过去相比，当然说开放进步多了，"但是具体到每一年，就有每一年的不同情况。有些年开放就显得比较明显一些，有时却给人一种收缩，甚至是管理得更加严格的印象"[①]。这些，都看出他的一些基本态度。

[①] 《王蒙访谈录》，见丁东、孙珉选编《世纪之交的冲撞——王蒙现象争鸣录》第225—226页，光明日报出版社。

进入老年之后,他沉淀出对中国历史文化的看法。他反思中国的传统文化需要"进行改造",不然,就会成为"中国发展的障碍"。因为,"在我们的传统文化中有一些根深蒂固的弊端,如封建特权,家长制,人治而不是法治,缺乏民主的精神、讨论的精神、探求真理的精神,长官意志决定一切,以及各种愚昧迷信等等"①。他读到王元化的一篇文章,里面"引用丘吉尔的一句名言,丘说,不要以为民主制度很好,这个民主简直是糟透了,但是不民主会更坏"②。但是,中国一百多年以来,历史的发展又出现一种特殊的状况,"一方面是老的传统的制度在解体,另一方面是大家争着把最新的,把认为最进步的、最管用的思潮拿到中国来试验,包括民主主义的思潮,民主与科学的口号,共产主义、马克思主义的思潮,也还有现代主义、后现代主义的思潮",这些不同的参照系和价值体系在中国实践的情况各不相同,但是,"中国的悲剧就在于这几种价值体系互相打得一塌糊涂,都在宣布别人是罪恶的、是魔鬼,只有自己的价值体系是正确的,这样我们在精神上赖以生存的东西就越来越少"③。他提倡寻找"契合点",不搞以消灭对方为己任,大家来添砖添瓦。

他在《文化性格漫谈》里谈到刚过 60 岁生日之后,"一个甲子的经验使我作了一个什么样的选择呢?是一个中道或中和的选择。用恩格斯的说法,历史的发展是由合力构成的那个对角线,对角线就是中道。不是极端的,不是绝对地排斥别人的,不是'背十字架'的"④。在与陈建功、李辉的对谈里,他说:"我已60

---

① 王蒙《世纪之交的文学选择》,见《王蒙讲稿》第 151、152、147 页,上海文艺出版社。
② 王蒙《世纪之交的文学选择》,见《王蒙讲稿》第 151、152、147 页,上海文艺出版社。
③ 《探求中国文化更新和替换的契合点》,见《王蒙讲稿》第 613—614 页,上海文艺出版社。
④ 见《王蒙讲稿》第 630 页,上海文艺出版社。

有加，我宁愿选择和平的、理性的态度，从各式各样的见解中首先考虑它合理的那部分。"他认为，"背十字架""救世主"的使命感"膨胀得有点儿太过了，发展下去很可能走向极端，又回到刚才我们说到的用乌托邦来代替现实，用排他的文化专制来代替文化的民主那条路上去"①。这些，看出王蒙不同于青年时期的"单纯""激进的理想主义"，在社会、人生认识和思维取向上不赞成单一、唯一、绝对，提倡中和宽容、多元互补、理性善意。当然，这是指常态、和平建设时期，不同于处于"变态"，"在特殊情况下，如出现了自然灾害，大家都去救灾；出现了外敌入侵，大家都去救亡"。

在创作上，也产生了变化。他觉得进入90年代，"自己老化，写作量是过去的三分之一，读书量是过去的五分之一"。"从我个人来说，也是由中短篇小说为主而转到以长篇小说创作为主的"；从小说创作的感受来看，"短篇是它找我，我写它……我常常比喻我写短篇就像守门员，当足球来的时候，我'梆'的一声顶回去……写长篇是我找它，我要想想"。"我觉得从我个人经验来说，人们经过新时期的开始，经过浪漫的、多梦的、多感的阶段，经过了倾诉、喷发阶段以后，才会进入一个概括的、追思的、回溯的阶段，长篇才会多走来。"而且，他自认他们50年代写作的作家，在小说创作上也有自己的特点，"就是我这一代，在作品中更多地表现为对历史的超越，同时又传达出对历史走回头路的担忧"②。到2000年，作者花了10年的时间，完成了"季节"系列长篇小说共计4部的写作。这个"季节"系列长篇，同50年代的《青春万岁》的写作不同，"我觉得在写《青春万岁》的时候，对人生是用一种非常浪漫的态度，认为世界就是光明的，胜利和光

---

① 见《王蒙讲稿》第486—487页，上海文艺出版社。
② 《关于九十年代小说》，见《王蒙说》第52—55页，中央编译出版社。

明对黑暗的一种搏斗。现在世界对我来说是复杂得多了,我不认为我有责任或有权利或有能力把一切都告诉读者,说什么是光明的,什么是黑暗的,什么是好的,什么是坏的,你们要这样你们不要那样。在写《青春万岁》的时候,我充满了自信。我觉得我在告诉青年人应该怎么样,不应该怎么样。但现在来说,我是在把一个真实的历史过程,把一种真实的内心的过程告诉读者,让读者自己去做出他的结论"①。他的 10 卷本文集出版之后,尽管中短篇小说的写作量减少了,但是,评论、综论、书评以及散文和杂文这些短制文体的写作量并没有减少,每年发表这类短文 30 篇左右,1997 年多达近 50 篇(包括题词、诗作)。他应邀的讲演多了,借各种途径,表达自己的看法,抒发自己的思想和情怀。他依然积极关注文化思潮的发展和各种动向,1994 年底、1995 年初,参加人文精神问题的讨论,便是一例。2000 年 12 月,他将《狂欢的季节》获得的首届《当代》文学拉力奖 10 万元转赠给人民文学出版社,倡议设立"春天文学奖"。

  进入老年后,王蒙出访、讲学、国内各地旅行、承担社会文化职务等各种各样的社会活动,依然很多。在 1996 年 12 月和 2000 年 12 月分别召开的全国第五次和第六次作家代表大会上,他继续当选为中国作家协会副主席。2001 年 1 月 26 日,担任中国少数民族文化艺术基金会会长,同年 7 月 14 日,担任国家图书馆顾问。仅从 2000 年 9 月至 2002 年,他就先后访问了挪威、爱尔兰、瑞士、奥地利、新加坡、韩国、美国、墨西哥、印度、日本和非洲毛里求斯、南非、喀麦隆、突尼斯四国,并在安徽、浙江、汕头、武汉、上海、南京、乌鲁木齐等省市和香港参加各种文化学术活动,发表讲演。

---

① 《王蒙访谈录》,见丁东、孙珉选编《世纪之交的冲撞——王蒙现象争鸣录》第 222 页,光明日报出版社。

2003年年初，由报刊电视台和专家参与的评选活动中，王蒙获得"2002年度中华文学人物"的"文学先生"称号。他对记者说："今年是我从事文学创作50周年，人民文学出版社准备在秋冬之际出版《王蒙文存》20卷。"

一、由"人文精神"争论所引起

进入20世纪90年代，知识界出现了某种低迷心态。不少文化人，特别是敏感锐进的中青年学者，出于理想主义的怀抱，出于忧国忧民的执着，把眼睛一直盯着文化思潮、知识分子状态，这是十分自然的。随着市场经济发展日益带来的文学边缘化，随着80年代文学强劲势头渐渐远去，随着创作力量和文学质量发展的起伏变化有时是旺盛期有时又出现间歇期调整期（或如众人所说"轰动效应"失去以后），随着下海、经商以及自娱、媚俗心态的扩展，还有，随着文学追求的多元化以及理想主义的中心主题日渐淡化（或如王蒙说的"自由"状态中出现某种"失重"），这些中青年学人产生了深深的忧虑。他们对社会人文精神状态的关注，对一些负面文化现象和精神现象的观察和批评，这本身就证明在当今社会发展中，人文精神具有生生不息的生命力。

然而，任何精辟的见解，都有一定的适应范围。当他们指涉某些局部的非人文精神的文化现象时，受到人们的首肯和好评；当他们超离开来，评价90年代、纵论和对比中国20世纪的社会变迁、大谈特谈"人文精神失落"时，就显得急躁、欠妥欠公正了。王蒙加入了他们的讨论。王蒙读的有关人文精神论述的中外书刊，不一定很多，但是，他以对中国国情较为切实的理解，以任何理论探讨思潮界定不宜脱离历史实际的考虑，不同意对市场经济推行以来中国文化状态作"人文精神失落"这一总体估计和判断。

王蒙在《东方》1994年第5期发表了《人文精神问题偶感》一文①。文章一开始就提出了一系列的设问，全文总括起来有如下几点：（1）比较市场经济和计划经济，从宣言来看，似乎计划经济"更高尚""更合乎人类理性与道德""更人文"，但历史实践证明，是市场经济"比较符合经济生活自身的规律，也就是说比较符合人的实际的行为动机与行为制约"，"而计划经济的悲剧恰恰在于它的伪人文精神，它的实质上唯意志论唯精神论的无效性"，"是市场而不是计划更承认人的作用，人的主动性"。（2）由于近现代中国社会矛盾的尖锐性，"我们曾经认为，我们需要的是斗争精神、牺牲精神、为了群体而无条件地抑制个人的利他精神而不是人文精神"，如果"忘记了这一点，便成了云端的空论"。"所以我不明白，一个未曾拥有过的东西，怎么可能失落呢？我们可以或者也许应该寻找人文精神，探讨人文精神，努力争取源于欧洲的人文精神与中国的文化传统与实际生活相结合，结出中国式的人文精神之果，却不大可能哀叹人文精神的'失落'。"（3）"应该承认人文精神的多元性与多层、多面性。""在温饱问题没有解决的地区，最大的对于人的关注是让饥饿线上的人民获取必要的食物与其他生活必需品。在物质生活大大改善的状况下，人们的文化需求就会提到议事日程上"，普及教育，通俗文艺，精英文化，各有所适，提倡人文精神必须尊重和关注这个事实。我们要看到市场推出了大量趣味性实用性的通俗出版物，也要看到严格的、高水平的书刊不断出版，并受到企业的资助。（4）"批评痞子文学的人又有几个读懂了王朔？"这是一个令人警醒的发问。文章认为王朔"太痛恨那种伪道德伪崇高伪姿态"，"继承了中国文人的某种佯狂的传统"，他们"用糟践自己、糟践文学的方法"，里面也道出了"小人物的辛酸与不平之气"，"难道痞子就没有可以

---

① 见丁东、孙珉选编《世纪之交的冲撞——王蒙现象争鸣录》，光明日报出版社。

同情与需要理解之处吗？对待痞子一笔抹杀，难道不也是太缺乏人文精神太专制也太教条了吗"？（5）社会进步文化昌明是多因素发挥作用，没有"万应灵丹"，意识形态、阶级斗争、革命战争、政府政党、科学技术、市场经济、民主与专制、新潮、文学和人文精神都不是万能，"不是万能，所以既不是'万岁'也不是'万罪'"，真正的人文精神"应该是能够承认社会生活与文化格局中的多因子多层次结构的，承认包括承认某个特定的因子与层面的局限与消极面"。本来，一些人文学者在市场经济开始发展的今天，强调一下人文精神是一件好事，但不宜"把事情说成是漆黑一团"，我们需要的是建设，不能走回头路，何况，"在强调经济、强调市场的情况下，大批判手们感到了空前的失落"，这种现象不是不存在呢。

应该说，当时在《读书》杂志发言，大谈人文精神的中青年学者，情况很不一样。他们的指涉范围、批评对象也不尽相同，有的主要是切入作家的精神世界，提出更高的要求，有的也并非自觉地贬抑市场经济，抬高计划经济。即使提到人文精神"失落""危机""遮蔽"等等，各人心里都有自己那本账。通过讨论、磋商、交换意见，把一些模糊的、边界不清楚的地方加以澄清，他们之间不少人已经存在或将会达成许多共识。王蒙作为年长于他们的过来人，因为事关改革开放以来、市场经济实行以来的历史评价、理论界定，从个人的感情经历到认知过程，他不得不起来批评"失落"论。王蒙的上述论述，比较公允、求实，为众人所接受。他在另一篇文章里说，如果说是"失落"了革命传统，如果"失落"指物质文明一手硬、精神文明一手软，这都很清楚。如果说"人文精神"是50年代思想改造时期失落的，他开玩笑说，"失落了四十余年，没有谁说过失落，就是说连失落也不许说，现在终于可以大谈特谈失落了，是不是说明市场经济的发展终于使人文精神有了一点点回归了呢？"他进而说："失落的时候不说失落，回归一点了反而大喊失落。"他这种反视历史又审视现实的述说，对于我们某些怀抱理想、执着精神追求、因正视某些局捧消极现象而在总体历史评估上把握不住自己的知识精英们，是应该慎而思之的。

这场争论当然不会完全是各人、各方在指涉对象范围上全都存在某些错位或差别，在如何评价王朔的问题上，争论者在如何看待"人文精神"上就"坐实"下来了。某些"人文精神失落"论者认为，王朔作品就是"失落"一例。他们认为，王朔不是讽刺而是调侃，讽刺带有批判意识，达到生命价值的肯定，而调侃则是取消了生命的批判意识，无所谓肯定和否定，完全是一种无奈，无任何人文意向。在这之前的一年多，王蒙在《读书》1993年第1期发表了《躲避崇高》[①]。王蒙列出了我国"五四"以来出现了志士的、先锋的、绅士的、淑女的文学之后，又出现了王朔的"躲避崇高"的、表面看来"不红不白不黑不黄也不算多么灰的文学"。王朔的出现有他的背景。如果批评他"亵渎神圣""玩文学"，王蒙认为我们必须公正地承认，首先是生活亵渎了神圣，比如江青、林彪，"我们的政治运动一次又一次地与多么神圣的东西——主义、忠诚、党籍、称号直到生命——开了玩笑……是他们先残酷地'玩'了起来的！其次才有王朔"。"王朔的玩世言论尤其是对红卫兵精神与样板戏精神的反动。"这至少从一个方面看到王朔作品受到欢迎、解构"伪崇高"的价值因素。文章也指出了王朔"多少放弃了对于文学的真诚的而不是虚伪的精神力量的追求""他似乎倾倒着旧澡盆的污水，以及孩子"，但是，王朔的作品"不只是'痞子'般地玩心跳"，里面也有小人物的"无可奈何的幽默与辛酸，滑稽中不无令人泪下的悲凉乃至寂寞"，有的"包含着对于以爱的名义行使的情感专制的深刻思考"，有的"包

---

① 见丁东、孙珉选编《世纪之交的冲撞——王蒙现象争鸣录》，光明日报出版社。

含着强烈的维护青年人不受误解、骚扰与侮辱的呼吁"。王朔作品大量改编为电影、电视剧,《编辑部的故事》获得成功,如此等等,难道不值得"人文精神失落"论的某些全盘否定王朔的人慎重考虑吗?是他们忠诚地信守那种过于"单一""先行"的艺术教条,还是压根儿缺乏一般正常人也应该具有的艺术悟性呢?王蒙在首都师范大学就直白解释:"'千万别把我当人'的意思就是提醒大家'一定要把人当人'。《过把瘾就死》听起来是很流气……但是它内里头也有一种辛酸,它是说让人开心让人过瘾让人畅快的事太少了!"另外,作为文章题目的"躲避崇高",是不是就是"躲避人文"呢?文人标题用语的某种讥诮以及语言所指的深层含意的"躲避崇高"之类,你就那么直信、傻信,不拐拐弯、看在眼里明在心里吗?如果"崇高"不是那种不可触摸的圣像头上的光环、而是实际生存于世俗之中,你从王朔作品的形象撞击中,就完全感受不到某种"崇高"的火花吗?另外,历史地观察,王朔现象能出现在50年代、出现在"文革"时期吗?王朔作品不正是文学多元、追求多样的一个表征,不正是人文精神得到承认和推行的产物、怎么反而是一种"失落"呢?

某些"失落"论者不能在思想和艺术上公允地、辩证地评价王朔,还有一个原因,就是他们对"人文精神"的界定和阐释。他们借用"纯洁性""终极关怀""宗教精神""普遍主义"等语词,实际上把"人文精神"等同于"殉道精神",把本应体现社会生活丰富性多面性的"人文精神"狭窄化,甚至同赴汤蹈火、慷慨就义、舍得一身剐敢把皇帝拉下马等特殊历史场面的精神表现等同起来。这样,不仅王朔,凡是在宝塔尖之下的社会层面都得批判否定了。我们可以从王彬彬的《过于聪明的中国作家》[①]以及王蒙反批评引出的所谓"二王之争",看出一些消息。

---

① 见丁东、孙珉选编《世纪之交的冲撞——王蒙现象争鸣录》,光明日报出版社。

王彬彬这篇文章从发扬人文精神的总体意向来看，是无可厚非的。但是，同上述"人文精神失落"和如何正确和公允评价王朔的心平气和的讨论不同，他是要在人文精神问题上给中国文人排队，除了"烈士"和准备赴死、讲了真话屈死狱中的志者而外，等而下之都在扫荡之列。他提出两件事，点名批评了两个人。他介绍，萧乾在一篇文章里说1955年文联批判并宣布胡风为反革命分子的大会上，吕荧跑上台说了句"我想胡风的问题还不是敌我性质"，结果被揪下台来，遭受整肃，直到死于监牢。加上"文革"期间张志新、遇罗克说真话的惨痛事例，萧乾对巴金提倡说真话"称赞之余"，"却做了点保留"，改成："要尽量说真话，但坚决不说假话。"王彬彬说，"在萧乾先生看来，显然原则、道义，在个人的身家性命前，都是次要的。'书生吕荧'是太书生气了……过于不聪明了。而把'说真话'改成'不说假话'，其实不过是一次极聪明的心理自我调节，一次极聪明的自欺欺人"，"在这种场合，不说真话，就意味着说了假话，意味着亵渎了某种神圣的原则、道义，意味着认可、助长了邪恶"。另一件事是他引出王蒙在《躲避崇高》里评论王朔的话，如"他不像有多少学问，但智商蛮高，十分机智，敢砍敢抢，而又适当搂着——不往枪口上碰"等等。王彬彬在文章里说，"王蒙对王朔的肯定，其实可以看成是对自身的肯定，王蒙与王朔之间，其实有着许多或内在或外在的相通之处。""王蒙当然是极聪明的人。上文所引的王蒙说王朔的那段话，移到王蒙身上，也几乎是合适的。"他结论式地说，"中国文学之所以难得有大的成就，原因之一，便是中国作家过于聪明了"，"在技术性的生存上，在名利、地位上，在立身处世上，聪明确实极有用，但在真正的文学成就上，聪明终会被聪明误的"，"而中国作家、文人的聪明，则是与人文精神形同冰炭的"。

从笔者的读后感来看，我不怀疑王彬彬怀有推动中国文学早日与世界文学接轨、"重建和高扬"人文精神的主观愿望，但是，恕我直说，小老弟，你至少是太书呆子气了。在你的人文精神主张的一梭子扫荡下，萧乾、王朔、王蒙只是代表性的点名，不知有多少作家文人都被你扫荡光了。首先，你在评王蒙事情上，逻辑就不能成立。王蒙评论王朔有很多话，也不光是你文章里引的话，即使是那些评王朔的特点的话，王蒙不等于就具备王朔的特点，评者不等于被评者。王蒙还评论过张承志、张炜，评论过张洁、王安忆、铁凝，其赞扬之词远高于王朔，难道王蒙就是张承志等人吗？王蒙还评论和推崇过鲁迅，他是他，鲁迅是鲁迅呀！引用评者对被评者的某个评语和评述，就说这评语和评述就是指他自己，孩子们之间吵架、随意比配对方，也不至于如此水平？

其次，就对萧乾的批评而言，萧乾在《聪明人写的聪明文章》①里作了反批评。他说，他在另一篇《要说真话——为巴金文学创作生涯六十年展览而作》里，为"要尽量说真话，坚决不说假话"作了解释："作为一个知识分子，我不满足于这种（按：指'尽量'）状况……我想巴金也不满足于这种境界。他提倡说真话就是要突破这各种要不得的和平共处局面，更上一层楼，同领导敞开胸怀，无所不谈，我认为这中间需要一个过程。（一）不要轻易惩罚说真话的。（二）不要过于慷慨地奖赏说假话的。"萧乾还是同意和支持巴金的"说真话"，也不满足"尽量说真话"的状况，只是觉得在中国从"尽量说真话"做到"说真话"，要有一个过程。萧乾说："我的矛头指向那些把吕荧以及遇罗克和张志新蛮横地揪出并投入死亡深渊的。（并希望那种事永不再发生）而王彬彬君则谴责1955年胡风宣判大会上为什么在场上千名文艺界人士都没上台去为胡风喊冤。""这不仅仅是逻辑问题，而是矛头指向。"

王彬彬在这件事情上赞扬和推崇吕荧，这评价本身是完全正确的。从"尽量说真话"到"说真话"，到"勇于说真话"，总是

---

① 丁东、孙珉选编《世纪之交的冲撞——王蒙现象争鸣录》，光明日报出版社。

越来越好。我们大家，包括萧乾文章的语气，都是要向吕荧学习。像胡风、张志新、遇罗克那样的冤假错案的宣判大会斗争大会以及只有吕荧上台讲实话讲真话讲心里话的状况，大概在改革开放之后不会原样重复。如果反思历史，岂止胡风、刘少奇、彭德怀的错判错斗，中央的高层人士，在宣判斗争现场，有几个上台说真话的呢？就是巴金后来倡导说真话，徐迟在离世前还批评巴金有些真话并没有完全说出来。不是说徐迟不尊重巴金，而是说情况十分复杂。（有时，被冤屈迫害的刘少奇、彭德怀等人，在特殊压力之下，也有过作检查的不实之词。）正因如此，80年代，巴金主张知识分子都应该与全民共忏悔，这个思想是很宝贵的。就胡风的宣判大会而言，可以反思和总结的方面很多。首要的是极"左"政治的敌我不分、判友为敌、扩大打击面。那时候，我们一方面称赞统一战线政策的成就，把溥仪这样的末代皇帝也改造过来，同时，在国内不断树敌，把地富反坏右都统统作为专政对象。我们过去唱的是"冒着敌人的炮火前进"，在和平建设时期，却把那些不向你开枪、不使用暴力、不颠覆政权、只是说出自己见解的人当作敌人，把生产关系已经改变、已经放弃生产资料所有的地主、富农仍然作为专政对象。吕荧是文学家，他了解胡风，他觉得不能把至少属于"学术自由""创作自由"的百家争鸣中的一家的文艺见解看作"反革命"的"五把刀子"。这是吕荧的清醒的敌我观念，我们应从健全民主法制、放弃以阶级斗争为纲来总结这一段历史教训。吕荧思路清晰，而且敢于上台。如果要用人文精神来分析这类胡风、张志新、遇罗克的错误宣判斗争大会，不是不可以，而是不十分对路。人文精神提倡关心人、尊重人、重视人，发扬人的首创精神，从它发轫于文艺复兴的反对神权和君权对人的压迫出发，人文精神还包含科学精神、精神文明。如果以人文精神来看待胡风、张志新、遇罗克的宣判斗争大会，首先是这种会议就应该全盘否定。它不允许答辩，而且是揪上台，低头弯腰,更不要提以后发展到下跪、画脸和变相体罚肉体折磨。应该说,被宣判斗争者即使是"敌我性质",也不能这么干。如果有人上台,压根儿就对这种会议的程序做法方式做出否定,那才是真正的高扬"人文"哩。笔者的意思是,胡风宣判大会的错误,可分析可总结的思想武器很多,包括"人文精神"。但是,王彬彬的分析是,除死于狱中的吕荧之外,大会上的其余成百上千人,都是只图"生存策略"、失去"形而上情思"的苟活者,表现沉默,就是默认;不说真话,就是说假话,就是助长邪恶;不是英雄烈士,就是帮凶叛徒;这种逻辑推导,就走入邪门了。而且,萧乾谈到"要尽量说真话,但坚决不说假话",也还说道:"能保住这一原则,有时也需要极大的勇气,甚至也得准备做出一定的牺牲呢。"从这个意向来看,也要承认他的考虑是进步的、积极的。把"尽量"二字去掉,向志士先烈学习,这是我们的目标,为此我们要像巴金说的共同忏悔,甚至不断忏悔。在人文精神建设的过程中,我们要从国情实情出发,共同商讨。我们可以树立旗帜,但不宜动辄搞爆破,横扫一大片。我们要在人的全面发展和社会进步中阐释和发挥人文精神的丰富和多层内容,这才是人文精神的真义哩。

对于王彬彬的点名批评,王蒙作了反批评。我不知道,王蒙为什么在《黑马与黑驹》[1]的文章里,压根儿不提王彬彬因王蒙评论王朔就说他们"相通""相同"、都是"生存智慧过于发达"的"聪明人"这种论断上的逻辑混乱和逻辑错误。也许,这一点太明显,读者一读便能识出,无须赘言。王蒙出于对历史的敏感,在这篇文章里提到那种因"剧烈的连年变动,又形成了一种诈诈唬唬好走极端装腔作势借以吓人的学风文风",是值得王彬彬认真思考的。这是王蒙的极少有的发火的文章。文章质问式的语言"您

---

[1] 见丁东、孙珉选编《世纪之交的冲撞——王蒙现象争鸣录》,光明日报出版社。

到底拿出什么来给读者,您能取代那些被您任意'粪土'的名家吗",也显得意气了些。人上一百,种种色色,就是有人专靠"骂"(何况王彬彬声言自己"有'骂',也有赞")来批评从业,也或无不可。王蒙的这种动火,大概说明金无足赤,人无完人。但是,王彬彬文章中提出两件事、点名两个人、强词上纲、全面否定的逻辑推导,以此"重建和高扬"人文精神的论述方法,在"学风文风"上是值得掂量和商榷的。王蒙在同丁果谈话时,曾经谈到自己年轻时某些类似的、过于激进的排他心态,"因为过分激进的理想主义,本身有太强的排他性,也许我在革别人命时,也曾经是这么激进、不眨眼,对自己认为不革命或反革命的,就是要压倒他们","一解放,像我这样一个非常年轻的人,马上就以革命后掌握了国家权力的主人身份参与工作,对我认为不革命的人颐指气使……在革别人命的时候,我也是毫无同情心,毫无痛惜别人的"。但是,后来年纪大了,"比年轻的时候我耐心多了,更能看到事物的各个方面,更愿意承认思想见解多元互补的状况,这或许可以说是比过去更成熟了,很多事情看得更透"①。这个意见,对我们每个人在成长过程中从年轻过激走向冷静成熟,对我们思考包括人文精神在内的文化问题和知识分子问题,都是有参考价值的。我不认为王蒙和王彬彬在总体意向上、在民主与科学的理想追求上,有根本的冲突。年轻人血气方刚,情绪激烈,有时陶醉于纸面逻辑的自由奔驰,错误地贬损了对方(客观上形成一种"大言欺世"),可以理解;被贬损、被斥责者起来辩白,反唇相讥,亦在情理之中。"二王之争"可以走向和解,只要我们心灵深处做到听从真理,学习稳妥地把住我们历史的航向,共同携手参加我们的文化建设,就会把争论推向一个良好的后果。

---

① 《探寻中国文化更新和转换的契合点》,见《王蒙讲稿》第598—602页,上海文艺出版社。

二、"季节系列"——历史变迁的"心路历程"

从1993年4月到2000年5月，王蒙发表了以"季节"为题的四部系列长篇小说，《恋爱的季节》《失态的季节》《踌躇的季节》和《狂欢的季节》，近130万字。这是作者投注力量最大、持续时间最长的系列长篇之作。在作者年近花甲之际，在作者就现实、就历史、就艺术思维涉及领域写下了大量的、却又是分散的各类体制作品之后，感到有必要集中精力作系统的回顾和整理。何况，以青年为主要题材，写出他们迎接解放、建国之后的心态和命运，这是王蒙创作的特长。他感到需要抓住这一当代文学中特有的创作契机。

作者2000年6月12日在上海师范大学答读者问时说："我写的是季节系列，并不是四部曲，还没有完全写完，但是我已经发表了《恋爱的季节》《失态的季节》《踌躇的季节》和最近发表的《狂欢的季节》。我是写一批人物在新中国的发展历程中，他们的心态、他们所受到的经验和挑战。"在这四部系列长篇里，作者没有采用传统长篇小说以主角命运为主线、地点时间情节渐次推移的写法，而是把时代与心灵、历史与命运参照起来写，把人物的心态镶嵌进"季节"的变迁里。手法上，依然以意识流的自由切入、衔接为主要方法，在系列总体上又能见出主要人物和次要人物的整体形象。

从笔者作为这系列长篇主人公的同龄人的感觉来看，它写出了当时青年一代的心灵史，是20世纪中国文学画廊的一个重要填充。它当然是以意识流、心理剖析为主，经常用人物的吐露、感受和抒发代替场景和情节的描写和叙述。有大量的讲故事，也有写作的散文化、随笔化、评论化乃至政论化。作者在1995年4月同丁果对谈时说,"在这个系列里我追求的是一种把历史的讲述、回忆与个人的抒发结合起来的自由文体","通过这个系列长篇来反映1949年以后一代人的心路历程"。里面众多人物的言谈举止、生死命运,可以让读者滋生繁多而又深长的感慨,这里,初步理出如下问题作为交流切磋。

1. 特别的一代与特别的爱

1949年前后的中国年轻一代,是怎样的一代呀,中国的近现代历史,能找出与之比拟的青年人吗?他们在青春萌发的时候,遇到的是一个抗战胜利后腐败崩溃的国民党政权,迎来的是一个艰苦朴素、与劳苦大众血肉相连的共产党新中国。"解放区的天是明朗的天","国民党啊一团糟哇一团糟",歌声震彻于耳。他们每天用扭秧歌扭得满头大汗,用唱赞歌唱得你拉我唱我拉你唱,来迎接新中国的诞生。王蒙在《恋爱的季节》里,留下了青年一代的历史面影。

作品主人公钱文"一骗腿",骑自行车在街上行走的时候,"他自由自在地骑车行进在解放了的中国首都北京的大街上。他充满了社会主义和共产主义的美好憧憬。他充满了对自己这一代人的骄傲和自信。前辈人在旧社会——叫作万恶的旧社会、绝对是万恶的啊——生活得太久了,他们没有青春,他们没有童年,他们不知道什么是幸福和自由。他们浴血奋战换来了新中国,然而他们已经老了,他们缔造了新中国,但是新中国是青年人的。后辈人又太幸福了,幸福会使人变得幼稚和无用。他们不懂得什么叫'万恶',什么叫痛苦,什么叫殊死的斗争——革命,永远体会不到在万恶的黑暗中唱起'这是最后的斗争,团结起来到明天'的意义。只有他们这一代人,他们的童年和少年是'万恶'的见证,是斗争的见证,他们有幸参加这最后一次斗争,他们的青年的花朵开放在胜利、幸福、自由、光明的新中国……"这位学生"地下党"出身的北京市某区青年团干部,骑车的感觉如同"展翅飞翔"。

钱文这一代青年团干部不仅一起开会，不仅一起吃冰棍、看电影、散步、唱歌，就是上厕所，也是有人一声令下，采取集体行动。他们起名，更不用说，没有封建气、书卷气，有的是革命气，"男的叫克、叫夫、叫基、叫尔……女的叫莎、叫霞、叫娜娜、叫哑"，那个鲁若自然是又鲁迅又郭沫若了。他们对毛主席、对党、对新社会的爱是虔诚的、无保留的，他们之间产生的恋爱，也注入了革命的、政治的内容。

这部《恋爱的季节》一开始写的周碧云同舒亦冰、满莎的三角爱情，周的选择和取舍，就是突出政治、突出革命的。周觉得舒的家庭出身不好，太"洋气"，有一套"资产阶级臭讲究"，舒本人又温文尔雅，满口"落日、蟋蟀、秋天""玫瑰玫瑰我爱你"，太"落后"。洪嘉同洪无穷是同父异母姐弟，他们的家庭组成就牵连着历史的风风雨雨，坚持了革命的选择。当洪无穷的亲生母亲苏红向儿子表示忏悔、诉说亲子之爱的时候，洪嘉这一边的母女却在酝酿着带有喜剧色彩的爱情。洪嘉的母亲洪有兰都四十二了，不能再等待一去不复返的丈夫了，决定听从李姐的介绍，嫁给一个快五十的某师后勤部副主任（还是"童男子"），商定"七一"党的生日结婚，征询女儿的意见。"行！行！行！好！太好了！妈妈万岁！"女儿也正在热恋之中，只是补充："党的生日，咱们娘俩一起结婚！我也结婚！咱们互相祝贺！让大家给咱们祝贺！让……美帝国主义在咱们的幸福面前发抖！"于是，周碧云与满莎的爱情昭告天下，祝正鸿的恋人束玖香即将回京，他们都相约在"七一"结婚。满莎激动地说："今后，我们的人民，我们的子孙后代，将再也不知道什么叫痛苦，什么叫哭泣。""七一"大结婚，成了这部长篇整体气氛的最大亮点，依次，作品包括萧连甲、赵林等人在内的众多人物，都找到了爱情。这真是一个分外红火的"红五月"，是一个每个人都觉得爱在向自己走来、幸福鸟儿栖息在每间房屋窗口的季节。然而，作者在书中也偶尔设问："这真是一个恋爱的季节，浪漫的季节，唱歌的季节么？"

任何有限都是一种局限。当这一代青年人自感于空前而又绝后，成为新生活的主人公和创造者的时候，他们缺乏老一代的历史阅历，又缺乏后一代比如当今青年人的开放视野。他们获得的教育，经常用以统率一切文化知识的，就是阶级斗争学说。对于"五四"新文化留下的民主与科学精神，对于整个世界的文化科学状况，缺乏全面的历史的了解。当中国封建专制某些传统习俗借着历史惯性沿袭下来的时候，这一代青年人，甚至包括某些当权者在内，又都习焉不察。这一代青年人，跟此前此后的青年人相比，他们太单纯、太热情。这样，在极"左"政治的不断革命的构想里，在"领袖—政党—阶级—群众"的宝塔形结构的经营里，新中国的历史曲折就是不可避免的了。《恋爱的季节》结尾处洪有兰之死就带有一种征兆。书中一个个、一对对完成了爱情结合，到了1953年，单身汉所剩无几，钱文也在北海公园与叶东菊相逢。如果说其他一对对的政治因素、非感情因素干预得太多太多，钱叶之恋，倒是真挚的相互慕悦像一股旋风席卷了他们。一个个严峻的季节和历史变迁，正等待着他们。

2．极"左"教义的对人判处与自我判处

《失态的季节》一开始描写"反右"运动，就是曲风明主持揭批萧连甲。上级指示，运动的主要障碍是心慈手软的"右倾"思想，毛泽东批判"《文汇报》的资产阶级方向"就是指出有人演惯了反派角色，现在演正派角色演不像。从小矢忠革命的萧连甲觉得应该允许别人说话，觉得给他贴的大字报不实事求是，曲风明就反问报上对章、罗的批判是不是实事求是呢？"你怎么考虑艾奇逊、杜鲁门、杜勒斯、艾森豪威尔他们对于社会主义和共产主义的攻击的呢？"如果你表现嗫嚅，或没有想过这个问题，甚或表白自己从小就参加"沈崇事件"引发的反美抗暴斗争,那么,曲风明就质问:"你是从一开始就认清了被国际范围的反共逆流激发起来的中国的资产阶级对于无产阶级的猖狂进攻了。是这样的吗?"这种揭批的基本模式是:树立一个极端革命的标杆,当你还来不及看到这个标杆,还意识不到往这个标杆靠,就证明你有差距,你就是反革命。笔者还记得一部苏联影片,写斯大林打击别人时,也是采取这种办法。斯大林忽然列举一个惊世骇俗的反革命事例,马上就问:"你反对了吗?"你如果还没有反应过来,或尚未身与其事,好,斯大林马上就说:"你没有反对,就是支持!"马上就把你投入监狱。这也就是斯大林式的或命名为极"左"教义的所谓"铁的逻辑"。

正是在这种强行提拉、上纲上线、排队站队的审问以及软硬兼施的表示关怀、表示"挽救"、间或还称他一声"同志"的诱导下,萧连甲缴械投降了。"是的,我坦白,我交代",把自己的全部日记、笔记、书信交出来了。曲风明不难从这众多材料中找到"铁证如山",萧连甲就成了不折不扣的反动透顶的资产阶级"右派"分子。在这种逻辑与手腕的攻势下,萧连甲折服的心情达到了这一步:"即使曲风明判定他应该枪决,他也心甘情愿扒开胸膛接受正义的子弹。"

笔者过去不好理解苏联肃反时期被斯大林错误判处枪决的一些革命者为什么在刑场上还高呼"斯大林万岁",至此,多多少少可以理解了。所谓"极'左'教义",就是将革命、将政治"极端"化、"绝对"化,或宗教化,而且是原教旨主义化。它远离世俗,拒绝世俗,背离时代,背离科学和进步,使革命、忘我、自我牺牲滑向落后和愚昧,使信仰走向愚忠,走向反动。人们记忆犹新,"文革"高潮时,早请示、晚汇报,吃饭前要念语录,报纸题头有事没事要刊上语录,等等。对于这些现象,宗教研究家可以对此做些比较研究。孩子说话动辄要表白自己"向毛主席保证"，新婚的枕头上要绣上"将革命进行到底"，笔者不知道曲风明新婚的性功能变态是否与此有关。对此，过往的历史不允许我们一笑了之，不做认真反思。也至此，对当今伊斯兰原教旨主义、恐怖主义毒害下的"自杀性爆炸"，那些青年人甘心身绑炸弹，屠杀众多无辜，又自以为可以升入天国，造福于家人和族类，这一切似乎都不难理解了。

如果说萧连甲是最终服膺于极"左"教义的外部压力外来揭批，钱文却走向了这种教义引发的自我判处，或类似曾经叫得很响的"灵魂深处爆发革命"。一个人的习性、兴趣、爱好乃至喜用的词语，在极"左"教义来看，是有阶级与革命的区分的。在曲风明把"反右"斗争与文艺批评、与诗学论辩相结合的启发下，作为写诗的钱文，就觉得诗句中出现"迷蒙的小雨""像神话变成了现实""怀念大海"之类不对劲，自己也示弱说不清楚。钱文1954年读了路翎的《洼地上的战役》，为作品结合细腻抒情与革命悲歌而深受感动，当路翎挨批的时候，立刻感到当头棒喝：自己灵魂果真有毛主席说的"一个小资产阶级的王国"吗？自己喜欢苏联文学、苏联歌曲的某种抒情，曾经为是不是"小资产阶级情调"同别人争论过，自己对党的批《武训传》等一系列部署也都"震惊过"。于是，他领悟到："震惊之中或有迷惑与痛苦，但紧接着而来的这种对于真理的大服膺大信仰大感动与自身的大羞惭却又给他带来了在思想斗争又打胜了一仗的自豪感、功德感、神圣感与欲穷千里且更上一层楼的大欢喜。"钱文感到党洞察一切，"愈是揪出了他，愈是狠狠地斗他，他愈是感到了党的伟大，党的温暖"。他主动挖掘思想根源，比如他不爱加班加点，不喜欢星期六晚上星期天开会，不喜欢过年过节开总结会汇报会，厌烦政治学习和千篇一律的广播节目，"所有这些问题他都一一交代给组织交代给人民了"。当揭批他的会议达到高潮的时候，他也跟着举起右臂，高呼"敌人不投降就让他灭亡"！

钱文这种"自我判处"达到一种大彻大悟的地步，举臂高呼口号时感到"这里要消灭的敌人不是别人，正是钱文自己"，"尽管他是十恶不赦的被批判者，他仍然觉得自己与党与大家心连着心，他坚信这个批判会是正义的必要的了不起的"，"他不管有多少思想问题，最后他有一条保险绳，一粒还魂仙丹——那就是一切听党的"。钱文当"右派"的特点，就是一门子心思审视自己、判处自己，他不管别的"右派"揭批对不对，反正自己和盘托出，参与揭批。他不管别人揭批他是否有事实出入，反正这证明了别人的革命感情，必须理解别人对他的爱。于是他感到批判他这一天是"一个大好的日子"，"他应该庆祝这一天"，他说服自己这一天吃好精神好，"配合党把自己批判好"，"怀着神圣的信念"来接受对他的批判。此后，钱文想到什么就交代什么，让检讨什么就检讨什么，而且，想方设法去读书、去交代新的问题。批判会的当天，他去了欧美同学会吃西餐，遇上另一个"右派"廖琼琼，于是主动交代"向往资本主义"的全过程。他一直检讨到相信贝克莱和马赫，赞成伯恩施坦和考茨基的言论，检讨对陈独秀、王明、李立三、张国焘的看法，领导都嫌烦了，不愿意再听了，他却感到没有失去什么。他感到历史就是这样的，在风暴中不做铁锤，便做铁砧，要忘却个人"五尺之躯"。在历史的是非和逆反面前，他麻木得毫无痛苦，丧失了分辨能力，反而在"弃我去者昨日之日不可留，乱我心者今日之日多烦忧""天生我材必有用，千金散尽还复来""吾所以有大患者为吾有身，及吾无身，吾有何患"等等语句中寻觅精神的避风港和安乐窝，把阿Q主义加老庄消极情绪拿来为我所用。钱文你这极"左"教义的受害者兼精神荼毒的顺从者、俘获者哟！

　　3. 精神的失态与良心的叛卖。

　　"反右"运动、极"左"教义大演习的直接结果，不仅是划完了几十万"右派"分子，而且还带来了普遍的、既包括被揭批者也包括揭批者在内的精神大失态。萧连甲和钱文被打成"右派",就看出这种精神的失态。同一单位的老战友老同事好朋友,在一夜之间,可以在批判会上如泣如诉地揭批对方。陆月兰在批判会上,起来打了父亲陆浩生一耳光,过后又失声痛哭。洪嘉揭批自己的丈夫鲁若,忽然说是"对他的爱的最大最深的表现",忽然又哭喊着:"我主张把他抓起来,枪毙。"就是那位深文周纳、主持"反右"斗争的大干将曲风明,后来也成了"右倾"分子,"文革"初期自杀,你说怪也不怪。

"季节系列"显示这样一种心路历程,当人们树立了绝对权威、并被动地转入极"左"政治运动的时候,从被批斗者到批斗者、到高层领导,都没有做好准备。许许多多人正是在这种绝对权威的强行推动下,对错批乱斗的"反右"斗争由惊恐变得服从变得驯服,于是,人人终日考虑自己如何粉墨登场,把真心、真情、真话隐藏起来。作品中比较正派善良、受到青年一代尊重的年长一辈的革命家如犁原、陆浩生,同样也陷于这种精神的失态。

犁原在延安抗大学习过,在经历一段婚姻与爱情的曲折后,他也爱上了一位向他求婚求援的"绝对不是讨厌不是无聊不是纠缠不是轻浮不是肉欲膨胀的女作家"廖琼琼,他甚至准备在琼琼的"右派"劳教得到改正后同她结婚。但是,在同琼琼的关系中,他患得患失,在外调琼琼问题的人面前,他对答瞻前顾后,既未坚决保护琼琼,又急于洗刷自己。他没有出卖心上人,有时又敏感到自己是不是明知这个女作家"处境危险,于是你赶快落井下石,以求自保"。他帮助过琼琼妹妹查清她姐姐的问题,但这个妹妹觉得他是"懦夫"。临到参加琼琼的追悼会上,犁原作为级别最高的人送的一个花圈,他也说是"这些都是机关行政处办的"。他胆小怕事,人云亦云,照本宣科,紧跟照办。依他的身份地位,他是曾经踌躇满志地帮助解决琼琼的问题,还是压根儿踌躇犹豫呢？这种种踌躇又终归是失态。到了20世纪90年代初临终前的日子，犁原对钱文讲真话了，他嗫嚅着依然怀念琼琼，"我想的是，到了最后，谁也不能饶恕自己，谁也不要饶恕我"，"我现在才懂得什么叫作'形销骨立'，什么叫'身与名俱灭'。活一辈子，最后只剩下了痛苦……"

陆浩生的个人经历不像犁原那样有戏剧性，作为"一二•九"学生运动出身的高级干部，清高随意，富于理想主义，但唯党命是从。自从"文革"初期被揪出来、挨了女儿一耳光之后，他依然顾全大局。他书呆子气到把一个延安时期已经交代、并作了结论的被国民党路卡扣压过十一小时的问题又交代出来，苦苦说不清楚。他常常像孩子般哭泣："我只盼着有一个结论，我只盼着能允许我恢复组织生活，只要是党还要我……"这位革命老人在审查期间，做了两件事，在脏乱拥挤的小屋里打家具，伏在小三屉桌上用"毛笔蝇头小楷恭录毛主席著作"，诗词、老三篇、《实践论》《矛盾论》《在延安文艺座谈会上的讲话》等等，并声言："我的精神力量就来自对毛主席的著作的抄写，每天抄七八个小时，我已经抄了五年了。"说完满眼是泪。

钱文的表现不同于一般"右派"分子，他不愿消沉下去，无论下乡劳动改造，还是在城里执教，他总是紧跟、革心洗面。当60年代的"小阳春"唤起了短暂的复苏接着又拧紧阶级斗争旋钮致使他投稿无门的时候，他决心举家迁往边疆。"大踏步地前进，大踏步地后退"，觉得过往的"挫折"，无法与他的"潜能""自信与勇敢"相匹敌。他又单纯得以"我以我血荐轩辕"来争当歌颂党的歌手。然而，前景难以预料，心灵思绪有时一开岔，就想到路上携带的鱼缸里金鱼的死眼睛。"文化大革命"又使他沉入养猫、养鸡、制造啤酒酸奶的岁月。他曾经考虑自杀，但那是要作"叛党"论处的。末后干脆想天天唱"颂歌"，甚至听别人的话给江青写效忠信，然而，"颂歌"又确实写不下去，"良知"没有让他走上这一步。当他后来回忆这一生，回忆过去在极"左"教义的熏陶和压力下自己的说话表态、思想检查、反修紧跟，他惊异于人人陷入的一种精神失落："当一个人说话的时候，那确实是他在说话吗？当一个人不说话的时候，他确实是不说话吗？一个人不想说话却发出了声音和一个人想说话却没有发出声音，这样的事情也是可能的吗？""说话必须是有规范有词汇有语法有句法就是说有主语有谓语有宾语有标点符号的吗？如果什么都没有那还算作说话吗？他钱文究竟是从什么时候学会了说话，什么时候忘记了怎么说话的呢？"我们看看全书，包括陆书记、犁原和其他人物，他们在政治运动和紧跟学习中不都坠入这种说话的尴尬与失落或称说话的"异化"吗？还有，"季节系列"后尾写"反击右倾翻案风"有这么一段："大学校长、科学院院士、马列主义教授，一级比一级高的有经验有威望的领导，谁没有参加过这样的表态和游行？刘少奇在'文革'开始时也跟着喊'伟大的领袖伟大的导师伟大的统帅伟大的舵手'，而人们衷心敬爱的周恩来总理也跟着宣读或负责宣读'把叛徒、内奸、工贼某某某开除出党'，谁能例外，谁能沉默，谁能无祸，谁能免过？"这一切，不是让我们今天还值得深长思之吗？

但是，在书中，有一个人物是例外，这就是祝正鸿。他外表木讷，老实忠诚，却不像钱文、萧连甲、赵林、周碧云等人口直心快。他从不暴露思想，历次"交心"中咬紧牙关，一口咬定自己没有不正确的政治思想。这样，他不动声色由科长而处长而副局长。当妻子说死也不相信北京市委反对毛主席，他给她一拳，想给她一嘴巴，说她"找死"。他不同于周围的同事，他不是被迫表态，思想紧跟，而是主动选择，时刻掂量个人的生存荣枯。遇到揭发陆浩生，对这位对他有知遇之恩的正派领导，他内心十分清楚这牵涉到一个人的"良心"。妻子不让他写这种揭发材料，说"做人总得有个人味儿有个人样儿"，他说"放屁！危险！浑蛋","良心不良心算什么？良心，那是资产阶级一套！连一粒尘土都比不上"，于是，他一晚上写几大篇。新领导张志远向他炫耀："他一个陆浩生算老几，反右以来，历次运动中，经我的手，已经整倒了七个副省级干部了！"他明知陆浩生与张志远哪一个更正派、更忠厚、更与人为善，他硬是昧着良心，卖身投靠。书里安排了这样一个意味深长的情节：祝正鸿的妈妈一次睡梦之后对他说，"我看见你爸爸了"，个子高，南方口音，下巴颏上一颗痣。他忽然觉得一个人像是他爸爸，那就是张志远。他妈妈曾经跟他说，要是认他爸，倒是可以问一声："您爱吃六翅鸡吗？"因为她同他爸闹革命分手时，就是给他做的江南六翅鸡。他真是当面说到这一句，只见张志远表情"完全慌乱"。然而，他记住他妈的嘱咐："记住，你说的这个人要是你爸爸，你能想到是他他就更应该想到是你，他没有找你问什么，就是他不想认你！"他记住妈妈的话："是毛主席司令部的人，你就要给他当孝子贤孙，提马桶刷饭盒，咱们都干；不是毛主席司令部的人，咱们对他是六亲不认！"他有时真想哭着抱住张志远的腿，叫一声"亲爹"，但想起妈妈学习了样板戏《红灯记》，"她认为现在不是我寻找生父的时候"，他终于与张志远在父子之认上失之交臂。一个消息突然传来了，张志远因清查林彪集团被"隔离反省"了。他闻此感到要"发疯"。他1957年揭发那么多"右派"，"文革"时又揭批陆浩生等旧市委，现在面临揭发张志远了。他感到自己是不是"像一只狗一样地咬完了这个再咬那个"，"将成为变色龙、小爬虫"或"成为丧家的乏走狗""政治骗子"，他病倒了。这次，一反前例，不揭发了。过半年，说是张志远的"问题"解决了，张本人外放到南方了。然而，不知是不是良心和民心起了作用，这边仍然是以张画线，凡揭批过张的干部都得到重用，否则靠边，祝正鸿的文化局的任命泡了汤，前政工组副组长靠边站，他被分配到当一名公共卫生处处长，更重要的是一切人都不需要他，对他避而远之。历史的某种循环圈，没有总是那么照样循环，祝正鸿本以为该轮到自己被"隔离"，也未出现。他忽然想到去探望陆浩生，有时又自我总结："他的拒绝揭发张志远是走错了一步棋。既当了婊子，就永远不要企图让贞节烈妇们给你立牌坊，至于谁算婊子，那全看谁战胜谁了。"这个结论十分可怕，依然是莫衷一是，依然是当就当一辈子婊子，永远拒绝良心。在本书的结尾，他的价值是：在钱文一家排长长的队苦苦等待吃烤鸭的时候，他可以凭"关系""不排队而能大模大样坐到临窗的"桌子上。归其一生，祝正鸿在没有压力下说了一句真心话："张志远是个王八蛋！他突然骂起来了。"此后，此人就是有病没病住院，愈住愈像真有病，"吃得少，睡得多，话少，发呆多，时而哈欠，时而咳嗽，时而呻吟，时而苦笑，他自觉自己确已进入了一个生命的新境界"。我们欣喜地感觉到，作者在这个长篇系列里，给我们留下了这么一尊丑恶、被历史扭曲而又令世人哀叹的人物塑像。

　　如果把评论与作品的关系比作两个环圈，它们之间的关系是相互交叉，而不可能相互重合。也就是说，评论可以介入作品，并且突破作品，作另外的牵连和评述，但又不可能重合作品、穷尽作品或等同于作品。有时，即使是同一评论者，对同一作品，同一人物，也可以前后写出不同的评论文章。

　　王蒙的"季节系列"没有写完，已有的四部只是终止于粉碎"四人帮"的"狂欢"。作品人物的命运，作者要考虑通过另部或另一种书写继续下去。作者2003年2月28日答《文汇读书周报》记者蒋楚婷问时说，他手头正在写一部长篇，"是'季节'系列小说的续篇，我称它为'后季节'系列，我计划写三部，但现在发觉很难，可能写了一部就要停下来。因为越靠近现在越难写，毕竟，刚刚发生的事情，要经过时间的沉淀，才能有更好的审美把握"。

三、相调剂的另一些小说创作

王蒙进入 90 年代的小说创作，可以说是出现了双股分流的现象。一方面是持续地、分卷地写作"季节系列"，另一方面，作为一种调剂和补充，又写了另一类小说，包括长中短篇。

1993 年夏，他应约承诺写作《暗杀—3322》，是在写了两部"季节"之后。作为一种调剂，他说："我想换换口味，就答应了写一部相对比较可读性强一些的长篇小说，叫作加盟'布老虎'。"到了 1996 年底，第三部"季节"交稿了，他又讲到需要"歇歇气"，在写实风格作品之外，"这几年偶尔也写一点中短篇，常常用荒诞或寓言体，避免太实太针对什么，多一点抽象，多一点游戏，多一点幽默，也多练练想象力"。他觉得自己"不能容忍一个调的长期重复"，在写作习惯上，常常是"写一篇幽默的（小说）我就会想写一篇抒情的，写一篇写实的，我就又会需要写一篇抽象乃至怪诞的"①。这一时期这类的中短篇小说有《寻湖》（1995 年）、《棋乡轶闻》（1993 年）《白衣服与黑衣服》（1995 年）、《九星灿烂闹桃花》（1993 年）、《郑重的故事》（1995 年）、《歌声好像明媚的春光》（2000 年）、《怒号的东门子》（1998 年）、《玫瑰大师及其他》（1997 年）、《春堤六桥》（1996 年）、《枫叶》（1998 年）、《满涨的靓汤》（1998 年）和《短篇小说之谜》（1998 年）等。

《暗杀—3322》② 是一部故事密集型长篇小说。就作品中人物的命运而言，它不同于《青春万岁》、四部"季节"系列长篇，只写人物的青年时代或止于某个时期，也不同于《活动变人形》，只

---

① 《写完〈春堤六桥〉以后》，见王蒙著《玫瑰春光》第 150 页，中国华侨出版社。
② 见"布老虎丛书"（长篇小说），春风文艺出版社。

写一个家庭的命运，它涉及人物的一生，几乎是对人物的盖棺定论，而且包括许多家庭许多人物，有大陆的人物，还有"镇反"时逃到海外的人物。如果按作者把战争时期同和平建设时期分别称为社会生活的"变态"与"常态"，作品就融进了战争与和平、大陆与海外、变态与常态等各种时空和历史风云中的人物命运，作品主题堪称"历史与人"。这或许是作者进入老年时期才能获得的一种创作心境和创作视野。那是以更大的历史跨度、更高的视点俯瞰人物的命运。书中的"政治与爱"即是鲜明一例。当1958年的大学生党员干部李门同冯满满疯狂相爱、被视为郎才女貌的天造地设一对的时候，李门的所谓"暗杀"问题（8岁时拿着八路军叔叔送的玩具手枪对着首长的汽车"乒乓"玩耍过）被调干生侯志谨揪住了。就是在这个全属儿时游戏、冯满满开初也不看成是问题、又终于被揪住成了说不清的政治问题出现后，冯满满一手导演了他们二人双塔园那场男欢女爱云雨情事。冯满满在双方醉迷爱河之后，立即表示"我不能嫁给你"。这之前，冯满满还因父亲的问题（曾任国民党县保安队长，后弃暗投明、悔过自新，终因1951年"镇反"条例，宣判死刑的头一天夜里逃离）表态划清界限，"臭反革命！就是狗反革命！狗都不如！他是畜生"，"给我一杆枪吧，我可以当着你的面毙了他小子"！这是一位说完痛哭流涕、在与政治冲突时当机立断、毅然决然同爱情、同父爱决裂的女性。她后来受到信用，同靠整人起家、业务又差的侯志谨结婚，母亲也嫁给了贫农出身、只有一只眼睛的冯乡长。

与"政治与爱"相并行、构成书中人物命运的另一条主线，便是"情场与理"。李门在冯满满留下"我总算对得起你"的双塔园临别留言之后，以愧疚之心觉得一生对她欠有一份偿还不尽的债务，对于那个从她身上得到了"最幸福最残酷最悲哀最崇高最真实的体验的女人"，他从心底里说："有了这一天，我一辈子都倾听你的召唤。"李门一辈子爱过两个女人，先是冯满满，后是有高洁情怀的妻子简红云,他觉得他可以在时间顺序上、有分寸地处理好对这两个女人的爱。冯满满对他是有求必应,李门是事事照办,及至把出国开会的机会让给侯志谨,把自己的论文"借"他,以他的名义发表,把科研所长职务让给他,帮他评高级职称。冯满满一再央求李门帮助那个"不争气"丈夫,"拉老侯一把","就看在双塔园的面子上。我真想把我的一切献给你,我喜欢你百倍胜过那个没有出息的行子呀"。就是在这份"情债"的支付和偿还上,李门和冯满满又在侯志谨身上做了一些失去理智、有悖真相、不十分光明正大的事情。

历史的步履是走过一山又一山。一个主题因特定时期的需要而突出以后,又会在另一个时期或淡出、或退居一隅乃至旁落消失。每个人作为有限的存在,总是保持生命的完整性,用自己的言行记录这种完整性。在这个长篇的描写范围里,邹晓腾这个吹牛的神童发明家终于露了底,甘为敬依旧鄙俗地过着自己的日子。作为小说主角的李门、简红云和侯志谨、冯满满两对夫妇,却迎来了戏剧性日子。冯满满的亲生父亲顾先生忽报其B国踪影,而且确是增进中B友谊、发展经济往来的爱国华人。在家乡宴请顾先生的筵席上,除了满满母女,还有满满的继父和干爹(当年正是审讯顾的法官)。他们相顾鞠躬垂泪。最惊人的是来了一位瘸子,正是当年他逃离前看守他的民兵,此人"文革"时因"私放反革命"被"左"派组织打折了腿。顾康杰欲向他下跪,瘸子笑言确系酒醉"玩忽职守",无任何怨咎牢骚。这里当然不存在责怪历史责怪政治。顾先生口口声声自称"死罪死罪""一个阶级推翻一个阶级嘛"、当初共产党干部"落到国民党手里,怎么处置您,那还用说吗"?女儿顾(冯)满满这时亲热极了,自责"我有罪呀","把我的爸爸骂得狗血喷头"。终于,人物的命运出现了这样的历史结局:满满弄了个移民国外,女儿出去留学。侯志谨自怨自艾,说什么过去兴"左"现在兴"右"、自己"白革命"了。

简红云在经过一段曲折（中学功课第一，只因"不问政治"，没有录取她上大学），也寻找了自己的发展。李门一直勤奋自励，"暗杀"问题得到澄清改正，他的"宁教天下人负我，我也不能负一个人"的为人原则，使他深孚众望，也包括做了个别不实事求是的事（那是一份"情债"啊，为人难得十全十美），自己的科研硕果累累，听说要升任副院长。

一个人被历史风浪颠簸、一关一关撞过各种偶然之后，最终还只能是各人对自己负责。顾（冯）满满又在后悔自己"最大错误就是跟了侯志谨"了，但移民之后，能获得晚年幸福吗？当她问起李门相不相信命运时，李门讲了公园抓彩球的故事。小贩经营人拿出四种颜色各五个共计二十个彩色玻璃球，装在一个口袋里。如果顾客每次从中拿出的十个彩球是5500（只是两种颜色），可以得到佳能相机或德国望远镜，如果颜色比例是5410或5320，奖品等而次之，如果是4411，只有钥匙或打火机，如果是4321，要交款1元，如果是3322，就得罚5元。李门说，他观察很久，看出十分之七的人都是抓的3322，可能两人抓到4321，一个半个的能得到钥匙链，这实际是小贩子先预计到了的、一个简单的数学概率问题。那些一心占便宜、图侥幸、想不花钱或少花钱得大奖的人，一抓出3322，就大骂自己的命运不好，"命运其实是最公正的东西。上帝也是这样，他的最伟大之处就体现在数学的公平和准确里。命运是数学，命运最公正"。这里，借彩球游戏，演示出一个严肃的结论。

在写作题材上同作者经历阅历相贴近的，又是采用写实手法的，有两篇中篇小说：《春堤六桥》（1996年）和《歌声好像明媚的春光》（2000年）。作者写作这种性质的作品时，曾经有过一种预感："年轻时我的作品的主人公多半是青年。后来，随着我自己年龄的增长，作品的主要角色的年龄似乎也在增长。"（《写完〈春堤六桥〉以后》）这种作品带有回忆性、抒情性，是步入老年后对过去的整个人生阶段的回味和反视。既然更精确、更详尽、更完整、更有据可查的已经写进"季节"系列和其他许许多多作品里去了，那么，一些带有偶然思绪性的人生体察，也不妨结构出一些特别的人生故事，写成短一点的小说，或者用他的话来说，"这些我都试着写成小说"，提供出来，和读者一起来品味。

《春堤六桥》是写四十年前曾经是大学同班同学的两位异性老者的"邂逅"，这一天邂逅的恋情的萌发和勃发，以及这邂逅后又重归于邂逅前一样的相别于茫茫的世俗之中。作者自称是特别"注意着结构来设计"的，是小说，又是游记。作品设计的"春水""揽月""听荷""错玉""知鱼与望梅"，是作品的五节题目，又是春堤六桥的桥名，也是两位主人公这一天邂逅的恋情的写照。即将退休的大学校长鹿长思与卫生部门工作的郑梅泠，巧遇在这湖边宾馆，又恰巧推迟一班飞机，得以有一整天的春堤同游。大学时，郑梅泠亭亭玉立，是副省长的女儿，鹿长思自认是"其貌不扬的穷百姓"，相距"遥远"。毕业分手后，郑成了副部长的妻子，鹿另有家室，他们的配偶都先后离世而去。

他们为什么要相约这一天春堤同游呢？还有，郑梅泠为什么精心佩戴镀金的吴姬花，如此重视这次散步呢？他想起1958年他们同台举臂朗诵诗，为什么她之后就"贪图一个比她大十七岁的人的级别"呢？他问她此后"一向都好"？在她的言不及义的长长回答中，他又为什么怕看她的"泪眼"呢？她还忆起当学生时有人为他"竞选"，为什么他就记不起这件事？在他们不乏共鸣地交谈动荡岁月的过往事情时，她咳嗽起来，他不由得一只手搀扶她，她没有拒绝。她念了"想念和犹豫使我长大……"的诗句，他就反思上学时为什么"退避三舍"、没有"接近"她，"多么庸俗，多么冷漠，多么隔膜"！在再三央求下，她念了她自己的诗作，在梦幻与追求再加上失落的诗句中，忽然跳出"为什么，我为什么错过了你"一句。在走过似合似分的"错玉桥"后，她也为他的咳嗽替他捶背，他旋即抓住她的手，弯下腰来，几乎要吻到那冰凉的小手。有时，他们要亲密交谈耳语，他看到她头后细碎的香发，又几乎要吻到她的脖子。他们走过"知鱼桥"，议起庄子的"知鱼之乐"，即便看到途中热恋中的青年男女，他们在照相摊前想过、也终于没有留下一张合影。临到"望梅桥"，在沉默一阵之后，她对他讲到梅花了，你"能够想象它花朵盛开的情景么？你能够因了想象它过往开花的情景而喜欢它，多看它两眼吗"？在他们手握手时，梅泠含泪倾诉了，"你让我实现了、现在时兴说是圆了少女时期的梦"，"是的，我早就做过这样的梦，就是今天这样的，和一位老朋友，我们走过春天的桥，一回就走过了六座，回忆起几世人生"。她觉得因这一天，而谢谢他，再也没有什么"遗憾"。于是，"她闪电似的搂了鹿长思亲了鹿长思一下"，迅即挥手告别。在当晚的飞机上，他们分坐在不同的排位上，下机后，也各自办手续回家。之后，他们连电话也没有联系，过了两个月，鹿长思忽然接到郑梅泠治丧小组的讣告通知。她儿子告诉他，妈妈病危时提到了"鹿叔叔，妈妈让我告诉鹿叔叔，她走得了无遗憾"。

这样的介绍当然是乏味的，读者请读原作。然而，这是撷取一种什么样的人生邂逅呢？这拿到过去无疑作铁板钉钉的"小资产"情调论处的小说，拿到今天世人面前，是何种意味呢？这50年代青年人、大学生的人生写照，你无法否认它的真实，作者如此抖搂出来，除了对人的启示，我们不也为两位老人如此萌发春心、如此勇敢地追寻梦幻实现梦幻所感动吗？他们那一代人、此后人们不会重复的那一代人的心灵和面影，除了让人们认识社会、认识人生，对于这种正人君子极易贬抑、极易践踏的性爱、情爱和带有理想色彩的恋情、恋爱，你是做护花者，还是做扑火者？你难道不会联系这个中篇想到人们应该如何有节有度、能伸能屈地张扬这种人生的心灵和情思的光华吗？至少，从这篇作品来看，因为这次邂逅，一个得以回顾自身，一个觉得死无"遗憾"，我们也应该祝贺他们因此而免除了这最后可能出现的人生失落吧。

《歌声好像明媚的春光》（2000年）一开篇就使人感觉可以连接到作者的《青春万岁》《恋爱的季节》以及其他描写20世纪50年代青年题材的作品。然而，作者现在已经是老人了。这个中篇写苏联歌曲、写青年心态，但是，同此前的作品不同，它是把历史的真实与叙述的诙谐结合起来了。作品记载的中苏歌曲，莫斯科餐厅的建筑、陈设与菜肴，中苏文化交流，中苏人员交往，这种种历史细节的丰富与真实，同回忆叙述的诙谐与幽默相结合，构成了作品的叙事基调。作品写50年代一个二十一岁的某纺织厂共青团书记喜欢苏联歌曲，一往痴情地爱上一个大他十五岁的援厂苏联女工程师，"我相信她就是我的'梦'，我的爱情，我的幸福，我的需要，啊，我的伟大的意识形态"，"从那时开始，我的情人就是苏联，就是俄罗斯，就是喀秋莎，就是贝加尔湖，就是顿河，就是白桦树和草原……""我不是柏拉图，不是修士更不是小和尚，但是我的青春我的春光不是至少主要不是从乳房、屁股、汗和其他分泌物及阳具的膨胀上体现的，它是从革命、从苏维埃社会主义共和国联盟、从文学、从诗、从星空、梨花、河岸、雾与歌声来感知的，我为此感到快乐，当然无怨无悔。"这是一种回忆性的叙述，在叙述中把历史真实与现实视角结合起来，如果说读小说不仅是读情节，也包括读叙述，我们就会在语言推进中感受到一种叙述的欢乐和快意。

小说的基本线索当然是编织一个故事，一个如书中所写的两位主人公因中苏关系相聚、分手、复又相访相遇的故事，一个"我愿意斯密尔诺娃生活在我喜爱的歌声里"的故事。这里面有两个人的共事、唱歌、同舞以及租船穿泳装一起泛舟游泳的故事，但是，作品不止于这个故事，还交织一个破坏他们的心灵、击碎他们的歌声的故事，那就是残酷的历史和严正的现实。曾几何时，你说我"修正""帝国主义"，我说你"教条""右倾机会主义"，他们的"友爱"之舟（他是一往痴情，她不也说同这位"中国弟弟"在中国度过了"一生中最美好的时光"吗？）总是颠簸在忽朋友、忽敌人、又恢复关系的历史风浪里。

或者问，这篇作品因何而发，如我们惯常所寻找的主旨、主题思想何在？作品有这样一段抒发："青春会逝去，友谊会碰上难测的政治风云，口号会生锈，连爱情也会衰老，更不要说千篇一律的性啦。只有歌声，永远与太阳同在，将将沉寂，立即重现光辉。明媚如春光的歌声就是牢不可破。"是不是因此，就认定作品仅仅是对歌声怀念、备忘以及保持一个永久的留念呢？或者再增加一点，作品是对纯洁的爱与友谊的记载和张扬呢？作品确实记载了许多歌声，如果把王蒙前后作品中录下的苏联歌曲综合列举，从过去留下的歌曲集里都很难找到如此之多如此齐备。作品写90年代喀秋莎餐厅那个酷似、又疑似女主人公卡佳女儿金发俄罗斯姑娘，一再演唱的也是这些苏联歌曲。应该说，不仅如此，在这种种表面现象里，作品揭露了一些被覆盖在深处的更严酷、也更深蕴哲理的问题。小说末尾交代，女主人公卡佳有一个女儿，自己又未曾结婚，她有一个在卫国战争中牺牲的情人，只因是"背后中弹死去的"，当局不认他是烈士，不给抚恤。她来到中国是单身女人，后来第二个情人是内务部一位有妇之夫的高官。她的生命，她的经历，同她带到中国来的歌曲，同她们母女唱出的歌声，这二者之间，是绝不协调的。人们会借此发问，歌声呀歌声，你的产生和流传，诗人词家作曲家创作了你，唱者听者也深情地传颂了你，这后面隐藏着怎样的秘密呢？作品写到，这位男主人公收到苏俄诗人叶甫图申科赠送的一本近作，诗人在自序中说："多年来苏联像一部车子陷入了泥沼，于是大家拼命推它，诗人承认他自己曾经起劲地推这部车子，然后，这部车子轰轰前行了，溅了推车者们一身泥污，然后，车子不见了，推车者们茫然地站立在泥泞前。"诗人歌人以及所有的人，他们创作了、也流传了歌曲，他们的梦幻追求向往是形而上的，也是美丽的。虽然，歌声总归是同现实错位的，人们不妨仍然唱一唱，人们应该也一定会同这位诗人自序中描绘的图画发生共鸣，脑子清醒，又不必做出怨悔。是啊，歌声总归"好像明媚的春光"！

在一些荒诞的、游戏的小说里，特别要提到的是《郑重的故事》。《郑重的故事》编排一个厄根厄里大公国诗人阿兰将获得X国戈尔登黄金文学奖250万美元的故事。此事又名一〇七事件档案，激起了包括诗人的女友、秘书以及该国情报局、首相府、内阁成员、艺术院院长、国家智囊人物、执政的快乐党、在野的双激党、机关报、娱乐小报以及社会上下左右从文学泰斗、年轻诗人直到三教九流的各种反响，从捧场搞选美、出全集、首相宴请到拆台搞抗议、大批判、捏造诽谤，各有表现，各有所图。阿兰诗人因要获奖而肝癌痊愈，崇拜他的少女因诗人受攻击而自杀，X国因此而抗议、游行、暴力事件不断。满纸荒唐言，故事"不郑重"。读者心想，作品把人世和社会万象都拍摄进去了。

然而，这篇作品不同于其他荒诞游戏之作。它不止于讽喻，不止于揭露，或者说，它不止于喜，不止于丑，不止于逗乐，而是转向了悲，转向了美，转向了沉思。X国戈尔登学院终于公布的获得人选不是阿兰。阿兰自杀三次，都被女友救起。作品设计了"尾声"ABCD四节，各有感慨与反省。阿兰从此，"似乎换了一个人"，因此而感到"关于人生的一切，他什么滋味没有尝到？真是一天等于一百年！这才是活着的滋味！这才是浓缩的高密度人生！这才是上天的垂青"。"得奖的兴奋、喜悦、光荣、膨胀、升华"，"得奖后成功者的无聊、空虚、疲倦、多疑，诸多不遂心不中意，变得更难侍候更难快意"，"人众随之而来的羡慕、迎合、拉拢、投靠与泼污水、造谣诽谤，明枪暗箭，还有各种对于他得奖以及他本人的利用，在他身上做的文章"，这一切不是都经验、都体会到了吗？作品说，假作真时真亦假，无为有处有还无。是得而忽失，还是失而忽得？"是一场闹剧，或是一场庄严的启示？如果是的，那么请问，什么又不是得而再失、黄粱一梦，从零到零、从一到零？"

诗人阿兰因此而彻悟了，尽管这里面有着虚无。阿兰把这种彻悟写成《郑重的故事》。应该说，一反既往，这本书是阿兰一本有分量的书，作品也说到这"作品很好销"，有"从未有过的清明澄静"。另外，小说结尾又续写了一个动人的爱情故事，是真正的悲剧爱情，人物由丑而变美，令人唏嘘哀叹。阿兰女友读到这本《郑重的故事》，给他写了一封信，劝他"不要如此消极颓丧，还是要乐观一些"，"各种事太闹腾固然不好，看得太透了也不好，只要人活着，就不能不透也不能太透"，"太透了就没了戏了。没有理想没有热情没有是非心了，连欲望与好奇心也没了，那样，也就活不下去了"。她是站在制高点上，对他的悟彻与虚无作了诚恳的规劝与批评。她去世前，把这封信连骨灰罐托人寄给阿兰，里面还有装着她一绺红发和一个蓝布发带的缎面软包。诗人泣不成声，把女友的发带和头发置于枕下，朝夕相伴。这是多么值得称颂的"天人相隔"又"永结同心"的悲剧爱情啊！

而且，更进一步，小说触及了另一个人生更大的问题——文学事业。阿兰历尽挫折拥有这真挚的爱情之后，计划写爱情长诗了。人们会一致认定，阿兰会进入一个真正的创作境界。然而，"终于没有写成"。他又获得了一种悟彻："他搞了一辈子文学，老了老了才明白，真正刻骨铭心的情感、真正深邃了悟的境界，不但不是文字能够表达的，而且也不是思想所能沾边的。"至此，读者要惊叹了：这不是对已成的文学事业的一种贬损吗？作者直言不讳："说实话，凡是作为文学作品发表出来，并从而得到了稿酬得到了名声的东西——'货色'，难免没有一点点表演和工艺，一点驾轻就熟的巧思与饱经锤炼的自如，难免没有煽情和雄辩，难免不是纸上谈兵痴人说梦自我循环炫耀才华的神经。""那些以伟大的孤独与智慧的痛苦著称的作家,又焉知有没有为文造情,乃至分不清何者为表演为商品何者为真实如山一样的沉重呢。"作品继续说:"至味无言,至理无文,至情无歇,至性无心","诗人不死,世上不会有真正的诗。小说家不死,人们将无法体会到真实的人生"。这真是一针见血、揭老底,把话说绝了。阿兰陷入了新怪圈。阿兰也终于未能接受女友临终的忠告,"摆脱不了他的新怪圈:绝对的、价值追求全部淘洗干净的真诚摆给他的是绝对的虚空"。但是,话又说回来,尽管这是真诚的彻悟,又毕竟是彻悟的虚无。作品高于它的人物,怪圈终不可取。如果一切价值追求都这样被淘洗,就会产生一种情况:"一切价值,都可能被阴谋家、庸众尤其是被自大狂们所歪曲异化,成为人的也是本初的价值的对立物。"要自知,要自嘲,也不能自弃。"有反省才有超越,才有长进,才有光明,才有智慧,才有和平与哪怕是最初级的成熟。如果是陷入了新的怪圈,那就努力挣脱出来吧,反正比无知与发昏好。"

这些话,这个结尾真好。从全篇来看,故事的"不郑重"又回到了"郑重",从引人捧腹到催人欲泪,到促人明白醒悟,包括敢于又不止于自嘲。这里,联想到王蒙在《前言:〈玫瑰春光〉小记》中一句自白:"而在某些荒唐不经的梦呓般的故事(所以要说是郑重的啦)中,是不是还当真果然地有某个不幸而言中的预见呢?"这一切要靠我们认真细致分辨和体察。

2000年以来,王蒙还陆续写了"玄思小说"《笑而不答》。王蒙谈及"玄思小说"作为小说,与一般的谈人生哲学,与他的另一本书《我的人生哲学》有什么不同时说:"玄思小说是对人生当中困惑、趣味、尴尬等等的一种勾勒。它的作者是隐蔽的、不出现的,只有一个虚构的人物老王,你可以认为是我,也可以认为是别人。读者可以揣摩它,却只能点到为止,它是没有结论的,它向人们提供很多,却不是答案。"他觉得写这种小说"比较轻松,人生中的任何一件事,任何一种现象,都可以写进小说里"①。

这当然归因于作者对生活的兴趣,归因于作者在长长的经历中的多看、多听、多思、多记。在表现形态上,它们当然不同于作者的大作品、大论述,好像创作主干、主流之外的枝叶、支流,但是,它们又为主干主流所不能替代。如同读者在正餐之外,也需要"零食"。

但这是"零食"。一个场面,一段思绪,一段对话,读者一两分钟便可读完一则,消闲娱乐时都可以置于掌边,拿得起,放得下,顺着看,倒着读,皆无不可。书中那个似作者又非作者的"老王"篇篇出场,笑而不答,读者就更放松,可以笑而不语。书中诸多属于人生世相的一记拍摄,一张剪影,讽喻意味居多。如《正确》(35)一则,说老王的好友老李得了一种病,"他想来想去就是觉得自己正确",二十年前他召开的一次会,后来有不同看法,他说那个会的方向正确;朋友老赵得肝病死了,见人就说他曾劝他不动手术,要练气功,结果他不听,没有听他的正确意见;请旁人在馆子里吃饭,他说他本来主张在家里吃,朋友在他家里用饭,他说他本来主张出去吃,反正他正确;报上出现显赫文章,他说这观点他早就讲过,事实证明他正确;每次上厕所,他说,"怎么除了我别人硬是尿得不是地方,拉的屎橛也忽粗忽细,老是拉得不正确",最后老王在他重病时送了一块匾:"你永远正确。"结果,他"热泪盈眶,含笑而去"。《痛苦》(10)说老王坐立不安,读书读不下,吃东西尝不出味道,开电视机,一分钟换十五个台,唱戏老走调,干脆看黄色录像,也吸引不了他,他便问道:"天啊,我为什么这样痛苦!"自作多情痛苦状。《形状》(12)一则就这么几句话:"老王养了一只兔子,妻子不让养,他就把兔子养在鞋盒里。鞋盒前后各挖一个洞,从前洞喂蔬菜,从后洞清除屎尿。过了好多天,他打开鞋盒,一看,兔子长成长方形的了。"对此,读者可以自

---

① 见蒋楚婷《王蒙海上谈哲学》,《文汇读书周报》2003年2月28日。

由联想去。有些篇则是对标榜新派学人、文化人做点调侃。《喉炎》（57）说老王患了喉炎，不说话，后来好了，仍坚持不说话，于是普遍反映他"表现了伟大的孤独，表现了孤独的伟大，表现了深刻的片面乃至全面，以及片面的乃至全面的深刻。还说他深得老子辩者不言，言者不辩的精髓，深得慧能、王国雄、陈寅恪、福柯和马尔库塞的传承等等"。他本人有一次在梦中说："你知道吗？煮鸡蛋有十四种吃法。"于是，各大传媒报道此消息，老王的学生倡议组织"煮鸡蛋吃法学术研究常设辅导委员会"。又过几年，老王渐渐不习惯说话了，于是又普遍断定，老王自己也认定："他老人家得了老年痴呆症了。"第103则《潇洒》说老王到著名新进艺术家老辛家做客，晚上在那里过夜，第二天发现一只袜子不见了，只得穿一只袜子同老辛去看后现代画展。此事后来传开了，"所有的老王的朋友都说老王很潇洒，甚至于有人说老王很后现代"。《文化》（108）更有趣，老王得了感冒，众朋友介绍采用民间验方，"以可口可乐煮鲜姜末，趁热吞服，果然似有奇效"，他又去在国内做生意的外国人处做客，"喝了用果汁泡过的茶"，"又喝了加薄荷叶的茶，喝了加桂皮、加胡椒的茶"，惊异之至，"朋友介绍这就是文化不同造成的不同生活方式，饮食方式"。老王觉得文化真是"一个好词"，多么独创、多么多元的文化差异啊！

像书中第96则《养生》可以同《我的人生哲学》谈"无为"相映证。王蒙有一次问起高龄又健康的周谷城先生"您的养生之道是什么"，周先生回答："说了别人不相信，我的养生之道就是'不养生'三个字。我从来不考虑养生不养生的，饭食睡眠活动一切顺其自然。"作者有感于此，在《养生》这一则里基本上吸取采用了：老王一连参加几位比他还年轻一点的朋友的追悼吊唁，心里不好过，一次，他参加比他年长三十多岁的老教授的祝寿活动，老人精神奕奕，身兼几十种社会职务，老王求教养生之道，老人的回答照录周谷城的"不养生"的"养生之道"，并改成曰："我既不吃补养品，也不刻意锻炼身体，既不定期检查身体也不拒绝病时服药……",老王乃悟:"以养生而养生者,养生之末流也,以不养而养生者,养生之道可道非常道者也。"

辽宁教育出版社出的这本《笑而不答》因为是图文并释,除了像《极致》(68)这种哲理性的讽刺绝对化极端化的篇则不好绘图外,大多有绘图相映成趣。第87则的《失物》说老王存有希望每个人终有一天能找到曾经丢失过的东西的心态,小学三年级丢失过的铅笔盒,初中丢失过的精美画书,高中时的第一副眼镜、大金星钢笔,几辆自行车、游泳裤、乒乓球拍、帽子、雨伞、钥匙、皮夹等等,还有一次奇妙遭遇之后丢失了最最不该丢失的东西,作品最后说:"如果一切丢失了的东西都能回来,那一天,老王也就不会在人间了。"谢春彦配了一幅图,画一个人一把大钥匙,并标题曰"得失寸心不知",就深有哲理底蕴。《见面》(14)一则说老王与老刘约见,到时候,你在市场东西南北门找我,我在东南西北门找你,谁也没找着谁,第二天,他们没有约会,两人在市场碰面了。两人叹息:"两个人见一次面怎么这样难!"又叹息:"见一次面怎么这样容易!"谢春彦配图二人相见握手,标题是"相见不难别亦不难",是图画对文章的回答,很有意味。

作者还会陆陆续续写下去。辽宁教育出版社去年(2002年——编者注)6月出版的《笑而不答》(玄思小说)共计120则,接下来的另一本即将出版。王蒙说,他想一直写下去,写满1000则也说不定。

四、散文:出访,漫游,交谊,怀念

王蒙说他年轻就特别喜欢"漫游",自1980年有幸走出国门起,到1996年,他说他已出访了欧美亚非澳30多个国家和地区。进入老年,他的出访漫游已经有些不同了。不同于初出访那种新鲜，也不同于任职期那样急迫，年事已高，阅历丰富，无外加的负累和催迫，目光更静谧，心情更淡泊了。1996年，应德国海因里希·伯尔遗产协会与北莱茵基金会的邀请，他同妻子到伯尔的乡间别墅朗根布鲁希乡居写作一个多月，应该说是充裕地体味了德国的"清纯的乡间生活"。仅1996年的欧洲之游，他就写了《晚钟剑桥》（1997年）、《遥远啊遥远》（1997年）、《风格伦敦》（1997年）、《安憩的家园》（1997年）、《乡居朗根布鲁希》（1997年）、《靛蓝的耶稣》（1997年）、《墙的这一边》（1997年）、《心碎布鲁吉》（1997年）和《蓝色多瑙河——一种描述的可能》[①]。

这些游记散文写了他的观察、见闻。《墙的这一边》写了他了解前东德知识分子在德国统一后的感受，他们谑称"西德的殖民主义政策"，"自由么？是的，从前在民德，你不能够批评国家的领导人，而现在你可以随便骂政府的总理。但是在民德，你是敢于骂你的顶头上司的，而现在你不敢骂你的老板。这就是东西德人民在民主权利方面的区别"。单这一席话就够人思索。《安憩的家园》专写欧洲的墓地，文章说："用各种建筑石料修起的墓地十分清洁整齐，肃穆中不无舒适和谐与美丽，不像严肃的中国墓地给人一种压迫感。"而且，墓地经常有鲜花、缎带、食品乃至玩具等祭品，祭者如老女人还经常来墓地，"我们只觉得坟墓里的人是活着的，死者不孤单。他们与生者，与他们的亲属他们的乡亲居住在一起，活着的人随时和死者亲近和死者交谈向死者表达无尽的关爱"，"坟墓其实是人类反思自身安慰自身提升自身的地方"。也就是说，死者的墓地成为生者文化生活的一个部分。

就散文写作特殊风格、特殊吸引人之处来说，《遥远啊遥远》就是突出苏格兰高原之行的感觉，"阴雨连绵，旅程连绵，道路连绵，远了再远"，"我觉得怪怪的，此身何处？高度何处？漫游何

---

① 均见王蒙著《行云流水》，陕西旅游出版社。

方"。王蒙觉得离爱丁堡、离北京远了又远,"中国人也许太不习惯如此冷清的生活",王蒙倒是有可能体验这种"冷清"了。《晚钟剑桥》是写一种感受,《风格伦敦》就是写一种思辨了。他觉得剑桥教堂的钟声"悠远肃穆,像是来自苍穹,去向大海",觉得"满屋都是钟声,满身都是钟响。咚咚当当,颤颤悠悠,铺天盖地,渐行渐远……我们放下手中书,我们谛听着饱含着爱恋与关怀、雍容与悲戚的钟声。我们的心我们的身随着这钟声的悠久而颤抖而飞翔而化解"。他自省了:"我感动于钟声的悠久而惭愧于自己的匆促,我感动于钟声的慷慨而反省于自己的渺小,我感动于钟声的清洁而更产生了沐浴精神的渴望,我感动于钟鸣的深远而急切于告别那些无聊的故事。"

《风格伦敦》列出一个思辨对象。如果英国女王每天下午要走到阳台向游客挥手致意这一项就给国家旅游事业带来巨额收入,那么,人们就要考虑他们为什么不会废除王室和贵族制度。作者"叹息不已的是敢情考虑政治社会经济人生重大问题的时候可以有完全不同的角度"。这样,在伦敦,建筑、教学、双层公共汽车、服装、草地等等一切之间,"有一种统一,有一种属于自己的而绝不是旁人的性格。性格就是文化,性格就是风格。维护这种性格、文化、风格就是自我的实现,就是价值至少是价值的一个重要组成部分"。伦敦和英国"保守"吗?文章说:"保守是一种风格,是一种骨子里的傲气,是一种自得其乐的选择,是自己对自己的忠实。保守的伦敦是一个令人感到独特和趣味,感到世界上的值得保守的东西确实应该理直气壮地坚持下去保留下去守护下去的地方。你是无与伦比的,你才有保留球籍的资格和前程。"作者做出雄辩的反问,是的,我们要进步和变革,要警惕故步自封抱残守缺,"但是我们难道就不缺少认真的与合乎理性的保守的智与勇,就不需要警惕那种幼稚的赶时髦的一窝蜂了么?"在抒情散文里,在比较诸大国首都的记叙中,骨鲠着如此有力的理论驳诘,是王蒙散文中的一大风格。

《蓝色多瑙河》长达 13000 字，读者随他的记叙应接不暇。作者偕夫人在维也纳一住就是一个星期，他又流露了什么样的特殊心态和心灵闪念呢？在那种"十步一景，百步一殿，雕像—广场—花园—剧院—商店—教堂，个个都天生丽质而又巧施梳妆，风姿绰约而又雍容华贵"的观赏中，觉得自己"模糊失语"了，于是，他把笔锋对着自己："信息冲撞闪耀，一时亮得刺眼，再进一步追求，便成了一片黑洞。面对另一个新奇世界的时候，无知使人成了白痴，无知的旅游使好奇心变得怯懦。这种人于五里雾中的感觉是否也是一种漫游者羞于承认的乐趣呢？是不是正是此种模糊与空洞的喜悦，使人暂忘记了一己的清清楚楚的生存压力与实实在在的生存困扰呢？"待到他们两位老人同陪同者三人进了平时能容纳上百人的古姆柯茨克辛小镇花园，品尝各种土造自酿葡萄酒，面对细雨小风，几欲泪下。他问："这是什么玉液琼浆，这样酸涩而又这样甘美，这样融化却又心波不已，这样的美酒能喝几日？这样的美景能看几遭？这样的感受能向谁人诉说？"他面对人世，又反躬自问："人生苦短，人心苦险，到处都有不平事，物欲蒙蔽而身非所有，孰能生受，孰能有福、快乐而自由？在这个凄风苦雨、角心斗力的世界——战场上，美酒于我何物，细雨于我何物，微醺于我何物，奥地利与欧洲的大千风姿于我何物哉？"这是只有老人、而且历经风雨磨难才能产生的心绪，只有诚实地面对生活的人才能产生的心绪。作者又不能自已地岔开了，发懵了："此番饮酒古姆柯茨克辛是那么没有逻辑，那么像是一次误入，一次茫茫人海中的不期邂逅。油壁香车不再逢，浮云游子各西东，葡萄院落溶溶雨，柳絮池塘淡淡风……"作者诗文合璧地记下这闪念、这难以明晰的怅然心绪了，抒情文字为什么都要那么可释可解呢？

除了欧洲和美国，王蒙近两年还分别写了访问印度、日本和非洲的系列散文。

年近花甲之后，就自己结识、有交情的作家、文化人和政治家，作者还不断撰写一些记叙、怀念方面的文字。他们是刘力邦、胡乔木、夏衍、周扬、冯牧、荒煤、乔羽、王任重、丁玲、周巍峙、曹禺、冯宗璞、王昆、冰心、韦君宜、李一氓、黄秋耘、张光年等等。随着年事渐高，他们当中不少人已经作古。王蒙悼念他们，或传形传神，或记事抒情，留下了他们的历史身影。这些文章，有的成为美文，或成为我们文学上宝贵的史料。

王蒙写冰心，题目就用"风范"二字①。他联想起一起去祝冰心九旬大寿时胡乔木称她为"文坛祖母"。这种"风范"就是"于自然、朴素、和平、本色中见高尚、清纯、锋芒与尊严"。他说："我的长篇小说《活动变人形》写了一些北方农村的骂人的话，她不喜欢，也就明白地告诉了我。"他自己的感受是，"不管面临多少烦躁与焦虑，常常是，翻翻她的书，听听她的话，我就又接受了一次净化与提高，变得更明白也更喜悦一些了"。在另一篇怀念文学老将曹禺的文章《永远的雷雨》②里，王蒙分析《雷雨》写阶级、写人性，呼唤革命、呼唤民主，显示"非社会革命派的作品里也洋溢着社会革命的警告乃至预报"，但也指出解放后搞两极对立思维，在表演繁漪和周萍角色上存在的简单化。王蒙说："《雷雨》可说是通俗的经典与经典的通俗。"但是，他发问：曹禺"后来的剧作乃至生活，究竟有没有突破他自己感到的这个太像戏（经典加通俗）的问题呢"？文章留下两条宝贵的信息：曹禺曾面对王蒙说："这几十年我都干了些什么呀！王蒙你知道吗？你知道问题在什么地方吗？从写完《蜕变》，我已经枯竭了！问题就在这里呀！我还能做些什么呢？"到了1993年政协开会，曹老

---

① 《冰心的风范》，见王蒙著《行板如歌》，中国世界语出版社。
② 王蒙《行板如歌》，中国世界语出版社。

在中央领导面前发言"建议将（当时的）文联和一些协会解散"，这是老作家的心声，堪称文界空谷足音啊！

对于几位党内的、先后担任文艺领导工作的文艺家，王蒙也作了简明的勾勒。夏衍年至九十尚有的"敏捷""水晶般的清晰"，生命晚期体重仅三十多公斤，"居然半夜起床看（足）球并如数家珍地有所评论"。文章里一席话"他无欲则刚，刀枪不入，超脱俗凡，关注人生，原谅一切可以原谅的人和事，洞悉一切花拳绣腿，既带棱带角，又圆熟和解，一语中的，入木三分，一言一笑都那么有锋芒，有智慧，有分量有原则有趣味而又是适可而止"①，就把夏衍全貌勾画出来了。他说冯牧"是中国作协的一个虽然从行政职务上并非最高，却是读作品最多，联系作家最广，关心文学事业的发展最热烈专注，陷入各种矛盾最多，被致敬与被骂差不多也是最多，对于文学事业的责任心最强，发表意见最多，或者可以从某种意义上说，他是最专职、最恪守岗位、最受罪也最风光、最尽作家的朋友与领导责任、最容易兴奋也最容易紧张的评论家——组织家——领导人"②。在《别荒煤》③里，说到荒煤写的关于文化工作的"密密麻麻的小字信"，荒煤身患绝症，一苏醒就跟人谈工作，作者问："你就不知道您早已退居二线，现在又身患重症了么？"文章叹息："荒煤去了，一个风度翩翩、和蔼可亲、随时准备向任何求助的人伸出手来的荒煤去了。"谈到1996年12月接替曹禺当选文联主席的周巍峙，东方歌舞团前团长王昆，王蒙的记叙极为亲切、随和，写到他们不摆官架子，真情坦荡，"仁者之风巍峙也"和"王昆不老"，作为文章标题，真是再恰当不过了。

---

① 《夏衍的魅力》，见《王蒙说》，中央编译出版社。
② 《难忘冯牧》，见《世界华文散文精品·王蒙卷》，广州出版社。
③ 王蒙《别荒煤》，见《世界华文散文精品·王蒙卷》，广州出版社。

第八章　进入花甲之年后的选择

胡乔木在文化知识界的口碑并不甚佳。王蒙还是以自己的交往、尽可能不带先入之见地接触这个人物。在《不成样子的怀念》[①]一文里，王蒙谈到胡乔木有高雅的艺术品位和见地，在比较托尔斯泰与屠格涅夫时认为后者比前者更风格化，而前者更伟大。胡乔木想约王蒙、翟希贤、李泽厚一起看望冰心，去厦门时拜访过舒婷，也保护过电影《芙蓉镇》《黄土地》，然而，这位在意识形态部门曾是一人之下、万人之上的人物却过着特殊的一生。他可以对一本刊物、一篇稍有不同意见的文章"大发雷霆"，"他要批现代派"，他托人转达"让王蒙少搞一点意识流"。他的一生表现出两种"重视"，"他当然很重视他的权力与地位，他也很重视表现他的智识（不仅是知识）和才华，以及他的人味。这种表演有时候非常精彩……有时候又十分拙劣，例如自己刚这样说了又那样说，乃至贻笑大方。1983年他批了周扬又赠诗给周扬，他的这一举动使他两面不讨好，这才是胡乔木"。说两面不讨好也不尽然，至少在高层与被批判者之间，他是能为高层所认可的，胡乔木始终不倒。王蒙的下一段文字是活灵活现的："1989年的事件以后他的可爱，他的天真与惊惧都表现得很充分。该年10月我们见面，他很紧张，叫秘书作记录，似乎不放心我会放出什么冷炮来。也许是怕这一次见面给自己带来麻烦。"读者至此会感叹：一个聪慧精明而又孱弱可怜的灵魂！

尽管如此，王蒙给胡乔木下笔时一再强调这"只是我眼中的胡乔木"。他不赞成人们"习惯于以'保守派'与'改革派'、'强硬派'（或鹰派）与'温和派'（或鸽派）、'正统派'与'自由派'的两分法来划分中国的一些人士"，觉得这种简单化同"阶级分析"一样，"同样的简明，同样的粗糙，有时候是同样正确，有时候又是同样荒谬"。周扬的情况同胡乔木有某些类似，在《周

[①] 见《王蒙说》，中央编译出版社。

扬的目光》①里,王蒙让我们看到的是另一种个性。周扬依然以他的"目光"吸引人,晚年养病时依然"眼睛一亮""目光如电",然而,文章也写到了他的"眼泪""实实在在的眼泪"、向被错整同志道歉的"泪眼模糊"。王蒙从被划"右"派以前到以后,到1963年摘了帽子,一直受到周扬的保护和热情鼓励。周扬是如此坦率地把自己摆在公众面前,当某位作家谈到艺术家讲良心、政治家不然时,"周说,大概在某些作家中,把他是看作政治家的,是'不讲良心'的,而某些政治家又把他当作艺术家的保护伞,是'自由化'的"。周扬说完又流出了眼泪。他因"异化"受到批评时,说到一位领导要他做出的"自我批评""使批评他的人满意,也要使支持他的人满意,还要使不知就里的一般读者群众满意",这"三满意"够中国特色啊!读者至此一想,如果"不争论"的倡导提前到达就好了,给周扬解围了啊!

周扬的可贵在于文章说的"对于总结过去的'左'的经验教训特别沉痛认真"。即使对于永不谅解他的"个人攻击",他能体现不计个人恩怨的"风度",视如无物。跟那些小算计、小聪明实为大糊涂、永远跳不出自我保存作为半径的小圈子的那些名人大家们相比,王蒙一句话说得好:"周扬不论功过如何,他是个大人物,不是小人。"

王蒙动笔写《我心目中的丁玲》②就更为文坛、为公众所关注了。对于丁玲这位在新时期引起的戏剧性反响丝毫不比此前她的经历、她的命运更逊色的老作家,读者想了解一个究竟。王蒙觉得这是一个"危险的题目",担心"踩响一个或一个以上的地雷"。王蒙是从历史与个性的特殊辩证关系来观照来分析这个人物的。

丁玲新时期的言行似乎总是同潮流拧着干。谈形势,她说

---

① 见《王蒙说》,中央编译出版社。
② 见《读书》1996年第2期,或《王蒙说》,中央编译出版社。

"现在的问题是党风很坏，文风很坏，学风很坏"；谈作家，她说现在青年作家"没有我们那个时候起点高啊"，不支持伤痕文学；谈作品，鼓励新进，她说作协创作研究室编的二十四个中青年作家评论集是"二十四孝"；谈特权，总结政权建设经验教训，她说不要反对老干部。那么，丁玲晚年的个性发展岔在哪股道上呢？她想当执牛耳的政治家吗？非也。你从她谈对作品的要求是"什么思想性，当然是首先考虑艺术性"，她谈"什么思想解放？我们那个时候，谁和谁相好，搬到一起住就是，哪像现在这样麻烦"，就能看出她根本不是政治家那块料。然而，她执着她的性情欲望、心灵逻辑。王蒙分析她的强烈的"创作意识、名作家意识、大作家意识""明星意识、竞争意识"。她从严酷的战争经验和思想改造过来，认定"改造，首先是缴纳一切武装的问题"，做一个"投降者，从那一个阶级投降到这一个阶级来"，她觉得"她的生死存亡的决定因素是她必须证明她才是真革命的"。正是这种许多方面不能与时共进的政治怀抱，加上明星意识，加上某种女性人性（决非全体）的狭隘、嫉妒、怪癖，使得她对沈从文那么反感、自傲，置过去对她的帮助情谊于不顾，显得那么不讲情理，也使得她同曾经与她不睦的领导XX相处缺乏起码的涵养，觉得跟他坐在一起"像被蝎子蜇了"一样。

王蒙说丁玲是"那一辈人里最有艺术才华的作家之一"，是"一个擅长写女性的因写女性而赢得了声誉的女作家"，她"一生被伤害过也伤害过别人……但主要是被伤害过"。从她笔下的梦珂、莎菲、贞贞、陆萍、黑妮等女性形象，王蒙认为"她特别善于写被伤害的被误解的倔强多情多思而且孤独的女性。这莫非是她的不幸的遭遇的一个征兆"？而丁玲本人，"她自己则比迄今为止'五四'以来的新文学作品中表现过的（包括她自己笔下的）任何女性典型都更丰满也更复杂更痛苦而又令人思量和唏嘘"，她这个"在政治火焰中烧了自己也烧了别人的艺术家典型还没有被文学表现出来"。王蒙写胡乔木时感叹"乔木凋矣",这里,他又"怀着对天人相隔的一个大作家的难以释然的怀念和敬意,为丁玲长歌当哭"。

到了 2000 年 1 月 28 日,王蒙称之为"硕果仅存的老一辈革命作家张光年"又突然辞世了。王蒙的悼念文章①一如既往,几笔勾勒,就把张光年的特点状写出来了:"《黄河大合唱》歌词的这位作者,生时如黄河奔流,波涛汹涌,九曲连环;死时如雪山崩颓,烟飘云散,一了百了。好一个诗人光未然,好一个革命者、评论家、老领导、老师长和老朋友张光年同志,你活得充实,走得利落!"他依然保持对逝者的明确的、稳当的评价:"他曾经是大家的主心骨,因为他对各项事务有自己的稳定的看法,有原则,有尊严,有严肃性,绝不是迎风摇摆投机取巧之徒。"他"对于'左'的曲折是太警惕太痛心了",对改革开放的喜讯常常是"五内俱热""眼泪都快出来了","对新时期文学的布满荆棘和陷阱的道路的辛勤开辟与清扫,对于过分极端的观点和言过其实终无大用的空论谬论的苦口婆心的劝诫。为了平抑自己的激动,他有时边说话边踱着步子,他的手势使我想起了诗歌朗诵",这一切,王蒙说他"至今不会忘记"。好的悼念文章应该是这样,是一幅精当的人物肖像,又体现作者的艺术眼光,本身又成为一件艺术品。王蒙给我们描绘的张光年的"成熟的稳定与从容的美",也令读者不会忘记。

---

① 《活得充实走得利落》,见《文艺报》2002 年 2 月 2 日。

后语：晚年自述"我的人生哲学"

2003年1月18日，北京小雪。北京图书大厦人群拥挤，年近古稀的王蒙上午前来参加自己的新著《王蒙自述：我的人生哲学》的签名售书活动。一个小时500多本的数目，王蒙说从没有签过如此多。购书的读者中，年龄最大的老人是七十一岁，最小的只有六岁。老人已入暮年，照说已经拥有自己的人生哲学，小读者才刚刚踏入人生旅程。他们前来购书，是为了了解和学习王蒙的人生哲学，老人说他的经历与王蒙笔下某个人物很相似，小读者对王蒙说："向爷爷学习！"

这本书是王蒙的自述，又是回述，是一个人只有进入老年之后才能获得的对人生的回眸。这本书写作了四年。他在《代序》里自问："作为一个年近七旬的写过点文字也见过点世面的正在老去的人，我能给你们一点忠告、一点经验、一点建议吗？"自称野人献曝也好，济世之心也好，有话就得说也好，他终于拿出来了。他自谦是"想把自己没有趴下的经验告诉大家"，读者却从中真实地看到了他以怎样的态度处置他的"经历的浮沉、经受的考验都比较多"的"我这一辈子"。

按李国文的评价，这本书是王蒙"小说、散文以外的'另类'笔墨"。所谓"另类"，依笔者的理解，有两层意思，它不是同此前任何一部文学作品并列而立，又是此前全部创作的一个衔接、一个延伸，是他此前笔下人物种种人生追求的一种认识、一种分辨、一种解答。《青春万岁》里那些青年人的未来命运如何？林震、张思远的人生旅途意味着什么？"季节"系列里的钱文在经历磨难、粉碎"四人帮"之后，该如何设计未来的岁月？这些，都能在他的这本人生哲学书里找到对位分析。同时，又如王蒙所说，这种谈自己的人生，要求作者"现身说法"，来"明的"，"叫作'站出来'，而小说作者是最不需要最忌'站出来'的"。

俗话说，人生一世，草木一秋。人与人擦肩而过也好，相知相交也好，都会由小至老，走完自己的人生路程。怎么活？如何过？我们太需要自我审视、也太需要相互了解了。王蒙这本书因为是"自述"，有时是作者第一人称的自白，有时设想一个第二人称的你，与你对答交谈，有时又超离出来，作一种客观的第三人称式的哲理论述和人生诸相概括。在论述的时候，经常是极为世俗，作者为你设想，为你举例，和你商量如何处理一些特殊的人际关系，有时着急起来，帮你出"点子"。作者讲到"一般不作自我辩护"，"一时背了黑锅也没关系"，不要"以痛恨对恶""以疑对恶""以大言对恶""以消极对恶"，多反躬自问，多为对方设想。万一碰到"没完没了地捣乱的骚扰的"，作者出面为你出主意"必要时，看准了，找对了，在最有利的时机，你也可以回击一下"，但是，"这类事只能是自卫反击，点到为止，及时撤退，爱好和平"。这些读来发笑。李国文说这本书"既触及内心深处，上升到哲学高度，又剖析世间万象，总结生活经验"[①]。

作者根据自己的经验，归纳出人际准则二十一条、无为四规则、守住人生底线七不要、有所不为低调原则七方面、生命健康三标准、人在境遇中的八种主动性美德、达观或者豁达十二法、处世哲学十二条、安详经验十二条、不紧张要轻松十二法等等。自然，作者生活于文化圈，每个人的职业、性格、文化、爱好又各不相同，存在着差异性、个别性，但是，本书概括了许多共同

---

① 李国文《王蒙的新书》，见《中华读书报》2003年2月12日。

的、普遍的人生哲学体验。笔者试着理出四对矛盾、四种关系，同大家一起研述。

1. 生命与学习

谈论人生，首先遇到的一个问题，就是人的生命、人的生存。作者书中一开始就确认，"生存权毕竟是第一位的人权"，一个社会应该尊重和关心这种包括人欲、包括"食色，性也"在内的第一位人权。随意漠视和贬抑人的生命和生存，以为是"形而下"不屑一顾，这是邪教的教义，至少是一种变态心理。作者说，好的理念是和生存一致而不是相悖的。

但是，一个人不能为活着而活着，为生存而生存。人区别于动物的生命阶段，首要的就是学习。王蒙这本书并不厚，但在讲学习这一点上，笔者还没有发现别的书讲得这么集中、这么全面丰富充实而又细致入微。

王蒙把学习看成他的一条"人生主线"。他从在新疆学维吾尔语谈起。自己被打入另册，不能写作，但是可以学习。他说他没有疯狂也没有自杀，是由于他的"不可救药的乐观主义"，而支撑这种乐观主义的就是学习。特别在逆境中，学习是他的"性命所系""救生圈"，"学习是我的依托，学习是我的火把，学习是我的营养钵也是我的抗体。学习使我不悲观、不绝望、不疯狂、不灰溜溜也不堕落，而且不虚度年华（这一点最难），不哭天抹泪，不怨天尤人，不无可奈何，不无所事事而且多半不会为人所制"。"你可以不准我写作，不准我吃肉，不准我出头露面，不准我参加许多重要的活动，然而你无法禁止我学习。"

学什么？什么都可以学，什么时间地点都能学，就看你会不会学。王蒙年近七十，愿意自称"我是学生"。每事问（包括自问），每事学。他说，你可以"控制我的人身"，无法"限制我在闭目养神的时候背诵唐诗宋词英语十四行诗"，"当一个家伙对你说不准学习的时候。这已经提供给你一个难得的人性恶的教材"。

学习是"无条件"的,"有书可以学没有书照样要学","学习是从始至终的,全天候的,是与生俱始,与生俱终的。每个人每天的学习时间是二十四个小时,每周的学习日是七天,没有假期没有休止,甚至睡眠中你仍然在记忆仍然在温习仍然在琢磨仍然在酝酿仍然在苦恼"。

同时,学习是人的"真正看家本领",是人生的"第一特点第一长处第一智慧第一本源",而"其他一切都是学习的结果学习的恩泽"。如果说,"一切知识与判断,都不是永远的与无条件的",那么,学习却可以说是"绝对性"和"第一性"的。王蒙举例说,"当代西哲主张科学的特点在于它是可以被证伪的,而不是被证实的","这样一个思路,可以启发我们去体认科学与真理的一个特点、一个品格:寻找与正视已有的一切的不足,寻求对已有的结论的突破,致力于自我批评方能自我完善,永远处于学习的过程中,而绝对不认为真理可以够用可以终结。这将大大开拓我们的视野,突破我们的自满自足与抱残守缺,引导我们进入一个求学求知的新境界"。学习是带领我们人类走向无尽无止的认识世界的"第一本源",使我们获得知识,又突破知识,认识真理,又发展真理。他说,"学无涯思无涯其乐亦无涯","从总体上说,学习掌握一种本领,从必然王国一步步进入自由王国,得到新收获新思想新知识新境界新觉悟新成绩,当然是最快乐的事,快乐是成果的表现"。

他说,生活即学习,实践即学习,认识即学习,思想即学习。书本可以学,书本又不是全都有,书本也可能错;"'学会'不如'会学'","生活:最好的'辞典'与'课本'";"思想美丽,学习着也是美丽的","再想出一千种词儿也说不完学习的意义、学习的益处、学习的绝对性"。作者说,"我把人生当作一个学习的过程",他一生也尝尽了学习的甜头,他的逆境、顺境、成就都仰仗学习。他还说,学习是"民主与平等待人的",它"不承认活人会成为万能的上帝,唯一的教主","同时任何人也不可能终结真理、垄断真理"。

应该是,生命诚可贵,学习最重要。人生要义十条百条,学习是第一条,有了学习这一条,才能进入第二条、第三条。它是进入其他各条的手段、径由和入门口、通达口。王蒙热情地歌颂学习,"学学这,再学学那吧,看看这,再看看那吧,听听这,再听听那吧,这么想想,再那么想想吧"。他把学习比作"在宇宙隧道里前引的智慧之灯","学识是高山,是大海,是天空和大地,是包容,是鲲鹏和参天的大树,是弥漫无边的风,是青草和花朵,是永远的郁郁葱葱,是永远唱不完的歌"。

2. 自我与他人

一个人如何正确地认识自己、处好与他人的关系,是一个日常生活中极为常见的问题,又是一个包括智人、哲人、英雄、伟人往往不能正确处理的问题。王蒙在书中列一个明显的标题:"'人性恶'不一定只属于别人"。

一些智商高、能力强、成绩大的人,在处理人际关系上,常常觉得唯我正确,错在他人。作者说:"声称自己多么清高多么纯洁多么高尚多么雅致的人不一定就在人际关系中无懈可击,不一定他或她的人际关系中的问题责任全在别人,不一定他或她就完全没有庸俗和自私,没有嫉妒和自吹自擂,没有多疑和斤斤计较,没有野心乃至于虚伪。就是说,人性恶的东西不一定只属于别人。"

这句话说得真好。说白了,世无完人,不能把一个具体的人身上的东西单纯化极端化绝对化,像实验室显微镜下分辨有益物质与有害物质、阳性分子与阴性分子那样。应该看到人的两面性(不是两面派)、复杂性、矛盾性。作者在另一处说:"弱点与优点、长处与短处往往正如一枚硬币的两面,二者间难分难解。心直口快的人容易说错话,一句错话没有说过的人,可能是心直口快吗?思想深邃的人容易显得冷漠,你到处热火朝天,深得下去吗?"等等,等等。即使一个人再"精英"、再"伟大",也要看到自己平凡、世俗、弱势、不足的一面,"不管您是不是有一点点'伟大',您一定要弄清楚,其实您百分之九十几与常人无异(如果不是更差的话),您的语言文字与国人无异,您的喜怒好恶大部分与旁人无异。您发火的时候也不怎么潇洒。您饿极了也不算绅士……人们把您当成普通人看,是您的福气。您把别人看成与您一样的人,是您的成熟"。

这样,在处置自我与他人的关系上,自己就清醒了。那么,在纷纷扰扰的人际关系中,抱什么态度、依什么原则呢?特别在我们这个人治色彩较浓、法治不健全的社会里,如何区分善与恶、美与丑、好与坏呢?王蒙提出道德原则、良知原则、合法原则、公开原则、尊严原则。他说,"人际关系永远是双向的",但是,要"躲避'同盟'"。那意思是,在双向交往中,要避免因亲密、因趋同而互相结成死党,因疏远、因歧异、因对立而同对方决裂。他提出,"最好的人际关系是'忘却'",忘记关系学。他记住一个朋友的名言:"不把自己轻易地绑到某个人的战车上。"对那些不友好、心怀敌意的人,"你也可以反躬自问,我们自己有什么毛病?有什么使他或她受到伤害的记录?有没有可能消除误解化'敌'为友?还要设身处地想想对方也有情有可原之处"。说句俏皮话:"你见怪不怪,其怪自败。"

那么,在人际纠纷中,是不是一切都分辨得那么清楚,半斤八两,你不欠我,我不该你呢?在此,恕我把王蒙论述自我与他人的人际关系的另一种精神作一个概括,即把损人利己颠倒过来,改为损己利人。王蒙提出"不讨厌那些曾经公开地与你争论、批评你的人"。"不回答任何对于你个人的人身攻击","一时弄不清或一时背了黑锅也没关系","在人际关系中永远不考虑从中捞取什么"。同西方某些圣达提出"以善对恶"一样,同罗马教皇保罗二世1981年亲自去监狱探望曾经刺杀他被关进监房的土耳其恐怖分子阿里·阿卡的做法一样，中国也有同样的哲学主张。在本书"健康人生论"一节，王蒙表白了："我早就想与曹操（《三国演义》小说里的人物，不是指历史人物）抬扛了，小说描写他的做人原则是'宁教我负天下人，不教天下人负我'。这样阴暗，吃饭还香吗？做爱还舒展吗？睡眠能踏实吗？为什么不改成下列原则：'宁教天下人负我，我不负世上的任何一个人！'那样不是活得更光明更理直气壮更快活一点吗？"读者读到这里，自然会产生一种反应，跟有如此胸襟的人打交道，放心了。

当然，王蒙谈及这些人际交往原则，谈及他的追求向往崇尚，谈及他的人生哲学方方面面，也多次做出自我估量，"我自己并没有完全做到"或"虽不能至，心向往之"，但"我确实明白，凡这样做的，效果极佳；凡没有这样做的，都是犯蠢，都是糊涂，都是枉费心机，甚至是丢人现眼"。只要生命不止，一息尚存，一个人都不能说已止于至善。要学习、要长进的事多着哩。

3. 自信与自省

如果把注意力从对待他人、对待人际交往转向对待自己，审视自己，自信与自省的关系又是极难处理好的。

曾子曰，"吾日三省吾身"，是至理名言。但是，一个人不能仅仅停留在自省。任何人的言行举止作为，都离不开自信。一个人的智愚、长短、强弱、优缺各不相同，社会生活中又经常出现一种普遍现象：智商高、能力强的人，在一定的建功立业之后，常常是少自省甚至不自省，从自信走向了自高自傲乃至目空一切；智能平平、弱势处境的人，因为成绩不佳、颠沛挫折，往往失去自信，从自省走入自卑自弃。历史的经验是：一个智者、能人、英雄、伟人，要做到自省，处理好二者关系，要过好这一关，难啊！

首要的、关键的还是敢于自省，当然也有一个正确处置的问题。王蒙在"不懂自省自律的是'邪教'"一节里，讲的是十分尖锐的。他说"我知道心理医生的一个标准：一个人能承认自己精神上有某些毛病，这说明他的病正在好转，有了大好转"，"我的经验是多多培育自己的反省与自我的批评精神，也就是抗精神病的强大力量"。不这样做会怎样呢？"反之，自我膨胀无边了，就看着谁都不顺眼了，就要一个人与全中国全世界战斗了。"历史上，宗教崇拜的神圣化非人间化另当别论，"而如果是今天，是一个肉体凡胎的人，是一个生活在高科技高消费高智能时代的活人，要自命救世主自命神祇自我崇拜并希望得到他人的崇拜，意在创立新的宗教，意欲叫全体信徒像膜拜神佛一样地膜拜他，他的教是邪教无疑，再无其他可能"。在另一处谈到"应该正视人类和我们自己犯下的许多错误"时，提到"正视别人的恶劣也算是一种勇敢，正视自己的恶劣那就不仅是大勇而且是大智大仁了"。问题讲得如此鲜明尖锐，真正做到自省，是难得的大智大仁。如果弃绝这一点，就会流入邪教思维了。

常常存在这种情况，承认人皆有不足、人人应自省容易，转向自我批评、做出自省就难；一般性地说说自己应该自省容易，具体揭开自己的伤疤就比较难。凡此种种，都是可以互相商量交流心得共同提高的。王蒙在《华老师，你在哪儿？》一文里，写到自己上小学因一次违规与一女同学罚站，那女同学表示她一人代替，"王蒙就甭去了"，王蒙立即喊道"同意"，此事经老师教育感到脸红、"无地自容"，这可算是童年的自省。在这本"自述"书里，王蒙讲到自己"性格急躁敏感易怒"，"我的大半生中还是有多次生气上火直至失态的经验"。"虚火上升，智力下降，形象丑恶，举措失当，伤及无辜，亲者痛而仇者快"，"我完全做不到无过无咎，但是无论如何也不能将错就错，变本加厉，讳疾忌医，自取灭亡"。进入老年之后，王蒙谈到他的"黄昏哲学"，有如晚霞的澄明，感悟到一种沉静、和解、知会、自由和超脱，"毕竟多了一些自省一些悔悟一些自责。懂得了除了怨天尤人也还可以嗟叹自身……懂得了自己有伟大也有渺小有善良也有恶劣有正确也有失误有辉煌也有狗屎"等等。这样，一个老人会变得"更可爱更清纯更智慧更光明更哲学一些"。

而且，不言自明，一个勇于善于自省的人，也能做到自信，是真正的自信。作者在谈"不设防"时说，"不怕暴露自己的缺点，乃至敢于自嘲，意味着清醒更意味着自信，意味着活泼更意味着真诚"。"人家看到你的弱点了，便更了解到你的长处并认为那是十分可信的"，"你在包住了缺点的同时也包住了长处"。因为自省了，你的自信就到点子上了。王蒙少年渴望做一个职业革命家，后来又梦想学建筑，曾经对当一名列车员也有过幻想，在这本书的"我是怎样决定了自己的一生"里说，十四岁差五天，选择参加了地下共产党。1963年秋同妻子商量不到五分钟就决定举家西迁。特别是迁往新疆，是难能的决定。他当时处于逆境，被打入另册，同时又已经拥有一个优异的大学教职。他自省自审了自己的方方面面，决定放弃教职，继续文学创作，在社会更大的风浪中终其一生。依笔者看，这是一着险棋，也是一种自信。他说他没有忘情文学，没有忘记1953年11月初冬的从事创作的人生选择。真是"我不下地狱谁下地狱"，"天生我材必有用"，"我以我血荐文学"。事实证明，他的选择对了。

在这本书的"顺境：也许会成为陷阱"里提到一件事情，周谷城对他讲到解放初同毛主席的一次关于革命曲折过程的谈话。毛主席说他深深体会到"失败是成功之母"，周老便说："但是'成功也是失败之母'。"毛主席问什么意思？周老说："成功者易于骄傲、腐败、争权夺利呀！"毛主席沉吟了一下。周老怕毛主席不高兴，连忙说："主席例外！"毛主席说："你讲得对！"这个事例是意味深长的。毛主席的一时语塞沉吟，至少是他的心迹的偶然流露。他太想到自己的成功和顺境了，过分自信和缺乏自省至少是他后期错误的一个因素。党中央做出的若干历史问题的决议已经开始拨乱反正，正视毛主席后期和晚年的错误。他太迷信那个阶级斗争一抓就灵、年年讲月月讲天天讲，他处理同他人同战友的关系问题太多，当个人崇拜个人迷信推行到全国山河一片红，从山野到建筑到处是语录到处树塑像的时候，他曾经幽默过，说塑像太多，怕风吹雨打蚊子咬，但也无济于事。到了最后，还发动反击"右倾翻案风"，说政治运动七八年来一次、你们不信我信，这种自信语言已经失去生命力，成为强弩之末了。只能说，历史规律、成功与失败的辩证法，谁也绕不过，不会像周谷城说的有"例外"了。

4. 无为与有为

"无为"是中国道家的哲学思想。老子生活在一个"有为"的社会，他自己也离不开"有为"，但他自己提出"无为而治"，这是一种中国独异于世界的哲学思想，是一种特殊的能指所指和哲学表述。老子认为宇宙万物存在一种"道"，"道"是"无为"和"自然"的。他说："道常无为而无不为，侯王若能守之，万物将自化。"如果顺应自然的"道"，应该"无为"。王蒙说："我也觉得老子的'无为'这个说法有点太艺术太浪漫太哲理，此两个字与其说是科学论断不如说是美的感受，与其说是一种原则不如说是一种感觉，它是一种境界而不是具体规定。""无为是非'常道'的天道"，"以无为为契机从必然王国进入自由王国"，说通俗一点，无为是顺应万物自然规律的"无为而无不为"，不是懒惰睡大觉什么也不干，无为不是"不为"。

王蒙说，"无为，不是什么事也不做，而是不做那些愚蠢的、无效的、无益的、无意义的，乃至无趣无聊，而且有害有伤有损有愧的事"，"无为是要理智地把握好'不做什么'。无为是一种效率原则、养生原则、成事原则、快乐原则"。"无为"的提出是有历史背景的。极"左"政治膨胀的年代，可以说是无所不为。政府管生老病死，一直管到家庭交出锅灶到集体食堂打饭，国家干部没有退休任期不限白天夜晚周日接着干，大辩论大批判更是狂言大泛滥。作者在"人生最重要的是知道'不做什么'"一节里说,"'文革'干脆是一个话语狂欢节,什么好话忠话高谈阔论豪言壮语都说尽了说穿了说透了底了,什么批判的话臭人的话咒骂的话吓死人的话都说尽了",这样,邓小平后来提出"不争论",不仅对政治对个人有极大意义,而且是"中国文化更是总结近百年中国近代史、革命史、中华人民共和国史的结晶之语",这"不争论"的"无为"奥妙,你琢磨去吧。

  作者还列出一些无为的"规则"和"底线",树立一些反面的界限。说"'无为'也是一支歌",真正通达它的底蕴,又十分不易。另一方面,在这本《人生哲学自述》一书里,还提出了"有为"。他说,"人生即燃烧","我们的目的不是无为而是有为,不是消极而是积极,不是否定此生而是最好地使用和受用此生,不是一味等待而是主动创造"。由此,他对中国的哲学思想作了反思。在"中国人的一种'概念崇拜'"一节里,他顺便引出了老子的"大方无隅,大器晚成,大音希声,大象无形",加上"大道无术""无为而治",这些名言确有哲理的穿透力,但是,往往又陷入"概念崇拜"。他说他喜欢说大道无术,同时,也要看到,"中国人没有统一的宗教信仰,但是有概念崇拜。人们相信有那么一种大道,掌握了就万能了就百战不殆了就不战而胜了。我们谈论大道无术的时候,对这种玄秘之学还是要警惕的"。

  这种"概念崇拜"与中国国情也有联系。"我们与欧洲不一样,我们的社会生活社会哲学里比较地缺少多元平衡多元制衡即互相制约的观念。我们比较容易一个时期刮一种风,叫作'一窝风'……历史上我们常常沿着一条线走下去直到实在走不通了,最后碰壁碰得头破血流了才开始转弯,转完了弯以后又是直线硬走下去,直到碰另一种壁。"在处世哲学上,是你方唱罢我登场,要不经邦济世,要不田园归隐,要不推出儒家新儒家,要不沉入老庄将一切加以解构。另外,作者在谈及"天道无常"与"天道有常"时，说到"比较起来，中国过去比较强调这种变化的规律的循环性、宿命性和道德意义，如气数之说、多行不义必自毙、不是不报时候未到"等；"而欧洲人则更强调自我奋斗"。在另一处，他又讲一个事例："我曾经与一个嫁给中国人的美国女士交谈，她说她的中国的翁姑，对孙儿最常讲的词是'不要'——'不要爬高'，'不要点火'，'不要玩儿水'，'不要动这动那'。'下来，太危险'。而美国家长对孩子最喜欢讲的话是：'try it!''do it'（'去试试！''去干干！'）他们要求孩子的是勇于尝试勇于动手。"如此等等列出的一些现象或事例（当然不能作绝对理解），是值得我们深长思之的。

　　人生要"无为"，要记住"否定式的忠告"，又要"有为"，要做好自己的本职工作，要本着清明和理性成就自己的事业。但是，人生旅途并不总是如履平地、蹚涉小河那样清晰可辨，那样了如指掌，那样稳打稳扎。在"有为"中不排除冒风险，不排除探险奋击中可能遇到的失败。恰恰相反，这种"有为"还包括不计成败而义无反顾的献身乃至牺牲。在"悲壮的'知其不可而为之'"，和"'不可'——在这里留下你的'记录'"两节里，王蒙讲到这一点。如果有神圣的召唤，如果有康德称绝对命令的东西，"一些仁人志士，爱国者先行者革命者，大师大家，明知正确的主张处于劣势，正义的事业处于劣势，清醒的思想处于劣势，自己的实力还远远不够，还是怀着必死的决心，必败的估计，挺身而出，做出完全没有成功希望的努力，叫作知其不可。知其必定不能成功，知其会给自己带来危险，知其不能被很多人理解，其处境真叫恶劣了，而不放弃，而为之，仍然那样去做"。悲壮呀，这种"知其不可而为之"，历史上多少这种英雄、先烈、学人和志士！历史已经并将为这些人留下"记录"，这种"记录"，"这里的必败。这里的知其不可是一种冷峻、冷静、凛然正气，这里的留下记录，这里的而为之则是一个热烈的献身，是一次勇敢的燃烧,是冷燃烧,是冷峻后面的热度。而失败通向的是最终的胜利,'不可'通向的是无限的可能性"。

2003年3月25日,王蒙的秘书崔建飞同笔者谈起他对王蒙的印象,突出之点,就是"有为"与"无为"的关系处理得好,"他把主观追求与达观之命结合得好"。他说:"这种'有为'与'无为'、追求与达观,还表现在效率与休闲相结合,学习与休闲相结合。王蒙主张'勤思深思善学',主要是'勤思'。他有时是推理,重视演绎,不是归纳。他安排工作写作,晚10点必睡,有时安排下午游泳,上午写作。他年轻时开过一些夜车,一度失眠看医生,小时候身体不好,后来就很注意劳逸安排,锻炼身体。"

本书稿结束的时候,介绍他的人生哲学、自身修养,想借此获得一些总的认识、整体印象。王蒙有时慨叹他"越来越老"了,但是,看看他的写作打算和安排,他表现出来的精力,依然是惊人的,也是感人的。笔者在此联想到爱因斯坦关于人生的论述。他把人类的认知能力乃至成果说成"可怜的理解力",因为我们面对的人生和世界太博大精深。他还说,我们经验到的"神秘",是"所有真正的艺术和科学的源泉"。但是,因为人的好奇、求知和创造力,使人类卓然于世。爱因斯坦说:"任何人对于不知的事物,不感到徘徊,不感到惊异,那么他的心,虽生犹死,他的眼虽明如瞎。"他自述:"我对于在有生之年能思索生命永恒的神秘,感到很满意。"爱因斯坦这一席话,有他的自评,也说出了人们共同的心声。小有成就的普通人,大有成就的学者、作家、科学家和政治活动家,都有这种共同的心理感受。世界太美丽、太神秘了,每个人都应立志走好自己的一生。

无疑,王蒙的人生哲学是他的经历、经验和体验的结晶。它支持了他的人生,也会支持他此后岁月的生活和创作。我们会读到他另一些新的作品,同时,他的未来岁月又会丰富和发展他的人生哲学。对此读者期望着,也祝愿着。

作者的话

还是三年前，春节期间的一次偶然聚会，几位朋友谈起给王蒙作些较系统的评论和研究，这本书稿我就认上了。何西来还建议，我的老伴曹玉如编写《王蒙年谱》。

也因为我和王蒙属同一年纪、同一辈人。我可以借此回顾我们共同经历过的历史，体察世情，重温人生，再一次咀嚼他笔下描写过的苦乐欢悲。人们总是希望寻求共识，支持、修正和提高自己，增强今日和明日的信念。

给作家、艺术家、文化名人写传或写评传，是常见的事。写"传"似更难，它要求更坚实、更完整的把握。"评传"的名义下，似乎可以允许某种藏拙、某种遮掩。当然，任何"传"都离不开"评"，但"评传"的作者的主观随意性可能更强一些。"评传"的写法也不好掌握。不同人笔下，有各种各样的重心偏移，还有像"写实小说"那样写的，容纳许许多多想象和虚构，好像当事人的某些场景和对话，作者都曾身于其中似的。就我这本关于王蒙的试作而言，我还是主张严格尊重评传对象的客观真实，尽量介绍他的活动、事迹、业绩，然后，再作适当的评论。我采用的写法和路子，与其说是"评传"，不如说是"传评"。我不同意离开对象本体，过于抽象地乃至天马行空地发表大量议论和联想，过于疏远地、没有黏附地抒情或陈述哲理。我不赞成虚构。

或者，借用19、20世纪各种批评流派的思维成果，把它们加以调整，首先是采用俄国形式主义、英美新批评、法国结构主义的做法，尽量接近对象这个"文本"，然后，再作包括社会历史批评、心理分析、接受美学、原型批评等等在内的认识和评述。有时甚至是先把材料堆上去，先介绍他的经历、创作原貌和作品故事情节，让读者知道是怎么一回事，再着手下一步。

我已经退休了。一个并非悲观的、铁的估计：我的来日不多。王蒙创作一千多万字，受到文学界、评论界广泛关注，我能够做的一件事是集中一些时间，就王蒙创作和他谈及、涉及的一些问题，说出自己的一些看法。平日，我们安静下来，感受和交换各种信息，为我们社会的每一步发展而高兴，有时独自一人欣喜得流泪，又时常为我们肌体自身的痼疾，为它滋生的弊端而揪心，焦急得忧心、痛心。退休之年做点事，我也借此填补自己心灵的某些不安和空虚。真是"知我者谓我心忧，不知我者谓我何求"，中国的知识分子，在反思我们自立于世界民族之林中的种种历史功过是非利弊得失，他们的心灵深处，总是更多一些这种不安与牵念呀！

在写作过程中，我采访过王蒙1949年建国前后的同学和同事，秦学儒、何平、段天顺和王晋，黎光在电话中谈了他的印象。王蒙在新疆的生活，王谷林详细介绍了这期间的来龙去脉，他前不久不幸去世。他们的谈话没有认识判断上太大的差异和出入，在总体印象中加深了、丰富了我对王蒙的认识。我还得到王蒙现任秘书崔建飞和前任秘书杨流昌、王安的热心关怀和帮助，他们的看法，也记录在书里。在此，一并表示衷心的感谢。

许觉民同志是我的前领导，老革命老文化人，属于我的启蒙辈。他为人平易近人，交往中使人感到清澈见底。谢谢他在高龄和患眼疾中为书稿作序。

何西来是我的同窗。回首1959年办文学研究班，周扬倡导督阵，何其芳挂帅当班主任，他们的好心让人感动。我们这些学员中，何西来年龄最小，个头最高。我总觉得，我们那时对"进京深造"兴奋有余，深思不足。认为是国内最高学府，时兴班上署名"马文兵"（马克思主义文艺理论尖兵）的这一类现在看来非现代性的研读写作方式，实际在当时全世界的文化格局中，已经是落后了。文学研究所管我们的业务，人民大学管我们的政治和生活，相关人员都很辛苦。我还记得班上一位同学因对人大一位校领导的报告提出一点批评，结果撤职（支委）批判，整得他几年抬不起头来。那种政治气氛，回想起来，印象不佳。这一切已恍如隔世。谢谢西来为老同学的书写序。

此书得到作家出版社王文平、石湾、刘方和社领导的热切关心和帮助，还有杨葵的细心处置，他们还对书稿的写作和个别章节修改，提出了一些具体的宝贵的意见。谢谢他们。

在此，还恳请读者批评指正，谢谢。

贺兴安

2003 年 9 月 15 日　北京

附 录

《王蒙评传》补遗

作者说明：《王蒙评传》承作家出版社出版后，我接到的读者反响之一是某些个别重要的史料交代得太简括，或出现缺失，希望我以适当的形式加以弥补。

改革开放后的一个思维成果就是当今读者普遍认同的：历史不宜删节，不宜添加，更不宜篡改。我们正朝这个方向努力。尊重历史，尊重客观史实原貌，已逐渐成为学人追求的目标。

拙著最初请作家出版社审处时，相关同志向我说明了终审修改的缘由。值得高兴的是，有关负责同志支持我将删除的部分另行发表。尊重史实，尽量恢复全貌，是我在出这本书的过程中许多朋友的一种共识。"补遗"是书稿第七章"作家的自我复归"前语部分和第一小节，现补录如下（2005年1月22日记）：

王蒙1989年9月辞去文化部长职务。这在他个人来说，是一件考虑甚久、自然安排的事情。但是，此事因为是发生在1989年那场风波之后，在社会上，在海外，引起了广泛的关注，并产生不同的反响。1995年4月，他在加拿大温哥华同青年学者丁果有一席对谈。从丁果说的"您离开部长的职位以后，出现了专门批判您的文章，后又出现了'稀粥事件'，看到了您打官司的报道，海外华人也都为您捏一把汗"，也可以看到一个方面的反应。王蒙回答说，"我真心地认为我不是一个理想的部长，所以从部长的位子上退下来，写我的小说是件大好事"，"我认为最适合我的还是当作家，从政对我来说没有太大的必要"，并说"我自己的选择是十分坚定的"①。

笔者在2002年8月20日同王蒙的秘书王安的访谈中，王安说："王蒙同志向中央组织部宋平同志书面提出不担任文化部长，希望让别人接替，是在1988年10月1日。他说我是作家，搞创作和评论，更能发挥作用，希望中央物色新的部长。当初，他任职之前，习仲勋同他谈到担任文艺部长的事情，他就说我做三年。"

1992年7月4日，王蒙答日本共同社记者森裕问时，就讲得更清楚："我正式提出辞职是1988年10月1日，我写的信现在还保存在文化部的档案里，那个时候显然没有发生任何事情。我请求辞职的理由是为了从事文学创作和文学评论，最后在人大常委会上李鹏总理提出这个议案的时候也是这样讲的，由于他本人希望'专门从事文学创作和文艺评论'，这个话他用的就是我请求辞职的信上的原话。因为我能创作的是文学，但我能评论的还包括艺术，比如说戏剧、电影呀。还有诸如电视呀这些东西，所以我写的是'文学创作和文艺评论'，最后李鹏总理的解释也是这样说的。"记者又说："你当时拒绝慰问戒严部队……"王蒙答："我当时生病，请的是病假。"记者再问："如果没有病的话，你是否考虑……"王蒙答："没有病的话就按没有病的情况来考虑，有病就按有病的情况来考虑，而且我希望我们大家把眼光放在现在，放在未来，特别是在中国出现了这样一个新的改革开放的势头，而且带来了新的希望的时候。"记者再提出"你如何评价三年前的事？"王蒙答："三年前的事已经成为历史，三年前的事情我觉得使建设有中国特色的社会主义的方针，使中国开放改革的事业经受了一次严峻的考验。我曾很担心：一是我不希望中国回头闭关锁国、搞政治运动、以阶级斗争为纲的那样一个时期；第二我不

---

① 见《王蒙评传》第602—606页，上海文艺出版社2001年版。

希望中国发生混乱，不希望中国发生无政府状态。谢天谢地我所不希望的两种状况没有发生。"①

王蒙辞职的真实情况和正式手续已如上述。照说，他抱着从事文学创作和文艺评论的愿望，可以继续他的被部长在任中断了的作家生涯。但是，事态又出现了令人关注的情况。他在上述同丁果的谈话中，这样描述自己的处境："讲实话，当时中国的最高领导并没有要怎么修理我的意思，还是用相当客气的语言宣布了我的去职。不管是发表作品，还是应邀出国外去旅行，基本上没有受到什么阻挠。1991年在'稀粥事件'前夕，我还访问了新加坡……"接着说："唯一不愉快的是当时有些人对我有敌意。"（见《王蒙讲稿》第604、605页，上海文艺出版社）关于这方面，有如下一些报道，在文化部，"1990年夏组织了空前规模和级别的会议是要'帮助'王蒙——帮了半天却又没有搞出什么像样的'说法'，尽管有些人扬言要为难王蒙，王蒙一直是有惊无险，顺利过关。揭发王蒙的'背对背'会议在举行，在王蒙工作过的一些单位，有人在追查一些同志与王蒙的关系。一个文学刊物的主编由于坚持要发表王蒙的作品而被解职。另一个著名文学刊物的副主编仅是在1990年春节期间看望了一下王蒙，有人立即向上汇报，那个副主编随后被调离了他所在的刊物……有人打报告要求限制王蒙的外事活动，有人在掘地三尺不畏辛劳地整理王蒙的材料，甚至把王蒙写的文章也复印了叫大家批……1990年在文艺界流传着一份人们戏称为'白皮书'的材料。此材料汇集了很多被称为的是'资产阶级自由化思潮'的言论，刘再复、李泽厚的言论入选不少，王蒙的言论也被收进了同样多……1990年改组后的某大刊物宣称'《××××》又回到了人民手中'，并从该刊编委的名单中去掉了包括王蒙在内的一批著名作家的名字，连招呼也不打一声"。《光

---

① 《答日本共同社记者问》，见《王蒙文集》第七卷第670—671页，华艺出版社。

明日报》用一整版转载《文艺理论与批评》1991年第1期发表的批判王蒙的文章，引起海内外普遍关注，"海外的一份华人报纸报道这一消息时用的标题是'辞去文化部长，亦未得到宽恕'……更有人猜测'此举乃是整肃知识分子的一个新的信号'"①。

然而，历史的发展没有回到过去。王蒙自己谈及上述一些对他"敌意"的现象时，这样描述自己的心理感受："心情上自然有些不快，但并不觉得多么可怕。"对上纲上线的批判和"稀粥事件"强加的无端牵连，他说："我有一个预测，有一个估计，就是1991年与1961年或1966年大不相同了。""我常讲，1991年我能不但不接受上纲式的批评，还要告他，而在过去一个作家受到批判，你就是跪在地上哭、作检讨、悔过，都不会有人听你的。从这点来看，也说明中国的民主、法制和创作自由等方面有了进步。"（同青年学者丁果对谈，见《王蒙讲稿》第605页，上海文艺出版社）

王蒙辞职后的遭遇同1957年挨批打成"右派"完全不同。他照常写作，接连出国旅行访问。1992年10月，他列席中共十四大之后，不再担任中共中央委员，1993年3月，担任全国政协委员。这个阶段，到了1992年，又迎来了创作大丰收，即他自称的"我写作的黄金时代"。

"稀粥事件"的经过

王蒙的短篇小说《坚硬的稀粥》发表于1989年《中国作家》第2期。作品写一个四世同堂的大家庭为"膳食维新"引发出来

---

① 季晓明《稀粥事件：前所未有的官司——作家王蒙起诉〈文艺报〉始末》，见《粥文学集》，华艺出版社1993年版。

的风趣逗乐故事。在新风新潮日劲的形势下，这个家庭的吃什么买什么本来都由爷爷说了算的情况也发生了改变。爷爷首先提出"由元首制改行内阁制度"，家庭成员"轮流执政"。在改革饭菜"四十年一贯制"的议论中，小说把主要讽刺笔墨指向了儿子。他大讲动物蛋白与身高体型、稀饭咸菜与东亚病夫的关系，向往"全国都吃黄油面包外加火腿腊肠鸡蛋酸奶干酪外加果酱蜂蜜朱古力"。在他的"现代化"主政下，他家胃炎便秘腹痛烂嘴角，一月伙食费三天便花光。接着，又挖苦全家唯一喝过洋墨水的堂妹夫，他大讲"根本问题还是体制"而不是吃不吃稀饭馒头，关键是民主，"没有民主就只能稀里糊涂地吃……丧失吃饭的主体意识，使吃饭主体异化为造粪机器"，他提出"竞选"，各人的食品方案"一律公开化、透明化、规范化、条文化、法律化、程序化、科学化、制度化，一切靠选票靠选民公决"。结果，大家纳闷："有现成饭不吃去竞选，不是吃错了药是什么。"经过一番闹腾，这个家庭一分为四：儿子去了合资企业，叔婶搬到了新分的单元房，堂妹夫又出国"深造"了，剩下的爷孙饮食也丰富了。但是，他们都有一个共同的爱好：不忘稀饭咸菜。作品风趣地点题：坚硬的稀粥。就家庭十一个成员来说，论资排辈当然首推爷爷，过去都是他说了算。但是，全篇幽默的叙述里，爷爷开通融和，从善如流，最早是他提出轮流执政，他总是显得"慈祥苍劲"。"稀粥"的"坚硬"，从作品的实际描写来看，不是源于爷爷，而是包括那个"现代化"主张的儿子在内的每个人的口味心理积淀：早餐可补充，可调配，也不必铲除"稀粥"。

这个短篇获《小说月报》颁发的"第四届（1989—1990）百花奖"。作品发表了两年之后，《文艺报》1991年9月14日刊出署名"慎平"的"读者来信"。"慎平"不分析作品的语言形式、现实表述，不评论作品的讽刺幽默、引人发笑又发人思索，却外加地、离开作品实际地做出两个要害的定性：一是时代背景定性，

"1988年冬、1989年初，极少数坚持资产阶级自由化的人鼓吹改革的出路在于改变公有制的秩序，实行私有化"，这篇小说也是写"改革"（搞"膳食维新"，搞"家政"体制"改革"）的，这个家庭经过"一次又一次折腾，家庭成员终于认识到这场'改革'的实质，无非是'理论名称方法常新，而秩序是永恒的'。于是，大家不再关心什么'改革'，早餐也依旧吃那个'稀粥咸菜'"。"慎平"批评作品反映了"坚持资产阶级自由化的人"的"改变公有制的秩序"的需求。二是人物"暗讽"上定性，"问题就出在那个'家庭'、那个'爷爷'、那个'秩序'上面"，"让那位八十多岁的'爷爷'幕前幕后地来领导、操纵这场'改革'。经他授意、同意或默许，走马灯似地改换'家政主持人'，家政'体制'、早餐方案也频繁地变化"，"台湾有的报刊也鼓噪'老当家可以退休了'"，"台湾的杂志《中国大陆》于去年4月全文转载了《坚硬的稀粥》，加有编者按语说：'此文以暗讽手法，批评邓小平领导的中共制度'。"这样，"慎平"就在"来信"中，把"家庭""爷爷"同中国社会政局挂钩，同邓小平同志牵连。

此《读者来信》在《文艺报》刊发后，立即引起了强烈反响。《中国作家》主编冯牧与前副主编、《坚硬的稀粥》的责任编辑张凤珠致函作协领导，坚决反驳《文艺报》对于他们及小说的批评，明确表示他们过去和现在都认为《坚硬的稀粥》是一篇好作品。曾经担任《文艺报》主编的张光年在给王蒙的信中说："我确实看不出那篇'读者来信'对这篇小说的严重指责与结论何以能够成立。"中国社会科学院前文学所所长许觉民给王蒙的信里说："对作品作任意穿凿附会以达到陷害他人为目的之事，在'四人帮'时期颇为盛行，不期又出现于今日，诚属可哀，况且又无限上纲，把台湾香港的反动言论同一篇小说风马牛不相及地扯在一起，明显的这是一种蓄意的构陷行为。"当然，最直接的反应是小说作者本人。王蒙1991年9月13日从新加坡访问归来，14日看到"慎平"的"来信"，15日便将《我的几点意见》分别送交中央领导、有关方面和文艺界部分人士。

王蒙在《我的几点意见》里首先指出，"来信""进行骇人听闻的政治陷害，以无中生有的与恶意歪曲的语言强加给作品，竟然把这篇作品与'改变公有制秩序''实行私有化''老当家可以退休了''幕前幕后的操纵人''对我国社会主义改革的影射揶揄'直到'反对邓小平同志'联系起来，实在是比姚文元批吴晗也有过之而无不及"。指出"来信"用台湾反共杂志《中国大陆》的"编者按"作依据，散布谣言，并盛赞其"政治嗅觉"，"这是什么立场、什么腔调？"如此传播"反共谣言"，"这又是什么样的读者呢？为这样的谣言大开绿灯，这又是什么样的举动呢？""来信""只点了邓小平同志的名"，"这不是他们的阴暗心理的大暴露吗？""是否《文艺报》要用这封所谓来信来中伤邓小平同志呢？"如此"足以置作者于死地的指责，对于两个重要的文学刊物提出这样严重的指责"，"违背了党的生活准则和公民名誉不受诽谤的法律准则"，最后表示"我不得不诉诸中央、诉诸党纪国法、诉诸舆论"。同年10月9日，王蒙委托律师将起诉状送到北京市朝阳区人民法院，后呈送北京市中级人民法院。起诉状的诉讼请求是："控告二被告人以诽谤方式侵害原告公民名誉权，请求法律保护，制止侵害，消除后果，并追究其民事责任。"起诉状列举上述基本事实，指出被告颠倒黑白、混淆是非、纯属诬陷、与小说毫不相干，"严重地侵害了我的名誉权、败坏了我的政治声誉"。"如果其诽谤得逞，其政治影响是十分恶劣的，不但法律尊严受到破坏，而且从今以后一些不法分子将可以影射或以海外言论为由，任意给任何作家、作品扣上政治帽子"，"使政治诽谤成为不法分子为达到其自私目的随时可以采用的讹诈手段"。而且，"《文艺报》与慎平共同侵权的责任不可推卸"。起诉状根据民法通则第120条规定，"公民的姓名权、肖像权、名誉权、荣誉权受到侵害的，有权要求停止侵害，恢复名誉，消除影响，赔礼道歉，并可以要求赔偿损失"，请求人民法院保护原告的合法权益，并责令被告："1. 向我公开承认错误，赔礼道歉。2. 采取措施以消除影响。3. 赔偿因其侵害原告公民名誉权的行为而造成的损失。4. 没收慎平手中的《中国大陆》杂志。5. 没收慎平发表此文的非法所得。原告保留在掌握慎平真实情况、该人与《文艺报》的关系及他们炮制读者来信情况后追究其刑事责任的权利。"

王蒙还随起诉状附了自己写的《关于〈坚硬的稀粥〉的一些情况》呈交法院，里面说："小说结尾处实际上已经解决了膳食维新问题：叫作'鸡鸭鱼肉蛋奶糖油都在增加的同时还要加吃稀饭咸菜'——'稀饭咸菜'本来就不应该是消灭的目标……小说的风格是轻松的幽默和讽刺。小说的一些政治名词，既反映了政治名词大普及的事实也体现了小题大词的反差的幽默性，小题大词、大题小词（不把外交上的结盟说成寻找舞伴），这是语言艺术特别是喜剧艺术（如相声）中常见的修辞手段……被告如果对于原告的政治见解有兴趣，就应该去搜集研究这个时期原告的全部或主要著作、言论及工作记录。"[1] 这些，只要认真阅读王蒙的原作，对比"慎平"的不实之词，那是非常清楚明白的。

中级人民法院收到起诉状后，10月14日用挂号信将全部诉讼材料邮寄王蒙家，附函云："你向本院起诉《文艺报》及慎平侵害你的名誉权。经审查，起诉状中要求赔偿因侵权导致的损失之诉讼请求不明确，故将诉讼材料退回。待你补正后，再送我院进一步审查。"当月18日，法院来人取走诉讼材料，并口头征询了王蒙对经济赔偿的要求数额。10月21日上午，《文艺报》主编、法人代表因而也是被告者在每周例行"编前会"上说："王蒙起诉

---

[1] 以上所引，包括起诉状，参见季晓明著《稀粥事件：前所未有的官司——作家王蒙起诉〈文艺报〉始末》，见《粥文学集》，华艺出版社。

事，法院已决定不受理。我们也用不着请律师了。"10月22日，中级人民法院下达裁定书，以"属正常的不同观点争鸣，不属人民法院受理民事诉讼范围，王蒙所诉不符合起诉条件，依照《中华人民共和国民事诉讼法》第一百一十二条之规定"为由，裁定"本院不予受理"。10月29日，王蒙上诉至北京市高级人民法院。在上诉状中，王蒙陈述，中级人民法院未加审理，"对'是诽谤还是争鸣'这一实质问题没有听取双方的详细陈述、辩论和进一步提供证据，便驳回了起诉，这是与法有违的"。还有，"慎平究竟是否实有其人？是否是某些人捏造出来的'读者'？至今被上诉人讳莫如深，不敢涉及"。另外，被告人之一的《文艺报》主编竟在中级人民法院10月22日下达裁定书之前的21日宣布法院决定不予受理，"上诉人有理由怀疑，是否主编进行了干预司法、影响了法院对案件审理的非法活动"。11月1日，王蒙又将上诉补充材料送至高级法院，再次申述："本案起诉状所提起的是侵害名誉权案，依民法通则等法律规定，此争议性质正属人民法院受理民事诉讼范围。被告人的行为是否已构成诽谤，是否触犯法律，本应在受理案件后进行的法庭审理中查明判定⋯⋯上诉人的诉权是不能这样予以剥夺的。"上诉人引民事诉讼法第108条规定的四项条件，并依该法第111条规定，认为"法院'必须受理'"，"请求上诉法院予以纠正"。11月25日，北京市高级人民法院下达终审裁定书，维持中级人民法院的原裁定，只是终审裁定书不再提"来信"是"正常的不同观点争鸣"①。

"稀粥事件"的"稀粥官司"就这样结束了。明眼人清楚，这场官司并没有白打，"事件"经由"官司"，经由原告的起诉和上诉，实际上已经把《文艺报》、"慎平""来信"置于全社会的文

---

① 见季晓明著《稀粥事件：前所未有的官司——作家王蒙起诉〈文艺报〉始末》，《粥文学集》第173—175页，华艺出版社。

学法庭的目光之下。社会热心人，文学界与非文学界的，纷纷找来王蒙原作和"读者来信"，在心灵上假设自己应做的评判。《文艺报》一位在任常务副主编就表白说："他们批'稀粥'，和我没关系，我根本不知道这个事。"林希、汤吉夫、甘棠、叶楠、张抗抗、李国文、郭风、李庆西、林斤澜、张洁、谌容、刘心武、宗璞都提笔撰写"粥"的文章。同年11月中旬，《文艺报》主编在全体工作人员会议上，也承认批"稀粥"是得到了上级机关支持的。据说，指挥《文艺报》批"稀粥"的人"费了很大的力气搞了更为吓人的材料，要求采取更加严厉的措施"，但是，"1992年春节过后，上级领导经过慎重的考虑，否定了要求整王蒙的那个报告"[①]。王蒙后来在《答日本共同社记者问》就讲得更清楚："因为发生了从政治上给一个作品和它的作者扣帽子的情况，使我不得不有所表示，一般的旁人对我的作品的批评，我从来是不在意的。后来中国的有关领导否定了进一步对我进行讨伐和批判的计划，希望把这件事情平息下来，不再争论，我很拥护中国的领导这样一个判断。我从一开始就认为《文艺报》的做法并不代表中国当局，并不代表中国领导的意图，所以在这种状况下我不想再谈这件事情，来响应中国领导平息这场风波的意图。"这样，他也没有撤销起诉，事情就放下了。当记者问到这件"由作家协会控制的报纸却攻击作家协会及副主席"的怪事时，王蒙回答："这个我也觉得有点奇怪。我认为文艺界的一些领导人本来可以胸怀更宽阔一些，更好地维护中国的稳定和文学艺术的繁荣，但是他们没有选择这样一个正确的路子。"当记者还说到《坚硬的稀粥》译成日语后，成为当时十个卖书最多的作者之一，王蒙风趣地说："《坚硬的稀粥》受到日本读者的欢迎无非两个原因：一个是我的作品也许写得很不错。另一个原因就是《文艺报》帮助我做了推

[①] 见《粥文学集》第179页，华艺出版社。

销工作。"①

现在，就"稀粥事件"本身和事后发展来看，笔者认为，任何一个事件，经由当时的种种争议和交搏，终归在若干年过去，产生历史的间离和沉淀。我们每一个当事人应该汲取有益的东西。这个官司打不起来，即使是三头六面对簿公堂，也不见得是百分之百的好事。重要的是，诬陷者能做出坦率真诚、对事不对人、探求真理不屈从人际关系网络的思考，从敌视走向理解和趋同，那不也是包括健全法制在内的开放改革总进程中我们指望的收获和成果吗？

同"稀粥"有关，王蒙后来还写了两篇短文《我爱喝稀粥》和《话说这碗粥》②，以及一篇短篇小说《奥地利粥店》③。《话说这碗粥》讲到作者1986年9月与文化部一女同志出差拉萨，这位女士每天早餐只吃稀饭、馒头、咸菜，拒绝西式和藏式食品。西藏自治区文化局一位藏族局长开玩笑："汉族同志身体素质差，就是稀粥、咸菜造成的，我一定要设法消灭稀粥、咸菜。"这篇文章道出了作者后来写作这篇小说并取名"坚硬的稀粥"的一个由来。《我爱喝稀粥》则是放开笔墨来写的一篇优秀散文。大凡稀粥的种类，咸菜的多样，腊八粥掺入的米类豆类的繁多名目，以及"'踢溜踢溜'吸吮玉面渣的稠稠糊糊、热热烫烫"劲儿，困难时期喝玉米粥"喝得肚子里逛里逛荡，喝得两眼发直"的拼命神态，面对腊八粥"喝下去舒舒服服、顺顺当当、饱饱满满"的满足状态，让人忍俊不禁。作者还写，每当宴请出访荤腻海鲜吃得"嘴上长泡、身上起荨麻疹"的时候，"我会向往稀粥咸菜，我会提出'喝碗粥吧'的申请"。满纸写得饱满酣畅，自快自得，他独有的叙述

---

① 《王蒙文集》第七卷，华艺出版社。
② 《王蒙文集》第九、七卷，华艺出版社。
③ 《王蒙文集》第五卷，华艺出版社。

风格，得到突出展示。

至于《奥地利粥店》这篇小说，堪称一篇戏作。作品写G国那家奥地利粥店老板受到街对过另一家餐馆老板挑战、恩怨报应的故事。作者移植一个普通的、人人接受的善有善报、恶有恶报的观念，读者领悟到，任何事业的经营者，如果不苦心自我经营，只图对竞争者恶意诬告、假借政治、收买舆论，其结果是偷鸡不成蚀把米。作品发出劝诫，得小心那个使坏心眼的餐馆老板在"胃里长了毒瘤，长了一串葡萄一样的瘤子"的命运呀！

王蒙近作的心态描述

王蒙近来发表的几篇小说，和他过去的系列设计式回忆性作品不同，他不是着眼于人物的整体雕塑和情节链条的自身连续，而是作一种切片式、拼贴式的心态描写。这些描写又多是时评性、世评性比较强，干预的色彩比较浓，较集中地显示了他的另外一种追求。不少人不喜欢这种写法，我倒是从小说本无定法这一点上，觉得不必固守于陈法，要紧的是讨论他说了些什么，说得怎么样。

读《一嚏千娇》第一遍，我试着把它切成两块：王蒙式的插入，主要人物和心态。读第二遍，我又把主要人物和心态划开一刀：老"喷"的心态，变换一下视角看看老'坎'的心态。

王蒙式的插入，应视作他的小说的一大特色，在他近期的这些切片式加世评性的作品中，表现得尤为明显。以前，人们对小说作诸多界说，忘了它有一个"说"劲儿。我国古代说书人的"说"劲儿是很厉害的，从吸引听众的注意力，到临场发挥、即兴表现出来的说书者对世态人情的评论，都依赖这种"说"劲儿。当然，这些又离不开他凭借的那个相对固定的本子。经文人之手定下来的传之后世的文字性本子，就把离开人物故事的说书人的"说"劲儿删去不少。类似这种作者插入与人物故事的关系，对此存在不同的看法，也有其他表现。何其芳批评《红楼梦》的结社吟诗场面写得平淡，大概也太扣住那个性格情节，可能也受当时流行的性格理论的影响。王蒙以他的机敏和丰富，做大量的插入，真是天马行空，信手拈来，天花乱坠，衔接自然。从三教九流、三灾八难、中外俚俗，到宇航新闻，还有本篇特设的创作趣谈、文坛掌故，是当今中国作家无与匹敌者（国外尚未调查）。

《一嚏千娇》着重写一位"大人物"的心态，一个既非空皮囊、又见不到热心肠的人物，一个在频频斗争、频频运动中生存发展的人物，一个被"左"倾政治塑造、生活在"自己的原则与理想的硬件里"的人物。此人绝未过时。作者用精彩的切片和拼贴手法，组接这个人物。借握手—眼光—穿衣—待友—喷嚏—冷笑—声调—三次政治性眼泪，活画他的心态。你看，他那"矜持的笑容"，"没等你捕捉住业已消失。似真似伪，亦有亦无"，他伸给你握的手"冰凉"，"那样颀长那样巨厚那样丰满而又那样软弱无力，碰到这样的软囊囊虚飘飘肉乎乎的肉体，你的心会骤然紧缩起来"。还有，他批判起人来，从外围包抄，又激昂慷慨，语含温情，伴以眼泪，但是往死里帮助。他分析史学泰斗的"耐心"那一段，可谓"上纲上线"的至精至彩段落。不知别的读者怎样，我若在生活中与老喷邂逅，有幸握手，我会浑身起一层鸡皮疙瘩。

王蒙描摹人物心态常有那种特有的插入，在这一类作品中，已经构成他的叙事方式，或冲淡，或缓解，或加浓，或牵离，时而伴以连珠式、集束式的堆砌，在常人所说的这种幽默中，透现出他人生态度中的某种轻松、调侃、中和，对单纯悲单纯喜的超越。他写别人向老喷问安并望他，老喷顷刻转移目光，作者有一段插入："避开目光，可能是一种羞怯，可能是一种独特的礼节，可能是一种洁癖。目光与目光之间可能会传染某种东西。呼吸器官的交流会传染上呼吸道感染、肺结核、肺鼠疫。消化器官的接触会传染肝炎、细菌性与阿米巴性痢疾。生殖器官是艾滋病四通八达的桥梁，活该！那么目光呢，医学科学家为什么不研究一下目光的碰撞、洞穿、契合将会造成什么样的后果！比如说，放射线病、忧郁症与躁狂症、男女道德败坏症与小道消息传播症以及察言观色见风使舵投其所好的病症肯定就是通过目光渠道而感染各处的。"小说这样写,读者感到开心、解闷、甚至喷饭,有何不可?

王蒙这种密集型插入,已经向人物渗透和转移。似乎人物也像王蒙那样说话和思维。作者写到女秘书受虐这位喷领导后,有一段独白:

> 眼睛,眼睛,他为什么永远匿藏着眼睛!他骗走了我的崇拜,骗走了我的热情,骗走了我的梦!我梦见他了,我看见他了!我与他一起跳舞,他唱着歌,他的嗓子就是管风琴!他在波浪上行走,他在天上飞,他在云端里向着我笑。我跑过去,我追过去,我围着他奔跑。我玩丢手绢,他好像在追我,我好像在追他!我要向他献花,我要拥抱他,我要和他亲一亲……可是他从来没看过我一眼……

这是病人老田的,也是王蒙式的。作者有时打引号框进人物的直接引语,也用这种写法。他间或脱离人物语言个性化,舍形而求神,避开生活的真实而达到感情的真实、心态的真实。他写得成功的时候,显露不出堆砌卖弄,而导向凄婉深峻。女秘书那种五体投地式的崇拜和爱是动人的,后来认清喷公真面目,精神病发作,先要挖掉他的眼睛,后又用铅笔、剪刀想挖自己的眼睛,这大概应算作我们特定生活特定形态的悲剧式的爱情,读时甚觉惨然。

然而,王蒙比一般写这类僵化人物心态的作品要深一层的,就是视角问题。王蒙没有加入讽刺"左"爷大合唱。如果上面是从一般人眼光、现时眼光、老坎的眼光看老喷,那么,从老喷的眼光、历史的眼光看人呢?看看喷公那一节自我倾诉,何等义正词严!谁能一味否定它的真实,谁能否认老喷当年参加革命的满腔热血和自我牺牲呢？老坎后来一直挨整，人们都同情他，谁能说小喷在当年战争烽火的训练班里批评小坎搞"卿卿我我"没有道理呢？还有老坎土改不坚定、偷鸡吃、在干校为炊事员打菜落了一块精华而吵架，不是也可以看一看他的心态的另一面吗？王蒙爱把玩人世，推究人生，作面面观。作者在小说中提出了"反求诸己"，借引一位饱有阅历者的话："不论老坎还是老喷，再讲一些大话的时候，我的这位友人说：他不信。"在某方面，历史与人的关系，确如王蒙所说："有斯事便有斯人，有斯人斯处便有斯表演。"观心态变变角度，摆脱那种一茬人喜一茬人悲，东风压西风西风压东风的沿袭已久的思维定式，不是好一点么？王蒙说"谁难受谁知道"，诚哉斯言。

像王蒙这样的极富想象力、思维又极具跳跃性、放射性的作家，是很容易提升到虚幻这种写作形式的。在这前后写的《十字架上》，是一篇仿宗教故事作品。如果说，《一嚏千娇》是写现实人的心态，《十字架上》就借用了虚幻的圣经故事。前者用对照的手法，展示对立的心态，后者是旋转型的，展示了现实生活中各种各样的心态。

这里，也有王蒙式的插入，不是对自己笔下人物故事的插入，而是对耶稣诞生、耶稣受难以及《新约全书》最后一卷《启示录》的插入。

王蒙注视到了宗教的兴盛，宗教的虚无。这多少反映了他对宗教的看法。他把这种宗教的兴盛与虚无系于小说的首尾两端。借用圣经故事撰写作品不乏先例，但如此旋转式地展览现实生活的各种心态，似不多见。从古至今，可以说，宗教的产生与兴盛，必然伴随现实理性的受阻与衰落。当是非混淆，价值颠倒，纷争不已，黄金的麦粒与罪恶的秕糠不辨，宗教就会向人们伸出和解、仁爱、宽恕之手，那一人承担罪恶、自愿钉上十字架的耶稣就会变得形象高大。但是，假如人们的困惑，导致宗教的兴盛；那么对宗教的祈求，又必然导致宗教的虚无与破灭。这也是宗教生存的悖论。

大概，如作者所说，基督同如来佛比，同真主比，同弥勒佛、太上老君、门神爷、灶王爷、王母娘娘比，是最痛苦的神。痛苦神同痛苦者容易契合，世间少见耶稣在十字架上那样令人倾倒的绘画与造型。但是，神被人异化，人自身未神化，人们信仰死，仍在生，人们施与神，又求报于神，在那十字架上耶稣的俯瞰之下，无论是管风琴鸣响之中的教堂，还是世俗的卧室餐厅市井，我们看到了一幅幅驳杂、繁富、令人扼腕叹息的世相。

作者在展示中，有众甲、众乙的摇镜头，有各式各样祈祷的混声合唱，也有人物特写，均作切片式的处理。那位美貌女子用亲吻、眼泪、秀发温柔基督的双脚，求他报复那位"移民新大陆"的负心郎君，转瞬又破口大骂，因为她的祈求得不到应验。那位白发老者誓死捍卫耶稣，自称正牌信徒，所祈求的是不惜发动地震以惩罚他看不惯的邻人。褒扬的时候，说基督是"伟大与崇高的精神载体"，贬抑时候，又说"这是鸦片！这是毒品"。祈求声中，给金钱、给长寿、给康复、给升迁、给快活、给随心所欲、给大苹果猪蹄儿人参鹿尾巴枸杞维生素E金刚钻石玛瑙猫眼狗洞。王蒙式的叙述发挥极致。读者在捧腹之余，静思之后，似乎隐约听到作者暗暗地说：人们呵，要认清自己呵！

王蒙反其意而用之，在《拟〈新约·启示录〉》中把西方的四匹马换成东方的四头牛，让牛魔王大吹其牛，那生命河、生命树纯属虚妄。作者戏言宗教，庄严拷问人生。耶稣遇难时，有人甚至说是骗子，太精了，两面三刀，得了便宜卖乖，摆架子摆十字架子，好处都自己吞了，没有我们集体的推荐他上得去吗？这难道不触及到了我们民族某种心态，有现实性么？

近期，王蒙写人物、写人生，继续坚持他的杂色。他高视角地俯瞰人生，多侧面地审视个人。他写梁氏兄弟（《名医梁有志传奇》），写音乐家刘鸣（《庭院深深》），其中，人物的冤屈，悲中含喜；人物的平反与复出，喜中有悲；人物的升迁不就是人物的升华？他的那篇争论甚大、脱离一切小说理论模式的《来劲》，可以视为他近期写人物、写人生、写心态的一个荒诞的注脚。他把他她它（男人，女人，非男非女亦男亦女的人和人生）那样纷乱、荒谬、矛盾的五光十色的生活形态聚于一身，用王蒙式的叙述笼罩全篇，一贯到底。

他的另一篇作品，标题就叫"组接"，里面切为头部、腰部、足部、尾部。他大概是在繁忙之余，散文式抒发对一位女性的人生慨叹。这位女性在地下党时期就献身革命，从剪短发、模仿苏联女英雄卓娅的打扮，到后来为解决问题向领导"甩鼻涕"，到"拿丝袜子发票报医药费就是糊涂吗"的自我辩解，到老年恢复青春似的打扮，到夜深人静时望着星星的似明似晦的苏醒，她给人们留下探掘不尽的人生况味。虽然把插入去掉了，在表现上还是主观切片的。作者的评述隐退了，时评性世评性仍很强，一切留给读者去感叹，去体味了。

比较起来，他的《球星奇遇记》同上述近作有些不同。我们称它为通俗小说，它也保持了人物故事情节的链条。阅读之后，觉得它不同于中外通俗小说的固定模式。中国的武侠类、才子佳人类，美国的西部作品，英国的侦探小说，都有它的固有程式，在诸如挫折与团圆、悬念与解决、除暴与安良的程式中，灌注一种继承与创新。它们体现一种相对定型的价值观念，让人们得到休息和娱乐，而且是一种不必太费思索的休息与娱乐。王蒙这篇作品的通俗娱乐性，不以情节取胜，而是在语言和叙述里。不过，整个说来，这篇小说太严肃了，而且越写越严肃，拂去一层诙谐的表土，它的指涉性、针对性、现实性太强烈了，缺乏常人要求于通俗作品的那种不太费思索的休息。

里面，仍然是他注入其中的对人的心态、人世相的种种披露和抨击。开篇那场精彩描写,恩特胆怯上阵,被动应酬、居然酿成英雄的用屁股尻部挡球、反弹入对方球门的描写,可以说是既荒诞,又真实。嗣后,那个"老狼"式的市民,从市长那儿学来的、比他还坏的母狼式的酒糖蜜,下属的拍马与刁钻,真是官场奇术,两面三刀,当年笏满床,忽作陋室空堂。直到最后孩子般的勃尔德出现之前,可以说是一幕幕人世审丑图。表面上,作者写尽了人性中这种丑行,在烦躁中企望绮丽自然风光的旅行,但他也写出了裹胁中的恩特知罪而犯罪,终于换来了真实的悔悟,他要自主选择,试做自己的主人,他要成为上帝。

  张光年称王蒙为我国当代文学奇才。对他的近作做了如上混杂的描述之后,赞赏之余,我仍然感到某种不满足。或许,这里面是否也重复着新时期某种带普遍性的现象呢?他的某些作品,显露出迹象,从由内向外的涌流变得由外向内的注入,在这类切片式加世评性作品中,是一个值得注意的征象。《一嚏千娇》的后力不继,变换视角之后对老"坎"的描述,不太精彩。即使是那篇评价甚高的《名医梁有志传奇》,似乎全篇都显露这种弱点。王蒙的艺术追求、艺术探索可谓多矣,读者有另外更高的期望,说句套话,等待着更厚重、或者说坚实而又扎实的作品。

1985 年 9 月

王蒙的散文

一个谜底

那时候，我总是从远处瞧着他。大概自觉我的身份和处境，我得保持一定的距离。之后，我们有了接触的机会。一次，为编选他一本散文集，王安谈到他的丰富和复杂。他说，王蒙雅起来可以雅致至极，俗起来可以叫你瞠目喷饭。尽管散文较之其他体裁，更能见出作家的自我叙写自我抒发，文学毕竟是作家现实生活之外的精神天地。王蒙构成一种现象，王蒙引来新闻，王蒙筑构一种特殊的文本，成了当今文化人难解与待解之谜。

我们第一次面谈是一个夏天的下午，在他家里。他穿着短裤，赤脚伸进普通的布鞋里，随意而不失分寸。当你言谈诉说的时候，他经常是点头，频频说"是"。那意思是你别详细往下说了，你的全部材料和观点都在我的视野之内。一旦你翻出新的事情，他也会愣住，甚至摇摇头，那意思是"还有那样的事儿"？对于他的灵活，早已众口皆碑了。我的印象，当人们说他灵活的时候，他实际比你估计的灵活还要灵活。然而，他坚定起来可以是铁一样的坚定。他那特殊的文风，在言谈之中，屡见端倪。从年龄辈分上讲，我们属于一个层次，但默算起来，可以毫不夸张地说，当笔者等人在50年代为争当准青年布尔什维克而奋斗的时候，他40年代就已经是一个真正的少年布尔什维克了。此人过于早熟而且早慧。

　　从他1948年年仅十九岁写的《春天的心》，他的散文经历了四十五年。在这个跨度里，呈现出多变化、多色调、多体式。从歌颂春天、歌颂光明的赤子般的清纯，到正视现实的严峻，到历尽沧桑的混沌，目睹荒诞的反讽与戏谑，他把抒情诗、顺口溜、政论文、大俗话以及文绉绉的学生腔，都分别调动和启用了。你读一读"一进入九月份，国庆的准备工作已经使许多年轻人睡不着觉了，应该抬着怎样的图表和模型去向祖国汇报呢？应该穿哪一件毛衣、哪一条裙子来表达我们新中国的新一代的幸福和欢欣呢？……多多多多拉多拉，咳，我们尽情地跳跃在五星红旗下面"（《国庆的礼花》），看看他在衣阿华国庆招待会写的"在那个酒会上，播放着《小河淌水》和《步步高》，祖国呀，你不是仍然与我们同在吗（《别衣阿华》）"，即使读到他看见德国城市遍布中国饭馆发出的埋怨与激励之词："巨大的与历史悠久的祖国呵，难道你除了宫保鸡丁和糖醋鱼片以外，就做不出更先进、更像样的技术成就吗？你当年拿出指南针、火药、印刷术时候的进取精神到哪里去了呢？"（《浮光掠影记西德》）你不是感受到他那火辣辣的爱国之心吗？还有，他的一些访苏访美的散文，都可以体察到他热爱音乐热爱自然热爱生活的清纯的弦，清纯的心。

　　他的《我的喝酒》就是另外一种笔调。它绝妙地状写了他"文化大革命"时期在新疆、在荒诞无聊的现实面前的无为与无聊："是的，那岁月的最大痛苦是穷极无聊，是死一样活着和活着死去。死去你的心，创造之心，思考之心，报国之心；死去你的情，任何激情都是可疑的或者有罪的，死去你的回忆——过去的一切为黑洞、惨不忍睹；死去你的想象——任何想象似乎都只能带来危险和痛苦。"于是，去花钱买醉，小醉之后，骑着单车"见到一株大树，便弃车扶树而俯身笑个不住"，沿路警惕出车祸，"等到回家，我把车一扔，又是笑又是叫"。这是一种混沌，糅杂着悲与喜、哭与笑、有为与无为、理智与不理智以及激奋颓废兼而有之的混沌。等到他应约撰写《文人与酒》（见吴祖光编《解忧集》，中外文化出版公司），念一念那唱词般的文体，"说的是，自古文人爱美酒，酒中自有诗千首。文万言，诗千首，且从茅台唱起头"，念一念"遍饮世界名酒，反添几许乡愁，中国人喜的是中国的味儿啊，故国万里梦中游。且尽杯中物，客居双泪流"，此时，他倒是十分理智了，然而，在这种调侃与放松中，你不是也感到一丝苦涩么？

当今文学中，或者还可以上溯到"五四"之后的新文学中，像王蒙这样呈现如此复杂多变的散文风格，形成王蒙所特有的"杂色"，虽难说绝无仅有，却实属极为罕见。这里，固然与他追求的"散文就是渴望自由。自由的表达，自由的形式，自由的来来去去"有关，与他立志"让那些评论者永远瞠乎其后"的狡黠有关，我以为，较为根本的，得追寻他这个特殊存在。进入本世纪下半叶的中国历史的罕见剧变，从纵横两个方面向他投射一束束光柱，王蒙对此既无法逃脱，又得承受和熔铸。当外界投影扑向他的心田的时候，王蒙的文学素质的多样性多方性，一一起来加以响应，而且找到了现实的归宿。或者说，就作家身世经历的变化而言，其沉浮起落的戏剧性反差性，很难找到一位出其右者。他是河北南皮人，能讲一口沧州话，幼年又在古城北京受过良好的文化教育；他不满十四岁加入中国共产党，又在 1957 年被"扩大化"成"右派"；50 年代一跃而为文坛新星，毛泽东谈及《组织部新来的青年人》，还说"王蒙反官僚主义我就支持""王蒙有文才"，打出清样的《青春万岁》压了二十多年才得以问世；他长期下放新疆睡地窝子手持砍土镘，后来当上了文化部长；从刚回北京在一间九平方米的小屋里"赤膊上阵"、穿"短裤衩写作"，到后来剪彩在协议书上签字陪外国代表团长向人民英雄纪念碑献花圈，到终于又复归为一名作家，读者诸君，你对仅仅如此简单的列举，有什么感觉呢？

王蒙很得意他一篇小说取名"蝴蝶"，他觉得作为一个作家自己就像一个大蝴蝶。在我们试着找寻他的谜底的时候，可以引用他如下的表白："年轻的时候我觉得世界正在足够地美好着，但是生活短暂得叫人揪心，只有语言的世界才能比现实世界更长久地存留下去。"于是，他老是不断地写，"为了心灵的自由驰骋，为了把哭、笑、痛苦、嘲笑、思索、爱情、平静、宽恕和自信写它个淋漓尽致"（《蝴蝶为什么得意》，见《我的喝酒》，成都出版社）。就这样，他也用散文形式，做着自由的、恣纵多方的抒写。

约定与反约定

郁达夫在《中国新文学大系·散文二集》导言里谈到"现代的散文"，认为它的"最大特征，是每一个作家的每一篇散文里所表现的个性"，"个性"的张扬，实际上也就是"主体性"的张扬。他接着说，"从前的人，是为君而存在，为道而存在，为父母而存在的，现在的人才晓得为自我而存在了"。在论及散文的"现代性"的诸多言论里，这是中肯之见。当然，作家的个性和主体的张扬，可以表现为写实的，更多向客体倾斜，也可以表现为奇想的，更多向主体倾斜。不过，自从鲁迅的《野草》以及许地山、王统照、徐志摩等人的冥想之作一度使散文的园地显得奇丽多样，中国现代散文过多过长行进在写实的路子上，在审美把握上约定之风太盛，反约定的追求太少太弱。人们与自然、与日月山川相处，经过感情的外射，常常将某些景物定型化，约定俗成化。江河湖海成为艺术的普遍载体，松竹梅又成为中华民族约定的岁寒三友。名家名作对某个景物的吟唱，又约束着后来人。在散文的体式、手法乃至结构设色拼合上，人们又相约或不约而成规，逐渐形成一定模式。较多情况下，艺术家是在约定中、在普遍认同中，追求自己的创新。

王蒙喜欢雨，对雨的感受很细。他写过春雨、秋雨，也写过暴雨、雷雨，写过北京夏日的大雨，新疆草原的雹雨。他觉得"小雨声使我感觉温柔静穆和平，而又缠绵弥漫无尽。中雨声使我感到活泼跳荡滋润，似乎这声音能带来某种新的转机，新的希望。大雨声使我壮怀激烈，威严和恐怖呼唤着豪情"（《在声音的世界里》）。如果这只是深化和扩大，他还在散文中追求一种新异、一种独创、一种反约定。本来，神女峰只有一个，但是，王蒙在《三峡》里说："我觉得无山不是神女峰，无云不是巫山云，无人不是'楚王''宋玉'的隔代之交！"他看见一山突在岸边，山顶在云里，山脚在江里，于是，"我说：'这就是神女峰！'同行的都说不是。但我坚持就是，这就是我心目中的巫山神女，把面孔隐藏在雪白的纱巾里，你看不到她的真面目，她却含笑顾盼着你。江水在她身上激起的朵朵水花，说不定正是她激扬起来，向你表达她的情意"。他有一篇文章，就叫《海的颜色》，充满了对"蓝色的海"的挑战与颠覆。他看到的大连秦皇岛北戴河烟台的海是"草绿色"的，阴雨天是"灰蒙蒙"的，浅海处是"黄褐色"，遇到大风浪，便成了"红褐色"，像是"麦乳精刚被沸水冲过"；渤海的颜色"令人觉得温暖，亲切，随和；叫作'好说好说'"；西沙群岛的海是"湛蓝色"，"颜色神秘、深邃、伟大而又寂静"；意大利蒙德罗区的海是"纯净的蓝""少年人的天蓝如玉，令人爱不释手"；摩纳哥的海天蓝得深一些。这些海的浪花呢，"又都那么白，白得叫人心碎"。你会觉得这些对海的颜色的形容、比喻和通感，是对浮泛者、浅尝者的反驳，是"杂多与统一"的哲理显示。你还会引起其他种种人生遐想。

苏东坡写过长江，科伦写过莱蒙湖，雪莱写过西风，普希金莱蒙托夫高尔基写过大海，茅盾礼赞过白杨，这些自然景物都因他们的状写或其他因素，赋予了某种稳定的、后人相约而用的美学内涵，比如力量、美丽、博大、摧枯拉朽、正直挺拔等等。然而，在一个并非平静的时代里，在充满悖论的沧桑世事里，或者，因为作家主体和个性的需要，艺术家也不必固守这些规范。如果说关汉卿在《窦娥冤》里都敢于写六月雪，敢于对天与地发出责难，那么，今天的读者更是欢迎那种翻新的、反约定的、独出机杼的艺术创造。王蒙在散文集《我的喝酒》的代序《海》一文里，逐段对"海"发出了质问：海是渺茫的么？海是狡猾的么？海是庸俗肤浅的么？海是愁苦的么？海是扬扬得意的么？海是软弱的么？作者一一为这些问语列出了证明。到了倒数第二段，他又发出了一连串的问题：

海是伟大的么？伟大是骗人的么？海是残酷的么？残酷是无心的么？海是主体？海是载体？

海已经老了？海已经死了？海已经不适合鱼的生存？海水应该淡化？海应该被填成陆地？

这些耳目一新、发人深省的表述，只要是稍有经验和阅历的人，都会通过这些能指达到丰富的所指，你会借此得到充实。作者在最后一段作答，写道："都是的。微风吹来，海水漫上沙滩，它这样说。你听见了吗？"

在散文的体式和写法上，作者还有很多创新。《落叶》是童话式的，《飞沫》里有的近乎荒诞派小小说，收入他的散文卷的《题〈青春〉微型纪实文学青春奖》，只有三句话，并排加以排列："世相便是好文章，纪实便是好方法，短小就是好技巧。"这种格言式的、堪称世间最短的散文，有何不可呢？他写在衣阿华的《清晨的跑》，写自己下电梯、出门、过公路、进公园，都很本分，忽然，这位跑者的主体意识突出了，这么写："也许身子也没有前进，却只见晨风迎面吹来，枫林从身边走过，草坪变幻着图形，蓝天也在舒展身躯，新清的空气沐浴着肺腑，荡摇的地面热烈而又多情。""我绕着剧场跑，剧场飞速地旋转着它那巨大的身躯，用它的不同的侧面鼓励着我加油。"这种散文中罕见、借用影视镜头的推拉摇闪的写作手法，有何不可呢？

"心"与非"心"

改革开放以来的最大经验体验，或者叫思维成果，拿文学来说，那就是，当我们对一个问题的认识，因为先贤哲人的智慧之光的照耀，因为有名家名作做坚强和巨大的后盾，我们自以为可以封住口，可以作盖棺论定式的全称判断，结果一发现，那不过是一个有条件的、局部的、相对的现象，"柳暗花明又一村"又在前面远远地向我们招手。实际上，这就是我们常说的发展的无止境，突破的无止境，真理的无穷极无止境。

文学上的许多现象和争论都做出了这种说明。我们回顾自己的思维历程，一个真切的感受就是需要不断地更新自己解放自己。许许多多明智之士都有这种自我反省。

在本文前面引用的那篇文章中，郁达夫还说到这一点："我以为一篇散文的最重要的内容，第一要寻这'散文的心'；照中国旧式的说法，就是一篇的作意，在外国修辞学里，或称作主题（Subject）或叫它要旨（Theme）的，大约就是这'散文的心'了。"这散文的"心"，也就是我们过去常说的主题思想。作者从执笔的起意到作品的完成，往往要贯穿一个思想。读者从文本的开始到结尾，也要体味和抓住这个思想。大多数散文都灌注了这个"心"。王蒙的散文，写回忆写访问，写新疆生活写西沙之行写国外见闻，写伊犁民歌苏联歌曲贝多芬交响乐，写"轻松""无为""逍遥""不设防""安详"等心境,写改革开放的新貌写"左"倾顽症和其他种种弊端,都有鲜明的爱憎,在一个主旨的表达中注入了自己细致的观察和独到的见识。但是,如果我们注意散文从古典到现代的发展,其表现方式之一(或者叫探索和试验的一个途径)就是对"心"的变异,对"心"的不以为然,或者说,不去自觉地明确地去追求表述那个"心"。实际上,我们大中小学语文教学中以找到"中心思想"而后快的做法,在有些情况下行不通。理论的认定和方法的确立又一次在丰富的实践面前捉襟见肘。从时代发展和读者接受来看,人们有时不顾作家作品做出那种控制阅读、导游讲解式乃至耳提面命式的表述,他们宁愿作家带领他们去看一段风景,看一段人情,至于其中的蕴藏,各人都可以发掘。本世纪以来,一些国家的散文家的实践,如德国的博托·施特劳斯和布龙克,以及用绘画画面代替叙述、用意象连缀代替情节链条的反传统写法,都看出这种势头和努力。

有的时候,一个作家的观察感受乃至骤然命笔,并不是百分之百地控制在理性把握之下。繁杂图像应接不暇,感性摄取和情绪激动有余,逻辑思维或者跟不上来,或者无须做出那种有序的而又往往兴味索然的分类、剥离和抽象,一旦这种生活和意识的流动付诸笔端,一般散文常有的那个"心",便不复存在了。王蒙写海南岛的《天涯海角》,写到在那里搞旅游牵来的骆驼和马,写到贝壳草帽等各种商品和椰子啜饮者收费戴红箍者,接下是:"高跟软底,齿白口红,快门咔嚓,闪光倏灭,杭兀(香港)马桴(澳门),贵客盈岸,当地妇女,倒卖私表,瓜子食仁而落皮,椰壳漂海而沉浮如人头,于戏,天涯成闹市,海角挤游人,浪花应有价,巨石亦商品……"堆砌如此繁杂而有趣的景象,是歌颂还是暴露?是赞扬开放还是反对走私批评污染?是义正词严直面人生还是揶揄反讽嘲谑人生?可以说都有,任你体会和选择。这些,就不是古典散文一般散文那种单纯的"心"所能条贯和统驭的了。

王蒙写过几篇有关"冬天"的散文，笔调都很优雅。像《冬之丢失》，写他在广西的冬日见闻，写南宁的参观访问，写那种"失去了冬意的冬天"，那种"我迷路了，我走失了，我不知不觉之间把冬天给弄丢了，笔底下走出来的不是冬天，而是春天"的冬天。他的歌颂祖国欣欣向荣的激越之情，是主旨明确感人肺腑的。他的《清明的心弦》，呼唤你初冬"到郊外、到公园、到田野去吧"，也让你感到十分温暖。《初冬》（见《我的喝酒》）就有些不同了。《初冬》同一般性的借景抒情、感时伤世、季节象征的散文不同，是多色调、多旋律的，是有思绪飘忽而无主旨统率的。作品的第一句"当湖面上结起最初薄冰，你温柔的，可是悸然心动"就撩拨你；写到"当夏去秋来冬来的时候，你说不清你是在告别还是在等待"，你感到怅然若得又怅然若失。写到火炉那"不可捉摸的躲闪"的火焰，忽然插入"你可以干一杯因为涨价而显得更加神异或者因为不涨价而显得友善的酒，让火的闪耀发生在你的身体里""你怀念远方的朋友和亲人，你奇怪，为什么愈是想念的人你愈少与他们联系"，如此等等，你可以就此文的条件和背景作些考察，也可以仅就文本本身做出体味和鉴赏。一个人的精神生活并非一天二十四小时，都生活在那要条分缕析的思想形态里，写作和欣赏一样，拿一首歌打个比方，你走在乡间小路上，可以观察"牧童"，可以观察"老牛"，也不妨"任思绪在晚风中飘荡"。

所谓非"心"，并非是无思想、无倾向式所谓零度感情，它是艺术掌握的一种方式，就像音乐中还存在一种纯音乐无标题音乐一样。拿艺术掌握来说，绘画是最能表达事物形体的，音乐是最无力表达任何事情的，文学具有宏观把握和微观分析的最大优势。在今天看来，人们既需要史诗般的文学，也需要绘画式的文学音乐式的文学，需要给理性与非理性、真实与荒诞开辟广大精神天地的文学。王蒙的《飞沫》集结了五篇这类性质的散文，其中第三篇兹录如下：

> 我早就想写一部长篇小说。第一页，描写大海，描写狂风，黑浪颠簸着白帆，神妖在海上大笑，暴雨发表论述，一只小蝴蝶栖息在浪花上，排炮轰鸣，九个太阳此起彼落，马蹄踏破酒席，碰杯时的微笑顷刻成为浮雕，乐队指挥摘下白手套投向一只大象，和尚的光头上长出了嫩芽……

酝酿着序，始终没有动笔。没有动笔，又动了笔。作者列出了这个长篇的一连串意象，有的真实，有的怪诞。如果有人想一清二楚地分析这篇散文的"心"，做出正儿八经的阐释，是徒劳可笑的。但是，你不妨多读几遍，你会觉得这些意象以及它们之间的集结和勾连，包藏着许许多多真实，蛛丝马迹地构成一种历史画面，是作者的奇思异想的"飞沫"，又是悲剧、喜剧和正剧诸多因素在内的大抽象。

雅俗与超越雅俗

时运交移，加上性各异禀，"五四"后的新散文出现了蓬勃发展的新局面。由于文学革命，由于西学东渐，中国现代散文已经摆脱了过去"文"与"笔"的划分，摆脱了各朝代因应用不同而做出的诸如奏议、章表、诏策、铭箴、诔碑之类的繁多列举和分门归类，普遍接受了西方把散文与诗歌、小说、戏剧并列的文学分类。文人的书斋生活，加上西方文学的译介，使得有些作家的笔调近雅、爱雅，后起的大众文学呼声，以及口头文学的联姻接轨，又使有的人性喜通俗。一般说来，多数作家都信守自己较为固定较为稳定的追求。

王蒙在处理散文的雅俗以及多副笔墨方面,是最富变化、最为杂多的一位。他陶醉于古今中外的文学名著,又对活生生和俗语俚语有敏锐的摄取力;他较多周旋于书斋文人之中,一些相声演员也愿意同他打交道;拿借鉴外来文学而言,有俄罗斯苏联的,也有西方的(旧潮与新潮的),自己也不妨试笔翻译外国作品。凡此种种,构成王蒙某种特有优势。

当一些优美的、深远的、较多含有悲剧因素的情思需要表达时,他拿出通体雅致的篇什。对某些社会弊端的曝光和讽刺,他能做到老少妇孺咸宜。较多情况下,纯净的雅或纯净的俗,不是他的所求。有时,在整篇文雅风格中,杂入俗,甚至,在一段文字的文雅入笔后,忽转为俗。他在《清明的心弦》里呼唤初冬时节到郊外、到公园、到田野里去,去干什么呢?去和野鸽子野兔子"一起去告别盛夏和金秋,告别那喧闹的温暖,去迎接漫天晶莹的白雪,迎接盏盏冰打,迎接房间里的跳动的炉火,和火边的沉思絮语,迎接新年,迎接新的宏图大略,迎接古老的农历的年,二踢脚冲上青天,还有一种花炮叫作滴溜,点起来它就在地上滴滴溜溜地转"。这是从诗的语句忽转为儿童的顺口溜。《天涯海角》里,在连续多段的哲理性的叙述与抒情之后,在正经八百地让你深沉一下的时候,忽然来了一段,让你发笑:"还在巨石边修了海滨浴场。浴沙如金,雷迪尖头门,密斯密斯脱,比基尼健而美,更衬托出黑大圆石头之落伍。往者已矣,来者好追。"

从雅俗并举、雅俗并茂达到一种雅俗交融、雅俗泯灭,或者说超越雅俗,这是王蒙的特殊长处。这方面,他的《我爱喝稀粥》和《苏州赋》既属他的代表作,又是当代散文难得的精品。前一篇,写他爱喝粥,有广东的肉粥,美国的玉米糊,主要还是玉米"黏粥"、大米粥。如果说,散文以容纳知识信息、生活情趣见长,此文可以说是粥类咸菜的集大成。这里,没有明显的雅言俗语、韶乐郑声,有的是含杂多于纯一,见出作者的乐观与豁达。你从引文中觉得他是南皮来的土包子，还是京城文人？是喝过洋墨水"食洋不化"的，还是有"开放性兼容性"口味的？似乎都有一点，又了无踪迹。读者从那些能指符号的飘移中，感受语言这种特殊媒体可带来的审美乐趣，随着他铺陈喝起"玉米面嚓的稠稠糊糊，热热烫烫的黏粥，真有一种与大地同在、与庄稼汉同呼吸、与颗颗粮食相交融的踏实清明"，新鲜大米粥的"香味似乎意味着一种疗养，一种悠闲，一种软弱中的平静，一种心平气和的对于恢复健康的期待和信心"；过去饭后喝上两碗玉米红薯粥，"一可以补足尚未完全充实饱满的胃，二可以提供进餐时需要摄入的水分（那时候我们进餐的时候可没有什么饮料呵——没有啤酒可乐，也没有冰水矿泉水），三可以替代水果甜食冰激凌，为一顿饭收收尾，做做总结，把嘴里咸、腥、油腻、酸、辣（如果有的话）味去一去，为一顿饭打上个句号"。这是多好的味儿多好的联想呵！阅读之中，你也会觉得喝粥来劲，而且浮想联翩，其乐无穷。当最后作者写到连续宴请和国外访问弄得肠胃不胜负担而"提出'喝碗粥吧'的申请"，因"闻到米粥香味而欢呼雀跃"，意义也就深含其中了。

同样，《苏州赋》也明显表现王蒙的独特风格，那种超越雅俗超越规范的独有创造。在王蒙素有的集束的、连发式的表述中，还有着散文句式上的创新。或者说，他写"无双不二的苏州"，用的也是无双不凡的笔调。通篇在频频快节奏中运行，把苏州的奇观与坎坷、荣耀与羞愧、糟践与重振后的"苏州更加苏州"都糅进去了，与此相连，审美上的悲与喜、歌颂与暴露、真实与荒诞、自嘲与他嘲也都糅进去了。作者描写苏州的美，那快速的摇与闪，让你应接不暇。写起自己的感受，也是连发的，新奇的，他觉得"她的小巷使我神往"，"那迷人的庭园，每一棵树与它身后的墙都使我倾倒"，那"弹词、苏昆、苏剧、吴语吴歌的珠圆玉润使我迷失"，看了刺绣女的技艺，想到"我还能写作和滔滔不绝地发言吗？"，"还有勇气或者有涵养倾听那些一知半解的牛皮清谈、草率无涯的胡说八道吗？"甚至引发赫然的遐想，那些执意成为苏州对立面的"反苏州"人，"他会不会产生消灭自己或者消灭这样一种疯狂的奇想呢？"在语言锻造上，除了融汇诗体、散文体之外，还有着来自曲艺、对口相声的借鉴与创新，"苏州是一种诱惑，是一种挑战，是一种补充"，"苏州是一种珍惜，是一种保护，对于一切美善，对于一切建设创造和生活本身的珍惜与保护。也是一种反抗，是对一切恶的破坏的无声的反抗"。这种表语修辞手法，是提示又是省略，比通感还通感，是大文兼大白，从中，见出王蒙的特有的机俏。

王蒙在他的散文集《我的喝酒》封底笺里，题"大道无术"。在文学上，或许可以说，只有做到"无术"，才能真正走向"大道"吧。

1994年7月

注：文中所引篇目，除注明出处者外，其余均见《宏艺文库》：《王蒙文集》第九卷。

说说王蒙的小评论

这是心灵向心灵的突入。不用遮拦，无须防范，对于一切已成的社会的和个人的说道和意见，均暂置一旁。王蒙在注视这些作家的时候，怀着"欲读书结"，以真诚的直面，直接指向文本，当然也参照彼此接触的观感印象。

这里说的小评论，是王蒙自称"缺少正规的学术训练，又没有下认真地做学问的功夫"的"读书札记"之类，它们似乎不具备教授专家的研究论文、评论专著的大架势，然而写得活泛，做到"从实际中找学问"。在他的突入下，一个一个作家的独特实体活灵活现，有如一扇扇透亮的橱窗，清晰可见。

对于新时期初期文学甚有影响的张弦，王蒙认为他是注意"善良者的命运"，"一个又一个善良而又不那么幸运的人物"的悲剧命运。而铁凝，是用"香雪的善良的眼睛"观察世界，香雪成了她许多作品的"一个核心人物"，读者从中"都或隐或现地看到香雪的一双善良、纯朴、充满美好的向往，而又无限活泼生动的眼睛"。陈建功有些不同，《盖棺》与《迷乱的星空》同出他的手笔，既写矿工又写知识分子，"一上场就是两套家什，两套拳路，两把'刷子'的'二元'现象，却相当罕见"。尽管王蒙认为以部分作品论人往往是瞎子摸象，但他不拘一格，唯作家独特处切入，给人印象鲜明深刻。

正是由于这种突入，他不同于学术行家常有的理论规范、分类归并，现出更贴切的生活气息。怎么看待王朔呢？常有的限定就是"俗文学",戏称"痞子文学"。王蒙试从"五四"以来的新文学基本潮流提出新说。他说,老一辈作家,有先知先觉、先行者殉道者、"教师的循循善诱,思想家的深沉与睿智"的文学,也有"温柔的叙述者、平和的见证者、优雅的观赏"的文学,他称之为志士先锋的文学与绅士淑女的文学。用这种表述来指称现代文学中的"左翼"文学与"新月"、京派等自由主义者的文学,我觉得十分贴切。而王朔,是"不高尚也不躲避下流,不红不白不黑不黄也不算多么灰的文学"。王朔的抡和砍,"又适当搂着——不往枪口上碰",十分机智。他的出现是"非常中国非常当代的现象"。另外,王朔绝不是一意的玩和痞,"滑稽中不无令人泪下的悲凉乃至寂寞","玩着玩着就流露出一些玩不动的沉重的东西"。实际上,王朔的玩文学暗藏着理想与崇高的反衬与照射。明眼人不难在他的作品中观察到这一点。他受到欢迎,承认不承认,表态不表态,这已经是文学,是前所未有的文学现象。

直率与友善

王蒙称残雪是"黑箱"内层的作家,是"罕有的怪才"。对于这样一个难题,人们容易产生非议,容易停留在"懂"与"不懂"之争。另外,有时由于作家过于坚执的自我宣言,如残雪与香港作家施叔青谈话时声称绝不允许理性活动进入创作,又增加了问题的云遮雾障。

王蒙在文章中对残雪作了一些举例和解读,有的是幻影、梦想、感情的变异、主观的投射。你透过非逻辑的形象搭配,就比较容易探测心灵的轨迹。至于创作中绝对排斥理性,王蒙说"这个信念本身就太清醒、太理性、太不放松","这本身就是给自己筑了一道极为理性的'反理性'壁垒",作茧自缚,实际上办不到。王蒙开句玩笑，把残雪的道道、模式、叙述程序、爱用创词汇合起来，可以编一本不厚的"残雪文学语汇词典"，但是，弄不好，在突破了别人的同时，又封闭了贫乏了自己。

当然，新时期有这么一家，即使是"旁门左道"，也不应阻塞。王蒙说，她的直觉、梦幻、潜意识、变形用得十分熟练，无师自通，达到一种深邃与冷峻。"她穿刺了不少读者的心灵，她丰富了文学的想象力与表现力"，它的价值，"它的启发，不可视若未见"。当他读到她的《天堂的对话》里的爱情描写，有一点惊呼了："我的天，残雪的小说当真是出现了这样的温暖，这样的爱。"王蒙肯定了残雪，他的规劝与批评又是尽兴的，甚至有点"兜老底"。他认为"中国文学界应该把眼睛睁得更大些"，"友善而直率地与她进行对话"。世无全知全能，高明的见解也只是一得之见，然而，有了"直率与友善"，就能形成一种有利文学发展的和衷共济的切磋局面。

艺术品位

随目所见，王蒙都能就作家艺术表现的关节处提出自己的见解。他认为陈建功结构故事的时候应更自然一些，应"少追求一点戏剧性的对比"，也感到梁晓声"似乎太追求戏剧性的悬念、巧合和冲突"。在和吴若增讨论时，希望能从活生生的事件中提炼小说思想，而不是相反。

王蒙十分注意作家艺术追求的整体性。他《读〈绿夜〉》一文，从始至终都是艺术分析。他用水流这个意象引入作品。他说，作品没有常规小说的开头结尾，风景肖像描写，以及诸如性格的鲜明、情节的生动性、丰富性、戏剧性、结构的完整、悬念的造成、道德教训的严正等等，甚至连姓名都没有，有的是浓缩性和流动性，它是"一条反映着日月星辰，峰峦树木的河流"，"生活故事浸泡在、映照在情绪和思考韵波流里了"。这对张承志小说的情绪性来说，是个极好的概括。

时过近十年，王蒙注意到张承志沿着情绪化追求向理想主义发展。王蒙认为，从《绿夜》到《黑骏马》，到《金牧场》等新作，我们"可以看到了一个执着的精神追求者、一个精神领域的苦行僧、跋涉者"。当然，他也认为"过浓的主观色彩使张承志笔下的生活不那么平易可触，语言、感情和思考都显得用力太多"。同时，在此期间，铁凝的创作也在向前发展。王蒙认为，尽管她也走向复杂甚至沉重，但是"香雪的善良的眼睛"没有变，仍然表现为"并未泯灭的纯朴，为'赤子之心'、为古典式的天真，为诗情"。王安忆的创作，由早期写《雨，沙沙沙》的"清新，善良，含蓄，美好，像一个纯情的小姑娘"变成"操着手术刀的外科主任医师"了。这样，促成了她追寻"认识、叙述、表达的准确性、独立性和深刻性"，既不搞大波澜，也不搞小雕刻，而是追求真实。然而，这一切都不能把作家的艺术追求框定死，变与不变，趋时与过时，日新月异与恢复往日温馨，都不能定死，它本身不是"有价值的价值判断"。

回声与诘语

当文学的发展处于剧变、内部因素动荡不定，外来引进势如潮涌的时候，守陈与趋新是人们评说的口头禅。然而，透过这表层的划分，实际的价值要复杂得多。这种时候，容易出现极端化，有时是作品的成绩与宣言的偏颇兼于一身，有时自恃反对了一种倾向又不自觉陷入另一种倾向，才华与局限共生，拙讷与真知兼容。对于这种辗转流变必然出现的现象，王蒙往往能以小评论，发出历史的回声，听到他的一声声诘问。

似乎从《悲非罪》的标题里，就看出了对过去极"左"盛行时的廉价革命乐观主义的批评。王蒙说"哭和笑也是一种辩证的统一，忧患与人生俱来，即使世界大同，人的泪腺也不会退化消亡"。但是，反过来，谁能说革命斗争年月已成过去，不值得提，理想都是糊涂，英雄都是胡闹呢？王蒙评张承志时说，尽管进入和平建设时期，"尽管人们可以大听轻音乐与大看时装杂志，但牛虻、保尔·柯察金的革命理想主义与自我牺牲，难道就不需要了么？"

在西方，相对主义哲学思潮泛滥于整个20世纪，我们还只是刚刚接上这个茬。它批评绝对主义有可取之处，但由于不断地改换门庭标新立异，始终处于变动不居无所适从的境地，未能处理好相对与绝对的辩证关系。我以为王蒙说得好："新潮人物不必自我孤立从而伟大悲壮。非新潮人物不必不能见容或急于宣布大家已经失败。"作品的价值决不在于门庭的新潮非新潮。他肯定年轻作家徐坤的才华和恣意调侃的现实所指，但对什么都冠以"后"为时尚的趋向（"后现代""后新时期"等等），王蒙谈自己郑重的看法，"人生正在后后后后之后前进，社会正在后后后后之后发展"，"对于年轻人来说，更重要的'后'不是过往的喜剧，而是他们的'以后'——也就是他们的'前'——前景、前途、前瞻"。只是说说而已，未尝不可，"如果当真这么写下去，我们就想在'后'的后边寻找一些更深沉也更隽永的东西。一找，徐坤的小说未免不能叫人满足啦"。

评说的狂欢

王蒙的评论文字自由挥洒，可以说从恣纵多方走向恣纵无方。这在当代的评论文章中，可以说罕有与之匹敌者。他的小评论较之其他创作，更能无挂碍地、不受约束地见出性情，体现风格。这里以真诚为本，无论是赞叹、磋商、批评乃至尽兴的分析说理，都能使被评者感到赤诚善意。他有非常自信的"窃以为"，也有各种情不自禁的如诗句般的赞扬，他的犹豫、拿不稳、自称冒昧直言、可能是"偏见"以及尽兴评论之后表示的"对不起"，都照说不误。待到写《陌生的陈染》，就直呼："陈染，你是谁？我怎么不认识你？我怎么爱读你的作品而又说不出个一二三来？雄辩的、常有理的王某，在你的小说面前，被打发到哪里去了？"说她是"潜性"的，感觉"她有一个又清冷，又孤僻，又多情，又高蹈，又细腻，又敏锐，又无奈，又脆弱，又执着，又俏丽，又随意，又自足自信，又并非不准备妥协，堪称是活灵活现的呼风唤雨，撒豆成兵的世界"。

在评论中，他能以自己的幽默格调、聚焦或集束式修辞手法，使评述的对象突显无疑。他评述时意象纷飞，浮想联翩，他直言不讳学习一下相声的耍"贫嘴"，往往造成语言的能指的狂欢，成为审美之源。他论述陈染，稍加罗列，就惟妙惟肖。他状写王朔，就作家使命、写作态度、提出和回答问题、人物题材、歌颂鞭挞、崇高神圣、思想倾向、红色白色黑色黄色，以及抡和砍（侃）等方面加以列举描写。然而不止于此，王蒙语言的幽默喜剧性又同郑重的正剧风格揉在一起。

他评论日丹诺夫的文字是酣畅的、淋漓的，谈论《三国演义》的"前现代"（实乃对争夺皇位的权力政治习焉不察，本该早加以颠覆和解构的呵），是令人肃然警醒的，评李香兰是令人慨叹的。然而，至此掩卷一想，我忽然觉得比起他的小评论的丰富多彩来，我只是说浅了说漏了，读者应接触原作，本文是多余的。

1996 年 12 月

王蒙晚年小说变异

王蒙的小说不以细节戏剧性、影视剧改编率高见长，而以小说艺术形式变异的活跃著称。即使是改编成了电影的他的最早的《青春万岁》，也不同于"个人命运始末"式的传统长篇小说，较为类似法捷耶夫的《青年近卫军》那种"铁流"式（绥拉菲莫维奇的同名小说，或称"集体奔赴"式）。他复出（从新疆归来）之后，由《布礼》《蝴蝶》牵头，转向了常说的"意识流"，即由小说艺术表现的客体性向作家主体性的转移。王蒙此后小说的艺术形式，在多种多样的同时，又都体现了这种转移。

他的《春之声》注重听觉，《夜的眼》注重视觉，《风筝飘带》又兼有象征。《说客盈门》《一嚏千娇》是讽刺作品。《球星奇遇记》属通俗逗乐型。还有他称为"试验"性的《来劲》等，列荒诞作品。长篇小说《活动变人形》和新疆小说系列又基本回复到了传统写法。

从1993年起、花了七年时间完成的"季节"系列（《恋爱的季节》《失态的季节》《踌躇的季节》和《狂欢的季节》），是以他的个人经历为蓝本的巨型长篇，从建国前写到粉碎"四人帮"。在写作方法上是编年史的结构充注着意识流。此作发表后，读者都替他犯愁，往后再怎么续呢？用他自己的话说，"我完成了'季节'系列的最后一部《狂欢的季节》，我就想着这个书啊怎么写下去"。他用《青狐》这个新的长篇（人民文学出版社2004年出版），作了"后季节"的续篇，在晚年小说中，出现了新的变异。

一、"唯'典型环境典型性格'是从论"被颠覆之后

谈及晚年小说新变异，应从这一论题说起。恩格斯 1888 年 4 月初给哈克奈斯的信①，最早于 1932 年作为俄文译文在苏联得到传播，在中国，周扬在 1934 年的文章②引用了信中关于典型的论述。当初，恩格斯认为，哈克奈斯的《城市姑娘》把 19 世纪 80 年代的伦敦工人写得十分消极，对于所表现的环境，就不那样典型，"据我看来，现实主义的意思是，除细节的真实外，还要真实地再现典型环境中的典型人物"。应该说，恩格斯当时要求作家笔下的人物反映他的时代环境，表现生活新的态势，这是完全正确的。然而，在后来的苏联和新中国，把恩格斯对一部作品的批评变成了整个文学领域里一律性、一元化的要求。而且，把人物性格的个性和共性的统一中的共性仅仅界定为阶级性，阶级的本质特征。这样，用政治学、社会形态学模式（阶级形势图）统治文学模式的公式化、概念化就长期盛行了。

王蒙就身受其害。他最早的反对官僚主义的《组织部来了个年轻人》，就有人批评林震是"小资产阶级的狂热的偏激和梦想"，不属无产阶级，把"在党中央所在地"的领导干部刘世吾等人写成官僚主义者，"在典型环境的描写上""歪曲了社会现实的真实"。用这种先验的社会形态的"典型环境典型性格"模式来匡正一切作品，唯"典型环境典型性格"是从，一直延续了下来。改革开放后，王蒙在 1982 年 12 月撰写的《关于塑造典型人物》③一

---

① 《马克思恩格斯选集》第四卷第 462 页，人民出版社。
② 《现实的与浪漫的》，《周扬文集》第一卷第 126 页，人民文学出版社。
③ 《王蒙文集》第七卷第 187 页，华艺出版社。

文中，提出了不能把塑造典型性格的要求"单一化和绝对化"。他一方面肯定了塑造"典型环境中的典型人物"这个命题对于现实主义叙事文学创作"总结性很强，意义很大"，"但它毕竟不是无所不包的，更不是唯一的创作规律，它并不具有排他性，并不能成为主宰全部文学史和文学现象，衡量一切文学作品的独一无二的'核心命题'。它的适应性和有效性，仍然是有限度的"。他举出，作品体裁多种多样，小说描写对象太多（不仅人物，还有着重写场面、情绪、感受、故事、动物等），还有神话、传说、寓言和童话，不都是塑造人物性格。王蒙的这番论说，是中国当代文坛上对"唯'典型环境典型性格'是从"论的最早的、最有力的颠覆。如果考虑到改革开放后仍有极"左"的教条主义学人坚持这种论调，动辄用"不许诬蔑恩格斯"来钳制学术言论，就可以想见迈出这一步的艰难了。

新时期的文学业绩，包括王蒙自己的一系列作品，都为这种"唯'典型环境典型性格'是从"论的颠覆作了有力的证明。到了2000年7月20日接受的一次采访中，他更是谈到了文学创作的广大空间，包括小说的"文字游戏"作用这个底线："对我来说，写实和意识流这是可以互补的呀，抒情和幽默，这是可以互补的呀，我可以写抒情的小说，我也可以写幽默的小说，我还可以写文字游戏的东西，我觉得文字游戏也无罪呀，知识分子喜欢弄文字，他拿文字游戏游戏，怎么啦？这有什么罪呀？你以为我天天游戏呀，那可能吗？"[1]

到了2000年开始写长篇小说《青狐》的时候，王蒙琢磨出"小说"这个概念。他在一篇访谈[2]中说："我写《青狐》的时候，把她当作小说来打扮，脑子里就有一些前人小说的样子，有前人

---

[1]《王蒙新世纪讲稿》第374页，上海文艺出版社。
[2]《王蒙新世纪讲稿》第385页，上海文艺出版社。

写狐女的小说的样子。"这篇访谈过了两个月，他又说到《青狐》"比较充分地小说化"，如果《青春之歌》写的"最青春"，《组织部新来的年轻人》写得"非常激愤"，《坚硬的稀粥》写得"很讽刺"，"那么这个《青狐》呢，写得非常一个小说"[1]。在一些谈话中，在《尴尬风流》里，他都提到《聊斋志异》的狐仙故事，人狐不分、人狐亲和的民间传说。我们可以回顾这样一个事实："五四"以来的中国新文学，小说体裁和方法基本上是学习西方的模式，中断了同中国古代志怪传奇小说的联系。王蒙在自己的长达半个世纪的、由青年而中年而晚年的小说写作历程里，不仅批评了在苏联文学和中国文学历史上长期占统治地位的"唯'典型环境典型性格'是从"论，还提倡和开辟了小说创作另一新的天地，在西方传来的、讲究细节真实的现实主义之外，试验加入"狐狸""狐女"的中国"小说化"。

二、青狐的"狐"性

青狐的塑造，在王蒙的小说人物中，占有新的、特殊的位置，放置在当代文学的人物中，她的意义也非同一般。

这种特殊性，王蒙自己拿《青狐》同其他作品作了比较："如果和《青春之歌》和《恋爱的季节》比，甚至和《蝴蝶》比，和《夜的眼》比，多了一些X光，多了一些解剖刀，而少了一些所谓的脉脉含情。"[2] 这也就是我们常说的人物刻画上更多的视角，更多的侧面，更为立体感，更为"圆形"。而且，这一切又都是同中国文化传统、小说的志怪传奇传统、乃至民间传说绵延不息的关

---

[1]《王蒙新世纪讲稿》第392页，上海文艺出版社。
[2]《王蒙新世纪讲稿》第381页，上海文艺出版社。

于"狐仙"的说法结合在一起的。小说封面称"这个女人就是一部交响",我们不妨把它统称为人物的"狐性"。

过去,在文学作品中,常常出现这种现象:作家要有一个代言人,作为自己心灵和理想的寄托。"典型环境典型性格"强调到极致的一个必然后果,也就无条件突出主要人物的正面化、英雄化、中心化,成为作者理想的替身。王蒙父子谈《青狐》时,就提到,"许多人的作品中有一位悲剧英雄,充当叙述者、控诉者、批判者的上帝的角色","当前很多作品的不足往往是作者与自己的人物同谋,或者是一人独清而世界出奇地浑浊"。儿子王山说:"起诉自己的人物,审判他们,然后赦免他们并为他们大哭一场,这需要有相当的勇气,也需要极高的境界,同时也需要读者的配合。"[1] 我们看到,像钱文这样一个重要人物,从"季节系列",进入"后季节"《青狐》,对他施加解剖刀、X光透视更多了,对它的"脉脉含情"渐渐少了。钱文越来越自我审视、自我批评,"桥梁"作用的反省,夫妻关系之外的性爱意识的遐想与迁移,看人看事的不能"简单化""不限于两分的黑与白的对照"的感悟,都看出人物写得更为立体圆形了。

人物的多侧面、多角度,应该涉及人的内宇宙和外宇宙的全部丰富性和复杂性,比如社会性(社会关系的总和)与自然性,显意识与潜意识,自我、本我和超我,同性意识与异性意识,政治表现与生活作风,普遍心理与民族心态,历史观念与现实观念,真实与梦幻,等等,等等。王蒙谈到青狐的个性时说:"这种独特的个性你不能够从政治上、从社会学或历史角色上给它定个性。但是我们从它身上也可以感慨这几十年我们国家的历程,她的变化,她的沧桑。"[2] 对于这种"狐性",我们可以看看它的多视角、

---

[1] 《王蒙新世纪讲稿》第381页,上海文艺出版社。
[2] 《王蒙新世纪讲稿》第391页,上海文艺出版社。

多侧面。

先看看青狐名称的确定。作品的开篇，就有人物详尽的肖像描绘，脸部轮廓，特别是眼睛、下腭。钱文判定像狐狸，白部长私下说她是"狐狸精"。她本人倒觉得"狐仙的青辉，多么迷人"。20世纪60年代，她作为小干部，买服装的首要标准是"把自己捂严实"，但是，性情中，做梦又"会把自己脱得光光"。按照当时的"交心、放包袱、灵魂里爆发革命、狠斗私字一闪念"，她多想"交代"出来，"做一个干干净净的女子"，待到又做了"光溜溜的丢丑"的梦，"她终于铁了心，就叫青狐"。

青狐的性意识也不一般。她申请入团长期不批，检查自己的错误思想是"她说她喜欢男生，她常常想象与男生单独在一起的情形，想到男生有的而女生没有的那活儿"。她恨自己"为什么老是注意男人"，甚至"希望有一次机会抱住一个雄壮的男人，抱一次就行"，她从小又知道"男人没有一个是好的"。她曾经恋爱两次、结婚两次，均不感到满意和幸福。"她仅有的性经验却使她觉得与男人的那种关系她得到的差不多只是强奸，和她发生过性关系的男人到了那个当儿全都俗恶不堪，丑陋不堪，挤鼻皱眼，口角流涎"，"像是谋杀，像是抢劫，像是强暴。她没有得到过诗意"。

她确有过爱的向往。对于那位高度评价她的作品、肯定她的才华、长得高大英俊的"思想家理论家"杨巨艇，他讲出的民主、人道、智慧、文明等等辞令，令她"心颤"。她梦见杨像一匹马，高飞入云，向她微笑。她时年三十八，对于这位有妇之夫，她愿意她和他"热烈忘情地拥抱在一起而不涉淫乱"。他们确也抓着手，热拥过，或竟夜长谈。她甚至"快意"于杨妻的"说三道四"，说"她不配他"，自己神往他们的"精神爱恋"。她还移情于那位思想深邃的王楷模，醉心于他的海的夜泳和他写的《夜之海》，在访问欧洲的一个午夜，她甚至要求同他幽会而遭到拒绝。在同一个英俊的混血儿欧洲记者雷先生的邂逅中，想实现"少女的幻想"。或者说，在如此这般爱的纠葛中，她守住了边界（未能失去边界），又放纵了爱的狂想。她悟出自己的"玉面狐狸"，觉得天下的男人或者她不喜欢，或者不爱我、不敢爱我，自己像是狐狸膜拜月亮没有结果。

在事业上、问题见解上，青狐也个性突出、信念坚定。她才华出众，创作上一鸣惊人。作品冲破"左"的禁锢，遍地开花，受到广播，还有争获诺贝尔奖之说。她真有点鲁迅先生说《聊斋》那种"花妖狐魅，多具人情"、又"偶见鹘突"的味道。在北戴河海边那次同欧洲作家对谈中，当外国人百般挑剔中国作家"不反抗"、缺少"抽屉文学"，她作了一系列从历史到现实的反质问，"你们教给我们斗斗斗，再斗几年又剩下喝西北风啦。我们有主意，什么该说什么不说，什么该斗什么怎么斗，什么可以等一等什么不能等，什么要写什么怎么写，我们知道！"她的"爱国激情"令人吃惊。在后来的欧洲之行，她被草地、晚钟和教堂感动之余，面对洋教师爷和假洋教师爷质问中国作家干什么去了，她说，"我们在做我们想做的事。您在做什么呢？""只要世界上还有种种的不公正，就永远不要期望人们会忘记马克思主义。"

她是一个精灵。真可谓汲日月（特别是太阴）之精华，投胎于自然，生长于社会，在一个动荡多变的时代中摸爬滚打。终于，她从一个入团长期不批的、戴着洗得发白袖套的小职员变成一鸣惊人的党员大作家。她有过婚姻，又不曾获得爱情。她驰骋风情万种的想象，却使她感到终身爱情不幸。在狂放之外，她不失去执着，坚持自己的信念。然而，她的自主爱国的欧洲之行，到后来的一次文艺整肃中反而成为揭露的对象。她退隐了。与《红楼梦》写人物从太虚幻境中来不同，作品写青狐归入太虚幻境似的深山"狐狸沟""狐狸墟"，进入小说家言的"自我修炼""练气功""自我否定"了。作品在人与狐、真与幻的转化和连接上，作为小说，如何处理写作得风趣而又自然，是可以斟酌讨论的，毕竟，人物形象完成了。

三、既善"尴尬"，又能"风流"

王蒙进入老年之际，写作文字已逾千万。他将自己的积累，分门别类地载录于除剧本之外的、从小诗到长篇包括论文的各种各样的文学样式之中。然而，还有一些碎片，丰富而又驳杂，包括场景、梦境、独处、交往，季有春夏秋冬，年届老少中青，一见、一闻、一思、一情，如同纷飞的花絮，他把它们集纳起来，于去年（2005年—编者注）底出版了约33万字的《尴尬风流》。

在体制上，它把"短"与"长"统一起来，是微型和短制的大集锦，是长篇的大喷洒，每篇几百字，几分钟可以读完，通书贯穿着"老王"这个并非实指的人物。封页介绍作者"用五年心血写成"，如果看看书里写着"老王"上个世纪50、60年代看乒乓球赛、小时候在故乡玩"蛐蛐"，书里汇集了作者的毕生阅历无疑。王蒙同意这是"老年作品"，写的是"日常生活中的事，有点意味、趣味、滋味的事"①。作家之间，余光中盛赞王蒙"丰富的人生阅历"，铁凝说王蒙是以"高龄少年"的兴趣撰写此作，作者到老年出了《我的人生哲学》，又执笔人生万象集纳，是顺理成章了。

大凡，人生在世，如能敏于观察，勤于设问，善于思索，生活质量就会比较高。在日常生活中，就会产生一些灵魂的爆发点，也就是有所发现。当他们遇到溢出自己经验的现象而产生诧异、出现爆发点时，就"尴尬"了。于是，他们寻求解释，或者不便解释笑而不答，或者解释有误存以待考，或者无法解释发出天问，

---

① 《王蒙就〈尴尬风流〉与评论家、媒体对话》，《文艺报》2005年12月20日。

甚或不可知不可解，这就会"风流"起来。窃以为，"尴尬风流"是王蒙的书名中最有趣、最有概括力的书名。一个人，既善尴尬，又能风流，该多好啊！

书中列出一些常见的自然物象，里面的生发却令人不忘。"老王"看见《骆驼》①，觉得它高大、冷漠、沉静、孤独，即使是两峰，彼此也"没有任何交流"，于是想，骆驼是"高人""思想者""观察者""启示者""是一种境界，是一种象征，是意志也是智慧，是榜样更是神话"。便问老王："你愿意变成一只骆驼吗？"它突然发出的怪声"含义何在"？看见"片片凋秋风"的《落叶》②，使人联想"人生的悲哀"，彼树叶不是此树叶，又同于此树叶，但"树叶虽然是短暂的，树林的生命""会保持自己的绿色"。如果一个人成天懈怠，习焉不察，心如死水，他就不可能有新鲜的感受，不会"尴尬"。文坛朋友谈起一生《作品》③时，一位朋友的妻子说，"我的作品是""十九岁交上男友"，"二十九岁时，生了一个儿子"，三十九岁养鸡，六十三岁打保龄球，六十九岁学画画，其间，四十九岁写过一本小书，一直压在抽屉里。她如数家珍，不觉"尴尬"。还有，那种用唯我《正确》④的观点覆盖一切事物的人，总觉得那次会议、这个观点、一个朋友得肝病如何治疗，"事实证明我是正确的嘛"，甚至"除了我别人"拉的屎橛子"老是拉不正确"。他的思维结了一层茧子，挡住任何异己的新事物，他不产生"尴尬"。

作品还切中某些国人的共同心态，加以曝光。这里有对电话号码数字"发不发"（6和8属发，1和4属不发）的诘问⑤。还有

---

① 《尴尬风流》第84页，作家出版社2005年11月版。
② 《尴尬风流》第71页，作家出版社2005年11月版。
③ 《尴尬风流》第152页，作家出版社2005年11月版。
④ 《尴尬风流》第46页，作家出版社2005年11月版。
⑤ 《尴尬风流》第159页，作家出版社2005年11月版。

"如果"型[1]：老王"心事重重"，问他，他说，"如果我是美国总统的话，我会有什么新政"，"如果我是萨达姆，我早就自杀了"，如果他是日本首相，去不去参拜靖国神社。这是主体"如果"型。还有客体"如果"型，长江暴雨成灾，"这些雨如果降到干旱的华北该有多么好"，如果降一降豪华招待会的规格，用省下的钱救济穷人该有多么好，如果药物没有副作用、身体健康百病全无该有多么好。对此，他太太说："别胡假设了，你就告诉我你是你自己，如果你就是老王，你又有什么新政、新策略、新计划？"他一愣。社会上一些人争好《时尚》[2]，"穿意大利的华伦天奴，戴铱金镜架蛤蟆眼镜，蹦'迪'（斯科），喝法国干红和讲论法兰克福西（方）马克思学派"，是"时尚"。老王大惊自己"穿中式衣裳，农家粗布"怎么不"时尚"？对此，他的孩子们解释，不时尚，"反时尚，特立独行，正是当今最大的时尚"。至于那位哲学家[3]，对老王买回一包混合粽子、让人挑不着想吃的那种所发的赞赏言辞："老王的实践与思想是对于偶然性、随机性、或然性、神秘性尤其是不确定性的召回，是对于冥冥中的神祇——如果你是无神论者就是对于无所不包的物质本源的敬畏，是对于人的主体性的谦逊反思，是对于价值偏执价值排他价值单一与价值愚昧的一剂苦口良药。"哎呀呀，难道你不觉得这也是一种"时尚"？难怪老王听完此段"哲学精义"，"两眼上翻，黑眼珠不见，白眼球僵直"了。

日常生活中，人们存在一些隐秘的心理，或者难以捉摸，或者不便启齿。"老王"看了几十年《乒乓球》[4]，产生一种"不喜欢老是一个人或一个队胜利"的心态。当初王楠同张怡宁、牛剑

---

[1] 《尴尬风流》第 156 页，作家出版社 2005 年 11 月版。
[2] 《尴尬风流》第 234 页，作家出版社 2005 年 11 月版。
[3] 《尴尬风流》第 232 页，作家出版社 2005 年 11 月版。
[4] 《尴尬风流》第 181 页，作家出版社 2005 年 11 月版。

锋比赛,"总是盼着王楠的对手赢",国际比赛中,"多半会窃自祝愿外国运动员赢",是"爱国情绪出了问题"?作者把这种"期盼新格局",叫作"天道无常"。对于老冠军,"天道——民心,真是残酷啊!"老王参加老同学聚会①,当年一位最美丽的女同学拉他跳舞,他罗圈腿磕磕绊绊,浑身出汗,"一面躲着女同学的脸特别是眼睛,一面盼望着这支曲子早点结束"。而在终于结束、聚会完了之后,却"他回忆起来,觉得与一位迟暮的美人共舞是一件颇惬意韵事儿"。"老王"在书中难得有如此肯定性的结论啊!"他会把这美好的记忆保持下去",直到不能跳舞和走路那一天。还有一次②,老王在春节团拜聚会碰到一位多年未见的朋友,他说话"劈着腿",而且"不断用食指指着老王"。这"站姿与手势令老王深感别扭",当天晚上睡不好觉。老王去看心理医生,留美博士告诉他,"不许用食指指人,是西俗,这与弗洛伊德的心理论述有关,他们认为食指代表阳具,用食指指人有猥亵与侮辱的意味"。应该说,撇开弗洛伊德论述,用食指指人不礼貌、不文明,是世人的共同心态,在电视上看到国际领导人聚会,有谁说话用食指指人特反感。但是,接着,这位博士发表高见了:中国"根本是不讲性不性的,不会有这种习俗",你不要"神经过敏",如果不能释然,"下次你见到什么人,你就用食指指着他说话",说完"哈哈大笑",而老王"觉得笑不出来"。书里揭示了不少这类微妙心理,它隐秘,又心照不宣,没有明文臧否,又潜存普遍认同。如果是这样,那位博士的"以牙还牙"对策,又会使人联想到国人的某些共同心态。

  书中所述所列繁多,有主题,无主题,又无主题不涉;可解释,不可解释,又太多解释;好提问,难回答,又多种回答。就

---

① 《尴尬风流》第288页,作家出版社2005年11月版。
② 《尴尬风流》第196页,作家出版社2005年11月版。

是对设问本身,又可以提出设问。《电梯》① 说老王上电梯发现陌生人就问电梯工是谁,"你管他是谁呢?""如果他是小偷呢?恐怖分子呢?""如果他不是呢?"有物业、保安、派出所,你老王不是"吃饱了撑的"?然而,老王还是忍不住想"他是谁呢"。至此,读者也会假设,如果真是漏网之鱼的坏人,老王不成了英雄吗?如果他在电梯不问,会不会列入"嫌疑人"呢?书里撇开这一点,继续写老王还想:"我为什么要想他是谁呢?我难道不能根本不考虑他是谁吗?我为什么每天要想那么多毫无意义的问题呢?我能控制自己吃什么或者不吃什么,我能控制我去那里或者不去那里,我能控制我说什么或者不说什么,难道我不能控制我想什么或者不想什么吗?但是,我为什么要管自己想什么或者不想什么呢?"读者会感到"老王"进入老年那种"较真儿"的"尴尬",难道不是一种可爱的"尴尬"吗?书里太多感时伤世、悲天悯人式的天问,仅《天问》② 一则就列出玄学问题三十七道。有些问题,如"是地位高了才威倍(水平、学问、知名度)高,还是什么什么都高了才地位高?"等等,常常存在形式逻辑和辩证逻辑问答的差异,但是,在阅读中,读者会感受到全书那种上下求索和穷天究地的好奇之心,真善美和忧国忧民的不断追求。全书 300 多小故事,王蒙答记者问③时说,这种"开放式"作品还会继续写,每天写三则没问题。我们读者会受到激发和启发,联想我们自己生活碎片的万象纷呈,我们不妨也"尴尬风流"起来。

2006 年 5 月

---

① 《尴尬风流》第 304 页,作家出版社 2005 年 11 月版。
② 《尴尬风流》第 238 页,作家出版社 2005 年 11 月版。
③ 《王蒙就〈尴尬风流〉与评论家、媒体对话》,《文艺报》2005 年 12 月 20 日。

《王蒙自传》拐点谈

刚刚过去的一个世纪,世界上很少有国家像中国这样,在政治、经济、文化等方面,经历了如此剧烈的变化。"长太息以掩涕兮",人的命运要受制于它的时代。王蒙,作为这个时代的一位作家,一位有征候性的文化人,无疑是人们关注的一个重点。真是多事的人生呵,然而,大块假他以文章,经历使他变得尴尬而又风流,遇险滩而又风光无限。最近出版的《王蒙自传》,应该是人们研究他的一个重要文本。

山东大学一位教授曾提出要研究王蒙人生轨迹上的拐点。在此,我借用"拐点"一词。拐点是指变化、转折或变革。社会有社会的拐点,人生有人生的拐点。人生投入社会,同社会的拐点或合或离,或向或背,演绎出各种各样丰富动人的故事。作为一个作家,我们不仅要了解他的为文,也应了解他的为人,而这一切,又必须联系历史发展的实情和应有的规律,做出恰如其分的判断。

一、年少投身革命

上世纪初的"五四"运动,在中国历史上举起了民主和科学两面旗帜。眼下,对于俄国十月革命的历史背景,人们提出了各种各样的看法。但是,就中国革命而言,王蒙和我们这一代人,作为历史的经历者和见证人,也抱有自己的信念。

王蒙在抗日战争胜利之后，作为品学兼优的中学生，又处于文化条件较好的家庭、第一流的学校和古老的北京城，他发现"原来真的有比功课更重要的事儿"。他没有选择上学升学，而是"我要革命"。

在蒋介石政权抗战后坚持打内战、剿共灭共、通货膨胀、民不聊生、"物价一天涨几次"的年月里，人们天然合理、激情满怀地迎接了人民解放军。王蒙原本就受到叶剑英身边工作的李新等地下党员的影响，阅读了大量进步书刊，相信"打土豪，分田地"的正义性和"平等正义的共产主义"。他1948年就加入了地下党。当时，他接受了解放前夕散发传单、保卫北京的工作。像北平市地下党员大会"从下午两点开到午夜，中间由会议组织者出去采购烧饼、火烧、大饼、酱肉、窝头、面包……满场飞着熟食快餐，一幅共产共享的图景"，堪称社会变革难得一见的动人景象。解放初供电正常，物价稳定，卖淫取缔，陈年垃圾清理干净。王蒙工作值夜班"配备了左轮手枪"，参加开国大典腰鼓队咚叭咚叭咚咚叭咚叭。王蒙说："无怪乎一位台湾背景、定居美国的作家流着泪说，她如果能有机会在那个解放的时刻与大陆人民共享胜利，她此后死了也不冤。"

二、省视：从狂欢到狂热

革命胜利以摧枯拉朽之势，赢得了万民狂欢。王蒙经历了这样的"激情岁月"：歌唱翻身解放，歌唱渡江战斗，歌唱党、毛主席、祖国和青年，咒骂旧社会和国民党。"到处是四部五部八部十六部的轮唱：'解放区的天是明朗的天，解放区的人民好喜欢。'"街头一早就扭起秧歌，打起腰鼓，人人心情欢畅。

狂欢之中，有时也伴随着狂热。校园和街道的标语，王蒙说，

"不但有'打到南京去,活捉某某某'",而且有"'打到香港去','打到美国去','打到英国去'"。他们听各种大报告,觉得精彩得很。将一切罪恶归于剥削阶级和私有制,觉得"从有了人类文明,私有制和剥削就禁锢了我们"。

历史的经验是,当新旧交替、进步力量登上历史舞台,你不必担心它的艰苦奋斗、雄姿英发,但一旦大权在握,它又往往容易自视甚高,举措失当。王蒙的长处在于有热也有冷,有欢庆也有省视。联想到解放初不上学、当团干部,他说,"一想到自己是先知先觉的革命者的时候,一下子就变成了顶天立地,呼风唤雨,扭转乾坤,再造世界的巨人",有时,也觉得要承认"一个常识,让一个十四五岁的孩子当干部,是太早了一些"。

王蒙回忆田家英当年讲毛泽东思想,说"像大海""像钢琴",还只是比喻,说"主席说过知识分子是'鸡毛蒜皮乱哄哄,争来争去一场空','知识分子需要政治化与组织化'"等等,就过分、就不实事求是了。王蒙说田完全是一个"解放者、拯救者、宣示者、指挥者、先知先觉者,手把手教这些年轻干部的导师,而听者只是单方面的接受者、吸收者,从零或者负数开始者"。王蒙当时对这位能干又狂热失当的讲演者,已经"略有保留","这种讲授至少使我感到了疲劳"。他给田递了条子。读者皆知,这位讲演者,后来在运动中,在"文革"极"左"政治的压力下,成了批判对象而不幸自尽了。

三、反"右"前后:从揭露阴暗转向揭批自我

王蒙在欢呼和写作"青春万岁"的同时,又让一个"年轻人"把批评的矛头指向官僚主义的"组织部",让他去叩击领导办公室的门。

他不属于当时中苏某些一味粉饰现实的作家。他清楚,"文学

心仪革命，心仪革命的理想主义与批判锋芒"，歌颂和批判应兼而有之。《组织部新来的年轻人》受到众多作家和批评家的好评，《文艺学习》收到300多封肯定性的读者来信。李希凡的"从政治上上纲，干脆把小说往敌对方面揭批，意在一棍毙命"的文章，倒是使人感到意外和吃惊。毛主席肯定了这篇作品。周扬对他说，"小说毛主席看了，他不赞成把小说完全否定，不赞成李希凡的文章，尤其是李的文章谈到北京没有这样的官僚主义的论断。他说毛主席提倡的是两点论，是保护性的批评等等。"王蒙听了毛主席在中央宣传工作会议上的讲话录音："一些人准备对他围剿，把他消灭"，"王蒙我不认识，也不是我的儿女亲家，但是对他的批评我就不服。比如说北京没有官僚主义……反官僚主义我就支持。王蒙有文才，有希望"。他感到"化险为夷，遇难呈祥"。然而，他没有想到，由于国际上波匈事件的看法不同，在我国，又是毛主席，很快就把反对官僚主义、宗派主义和主观主义的整风运动扭转成反"右"部署。

　　王蒙能据理力争。如果谈起革命不革命，和同龄人作比较，王蒙说："我无法相信李希凡比我更革命。"他能为《组织部新来的年轻人》作辩护。但是，如果他的顶头上司和庞大组织对他有什么看法，要采取什么措施，如市委派车接他去机关看文件的通知突然取消了，又决定他回团市委参加运动，他就感到事情不妙了。负责他的"问题"的 W 采取的是"小火慢攻，启发诱导"：就从跟区里的关系入手，"你对区里的部门有这样那样的看法。那么对市里呢？对中央呢？对国务院呢？对国际共产主义运动呢？你在斯大林的事出现后有糊涂认识，那么对于资本主义国家呢？对于敌人呢？对于反共宣传呢？"他觉得 W 跟他谈话是帮他"转变"，把他"拉回来"。王蒙对此举采用"全面合作"的态度，"我相信自己确有问题，该整，这是大前提。而组织的目的是教育我，批判从严，处理从宽，今后从严，过去从宽"。他们"要我再检查再交代，再交代再检查，再上升一点，再深挖一点，再再再一点又一点永远点点点"。

王蒙向我们介绍了反"右"运动中的某些概念推理和逻辑游戏，关键是某领导的意向。在这里，不愁操作者，也不愁被操作对象俯首就范。王蒙说，"W 收拾我并无个人动机"，也不是"公报私仇"。而且还说，"我还必须承认，如果是我'帮助'他，我的振振有词，不一定逊于他"。专制性的文化意识，非民主非科学的文化心态，不仅存在于当时社会的上层，也渗透到知识分子群中。王蒙说，中国知识分子本身就有"原罪心理"。就是那位 W，后来就两次服药自杀，死于"文革"。团市委为迫害至死的 W 召开追悼会，王蒙参加了。他说："我在追悼，在告别一个时代。"对于那个时代自己被打成"右"派，他这样反思："当然是当时的形势与做法决定了许多人的命运，但最后一根压垮驴子的稻草，是王蒙自己添加上去的。在这个意义上，说是王蒙自己把自己打成'右派'，毫不过分。"

四、新疆岁月：从投身写作到孤自流泪

王蒙到新疆去，不是组织安排，不是上级处置。当然，他不划成'右派'，他不会在自身经历中做如此大的变更。

这一切，都源于他对创作的迷恋。王蒙一度在北京师院中文系工作一年，评论鲁迅的《雪》的文章，已经表现了他文学研究的才能。但他不满足于此，"我怎么能才二十岁就把自己囚禁在学校里？""想当初来疆的时候我曾经私下说过，能做出一番事业，户口在哪儿，算哪儿的人，根本不是问题。天生我材必有用，千金散尽还复来"。去新疆"最有味道"，"最浪漫最有魅力"。黄秋耘劝他先不要带家属去，他不。而且，作最坏打算："即使不写，

不让写，不能写，写不出，我也要读读生活、边疆、民族，还有荒凉与奋斗，艰难与快乐共生的大地！这是一本更伟大的书。"

初到新疆，从发表的散文《春满吐鲁番》可以看出他的心情。自治区党委副秘书长牛其义还就他适当时候"重新入党"向文联打招呼，《新疆文学》主编王谷林推荐他担任编辑部主任。然而，"四清"一拧紧阶级斗争的弦，他就从社教人员名单中"被退了回来"。此后，他从乌鲁木齐调到伊宁去。

在那个专制的、语录诵经的"文革"年代，他正好可以学习维吾尔文，读语录、念老三篇、唱颂歌、喊口号，都是用维语。外面打派仗，他们就自己理发、下棋打牌、做奶油炸糕、腌咸菜、排队买包子、喝酒和做各种吸烟游戏。或者，上午带儿子去红雁池游泳，下午赶到会场参加"批林批孔"。

有一件事可以推想，如果当初王蒙不来新疆，留在北京参加"文革"，他的命运只会更糟。但是，从最初来疆对写作对前途抱有希望，到后来成为无业游民，觉得钢笔没有用，"过着没有笔墨没有书写没有任何文字材料的日子"，甚至借打牌不赢就自动戴上纸制高帽来自嘲，他安静下来，他感慨了。夜半醒来，听着马车夫酒后的歌声，那忧郁的《羊羔似的黑眼睛》，他寂然溢出了泪水。

五、第二次解放：政治平反，创作喷涌，理论拓展

十一届三中全会后，王蒙接到北京团市委的"改正"通知，彻底平反了。他把1949年第一次解放看成作为地下工作者"战胜者的骄傲和欢欣"，这一次是"绝处逢生"。"好男儿自当经历一切"，他拥有同龄作家难以企及的积淀。他通过读书、会议、出访以及多种人生交往体察，在艺术上"文思泉涌"，政治上也更加成熟。

他的题为《夜的眼》《春之声》的小说带有象征意义，让读者

见闻一个开放改革时代的来临。他提到"一件小事",邓丽君的歌声风靡开了,电台电视台又不正式播放,一个小女孩向他推荐《千言万语》,里面一个词叫"爱的寂寞",他也跟着哼起来了。他心想,文艺中出现一点"无病呻吟""搔首弄姿","允许(不是提倡)唱一点诸如'我的心太软','爱就爱了','你背着我爱上了旁人','不求天长地久'之类的无聊之作,这当然不理想,但是却又难于避免……它的出现却仍然是一种宽松与和谐的符号,而不是动辄一脸悲情的阶级斗争硝烟"。后来,他把"爱的寂寞"写到小说《蝴蝶》里去了。

王蒙写作品、写评论,追求多样化、多元化。创作上,除了剧本,长中短篇和微型,诗歌、散文和杂文,都涉笔到了。在文艺理论上,他考虑把开放头两年的"文学潮流命名为'现实主义'回归,是不是太狭窄,乃至会作茧自缚"。他也"不完全理解茅盾老师早年关于文学史上贯穿着现实主义与反现实主义的斗争的提法",诸如浪漫主义、唯美主义、古典主义、象征主义、心理分析、神秘主义、印象主义,直到现代主义,"都是充当反题的反现实主义"?"为什么现实主义与别的不那么现实主义不能双赢、共赢、互补、齐放、交融,而一定要是一个与另一个谁战胜谁呢?"他在1982年12月撰写的《关于塑造典型人物》(见《王蒙文集》第七卷"创作谈"栏,华艺出版社)中说:"尽管塑造'典型环境中的典型人物'的命题,是一总结性很强、意义很大、甚至于可以说是现实主义的叙事文学创作具有根本性意义的命题,但它毕竟不是无所不包的、更不是唯一的创作规律,它并不是具有排他性,并不能成为主宰全部文学史与文学现象、衡量一切文学作品的独一无二的'核心命题',它的适用性和有效性,仍然是有限度的。"如果回忆上个世纪中期苏联文学和中国文学在理论上唯"典型环境中的典型人物"论是从,又用阶级斗争加以诠释,导致创作的单一化和公式化,我们不难理解这种撼动教条主义的见解的开创意义。在"现代派风波"中，王蒙对胡乔木打压《现代文艺思潮》主编谢昌余和诗人徐进亚，冯牧抨击高行健的《现代小说技巧初探》，《文艺报》某些骨干大反现代派、陈涌对之猛上纲，都极表不赞同。

六、部长的"桥梁"作用

王蒙1982年当选为中共中央候补委员，1985年转为正式委员。这一重要选任，据说最初起意于胡乔木等人，依他的资格、经历、年龄和创作影响，他也感到，"我不入中委谁入中委？"1983年，张光年让他接替《人民文学》主编并主持作协工作，1984年当选为作协常务副主席。依我国常例，中央委员是通达和便于担任部级干部的。

用王蒙的说法，在上下左右中间，他就是相差那么"一厘米"。对于胡乔木、周扬等人，"王蒙比他们多了一厘米的艺术气质与包容肚量，还有务实的、基层工作人员多半会有的随和"，对于作家同行，他"比他们多了一厘米政治上的考量或者冒一点讲是成熟"。正是在领导与作家的关系中，他搭上他们的界，又多出"一厘米"，被视为当时条件下恰当的文化部长人选。

王蒙在部长任内，注意彰显社会的进步繁荣、包容和谐。他决定开放营业性舞厅，帮助高行健等人办理出国，解决迪丽拜尔的婚姻和才旦卓玛的房子，盛情接待帕瓦罗蒂和多明戈来华演出。有的事，如深圳计划举办选美活动，著名"大姐"们反对，批示指责是旧社会拿妇女当玩物，他只好贯彻执行。后来，国内很快就举办世界小姐、中华小姐选美活动，也没经领导批示就办成了，他体会到一种无为而治。更大的事，天安门广场悬挂马恩列斯照片，他参加研究不敢说不挂，后来，只好由最高领导说不继续挂。

他戏言自己就这么点"出息"。

身为部长,他还积极介绍、推荐一些作品,帮助它们发表和获奖。他提倡"雅量""广阔的空间",为残雪有的作品写评论。当残雪不被接受,"我在评论中不得不边评边讲解,充当一个绝对不讨好的解说员的角色"。残雪后来告诉他,本来当时某级领导部署了对她的批判,因王蒙文章才保了她。他后来也反省,"八十年代的桥梁感、使命感未尝不是另一种形式的'中心感'乃至于'领袖'感"。王蒙不希望任何艺术展览的存废演变成意识形态事件。他在悉尼参观现代艺术馆,与澳国同行讨论美术品鉴定与价值判断,"他们说,他们没有把握,可能是创新,也可能是垃圾,可能有天才,也可能有骗子。但是与其急迫地由官员下结论,不如姑妄观之,让时间、历史、人民与专家们以后再做结论。可失之于宽,该淘汰的早晚会淘汰,不要失之于严,扼杀了创新的萌芽"。王蒙回顾部长任期的立身行事,说到"桥梁",就是提供交流沟通、互补互助、平稳过渡、安全过渡。

七、艰难时的审度,震荡中的从容

王蒙说1989年意识到,改革开放的浪漫期、幻想期正在结束。有一天,他同一个上大学的孩子长谈七个小时,并通过她说服全班,第二天不参加街头活动。

在日渐剧烈的斗争中,他发现"我确不是政治家",对于权力和政治,自己实属外行,不是他的"强项","献身政治献身权力的伟大运用,就是献身群体而自然应该把个人减少到最小限度",他太讲个人和个性,迷恋文学和艺术。他感到,"自诩的构建党的领导与知识分子、特别是与作家之间的桥梁的使命已经破绽百出",难以为继。

王蒙的经历中，有两次大的逆境。与1957年反"右"时的全心全意相信党、相信上级、暴露自己、批判自己不同，1989年经李鹏总理同意免去部长职务后，他已经对国内局势、改革开放、发展前景有一个自觉的、清醒的认识。

辞职初期，部里对他的"清查"活动连续不断。有厚可等身的材料，有背对背的会议和动员，一个出镜活动临到最后一小时，"通知我不要去了"，有人找当年批判过他的李希凡写揭批材料，李说没有发现原则问题。王蒙判断，有一些是"没有得到上级领导与人民群众认可"的"封杀"性活动。《中流》杂志发文说他是"党内不同政见者"，《文艺理论研究》连续载文，上纲上线。1991年的"稀粥"事件，在化名、伪造、诬陷王蒙的事情上，令国人触目惊心。在一阵阵风浪中，一位高级领导同志给王蒙捎话："实事求是"。

他的处境很快由他说的"八面来封"转为"八面来风"。他感受到《读书》杂志、三联书店、作家出版社的好意，还有湖南方面的邀请，广东的接待，江苏同行的相邀相聚，北戴河、辽阳、沈阳的活动。到了1991年秋文化部外联局积极办理的参加新加坡国际作家周活动，启动了他的出访交流活动。

同他的这种个人命运波动相联系，王蒙更感受到周边世界的大动荡、大变化。1993年，他应邀访问马来西亚，看到吉隆坡街头修建的纪念马国战胜陈平领导的马共游击队的纪念碑，感慨万端。他说："岂止陈平，列宁斯大林和突然在中国红了一两下的切·格瓦纳，在各自的国家，最后又会是什么样的结束呢？历史是丰富多彩的，道路是各式各样的，而个人反而更加显出渺小来了。"他的体会是："世上毕竟有比自己的政见与对于政见的记忆更重要的东西，它们是人类的命运，民众的福祉，历史的合力，现实的要求与国家民族的最大利益。"中国的历史同世界潮流相联系，又区别于其他国家。具体到了1992年上半年的邓小平南巡，王蒙感受到了"大的发展变化"。他引用一位党外老人的"春潮澎湃"四个字,来思考和回答这类复杂的历史问题,并转述了西班牙一位曾任中国、后驻俄罗斯的大使的意见:"相信中国的路子更成功。"

八、回归作家生涯

王蒙辞职后,"我做好了过老百姓生活的准备",晨练,逛景山,首都剧场看电影,朋友家中搓麻将。但是,"和新疆时期打麻将、钻桌子、戴纸帽不同,打上两圈就哈欠连连了"。他进入了评《红》说"李"、读书写作的又一阶段。

他此时研究《红楼梦》,感到更是"翻过几个筋斗"的人了。他读到贾雨村游览"智通寺"的对联,"身后有余忘缩手,眼前无路想回头",自己却做到了"身后有余早缩手,眼前多路自遨游",他要做到与书本互相发现互相认识,"我要用我的与许多亲友伙伴的人生体味来证明《红楼》的真实、深刻、生动、丰赡、难解难分、难忘难舍、难明难觅"。

1991年春天,王蒙又集中精力到李商隐身上了。他迷上了《重过圣女祠》和《春雨》两首诗。对于李诗所表现的悲哀、孤独,这位辞职部长近乎同诗人作对话了:"全是一个方向,一个平面,一个悲哀无望的模式!至于吗?当不成官,至于吗?爱妻死了,至于吗?男人呵,总要有点承当,有点骨架子!"对于李诗的抒情,他提出了"非一时一事一史而来"的"无端"说:"曰悼亡,曰怀旧,曰感遇,曰思乡,曰冤屈,曰牢骚,曰痛惜,曰自恋,曰空虚……他什么情绪都有,什么原因都有,什么悲哀都有。大病无因,大情无端,大难无兆。"读者至此,也会感到,对于王蒙如此这般的慨叹,你能理得出端绪吗?

他的这种回归,自己有个比喻,"王蒙,写小说的","这就是那个编号 WM 的球所应该进入的那个如茵的绿草中的小洞"。他离开沙滩子民堂（当时文化部长办公室）后，一时尚处于思绪的转折和整理阶段，来不及构思长篇大作，写了一篇短篇小说《我又梦见了你》。作品写回忆，写梦境，涉及自己长长的经历，有一种"往事的混杂与编织的奇突"，像"我害怕我们的秋千碰上飞翔的鸽子"这类独特的感觉。本来，像歌颂与暴露，宣扬与批判，并非排斥在小说之外，但他这时觉得"小说来自对于生活的感动"，"抒情、记忆和幻想不受'意思'的约束与主管"。这个时候，从作家人生来说，联想到写《白痴》的陀思妥耶夫斯基，他的体会是："挫折对于小说家，其价值远远超过胜利。晦气对于小说家来说，其用途远远超过幸运。"

九、回顾历史，关注议论

此时，他有可能坐下来构思长篇了。头一个使命，就是写作"季节"系列，"把我亲见亲闻亲历的新中国史"和"心路历程"记录下来，在太多争拗和偏见中，认清自己的来路和脚印。作者展示当时历史的真实，不避讳新中国童年时代难免的幼稚，又不赞成加以"嘲笑"，"把激情燃烧的岁月简单表现为野蛮专横"。《失态的季节》注意"忠于人生真实"，写到"极左者是怎样利用了人们的忠诚与坦直"以及"上纲有术"。《狂欢的季节》写了"文革"实际是"不断革命、极端革命、生硬革命、奉旨革命、超级革命即革革命的命"，最后走向了"伪革命与反革命"。

1993 年《台湾联合报》邀请王蒙参加两岸三地文学四十年文学研讨会，并终于被台湾当局批准，是一件令人兴奋的事情。这也是王蒙部长任期不可能想象的。它至少标明文化上两岸搁置意识形态分歧、改善关系、发展中华文学的愿望。王蒙在发言中说，艺术不是生活在真空，不断受到政治、经济、权力、金钱、意识形态的影响，"即使是这样，艺术毕竟还是艺术，艺术毕竟还有自己的品格，它的品格在于心灵的一种自由"。艺术"渴念着能够突破地理政治的意识形态的局限，能够成为被更多的人所接受，让更多人联系起来的一个因素"。他说，大作家在哪儿都是大作家，要"摆脱那种关于中心/边缘、主流/非主流、大陆/海岛的计较，我们会活得更舒服一些"。他的发言引起一片掌声，有的台湾朋友还噙着泪水。

1994年，王蒙在东京会见了日本参议员大鹰淑子即伪满影星李香兰。他"依稀记得上初中时老师说到她以汉奸罪被起诉而终于无罪释放时候所表现的遗憾心情"。前两年，日本四季剧团还演出过音乐剧《李香兰》。王蒙要说明的是，四季剧团负责人浅利庆太是日中文化交流协会的骨干，中国的老朋友。此剧揭露了日本侵略军的暴行，李香兰当年冒充中国人是作为受害者和被利用者来表现的。大鹰淑子对自己那段历史也"甚感惭愧和痛心"，她在自传中回忆当年参与中国学生讨论日军杀过来怎么办，她说："我会站在城墙上……"让双方子弹击中她，自认是相当理想结局。王蒙说："我一直在思考一种西方的说法：不承认中间是极权主义的一个特点。"至于李香兰唱过的《何日君再来》，最早是周璇演唱，后来传说"不是汉奸歌曲，作曲者刘雪庵还是爱国歌曲《流亡三部曲》的作者"。王蒙叙谈此事，是表述他"对于艺术，对于某一类艺术家的某种同情，哪怕说是怜悯"，总体上"是为了一种思想方法，一种对于人类与历史的理解"，"是'只有解放全世界才能解放自己'的理念，也是地狱不空誓不成佛的普度之心"。

1994年之后，文艺界出现了王蒙提到的"混战"，他都卷入或参与进去。当记者问到作协"养作家"体制的改革问题，他当即回答有"流弊"，似乎颠倒了生活与创作的关系。他也曾撰文，就作家待遇问题做过多种设想。此事一传出，就嚷开了。是不是要"端我们的饭碗呢？""当官的人不怕没有人养……我们平头百姓呢?"王蒙感到了"表态"的教训。现在看来,王蒙是热心改革,探讨问题,但是,对于刚从计划经济转轨的国家实情来说,"养"作家要彻底解决,为时尚早。

王蒙思考"人文精神"问题,出于一种历史感。当上海的文友因创做出现某些问题提出"人文精神失落",王蒙觉得不对路,"乖乖,计划经济时期反而从来没有哪个精英提出人文精神的问题",现在,"市场经济八字还没有一撇,封建主义极端主义教条主义与空谈主义还十分猖獗",却"感到了人文精神的失落啦"。他反问:"如果现在是'失落'了,那么请问在'失落'之前,我们的人文精神处于什么态势呢?"他还说:"查阅资料,外国讲人文精神,是讲脱离神学的钳制,承认世俗与人,而中国讲的是脱离物质的引诱,走向伟大的理想精神,有时否定形而下,否定世俗与经济,甚至视世俗为罪恶。"王蒙的意见在文艺界引起一种震撼。

王朔的出现,本身就是文坛开放改革的新景象。王朔出现后,在诸多否定批判中,又是王蒙出面给他一个大致定位。"躲避崇高"作为文章标题,明眼人一看便知带点戏谑,那言下意"其实是躲避伪崇高而不是一切崇高"。王蒙向作家和读者发问:"一个欣赏悲情写作、决绝写作、清高写作、思想着写作的人能不能也同时因了另类人物的调侃写作、荒唐写作、佯狂写作、自嘲写作而会心地一笑呢?"王蒙对王朔的评价是"微言小义,入木三厘",但是,对于伪崇高、伪理想、假大空,王朔的带有自嘲的讥讽和揭示,又是传统写作不能替代的。

十、浮槎四海,感动人生

就在个别人和刊物揪住王蒙不放的时候,全国先后有约二十所大专院校聘他为教授或名誉教授,中国海洋大学聘他为文学院院长，并设立王蒙文学研究所。1993年，他担任全国政协委员，1994年起，成为政协八、九、十届常委，2005年任政协文史和学习委员会主任。1991和1992年，他走访了新加坡和澳大利亚，到1998年，出访五六个国家和地区，2000年后，就访问了多达三十个国家了。孔子云，道不行，乘桴浮于海。王蒙感觉有点相反，正是"改革开放之道在实行，吾人才好浮槎四海"。

进入老年，王蒙的长短篇创作安排有序，长篇《青狐》和自传写作在计划之中。同时，他的出访、与会和交谈又常常置身于更大的国际文化空间，包括参加国际政要加入的国际论坛和"不同文明间的对话"活动。他谈到马克思主义在中国的发展，从"造反有理"到讲究"实事求是"，中国文化的"开阔性同适应性"和"应变能力与消化能力"。自我回顾时，他说他喜欢与追求的是"智慧与文明"，智慧在于"理解""沟通"，还是一种"宽宏"，于是，越来越追求"包容与整合"，还有"超越与原谅"。对于自己，重要的是"自省"。这也就是他在《我的人生哲学》中所主张的要"和而不同"，作"中道或中和的选择"，"不把我自己作为一把尺子来衡量别人"。他说到"我的事太多，面太宽，侧面太多。可能这是我一生中最大的失策。如果我专心攻一两样东西、一两部作品，可能比现在更美好更高级"。但是，就从政从文来讲，有的作家拒绝从政，有的作家从政之后不能从文，王蒙是政中见文，文中见政。他说，"你无法理解一个真正有艺术感的人怎么可能同时当官，却完全不明白文学使人们倾向于不无浪漫的革命，革命使人们倾向于富有挑战色彩的文学"，你"不明白真正的政治而不是蝇营狗苟的政治必定会充满理想主义的远见深思"，"你同样不明白一个尖锐嘲笑的作者怎么同时有对于大局的维护与珍惜"，或者说，"你无法相信一个立体地感受着生活、思考着世界的头脑"。这就是王蒙的自我表述。既看出他的个性经历，也看出他的诸多人生拐点。人生多艰而且多变，王蒙说，我有九条命，又到处都吉祥、七羊。

　　一般说来，一个人的人生拐点，要受制于社会的拐点，又影响社会的拐点。它们之间的关系，个人拐点或者融入和支持、或者乖离和匡正社会的拐点。王蒙的经历和拐点，是值得我们十分珍视的。他投身革命，又抒写革命，执笔从政，又辞职为文，在我们共和国前后半个多世纪的历史中，他的如此曲折经历，升沉起落，是一般作家和政治家难以匹比的。作为中苏两个国家的作家命运，王蒙的经历使人联想起索尔仁尼琴。索氏获得二级卫国战争勋章，后因通信中批评斯大林而劳改八年，1974年因《古拉格群岛》等作品被驱逐出境，流亡海外二十年。他们都热爱祖国。索氏曾表示，要死在祖国的土地上。王蒙的新疆岁月在缘由情境上虽不同于索氏，索氏也未有从政经历，但他们后来都得到政府的支持和肯定。普京曾向索氏颁发俄罗斯国家奖，说"世界上很多人将索尔仁尼琴的名字和作品与俄罗斯的命运联系在一起"。

　　我们看到，俄罗斯人把索氏称为"俄罗斯的良心"。王蒙的经历与拐点，至少让我们感到，他的心灵和命运是同中国人民息息相通、哀乐与共的。笔者在闭目默思中，还感悟到，王蒙同许多作家、文化名人相比，又有他独具的思想提升。这就是他在观看耶稣十字架时所体会的，不把信仰和价值观绝对化（包括不上帝化、宗教化），又把世界和事物看作一个过程，"凡许诺万应灵丹者皆不可信"。他虽入老境，我们也不妨借用"战斗未有穷期"这句豪语，但他执着，相信"清明的""流动的""智慧"，对于自己，又是永恒的"自省"与"宽宏"。

2008年11月8日完

　　注：文内引语除注明出处者外，其余均引自《王蒙自传》（花城出版社）。

也是一种盘问，一种嬉戏
——读王蒙《秋水的余响》

《庄子》有一个精彩的《秋水》章节，王蒙在《文艺报》（2010年5月5日）发文《秋水的余响》做出评述，这也是他的《庄子的快活》（中华书局）一书的相关文字。《庄子》里的原文如下：

> 庄子与惠子游于濠梁之上。庄子曰："鲦鱼出游从容，是鱼之乐也。"惠子曰："子非鱼，安知鱼之乐？"
> 庄子曰："子非我，安知我不知鱼之乐？"
> 惠子曰："我非子，固不知子矣；子固非鱼也，子之不知鱼之乐，全矣。"
> 庄子曰："请循其本。子曰'汝安知鱼乐'云者，既已知吾知之而问我，我知之濠上也。"

王蒙说，庄子与惠子"同游于濠上，同谈论鱼的快乐，这本身就够快乐的了"。庄子开始谈了"鱼之乐"，"当惠子质疑庄子，说是你不是鱼，如何能知道鱼儿的快活呢？"庄子"用惠子的论据搞一场'以子之矛攻子之盾'的游戏，就是说你不是我，你怎么知道我不知道鱼儿的快活呢？这样一来，可就进入了循环论证的怪圈"，"底下惠子完全可以说，子非我，安知我不知子不知鱼之乐？庄则可以继续说，子非我、安知我不知、子不知、我不知鱼之乐?"循环下去,可以无穷。

本来,按照庄子、惠子这场辩论,当惠子说到我非子,故不知子,但子非鱼,不知鱼之乐,应该就"全矣"(齐啦)了。鱼的乐不乐,只有鱼知道,你怎么知道?但是,假如惠子的如此论据能够成立、能够站得住脚,那就麻烦了。这就在美学上留下了一个根本的论断,王蒙的说法是"这是假定物种的不同会成为相知的障碍","个体不同也会不相知"。你画鱼儿乐(美),你画自然美,你用文艺各种形式表现对外界对象的审美评价,你都会因为对象和主体的不同、主体之间的差异,而无法表现,无法切磋交流。作家、艺术家乃至每个人的审美、移情、好恶、褒贬以至于表现,都会因为"子非×"而予以否定。

这场辩论,从根本上要依靠人本主义、人文主义来解决。当惠子问庄子,子非鱼,安(how)知鱼之乐,王蒙译成英文,"How could you know that……"庄子应该提出佐证,说明他如何知道鱼的快活。这里面,应该有时间(when),有地点(where),还要回答"安""how"。而实际上,《庄子》的这段前后文字,已经说明了。时间是秋天,"秋水"就是章名;地点是濠水,"濠梁之上";"出游从容",就是写鱼的活动本身。有时间、地点和行为方法的状语来修饰和限定主要谓语和整个判断,这个问题也就解决了。

然而,《庄子》没有把文章做在这里。主要篇幅不是做在"鱼之乐"的论证上,而是做在子、我、鱼的知不知的辩论上。王蒙说编导一部以庄子为题的电视连续剧,《秋水》会是最美丽的一章,"知道鱼的快活是美丽的,不知道鱼是否快活而假设它们是快活的,也是美丽的。驳倒鱼儿不快活,或人们、包括我们无法断定鱼儿是否快活的断言也是美丽的"。按一般情理,一篇散文、一件艺术品的审美评价,都要求在是非、正反、美丑上,做出分辨。王蒙说,庄惠二人的表述,"他们互争高下而并无赢输。这就是生命的快活、天地的快活、自然的快活、大道的快活","这比蒙娜丽莎的微笑更雍容，比李白的邀明月饮酒更俏皮，比英国的爵士贵族还要高贵，比深巷明朝卖杏花（陆游诗）更挥洒自如，甚至我要说，比宗教膜拜还要与天合一、与神合一、与圣合一"。王蒙以他的奔放不羁的审美激情推崇了这种表现。

我们过去的文艺理论和文艺创作常常人为地用三大标准来规定和约束自己。在文艺的性能和功能上，讲反映现实、认识现实，讲思想教育、引导读者，讲审美表现，于是，就有认识、教育、审美三大作用。这实际是将同生活一样广大和丰富的文学艺术瓜分为三，让人们在这种瓜分中卷曲其中，不得脱身。这种观念，或从儒家的"仁义""教化"思想延续而来，或从一时的政治任务要求而来，或因部分文艺作品归纳所至。对此，庄子乖离了，超越了。《秋水》这一章一开头就讲到，河神看见"秋水时至，百川灌河"，以为"天下之美尽在己"。及至顺流东行，到了北海，"东面而视，不见水端"，才望洋而兴叹，感到自己"见笑于大方之家"。这也是庄子在《秋水》里所批评的"井蛙"之见，可以说适用于文化艺术各领域。王蒙在另外的文章里，提倡文学的"人生性"，让读者感觉读书就像进入"活生生的人生"，也是反省过去的文艺得出的认识。

俗话说，水至清则无鱼，接下来也可以说，水无鱼则不现美，鱼不乐则不现美，这是一个具有世界和人生普遍意义的哲学课题。在书中，庄子和惠子已经接受了，或者，作为先验的认识认同了。王蒙说："普天之下，普地之上，哪里的秋水不明洁？哪里的野生的鱼儿不快活？哪里的人士见秋水与白条鱼或别的品种的鱼而不赞美？"庄子撇开纷繁万事，在《秋水》里选"鱼儿乐"为一段，纵横于宇宙人我之间，让主体在可以回答、反而提问、不分高下对错、没有输赢胜负的问答论辩中自我消遣，这是突破以往传统模式的独此一家。它的表现是一种盘问，一种嬉戏，是盘问的嬉戏，是嬉戏的盘问。

作家作品评论

艺术的相抗与理论的兼容

越来越感觉到,艺术与理论,创作与评论,应该走一条不同的、甚至相反的线路;作家艺术家的创作,应该自矜,坚执,允许相互对抗,通过各自的标新立异达到各领风骚。相反,理论和评论,应该兼容,应该宽和,它可以划一条很宽很广的边界,将一切好的艺术容纳进去,甚或允许突破这种边界,一直达到无边。我以为,这是艺术与理论应有的不同性格。

文学创作的相异相争相抗,似不必多说。中国的诗歌,从最早的严整的《诗经》四言,到自由的骚体,以致后来的诗词歌赋的兴衰嬗变,莫不皆然。更不用说各人各群体的各自追求,争奇斗艳。世界文学从上世纪末进入本世纪,同过去较为单纯的流派格局不同,出现了流派丛生林立的局面。美国得了诺贝尔奖的福克纳同海明威互不服气,一个着力于现代派的实践,一个较多维持传统的写作方法。哥伦比亚的马尔克斯尊他们二位为"艺术大师",虔诚至极,然而他并不模仿因袭,自己又演变为"魔幻现实主义"的代表。艺术在相互抗争中发展,乃是它的本性。

这里,不是说理论就不应该独创,理论家和批评家不应该突出自我。不是的。而是说,这些理论家批评家在创立学派力陈主张之后,在自我的艺术兴趣作了一番张扬之后,应该留下一点余地,一个空间,将他不喜欢的、但是有益的艺术包容进去,不是将它们撇开,加以拒斥。这方面,作家艺术家似乎不必如此。他们以毕生的精力殉他们的艺术,以富于独创的艺术实践显示自己的执着，他们艺术追求的有限，同时也是艺术追求的辉煌，对于大异其趣的其他风格流派，常常表现出一种无言的、毕生的对抗。

现在看来，人们逐渐取得了这样一种共识。本世纪，批评流派纷起，从最早的俄国形式主义到晚近的阐释学，各从不同侧面和角度切入文学，建立自己的学派，然而，许多清醒的理论家，在创立学派之后，不是唯我独尊，排斥异己。这里，既表现出一种理论的宽容，又表现出艺术的宽容。就拿走向程序化、形式主义顶峰的结构主义来说，它的倡导者之一的托多洛夫在《批评的批评》一书中，就谈到各种流派和方法的优势和局限，无论是专注于批评家主体、作家主体的传统批评，或是专注于作品文本客体的各种现代批评，都有可资借鉴与互补的地方。对于不同的流派和方法，他认为"这些不同方面的结合不是互相排斥，而是互相容纳、互相交叉、互相补充的"。他批评一种不好的现象，"严重的是每一个'方法'都有一种综合的野心"，有人"只愿以'一种观点'为依据。只看到'一种联系'"，但是，实际上，"作品就像所有的经验现实一样，是不会被一种必然片面的观点完全把握的"。

对于艺术与理论的不同线路、不同性格，也许可以作这样一种表述：作家艺术家的产品就是作品艺术品，它是一种自我显示；评论家理论家的产品是评论，是理论著述，它是对身外的艺术发表见解，是一种自他显示。作家对自己追寻的信条与流派，可以陶醉其中，津津乐道。他们的伟大，是独树一帜的伟大。例如，现实主义就把细节真实看成坚定不移的法则。托尔斯泰认为屠格涅夫的"主要的价值就在于真实"，他同高尔基谈话，就批评"人们并不是在描写真实的生活，并不照生活的本来面目描写，却是照他自己心目中的生活的面目来描写"这种现象。巴尔扎克说："当我们在看书时，每碰到一个不正确的细节，真实感就向我们叫着：'这是不能相信的！'如果这种感觉叫得次数太多，并且向大家叫，那么这本书现在与将来都不会有任何价值了。"在今天看来，这些主张跟同时的、之前之后的许许多多流派不同，在今人的艺术视野里明明看出它的片面性，但是，当他们坚持这种主张，以卓越的艺术成就建立了一个又一个丰碑，我们又能说什么呢？

然而，事情往往不那么简单。一个作家艺术家在自己园地里辛勤耕耘的时候，我们欣赏他的劳作，一旦走出来成为批评家的时候，情况就比较复杂了。许多情况下，一些作家能保持宽容大度，不局限于自己的趣味爱好。另外，有一些作家只能成为一己流派的代言人，难以见容于其他种种试验和创造。有的作家，二者兼而有之。托尔斯泰在自己的论著里，提到民歌、英雄叙事诗、民间故事的艺术力量，提到许许多多风格不同的艺术大师的名字，提出"吸取你的前辈所做的一切"，同时，也存在着一些见识见解的褊狭。他对易卜生、莎士比亚抱有偏见，认为马奈、莫奈等印象派画家都是颓废的，提到现代室内乐和歌剧音乐，从贝多芬开始，舒曼、柏辽兹、李斯特、瓦格纳等人，几乎"全是属于坏艺术"。他的这些偏见，究其原因，或者过于执着他的现实主义艺术法则，或者如崇敬他的罗曼·罗兰指出的，他四分之三的时间都生活在较为封闭的莫斯科郊区乡间，1866年以后就没有去过欧洲，再就是过于激动，感情用事，"他的热情是他对于他的理由的弱点，完全盲目"。对此，我们只能说：世无完人。

我们由此可以得出一种积极向前的看法：一个作家艺术家在转换为一个评论家的时候，他同时也应该实现一种性格的转换，即从艺术实践的陶醉其中的自我坚执，转变为审视艺术、评估艺术的宽宏与兼容。我们无意挑剔伟人的毛病，局限人人皆有。我们借此可以充实自己、提高自己。事实上，一个作家艺术家成就越大，权威越大，名气越大，他的狭窄的批评观念所产生的副作用也就越大。古今中外，大概都是如此。对于这种现象，我们可以引用一句笑话："你沉默的时候，你拥有；你一开口，就令人发笑。"

值得注意的是，如果说一个作家艺术家因为长期艺术实践的自我坚执，某些偏见难以避免，情有可原。那么，理论家对此就应保持足够的清醒。有时候恰恰相反。有的理论家不但不注意这一点，反而借用某些作家艺术家的偏颇言论，为自己壮胆。而且，似乎这位作家艺术家越权威越有名气，自己跟着也就越正确。稍稍一看，艺术上的分庭抗礼，可谓多矣。喜欢用短句子的不喜欢用长句子的，喜欢明白的话的不喜欢文采斐然的，喜欢现实主义的不喜欢现代主义的，喜欢使命感极强的不喜欢轻松处置文学的，喜欢用标点的见某人个别文字不用标点就讨厌，或者，反过来，这一部分人又喜欢那一部分人。新潮中又各立门户，互不服气。传统的典型化虚构手法之外，又有真人真事的纪实，近来又出现了既带有纪实又允许虚构的新写实，它们之间也相互牴牾。对此，只能是各有千秋，视情而异，不能搞绝对化。如果说，文学艺术是无边无际的海洋，任何一个流派一个作家（即使是大家）只不过是一叶扁舟、一名舵手，理论家理应将整个海洋尽收眼底，让千舸百舟扬帆远航。

我们的文学艺术过去长期存在着"左"的干扰。常说经济上的"左"表现为束缚生产力的发展，文艺上的"左"也表现为束缚艺术生产力。我们需要建设精神文明，繁荣文艺而不是导致精神贫乏，文艺萧条。我们有一些好的艺术产品要出口转内销，或者在群众欢迎之后才被迫勉强承认。有的同志看了《编辑部的故事》后，蹙额啧啧，他们说，都是这样的"编辑部"，行吗？艺术只能"创作"出来，能"侃"出来吗？他们独尊一种模式，势必把为人民服务的广大天地狭窄化。切合到本题，假如鼓励和保障艺术的相争相抗，可以促进百花齐放；理论的宽宏兼容，就可以保障百家争鸣，推动百花齐放。

1993 年 1 月 2 日

生命的光辉

——推荐《军队的女儿》

刘海英——军队的女儿,作品通过她参加新疆建设、和疾病做斗争的故事,提出了一个人应该如何对待疾病、如何使自己的生命放射出奇异的光彩的问题。今天,伟大的革命事业正需要我们全力以赴,作者提出这个问题,并且是通过塑造一个年幼、身体残废,但是精神高扬的形象来解答这个问题,就引起了我们每个人的自省和深思。因此,这部作品不仅为青少年读者所喜爱,就是其他读者,也可以从中汲取宝贵的教益。

这个十五岁的中学生,从小就受过良好的革命家庭的教育。她聪明、勇敢、倔强,又有理想;然而,她所显示的巨大精神力量,是在她参军以后,是党的教育和实际锻炼的结果。作品写出了她的成长和发展,作者通过她变成一个坚定的共产主义战士的过程,探究了许多生活的哲理,对我们具有深刻的教育意义。

在一九五二年的参军和抗美援朝的热潮中,她也来到了新疆大草原。她带着父亲"年华不虚度"的遗训,记住母亲"一个人活在世界上,就应该给人民带来好处"的叮嘱,刚一入伍就成了战士们最疼爱的小妹妹。她刻印《工地快板》,给战士送水,唱歌……凡是给人们带来好处的事情,她都去做。但是,她也觉得蜡纸、油墨滚子和雄赳赳的拖拉机比起来,算不了什么,她强烈地要求做"业余拖拉机手"。青年人的美好愿望常常伴随着不切实际的幻想,从兴趣出发常常不能更深刻地明了什么是革命工作。

不经过社会实践的锻炼，最好的父母教育，也不可能完全化为她日后行动的血肉。海英的母亲做得对，她认为家庭教育固然重要，但是古今中外的坚强勇敢的人没有一个完全是从家庭教育出来的，应该把子女送到革命的大熔炉中去。老场长窥见了海英的情绪，用各种巧妙的方法启发她、教育她，至此，爸爸的遗言，母亲的叮嘱，老场长的话，才连成一片。她在生活中迈出了扎实的步子。

作品的主要篇幅是写她两次和疾病做斗争。第一次因为抢险沉水，旧病复发，她成了聋子。如果说，她先前为不能马上学拖拉机而引起的内心不安，是天真的、幼稚的；那么，这次为耳聋不能为人民工作所引起的内心痛苦，就有着深刻的内容了。但是，老场长也看出她的这种情绪还夹杂着"看不清未来"。党给了她鼓舞，集体给了她帮助，她决心勇敢地生活，用打手势、看口形等办法克服了耳聋。她坚守在自己的岗位上，她的歌声又在草原上荡漾了。这是我们今天生活的逻辑：依靠党和集体，加上个人的顽强意志，没有克服不了的困难。

正是因为有了这样的思想基础，当她第二次抢救"八一棉"，搬闸落水，送进医院变成两腿瘫痪的人的时候，她没有哭。她抱着书本，沉思了三天三夜，和保尔比了三天三夜。她觉得自己的耳聋、瘫痪和保尔比起来，微乎其微，可是保尔做了多少事情呵！她不因自己今后怎样生活而伤心，却因自己不能像保尔那样做出贡献而沉思，病友无不为她的这种精神所感动。但是，老场长毅然决然地说："你想得有点不对。"他引用了毛主席《纪念白求恩》的最后一段话。于是，刘海英豁然开朗，在人生的道路上，通过毛主席思想的照耀，找到了生活的准绳，飞翔到了一个崇高的精神境地。她在日记上是用生活的"目的"和"尺子"来消化主席著作的："人活着，要有一个目的。这个目的，就是毛主席教导我们的'全心全意为人民服务''毫不利己专门利人'。我是聋子、又是瘫子，我虽然更多的事情做不了，但毫不利己和专门利人的精神，是应该做得到的。……人的价值，就是用这把尺子来衡量的。

读者从刘海英的经历中，也深刻地领会了毛主席这一生活的名言。凭着这种信念，我们可以摆脱任何个人的得失和烦忧，包括"个性强""不服气"的倔强。凭着这种信念，一个人任何时候都会不悲观、不气馁，勇敢地乐观地生活，把自己的微薄力量献给人民的事业。刘海英也正是从这里汲取毅力，忍受着常人难以忍受的治疗的痛苦，头上冒出黄豆似的汗粒，在病室走来走去，跌倒了，爬起来，不是呻吟，而是唱歌。既然老场长说，"伟大的生命属于人民"，她就没有因为怕痛而不服从医疗，她在和瘫痪作最顽强的、最动人心弦的斗争。一个人的能力有大小，但是只要他懂得这一生活的真理，他的生命就能放射出动人的光辉。刘海英拄着拐杖，帮助医院清理图书室，鼓励怯懦的黎丽丢开拐杖走路，抄黑板报，使不整洁的男外科病室焕然一新，甚至精神病人也听她的话，成了她的朋友。一句话，她做了许多医务人员不能做的工作，她用自己生命的火花充实了很多病人的生命力量，医院的每一个角落都闪烁着这朵美丽的火花。

从一个高地到另一个高地，读者随着刘海英的成长，攀登到一个人应该如何对待生活的最光辉的顶峰。又聋又瘫的刘海英终于变成一个能走能跳能听声音（借助听器）的共青团员。这是革命接班人的颂歌，也是党和毛主席哺育下的生命和意志的颂歌。

刘海英有真人做她的原型，但是，经过作者邓普同志的加工和润色，她已经成为一个更完整更光辉的艺术形象。作者是用抑制不住的赞扬和理想化的方法来塑造这一英雄形象的。在艺术表现上，作品能给人们一个开阔的艺术境界，一种清新如轻风流水般的写景和抒情的笔墨（虽然看出作者较多受了外国作品的影响），一连串有趣的问题，加上整个作品的哲理深度，都能给读者一次美好的艺术享受。

1964 年 8 月 23 日

是血泪史，也是斗争史

——读黄声孝家史

近来，我们在刊物上读到的家史，大多是由干部整理的，或由作家代笔的。《跳出苦海跟太阳》（载《长江文艺》三月号）是为大家熟知的工人诗人黄声孝自己挥笔抒写的家史。和作者过去的作品一样，这篇家史保持了他一贯的奔放、雄劲的工人诗人的风格，而且由于是写自己的经历，笔端的感情色彩特别强烈，对事物的描绘也非常真切。这些，都给作品增添了感染力。

"旧社会是大苦海，共产党是红太阳，阳光下面乾坤转，跳出苦海跟太阳。"这是这篇家史的序歌，也可以看作是今天一切家史的序歌。黄声孝的家史叙述了父子两辈从光绪二十八年到现在的历史。它给人的启发，是在时间那样长、事件那样多的史实中，能从阶级斗争的观点出发，组织材料，选择情节，反映出阶级斗争的历史。这里有军阀的马鞭，国民党匪军的枪托，资本家的盘剥，封建把头的抢劫，还有日本飞机的轰炸，蒋介石匪帮与美国佬空军接运站的役使。作者借自己的家史，几乎描画了旧中国半个多世纪阶级压迫的苦难图。它和某些家史写穷人逃难遭外乡人白眼不同，和过多地描写媳妇受公婆丈夫的虐待的家史不同，鲜明的阶级对垒色彩，是这篇家史的突出之点。作者抓住了阶级苦，以阶级斗争作轴线，从自己家庭的历史中，精选了一连串动人心魄的情节，使读者受到一次生动的"不要忘记过去，不要忘记阶级斗争"的教育。今天的读者，如果想到黄声孝当年那群穷娃子把小马灯夹在裤裆下取暖、结果被踢成粉碎的情景；如果想到他在船上被匪军班长用手枪把子乱打、后来又被头佬抛到巴东只得讨米回家的惨遇；如果想到他为了买奎宁丸带病挑脚、结果力资被把头夺去上馆子的令人愤懑不平的事件，难道不会忆苦思甜，痛恨帝国主义、官僚资本主义和封建主义，激起建设社会主义的革命热情吗？

家史的写作，因人而异，本难拘于一格。有的重在描写家人受迫害的惨状，使读者洒下同情之泪；有的除了表现受苦人的悲痛外，还突出和强调他们的反抗性格。不屈的斗争精神，是这篇家史的又一特点。这里是父子两辈昂首不屈的英雄形象。父亲向强行推渡的军阀"把桡片一搁"，把喝豆浆不给钱的匪军呼为"抢犯"。黄声孝在新的斗争中又发展了这一性格，或做出愤慨一击的举动，或发为讽刺嘲骂的语言，以眼还眼，以牙还牙，在全篇中随处可见。因灯笼推倒恶鬼，当徒工两次反抗，抬码头怒打"三游"，用巧计智斗老虎，这都是读者痛快淋漓的报仇泄恨事件。这种性质的家史，不仅是劳动人民的血泪史，也是他们的斗争史；它不光是使读者沉湎于悲痛，还使读者得到振奋。虽然作者所描写的斗争多属个人的报复，但是它的不苟安于奴役、不屈服于压迫的精神，在阶级斗争、牛鬼蛇神还存在的今天，还能给人们以激发。或者说，这种性质的家史和我们的时代精神扣合得更紧密些。

正如作者说的，"要不是共产党毛主席拯救我们，那些野兽说不定吞完了我们的血肉，还要砍我们的骨头去熬汤"。作者写到解放后当上了工人代表，加入了共产党，赴朝慰问，三次上北京亲眼见到毛主席，作者情不自禁地唱出了时代的赞歌。在"红太阳照亮天地"一节中，可珍贵的不光是简单地用今天的美满幸福对比了昔日的凄惨境遇，作者还用脱上衣遮匹头、解棉袄垫菜坛这样一些发光的细节，突出了崇高的社会主义劳动态度，使读者在喜悦之余，还以黄声孝做榜样，受到一次生动的社会主义教育。因而，它具有更高的思想意义和现实意义。

黄声孝本人就是一个典型，从一个提马灯奔走码头的"穷声孝"到成为一个优秀的工人诗人，这只有在新中国才可能出现，是社会主义制度下产生的典型。作者在家史中所表现的和劳动人民同呼吸、共命运、站在斗争最前列的英雄事迹和思想感情，除了使广大读者受到阶级教育、革命教育，还使革命文艺工作者受到启发，从中悟出生活和创作的真谛。

作者在这篇家史的艺术表现上，也吸收了古典文学和民间歌谣的滋养，语言较洗练，读到前言颇类鼓词，观其标目则似章回，环环相扣的结构故事的方式，明显地看出了受古典小说的影响。作者不仅在形式上按着自己的习惯把热情澎湃的诗句汇进叙事中，做到韵散并用；而且，在塑造形象的方式上也是凝练的，如写到父亲的推渡生活，是"一对桡杆磨光了，两只桨桩磨断了，一双胳膊推酸了，两只腿子站木了"。写到自己的码头搬运，是"风吹枯了疮口，震破了裂缝"。这是诗的语言，是不分行的民歌。此外，描动作，状景物，都是言简而意长，具有较大的浮雕力。这一切，都可以看出作者继承传统，取精用宏，在民族化群众化的艺术风格上，迈出了更为扎实的步子。

这篇家史如果有不足之处，我觉得主要在艺术加工上还欠缺笔墨。虽然在这方面，作者做了一定的努力，但仍感不够。家史，是历史和文艺的结合，它要求在史实的蓝图上勾画出艺术的花朵。虽然在基本情节上，不容许虚构，但是，作者可以做集中、调度、烘托等功夫。"受灾难家遭不幸"一节，如果减少某些过场性的交代和叙述，在重要细节上，更多施展些笔墨，也许艺术感染力更强些。此外，在全篇的安排和布局上，更多注意些疏密、波澜和高潮，也许能避去前强而后稍弱的毛病。当然，作者若能在今天的现实中，更加注意锻炼自己深邃的观察力，除了表现自己新的劳动态度之外，还能发掘些具有现实意义的两条道路斗争的细节，家史的内容会更充实些。我想，再经过一段时期的生活实践和艺术实践，读者将会从黄声孝的笔下，读到一部更为完整的传书。

1964 年 4 月

家史创作散论

在党领导的战争的年代里，诉苦会是一种很好的教育形式。我们的战士，常常在会上倾诉了自己的阶级苦，记住了阶级恨，于是，化成了巨大的物质力量，他们揩干了眼泪，在战场上无坚不摧，无攻不克。今天，各个岗位上涌现的先进人物，也都有一个共同特点：能够牢记过去，深刻地认识过去。他们从回顾中吸取历史的力量，又能面对现实，赶在时代潮流的最前面。高尔基说："不理解过去，因此也就对现在估计不足，对将来的目标认识不清。"

我们的时代，是一个英雄辈出的时代，是人民群众意气风发、斗志昂扬的时代。奇迹层出不穷，思想工作也呈现出从未有过的局面。党动员一切力量对人民群众进行革命教育，其中也包括了利用回忆对比进行阶级教育、革命传统的教育。家史就是在这种现实需要下产生的。随着社会主义教育运动在全国的开展，它更是呈现一派勃勃兴盛的景象。

家史写一人、一家的历史，和我们每个人、每个家庭的实际结合得较为紧密，对下一代进行革命教育也更为亲切。同时，写家史也往往是写工厂史、公社史、农村史、街道史的基础，后者离不了前者。因此，在"五史"创作中，它最近发展得特别快。最初是写工农群众的家史，后来，科学家、工程师、运动员、教师、演员、中医等也都参加进来了。在诉苦会上，在学习会上，在家庭围聚的炉火边，在亲人的书信里，我们都可以感触到家史产生的巨大物质力量。各地报刊和新出版的书籍也反映了这一点。它们引起了文坛和广大读者的注意。

一起来探讨家史的写作，我想是有一定意义的。这里，谈谈我个人的浅见。

关于时代精神

家史是报告文学的一种，它要求写真人真事，要受真人真事的限制；但是，它和一般的写新人新事的报告文学不同。如果说，新人新事的报告文学能够采摘生活中每天开放的鲜花，及时回答时代生活中提出的新问题，具有鲜明的时代色彩；家史则要求在历史材料中，发掘时代需要的东西。正是在这个意义上，家史表现时代精神，更要费一番周折，更要费一番思索。

优秀的作者总是能站在共产主义思想的高度，从阶级斗争的观点出发，了解当前的现实生活，懂得新的革命形势的需要。他们写历史，是为了现实。他们能够用我们时代的眼光，采撷历史的材料，能够从似乎是陈旧的材料中，开掘出通向现实生活深处的东西来。有的家史作者说得好："记叙的材料虽旧，也许意思还新。"

在家史的创作中产生了许多优秀作品，它们在人民群众中，有着深远的影响。这些作品写出了劳动人民的血泪史、斗争史、翻身史，它们以饱和着浓烈的阶级感情的笔触，描述了黑暗的年代，控诉了罪恶的旧社会，表现了劳动人民不屈的性格，为我们新社会谱出了热情的赞歌。其中有的侧重于揭露阶级敌人的残暴，表现被压迫人民的苦痛；有的在记叙劳动人民的苦痛的同时，还突出他们的反抗，颂扬了他们的斗争精神；有的在表现今天的幸福生活时，还绘出了他们新的劳动态度和当家做主的革命精神。

作者以血和泪,铁和火,嘲讽和赞美,通过可以查访的真人真事的描绘,使读者信服,从而不要忘记过去,不要忘记阶级斗争。它们立意鲜明,从不同方面直接满足了时代的需要。

然而,在这个共同主题之下,也出现了一些乖离的现象。有些作者站的角度不高,立意不明确,因而作品的时代感不强。例如某些家史在记叙被压迫人民的惨遇时,往往沉湎于他们个人生活的悲欢离合,用绝大篇幅描摹个人感情上的创伤,以致个人生活的巨大影子,遮掩了对阶级苦的揭露。这种作品思想境界不高,给读者的教益不多。另外一些家史写苦的目的性不明确,写起苦来,不厌其多,不厌其详,读者从中嗅不出时代的气息,有时甚至自然主义地记录了某些细节,损伤和歪曲了劳动人民的形象。例如,有一篇家史就整体而论,还不坏;但是却保留了这样的细节:地主的孩子掰下一块馒头,丢在地上,对穷人的孩子说:"你来学狗爬,就让你吃那块馒头。"作品就写这孩子太饿了,照这话做起来。他妈妈阻止他,惹恼了地主的孩子,地主执着马鞭逼着这位母亲抽打自己的孩子。她也就拾起鞭子,无可奈何,一看儿子——儿子两眼射着哀求的光,她把眼一闭,举鞭向儿子抽去……读到这里,真使人不忍往下读。尽管这是真人真事,但是,作为今天的文学作品来说,这种描写劳动人民受屈辱而不反抗的场面,即使是确有其事,也完全应当剪去。这样的图画不能反映我们时代的劳动人民的本质,也不会对读者起多大的教育作用。

除了以回忆对比的力量,直接满足时代的需要外,有些家史还能从历史材料中,从过去的人物和事件中,提炼出具有现实意义的主题,使读者从中吸取新的现实生活的力量。也就是说,作者善于把时代精神熔铸到历史的真人真事中,做到时代精神和历史材料融洽无间的结合。这在家史表现时代精神上,有着更进一层的探索。这里,可以引李累、之光同志的《没有名字的烧盐工人》(见《仇恨的火花》)。它和许多家史一样,写了新旧对比,写了劳动人民的苦难和反抗；但是，在主人公性格的表现上，有着启发我们的新的东西。作者所写的刘平山，在解放前并没有成为一个共产主义战士。他父母惨死，妹妹被卖，叔父又烫伤而亡，然而，他没有纠缠于家人的苦痛，他还积极的组织了罢工，为惨死的工人弟兄报仇。当资本家宁愿多丢点银子，不发工资，想饿死这些罢工的人们时，刘平山回到家里，知道家里已经饿饭了，孩子也误吃卤巴而死了，这时他心里充满了悲愤，但是他还是坚决地走了，他心想："充其量屋头的人满盘饿死，他也要斗到底。"

刘平山从生活的磨难中，体会到只有撇开个人和家庭的安危，参加到社会斗争中去，才能从漆黑的社会里，找到穷人的真正的出路。这是真正的劳动人民的本色。今天，社会主义革命、世界革命的繁重任务摆在我们面前，每个人要为之付出代价，准备做出自我牺牲；今天，修正主义标榜幸福至上，叫嚷爱情和家庭的利益不可触犯。我们读读这类的家史，该会从刘平山的性格里吸取多大的力量，体味出多么丰富的生活真理呵！谁能说，这个遥远的历史的性格，不闪现着光辉的时代色彩呢？

家史表现时代精神，满足人们思想革命化的需要，有着广阔的天地。可以是直接的，可以是间接的；可以给读者绘出一幅过去的、令人难忘的劳动人民的苦难图，也可以使读者从中获得今天的生活的启示。关键在于作者学习马克思列宁主义，学习毛主席著作，参加当前伟大的三大革命运动，培养自己敏锐的阶级分析眼光，使自己的思想角度站得更高。这样，写的虽然是历史，但是又能深入人民群众现实的火热斗争，了解他们的精神状态，懂得他们的精神需求，使自己在杂乱的历史材料面前，具备一种时代的敏感，善于在人们习以为常的史实中，洞察出它的深意；拭去历史的灰尘，使之焕发出时代精神的光泽，发挥家史的巨大教育作用。

严选与深掘

鲁迅先生说："选材要严，开掘要深。"这句话本来是对小说创作而言，但是，对提高目前家史创作的质量，也是一个亟待努力的课题。

在选材上，家史不同于小说。后者可以在现实生活中到处采集，允许作者合理的想象；家史则不能虚构，只能忠于真人真事，在实人实事中选材。因此，在主题的开掘上，小说作者可以总观各种生活现象，在生活体验中思索出一个深刻的思想后，拾取各种材料，使之结合起来，为主题服务。家史的主题就只能从真人真事本身来开掘，要避免作者主观的先入之见。作者要善于从一人一家的史实中，独具慧眼地开掘出深刻的富于现实意义的主题。正因为这样，家史的人选特别重要，人选确定后，选材和开掘又会见出作者的功力。

这里特别要提到李準同志的《十八亩地》(《人民日报》1964年1月25日)。作者选定的是河南省东水头村一个五十岁的贫农妇女王静仙。她在旧社会生活了三四十年，经历的事情不能说不多，然而，作者没有流于编年的逐一罗列，而是抓住她家的十八亩地，围绕这十八亩地大做文章，围绕着这十八亩地，展开了一场阶级争夺战。这个倔强的女子，抱着"他就是一堵墙，咱把它捅个窟窿"的决心，从伪乡公所，到伪灵宝县法院，最后不惜跋涉几百里，背着孩子到洛阳伪地方高级法院去告状。上上下下，前前后后，打了几年官司。她丈夫眼睛气瞎了，两个孩子饿死了、冻死了，地还是被人霸着；然而，作者没有满足这些描写，对选取的人和事，有着更深一层的开掘：1947年，解放军打过黄河的消息传到地主耳朵里，他自动退地；等解放军刚刚转移，地主马上带三个长工,犁了这十八亩地的青苗,王静仙还因为阻止挨了"文明棍"。从这天起,她的心里才点燃了真正的希望,不是指望打官司,而是盼望共产党。生活显示了这样的真理:性格再坚强,再有毅力,离开了党的力量,将一事无成。

在家史的选材与开掘上,高明的作者一方面遵循着人和事的真实,不虚构,不强加;另外,他又顺着真人真事,去粗取精,截取那些经过反复挑选的材料,沿着它做纵深的开掘,把某个真人、某件真事本身特有的情思、所能显示的特有的生活哲理,挖掘出来,提示给读者。如果说《十八亩地》写了旧社会"衙门门,朝南开,有理没钱莫进来",还使人领悟到必须把个人的事业纳入党的事业、把个人的力量汇进党的力量中去;那么《表的故事》(陈国霖作,见《仇恨的火花》)则使我们在回忆电车工人昔日的悲苦生活时,能面对今天的生活用品,联想万千,从中看出"社会主义的洪福",珍惜我们的一草一木。李凖同志稍后发表的《拉差车记》(《收获》1964年第2期)和《十八亩地》有异曲同工之妙。作者写的河南滕店村王才的家史,也不是铺开线索,什么都写。而是围绕国民党"拉差车"的事情,写出王才等贫苦农民所遭受的接踵而来的飞来横祸。他们倾家荡产,除了拼命就是死,农民们同仇敌忾,像受伤的狮子,搬起大石块向行凶的狗腿子反砸过去,于是狗腿子只得抱头逃窜。这样,狗腿子反而不敢上门了。作者写道:"他们从那一石头上找到了经验:对待反动派,不能只叫他们捏扁再捏圆,要联合起来进行斗争!"这和文学研究所编辑的《不怕鬼的故事》一样,从陈旧的材料中,开掘出革命斗争的真理。

这种家史往往是作者采访的材料多,但是选得严,挖得深。它们作为家史,有它们共同的要求,如写新旧对比,教育人们不要忘记阶级和阶级斗争;同时,每篇家史又不能相互替代,各有其独到之处,各能给读者不同的启示。有些家史相反,作者采访的材料不一定多，但是，面铺得开，什么都写，什么都写不深。先写解放前，再写解放后，写到解放总是"天亮了"，"东方地平线上升起了红太阳"之类。选择和开掘的功夫太差，再加上里面没有多少新鲜的、独特的东西，开始读几篇倒没有什么，再读下去，就兴味索然了。

表现上的种种

某些家史由于严选和深掘的功夫不够，在艺术表现上，常常流于史实顺序的平板叙述，没有重点，缺乏提炼。给读者的感觉是历史轮廓的勾勒过多，细节的特写则不足。

表面上，这是提高家史的文学性问题，实际则关系到战斗作用的发挥。有些作者能注意这点，在写作上，除了给读者一个整体的印象，还善于发现真人真事中那些特殊之处，采访那些具有特色、富于思想、又能打动人的细节和情节，下笔常常是用墨如泼，达到文学所特有的感染作用。《一封家信述真情》（见《仇恨的火花》）里，有这样的细节：王宗昌给儿子的信中，告诉他并非自己的亲生子，也不是汉族人，而是扶养的一个姓韩的朝鲜族农民的儿子。王家为了免去他精神上受到伤害，一直隐瞒了真情。他刚懂事时，有一次问奶奶："人家都有娘，我怎么没有娘呢？"老奶奶没有言语，只是流泪。王宗昌就接着说："你娘死了！"他急忙伸出小手替老奶奶擦去热泪，老奶奶一把搂住他痛哭起来。他也安慰她："奶奶别哭，我再不问了。"这句话说得王宗昌也滚出了眼泪，急忙转身，害怕让孩子看见。这是最高贵的眼泪，也是最能动人心弦、启人深思的眼泪。老奶奶没有死去媳妇，他父亲也没有失去妻子。然而，天下穷人是一家，各民族穷人是一家，共同的阶级命运使他们洒出了这种阶级的眼泪。作者赵文臣发现了这个细节，用特写的镜头，细腻的笔触，使读者受到一次生动的阶级教育，民族关系的教育。可以设想，如果作者只用概括性的叙述，满足于一般的介绍，艺术效果就不能与之相比了。

这种细节的提炼和表现，不能采用虚构手法，也不能"拼凑"，而要从一人一家的事情中开发，要求作者具备一种从铁矿中炼出纯钢的本领；从纷繁的史实中，剔除土石，冶出真铁，进而炼出艺术的纯钢。这和小说、戏剧的细节典型化比起来，有着不同的蹊径。这方面，有两种相反的态度，有的因为强调报告文学的真实性而拘泥于真人真事的实录；有的因为强调文学性，主张可以适当虚构，如调动情节的时间，增加某些细节。前者忽视艺术创作的能动作用，后者容易丧失真实性——报告文学的生命，使作品经不住社会的鉴定，最后也使得报告文学的体制归于瓦解，与小说创作无异。优秀的报告文学总是能做到真实性和文学性的结合。如果要说限制，每种体裁都有它特殊的规律和限制，问题是能否驾驭它，在限制中发挥极大的能动作用。刘白羽同志谈到报告文学的真实性并不妨碍作品的艺术质量，作者可以深入细致地采访，以至于有很多的丰富的细节，足够你把人物写得栩栩如生（参看《新闻业务》1964年第7期）。优秀的作者在不违背真人真事的前提下，常常从剪裁，调度，烘托，突现，详写，略写，疏密的安排，高潮的处理等方面，做出杰出的创造，使之成为光彩照人的艺术品。

和其他体裁一样，我们也提倡家史的艺术表现的多样化。这种多样化，从根本上讲，也要仰赖于作者的严选与深掘。如果作者对他选定的材料摸透了，对其中体现的思想意义挖深了，他就有可能采用特定的语言色调，寻找恰当的表现形式，安排和处理作品的材料。这样，就一篇而论，是独特的；就数篇或家史集子而论，是多样化的。王宗昌的家史，作者是采用家信的形式，一方面它便于把收养儿子的来历告诉他本人，另外，也自然地结合着叙述王家的苦难史。娓娓说来，亲切感人，像是一封不便公开的"私信"，却蕴含着绝大的生活的真理。它用长辈传授家谱的方式，使后一辈青年感染更深。《没有名字的烧盐工人》有它完整的故事情节，有广阔的社会背景，主人公的性格还有着发展，作者就采用类似小说的体裁，在读者脑子里树立一个"打不倒、压不垮的烧盐工人"的高大形象。《十八亩地》《拉差车记》像是一桩事、一个人的特写。《表的故事》以三千多字的篇幅，夹叙夹议，很像一篇杂感。各因内容所制，各有审美效果之所长。

目前的家史创作，在形式和风格上，还可以多方面的探索，花色和品种也可以更多一些。这方面，可以吸收其他报告文学形式的经验。家史创作的历史短，其他报告文学积累了数十年的经验，笔法多种多样，体例有通讯、速写、笔记、日记、特写、书信、回忆录，等等。甚至像抒情散文、小说等和家史距离较远的文学体裁，也有可吸取之处。杨朔同志写的家史《红花草》（《人民文学》1964年2月号）就有情景交融的抒情的"引子"，作家在写史之前，给女主人公献上了那样一篇诗情赞美的散文。有些家史，作者或作抒情插语，或发侃侃议论，作者在写史中有较多的游刃，也使全篇的行文活泼有致。某些家史，还借用小说多方面雕塑人物和巧妙地安排情节的方法，看来像是出于作者的想象和虚构，实际都不违背真人真事。总之，应该广肆吸收，宏取精用，在严选与深掘的基础上，施展特具风格的彩笔，让家史绽开出绚烂各异、风采奕奕的百花。

也许问题最后落实到整理人和口述者了。像黄声孝那样自己挥笔写自己的家史，在今天毕竟是极少数。许多家史都标出：某某口述，某某整理。因此，作为整理人，如何提高自己的思想水平，砥砺自己的艺术雕刀，是关系到家史质量的关键问题。从某些家史的写作看来，整理人可能忙于仓促的记录和整理。如何把家史写作提到创作的高度，和口述者反复磋商，深入揣摩，不停留于被动的一次完成的采访记录,是很重要的。写劳动人民的家史,还有一个三同的过程。只有整理人和口述者在生活中打成一片了,在思想感情上交融了,他们才会倾吐自己的真情。同时,有些苦大仇深的人,有着英雄斗争业绩的人,常常不愿多谈自己;某些事迹和思想,也因种种原因,他们不便公开谈。这就要求访问一些与口述者有关的人,如亲人、朋友、邻居、上级,让他们提供更多的细节,以便获得更多的加工材料。互相启发,刻意诱导,甚至在选材和开掘上,在艺术表现上,和口述者、当事人都可以充分交换意见。只有如此,才会在生活的土壤里,和真人真事的基础上探下去,舀出一瓢最清澈、最甘美的泉水。

1964 年 9 月

从凝视到发现

——何士光短篇创作随想

何士光的短篇小说，没有人物太多的动作，没有场面随意的转换，更不去追求奇异的情节，而是抓住人生的一两个片段，抓住一两个场面，乃至人物的肖像和细部，作深深地凝视。

在这种深深地凝视里，读者随着他的笔锋的运转，每读一句，停顿一下，发现一点新意，领略一缕诗情。于是，读者蛮有兴味地一直读下去，合起来，感受到一个艺术世界，一个有着作者自己发现的艺术世界。我以为，这是何士光近年来短篇创作逐渐成熟起来的一个特色。

对生活作深入的凝视

他最近发表的《种苞谷的老人》（《人民文学》1982 年第 6 期），就是一篇肖像画式的短篇佳作。我读完后，这位老人在印象里久久不能离去。他使人联想起罗中立的油画《父亲》，但他的目光有些"浑浊"，不如油画那般有神。他生活在我国西南一个偏远的村庄里，又住在一个离村人偏远的孤单的屋子里，是一个常常被人遗忘的老人。然而，夜间，他给赶路人一棵点燃的干葵花秆，把向过路人狂吠的犬吆开。他干活"不能很敏捷，于是就不急躁，也不停歇"。他似乎与世无争，默默无言，然而，一切真理与谬误在他身上得到最严格的验证。农村实行生产责任制后，他给国家交售了三千斤苞谷。他还给远嫁的女儿留下了一些家具。他是那样坦然地准备离开人间了。这篇作品总共不过八千多字，通篇没有主人公的一句对话和独白，没有写他的意识的流动。作者借自己细密的观察，吐丝般地勾画老人的肖像和缓慢的动作。作者似乎有点违拗莱辛关于诗（语言艺术）不适于描绘空间静态物体的过于绝对化的意见，作一刀一笔的镂刻，又注意发挥语言艺术之所长，不时插入作者的分析和流动性描写。

我们知道，何士光酷爱契诃夫，深知短篇小说以小见大的要义。他对老人的勾画，只是抓住他起居、待人、劳动、病容几个片段。他的获奖作品《乡场上》就写梨花屯乡场早饭后发生的一场常见的儿女家庭纠纷。《将进酒》（《山花》1981年第11期）描写的是栽秧时节一个母女之家的一桌酒席。较早发表的《风雨乐陵站》（《贵州文艺》1977年第5期），是写一个女学生两次在山区铁路小站搭车的见闻感受。他对作品所描述的时间和空间的选择极为严格，画面比较稳定，变动性、跳跃性极少，却让我们从有限的境界中看到无穷的深意。

也许，短篇小说的创作更需要作者磨炼自己对生活作深入凝视的本领。何士光的特点是，他所凝视的场面不是惊心动魄的场面，他所凝视的人物不是那种或则大智大勇、或则变态畸零的两头尖式的人物。他把捉的生活面不大，写的都是村镇里常见的农民、干部、知识青年和知识分子。他在谈《乡场上》写作体会的文章里说："我也不打算编一个波澜起伏的故事，因为和芸芸众生日复一日的刻板的生活相比，那样的故事毕竟过于五光十色。从某种意义上说，能有一个五光十色的故事的人差不多是幸运的，更多的人却无此荣幸。在日常生活中每时每刻地大量发生着的，不过是些东零西碎的事情，但就是在这些既不是叱咤风云的，又不是缠绵悱恻的日常生活中，其严峻揪心的程度，都决不在英雄血、美人泪之下。"他要在普通人、日常事的观察中，发现新人耳目的诗情画意，反射出时代的风云，陶冶读者的心灵，这在某种程度上是给自己选择的一条更为坚实、更为艰难的现实主义道路。

"爱"的中介

然而，何士光凭什么能够从"凝视"跃入"发现"呢？不单是"技巧"问题，也不只是"思考力"问题，或者笼而统之的"生活"问题。作家观察生活中的人和事，并不像凝视一堵墙、一株树、一堆篝火而寻找其特点那么简单。我们看到，一些作者抱怨自己的生活很少能纳入作品，而另一些锻炼有素的作家，过去被好心人组织到一个地方去深入生活，却长时间拿不出作品来。这里面有一个至关重要的感情问题。现在，越来越多的人认为，作家深入生活本身不是目的，而是手段。那些真正深入生活而又能出产品，出成果的作家，必然是在生活中深深地触动了自己的感情，使自己深入的生活同自己的创作个性和艺术激情勾连起来。何士光长期生活在农村，由自发到自觉，感到"不是农村需要我，而是我需要农村"。甚至觉着自己没有理由一定要比农民生活得更好，甘愿为父老兄弟写作。于是，他在人们不经心处，发现了那位刘三老汉。他把自己满腔的挚爱，按捺在悠然的文字里，全篇是对这位老人的另一种意义的"生的伟大"的赞歌。他对三中全会给农村带来的变化充满敏感和激情。他的《将进酒》是那样富于诗的氛围，仿佛作者忽而站在细细雨丝的山谷里远远瞭望，忽而透过瓦檐下挂着的水珠伸头探看，赞赏那三位农村干部争相拿酒递烟，借这桌栽秧酒席乐融融地和解过去频繁的政治运动所遗留的历史积怨。就是对那个被村人瞧不起的

"醉鬼"冯幺爸，作者也是在揶揄之中深藏着自己的爱和同情。作者写他为做证欲言又止、趑趄不前。本来一开头就应该结尾的故事，作者却让他整整折腾了全篇的布局。作者写他"换了一回脚，站好"，"又换了一回脚"，一句话就了事的证言，却来了个文不对题的大弯弯绕。据作者说，这都是真实的事。由于他同人物共命运，通感情，使得他对生活具有惊人的艺术摄取能力。我们一翻开他的作品，一接触他的文笔，无论是状山水，写人情，总感到他蘸满了感情的浓汁。他以自己颤动的心换取了读者的心颤动。

　　托尔斯泰说得好："可是，才能呢，这就是爱。在爱的人就有才能。"鲁迅说，创作总根于爱。在"凝视"与"发现"之间，除开必备的条件，还横亘着爱和感情的中介。

　　我们还看到一种现象，真正由"凝视"而跃入"发现"的作品，其思想是特定的，确指的，甚至是比较细微的。它不会同别人的作品雷同或重复，我们甚至很难把它简单地归并到社会上一阵一阵流行的文学主题中去。这些年来，文学上流行过写历史伤痕、赞扬改革者、反特殊化不正之风、反僵化保守、婚姻与爱情矛盾等等主题。但是，我们很难把许多独创性作品，包括何士光的短篇佳作在内，简单地归并到某一类主题中去。《乡场上》不因冯幺爸身上的伤痕，就称为伤痕文学，也不因对立面是个会计的老婆罗二娘，就说是反特殊化的作品。冯幺爸是文学中的"这一个"，从他身上看出农村责任制直接冲击官僚统治而引起农民独立自主精神的大爆发。同样，《山林恋》（《山花》1980年第7期）是一个特殊的爱情悲剧。它反映城乡之间的隔膜和阻塞，人们仍然存在的不信任和世俗观念，其破坏纯真爱情的程度，不亚于神话故事中的恶人。在难以胜数的爱情小说中，这篇作品也占有不能替代的位置。

探索的意义

何士光是一位踏上正途，勇于执着而又勤于耕耘的作家。

他这些年也有个别并非成功的作品。那是当我们看到作者不能充分做到从生活出发，立足于对生活的"凝视"，而是较多地跟踪文学流行的主题，或者，力图反映社会上人人关心的社会问题，自己的积累又不够调遣、所见不多的时候。值得注意的是，这种现象在何士光近一两年作品中不再出现了。他的态度极严肃，不追求数量，几个月也就拿出那么一篇比较有分量、有新意的作品。他的《乡场上》不是自己下降前的顶峰，整个短篇创作显露出令人注目的、可喜的势头。

何士光在艺术上的探索和经验，对我们今天的文学有着不应忽视的重要作用。由于他紧跟时代的步伐，能够用马克思主义世界观分析问题，我们总是能从他描写的日常生活中看到时代的信息。至于他的人物身上的美质对培养新人的作用，对建设精神文明的意义，那是不说自明的。

1983 年 1 月 20 日

追寻人生的彩虹
——鲁彦周的长篇小说《彩虹坪》读后

继《天山云传奇》《春前草》之后，鲁彦周又奉献给了读者一部长篇小说《彩虹坪》（载《小说界》1983年第1期）。这部反映党的十一届三中全会以后农村生活的作品，把实行农业生产责任制的斗争和人物在爱情、婚姻上的悲欢离合交织起来，提出了撞击每个读者心扉的人生追求问题，读来动人心弦，又发人深思。

有人说，作品着力写了三个女性的命运，被遗弃的邓大妈是不幸的，在事业和爱情上执着追求的吕芹是坚韧的，那交织这两种命运铸炼出新生命的耿秋英是壮美的。但我以为作品虽然以这三个女性为底色，但作者着力刻画的、处于前景位置的，还是和这三位女性有着种种关系的吴立中和吴仲曦父子。

吴立中是继吴遥之后的又一个艺术创造。他与那些对三中全会的路线的认识或慢或迟的干部不同，这个省农委主任对于农村实行生产责任制，是清楚的。知道，偏又去阻挠，这是为什么？他的行事处世，有一个以自我为中心的审时度势哲学。在他看来三中全会的精神维持不长，那种主张改革的"异端"终究要被党内的"传统"所代替，以省委第一书记钟波为首的改革派在省里没有根基，钟波是外来户，待不长，要谋求个人的发展，还得靠实权派。权衡利害得失，他断然扼杀彩虹坪的生产责任制以博得实权派的青睐。从个人权位的需要来取舍，这是他的处世哲学。他遗弃妻子邓大妈，他竭力安插儿子上大学，他反对儿子在彩虹坪蹲一辈子，他对自己钟情的、又认为有改革派"危险异端思想"的吕芹，既倾慕又表现出戒备，都是和这一脉相通的。庸俗呵，渺小呵，如果你并非陷入僵化，而带有某种明知故犯的清醒，不是值得击一猛掌吗？

吴立中的儿子吴仲曦，也并非是那种靠父亲的余荫混日子的浪荡子弟，他有过诗一般纯真的追求。唯其纯真，耿秋英在迟疑再三之后，才献出了自己的爱情。然而，生活的剥蚀力量对那些还稚嫩的小草来说，是相当危险的。从彩虹坪回城以后，父亲把他安置到了海滨。精巧的别墅，温柔的海水，丰盛的野餐，加上吉他、唱片和女友，动摇了他薄弱的意志，他开始走上了一条危险的道路。

然而，四化建设是一场不允许停顿、不允许走回头路的变革。在各种外力和内力的推动下，吴立中父子双双重新来到了彩虹坪，而且在自己的恩人和受害者面前，作了一次涤荡灵魂的泪水的洗礼。作品通过这两个人物的转化，写出了生活的感召、时代的力量。

作品在艺术上以深入人物心灵的抒情力量取胜。这种细腻的心理描写，给读者留下了人物的清晰的心灵轨迹，也常常弥补了某些细节的不足。

1983 年 7 月 19 日

面对批评潮流的双重反拨

茨维坦·托多洛夫在他的《批评的批评》一书中，把现代批评潮流分为三种形态或曰三个阶段：外在论、内在论、对话批评。这是他的一家之言，本文的一些想法，是由此引发而来的。

按我的理解，他把俄国形式主义之前的传统批评归于外在论；形式主义的发展，一直到结构主义叫内在论；结构主义之后，进入对话批评。他本人后来演变成了对话批评的倡导者，这种划分与其说是时间序列的，不如说是批评理论流派的分野。

在他看来，"批评是对话，是关系平等的作家与批评家两种声音的相汇"。"外在论"只让人听到批评家的声音，是"批评家的独白"；"内在论"只让人听到作家或作品的声音，是"作家的独白"；他则主张二者的对话。他认为，对话批评是对外在论和内在论的超越，是现今时代的一种新的"思想形式"。

托多洛夫对批评潮流的总体作如此概括，如此命名，这其中是否恰当，可以另作讨论，但如果我们看看其他文学批评专著和资料，看看进入本世纪以来的批评发展状况，他的概括还是可以反映出批评潮流的大致脉络和走向。从西方来看，经历了上个世纪的社会历史批评和印象批评之后，形式主义理论得到了长足的发展。在后结构主义反叛结构主义的同时，综合批评观念的呼求，接受美学的兴起，新历史主义、新社会学批评的抬头，女权主义的异军突起以及试图将诸流派熔于一炉的努力，都反映出本世纪一场旷日持久、声势浩大的以语言和结构为核心的形式主义理论已经失去了往日的势头,人们纷纷在寻求新的领地和汇合点。如何概括和命名,可以争论,对话批评也只是他本人的追求。

我们面临自己的选择和探求,我们都清醒地知道自己所处的境地。当"文化大革命"结束好几年,我们把俄国形式主义当成陌生的东西介绍进来的时候,国外已经步入了结构主义的消解阶段了。没有人会认为,我们有必要亦步亦趋地重复国外二十年代至八十年代的漫长的形式主义流派的演变过程。但是,我们能否一蹴而就,作大阶段的跨越,保持同当今世界批评潮流的同步呢?进一步说,我们要求的这种同步的含义是什么?我们应该注入其中的差异和特点又是什么?

我们都希望掌握世界最新的资料与信息,了解人类积累的一切思维成果,以为我所用。我们希望用"观古今于须臾,抚四海于一瞬"的精神,来发展我们的文学批评。但是,我们不宜作简单的跨越,自以为人家在长期实践中已经否定的东西,我们可以轻易地加以否定,这并不利于我们坚实的成长。我觉得,从我们的文学批评历史发展状况来看,从我们当前的批评实际出发,面对整个世界批评潮流,需要作双重反拨:内在批评的补课和摆脱文本主义影响而执着批评本体。

国外的文学批评,包括西方和苏联、东欧等国,都不同程度地经历了一个从外在批评转向内在批评的过程,即从外在社会条件和思想观念出发转向从作品本文出发的批评过程。一般说来,社会历史批评和印象批评,其着重点都是外在批评,即从作品的外在条件(包括批评家的主观印象)出发来考察作品。进入本世纪,出现了专注于作品形式和文本的形式主义理论。从语言特性(不同于实用语言的文学语言、自足语言)入手,走向叙事结构的分析,属于内在批评。这是一个大致的划分。实际上,19世纪的俄、法、英等国的优秀批评家,尽管我们常常称他们是从事社会历史批评或印象批评,但很难把他们纯然归属于外在批评。他们也很注重作品的文本分析，显示某种融合内外因素的超越，尽管如此，批评潮流的由外转内这种基本动向，对于国外来说，大致上是能成立的。

中国的现代文学批评则有些特别。如果要说它的特点，我以为是内在批评的薄弱和不足。这与中国现代历史的特点有关，与中国从民主主义转入社会主义的紧迫形势对文学的要求有关，与文学的写实倾向和社会历史批评一直占主导地位有关。同时，中国的现代主义流派，从创作到理论，不像某些国家，出现过大家，形成过大势。建国四十年，现代主义文学的试验，理论的介绍，还是进入新时期以后的事情，内在批评自然受到影响。这个特点，既有长处，也有不足。长处是我们的文学批评所发挥的社会功能，许多国家不能相比；同时，在内在批评方面积累的经验，又不如人家。

这不是说，我们的文学批评就不存在内在批评。举例来说，即使在"文化大革命"之前的"左"倾思潮比较盛行的年月里，一些优秀的文学批评也融入了内在批评。在我的印象里，何其芳对阿Q形象和《红楼梦》的评论，就比较注重文本，注重语言所塑造的典型的特殊意义。当时，庸俗社会学流行，为给阿Q划阶级成分争论不休，用外部的政治经济资料代替作品的具体分析，把共同人性的分析视作同阶级分析势不两立，一律斥责为"人性论"。何其芳就比较注意从人物实际出发，突破僵硬的理论条条框框，敢于正视形象的丰富内涵和它辐射的广泛的社会意义。

在总体上，我们在内在批评方面的不足，还是存在的，表现也是多种多样的。既是视角的，也是经验的。从视角方面看，我们较多从外部情况和需要着眼去审视文学。从编写文学史来看，我们选择作家，选择一个作家的作品，往往从外在于文学的因素考虑较多，出现过某些疏漏和偏颇。这样，文学史的编写就失去自身的特性，容易附和到政治经济史、社会发展史或其他学科史里去。从经验方面看，我们对作家作品缺乏认真的细读，把汉语的特点同文学语言结合起来进行研究，从语言、结构方面细致地解剖一些作品，也做得不够。我国的现代主义（新潮）文学创作处于实验阶段，由于我们缺乏足够的内在批评，往往褒贬失当。从外部出发，我们可以因为迫切的政治需要把它们贬得太低，也可以因为文学的多样化、多元化、丰富精神生活的需要，不加分析地捧得过高。即使是一些著名的现实主义作品，往往也因为缺少很好的语言分析、结构分析，造成评论的停留表面、难以深入。

内在批评的补课决不意味着我们要照抄形式主义，照搬英、美新批评派，重演结构主义，重复西方"内在论"的整个模式和过程。我们可以吸收他们经验中沉淀下来的精华部分，避免他们的局限，比方说，我们应该把结构分析同固守结构主义模式加以区别。那种完全排斥外在批评的结构主义，把作品的组织和规律偶像化，认为从此可以通达不以人的意志为转移的客观分析和终极的科学结论，只是一种幻想。但是，正如托多洛夫所说："把作品看成材料的组合来研究，这本身没什么可指责的，如果它是指作品只有在背景中才有意义，为此应该首先把作品的所有因素（所有'材料'）与其他因素结合起来的话。"我们可以参照形式主义理论，把文本分析、语言结构分析同社会历史批评结合起来，把内在批评同外在批评结合起来。我们应该摒弃的是"外在论"中恶劣的变种——庸俗社会学，绝不是整个外在批评。或者说，扩而大之，我们应当运用历史唯物主义，把内在批评同外在批评、同精神分析、同原型批评、同其他可借鉴的思维形式结合起来，以求得对文学现象更全面、更丰富、更深入的把握。

对于世界批评潮流的另一个反拨，就是从文本主义回到批评本体，我把西方的结构主义和后结构主义（解构主义）通通归之为文本主义。它们的共同点都是对"语言—结构"的膜拜。后结构主义对结构主义的反叛，仍然是形式主义范畴里的反叛，在某个方面,可以说是相对主义对绝对主义的反叛。后结构主义所尊崇的语言的所指的无限飘移,结构的不断消解,同结构主义一样,都是把文学语言的不及物性绝对化,把作品本文同物、同外部世界的联系加以割断,同时,它又把文学归结为物,这个物就是作品的客体,批评只是作品的客观描述。这样,批评就沦为文本主义,既同客观现实失去联系,也同作家的主体、批评家的主体没有关系,文学批评同真理、真理的探索无缘,作品的意义不过是它自己的意义的无限飘移。托多洛夫曾经是东欧学者,后来又成为法国文学理论家,受过异质文化的熏陶。他的经历对我们最现实、最重要的,在于他曾经作为结构主义大师、文本主义倡导者所做的自我反思、自我反省。他出自那个营垒,反戈一击,切中要害。

托多洛夫说过这样一段话:"现代社会就是以个人主义和相对主义的降临为标志的。主张作品与外在的绝对物无关,只受内在相关性支配,作品的意义无限,没有等级差别,这种看法同样具有现代意识形态的性质。"这里,如果把"现代"换成"西方"二字,就很清楚了。这里面包含他对"内在论"的批评,指出它的思想基础和哲学基础,是个人主义和相对主义,这与韦勒克对西方意识的批评有些不谋而合。他在另一处说"批评不该、甚至也不能仅限于谈书,它也经常谈它对生活的看法",说"批评能够也应该记得它也是对真理和价值的探索",意义也在这里。这些见解,这些对文本主义的看法和批评,其他一些知名学者也有过。我觉得,在引进国外理论时,在弥补我们的内在批评的不足以推进我们批评的过程中,这些看法都是值得借鉴的。

本文只是从面对批评潮流应有的取向,谈一些看法。托多洛夫在这本书中的许多观点值得商榷,在此不必一一列出。即使他后来推崇的"对话批评",我以为等于什么话也没有说。批评就是批评,批评就是批评家的话。评论的作品,是批评家眼中的作品,不可能把它还原给作家。在评论中，评论家的主体作用是决定性的，这种主体自然要受到历史和实践的检验，但评论中的科学精神必然渗透人文精神，不存在终极的、客观主义的科学分析。文学批评的发展，必然是批评本体的竞争。我们要摆脱当今世界盛行的文本主义，真正回到批评本体，使批评自身不断健全和发展。

批评家布朗肖说，批评好似飘落的雪花，落在钟上，钟颤动了，于是雪花就融化、消化、化为乌有。这个比喻太消沉了，仍然颤动着文本主义的余音。如加借用，应该说，批评不是雪花，而是环绕作品这座钟的周围的碑林，它们不会消失，有的会烛照心灵，铭刻千古。我们理应发展和丰富马克思主义，吸取世界和人类智慧成果，同时又张扬批评个性，揭开批评新的篇页。

1984 年 1 月 9 日

雄浑深沉的琴音

——张承志小说艺术特色浅谈

他太热情了。他那冲腾在心里的对草原、对北方的感情太强烈了。加上他善于把对生活风情和人物心灵的细微观察同作为一个历史学工作者的历史眼光结合起来,整个作品有一种雄浑深沉的音调。有时,作品的情节极为简单,甚至颇不完整,但你不得不被他沸腾不止的情思所打动,你的心灵也得到了荡涤和充实。这,使他独异于青年作者之林。

沐浴于人民之河的抒情画卷

用浓郁的草原气息、蒙古族气息来概括他大多数作品,也并非不可。然而,他有更好的词:心绪,灵性。他描写人物"作为牧人心理基本素质的心绪",同草原人民息息相通而又难以言传的灵性。他自己就是在较长的草原生活中,获得了这种久远历史承传下来的心绪和灵性。

从一些材料来看,完全可以把他第一次获奖的短篇小说《骑手为什么歌唱母亲》看成作者的自叙,那个插队北京知青的"我",就有作者的身影。作品从"我"初到草原入笔,写"我"每每在一旁观察到牧民被马头琴奏起的歌唱母亲的古歌《修长的青马》感动得泪珠滚滚。后来,"我"在蒙古额吉(母亲)的百般抚爱下，度过了许多难忘的岁月。最后也在迎候额吉归来时被这首古歌催动得"呜呜地哭起来"。是的，作者也获得了这种心绪。我们可以从这篇作品的歌颂草原母亲的主题中，体味到作者作为草原之子和草原的歌人的双重身份的成长过程。

作者这种草原生活的抒情之作，经过《阿勒克足球》（描写蒙古族青年对献身草原的汉族知青老师的怀念之情），到了他的不同凡响的获奖中篇小说《黑骏马》，就取得了更大的成绩。《黑骏马》以"我"骑着黑骏马，回草原寻访曾经热恋的、远嫁的"妹妹"为主线，采用现实和古歌（即《黑骏马》这首恋歌）相叠合的结构方式，是一篇思想和艺术都很成熟的作品。

表面看来，《黑骏马》算是一首恋歌，是表现上了大学、当了干部的"我"对自己离弃的情人所产生的自责和悔恨。但是，作品的深邃魅力在于，随着"我"的寻访和重温旧时恋人的生活足迹，作者给我们打开了一个草原人民的蕴含丰富的生活世界。这里面，有辛酸，有劳苦，也有人的创造和热力，有污浊，更多的却是人的光彩。那个小泥屋的烟尘，遮盖不住居住者的美，即使是那个生于不幸中的其其格的眼神，赶车人（丈夫）的粗犷中体现的善良，那位女主人身材的粗壮和喑哑的声音，都加深了"我"对人生的认识。这不是男主角的简单的自责，而是他的心回大地。布局在这个背景上的恋情抒发，本身就有植根于人民的深广内容。

作为小说艺术一条支脉的抒情小说，不同于情节、性格等小说。主要是服从抒情主调的需要，而不是着力于刻画性格的各个侧面。值得提到的是，作者在这些抒情画卷里，不是单单去截取个人的伤痛和悲欢，并加以放大，而是放在源远流长的人民生活之河里加以观照。《黑骏马》写"我"对心上人受害怀孕没有过多去追究个人和家庭责任，而是从个人命运中感悟到民族的过去和现在。作品最后写到他们分手时，她只是请求"我"把他日后的孩子送给她养，"我养大了再还给你们"。读了令人泪下。他们要在下一代身上永远结束他们的爱情悲剧。这同作者专治北方民族史的理性思维不无关系。作品中的古歌注入了新的生命，人物绽破了传统命运。正因如此，作者的这些抒情小说给读者这样的信念：母亲哟，姐妹哟，同胞兄弟哟，如此深深挚爱你们的人们，是会勇于开辟人生道路的。

融合人生哲理的象征与寓意

然而，作者还有现实针对性更强的作品，这便是1982年发表的《绿夜》《老桥》和《大坂》以及去年发表的《春天》等短篇小说。作者自称表现语言和叙述方式有了改变，原来的抒情成分加以适当的按捺，哲理色彩更强烈地发展，主要笔触伸向了人物的心灵。作者适应青年题材和青年思绪活跃和迅速流动的特点，调遣了许多新的手法。这些作品尽管有时有人为的痕迹，但他执着于不同追求的青年形象，都有一定的力度和深度。

这些作品的人物背景与陪衬不同于一般的景物描写，而是融进了人物的信念与向往，具有强烈的象征和寓意。《绿夜》写"他"离开内蒙古八年后回去探望草原的"家"和妹妹奥云娜。《老桥》写"他"回城十年后去新疆回访老桥和凭吊老猎人。两篇作品给读者留下了两幅色彩鲜明的画面：浓郁的绿色的草原之夜，奥云娜为"他"，举着手电筒，像闪烁的夜明珠；天山石岬的古铜色老桥，古铜色的老猎人和木屋。前一篇在浑厚的艺术氛围中透露着一个思想：心恋草原的知青，回去探望中发现了缺陷，又修正了自己，找到了新的诗情。后一篇反对轻飘飘地勾销过去，从回访老桥中，领悟到需要把过去和未来联系起来，就像那座联系山和水，并且通向明天的老桥那样。

作者本人作为曾经知青中的一个佼佼者，批判了某些年轻人的习气。《绿夜》写主人公拗过表弟认定回访草原是"寻找想象的净土"的嘲弄,拗过侉乙己要他"弄个长篇小说,抓它个两三千"的窃笑。在《老桥》里,"他"告别把理想和誓言加以抛弃、满足于"夫贵妻荣"生活的三个同伴,坚持一人向老桥走去。《绿夜》是情景交融、情理并辉的一个短篇。作品写"他"为奥云娜举灯照他夜归所感动,自觉是"四季的精英,大地的柔情"的"绿夜"的抚慰,写"他"从过去的梦和今天的现实的矛盾中得到清醒,又从这种矛盾中得到启示和力量,写"他"希望在草原的"自然与人的美好画面中,也能有他瘦削的微小的身影"。这一切,有着积极的诗意的动人力量。

似乎是它们的续篇,《大坂》中的"他"立足于行动,决心攀越冰大坂了。这里,有痛苦中的美,有在克制、忍耐、自我牺牲中所获得的创造的欢乐。"他"暂时搁置妻子流产、大出血的电报,忍受剧烈的牙痛,登上极有考古价值的大坂。冰大坂象征人生的攀险登峰。在"他"心目中,自己的妻子也"以一个女人的勇敢,早已越过了她的大坂"。

在这样一组作者自称在改变和寻找新的表现形式的近七八个短篇中,质量参差不齐。其中,描写马倌一路战胜白毛风、怀念红花姑娘、终于冻死于草原的《春天》,可以同《绿夜》《大坂》相并列。

奋击者气吞山河的气派

最近发表的《北方的河》(《十月》1984年第1期)标志着作者的小说创作又跃入一个新的阶段。它把以《黑骏马》为代表的长于抒情的特点同以《绿夜》为代表的重在哲理寓意的特点结合起来,是作者气势最大的、撼动读者心魄的一个中篇。

扑入眼帘的是主人公纵瞰高原、峡谷、岩山和大流的气概，和他夕阳晚照中勇渡黄河的身姿。这是意志和力量的颂歌，是不懈的追求之歌。这位要报考自然地理研究生的应届大学毕业生，决心亲身调查自西至东的勾画半个中国的北方河流，然后以他对河流的地貌、民俗民情、历史文物以及方言土语的知识，用最新最美的语言去"轰炸"考卷，争取名列前茅。北方的自由而宽阔的河滋养了他、塑造了他。

然而，这是一个未完成的性格，留下了一个未完成的带有悲剧色彩的爱情，未完成的诗稿《北方的河》，还有一个未能实现的黑龙江调查计划。他过于毛躁、莽撞，有时也比较偏激，但他是火中的钢、暴风雨中的鹰。他那不安分的精灵和击水三千里的胸怀，无不同我们时代开辟宏伟事业的主旋律合着节拍。当他发现那个曾经同他心心相印的、为他游黄河拍过艺术摄影《黄河之子》的姑娘倦怠了，满足于眼前利益，收敛起飞翔的翅膀，他悲哀了。特别是当她分不清"他"同那个表面上也能写出漂亮的诗句和摄影评论，而骨子里却是软弱的庸俗的男朋友，甚至把他们都当成"岩石"，他决心放弃情场的争夺。他需要一个"任何艰难困苦都不能把她打垮的""有本事从一群中一把抓出我来"的姑娘。他立志迈出新的步伐，走向考场，走向呼唤着他的黑龙江，追求爱情，完成自己的诗稿，使自己将来"变成一个真正的男子汉和战士"。

文学绝不是读者的就业指南，它在大方向上使人的思想和情致得到震荡和启迪，使人分辨是非、美丑、崇高与卑下，就算尽到了自己的本分。作品中的河流是有象征意味的。有自然的河，列车的河，书籍的河，人生的河，历史文物彩陶的河，学者老人也是一条河。而依托在这种既现实，又抽象的背景上所抒发的感情，是激越的、雄浑的。他在梦呓中觉得自己快要"成熟"了，他对北方的河发出自己的赞叹和瞩望："你让额尔齐斯为我开道，你让黄河托浮着我，你让黑龙江把我送向那辽阔的入海口，送向我人生的新的旅程。

我感激你，北方的河。"通篇都流动着这种豪迈的诗情。

和《黑骏马》比，《北方的河》虽然在题材的布局上不及那个得奖中篇那样和谐圆熟，但它的现实的鼓舞力量，又远在《黑骏马》之上。也许由于这篇新作更为贴近作者的生活经验，可以说是作者的气质、才情、个性的更加充分的展示。

作者谈到他推崇苏联吉尔吉斯作家艾特玛托夫。如果看看他的所有作品，把他们两位作个比较，的确有许多共同点。张承志所受艾特玛托夫的影响是深刻的，也是多方面的。张承志的抒情是颇为回肠荡气的，他那驾驭全部叙述和诉说人物心灵的强音，是独创性极强的。然而，由于作者的年纪轻，以及如何保持学术研究同现实生活的联系上还存在需待解决的问题，他对生活的把握还不够广阔和多样。这表现在作品的主人公较多留有作者的影子，某些短篇小说的人物虽不乏力度，却显得有点梗露，丰腴的肌肤略嫌不足。在人们熟知的《老桥》中，就露出了端倪。毕竟，《北方的河》是一个喜讯。读者期待着他的更有力度的新作。

1984年2月9日

章永璘的哲理摄取力及其他

——《绿化树》读后

可以设想,像章永璘这样的人,实际上已经成为社会生活的零余者、无望者,他从劳改农场出来后,顶着尚未摘下的"右派"帽子,穷得冬天只能穿一件贴肉的光棉袄,孤独得感到身上虱子的骚乱尚能产生一点点温暖感,他将何以自立和再生?

值得我们注意的是,出现在这个中篇的章永璘,又经历了人的精神生活一次大的跳跃。这次跳跃的跨度是如此之大,几乎跨越了人的精神领域的两端:从苟且营生到清醒自省,从颓唐到振奋,从情欲到爱情,从欲死到求生,到热爱生命,到"超越自己"的自觉性。在性格塑造艺术中,这确实是一个艰辛的课题。他是如此牵动当代人的心。对于一切关心人的心灵历程的人来说,对于我们社会生活中命运坎坷、诸事不幸的人来说,人们要求了解他,寻求他那精神力量的隐秘,那就是很自然的了。

作者张贤亮在一次座谈会上[①]提请读者注意,章永璘在1957年以前就是一个青年诗人。这是他的九部系列中篇的一个总设想,人物刻画的一个总起点。我以为,《绿化树》所展现的,更主要的是主人公哲理求索的一面。或者说,在这里,哲理摄取力构成他的性格的内驱力,他的诗人的气质和素养倒是从属的、附着的。

正是由于这一点,不是那个"唯物论者的启示录"的总标题,

[①] 《关于绿化树》,《小说选刊》1984年第7期。

不是作品中引用了许多《资本论》的段落,这个中篇,也充盈着一种人生哲理的深厚的韵味。这种韵味产生一种魅力,本文想跟踪人物的这一点,说点想法。

对生意盎然的大自然的感应

如果我们把问题拉得稍远一点,可以看到,文学与哲学的融合是一个作家追求最高独创性的标志,是作品启迪人们心智的重要内容。托尔斯泰站在同时代俄国和西欧文学大师中间,并且使大师们服膺于他的,正是这种融合。这里说的是融合,而不是哲学与文学两张皮。它要求哲理的精微与博大,渗透到宇宙与人生的画面中去。正是这一点,后人称托尔斯泰为"艺术的哲学家,哲学的艺术家"。也正是基于这一点,德国马克思主义者梅林称托尔斯泰是十九世纪后半叶俄罗斯文学的"杰出代表者",说"在他的民族中,任何一个别的诗人都没有能够像他那样,把艺术创作的才能和哲学上苦思冥想的才能如此密不可分地联系在一起"[1]。今天,我国作家在深厚的生活土壤里,探寻哲理的底蕴,已经是一个引人注目的现象。

《绿化树》开头列举主人公"我"与"营业部主任"用尽心机,对付饥饿的营生术之后,有一段剖白:"我"自认有比"营业部主任"优越的地方,比方说,在离开劳改农场、获得自由的第一天,他们都可以自由行动,可以受自己意志的支配,"'营业部主任'虽然也这样行动了,并且行动得比我还要早、还要快,但不自觉地运用这种自由和自觉地意识到自己获得了这种自由,这二者在精神上就处在不同的层次"。这很好。由于有这种区别,他

---

[1] 见《列夫·托尔斯泰》,《梅林论文学》第319页。

们两人挣扎在饥饿线上之后，分道扬镳了。一个能够自省，一个陷入麻木，一个肚子一胀之后，就伴随着心灵的痛苦，一个就只是图谋物质生活的逸乐，一个由此而逐步攀缘精神境界的阶梯，一个则可能坠入终生混沌了。

实际上，在苟且营生这一点上，那位"主任"还稍逊一筹。章永璘利用改装的罐头筒在物理和几何学上所造成的视角误差，远比"主任"的儿童脸盆式的食具更高明，他刮笼屉布、贴稗子面饼以及用土豆换黄萝卜的算计，也使他的同伙难以企及。然而，有了这种自觉意识，他在白天和黑夜就过狼孩与人的两重人格的生活，他在夜间清醒地审视自己白天的种种卑贱和邪恶，于是，对"活的目的"产生了"我战栗，我诅咒自己"的自我反省。

滋生他这种自觉意识的，或者，成为这种自觉意识的第一个触媒，是他越过沟渠后对大自然的观赏，一种自由人对自由天地的情志勃勃的观赏。无论是山鹰盘旋的黄土高原，还是赶车人苍劲、朴拙的民歌，那田、地、风、云、天空、山鹰以及被特殊的旋律、方音抚摩得生动起来的，浑然一体的大自然，拂拭了他心灵的尘封，化开了他凝冻的哲理和诗情，他那久抑不兴的，被庸俗歪曲了的思辨能力得以正常伸展了。他作为一个自由人，要亲吻这片土地。他感到一阵辛酸，"人的辛酸，而不是饿兽的辛酸"，他溢出了泪水。对于这个准备把未来当作"残生"来消磨、生命可能"抽丝"般地消逝的人来说，由于感应到自然的生气和"土地精灵"的召唤，他也感悟到人和人生的价值，使他在迷惘和沉沦中得以振奋。

作品也注意到挖掘人物这种对自然美的敏锐感受。人物的成长和变化，都可以从不同的自然界中得到自己独有的审美感受，有如旷野雪原给他提供智慧和力量的琼浆。从"我"童年时对雪景产生"冥想的柔情"，"纯净的心灵对于纯净的大自然的感应，使我莫名地掉下泪来"，到他现在把脸颊贴在黄土高原的雪野之上，感慨"大自然，你每隔一段时间就要用你的默默无言来教诲我们净化自己";从小时候被寺院的钟声把思绪牵引到嘉陵江上,向无我、无你、无他的境界驰去,到现在联想到身处这并非出世的真实世界,以及产生"超越自己"的自我认识之后,"呼求莽荡苍凉的田野"能给他注入"严峻雄伟的气魄",我们都可以体察到人物对自然的感应力,体会到作品开辟和丰富了人物刻画和读者审美的艺术领地。

不错,我们要继承中国古典小说以人物故事为中心、以比兴笔法描写自然景物的简洁手法,必要时,也可以采用鲁迅先生说的"中国旧戏上,没有背景"的略去风月以突出人物的方法,但我们不能绝对化,不应该排斥适当借鉴西方小说比较铺陈、比较独立描写自然景物的方法。贝多芬行将就木之前,对他的好友说:"我要在纯正的大自然中重新恢复我的精神,澄清我的思虑。"他把灌木、大树、凉亭和潺潺的流水,都视为"始终不渝的朋友"。终身未婚的法国杰出风景画家柯罗,认为"艺术中的美就是我们从大自然感受到的美",甚至说:"我唯一的爱人是大自然,我终生对她忠贞不贰。"自然的底蕴和人生哲理相契合,给人以无言的启示,是许多艺术家都感受到了的,可惜,在某些作家的笔下,被疏漏的、被浪费的倒还不少。随着人们审美意识的丰富和扩大,作家适当注意艺术画面上不要被人与人的纠葛充塞填满,广开艺术表现的渠道,对作品的张弛、疏密以及读者的劳逸安排,都是有好处的。

从普通小人物获取的精神洗礼

当然,促进主人公自省与升华的,主要是他周围的人的世界。作者给我们提供的是西北风情甚浓的、毗连劳改农场的基层农工的生活景状,作品做出的人物构图,离不开主人公的处境。从作品反映的1961、1962年之交的情况来看,"大跃进"的"浪漫主义"的狂想已从高空中跌落下来，附着在这种风口浪尖的高大人物，也开始了冷静的反思。人们需要正视严峻的现实，以及广大基层中埋头苦干的普通人民。

多少年来，我们强调英雄形象的塑造，这无疑是我们文学一项永恒的、重大的课题。然而，艺术的天地也要求阔大。这就像我们一方面要注目矿砂中提炼铸就的青铜巨像，也要重视那遍布地层深处的原矿。章永璘在作品结尾承认，正是"普通的体力劳动者"，"已经溶进了我的血液中，成了我变为一种新的人的因素"。

这普通劳动者，一个是称为"盲流"的赶车人，一个是被人视为"和男人胡调"的女人。如果我们认真地回顾，这是我们过去常常会猛然一瞥就弃之不顾的人物，堪属"芸芸众生"一类。但经过作者的独具慧眼的发现，我们掩卷之后，不得不感到一种意外的喜悦。作者仿佛是用黄土高原的泥土把他们塑就的。有的读者反映，单是他们二人，其价值就不亚于两个优异的短篇，此话不假。作者把他们放在自然中，劳动中，人的各种纠葛中，以他们的歌，力量和智慧，长处和弱点，以及自身创造的而又意识不到的美，展示出各有特色的，深邃的性格蕴含。主人公的可贵之处，在于他善于感知，善于摄取。读后，我们觉得，作品的力量加强了我们这样的信念：让英雄人物引导我们吧，也让凡人、小人物滋养我们吧，人们心灵的充实是多方面的，多途径的。在某种程度上说，一个人能够做到后一点，他将是更加立于不败之地的。

作品借助层层递进式的描写，让我们看到海喜喜这个车把式的不同侧面：忧郁的，能干的，强悍的，粗野的，愚昧的，嫉妒的，疯狂报复的，低头神伤的，善良诚挚的。我们不禁有些叹惋，他因为得不到马缨花这个女人而远走他乡。然而，这位身躯高大、粗犷剽悍的车把式，却以大地之子、顶天立地的气度，使这位质地柔弱的主人公得到震慑荡涤。他那纯然不同于"死狗派儿"老汉的人生态度，他那从不吝惜自己体力的、"鞭打快牛"式的出车劳动，还有他那回荡在空中的、与高原土地融合无间的歌声，这一切，使人感到他才是这块土地上摧不垮、剥夺不了的真正主人。他让我们看到了中华民族的伟力，最可珍贵的人力资源。如果说，我们的上层建筑面对这样的人民，要始终检查自己，那也是毫不为过的。我们看到，主人公从跨越沟渠的第一天起，正是这位汉子的"光环"，强烈地吸引着他。

开头还只是气质、风貌上的影响，使主人公自觉地追求剽悍和对劳动的无畏，获得高原上赖以"安身立命"的首要品格，他因之悟出了"没有平庸的职业，只有平庸的人"这一人生真谛。到了后来，经过情场格斗之后，海喜喜主动找上门来，作者笔锋一转，化险为夷，敞开了他那不记宿怨、自动退让、成全这"一个女子，一个念书人"的爱情的博大胸怀，他那黄豆与炕桌的赠予，真是价值千金。章永璘领悟到生活的辩证法，领悟到命运把他从象牙塔拽到这穷乡僻壤后，拾得了人类精神文明的金子，感到一种深刻的忏悔和镂心的痛苦。他们分手时，那一场关于哲学的必然性与人的选择（海喜喜当满拉学到的"特克底勒尔"和"依赫梯亚尔"等伊斯兰教词语）的对话，是意味深长的。似乎他们的相聚、殴斗和分手，也应和着这种对话。作品发出一种各自珍视自己的选择的弦外之音。

由情欲跃进到爱情

马缨花给予他影响的，自然是爱情方面。

这是一种寒灯苦读、但闻机杼式的东方爱情。类似题材中，它又不同于《天云山传奇》中的罗群与冯晴岚。同样作为一个"右派"，章永璘缺乏罗群那样的政治锻炼和思想信仰，但家庭和现实加予他的精神负荷，却比后者深重。如果罗、冯二位还有着爱情对话的广阔天地，章永璘却只抱着青春的复苏和感恩图报去接近那个吸引他的异性。马缨花对于政治斗争可以说是局外人，她只凭正常人的生活直觉去判断生活，对于男主人公也只是发出"遭罪哩"式的同情与怜悯。然而，就是这样一个泼辣而又善良的女性，怀着郎君读书妹织布的古老的家庭生活的憧憬，演出了高洁而神圣的爱情生活的场面。

从读者看来，觉得马缨花的爱情来得有点突兀，缺乏必要的补充性笔墨。她一再找上门来，也许出于对读书人的天然好感，但读书人成为爱恋的人，又不应是一般的读书人。不过，这种怀疑的时间不长，作者很快就提供了真实可信的图画。

作品把他们的爱情编织在情欲与爱情以及文化差距引起的相配与不相配这两个矛盾上，它们有区别又有联系。对于马缨花来说，她不去较量这些问题。只要她爱上一个人，就会全身心的献与。即使是谈及身边那个孩子的父亲，她也只是笑着说说"我不能沾男人，一沾男人就怀……"，而不去追悔过去。不追悔过去的人，也不会过于掂量未来。她是乐观的。然而，对于章永璘来说，这就像两座难以攀越的山嶂。当他最初沉醉于满足于情欲的搂抱和热吻而不能自拔的时候，正是马缨花升华了他的境界。假如在这种情欲中完成他们的爱情，那也只能是情欲。那种出自爱美、青春的躁动以及一般的感恩报答所引起的冲动居多与他"要和诗神永远地告别"、在农场"待到老"的自我估量有关，其结果，就像他所忏悔的，只是重演一个公子落难、妇女搭救、男方占有女方的陈旧故事。那样，除情欲而外，他们的爱情的其他领地乃至前景，就是一个难以预卜的未知数了。但是，马缨花的挣脱，又不同于知识妇女那种谨慎、矜持的自我掌握，马缨花即使在这种场合下，也是无私的，为他的。"干这个伤身骨，你还是好好念你的书吧"。多么震撼心魂呵！正是她的心，启动了他归去后那种关于死与生，关于"超越自己"的哲理梦幻。他从马缨花灵魂的闪光中，照见了自己的"邪气"，自觉抱愧，想到死；又从这种爱中，获得了"超越自己就是你的天堂""要和人类的智慧联系起来"的启发，体味到生命和活下去的美丽。

当他超越了这一步，他在胸中已经能够盛下情欲之外的更多的内容了。他开始对爱情生活进行全面的内省，主要是他们之间不能弥补的文化差距。如果这个问题得不到解决，他们的爱情还可能还原为情欲。然而，当他看见了这些劳动者"内心的异彩"，怀着"顿然窥见了人生的底蕴的那种狂喜"去向她求婚的时候，马缨花的形象又像"谜"一样地展开了。在她，仍然是过去那种牺牲自己、求得对方发展的精神的延续，而他，刚刚从自视和她相比属于"较高的层次"上走下来，考虑的是摆脱被"施舍"的地位，去完成自以为体面的家庭婚姻。马缨花关于婚姻和家庭的设想，是比较复杂的，有她个人的狡黠和利己，也有受现实制约的苦衷。不管怎样，两情相对时，她的"'老婆孩子热炕头'，那最是个没起色的货"，"只要你念书，哪怕我苦得头上长草也心甘情愿"的回答，是光彩照人的。及至他固执地要求马上登记时，她发出了"要不，你现时就把它拿去吧"那句表面似乎轻率、实则深沉得令人揪心的回答，对于刚刚劳动归来的她来说，这是一种并非出自情欲的献身，而是一种爱的献身。正是这种精神，他感受到了一种"令人心酸的，致命的幸福"。应该说，他们都已经越出了占有、情欲的阶段。"有限的爱情要求占有对方，无限的爱情则只要求爱的本身。"这一次，是他"轻轻推开她"，她的精神已经最后把他引导到一个高尚的、圣洁的爱情世界里去。

有关《资本论》的种种

从实说来，对于章永璘所获取的力量与信念，生活付出的代价是够大的：一个男子汉的出走，一个女人全身心的献与。即使是对命途多舛的人，生活赐予的厚爱，也常常是不吝惜的。这里，关键在于一个人的洞察力和摄取力。当然，幸与不幸，在不同观点的人看来，就有不同的标准。在某些飘浮社会生活高空的人的眼下，僻壤乡间的友谊和爱情，被看作是一种苦难，而对于一个受尽折磨、深知人生三昧的人来说，却能进入前者无法进入的精神境界。

类似境况中，章永璘又不同于作者笔下的另一个人物许灵均。这不得不使我们看到作者在构思中插入人物阅读《资本论》这条线索，一个在比较自然的生活状态中发奋振作的人，同一个自觉地学习马克思主义，并把它融入人生体验的人，这中间就大不一样。就章永璘来说，处在那么一个物物交换、需要"捎日子"（没有日历）的接近原始的荒村，自己又曾经在省干校教过书，与书为伍，抱着一本《资本论》不放，这是毫不足怪的。

我们很容易同意作者关于某种特定人物的"特定的理念就是他特定的形象的一个重要方面"[1]的观点。以为人物一从事思辨活动，引经据典，就是脱离形象思维的轨道，当然是欠妥的。从作品来看，且不论"念书"构成他与马缨花的关系的一个契机，就是从主人公性格发展的有机组成部分来说，这条线索也是必要的。他离开劳改农场当天同哲学讲师那场颇有学者风度的对话和绅士般的握手，饥肠辘辘时连商品的论述也无法下咽，以及书中劳资关系的分析和自身的联想，都是饶有趣味的画面。

这里，作者在主人公遭到马缨花推拒之后，插进的一段"如闪电一般"启示他应该怎样看待目前生活并确立今后生活目标的引语，是非常精当的。马克思说，人以自身的自然力，而且"由这种运动，加作用于他以外的自然，并且变化它时，他也就变化

---

[1] 张贤亮《当代中国作家首先应该是社会主义改革者》，《百花洲》1984年第2期。

了他自己的自然"。人只有在改造周围世界的同时，自身才能得到改造。主人公体会到，在过去，由于是不自觉的，或者由于客观环境强制他用粗蛮的方法改造自然，他的自我改造就出现了返祖现象。因此，人只有具备自觉性，通过学习，"和人类的智慧联系起来"，即使在各种艰苦条件下，也能在改造自然、处理人与人的关系中，摆脱一种低级的、被动的求生本领，"展开各种睡眠在本性内的潜能"，从而丰富自己，发展自己，"超越自己"。他感受到"一道灵光"似的"顿悟"。

我们可以把这一点看成这部中篇的全部哲理情思的一个交汇点。主人公从自然、人物、书本所获取的哲理感应，都聚光到这一个焦点上。如果推而广之，可以说，有了这种"顿悟"，就能使富有的人摆脱贫困，使贫困的人变得富有，使自由与不自由的人摆脱形骸和物质的羁绊，进入到更高一层的人生际会中去。正是经过这一番从生活到书籍的痛苦的思辨过程，主人公才感到，"我大可不必为自己的命运悲叹了"，"现在，我健康了，我觉得能够理解马克思的书了，我相信我不论走到哪里，我都有一种新的力量来对付险恶的命运"。

这一部分，也是受到微词最多的一部分。从作品实际来看，也确有值得商榷的地方。一方面，摘引要极为慎重，万不得已，不宜大段地引入；另外，穿插安排要自然妥帖，真正做到同人物的性格发展有机地纽结在一起。这方面，我觉得在马缨花第一次扑灭他的"邪念"之后，紧接着在二十七节插入几段关于《资本论》的议论，是欠妥的。主人公余悸未消，前景难卜，作品却写到他翻到《第三章货币或商品流通》，赞赏马克思"非常形象，非常生动，非常漂亮的文体"，赞赏他浓缩智慧，具有思想上的"通知"，包括他注意到中国，其中议论和引用大有介绍马克思学风、文风的味道，使用"顶峰"这类现在完全可以略去的字眼，而且多属赏析性举例，和人物当时的心境不是切合得太紧，给读者的游离感比较强。

与此有联系,作品引用了一些名家、名作、名曲、艺术典型和部分诗句,这对于作为青年诗人的主人公来说,还是必要的。但有的书名和画名比较生僻,读者不易查找,就可能损伤读者的审美感受。至于写马缨花家里的景状冒出"生活的节奏疯狂得像路易斯·阿姆斯特朗的《令人头晕的舞会》"的比喻,如果不加注意,用多了,就会染上古典主义的用典,离开现实主义的具体描绘。此外,作者把乐句的简谱杂进文字里去,固然属于一种尝试,但也可能产生伤害语言艺术的表现力和整体美的副作用,不知以为如何。

显露的艺术特色和有关的联想

假如把这个中篇同作者的整个系列的设想联系起来,用眼下时兴的系统论和未来学的方法,看看它在类似作品中的位置,做点展望,也许是不无意义的。张贤亮把我国当代某些中年作家的"苦难的历程"同高尔基、契诃夫等作家某些痛苦的经历相比较时说,后者属于"自讨苦吃"之类,他们是有意识地去受苦,体验人生,准备创作。我国某些被错划"右派"的作家不然,他们踏上痛苦的历程,就把文学创作置诸脑后。他们甚至"认为自己有罪",除却劳动权之外,剥夺了一切社会权利[①]。如果把这种比较说得清楚一些,前一类作家,面对的是一个腐败黑暗的政权,作家探索的是由黑暗走向光明的知识分子的曲折而又痛苦的蜕变;后一类作家,身临一个前景似朝霞的共和国,和它所蒙受的遭劫与苦难,自我改造与现实的"左"倾错误交织在一起,心灵的创

---

① 张贤亮《满纸荒唐言》,《飞天》1984 年第 3 期。

痛和艰难的历程更有难言之苦。

由于这种区别，张贤亮的章永璘同杨沫的林道静、奥斯特洛夫斯基的保尔·柯察金、阿·托尔斯泰的《苦难的历程》中的知识分子群不同。这里，用得上张贤亮说的一句话："在社会主义条件下追求马克思主义甚至比资本主义社会还要困难，至少不比在后一种情况下容易。"① 前一类作品表现的是人类大的历史转折关头的知识分子的命运，章永璘的形象则看出社会主义实践过程中知识分子由委顿而站立的蹉跎岁月。章永璘在历史上此类形象系统中，同他们划开了一道界线。仅就这一点，在现在和未来，这个形象的深远意义都是不能低估的。

另外，从当前作家的创作信息来看，我们完全可以把作者计划每两年写一部（仅这一部就接近一个长篇）、占据他整个创作生命的这部《唯物论者的启示录》，看作当代文学的一项巨大工程。经济领域里有所谓全国支援的重点项目，我们也可以仿此，就《绿化树》的得失和作者的宏大构思开展切磋与讨论。

在艺术上，可以看出，这个中篇标志作者找到了最好的叙述角度，回到了自己擅长的艺术风格，这一点，又是同他善于展示性格的丰富性、探索性结合在一起的。

作者谈《灵与肉》时，表露了自己的美学观：写"痛苦中的欢乐，伤痕上的美"，要从"痛苦""伤痕"和"惨痛的经历"中提炼出"美的元素"②。这种美学观来源于他的重大经历和文化素养，来源于他所说的受这种经历影响的、支配一个作家的"表现方式、艺术风格、感情基调、语言色彩"的独有的"精神气质"③。我们从他的影响较大的作品里，可以看出他这种创作优势

---

① 《关于〈绿化树〉》，《小说选刊》1984年第7期。
② 张贤亮《从库图佐夫的独眼和纳尔逊的断臂谈起》，《小说选刊》1981年第1期。
③ 《满纸荒唐言》，《飞天》1981年第3期。

的内在联系。从《绿化树》来看，《灵与肉》可以说是它的一个因子，《肖尔布拉克》反映了他这种善于从艰苦的底层劳动者身上发现美、并且创造人生真谛的能力，马缨花是作者创作的多难而又美丽的"梦中洛神"新添的一位姊妹。拿这些具有艺术力量的形象、作品同他新近发表的反映随意糟蹋知识分子、具有幽默风格的中篇小说《浪漫的黑炮》① 相比，后者就属于当今同类作品中的平平了。就是写农民干部的受到好评的《河的子孙》，我们有时也感到某种生疏和隔膜，主人公性格大幅度的变动和情节的迅速的转移，有时显露血肉不够丰满。这大概说明一个作家有所长，必有所短的难以避免的现象。《绿化树》使人感到他又回到了他善于驰骋的场地，作品中那种真切的、从容的、沉稳的、厚实的叙述风格，令人心弦颤动。作者曾因《灵与肉》太拘束，未能充分展开的抱憾，可以补偿了。他那诗人的气质，借人物第一人称的角度，也可以细致地剖析和充分地宣泄了。

一个作家感知和认识周围世界的程序和方法，常常决定他的形象的艺术质量。如果从概念出发，先入为主地带着理论的模式，即使深入生活再久，也不得要领。我们可以把章永璘分析马缨花的一段自白视为作者的性格塑造理论。他说："现在我才明白，人，除了马克思指出的按经济地位来划分成为阶级的人之外，世界上没有绝对的关于人的类型的概念。比如她吧，她就是她，一个活生生的人！一会儿稳重，一会儿轻狂，一会儿开怀大笑，一会儿又严肃认真……理解人和理解事物好像不同，不能用理性去分析，只能用感情去感觉。"作者借人物之口，把这一点说成文学与经济学的区别。作者善于"用感情去感觉"周围的人物，他笔下的人物的性格内涵就显得是丰富的、多样的、各种对立因素的统一，像主人公分析马缨花那样，分析海喜喜"神性和鬼气混杂

---

① 见《文学家》1984 年第 2 期。

于他一身"那样，成为"活生生的人"。这样的人物性格，就可以看到因时因地表现出来的不同侧面，就可以看到包括经济关系、政治关系、道德伦理、宗教观念、社会学、民俗学、民族学乃至人物的生理机能和心理特征在内的丰富性、完整性。

这里牵涉到定型性格和发展中的探索性性格的分类。如果作家遵循正确的途径，他的人物及其言行就不是某种定型性格的演绎，而是发展的、探索的。托尔斯泰1900年在一篇日记里说过很有见地的话："为了影响别人，艺术家理应是个探索者，他的作品便是探索。倘若一切真理都被他发现干净，倘若他无所不知无所不晓，从而教训人或者故意安抚人，那么他就无力去影响别人了。"[1] 今天的读者，已经越来越不满足作品中那种了如指掌的定性分析。《绿化树》从主人公到次要人物，都是读者跟踪不舍的探索者。这其中，随着淡淡地描叙，读者看到了人世的沧桑，命运的变迁，那么多耐人咀嚼的人生画面的转移。掩卷之后，读者还会为海喜喜的"漂泊"和马缨花的爱情选择长久萦系于怀，甚至同作者做出不同的评判。这也是人物形象蕴含丰富之所在。

这些艺术特点多大程度上在其他系列中篇里加以贯穿、变化和发展，我们无法预测。不过，话又说回来，这个中篇的总体构思，总让我们感到前承的或后续的中篇，作者将遇到很大的难题。早在1981年，作者在《满纸荒唐言》[2] 里谈到自己在长达十八年的劳教、管制、群专、关监的铁丝网生活中之所以能挺过来，大致是三个方面，"长期在底层生活，给我印象最深刻的，就是种种来自劳动人民的温情、同情和怜悯，以及劳动者粗犷的原始的内心美"，自己"观察过的百十位老老少少劳动妇女身上散射出来的圣洁的光辉"和自己做的"各种各样罗曼蒂克的梦"，再就是"以

---

[1] 《列夫·托尔斯泰论创作》第135页，漓江出版社。
[2] 见《飞天》1981年第3期。

空前的勤奋"阅读经典著作，写读书笔记。这三个方面在《绿化树》里都反映出来了。这三个方面与《灵与肉》的总体构思也大同小异，即许灵均的精神依托所在，"那里有他在患难中帮助过他的人们，而现在他们正盼望着他的帮助；那里有他汗水浸过的土地，现在他的汗水正在收割的田野上晶莹闪光；那里有他相濡以沫的妻子和女儿；那里有他的一切"。这种现象在作者的其他作品里也时有表现。当然，同一性质的生活范畴里，由于观察和开掘的不同，完全可以创造出不同的形象，《绿化树》并不与《灵与肉》雷同，但作为九个中篇所展开的主人公的总的历程来说，作者需要在思想上、艺术上深化自己、突破自己、超越自己，这也是很明显的。

作者在《十月》杂志社召开的讨论《绿化树》的座谈会上，表示了他完成全部作品、完成章永璘这个文学人物的信心："我觉得写出他来没有什么不可克服的困难，困难的是还要看在什么样的情况下写他的哪一段生活和心灵的历程。"[①] 这使读者感到很大的欣慰。同时，在这个座谈会上，作者又提出了一个引人注目的看法："一部作品所达到的高度，取决于那个作者本人所能达到的精神高度和时代允许他达到的高度。"这里，问题是向两个方面提出来的。从他本人方面看，《绿化树》是在去年抵制精神污染、并出现某种扩大化的迹象、"谣诼四起"的情况下"倾注了全都感情"来写成的，我们从他的这种"拗劲"中看出了艺术家的勇气[②]。另外，这个座谈会谈起对《绿化树》的结尾不太满意的时候，作者承认有"庸俗"或"平庸"的味道，希望读者"理解"他。这里也看出了那个时候的客观因素对作者的影响。我觉得，作品里引用《资本论》过多，与结尾的处理属于同一性质的现象。

---

① 《关于〈绿化树〉》，《小说选刊》1984年第7期。
② 参考张贤亮《必须进入自由状态》，《文学家》1984年创刊号。

勇气与弱点的并存,是历来许多作家(包括伟大作家)难以完全摆脱的。作者表达的"希望我们的文艺政策坚定不移地沿着党的十一届三中全会所开辟的科学的马克思主义道路向前迈进",反映了作家的希望,也为今天的现实所证实。从个人方面看,我们祝愿作者发挥独创和勇敢精神,让《绿化树》的姊妹篇给我们带来更多的喜讯。

1984 年 11 月 25 日

一幅差强人意的讽刺画

——说说《最佳家庭结构》的好处与不足

这里，所谓"最佳"之"家庭结构"，当然不是男女的正确分工，如往古的"男耕女织"，也不是互爱、互助、互让以及必要时的牺牲自己，成全对方。它的大前提是"单向结构"，即确定"家庭的优势"，发展一方，出发点和归宿都是为了"竞争"。它认定，家庭男女两极，像天平一样，一端要"升起"，另一端一定要用砝码"压下去"。这是社会某种竞争心理在家庭的一个扭曲的反应。这种"最佳"结构，常常导演出并非"最佳"的家庭生活。

作者肖士庆敏锐地抓住了这样一个具有普遍意义的社会问题，把聚光灯指向这一隅。他用连续的快镜头，借人物意识流动而迭出的鲜活画面，饶有兴趣地让我们观赏了这一对夫妻的家庭生活。女主人公倩荣，或以柔克刚，或以刚克柔，刚柔相济，采用"在家里闹""逞威风""泪水"以及"依偎""沏麦乳精""印吻"的办法，逼丈夫一步步就范，以完成她心中的"最佳结构"。丈夫金真从而不服，顺而不驯，在这种由妻子设计的"结构"的无端摆弄中，终于引起了对这种"结构"的"沉思"。

倩荣是这种"结构"的滑稽膜拜者。她的悲哀不仅在于盲信这种"单向结构"，而且在于毫无自知之明地去实践这种"结构"。这就构成一种滑稽和讽刺。当倩荣看到金真成分"高"，受到极"左"思潮的冷落，入党问题始终得不到解决，加上在她早先构想的"托尔斯泰式书房"和托尔斯泰的"躺椅"里，丈夫并没有成为托尔斯泰，于是，她要确立这种"结构"的新的位置了："不能指望你了，阿真，我来吧。"她采取了一再提前半小时上班和频频递上丈夫代笔的、言不由衷的"入党申请书"和"思想汇报"的办法，令读者喷饭。她为了"站党票"，把做饭、洗衣、擦地、提煤、织"阿尔巴尼亚"大花毛衣，一直到喂猫养鸡、给女儿扎小辫子，一股脑儿全推给丈夫了。

这是时代浪潮中泛出的一场小小的恶作剧。作品的意义也在于给我们活画出了这样一位女性。最初，她怀着少女的幻想，追寻天国中的白马王子，有过痴情，也有过幼稚。她当时的"夫贵妻荣"构想，还受着历史因袭的影响。不过，我们要严正指出的是，她那时就以今天奴役丈夫之心来奴役昨日之自己了。她昨天的"慕贤若渴"和今日的"刚愎自用"，不过是同一种意识的两极表现，是"单向结构"的不同"单向"形式。你看，她把金真供奉在那个名家的"躺椅"里，连"三句半"之类的小玩意儿她也剪贴装帧，标为"灵感的种子"，她定下的位置是"家里的一切琐事全交给我好了"，"我能侍候好咱们的宝宝"。的确，卑人者亦自卑，这是值得少男少女们从早就要警惕的。

我们完全可以在思想上对号入座，无论是自己家庭的安排，别人家庭的认识，作品都可以作为一面镜子，使我们获得新的认识。实际上，我们还可以牵蔓开去，产生更多的联想，旁及其他一些家庭结构。比如说，"最佳父子结构""最佳母子结构"等等，等等。父母请假不上班，在高考试场，手执巧克力、冰淇淋、汽水，列队等候，甚至在期末、期中考试也这样干。他们为了发挥子女的"优势"，为了考试，一切都可以让路，殊不知考试的目的就是工作，这样做是十足本末倒置的。

不过，作品也存在着不足。我以为，最大的弱点是形象与思想的差异，主题与题材的差异。就像一团面，作者揉得不匀，中间疙瘩甚多。在创作上，我们提倡形象大于思想，批评形象小于思想，我们也不赞成形象同思想发生差异和脱臼。从作品的标题到引文中论及的社会问题来看，我只能说，作者在主观上是对这种时兴的实惠的"结构"论持批评态度的，但是，作品的客观形象，还不能使读者达到这一步认识。我们看到，在下列两种情况下，倩荣的不自量力的"挑大梁"的"单向结构"还会维持下去：一是她那图形式、图表面的"站党票"行为，达到了入党的效果（这并非绝对不可能，相反，在"左"倾错误盛行时，倒相当可能），二是金真并非真的会"当官"、会"升到局里去"。出现了这两种情况，倩荣不会"哭"的，也不会"先是笑，后来不知怎么就哭"的，她那"从明天开始，我们来个大换班"的又一次颠倒"结构"中的位置，也就由此产生了。另外，我们还可以设想，如果倩荣真的有本事，拿得出两下子，她的"结构"图会长存永安的。

因此，作品在客观上给读者一个感觉：它嘲笑了一个形象，并没有嘲笑一种思想，它否定了一个女性，并没有否定"单向结构"本身。作品在介绍中曾根康弘的家庭，介绍撒切尔夫人的家庭，介绍所谓"每个成功的男人后面都有一个女人""每个成功的女人后面也有一个男人"这些似是而非的说法里，在介绍这一切之后作者没有起码的回应与关照，可以看出这一团面里的疙瘩。如果据此而论定作者赞成"单向结构"，那是简单粗暴的；但作品确实在客观形象上只是否定了倩荣所设计的滑稽型号的"结构"。金真的"沉思"，固然是点睛之笔，那也不过是提醒自己不要重蹈妻子的覆辙，他本人的思想状况，还达不到作者主意（主题）的高度。

造成这种不足，可能与作品的整体艺术构思有关。作品现在这样的喜剧开始、正剧结尾的方法，容易给读者一个错觉："单向结构"似乎是尚可成立的，只是倩荣把自己的位置错误地颠倒了。如果换成另一些处理方法，比如采取喜剧开头、喜剧结尾的方法，比如写金真升官纯属误传谣传，倩荣空自颠倒一场，写同一个金真忽而被她视为巨人，忽而被她踩在脚下，这样，也许不仅能戏谑一个人物，也能戏谑"最佳结构"本身。事实上，即使是撒切尔夫人，我们不是也知道他们夫妇两人并不雇人、她也是一名烹饪能手、她每天给家里人烧早饭、甚至连调换电灯保险丝也爱自己动手么？如果看看古往今来夫妇双方都得到发展的例子（也许只举居里夫妇就够了），看看即使发展不平衡、双方都能和衷共济的例子，何曾出现过如此变态的"单向结构"呢？当然，作者还可以探求更高明的处理办法，但像作品现在这样的状况，读者总为作者感到遗憾。

我们仍然要感谢作者的敏感，欠缺毕竟是次要的。我们的文学日益触及时代的脉搏，深入到人们生活的各个领域。在我们实行对外开放、对内搞活的今天，精神文明的建设是并行不悖的。我们从作品里感受到作者在讽刺、在笑的背后，有一种暗暗的呼求：不要为了现实而忘掉理想，不要因人生的拼搏而抹去充盈其中的诗情，让爱情和家庭跃入一个更美的境界，这也许是弦外之音，但读者是十分珍惜的。

1984 年 12 月

谈《拂晓前的葬礼》

历史总是以神奇的力量，把某个生活领域的大智大勇者铸造成为英雄，同时，它本身又是一面高悬的明镜，照见其中一些人如何演变成一个可怜而又可笑的人物，这其中，必然是那可悲的英雄身负着过多的历史沉淀物，一种必然被时代淘汰的沉淀物。我们说，让那逝去的逝去，埋葬那应该埋葬的吧。

当然，这样的评价对于王兆军的《拂晓前的葬礼》（载《钟山》1984年第5期）来说，是过于概念的，也是过于粗略的。这个中篇在读者中之所以产生较为强烈的反响，自有它更多方面的原因。它的人物奇异，思想和艺术也呈现出新鲜之处。尽管这些特色又明显掺和着某些不足和欠缺，但作为一种现象，是引人注意并值得进一步研究的。

作者写田家祥这个农民，是在常人止步的地方，他起步；是在常人搁笔的地方，他掘进。一个贫农的孩子，聪慧而无钱读书，中经参军而成长为村里的领导干部，感受新生活的阳光又遭受人世的坎坷，既有体恤人民、改变农村面貌的英雄气概，又有个人报复、膨胀权势的阴暗面，最后在农村实行责任制的时候，蜕变成一个顽强抵抗，不惜以血肉之躯作孤注一掷的可悲人物。这个性格充满复杂的矛盾，又有着较为深广的历史覆盖面，无论从横的和纵的方面看，都是有一定创新意义的。

作者一入笔，我们就被他那如醉如痴的对人情世态的描摹所吸引，田家祥这个形象的历史根基、现实基础和个人命运，通过

"我"这位深深爱恋着他的女知青的一往情深的描叙而凸现在读者面前。这位智勇过人的农村青年,本来应该有更壮丽的人生,因为理想同现实的矛盾,以及自身的局限,而终于成为一个夭折的天才,成为一出悲剧的主人公。少年时期,他被迫中途辍学,扶着中学校门流泪,成年之后,又不得不违心地讨一个大红脸、黄牙黑根子的老婆。现实不允许他充分行使主人的权利,他又对自己的老婆施以"奴隶"般的叱喝。田家祥过着两重感情生活,他只有在济南和"我"单独相会时,才流露出他那未加矫饰的人性,而在农村里,只能把自己对"我"的爱情强压在心里,在家门前埋下一块凿有"泰山石敢当"五个大字的石头,残酷地防范他那"心中的鬼"。我们不得不哀叹他那乖戾的青春,对于这种状况,历史也许要比个人承担更多一份责任。

然而,就是这么一个不能主宰自己命运的人,却又在改变村民的经济状况的奋斗中表现出一种机敏、决断、破釜沉舟的英雄气概,并成为真正的英雄。他曾经虔诚地信奉一个口号"我是全村人的儿子",吃苦在前,舍身忘我,勇气非凡,而又不乏韬略。同时,他又迷信"楚霸王就败在心慈手软上"的古训,强横地对待乡亲以树立自己的权威。他明知在当时"典型就是剥削",却为获取这种利益而于大年初一强令社员修渠。他因此而成为风云人物,并主宰村民命运。权力成了他的护身符,同时权力又引导他走向末路。农村经济改革涌现出新的人物,产生了新的社会关系,触动他的权力,他作了顽强的抵抗并可悲地失败了。这里,我们又看到,个人的责任多于历史的责任。这是一个时代落伍者的悲剧。

新时期文学的农民形象千姿百态。他们或者以自身的命运向历史发出诘难,或者本身就成长为新式农民。他们之中,有李秋兰、武耕新这样的新人;有李顺大、陈奂生、许茂、张铁匠、冯幺爸一类的人,从他们身上看到共和国曾经走过的艰难历程;另外，还有李铜钟以及《被爱情遗忘的角落》中的男女青年，他们以震撼心魄的悲剧力量给后人以启迪。此外，近年来，又出现了高加林这样的复杂农民形象，田家祥又增加了一例。这类农民性格发展的节奏不再是那么缓慢，内涵不再是那么单一，显示出复杂的纠葛，甚至存在积极面与消极面尖锐对立而又杂糅的现象。这些形象充满内在的躁动不安，也引起读者的躁动不安。从他们身上体现出复杂的社会关系，历史与现实的冲突，城市生活对农村生活的冲击。从这些形象我们很容易感受到农村正在摆脱传统生活方式、跨入现代生活的历史步履。

当然，眼下这些形象提供的经验不多，我们难以在理论上条理化。就拿田家祥同高加林相比较，前者的历史含义较为深远，而从艺术上、从思想与艺术的结合上来看，前者不如后者。王兆军自称追求"一种立体感，一种历史感"，形象本身的艺术力量还比较难以充实其巨大的框架，介绍性的叙述较多，缺少那种思想迸发、感情淋漓的特写场面。

这些具有直面生活的勇气和深刻思想的蕴含的性格复杂的农民形象的出现，显示出我们文学的现实主义的进一步深化。路遥写《人生》，是他长时期在"交叉地带"的"思想经历、感情经历和工作经历"的一个结晶。王兆军在鲁南农村工作期间，结交不少基层干部。其中，许多农民优秀分子集中了一般农民的优秀品质，又摆脱不了传统农民的弱点，他们的坎坷命运常常激起他的沉思。后来，他又阅读有关农民问题的理论专著，从田家祥身上体现出"他用农民的伟大完成了他的进取，又以农民的渺小完成了他的衰颓"。可以说，写好复杂性格，抓住生活和思想这两头尤为必要，二者舍其一，就容易离正道而滑入歧路。

此类作品，在掌握人物内在的伦理和心理的总发条以及心灵过程的发展逻辑方面，我以为尚需进一步努力。我们不是为复杂而复杂。现在看来，困难不在于发现人物最复杂，最奇特、最难以调和的部分，困难在于洞悉它们，善于穿针引线，搭梁架桥，把它们连缀成一个有内在逻辑关系的统一的机体。这方面，田家祥这个形象存在较多的欠缺。他的英雄品格与狡诈并存，有时给人以断裂、突兀之感。他的某些病态反应，如"我长大了，非杀这些大人不行"的表白，似可略去。作品写他后来去强奸小石榴，更属败笔。作者可能是借此杀一下他的气焰，以完成小说的结局，实际伤害了人物与主题的严肃性。总的说来，我们的小说艺术在人物塑造上，写行动、写事件、写结果比较充分，写过程，写心灵的隐秘，则比较单薄。车尔尼雪夫斯基在评价托尔斯泰的卓越才华时，提出"人类心灵的知识"这个概念，希望作家掌握这门知识，掌握"展示心灵秘密的能力"，对我们仍然是有指导意义的。

实际上，性格比较复杂的农民在人生道路上，也是各种各样的。只要我们的文学把自己的触角深入到更深更细的生活领域，势必会重视人物性格的复杂化，而创造出各种各样的典型人物形象，展现更为丰富、更为复杂的人世相。

1985 年 1 月 10 日

转化性格的艺术探求

转化性格的艺术,一直是作家们乐于去试验、去探求的。因为它容纳人物性格的各种变化,增加人物性格的弧度,使性格由扁变圆,产生一种诱人的艺术力量。而这一切,都可以使作家把自己对人生的深入的观察和思索,对人物的令人揪心的命运的把握,熔铸到这种性格中去。

新时期的创作实践从性格艺术方面来说,已经把按概念来图解人物,用抽象的社会学范畴来装饰性格的做法,推入到历史的陈迹里去了。代之而起的,是作家对人物的生动活泼的描写。一般说来,性格艺术已经由过去影响甚大的庸俗社会学的势力范围,回归到、跃入到真正的艺术创作中来了。

这是我们的性格艺术迈出的可喜的第一步。作为这一步的标志是,人为拔高的理想化,日益没有市场,作家对人物的把握由过去单纯的政治的、理性的把握,变成了日趋综合的,富于激情的浑然一体的把握,无情的文学变成了有情的文学。

如果把这一步较多看成是定型性格艺术的进展与突破,我的一个不成熟的想法是,我们的性格艺术面临着另一步的飞跃。这一步,较为突出的是表现在转化性格的艺术功力和多样手段的驾驭能力上,也就是说,即使是一些优秀的艺术作品,转化性格的艺术处理比起非转化性格来,常常要逊色一些。

我们常见的情况是,作家、艺术家在处理转化性格时,对于转化前和转化后的两个面,写得真实生动,而在表现这两个面之间的转化过程时，往往棱角太突、有一点苍白无力。较为常用的手法，就是在转化性格的转化基因中插入另一两个先进人物，楔进另一两个激动人心的故事，或者在结构上就有安排某些人物为转化性格服务的某种考虑，似乎单凭这种外力的感召，性格也就转化过来了。我觉得一些受到称赞的作品某些转化性格，如根据乔雪竹小说原作改编的影片《十六号病房》中的常琳形象、李存葆的《高山下的花环》中的赵蒙生形象，都存在这种不足。

也许，出现这种情况，与过去的美学理论、艺术理论存在着这方面的薄弱环节不无关系，拿黑格尔来说，他的性格理论在很多方面集过去艺术经验之大成，体现出坚定性、整一性的特色，至今也未失去现实意义，但他的弱点是仅把人物性格作静态的、横切面式的剖解，特别是对人物性格的转化现象，他未能作正面的、深入的研究。

这种薄弱现象与艺术实践所能提供的足够经验，也有一定的联系。这种状况一直到上个世纪五十年代，车尔尼雪夫斯基提出了著名的"心灵辩证法"的理论后才有所缓解，这是对黑格尔性格理论的补充和发展。在他看来，托尔斯泰的才华有别于普希金、莱蒙托夫、果戈理、屠格涅夫等先辈的独特之处。就在于他对人物的"心理过程本身"最感兴趣。托尔斯泰表现人物思想感情的转化，不仅擅长描写转化前后的两个面，还善于描写这个转化过程本身；而且，这种描写不单是着眼于外力的影响，还要注重人物主体内部的心灵辩证法。车氏说，"那种难以捉摸的内心生活现象，彼此异常迅速而又无穷多样地变换着的，托尔斯泰伯爵却能巧妙地描写出来"。车氏这一论断历时一百多年，至今为世界评论家所首肯。

应该说，托尔斯泰所做的这一突出贡献，以及他在理论上的启迪作用，一直被世界上卓越的艺术家所承传。受到高尔基推崇的法朗士和茨威格，也可列入这一方面的作家。如茨威格的《一个女人一生中的二十四小时》写一个操守严谨的寡妇在二十四小时之内陷入了对一个失足青年赌徒的不能自拔的爱情。这些总体为现实主义的作品，是富于人性的，又不失去社会性的内蕴。它们所表现的人物性格的一百八十度的大转弯，由于作者驾驭"心灵辩证法"的卓越能力，由于作者微妙而又饶有兴味地展示了人物性格转化的心理过程，因而显示出一种真实而又丰富的艺术魅力。

我上面提到赵蒙生和常琳两个形象所存在的弱点，不是否定他们存在的价值，更无意贬低这两个曾经感动得我流下热泪的作品确系当代优秀之作。然而，赵蒙生较梁三喜、靳开来，常琳较刘春桦和陈仲男这对"老二哥"夫妇，的确要逊色一些。也许，这里反映出我们创作一个相当带有普遍性的弱点。我们善于表现人物的社会言行，而对人物的内在的、有时难以言状、难以理喻的心灵活动缺乏功力。赵蒙生的思想转变太急促，他的英雄行为是产生在靳开来、梁三喜牺牲之后。影片《十六号病房》所表现的刘春桦在农村的动人事迹，一下转成了常琳的回忆"闪回"，似乎比她本人的经历还鲜明生动，于是这位冷漠、忧郁的姑娘就转化过来，走向农村，取代死者刘春桦的位置。这里，不是要否定外力的感化作用。但用外力代替人物自主的、内在的心理过程和灵魂轨迹，常常使我们的作品显得有点单薄。

有必要再说两句托尔斯泰，他作为19世纪与20世纪之交的承前启后的艺术大师，他的艺术特色绝不止于"心灵辩证法"，西方一些公正的评论家指出他在塑造众多人物性格时，能在社会方面和内心方面保持稀有的平衡。后来的许多艺术家常常难以达到他那样的平衡与统一，或者，一部分人将他的心理描写艺术加以发展，既有充实和丰富，又出现某种片面化，甚至走向畸形；而另一部分人只注意表现人物的阶级关系，社会活动，不去或很少去注意个人的内心生活，人物成了失去血色的"机器"或"人体模型"。这里，不是把托尔斯泰当成完美无缺的模式，让我们在性格艺术上亦步亦趋地加以模仿，但是，从近现代现实主义和现代主义艺术的由客体偏向主体，由再现偏向表现的大致脉络中，我们可以获得若干成败得失的启发，每个艺术家要根据各种具体情况做出自己的选择。在包括转化性格在内的性格艺术中，不是要求社会方面与内心方面都做到半斤对八两，其丰富性、多样性，可以新辟的蹊径和领域，哪一个艺术家也不能斗胆说自己可以穷尽。

结合我国的创作情况，有关这方面的议论是值得考虑的。我们不能像西方某些人，要么把托尔斯泰看成表现主义，存在主义的先驱，要么完全割断现实主义同托尔斯泰、同现代主义的联系。西方现代主义作家普遍不满足浮面的再现，沿着注意表现人的直觉、心灵、潜意识、下意识这一条文脉，有着长足的发展。他们在作品里所写的人物一般不是很多，而着重人物自身的心灵隐秘和那种纷至沓来的意识活动，包括对理性与非理性等心理现象的各个层次的体察与探究。他们一方面丰富了过去的现实主义，提供了表现人的新鲜经验，有的又走入歧路，恶性发展了非社会化倾向。从转化性格的艺术处理的角度来看，我们是可以仔细分辨，有取有舍的。优秀的艺术家善于博采众长，有成就的现代派作家没有割断同现实主义的联系，现实主义艺术家也不排斥从现代派里汲取好的东西。

事物有时有点奇怪，人家畸形发展的地方可能又正是我们的弱点。他山之石，可以攻玉，即使是有毒的蛇胆和罂粟，尚可入药。这里需要冷静，需要我们的基地坚实，需要对前人和今人的一切艺术实践保持清醒的自觉，我们的转化性格艺术，也会在这种不断探求中得到提高。

1985 年 3 月 29 日

何立伟作品碎语

1

　　他的作品,像阳光透过云层投射到乡畈间的荫翳,虽无明媚灿烂的农家景色,但是引你留驻,牵你思念。有如湖南农家熏得硬邦邦的豆腐干,呷一口酒,不能多咬,得细细品味。

　　使我注目于他的,并非《白色鸟》,而是《雪霁》。我惊异他除了熟谙少年雀跃的心,也能体察老者枯槁的神,枯槁的梦。他不是给我们吹起一支过于纯净的牧歌,那里面分明有泪斑,有血痕。然而,这位力图洞察世俗人情底蕴的青年作家,当他把玩他的画面时,我们仍然能感触他那年轻的、赤子般的憧憬。

2

　　都说《白色鸟》构思的反常和奇特。在那满幅静美的少年游乐图的稍尾处,传来了"开斗争会"的锣声的轻轻地骚动,白色鸟飞走了。手法早有,用得新鲜。作者抓住了一个普遍的、人人都易受到触动的童年主题:极乐中的悲,像初绽的花蕾,初涉人世,即横罹风雨。谁无此类经历?谁不因之而永志不忘?只不过这是"文化大革命"留给少年的哐哐锣声。我以为,这是小说深深打动青少年,打动广大读者的力量之所在。

3

何立伟在追求和实践一种诗体小说,它是叙事类的,又接受诗的法则,重境界,轻场景,重意象,轻实在(包括人物的情节和性格)。不拘泥那种散文式的叙述链条,而是掐取诗的环扣,着意摄取瞬片意象,刻入读者心灵,至于此前此后,个中秘密,就留待读者了。他的《雪霁》的社会背衬极为宽泛,而且你最好不要过于确切地去追寻。那里踯躅着老者的孤寂与不幸,烙印了女校长姐妹的辛劳与孤僻,最后连他(她)们的身躯也裹塑在白雪里。与此作两极对峙的是细伢子的欢快,准备堆雪菩萨的"明丽灿烂的梦"。这一切都是浓缩的,剪影的。只觉得夜太长,世界太冷漠,旧家庭、旧社会扼杀了他们的爱情,又干涸了他们的生命。若要追及背景与主旨,最恰当不过标题"雪霁"二字:雪夜的过去,灿烂的霁晴。如此,他的作品宜作整体的诗意把握,不宜作翔实的考究。不必如有的评论所指的,《白色鸟》中那位少年的外婆就是"成分不好",斗争会就一定是拿她作靶子。因为作品没有这样说。

4

何况作者声明自己"尝试着写一种'绝句'式的短篇小说",在精短的有限里追索无限,剔除繁杂、详细,讲求简约、含蓄、空灵,留下"空白"。这种追求在当今青年作家中,他可谓首屈一指。他最新发表的总题为《影子的影子》的三个短篇,总共才六千多字。《远处》写一个寡妇把自己的孤寂寄寓在多情的蜈蚣精的故事里,然而,听她讲故事的崽脑壳太大,抱在手里真沉。《水边》里的细伢子对那个有绿树、白墙的小鸟一往情深，那里生活过，又投水自尽了十几个外地标致伢妹子。《死城》逃亡着一对恋人，他们不曾想到交欢的坟茔下面埋葬了如他们一样的男女。约略推断出这些画面的背景是动荡岁月。这夜的遐想，岛的梦幻，爱的逃亡，能容纳各种读者的各种联想，向不合理、恶告别，追寻着太阳与美。

5

他使人联想起何士光。他们都流露出对乡情乡音、民俗民风乃至古香古色的执着的恋情。不过，何士光极力从中显露新时期的曙色，当然是求其自然；而何立伟似乎尽量将此抹去，能隐蔽的就隐蔽。一个近散文，一个近诗，他们都不喜爱戏剧。

6

他力图以当代的眼睛，谛视近乎有点封闭的乡镇生活。这是文学当代性、当代意识的一种特殊表现。至少，作者是逐步意识到这一点。大概，作者蕴积了儿时以来难以排遣的情怀，对旧时家乡、遗俗遗风保持一种特殊的敏感。他较早写的手拿栀子花满城转悠的癫女（《小城无故事》），自足自立到处流浪的石匠（《石匠留下的歌》），都蕴含较深。有人喜欢拿落后与进步，趋前与向后的尺子加以品评，不是这样。我们倒是从他的画幅里体味到，那里面，逝去了我们的前辈，注释着众多令人战栗的人生，是我们极好的参照物。

7

除开文字是经过自己感情的浓汁浸泡过外,作者还讲究一种"将五官的感觉在文字里有密度和有弹性张力"地加以表现,达到一种可触性和立体感。他写两少年在河滩上由远及近走来,"迤逦了两行深深浅浅歪歪趔趔的足印,酒盅似的,盈满了阳光,盈满了从堤上飘逸过来的野花的芳香,还咯咯咯咯盈满清脆如葡萄的笑音"。这种非写实的意象手法,将形、色、香、音都注进这点点凹凹的足印里了。

不过,这其中也有美的提炼。比如,写老人在"雪地上,那颗浊泪穿了小小一眼洞。复又被雪浸去",很好;写他"一阵咳嗽,然后努力吐出一口痰来。雪地上,即刻便有了小小的一眼洞。慢慢又被雪填满了"就不太好,不知作者以为然否。

8

是否硬要提出,让他的作品增加一点亮色?评论中,胖的希望变瘦,瘦的希望变胖,结果都是中不溜儿个子。评论的准绳,一直是困惑人们的。拉开点距离说,近来我们是逐步醒悟到,不能用托尔斯泰的标准要求陀思妥耶夫斯基,那样会失去陀思妥耶夫斯基。也不能抽象出一个貌似公允的标准要求托氏和陀氏,那样会失去他们两个。这中间,评论有对读者和对作者两个侧面,对前者要求周密、公正、不偏不倚,这同对作者并不完全一致。有时,对于作者来说,失去了局限,也就失去了优势。

至于亮度,色调,要看材料,要看作家的气质,很难定于一。何立伟的要追究"人心里无声毁了那许多东西"的表白,是可以感受到他庄严的责任心的。

9

他的《一夕三逝》(《人民文学》1985年第9期）发表后，颇有异议。有人说，里面三个短篇写幽怨的爱，写近于凝固的黄昏，写残废琵琶女洒向人间的美，其中个别段落隐得有点晦，有点涩；而他的针砭时弊积习的《小站》(《上海文学》1984年第10期）又有一点显，有一点直。晦和显，都是作家力避的。另外，有的同志提到需要注意意象、意境的提炼与拓展，作者都可以适当参考。

10

文学有主流、细流之分。作者的绝句式诗体小说，对于展示时代的风云大潮，是有局限的。不过，我们的文学版图，除了黄河、长江，也应有湘水乃至小溪。号召与容纳，是一门调节的艺术。

作者处在探索之中。他的中篇小说《花非花》采用写实手法描绘了校园生活的众生相，虽褒贬不露痕迹，但作者的主体意象的特色有所削减。那个面面俱到、让时装之风吹进古老裁缝店的艺术构思（见《砚坪那个地方》，《人民文学》84年第4期），显得有一点落套。说实话，我倒是希望他的绝句式意象小说继续试验一段。作家之道，在于善于限制自己。法国作家批评家莫洛亚说得好："我认为对一个艺术家来说，善于限制自己研究的范围，往往是出色的高抬。"这对改变作家中常见的平而缺奇、奇而难以蔚为大观的现象是有好处的。

1986年2月22日

报告文学的好势头

——读《唐山大地震》等三篇新作

报告文学创作在沉寂了一个时期以后，最近出现了良好的势头。一批作家敏锐地捕捉重大题材，多视角地考察社会生活，大胆地反映现实，写出了鸿篇巨制式的作品，如钱钢的《唐山大地震——"7·28"劫难十周年祭》（《解放军文艺》第三期）、张嵩山的《一个"傻子"和一个瓜子市场的兴盛》（《解放军文艺》第一期，以下简称《傻子瓜子》），苏晓康的《洪荒启示录——洪汝河两岸访灾纪实》（《中国作家》第二期）等。这些作品气势磅礴、丰厚真切，读之如感受江河在大地上沉稳地运行，如感受生活肌体的脉搏的真切跳动。

纪实文学的品类繁多、兴旺发达，它比起虚构文学，有时显出某种迅速争取读者的优越性。重大的社会题材，人所共知的真人真事，日出日没发生的新人新事，能够激起读者强烈的共鸣，使他们相对摆脱某种超然的观赏心理。人们在寻思，这些真实的事情降临到我头上，该怎么办？

新时期的报告文学除了传统的占优势的人物特写之外，又分支出了一种宏观性、全景性的种类。前一种形式颇近小说，描写细腻，写一人一事，或名人逸事，或凡人奇事。但是，现代生活繁复多变，当作家需要对它进行全面综合的把握时，后一种形式就迅速发展起来了。从刘宾雁的刨开表土、理出根须的《人妖之间》开始，这种形式不断有人实践。举其大端，有陈祖芬的写经济改革的系列作品，也有李延国的浩歌长啸式的写引滦入津、写胶东农村改革的全景式作品。这些堪称宏构之作，的确把报告文学的辐射面和容纳量大大扩充了。

《唐山大地震》等几篇作品，就选择了这种形式。要对生活做出全面的、深入的认识，要对人的命运和社会问题做出综合系统的研究，显然，人物特写的形式不够用了。作者发掘和利用了报告文学的潜能：坚持文学性，又加强报告性，加强社会调查性，加大信息量。他们以人的命运为中心，勾画出一种全方位、多维化的一览图。在信息需求量增大的现代社会，在人们要求独立地思考和把握社会生活的当今时代，在提倡文学反映经济改革，发挥认识现实的功能方面，事实证明，这种报告文学形式具有一定的优势。

如果说《傻子瓜子》以横向综览取胜，《洪荒启示录》则以纵向的今昔参照发人深省。张嵩山围绕"傻子"年广九的命运，写了芜湖整个瓜子市场，包括个体户的兴衰以及国营的"迎春瓜子"的急起直追，并且放射到因竞争而引起的出人才、促技术、促优质价廉、争夺全国瓜子市场以及觊觎国际市场的空前盛况。里面有上至中央下至芜湖市各层次人物的活动，又有全市个体经济周详的调查和统计数字。苏晓康写河南洪汝河两岸灾情，从头至尾注意采用复调手法，给今天熟悉农村大好形势的读者提供历史与现实两个参照系。写城郊"逐客"，写访民"刁顽"，作者拿史料和现实对比，让我们看到那里深厚的封建意识积淀。作品一开始介绍80年代的洪汝河两岸出现成千上万的人"逃荒要饭"这样一幅十分刺目的画面，就追溯到相似的历史现象。人们不禁发问：悠悠千载，此种饥馑冻馁之状要持续到何时？抑或，这仅仅是天灾么！

这种宏观、综合的写法，它所产生的社会作用也是综合性的，是"超文学"的。《唐山大地震》写了一个城市的毁灭和拯救，包括人与自然、人与社会的各种关系，从政治家、科学家到每个家庭成员，都可以从中汲取有益的东西。《傻子瓜子》除了年广九这个形象的文学价值，还让我们对个体经济、商品经济有个全貌性的认识。作品正面介绍了年广九雇工二百，年利一二十万元，同时也指出他一年交税一二十万元，工人工资普遍提高，瓜子成为市场畅销的拳头产品，搞活了一个地区的经济。作者把这一切留给经济学家和读者来思考。

掩卷之时，我又默想，在一些类似的报告文学之中，这几篇又给人以丰厚真切之感。我最初把它归因为作者的胆量与见识，他们敢于面对现实，揭露问题。不，不单是这样。最根本的还是作者们投身生活的深度。一般说来，写出有分量的报告文学，要经历两个层面：采访层面，实践层面。当然，采访也是实践的一种。但是，后者要求作者沉到生活的深层中去，从体察、认知、动情，到命笔，包括到描写的那个天地里去厮混、摸爬滚打。如果只是停留在第一个层面，参加会议，个别访问，虽也能描绘、引证、联想、发挥，有时也能生出某些幽默、抒情和哲理，但总给人以轻飘之感。这种作品，虽有冲浪者的敏捷，总缺乏潜水者的深沉。这三位作者不然，他们确实是下了功夫。有的是长达一年的采写结晶，有的是家乡父老痛苦生活长期拍击心扉、郁结心头的产物，有的是作者积存数年乃至十年的泪水提制而成。

生活的感召，不仅开阔了作家的思想和眼界，而且给作家以勇气，使作品获得底气。苏晓康扎到洪汝河两岸采访，发现在那里少数干部把经济改革加以改头换面，为我所用，以谋私利。他不避"只看支流"之嫌，下决心"给我们这个正在摆脱贫困的时代，再唱一支贫困的挽歌"。作品的出现，就标明作家敢讲真话，开始获得创作自由的良好环境。

沉入生活，还能获得最佳观察视角。张嵩山采写年广九，给人一个突出的印象就是做到了亲切感与距离感。这恰恰是报告文学写人物的一个成熟的标志。作者有时候倾注赞赏之情，写他精明、吃苦、有胆识、富于冒险，同时，作者又高视角俯瞰他，写他滑头、迷信、游民习气、甚至动手打工人。如今，读者饱有经验，对那种写改革的轻飘飘的颂歌，对那种一好全好，一坏皆坏，一经变革便物换星移式的描绘，常常有一种谨慎的保留。艺术法则是一视同仁的，功夫不到，难免浮泛，虽大手笔也难以豁免。

《唐山大地震》还提出了一个较新的课题：为人类写作。大震十年了，作者在80年代的今天再一次回视了十年动乱末期发生的那次大灾。死亡二十四万多，重伤十六万多。对这场四百多年世界地震史上给人类带来的最惨重的灾害，作者近乎要发出地问、天问式的呼喊。作者当初亲临救灾，十年萦系于心，寒暑采访，缀成近十五万字。作者说："唐山无疑已属于人类。""我要给整个地球上的人们，留下一部关于大毁灭的真实记录，留下一部关于天灾中的人的真实记录，留下尚未有定评的历史事实，也留下我的思考和疑问。"

优秀之作都是属于人类的。但是，自觉地、明确地意识到为人类写作，这不能不说是我们文学里解放思想、视野宏阔的一个表现。这篇作品流荡着深厚的人道主义精神，它涉及白种人和黄种人，异国朋友也投身救护，以同样精神回报。作者不带成见，注视现实，如看守所囚犯的勇敢行为，精神病患者的顿时规矩，盲人参加宣传鼓动，个别身智健全的人反而掀起抢劫风潮，都可列为心理学饶有兴趣的材料。此外，十万解放军挺进唐山，军民抗震救灾的英雄壮举，援救的各项措施和翔实数字，孤儿不孤，震后免疫的动人业绩，让读者看到了人类抗震史上的光辉篇章。

文学的思考在根本上说就是对人的思考。人的自身发展和解放，是这三位作者共同思考的问题。作者们的艺术激情，也是深深寄寓于这个问题的感受与思索的。钱钢布局在地震背景上的各种人物，粗笔勾勒，即催人欲泪。张嵩山洞晓了年广九这个人物的优势与局限,他不过是我国社会主义发展新旧交接点上的一个人物。苏晓康涉笔人的命运时,是令人触目惊心的:公社书记韩某死了一条狗,普通农民孙金龙吃了狗肉,结果招致游乡示众,这是封建性的对人的践踏和虐杀。

钱钢在作品里作过这样的介绍:人类今天"生存、繁衍的七大洲,是二百多万年前一个'联合古陆'漂移或断裂而成,那么,就可以说,七大洲是在一系列强烈地震中诞生的"。如果说,我们的远祖在地动山摇中降世并创建了初级文明,我们也是朝着认识主体和客体、求得人自身的不断解放与发展(包括社会主义实践中的自我否定、向前跃进)中,抖掉身上的尘埃,从废土中站立,经死伤后再造。我们的作家日益意识到这一历史潮流,自觉地在社会主义改革中承担起自己的使命。

1986 年 6 月 2 日

妇女解放的一声深长的呼吁

《心祭》不是立意于老年妇女在守节问题上的哀怨，而是着眼于后辈们的悔悟。

正是这样，问彬的这个短篇从标题到内容都是向前的，向上的。不管怎么说，这场爱情悲剧的幕布，至少在这个家庭里，是永远垂下了。如果死去的母亲在地下有知，她也是高兴的。正如她以一生的劳累，换取了女儿们的成长，她也以自己惨痛的爱情生活，赢得了女儿们的这种悔悟。因为，她是不自私的。

故事平常而又简单：母亲长期守寡之后，萌发了少女时青梅竹马式的恋情，当她主动要求追寻那位爱她而又一辈子打单身的庄稼汉时，遭到了女儿们否定性的"裁决"。然而，作者在这种平常而又简单的故事里，寄托了自己独到的构思。作品着笔于一个被封建思想拖累不轻的农妇在爱情生活上的悲痛遭遇，而扑灭她心中爱火的正是她自己的女儿们。这位母亲不作任何声辩，就顺从了这种扑灭。正是在这个意义上，作者给我们结构了一个成功的社会主义家庭悲剧。这个悲剧不是以家庭众多成员的死亡为结局，而是以亡母的悲哀和女儿不可挽回的悔恨为特点，既打动读者，又给人们留下了深长的思索。

以寡妇为题材，以反封建为主题，是近年来一些作家涉猎到了的。问彬的《心祭》的独创性在于，她没有重复别人作品中那种对寡妇再嫁的来自社会舆论方面的封建主义传统观念的谴责，而是从生活中一些儿女蔑视乃至反对寡母再婚的事实为题材，触及了儿女应当如何对待和尊重长辈的婚姻爱情问题这样一个文学创作的新的表现领域。作者看到了亲人的反对常常比外界歧视更加成为寡妇追求爱情的难以逾越的障碍，因而把聚光灯放到家庭这个社会生活中最小的细胞上。作品以一个女儿的第一人称的祭文式的笔调，通过全篇那种月夜小溪涓涓流泻般的倾诉文字，实际上，是对曾经否决过母亲再嫁的女儿们心灵的解剖，也是一种更为严峻的"裁决"。

在中国妇女的共同遭际中，这位母亲有着自己独特的命运。从作品给我们的信息来看，这位勤劳善良、心灵手巧、标致动人的乡村妇女，有过一次没有爱情的婚姻，也有过一次不能实现婚姻的爱情。她的儿时恋人——一个朴实、厚道的表兄找上门来，是在她早以作为替人生儿子的工具卖到了王家之后，那个以传宗接代为最大使命的男人的暴病身亡，给她留下了养育五个女儿的重担。当生活迫使她成为寡妇之后，应该说，表兄这时候的到来，是一场"及时雨"。然而，在"寡妇门前是非多"的旧社会里，这一对表兄妹只能把恋情深埋到心底里去。沟通他们感情的只有低低哼唱的"长长的河，高高的山"的儿时山歌，和那表兄带来的她少女时所喜爱的用马兰草编织的小鹿、小马、小羊等耍活。表兄只能以"走亲戚"为名，能帮忙一天是一天。就在他们还来不及或者还不敢认真思考建立共同生活的时候，蜂起的流言和飞来的石头，把表兄给撵走了。

作品前后两次点出这位母亲的"缺理少势"的自我感觉，是耐人寻味的。作为一个母亲，她经历了解放前后两个截然不同的历史时期。然而，她又在这两个时期，扮演了同样一个"缺理少势"的角色。解放前，因为连着生八个女儿，感到"缺理少势"，看人眉低眼高，低头进出，非常自卑；解放后，由于提出了改嫁，又感到"缺理少势"，对女儿的否决只是"感到很羞惭，像做了一件不光彩的对不起子女的事情"，抬脚动步格外小心，生怕失去女儿们的欢心。公正的生活啊，她究竟"缺"了什么"理"呢？为什么男子再娶就正当有理，而女人再嫁就"缺理"呢？为什么女儿们各自都已有了幸福家庭，而这位寡妇却只能提着小包，以火车、汽车、马车和架子车为交通工具，东奔西走于女儿之间，自己就不能新建一个安定的家庭呢？如果说她自觉孤单"少势"，那倒是真实的。但是，头一次是封建伦理逼着她产生这种颠倒人类心灵的错觉，连生女儿也有责任的丈夫也不站在她一边，这一次，是发生在阳光灿烂的新社会里，女儿们纷纷站在她的对立面。

与此有关，作品两次写到这位妇女在爱情生活上遭受的打击。头一次是"大烟鬼"等人对她和表兄的剑拔弩张式的辱骂，她含着眼泪，慌忙把前来相助的表兄送走。第二次打击，是隐藏在女儿们温情脉脉的"关怀""照顾"的话语之中。尽管这两次打击有着质的不同，但就后果而言，很难分出轩轾。此后，不几年她也就病故了。这之前，她怯生生地向"我"透露"妈这一辈子没人疼没人爱，像个独魂儿一样，孤孤单单"，而明知那个能够疼她爱她的表兄的住址，也不能投奔。表兄只能在她入殓时赶来看她，把马兰草编织的小鹿、小马和小羊放在她的枕边，也只有在她死后，才能年年给她坟头增添一把新土，插上几根柳枝。正如"我"这位四女儿所悔悟的，母亲生命中唯一的爱情和唯一的一次公开追求，"尽管这珍贵而难得的感情，在她来说是那么的短暂，——但它却被轻率、粗暴而残酷地熄灭了"。

作品给我们提出了这样一个问题：旧社会寡妇的爱情悲剧，在新社会居然能够继续下去，旧思想、旧传统造成的妇女的不幸，居然借新人之手得以完成和实现。做出这种错误"裁决"的五个女儿，又偏偏不是共青团员就是共产党员。她们列举的理由有一大堆，诸如"这事要让咱们那地方的乡下人知道了，还不知怎么笑话哩！"有个老头儿，"咱们还得像侍奉老人那样侍奉他"等等，这里面有利己主义，也有"我"说的对人生理解的"肤浅"，但无不受着封建传统观念的主宰。信奉马克思主义的女儿们，竟成了封建的卫道士，声称对母亲是敬爱的，却又对母亲生前极为纯真、极为深沉的爱情，缺乏起码的尊重和照顾，直至母亲去世之后才悔悟。这教训多么惨痛，这事实多么启人深思，而值得后辈们引以为戒啊！

马克思在《路易·波拿巴的雾月十八日》中说："一切已死的先辈们的传统，像梦魇一样纠缠着活人的头脑。"对于这种可怕的习惯传统，只要是在现实土地上生活着的人，恐怕无一人能完全幸免。在这个意义上，我们可以说，作品升华出来的思想，已经超出了妇女婚姻问题的界限，而具有广阔的社会意义。当妹妹在"文化大革命"的年月里写信给"我"，对"那种对人的感情、人的信心和人的憧憬的凌辱和践踏的可耻行径"表示愤慨时，"我"回了个纸条："小妹，这并非天外横祸，它的某些可惑的因素，也许早就渗透在你我的血液和骨髓中了！"今天，当我们正在进行"四化"建设、提倡解放思想、扫除一切障碍的时候，难道我们不应当像"我"那样，勇于自省和自责，自觉地清理自己头脑中存在的各种错误思想吗？显然，作品所体现的主题思想，是有着强烈的现实意义的。

无疑，《心祭》是革命现实主义扩大和深化的又一个明证。它所描绘的一位母亲，由于女儿的干涉而失去爱情的人生悲剧，再次唤起人们、尤其是那些长辈的儿孙们，应当从清除自己身上的封建传统意识的毒素做起，彻底扫荡生活中各个角落——包括家庭在内的封建主义思想。唯其如此，人们的人格独立、爱的权利、婚姻自由等等，才能得到真正的保障；唯其如此，人与人之间、包括两代人之间正常的关系，才能在新的思想基础上确立起来。

问彬是中年女作家，有着两代妇女的经验，全篇写得细腻真切，委婉动人。前面说过，作品显出小溪流泻般的艺术特色。如果要指出不足之处，那就是作者在把握这一特色的时候，未能脱尽当前小说创作中过于散文化的流弊。小说当然是散文，但是，无论抒情，无论叙事，只有掌握适度，笔墨凝练，才能给读者以淳厚的艺术韵味，使这种小溪流泻的特色更加纯净，更为隽永。

1989 年 2 月

笑与思

——陈美华小说近作读后

笑，是一种需要。俗话说："笑一笑十年少。"也有人把笑列入医治精神病的心理治疗，能改善情绪紊乱和内分泌失调。文学实现笑，本是文学的功能之一。笑能与思想结合，当然好，不能，也没关系。纯粹是笑，目的是笑，有何不可？中国大陆的相声艺术，有一部分就纯粹是笑。有的笑星，一张口一眨眼，就是为了引起观众的笑。其上乘者，能让你笑破肚皮，笑得前仰后合。

陈美华的新近小说，在苦心编织笑。他善于讲故事，让你拿着就想读下去。他的《搭错线》，一开始就制造一个悬念：妈妈为什么忽然给女儿打电话，并交代采一些花回去呢？女儿猜测，是为她结婚三年不生孩子。夫妻"确实是尽了力"，就是"肚子不争气""连蛋也不下一个"，好不好笑？作者在破译这个悬念的过程中，编排了一个个笑的环扣。女儿大学毕业，先是眼界高，周围男士看不进眼，一拖十六年，成了三十五岁的老处女，后来是高不成低也得就，"下嫁"给了眼下的阿顺。妈妈和婆婆求神问卜，医生检查也正常，就是月经照来、受孕不成。婆婆算命今年犯七煞，要少出门，为孙女生育不得不来家小住，忽然半夜大喊"有鬼！有鬼！"说鬼摸她的头，拉他的手。原来，婆婆睡在弟弟床上，她爸爸回家照例要摸儿子的头，拉儿子的手。妈妈要女儿采花，也只是一个"借口"，免得婆婆受惊吓之后怪她要女儿回家做家务。一切都是阴差阳错,"搭错线",属于一种家事、婚事的差错和误会引起的笑。

只能发出"可悲的人性"这种无能的哀叹吗?

比较起来,作者的《卞大人》《商场新兵》,不单是制造笑,制造各种误会,而是在笑中渗进了讽刺,渗进了人的思考。卞大人是一个吝啬鬼。这一位"大人贸易公司"的老板招聘"我"这个男职员,作品有这样的描写:

> 卞先生在向我发表演说,我静听着。我好像处身大雷雨中。卞先生说话是好像雷响,而且,口沫横飞,喷到我满身、满头、满脸。好像大雷雨的雨滴不断打在我的身上!我强忍着;不敢举手去拭抹,唯恐冒犯了他!我设法闪避;但在这咫尺之间,只要他一张开口,我马上就被射中!完全在他的射程之中!闪避?真是谈何容易。

卞老板给"我"每月薪水 170 元,仅够"我"住房、吃饭、乘车,连每月给的五块应酬费,用剩的还得上交。老板请韩国公司推销员吃鱼丸粿条,也不让"我"搭一餐。他的吉隆坡分行经理赶来汇报业务,一顿饭也舍不得请,他要"我"造假账簿,使偷漏税 180 万元得以蒙混过关,在请"我"吃自助餐时,连盘里放的一块两元钱的鸡腿,也要"我"退回去:"你看这样一个鸡腿要两块钱!你不如要个鸡蛋,才两角钱,而且营养要比鸡腿好。反正鸡腿也是从鸡蛋那边变来的。"一气之下,"我"终于辞职离去了。

在此,我们对一种人生现象发愁,吝啬鬼是自古以来各国作家刻画和鞭挞的对象,卞大人是一个新加坡现代吝啬鬼,为什么悭吝如此腐蚀灵魂,这种人生现象不绝如缕呢?为什么读者捧腹大笑,而层出不穷的吝啬鬼却经受得住这种嘲笑呢?难道包括作家在内的人们,只能发出"可悲的人性呵"这种无能的哀叹吗?

《商场新兵》是更为触及现代人性这个时代主题的。它也让你发笑,笑后必引起深思。一个生长于山城的青年,有幸来到新加坡这座狮城,谋得推销员一职,本可以大有作为,但是,他发现他整个人被肢解了,瓜分了。住户杨经理揩他的油,如住房和早晚餐就要从月薪650元中扣除250;许主席直接领导他的推销业务,占去他的上班时间;张财政拉他每天傍晚去民众游泳会去游泳。这些经理、主席、董事之间互相倾轧,互挖墙脚,都想拉拢这位推销员,为我所用。结果,这位精明能干的推销员发现"我身不由己"了:

> 我的每天活动时间都十分规律化。我把时间划分为三段:早餐后到下班前,我属于许主席;下班后到晚餐前,我卖给张财政;晚餐后到第二天早餐前,我让杨经理所拥有!

此外,还有一位早熟的女书记马小姐,要他陪吃陪舞。作者严正地揭示了那种权力蹂躏人性、宰割人性的可怕事实,那种"体不暇给""分尸分神"的人性异化现象,"我发现我正在他们的尔虞我诈的权力斗争的旋涡中漂浮","终日惶惶惑惑,战战兢兢,惊慌失措,甚至丧魂落魄,有如惊弓之鸟"。

触及财富敌视人性、权势敌视人性的尖锐主题

作者触及到了财富敌视人性、权势敌视人性这样一个尖锐的现代主题。这也是当今的世界随着现代化进展,随着工业技术发

展，而困惑着一代作家的严肃主题。这个推销员越能干，公司业务越蓬勃发展，他就越是失去自主："他们越是快乐我就越痛苦！"他彻夜失眠，"杨经理、许主席、张财政、马小姐，每个人的嘴脸及每个人的言论，都争先恐后地挤进了我的头脑里！"作品最后写到他只好离开繁荣的都市，回归那简朴的山城。

自然，《商场新兵》只是另一个被雇者、受雇者的人性异化，是一个受权力欺压者的自主丧失，那么，雇者呢？施权者呢？

在美华的近作中，唯一脱离笑、脱离喜剧色彩的，是前不久发表的《孔家店》。《孔家店》写一个孔姓家族的"大永"集团的发迹史。就家族发迹史来说，这篇作品没有太多特殊的东西，孔贡政也只是众多心狠手毒的公司巨子发迹者之一。但是，就在孔贡政六十大寿的豪华庆典上，他闭门怒吼，坠于灵魂分裂的可悲境地。似乎是一种不谋而合，并非作者的有意安排，《孔家店》回应了《商场新兵》的主题，它着力展示一个雇者、施权者的心灵分裂。

拥有者的丧失　剥夺者的被剥夺

孔贡政的父兄最初创办"大永印务"时，自己的人性和良心并未泯灭。他看到由于父兄辛苦，自己才能上大学。他在日本留学、在美国服务之后，回厂工作也不起劲。不久，野心萌发，先想同外资合作，搞出"小鱼吃大鱼"，结果失利，后来，又在独占公司火灾保险金和哥哥车祸赔偿金的过程中，排挤亲人，壮大自己。父亲忧伤致死，侄儿被撤掉了股东和董事资格，弟弟也因莫须有的贩毒案而锒铛入狱。吞并其他公司的庞大"大永"集团完全控制在孔贡政父子手中。值得注意的是，作者发掘了孔贡政这位得势者、发迹者的人性异化与分裂，也就是作品所说的"隐忧的困扰"。他内心展开了奴役的斗争，一方面，"人不为己，天诛地灭"的厚黑学奴役了他，他不会跑到父兄灵前下跪认错，也不会到弟弟牢房请求原谅，或者恢复侄儿的董事位置；另外，又时感后悔，默默流泪，心里像有不散的冤魂骚扰他。他独吞家产，把公司交给两个儿子，又怀念侄儿，埋怨儿子唯利是图，不像侄儿把公司当成自己的根、自己的事业。另外，又担心与儿子将来的关系会像他们兄弟一样。他拥有财富，又像是骑上虎背，任凭狂奔，会摔个粉身碎骨。于是，冥冥困扰之中，这六十寿典，是欢庆，还是哀悼？是祝贺，还是嘲讽？是业绩，还是罪孽？他"纵声大哭"了。作者让我们看到了拥有者的丧失，剥夺者的被剥夺。当今的志士贤明，在探寻人的解放，实现合理的人际关系时，有多少曲折的路程需要去跋涉呵！

  本文只是就美华君的近作，说一点想法。作者是业余作家，果实累累，已见出他的勤奋了。未来的岁月，想必会在严选与深掘上、在语言与情怀的独创性上，实现新的突进。读者满怀信心地期待着。

1990 年 11 月 15 日

"烛照"下的"抽样"

世界太大，时间太长，任何一种写法、方法、方式，既显示一种优势，一种辉煌，又是一种特定的框定，因而也是一种局限。

方方、池莉同其他一些作家近期的创作实践，形成一种新的潮流。叫不叫它新写实主义，不是太要紧的。它自身的鲜明特点，值得我们注意。如果从人物表现方法来看，在历史上有神话的，宗教的，脸谱程式的，传奇的，典型化的，意识流的，魔幻的，现今又出现了这种新写实的。

这种新写实的方法，不同于传统的、至今仍被许多作家采用的现实主义方法。它不同于高尔基提倡的写一个商人要从一百个商人加以概括的方法，不同于鲁迅说的嘴在浙江、脸在山西的拼凑的方法。它专注于一个特定的商人，它写的人物，嘴、脸、衣服都可以在湖北，甚至于都在武汉的河南棚子、花楼街、六渡桥或四官殿。它不避讳生活的真实，无论是壮烈的真实，还是残酷的真实。它的最大特点，就是不加提纯、不加粉饰地注视生活那惨淡的真实。从新时期文学的发展来看，它同革命现实主义的恢复和其他创作实验一样，是对过去存在的那种假大空高大全的假现实主义的进一步反拨。读者读了这一类作品，有时感到极为吃惊，同时又觉得极为可信。它们已经在读者接受中扎下了牢实的根子。

这种方法是可以成立的。本来，文学上就不存在独一无二、包揽一切的方法。新写实的出现同世界流行的纪实文学趋势很合拍，但它又不受写真人真事的局限，不像报告文学那样容易惹起麻烦。它有点像当今同样流行的"抽样"调查方法，不着眼于宏观的、全局的综合考察，而是致力于特定的"抽样"，同时还容纳作者的虚构，在表现上比较自由。然而，它绝不是自然主义的。作者绝没有趴在地下爬不起来。从许多优秀新写实作品看，在那"抽样"之上，明明升腾着、映照着作家的思想和理解，有作家独有的"烛照"。方方的《桃花灿烂》没有避开当今一些青年的性轻率，连作者多少有点钟爱的人物也在所难免，对于性爱与情爱有时纠葛一团的如灿烂桃花景象，作品不去避讳。但作品毕竟批评了"灯一关，天下的女人都一样"的唯性婚姻，主人公的悲剧因素之一也在于这种唯性婚姻。《祖父在父亲心中》更是一篇内涵很深、辐射力强的作品，它触动了我们民族那根永远让人忧虑而又悲痛的心弦。

新写实的这种"烛照"，不同于我们过去常说的世界观的那种较为单一的政治经济视角，它融进了现代意识。在描写人物和生活方面，这些作家容纳了包括弗洛伊德精神分析、文化人类学等等在内的多学科考察。也就是说，他们试图吸收世界的一切文化成果。池莉、方方的作品都写了人物行为的理性与非理性综合因素，池莉对生活的切入面很新颖很时髦，那篇《一去永不回》的场景处理，可以说，把主人公的说不清道不明的心理因素、把最大的忍辱乃至卑微同最大的勇气乃至巧妙决断极为自然地统一在人物身上。她们写现代人，不觉得观念陈旧过时，她们写中国老年人、写家史，开掘都比较新鲜。

在讨论会上，我从方方、池莉的言谈中感到她们既自信又不自满。方方说自己最喜欢最好的作品在后头，池莉执着写小市民的顽强决心。池莉表白的"我是一个小市民，我要歌颂小市民"这两句话，简直给理论家提出了一个新课题。她们年轻有才华，考验的日子也在后头。我希望她们更深刻一些，在随意、不经意的文风中融进更多的不随意、经意，在大泼墨中做到惜墨如金，不要太多受到约稿、催稿的影响。

1992 年 3 月

《迷路的地图》小释

我们安静下来、孤独下来的时候,总要翻阅自己过往的历史,就像翻阅一张标示自己行迹的地图,这是一个严肃的人都愿意做的。文学艺术就在于把这种翻阅呈现在读者面前,它既是作家对自我、对人生的一种追寻、一种检视,也会对每个读者产生同样的效应。

《迷路的地图》的作者蔡深江,抓住了一些普通的意象,一些人生旅途常见的意象,任思绪飞翔,进行这种追寻和检视。这里,有船,有树,有倾斜屋顶,有鸿沟,有地图。由童年而起,到长大成人,及至老年。

作者很会抓住这些意象。他不是去作理性的径直说明,而是让心境流动不居的飞絮,频频跃动于读者的眼帘。他给读者提示出来,使你在习以为常中产生怀疑,把平庸的真实内容揭示给你,甚至发出那么一点逼视,你也走上了艺术反视生活的新的台阶。

小时候,我们很喜欢玩纸船,但我们大都对每人心中那只纸船有一点麻木,将它遗忘。我们将很简陋很琐碎的不快乐的事情放在纸船上,也仅此而已。这就像我们小时候习惯雨天打伞,遮住了天空和视野,感受不到童年特有的雨天一样,这是我们成长过程的悲哀。同样,我们对人人心中都有的一棵憨厚耿直的树,不去浇灌,任它迷失方向。我们常常过于忙碌,勤于交际。我们着意打扮圣诞树,然而,"人们始终不肯用一本诗集、一则小品、沙滩、图画、沉默、音乐或者不假思索的喜悦,润饰心中枯萎很久的树"。

　　作品写到这里，慨叹人们心中的船遗忘了，树迷失了，地图荒芜了，地图迷路了。也许，人们产生了一点感悟，有那么一点自省。作品甚至写到"我"觉得家里那只诚恳的黑狗，都可以"读懂自己心中的地图"，对它产生钦羡，也是对自己的责难。作者做了自我审视："生命最初的遗憾是无法用文字描述黑狗的表情，以致错失了地图的解释。"于是，地图在意象中同小鸟对话，对人生发出抱怨。作品还写到心中那个"倾斜屋顶"，那个"海岸"，它们不是从恐惧中复归平静，就是从期待中复归自慰，一切仍然是因循和延续，无任何创造。在如许这般的联想中，作品也写到在沙滩上挖掘一道鸿沟，企图解救自己。他看到童年"太过富裕浅薄"，发现成长"所赋予的悲壮与命题的意义"，但也心怯不前。到了"长大以后"，终于承认"我们的心中早就不再有清冽的水源了"。

　　自然，作这样的读解，太简化了，让人感觉单调、片面乃至乏味。任何阐释，都是对光线四射的作品所感知的一束一缕。任何评论，也不能替代阅读。这篇散文文采飞动，浮想浑然，整篇写作随意而又丰赡，不直露，不贫瘠。它的特点不仅在于刺激读者跳出平庸和因袭，还在于这种检视人生的严正而又无情。作品的展示多于引导，剖白多于结论，或者说，作者无意去作那种浅显的引导和结论。当作品最后写到我们心中都有一张布，皱得像地图，用它拭擦人生不快的事，及至老年将它摊开回顾一生时，作者是极为冷峻的："心中的布已经错综迷惑，像坎坷的掌纹；沿着渐渐成形的地图一定可以迷路。"这个结语是极为触目惊心的，有点让人觉得毛骨悚然。然而，我们不得不说，这是真实的，至少是作者所感知的那个世界的真实，又是遍及人生的某种真实。读者也会感受到，作品明明是在冷峻中发出热烈的呼求。

1992 年 3 月 29 日

《残梦》碎语

承邱婷婷惠赠《残梦》，读后感慨太多。作者以质朴的、自然倾吐的笔调，给我们打开了一个番客婶们①的世界，一个内地很生疏、连我们地球上都有一点儿特别的女性世界。也许，性格和结构处置上尚可斟酌，作者对这群女性的生与爱的呼求，却是炽热的。当历史由战争转入和平、由封闭转向开放、由贫穷变得富裕的时候，这群独守空房的女子，能否由她们亲自、或由社会撕去历史的一页呢？

求生

女性一旦依附于男性，就等于把精神和肉体交给了男性。番客婶们又增加了一层痛苦。归侨和侨眷占80%的侨乡，她们重复着守活寡与守死寡的命运，无恩爱的丈夫得无限期地等待，有恩爱的丈夫又不知过去的恩爱是否存在，她们对丈夫的在世与不在世都不自知，能自知的只是等待。那一座座有如贞节牌坊的青石宅院，不知无日无夜地哭诉着多少个痛苦的灵魂！

女主人公白娴的痛苦不是经济上的，她的痛苦在于她独独有一颗求生存、追自由的心。她不能满足于金丝笼式的生存，她不能屈从于丈夫在外寻欢作乐、对她任意施加拳棒，而她必须保持

---

① 番客指海外谋生的男人，他们在沿海一带的侨乡的妻子称番客婶。

忠诚和等待。鲁迅在《伤逝》里写过经济摧残爱情，易卜生写过娜娜的出走，但是，历史究竟开了一场什么样的玩笑，为什么1925年的子君曾经有过爱的追求和幸福、1877年的娜娜敢于出走，而当今的白娴不能飞出笼子、只能做着爱的残梦？白娴是子君的一个逆反。她本来可以在华侨中学代课，却难于在自主解放上跃入高的层次，她把她的痛苦与局限袒露在当今妇女面前。

因循

历史的因循是以人的命运的因循作为表征的。白娴的婆婆做媳妇时被老一辈婆婆用木板把新房的窗户钉死，以防不测；自己做了婆婆，又照样监视媳妇。多年的媳妇熬成婆，成婆以后又去虐待媳妇。番客婶的命运是靠制度、靠礼教维系下来的，又是靠它的受害者维系下来的，受害者成了施害者。

还有另一种因循，那就是白娴自身意识的因循。白娴是在父亲以死相威胁下嫁给郭守羲的，又是在婆婆以不许她见孩子的压力下不敢追寻自己的爱情的。这两者很厉害，尤其是对中国妇女。但是，这一来，忠孝节义她就占了三条。白娴缺乏安娜的勇敢与刚烈，不像安娜那样怀抱爱的热烈，以生命殉自己的爱。中国作品中的爱情太多柏拉图式，太多蝴蝶合坟式，太多宝黛怨艾式。白娴将来也许不会像婆婆那样虐待自己的媳妇，但至少在作品里看不出她已成为一名新式妇女。

爱之葬礼

我曾经为《桑树坪》里一名女子的命运深深打动。她被迫嫁给一名傻子兼精神病，她只能独出心裁地在一个夜晚的精心打扮之后，企望同这个不懂"合欢"的丈夫"合"一次"欢"，她以为留下一个种也就留下了自己的人生。白娴的婆婆年轻时守活寡，不料归来的丈夫在外有了家室，有了三个孩子，她也只是再求一次"合欢"，让丈夫使自己怀孕后再走。这是令人战栗的东方女性的悲哀。

这是爱的欢娱，还是爱的葬礼？白娴那枕上的泪水，那同孤鸿的伊甸园式的梦境，是爱情的实现，还是爱的葬礼的另一形式？

也许，中国妇女要比世界妇女承受更多的历史重负。或者说，她们在世界妇女命运的总乐章中，要弹出自己的变奏，弹出自己的复调。经济与意识，物质与精神，需兼而具之。在她们对待求生与求爱以新的面貌临世的时候，她们同时也会在改造自然、改造世界中，具有新的爆发力。至少，作者笔下的白娴，意识到了这一点。

1992 年 6 月 29 日

由直面抒情走向艺术营造
——读梦莉君散文

我们读散文，面对的是一方纸，上面烙着黑黑的铅字，一页或数页。这是作者直接传递给读者的信物，它似乎诉说着：这是我递给你的，你就照着读，不得更改。我以为，这里面寄予着散文的精魂。

散文不同于小说、戏剧等等，也许就在这里。小说和戏剧可作故事梗概，可改写或改编，可缩写甚至续作，你什么时候见过散文来这一套呢？它甚至不允许合著，谁写的就是谁写的，不得含混。也就是说，散文是黏附着、浸润着作者感情与思绪的文字，由作者原原本本交给读者，必须原人原文，或者叫原汤原汁，不容任何人插手。

我是在读了梦莉女士的散文之后，忽发如上一段议论的。我还记得，在一个夏日的晚上，我偶然同她有一面之识。之后，她的形象大抵同她的照片合得起来，文静、秀气、明亮的眼神中分明带着忧郁。这位在本世纪中叶以来如此多难动荡的岁月里踯躅于泰国和祖国大陆的女性，带着个人感情的伤痛和经历的坎坷，在事业经营之余，如她所说，"悄悄地把我在人生道路上，所拾得的、捕捉到的一些零碎见闻，和记忆所及和往事，加上了我的联想，勉力用笔在纸上串出一些篇章"，她是把她的情绪和生命，烙迹在文字里，原原本本交给读者了。

我不认为她的散文是完美无缺的，不这样认为。然而，你一接触到她的文字，仿佛感到那是从她内心流泻于笔端的，由方格移到排印铅字，你会真切感受到这些篇章所充注的感情色彩。这一切，烘托出一位不同一般的特殊女性，一位温柔的、纯情的、善良的、爱国的泰国华裔女性。这至少是她的作品富于魅力的因素之一。

她抒写的爱情，写得那样温柔，那样深挚，炽热而又坚贞。这至少同大陆过去常写的包括本人曾经追求过的附着较浓政治色彩的爱情（当然，这也是一种形式，绝对无可厚非）不同，给人另外一种体味。她这样写到怀念："我时常躲进我的那个小天地，深深地呼吸到充满着你的气息的空气，处处可以触摸到，感受到你留下的一事一物。"（《故乡的云》）她想起"在那多雨的日子里，在你撑着的雨伞下触到你温暖的呼吸，你习惯揽着我，相依在雨中散步。一任发丝迎风飘拂在你的脸上"（《相逢犹如在梦中》）。于是，产生一种幻觉："在幻觉上，我恍惚每走到什么地方，你的影子都跟到什么地方……希望找寻我们曾经踏过的一沙一石，坐过的一椅一凳，摸过的一花一木，说过的一言一语。"（《普陀之行思如潮》）到了受尽相思的煎熬，自己只有拿出情人留下的衣服和照片，"而我只能把脸颊在那上面亲亲，偎偎！含着带泪的眸子瞅着它。想起那凄楚又深情的眸子，一阵凄怆的情绪突袭我的心扉，猝然把它拥进我的怀里，不知不觉，它已沾满片片的泪痕"（《人在天涯》）。这种爱情即使在双方另有家室之后，也永生不忘。一旦想到意外的丧生，这位女性也表示，"你不能先我而'走'"，倒是"我宁愿先你而'走'"。读者诸君，你读到这样一些描写，你难道不领悟到这种爱情所特有的温馨与美丽么？由于作者这样的抒发，你不也感受到这种爱情的拥有者所特有的那份幸福，因而对这种美好之情产生一种钦羡和赞赏么？

也许会说，作者的某些篇章太"情种"，太"唯情主义"了，黏附的社会因素太少了。不，不能这样看。我们往往容易拘囿一种爱情模式,连写作模式也受到拘囿。而实际上,模式是不应该被独断、被穷尽的。作者抒写的爱情,是钟情,纯情,甚至是圣情,当文学涉及这种特殊感情,立意把它纯化,把它升华,在繁杂的人际纠纷中,让卿卿我我暂时地相对地抽离出来,从爱中写出美来,有何不可呢?实际上,作者也不止于此,她多次写到这种爱情,由于战争的灾难,地理的阻隔,人为的政治障碍,亲友的势利观念,以及礼教的束缚,爱恋者在分离数十年之后,依然钟情如故,这就显得弥足珍贵。《相逢犹如在梦中》写到"我俩虽天各一方,各有家室,我永远无法忘却失去的旧梦"这样一种爱情,在《泪眼问天天不语》中,作者以第二人称,写到"尽管我俩之间没有爱,毕竟,你还是孩子的父亲"这样一种识大体、顾大局的感情,至此,作者完成了一个更丰满、更善良、更美好的女性形象。

继《烟湖更添一段愁》之后出的第二本散文集《在月光下砌座小塔》,明显可以看出作者把笔触伸张到更广阔的社会生活中去了。作者继续写自己苦难的家史、坎坷的经历,还写会见冰心之后如何"珍藏一个喜悦的拜见",写她的旅游踪迹,看到"洛阳花似锦",写对冲弟和阿贵婶这位普通家庭妇女的"心祭",写她如何冒险开拓泰国市场,促进中泰之间的经济贸易交往,写海外炎黄子孙那种"祖国不富强,也是抬不起头来的"的共识。特别是《临风落涕悼英灵》这一篇,写她的舅舅参加革命,受严刑逼供,至死不屈;写姨父在革命斗争中,经过激战,中弹身亡;写姨妈被押期间,坚贞不屈,最后处死刑。如果说,散文是从各篇中完成一个"我"的整体形象塑造,梦莉女士让我们看到的,不仅是一位温情、钟情的爱恋者,还是一位充满爱国主义精神、承袭先烈英烈之气的影响的女性。

从散文写作的路程来看,标志作者转折性变化,跃上一个新台阶的,是她在 1990 年发表的《在月光下砌座小塔》。如果说在此之前，她的作品多属于控制不住的自我陈述，表现出来的是一种直叙直抒风格，几乎不加考究地把要写的事物写出来，到了《在月光下砌座小塔》就不同了。作者开始从一己的抒发，注意到自我审视，自我间离。她已经从写实跃上写意，使具象兼有更多的抽象和普遍，在要写的事事物物中升腾开去，着意营造一个新鲜的、更具深度的艺术意境。

有的作品和辐射面很大，就作者来说，几乎把她一生的际遇感怀都浓缩进去了。请读如下一段文字：童年的时光过去了。我踏上了迂回曲折、阴霾四布的人生旅程。幸福、欢乐，对我是何等陌生！我在"春风秋月等闲度"中过着一段漫长的岁月！在那段期间里，我怕看到天上的明月，怕它给我带来的心的激荡，尤其是"一年明月今宵多"的中秋月。

值得注意的是，同她过去的作品比，像这样一些语言，如写刚砌成的塔，"塔尖遥遥望着碧空，在期待着天上的月亮快点变得更大、更圆"，写中秋夜玩耍之后，"愉快的时间随着月亮西沉而逝，小塔也寂静暗淡下去"都具备极广极深的能指性，叫人留驻玩味。而从全篇的结构来看，作者也未流于一味地伤感，在结尾时，写到如今回忆小塔被毁，倒觉有趣，对小男孩，也不记恨，特别是最后那精妙的一笔：我想，假如有一天我有机会再见到那个男孩（如今该是个中年汉子了吧！），我们可能会有很多话好谈。我倒想问问他："如果我再砌一座属于我的小塔，你还会把它毁掉吗？"

这转悲为喜，自然而又有趣味，它不是"尾巴的光明"，是幽默的一哂，是强劲的升腾，反弹出作者可贵的人生进取以及对人世的一声质问。

我以为，此文是一个标志，她进入了一个新的阶段，不知梦莉女士以为然否。类似的篇章，还有《心中月色长不改》，在此不赘。她为别人和自己的作品所写的序文，可以说不断进展，提高的幅度很大。特别是1991年5月写的《自序》（见《梦莉散文选》，百花文艺出版社），叙述上一反过去的热烈，现出一丝冷峻，文笔也变得比较凝重，开始铸成自己的个性色彩。让我从遥远的北方，给湄南河寄去祝贺，我有理由读到她的更好作品。

1993年1月29日

要紧的还是那颗"心"

经济大潮冲来,人们对文人何去何从,议论颇多。我的浅见是,上岸下海,悉听尊便。

特别是我们这个国家,一度把文学捆绑到政治的战车上达到了历史上前所未有的极致之后,最有效的繁荣文艺的一招,就是尊重作家,提倡创作自由。这是解放生产力在文学上的必然体现,是开放的必需步骤,谁也阻挡不了。

对于下不下海的争论,似亦应作如是观:坚持岸上者,可安居清贫,但不必自恃清高;热心下海者,表面上是投身商战,谁知道他葫芦里卖什么药?而且,将来文学成就的一个个大奖杯,究竟由谁捧得,很难说。

"无商不奸",这句话很通行。它是由谁发明的,为什么至今没有受到批判,令人奇怪。从前是"士农工商",把商置于末流,后来又是"工农兵学商",还是商垫底。一沾上商,似乎就不干净不文雅。本人过去中过此语的毒,近些年改过来了。我有时想,到自由市场买菜购物,经常见到各种小商贩和自产自销者。我们买到新鲜的蔬菜和合意的小商品,全亏他们付出了艰辛的劳动。如果仔细端详那一张张脸庞,女的、男的,都朴实可爱。即使你偶尔问到她(他)的菜每斤为什么比别人贵五分,她(他)会解释说质量不同。对于这种小小的狡黠,多能引起人们的谅解和同情。同别的行业比,同权力部门比,同读书人比,我不知他们"奸"在何处。我常常为风雪交加、烈日曝晒下的小商贩的命运感到揪心。当然,"奸商"也有,极少数。

文人下海,居多不是卖小菜,但金钱的左手进右手出,是一样的。而在繁杂的社会交往中,他们洞察了人和人生。巴尔扎克开初写小说戏剧,未获成功。后来经商、搞出版、办印刷厂、铸造厂,弄得债台高筑。等到再回头搞创作,他成功了。从我国特殊情况来看,商海恐怕是探测社会急剧动荡的最佳场所。上岸下海,上上下下,下下上上,只上不下,只下不上,都是可以的。

然而,这里有一个关键,你是否有一颗矢志不悔、献身文学的"心"?你是否把读者因你的笔耕而精神上获益当作毕生的幸事?或者,借一个不甚恰当的比方,对于文学,你能否做到永恒的"心存魏阙"?你是否坚守应有的高尚人格?你是否颠三倒四、见风使舵随风倒?你是否永远是一条变色龙,老是让人摸不透?你是不是见好处就捞,见有利就靠,压根儿就没有原则?你是否今天见面喊哥哥,明天手里摸家伙?你是否以人民利益为重,还是把个人看得高于一切,打尽小算盘?你是以诚挚之心待人,还是顺竿爬,永远搞实用主义?你是否今天尊称"再生父母",明天又落井下石?你是否昨天搞五体投地的吹捧,今天又来慷慨陈词的大批判?你是否拿着令箭就当棍,为抬高自己不惜置人死地?除了艺术细胞,人格和心灵乃是文学成就的精魂之所在,至于上岸与下海,那是极次要的。

1993 年 7 月 20 日

《我是太阳》创新处五点谈

困境中的英雄

邓一光在长篇小说《我是太阳》里描写的关山林，不在于写了一个战斗英雄，写了一个近似夏伯阳、巴顿式的英雄，而是写了一个经历战争，转入和平、又不能适应这种转变的英雄，扩而大之，他含指了一切习惯过去轨道、不能迎接转轨时期新的挑战的英雄。

他一身伤痕就是证明。那次他真是命大，在辽沈战役最后一仗。一颗炮弹在他身边炸响，他浑身布满弹片，整整昏迷了七天，医生惊奇他终于活过来了。然而，这位关山林师长不等完全康复，又出院投身新的战场了。他身先士卒，指挥杀敌，胸怀坦荡，把生命交给了克敌制胜的战争。他经历东北各战场，又参加平津战役，挥师南下，过黄河长江，直插武汉湖南。他不同于一般英雄之处，是在硝烟散去之后，他还渴望战斗，希冀用生命谱写新的进行曲。

这位将军进入困境了。建国后，一遇战机，便奔走请战。"一会儿要打美国佬，一会儿要打台湾，一会儿要去西藏，一会儿要去中印前线。"他急起来，甚至说"让我上战场，我宁肯官降三级"。他一度也管理军校，搞军事工业，虽也尽心尽职，但总觉"不解气"。激动起来，认为这种安排是"拿我流放、让我看西洋景"。他觉得自己的智慧、激情、才干只有在战争中才能充分发挥，应该在战场上燃烧自己的生命。

作品的独特之处，是描写了一个和平时期的军神、战神的形象，一个战争情结始终拂散不去的形象。在这个形象身上，读者感到，他折射了我们民族历史行程的某些身影，也从一个人的人生安排上，吸取了某些教益。关山林始终保持英雄的本色，一身正气。当"文化大革命"挨斗、造反小将动手摘他的帽徽和领章，关山林低哑着声音说："臭小子，把它们还给我！"然后像掐小鸡似的掐住对方的脍子，将他抵到墙角。就是后来举家迁回湖北洪湖老家，他也是鹤发丹心，发挥余热，到处奔走，扶贫济困。然而，在长长的岁月中，他始终不能自我调适。他的灵魂深处还弥漫着硝烟的芳香，视战场为永久的海市蜃楼。他的脾气变得暴躁，如豹困樊笼。他的家长式作风一如既往，对下属有时还是"我毙了你"，骂他们是"一群饭桶"，容易同人吵架。既然觉得自己"只属于战争"，他就不能赢得和平的建树。他的头发变白了。从历史的河道来看，这位将军如同一轮即将沉落的太阳，应该说，这沉落的太阳是辉煌的、灿烂的，这太阳又终归要沉落。

"一以总多"的美

乌云作为军人之妻、将军之妻，写得很美，特别是内心美。在整个作品中，她是性格最为丰满的一个人物。就是跟其他作品所写的军人之妻相比，她也是最能鲜活地呈现在读者脑子里的一个形象。

写一个女人的美貌美德，常见的毛病是将她提纯，写成一个瓷人。乌云是一个多面体，又始终在发展中。作者在她身上写出了成长的美，对立的美，纠葛的美，写出了美的坚定，美的变异，美的摧折。这一切，都跳动着生命，有时如瀑布奔泻，恣纵而不可遏制。

乌云当然是天生丽质。她是蒙古族人，唱歌如百灵鸟，又有文化。组织上最初把她"分配"给关山林团长，征求她意见，她"没有丝毫精神准备"。她脑子里最初闪现的男性是日本人远藤老师。她在药科专门学校学习时，这位日本老师以他的英俊、严格、勇于认错、平等观念和同样喜欢唱歌拨动过她的情怀。她非常敬佩关山林，但又黑又粗又老气，作为对象，没有什么值得考虑。然而，她毕竟是在东北战乱中、在血与火中成长的女子，组织跟她摊牌，她终于同意了，眼眶噙着两滴清泪。新婚之夜，她打一盆热水给他洗脚。关山林也终于以英雄气概，伟岸身躯征服了她。关山林在一次负伤七天昏迷不醒时，乌云硬是趴在他身上哭了六天六夜。解放后，他们一度不甚融洽，那个苏联专家、茹科夫上尉在一次舞会上带着乌云翩翩起舞，《蓝色多瑙河》的旋律响起，上尉的眼睛也是蓝色的，她觉得十分轻松。当上尉提出要她嫁给他，并诽谤她的丈夫，她要他"住口"。乌云是这样的女性，在和平的日子里，她完全能以自己的美丽和艺术天性，张开想象的风帆，奔赴一个风光绮丽的人生世界，而战争和动荡不宁的环境又总让她收回自己的翅膀，铸就了她的深沉。她同关山林在生死与共、相濡以沫中结下的夫妻情爱，不会动摇。

她温柔体贴，缱绻多情。在医院看护关山林时，甚至说，"你要是一直这么伤着就好了，……我就可以一直待在你身边，我们就用不着分别了"。后来，她生下一个痴呆儿，作品又掀开了她复杂多面的夫妻爱、母子情。她是斗争会上挨批时生下这个孩子的，难产与痴呆症使她受到很大打击。关山林要把他送进托儿所，她会像一只被伤害的母豹一样拼命撕咬，她不让他把孩子从她身边带走。及至专家们诊断为不治之症，她连续几夜把他搂在怀里，泪流满面。她的性情也变得暴躁，在夫妻生活中产生了驱散不尽的冷淡心理。有一次吵起架来,他扬手给了她一耳光,她扑过去,揪住他的衣领。她大概觉得生得太多了,等到生下第五个,她不出手术室,请来外科主任,"给我来一刀,把我的子宫摘除了"。她又对坐在病床旁的丈夫说,"对不起,……我不该瞒着你做手术,不该自作主张。"

乌云对待朋友,以德报怨。她的性格的多面多层次,又保持着一种整一。她的潜意识的偶然闪现,不影响她长期形成的、植根大地的主流品格。她一直作为将军的守护神而生活着,她用严厉的眼神盯着"文革"中被关押受折磨的丈夫,如果你想死,"我会瞧不起你!"在丈夫八十五岁生日,她硬是绞尽脑汁搞了一次祝寿活动。那个远藤老师后来来了一封信,留下地址,希望在日本或中国见她一面。她表示不会见面,而且还烧掉信,她不会像女儿,"保留着生活的一切"。后来,不幸在车祸中成了植物人。她的身体也是一个证明,从最初结婚时洁白如玉的胴体,到难产摘子宫剖腹动手术留下疤痕,到成为植物人躺在病床上浑身插满了管子。关山林最后守候着她,"她仍然很美,那苍白的脸上浮现着一种令人肃然起敬的圣洁"。读者不禁哀叹,一个多么美丽的女性。

痴呆儿的楔入

一般作品都不写痴呆儿,这是生理现象。这篇作品却写了关山林夫妇第二胎生下了一个痴呆儿,而且让这种生理现象携带着、纠葛着丰富的社会因素,在艺术上饶有趣味,耐人咀嚼。

请看作品写下的生孩子的场景。乌云这次怀孕,正赶上关山林错误地作为贪污分子受到隔离,乌云带去一张条子:"人正不怕影子歪,有什么就说什么,没有的宁死不承认。"关山林光明正大，把条子也上交了。有关组织认为是攻守同盟，给乌云也开了批斗会，"告诉你，是关山林自己说出来的，你给他写的那张条子，他立马就交给组织上了"。乌云"突然之间有一种来自身体内部的强烈恶心和崩溃……蹲在那里的乌云裤裆湿漉了，然后她看见有一条小溪流似的血沿着乌云的脚脖子流了下来"。

痴呆儿在科学上还无法得到验证和解释，这个孩子在家里总是"躲在他黑暗冰冷的角落里，呆滞的目光中透露出对一切的拒绝和敌意"。你不能说这种先天性痴呆症就归因于母亲在那次会上突然受到的精神刺激，也不能说与此毫无关系。关山林不喜欢这个孩子，总想把他送走，乌云心情复杂，执意留在身边。有一次他们大吵一架，关山林说早知这样就不该生下来，乌云说不是你我会生他吗，关山林说："住嘴！你这长头发的女人！我没有要你给我生一个傻瓜出来！"乌云说："是你交出了我写给你的纸条，那是我写给我丈夫的，不是写给组织上的……如果不是你的出卖，孩子他不会成今天这个样子的！"

痴呆儿会阳作为一面反光镜，把主人公的性格、历史都折射出来了，也给那场政治运动带给一个家庭的阴影留下了永久的记忆。关山林交出纸条，纯属不必。这个粗心汉又是大男子主义，吵完了架就动手打人，作品说"其实角落里的会阳从来不说话"，他却让全家说了那么多话，表了那么多态。从此，乌云对家庭生活产生了一种冷漠感，他们开始另床分居。他们的性生活也自然受到影响，即使做爱，将军奔突征战，占领高地，想重振雄风，竟发现无人喝彩。这位将军在家庭生活又不顺畅，他的情绪更低沉了。历史的重负给了他太多的拖累。当他发现那个毕竟是患难与共的老伴被车撞成了植物人，"他的精神完全垮了"，他忽然动了念头，翻出了手枪，"带走。他不能让傻儿子留在这个世界上受罪"，"是他的罪孽他就不能推卸"。似乎在长长的时间里，他悟出了这个儿子是"他的罪孽"。

青年军官的死

在某种意义上说,他们的大儿子的死是作品的一个寓言,它预示着关山林的悲剧性的命运。

如果从过去的文艺从属于政治的角度来看,路阳的死不必要、不可取,放在艺术展示丰富的人生的角度来考虑,它就耐人寻味了。

这个将军之子,从气质、品格到身材,都酷似他的父亲。"他像他的父亲,他们同样的勇敢无畏、充满力量、顽强自信、渴望一个真正军人的生涯。"关山林最喜欢他,他也崇拜自己的父亲。他在学校,在"文革"初期,就显示将门之子的军事才能和组织才能。"文革"动乱期间,家里把他送到部队里去了。

一个年轻有为、在正常年月会成长为优秀军官的年轻人在特殊的政治斗争中选择自杀身亡,那明明是生命的一种令人惋惜的抛掷。他参军回家时,只带了一支手枪和一个公文包,工作显得比较机密。林彪事件暴露后,发现自己参加的是林彪集团搞的教导学校。他一直遵守军人的天职,忠实最高指挥官。理所当然,他受到了审查。他自己又确实是正当行事,办公桌上摆的是马列著作,问心无愧。本来这种事情说清楚就行了,该干什么就干什么。负责人也说他没事,他还立正敬礼:"谢谢首长的关心。"然而,他在获准回办公室取东西时,用手枪对准了自己的太阳穴。

这位营级军官有着职业军人的全部优点,在性格上又存在易于碎折的弱点。他太看重他的荣誉感,视荣誉为第一生命,他又太看重军队,和他父亲一样,认为唯有疆场征战才能催发他生命的花朵,他太爱这生命的花朵。在作品里,他可以看成关山林的缩影,或者是青年的关山林。

这个形象的不足之处,在笔墨上,在处置上,还嫌粗略了一些。作品写了他灵魂的一闪念,临到开枪前,他的平静的脸上现出一丝遗憾,他没有机会同父亲掰手腕了。写到林彪机毁身亡后,一队陆军冲进教导学校,逮捕和关押学校所有军官。三个士兵冲入他的房间,他当时想,这三个兵他都可以干掉,然后穿过操场,乘车到湖边,泗水到田埂,便可消失在黑夜中。这是一个极为危险的闪念。他没有动作,他初步判断事情的原委。这些都有助于人物的立体化,然而,在事发之前,对他的内在灵魂和个性特点,对他的军官和学校生活缺少必要的过渡性笔墨。如果这方面充分些,他的死,对洞察一种特定的青年军官的性格和命运,对认识一种复杂的政治斗争的种种问题,在艺术上、思想上会给人更多新的东西。

艺术表现的混沌性

作者在表现手法上,没有有意识地去采用或拘囿于某一种方法、某一种流派、某一种主义,给人的整体感觉是,传统的、现代的,现实的、浪漫的、理性的、非理性的,社会分析的、精神分析的、生活流的、意识流的,他都融进去了。它体现一种可贵的混沌性,即不固执于形式主义某一流派的褊狭和极端,也可以称为多维多元多向度的统一。

这种特色表现在主要人物的塑造上,表现在全篇的谋篇布局乃至场景氛围的安排上。从根本来说,手法方法的多样性源于人物和生活的丰富性、完整性,源于作者视野的开阔与包容。作品中的关山林、乌云,从他们的战场表现、社会交往、日常工作、家庭私生活一直到个人隐私,看不出有任何禁区。会阳的出现,牵动着他们无言的或难以言传的意识活动。他们只要一接触到他的目光,一切兴致和快乐就会荡然无存,"他们就会被一种惭愧、自责、痛楚和犯罪感所包围住"。这个蜷缩在黑暗角落的孤独的、弱小的、从不说话的孩子，有一次突然对乌云说："太阳掉进河里了。"当时正是一个美丽的黄昏。可惜这个细节太孤立，如能好好开掘，效果会更好。两位主人公都是实实在在的人。关山林缺少乌云的心灵细腻、浪漫情怀，在目标追求上显得滞后，闹起请战来显得调皮，无纪律，无原则，说怪话，然而他的献身精神有如气贯长虹，"我是太阳！今天把我打下去，明天我照样能再升起来"是他的誓言。这在今天和明天都是鼓舞人们的精神力量。

社会主义当然可能出现悲剧和悲剧人物，关山林和乌云也都算悲剧人物。作品有沉重，有深思，但不悲伤。作品写这位将军在老伴遇到车祸后打算自杀，这合乎性格逻辑，作品最后一转，布置一个朝霞满天的病房场景，又十分壮观。将军面对植物人妻子嘟嘟哝哝，指着窗外一轮红日："看见了吗乌云？它也跌落过，可它不是又升起来了吗！""我要你活着！我也要活着！"悲剧场面作了振奋人心的处理，极为感人。

作品保持一种将人物心灵独白、对白和客观介绍揉为一体的叙事风格，让意识流携带着生活流，这在很大程度上考验作者的生活体验、艺术感觉和创作激情。应该说，这三方面，作者的条件都不错。在从解放战争到现在的半个世纪的编年史叙述中，让人物贯穿下来，不露馅，没有这三方面的条件和修养，是根本不可能的。当然，作品在艺术表现上也存在不足，为编年史所累，纪实性的交代就多了一些，对历史过程和运动始末的介绍有时游离人物，牵制作者作更高的艺术提炼，中间部分稍感沉闷。

邓一光曾经是一个诗人，他在作品里表现的持久的艺术激情尤为难能可贵。在全篇散文化叙述中，时有诗质成分，最后场面完全是诗境。读者能一以贯之满怀激情地阅读下来，这本身就反映这是一部有底蕴、有底气的难得的长篇力作。

1998年1月

灵魂的自我审判
——施尼茨勒对一个作家的透视

活着，还是死去？换成普通的语境，是苟且、自欺、恶劣行事，还是诚实、坦荡、认真自省呢？奥地利作家施尼茨勒在《一位作家的遗书》里，借一个作家的生命的存毁，对这个问题做了回答。

一位颇有名气的作家同美丽的玛利亚在一次舞会上邂逅，他们一见钟情，坠入爱河。作家向她母亲提出婚事，母亲说，得和家庭医生商量。此前，作家就同玛利亚在一次舞蹈的旋转中，终因女伴的心脏病发作而倒在他手臂里。当家庭医生经过再一次检查，以玛利亚病情严重、任何由恋爱而婚姻的兴奋激动都会很快置她于死地为由，劝作家取消这门婚事。作家作了相反的选择。这时，母女二人并不知道医生的判定，作家却和玛利亚协商采取闪电式的出走私奔。

这是人生常有的选择，简言之，就是利己还是利人。于是，这一对情侣，一个明知故犯者，一个热恋痴情者，开始了由离家而那不勒斯、而罗马、而佛罗伦萨的旅游生活。这位作家十分清醒，"我是同时作为恋人和凶手怀着既忧郁又美妙的心情踏上旅途的"。他们似度蜜月，纵情欢乐，有时作家怀疑医生判断的准确，他自己也找到平复自己的羞愧和过失的借口，然而，玛利亚日益疲乏无力，经常晕厥，加上新的医生的诊断，他无法永久自欺。

作品向作家的灵魂作深一层开掘。这位作家面对玛利亚的即将离世，作了种种估量。或者她死了，就地埋葬，然后他回到家乡，继续创作，末了找一门有钱人家结亲。他甚至还可以将他的这段经历化为新的作品，使之在"新的感受中脱颖而出"。或者，在心灵上作认真的巡视，于是，他忽然"惊慌战栗"地感到，"我从一个无比富有的人一下子变成了一个乞丐"，"我觉得我这个人卑劣不堪，非常可耻"，尽管在法律上不会追究，构不成"恶棍"，在道德上却是"内心空虚，精神贫乏，没有灵魂"的"小人"。后来，他们在油耗灯尽的爱情场景里连面面相视、相对微笑也感到疲倦了，他们只能泛舟在小河里，或躺卧在树荫下，所能表达爱情的方式也只能是紧握对方的手。这位作家终于在悔悟和深思之后，决定自杀，赶在玛利亚注定两三天死去之前，用手枪对准了自己的太阳穴。

读者，怎样界定一个人的名气呢？当一个人出名之后，获名者以及周边环境应该怎样看待呢？作品在此含意很深。现实有时使一个人"一举成名"而名与实又呈不等式。作品剖析，这位作家有"才华"，但他写作"毫不费劲"。他的作品显得"冷淡""光滑""空洞"。原因是他"不知道痛苦"，这导致他的创作的致命弱点：缺少"激情和深度"。玛利亚读他的作品就"非常反感"，这位作家因为情人反感，居然表示可以"放弃写作"。可以设想，一个人表示随时可以放弃事业，他哪里有真正的事业追求和业绩呢？

一个人的人格不可能不同他的事业发生联系。这位作家经历了从悔悟到醒悟到彻悟，他对已往的作品也作了十分严肃的评估："不出几十年，谁也不会再理睬我和我的作品了。"他终于从这次爱情中获得了再生。他对比了两种创作，与其她死后自己继续写作，写些不三不四的作品，不如用自己的死完成一部创作："我将创作一部无可比拟的佳作，我将用这本书在上帝面前，在我自己和全世界面前，为我自己开脱。"他视此为一个平凡女子"死后值得享受的一份献礼"。

  自审自判,较之他审他判,是一个社会更加健康的标志。亏心人、负心人的自省是能否做一个真正的人的分水岭。这位作家在他的遗书里十分清醒,他觉得他的殉情悲剧"这样的事不该发生,这样的事不许发生"。无疑,作品重在灵魂的判决,无意推崇死亡。恰恰相反,它是以死促生,一种庄严、光明、富于创造精神的生。

1998 年 5 月 27 日

机构存而人才亡

——读严平的《有你有我》

原原本本，实实在在，严平这个中篇（载《收获》1999年第5期）以严峻的写实手法，把镜头对准了某研究院历史室评定职称的全过程。

在知识经济的时代，对一个知识精英集中的机构进行个案透视，这在当今的文学园地上应该是一个极为重要、实际上又是一个涉笔甚少的课题。读者以极大的兴趣关注人才培养和人才晋升，关注改革触及这个问题的种种弊端。如果说，人才问题普遍认定是21世纪因竞争而争夺的核心问题，在学术机构之内，或之外，你都应该正视它，而不能言不及义地、在一些枝节次要问题上继续囿囵下去。

故事集中在这个历史室三个副研究员争夺一个研究员的名额上。顾世炎资格老，工作勤恳，业务不强，很会走门路。眼下退休在即，面临评正高这趟末班车，连嫌他"窝囊"的妻子都翘首指望。乔公越有才华有成果有名气，风流艳遇又自视甚高，以为稳操胜券，非他莫属。高伟年轻新潮，有一辆桑塔纳，除了写书还善于揽学术外活挣钱。他自忖排在第三，又伺机而动，希求渔利。人物并不全美，但决非全恶。从填表，述职，初评到终审投票，一系列的争夺活动就或明或暗地展开了。问题在于机构体制，就他们的竞争活动而言，像高伟说的"和社会一样尔虞我诈钩心斗角"，是一点也不为过的。"僧多粥少"，"开始还是狗咬骨头，到了后来就是狗咬狗了",是一个鄙薄性的比喻。只要存在竞争,就不可能那么温文尔雅。

值得注意的、令人三思的是,顾世炎采取了如下四个步骤:第一步,巴结和争取领导。他知道,这唯一的名额最终落到谁身上很大程度取决于室主任黄安的支持,他硬是登门表忠,言听计从,软磨硬泡,得到主任"一定投你的票"的表态。第二步,23个评委,逐一走访。他知道这23票的作用,决定踩着"嘎嘎作响"的自行车,晚饭后出门,半夜始归,完成这道工序。第三步,老婆放出评不上职称"顾世炎要跳楼"的风声,弄得研究院上下紧张,人心惶惶,"无论如何也不能出事"。第四步,关键时候老专家传话。顾世炎带着营养品和水果看望童老这位史学界的老权威,换来了终审会议期间关于夸奖他、支持他的"说是童老表态了"的传闻。表面来看,这四步巧妙而又周全,然而从社会登龙术来看,也只是寻常之举。特别是第三条,明显出于无奈,有伤风雅。顾世炎这个人并非十分阴险狡诈,业务能力虽不强智商也足够作这种支付。在我们,却可以从他身上看出一切庸人、庸士、庸官的基本面目,看出他们的基本履历和手段。

由于体制陈旧、旗帜不鲜明、原则性不强带来的作风不正,一个机构的人才培养、人才积累就必然出现种种积重难返的问题。或者,作进一步设想,由于类似作品描写的职称评定、人才晋升,就必然酿成现有学术机构的干部结构和人员状况。——这些弊病症状在作品中都得到了较好的描摹。你看,黄安这个室主任八面玲珑,当面都说我支持你,临到评委会一再表示室里不能上两个、要求他就乔公越和顾世炎排一个名次,"他好像没有听懂,仍然又一次重复"他那个"两个都应该上"的废话"弯弯绕"。评委们当然掌握评审的"生杀大权",他们坚守对被评人只说好话不说坏话,"而他们的支持和反对态度,只能在好话多说、少说和不说以及说好话的重点侧重、语调轻重、是否再三强调、甚至是站起来说的还是坐着说的等等"。本室的申报人是一定要投票的,其余的票投给谁，依什么标准，就难说了。各种关系的"利益交换"自然是暗中进行的。知识分子堆里积存一些怪现象，就连顾世炎也觉察到，"其中微笑就是最不能让人相信的，就是有天大的问题人们也照样会对你微笑，真正的动作都在背后，等你明白了，也就晚了"。这样，如果你是被评人，无论你有多大学问、多少成果，面对评委，"你就是一个小学生，你就应该老老实实恭恭敬敬处处赔着小心"，"连说话的表情、声调，甚至连走路的姿态都要特别小心谨慎"。看来，学术机构的改革，也同样存在一个系统工程问题。

这篇小说不事夸张、雕琢、人为拼贴，作品的叙述如同生活的推进一样本真可信。这得力于作者的生活积累。小说能做到吸引人，这是成功的第一要义。也应该看到，作品的部分文字表达和材料安排，存在某些稚嫩和粗略，有待于作者进一步磨炼。这里，要说的是，我特别欣赏作品的结尾处理，它峭拔又深含内蕴，显示作者的洞察力和思考力。

历史室这场评定职称的拼杀结果如何呢？作品写到，终审投票第一轮，高伟被淘汰；第二轮乔公越和顾世炎获同票，但排在最后；投第三轮票，他们又获同票而且都以差一票不过三分之二落选。看来，研究院将有一个正高名额在历史室作废。经请示，最后同意单就乔顾二人投一次票，结果，这位多少被认为"到研究所工作本来就是个错误"的顾世炎，以一票领先乔公越成为研究员。如此戏剧性结果，让人发愣发笑。这之后，历史室还有一个结果：顾世炎因"兴奋过度"，心脏病发作急救送进医院；高伟走向海关，即将出国；乔公越离开研究院，调往深圳大学。假如说，一个学术机构的权威就在于培养人才、拥有人才、留住人才，这个还会存在下去的历史室落得的后果是：人才流，人才废，人才空，人才亡。对此，读者是会深长思之的。

2000 年 2 月 26 日

以笑匡世　借笑养性　因笑成体

读了晓苏的《人性三部曲》的人，几乎一致认定，他是讲故事、说笑话的能手。

在当下文无定法的变革时代，作家的自我寻求、自我定位更是生存与发表的不二法门。

晓苏有意走出现代长篇小说那种以细节为细胞，展开场景和情节，结构人物命运的传统路子，执着自己的追求。在总体上，他也是结构出人物命运，但他不是以细节为细胞，而是以故事为细胞，一开笔就是故事，读者一入眼就是故事，故事连故事，直到结尾。正像他的主人公黄牛说的，我的故事比我的头发还要多。

三部曲都是这种方法。所不同的是，《苦笑记》不像《成长记》和《求爱记》保持时间的连续性，而是撷取主人公黄牛的上个世纪50年代、"文化大革命"、改革开放三个历史阶段，勾连人物的命运。黄牛当长工出身，偏偏和地主女儿结婚，后来又参加文工团当宣传队长；"文革"中打成反革命，全家成为挑粪队；到改革时期平反、入党，自己家里居然请了长工。历史似乎走了一个圆圈，人物命运充满故事性，趣味性。作者安排是笑料层出，笑话连篇。在长篇小说所能包容的大时空转换里，人物性格，人生百相，社会动荡，历史发展，都借笑话作引发剂、黏合剂，不仅用笑话匡时济世，压邪辅正，也让笑话使读者活跃身心，怡情养性，发挥笑话在文学中的多种功能。

写好故事和笑话不容易，就像写好细节不容易一样。人们常常觉得需要律师般的语言,又必须附着艺术个性。故事本身的立意与意象内涵,作者讲述者与故事人物的交织与配合,以及人物、情节、语言所应掌握的分寸和虚实详略,都是成败的关键。大家都传颂侯宝林那段醉打电筒,意欲攀缘光柱的相声,那是将醉汉意象的精选,听众所能爆发的趣味,都考虑并发挥到了极致。晓苏笔下的笑话,有民间笑话的搜集与加工,有自己的创造和积累,在经年累月日思夜想的对生活万象的巧妙编织中,练就了编笑话说笑话的特殊才能和本领。在作品中,他常用平实故事叙述最后画龙点睛一笑的方法,也从汉字的形与声,人名姓氏中引发出笑料,诗词歌赋、快板说唱顺口溜,他都顺手拿来,为笑所用。干部多吃多占,叔嫂公媳乱情,不仅是他取笑的对象,就是那些人们的难言、不能言而又欲言的严肃的时政积弊,他也能用笑话一针见血,让人们消愁解闷。

因情立体,因笑成体。晓苏在《苦笑记》里不仅用故事串联出人物命运,而且把主人公黄牛设计成讲笑话的人。这样,作品的体制结构上出现了故事套故事,笑话套笑话。每一节既有作品人物的主体故事,又有黄牛讲出的宾体故事,全书上中下三卷各33节共99节,总共写出了不下一百多个故事和笑话。作者有意实验这种故事和笑话联结和垒叠的编织方法,可以看出,作者吸收了中外作品诸如《笑记》《话本》《十日谈》等短篇故事的表现方式,又竭力把它们编入长篇小说的有机链条里,这不能不说是当代长篇小说一个独特的探索和创造。

很明显,书里的故事质量并不平衡。笑话容易浅近又忌讳浅近,笑话的精(粹)、深(刻)、趣(味),一直是作者所追求的,把它们纳入长篇体制,又要做到彼此联系、呼应乃至发展,几乎是个新课题,这方面晓苏可探索的太多。

2001 年 11 月 17 日

动人的心灵

宝云学友送了我《艾蒿文丛》，联系到他在同窗四年给人以心地坦荡、文笔峭拔的印象，我深深为他的心灵所打动。

什么心灵呢？我以为这是清醒的、求实的、独立的、奉献的心灵。

宝云在书里说："两病交攻，我感到生命留给我的时间不多了。"他不心存奢望，期许要拿出那种字字闪金光的名作名著，唯求与读者与友人"心灵相通""来一个了断"。他觉得大地养育了他，自谦以"艾蒿"回报大地。我们这些上帝随时都可能用各种缘由召唤而去的人，也都有一个不俗的愿望，那就是存活一天，就要以人的尊严、而不是动物之躯来处置生命，即使我们的回报极为绵薄。

这是宝云的清醒，也是他的求实。人生一世，草木一秋。如果人人都竭尽绵薄，不虚妄人生，不欺骗心灵，不因失势而自弃，也不因得意而自我骄纵，世界不是更美好吗？他的文章涉及面较广，谈中外名著，论古今作品，追索历史根源，正视现实状况，特别是对本地区的作家作品，更是倾注了大量精力。他总是以实际出发，谈感觉感受，发议论评论，写通信发言。常是直接切入事情本身，不空泛议论，不跟你来半天不得要领的弯弯绕。

这些，都同他追求的、成长的独立精神相关联。人们越来越清楚，独立精神是知识分子成熟的标志，尊重和维护人的独立性，也是一个现代社会成熟的标志。这方面，中国知识分子有一种沉痛的历史感。宝云在杂文里提出"不靠神仙和皇帝""肃清封建主义残余的影响""要有自己的思想""评论家也应该是思想家"、要说真话说实话，而考虑利害得失生死是人们说假话的根源，也是专制制度钳制人们说假话的手段。

当今倡导的"以人为本"，它的物质层面是人的生存权、发展权，精神层面应该是保障人的自由与独立。陈云同志提出的"不唯上，不唯书，只唯实"中的"上"就是政治权力，"书"就是意识形态，"唯上""唯书"就妨碍"唯实"，扼杀人的自由与独立。宝云曾经因为"在经典著作中打了两三个问号，提了几个疑问，'"文革"中就被打成了现行反革命'。家被抄，人被隔离，整天挨批斗"，这是他追求独立精神的沉痛经历。当然，知识分子要真正走向独立，除了外部环境，还有一个自我成长的过程。宝云在一些文章里做过自省、自我剖析。放在《人类前行的历史》里的第一篇文章，就对当年山东文艺界批陶李大会的"趋利"心态做了自我忏悔。

记得在研究班的时候，就听到宝云引用过马克思的话：一个农夫和一个哲学家的先天禀赋差异不及家犬与猎犬差异的二分之一。它的积极意义是不要强调人的先天禀赋，而要突出人的后天勤奋、获得和奉献。宝云除了杂文集、评论集，还拿出了长篇《大江流日夜》，这在我们学友中是难能可贵的。这从另一方面表现了一个人的独立精神和自由创造。在大学和学术机关里，职业和专业的分工常常容易成为人的拘囿，或者视作某些人的世袭领地。宝云没有这些束缚。

这个长篇的基本结构是命与意象的叠合。里面有大学同学的各种命运，双以长江的"流入""流去"和"留下"作为命运的背衬。作品写了李平、江培同林向彪、吴明的尖锐对立。林向彪、吴明甚至调戏同学的妻子，在"文革"中诬陷同学、整黑材料。李觉坚持人生追求的倔劲儿，鲁川支援新疆、"户卧天山魂望家"

的坎坷生涯，能够打动人、振奋人。作为人物性格的某种固执，有如坚的孤傲清高与魏振山那种认定古往今来人们都是被名利"拽着走"、自己也坚持这种追求的公然表白，又有明显的反差。鲁川和李平的形象相当丰满，几个女人的爱情相当动人。

作品最后写人物相约乘船游长江，是富于诗情画意的。尽管在命运与意象叠合上稍觉理念一些，但在艺术氛围上能鼓舞人、激动人，也能刺激人、警醒人。长江"流走"的不光是泥沙，还有生命和血泪，它"留下"了森林、野草、美和英雄神话传说，又"流出"了三峡、洞庭、鄱阳和太湖，成为"迤逦万里的巨龙"，"始终向大海奔腾"。这里，我作为一名读者，不禁感慨，中华儿女啊，我的学友、亲友和同胞啊，你们将以怎样的生命节奏应和着这大江的波涛，又以怎样的生命历程让大江做你的见证呢？

我们要像大江日夜流那样，对中华大地做出自己的奉献。小说写到李平表示不计名利，不能像宵小之徒苟且营生，对女儿说："我要写我的《大江流日夜》，因为那是我心灵的东西，那是我的生命。"这不明明是作者要奉献自己心灵的写照吗？

2005 年 6 月 24 日

灵与肉的双重扼杀

映泉的《和氏璧》使我们看到的人物不再单一。楚王不是误听错判，而是奸诈凶狠，同时他身上又结合着体恤下情、励精图治。作品批判性地发掘历史人物，把一个专权霸道和发愤图强、兴邦兴国的两面性、多面性楚王形象推到读者面前，增加了读者接受的思维宽度。

在作品如此这般的因"璧"引起的、由误作"欺君罪"到实的"君欺罪"的故事人物改造中，我们一方面看到了楚国崛起、兴邦治国的积极因素，又深深为作品表现的另一主题思想所打动，那就是人的肉体和灵魂的双重扼杀。卞和一人承受了，楚人全体也都承受了。

作品不同于《韩非子》的记载。卞和第一次献玉，就不是因为楚王听从了玉工的错判为石，以"欺君罪"刖其左足。作品写楚王熊眴正值接见天子使臣和各国使臣之际，卞和前来献玉。玉工开始都说真话，鉴定为玉。楚王是在"拥者为王"的谜语、迷信中，在保玉存玉的心计中，先杀了十几名玉工。他迫使玉工头子出面说假话，伪证为"石"，又下令砍掉卞和的左脚。卞和第二次献玉，是在楚武王熊通婚庆的大殿上，又值天子使臣和各国使臣在场。在老玉工又做伪证的骗局下，熊通下令"砍掉他的右脚"。

卞和的刖足，玉工的砍头，那位熊眴的小王子在登基前立志戳穿谎言、确认"那是真正的荆山美玉"时被叔叔熊通刺死，这些，还只是肉体的残害，不能代替心灵和精神的痛苦和虐杀。卞和徒剩躯体，以手代足，难以终日。他不能"只重强权，不问真假"。他反驳熊通的"目标"是为了"楚国强大"的自我自强时说："为了楚国，我时刻准备粉身碎骨。可我不愿做谎言的牺牲品！"读者看到，当熊通一意孤行，迫使婚庆大典上每个大夫表态，周围将士众口一词谎称"石头"，这不也是一个国家的耻辱和悲哀么？

这是中国的一个绝代故事，堪与莎士比亚的著名悲剧齐名比美（又不同于西方那种正反、黑白鲜明对比的悲剧）。它表现的君主在争霸强国中的权术逻辑，带有某种必然性，甚至使卞和进入了两难，但也正是这种封建性，加深了悲剧的更深底蕴。终于，荆山宝玉历经三代楚君，得到了正视和承认。新的楚王熊赀决定将宝玉供奉在新都郢城，对老人说："我要用你的名字为它命名，叫和氏之璧。"

历史向现实发出昭示。和氏璧的命运是由封建专制一手导演而成的。选择的某种必然性，并不总是带有排他的绝对性。后来发生的"完璧归赵"，不也是面对秦国向赵国索要这块和氏璧，声称愿以十五城交换，而蔺相如仅以个人的机智和勇敢实现了玉璧回赵么？谎言畅销于一时，毁灭于永远。那位两次出面做伪证、违心地谎报"石头"的老玉工，终于忏悔了，"两次说谎，都是我"，他当众割腕自尽。历史不会虚度，灵与肉的扼杀必然唤出新的觉醒。

2006 年 5 月 20 日

关于信仰的一些调查

笔者作为一个无神论者、非宗教信仰者。不曾在任何宗教场合下跪、叩头、作揖、祈祷，这倒不是要表现那种"高昂起不屈的头颅"的自信自是劲儿，而是在认识和信念上觉得无此必要。幼年因被迫跪拜而产生的对这种扭曲人性的礼仪方式的反感，以及后来认知的神与上帝的不存在，一直支撑着笔者不愿轻易迈出这一步。

作为一名旅游爱好者，笔者又性喜参观境内和域外的教堂庙宇以及各种各样的宗教活动。在那里，似乎可以静下心来，抚摸历史，窥视人生。台湾一个学者说，三十年前，他还是一个学生的时候，老师请相信世界有鬼神的举手，班上只有两个人，如今他作为老师问大一学生同样的问题，结果不相信的只有两个人。这个数字不同于另一种估计。罗马耶稣会刊物载文认为，随着世俗化，信仰者在减少，但可由质量来弥补。这两种估计也可以说并不矛盾，作为虔诚的、坚持教义和仪礼实践的信奉者，日益减少，不妨碍某个时期某些地区一时的跪拜者、随从者有所增加。1998年4月上旬，北京西山八大处二处灵光寺为纪念释迦牟尼的诞辰举办了九天的佛事活动，那里的佛牙塔据记载珍藏着释迦逝后留存人间的两颗佛牙舍利中的一颗（另一颗存斯里兰卡）。我去的那一天，香火缭绕，人山人海。有排队吃斋饭的，有领取佛像的，有在庙前依次捐钱然后给玉佛施洗领取圣水的，在那高高的台阶上，成群的男女每登一级，便作揖跪拜一次，如同藏族朝圣者用五体投地式跪拜长途向拉萨进发一样。

一个社会的、一段历史的意识活动、理性认知和信仰崇拜，如果作总体考察，好有一比，就像海洋一样的漫溢，像江河一样的流淌。人群因职业区分可以各有归属，但是，一个人的精神活动不是由某种职业、某些概念所统辖，人类的意识形式和思维成果像水样渗透。今天，在历尽磨难、迈向新的世纪的时候，人们拥有足够的阅历省视和探讨过往的精神历程。也许，摆在人们面前的不是对宗教活动中众多的青少年加入者的深长的慨叹，更需要对信仰作分辨和估量。文学艺术作为一枝挺立的独秀，承担着特殊的责任。

从感情出发

笔者一次在八宝山和一位逝者告别时，在整容室里看到一个情景，一个妇女正在同一个像是她的姐姐的死者诉说，她用手绢擦去自己的眼泪，顺便也揉擦死者的眼睛，她细言细语地说道，似乎听到了死者的对话，她旁若无人地言说着，一直延续着这种言说。

当然，这是一种感情的倾注，而不是宗教的祈祷。它是非理性的，不同于人们实现意愿、体现认知，具有因果链、能加以实证的意识活动。然而，我们必须看到，它的爆发，如果不加以节制和引导，一任想象和幻想的飞驰，可以通达中国民间的上坟祭祖以及家家供奉的"天地君亲师位"的宗教信仰活动。"宗教把人的本质变成了幻想的现实性"，这是马克思对宗教的基本概括。如果联想到保加利亚的阿·达尔切夫说的"每一种强烈的感情都是迷信"，汤因比说的"逆境的加剧会使人回想起宗教"，我们可以看到感情，特别是避开理性驾驭的感情沉溺，同宗教信仰容易发生内在的、千丝万缕的联系。

其实，相当数量的信徒和教徒，特别是普通的大众百姓，他们对宗教的信仰，常常是从感情出发，出于感情的需要，并不是恪守严格的宗教教义或具有像原教旨主义者和正统神学家那样完整的世界观。中国人的宗教观念比较淡薄，不少人是需要时就信，不需要时就不信；理性占上风时不信，难以自拔时信；顺境时不信，逆境时信，由逆转顺时更信。我的母亲青年时剪发入佛，信大乘门，主要是家庭不和，她要采取分居、禁欲、吃斋等方式，每晚在拨数佛珠和念诵"舍利子，色不异空，空不异色，色即是空，空即是色"的《心经》后入睡。她不听从"不杀生"的教义，对于有的教友连臭虫也要放在装水的杯子里泼掉完全不以为然。她相信吃鸡蛋对孩子绝对有好处，她那时就听汉口的佛教僧侣连生鱼都吃，有一点看破佛门众僧。她和另一些老妇人在庙堂里靠做点小活度日，偶有抵牾，便有人劝说，大家都是来此"借水弯船"，于是嫌隙全释。"借水弯船"以深度的感情分量刻印在我幼小的心灵里，实际它反映中国大量佛教徒道教徒都把信教看成感情的寄托地和不幸身世的避难所，对于教义根本说不出一二三四所以然来。解放后我母亲很快就开斋不信宗教，她如今八十多，对不少青年人烧香拜佛不好理解。

我的一位青年朋友的妻子（大学生）从外地来北京玩，在我们参观一些庙宇的旅游活动中，无论是进大雄宝殿还是道观场所，她是一律下跪必拜无疑。她说她不是信仰宗教，但是觉得在这种神圣之地宁可信其有不可信其无，或者把意图说得更清楚一些，觉得跪拜一下只会对自己有好处不会带来坏处。她存在一种心灵寄托。另外，宗教也主动倡导善心善行。一个偶然的机会，我邂逅了有志研究中国文学的海外华人学人杨东川先生，他自报是台湾基督教拿撒勒人会神学院院长。在随后的交谈中，我无法同意他的人与自然之外还存在第三种力量（神）的观点。他说他礼拜天要在崇文门教堂讲道，邀我前去多加批评。那也是后来不久克林顿总统访问北京时携家人做礼拜的教堂。那天,教堂大厅和地下室挤满了听众。杨先生热情洋溢,就第二天是母亲节讲了一个故事:一个家庭失火,房屋和家产化为灰烬。主人进去一看,唯有一只母鸡站立着。它全身焦黑,成了"巴比克佑"(烧烤)。主人把它的焦黑的翅膀扒开,忽然一群小鸡咕咕噜噜跑出来了。母亲以自我牺牲保全了儿女们。场里的听众,尤其是母亲们儿女们,很受感动,会后纷纷找他签名。

在加拿大蒙特利尔,我参观过一个名叫圣约瑟祈祷地的教堂,它建在高耸入云的王山上,气势非凡。它不同于欧洲和美洲其他一些教堂,它不是以高大的穹庐式的精美建筑将人加以笼罩,让基督君临一切控制一切。它的底层殿堂里,全是点燃的数以万计的烛台的海洋,因此殿内的温度比外面高四五度。这个教堂是纪念当地一位名叫阿尔福百赛德的,此人生于1845年8月9日,一生劳苦奔波,探望病人,抚慰忧伤,用为学生理发的钱、并集资修建这座殿堂。他平时劝人"不要愁眉苦脸,笑一笑常是好的",并说"我死了,我要去天堂,比现在更亲近天主,我将更有力量帮助你们"。人们来这里点燃蜡烛,与其说是信仰天主,不如说是崇敬阿尔福这位可敬可爱的邻里。教堂顶层有他九十二岁去世后存放遗体的黑色大理石棺材,我看见一个妇女抱着孩子要他摸一摸棺石,说对他有好处。移民国家的宗教活动更多带有人间性、此岸性,看出人们对阿尔福的感情。

在现实生活中,这种满足感情需要,因人生的挫折和不幸,对理性认知感到茫然,纵容遐想,参加某种宗教活动的情况甚多。这种现象放在生产水平低下的人类早期社会,就更带有普遍性了。人们对加害于自身的自然和社会的异己力量无从抗拒和摆脱,于是从幻想中寻求安慰,从图腾崇拜到原始宗教,就应运而生。当这种民间的宗教被职业化,被国家政权接纳过来,加以利用,如罗马的君士坦丁大帝宣布基督教为国教,情况就愈演愈烈。上帝创世说、政教合一、教皇高于皇帝并给皇帝加冕、教会控制学校和教育以及原罪救赎等一系列教义、教规和制度相继建立起来，出现了西方黑暗的中世纪。

分道扬镳之后

宗教这种信仰确立之时，也是科学这种理性精神成长之日。当中世纪的宗教与权力相结合，并由奥古斯丁等人著书立说把教义与希腊罗马哲学结合起来，让理性纳入信仰的羽翼之下，真正的理性也同时萌芽并挣脱出来。人们发现，对上帝、对神、对天这种幻象的信仰，因为某种特殊机缘，不难投入，但是，接踵而来的，是上帝、神和天不给予任何回报，最多只能给人一种虚幻的自我安慰。宗教只能让人们龟缩在教堂和庙宇里，而人类的基本生存和发展靠劳动、靠实践、靠现实世界的改造，那里存在因果律的理性活动。弗兰西斯·培根批判中世纪的经院哲学的神学可谓一针见血，说"它（只）能谈论，但是不能生育"，是"不能生育的修女"。在教堂里，这些虔诚的"不能生育的修女"的信徒们，不仅在传宗接代上不能生育，而且连五谷杂粮、车马房舍也要靠世俗社会提供。在世俗与教会、理性与信仰、科学与宗教的二元发展中，前者日益显示自己的威力，后者节节衰败。由中世纪进入文艺复兴，由古代社会进入近现代，标志科学对宗教的伟大的胜利。

知识就是力量，知识只能靠理性、靠科学而不能靠信仰来获得。天文学、地质学如地动说日心说的出现，人类学、历史学、考古学的发展，生物学的进化理论的提出一直到人体基因的论证，使得宗教笼罩的土地一块一块被蚕食、被解放，科学认识开辟的神奇领域已经远远超出一切宗教最为虚幻的想象。罗素在《为什么我不是基督教徒》的讲演中列举了两条理由，一是不相信上帝和永生，世界万物不存在上帝这个起因，自然法则不受上帝控制，生物发展是适应环境、适者生存而不是上帝事先计划；其次是基督并非最有道德、最有智慧，是非善恶观念要早于上帝而不出自上帝。基督教相信地狱、主张惩罚、排斥异教证明它并不宽容仁慈，而且信仰越狂热，宗教对人民就越残忍。

另外，从宗教信仰来说，自从尼采宣布"上帝死了"，它自身发生了很大的变化。世俗化、自由化（或者称为私人化、个性化、民主化）成了不可阻挡的趋势。罗马教廷1983年为三百五十年前宗教裁判所判处伽利略八年软禁平反，在达尔文逝世一百年之后，教皇保罗二世表示与进化论和解，坚持上帝创造灵魂又认为进化论不和教义相对立。据报道，西班牙和意大利约有两万名前神甫现已结婚，德国和美国存在神甫与异性同居，西班牙天主教会每年仅有二百来人被授神甫之职，却有四百人要离退，世界各地约有十万名神甫因结婚而弃职。前不久，德国一新教教区委员会指责施罗德就任总理时不向上帝宣誓，没有用"天地良心"这句套语，部长中有七人也是这样。施罗德回答记者时说："信仰是私人的事情。所以，我虽然属于新教，但在就任联邦总理的宣誓中没有用这句宗教结束语。我在就任下萨克森州州长的三次宣誓中也是这样做的。"

值得注意的是，在我们过去认为铁板一块的神学界中，随着世俗化和全世界现代化的进程，也是新说蜂起，争论激烈。德国神学家朋谔斐尔受尼采影响，因反纳粹活动惨遭杀害。他极为现实地论定人是非宗教性的、世俗的，人们对宗教缺乏真诚和兴趣，表明人类进入成熟时代。他强调基督教的"此岸性"，人的生活不存在"终极的""宗教的"问题，"耶稣并不号召人去信仰一种新的宗教，而是获得新生命"，认为基督教应非宗教化，基督教可以信仰，但不是宗教。美国神学的"上帝之死"阶段的突出代表托马斯·阿尔提泽更是发出惊人之论,认为必须否认上帝,才能使人得到解放。"在世界上的人的生命的完满和激情的超验的敌人,正是上帝自己,只有通过上帝之死,人性才能得到解放。"正是在本世纪(二十世纪——编者注)下半叶,神学家认为我们已经进入后宗教时代,世俗化言论纷至沓来,有的甚至走向激进的无神论。美国在一份调查中发现,伟大科学家中的无神论的比例要高出一般科学家。对"上帝"的理解出现多元化,有的认为"上帝"是"更高级的意识",是"个人潜能的充分实现",每个人都有自己的"上帝"。如果我们回顾东方,也有把佛国拉入尘世的趋势,赵朴初和星云大师提倡一种"人间佛教"。这些,都反映出20世纪科学对宗教的不可抵挡的冲击,宗教潮流由以上帝以神为本转变为以人为本,以人性、以人的解放、以人的此岸生活为本。

事实证明,科学对宗教发出挑战之后,宗教出现了反挑战。世俗在批评宗教,又需要保护宗教。人们似乎在等待它们之间的长期的精神磨合。世俗以综合的理性规范义无反顾地推动历史的发展,宗教这个变幻不定的幽灵又楔入这个社会。1981年,罗马教皇保罗二世遇刺,行刺者是土耳其恐怖分子阿里·阿卡。世俗依照法制将罪犯捉拿归案,而保罗二世的亲自探监和阿里·阿卡的回应问候,似乎构成一种特殊的添加剂,加入社会这个总体精神酵母。罗马教皇依然坚持上帝信仰,他麾下的神学界又聚讼纷纭。在时代的精神的风云际会中,人们仰天浩叹,越来越懂得不求相同,但求相约与共享,在求同存异中共享文明。

沉淀出信仰

联合国秘书长安南认为本世纪(二十世纪——编者注)是历史上"最残酷"的一个世纪。他1998年7月14日在巴西圣保罗建议公元2000年举行"千年首脑会议"。以便全世界首脑们"聚会一堂，回顾我们历史上最残酷的过去一个世纪的经历"。本世纪的"最残酷"的直接表现自然是两次世界大战的爆发，法西斯暴行以及战争中死亡人数超过前19个世纪的总和。世纪的运转让美国取代了英国的霸主地位，殖民帝国演变为经济帝国，人们发现全世界的贫富悬殊在本千年之末要大于千年之始。俄国发生的革命曾经呼唤社会主义理想，但内外政策的专制行径，带来了自身的解体。世界性的工业化和一体化进程造成自然生态环境的巨大破坏。

这种世纪的残酷性更深刻地展示在世纪人的命运和心灵里。本世纪经济和科学技术的高速发展，使社会形态发生了过去任何一个世纪不能比拟的急剧变化。这种变化给智慧带来痛苦，使哲人感到困惑，让卓越的政治家捉襟见肘，昨日的英雄面临今天的挑战，过往的成功者很可能受到新一轮历史的淘汰和选择。改革开放给中国扬起了远航的风帆，但如果回顾过往，仅就知识分子的命运来说，上半叶王国维的自杀，闻一多的暗杀，下半叶陈寅恪的迫害致死，以及"反右""文革"带来的恶果，引发出人们心灵无边的酸楚和伤痛。终于，经历了世纪的动荡和沉淀之后，热战和冷战基本结束之后，国门内外的人们日益取得共识，有可能平心静气就和平与发展开展对话。

这里看到一个尖锐的事实：理性追求和科学认识的局限，在飞速发展中更突现出来了。世界是"可知"的，同时又是"未知"的；"可知"的推进是有限的，"未知"的领域是无限的、不可穷尽的。在人与自然、人与人的关系中，人的理性认知在一端集中，时空的变异又在另一端进行掣肘。历史学家巴巴拉·曲奇曼说："你不能推知人类的触角会伸到哪里，历史从来不会紧跟而总是捉弄科学的轨迹。"于是，越来越呈现这样一种事理事实：人们在现实操作之中，也需要提升出信仰。或者说，在人的精神生活中，常常在现实操作诸如治理方略、科学实验、调查研究、公务活动、职业劳动等等工作层面之外，又沉淀出自己的信仰，一种相对超越性的信仰。爱因斯坦作为一个物理学家，有他的现实工作层面，他认为，"对于一个独立于能进行感知的主体而存在的外部世界的信仰，是整个自然科学的基础"，"科学家却一心一意相信普通的因果关系"。但是，他还怀抱另一种信仰，他常常表述为科学家的"宗教精神""宗教感情"。实际上，他这里使用的"宗教"一词完全脱离了传统的含义，只是一种借用。他声称："我信仰斯宾诺莎的那个在存在事物的有秩序的和谐中显示出来的上帝，而不信仰那个同人类的命运和行为有牵累的上帝"，"凡是彻底深信因果律的普遍作用的人，对那种由神来干预事件进展的观念，是片刻也不能容忍的"。他只承认"科学的真理"，"宗教的真理"的提法就令他莫名其妙。社会生活中，人们怀抱崇高的信仰，就像是对远景目标的深情凝眸，它是对自然之谜、社会之谜、人生之谜及其解答的永恒的追求和赞叹。拥有这种信仰就可以在某种程度上克服马尔库塞批评技术统治所形成的"单面人"。今天，对于世俗社会，又完全可以保持这种信仰的超越性、神圣性，剔除其宗教性。

　　人们怀有这种形而上的崇高信仰，他会永远不自满，不张狂，不迷信自己的现实操作。爱因斯坦这样对比一个科学家的信仰和他的现实操作，他认为这种信仰这种感情"所采取的形式是对自然规律的和谐所感到的狂喜的惊奇，因为这种和谐显示出这样一种高超的理性，同它相比，人类一切有系统的思想和行动只是它的一种微不足道的反映"。"我们关于物理实在的观念，绝不可能是终极的。我们必须随时准备着改变这些观念。"对于这种信仰，因工作领域不同，各有各的表述。罗素在《我的信仰》一书中归结了这样一句话："高尚的生活是爱激励并由知识导引的生活。"正是这种信仰照耀他的人生和学术研究。法国《新观察家》前不久以"毕加索,一个天生的共产主义者"为题评述过这位大画家。毕加索一直保留法国共产党的党籍,他认为"在我的骨子里,我实际上早就是共产党员了"。但是,他总是对政治表现极大的审慎,不让政治破坏他的生活和友谊。当法国诗人安德·布雷东曾因他入党提出与他决裂,他回答说:"我将友谊放在政治分歧之上。"他是一个艺术家,坚持"用艺术来斗争",并"付出我的整个生命",他在政治原则、组织原则的现实层面之上,怀有更高一层的人生信仰。社会主义的解释有多种多样,它依然是一种高尚的美好的信仰。汤因比和池田大作在展望未来世纪的追求目标时,也借用"宗教"一词,说未来是"由另外三个宗教的兴起来填补的。其一是对用科学技术的有组织的应用必然带来社会进步的信仰。其次是国家主义。再次是共产主义"。

当今,世界各国走向的多极化、文化的多元化,已经不能指望对信仰的认识和表述出现一种放之四海皆准、用之百代皆灵的绝对真理,那种一元性的排他性的信仰标准已经证明此路不通。但是,多中有一,人们在崇高的美好的信仰中,越来越存在着求同、趋同和认同。人类历史积淀下来的对民主、自由、平等的向往,反压迫、反奴役的要求,真善美的渴求,以及体现在《世界人权宣言》等一系列国际公约关于理想人权、生活准则的规范,日益为人们所遵循,并越来越发挥实际效益。因为太多的事实证明,一个人完全沉溺于执着的现实操作(即使是理性的,也必然是局限的),失去崇高的远景凝眸,如果是政治家,就容易走向独裁和暴君;如果是一般从业人员,就容易自弃自毁,或陷入精神崩溃。

在考察艺术、宗教与信仰的关系时,美国基督教徒沃尔斯托夫在《艺术与宗教》中表述的他同法国马尔罗的争论是引人深思的。沃尔斯托夫认为信仰有多种,宗教和艺术都传播信仰,但他扬前而抑后,坚持信仰应该是"承认上帝","人的服从是他的荣耀"。马尔罗恰恰相反，他推崇文学艺术独创的"风格"，认为艺术家的风格产生于"他们同前辈成就的冲突"。宗教是因袭，艺术活跃着创造。马尔罗认为，今天艺术大师的绘画同古代的上帝雕像不同，"它不是一种宗教，而是一种信仰。它不是一种神秘的东西，而是对被玷污的世界的否定"。文学艺术作为特殊的载体，更多诉之于人的感情和心灵，诉之于人的信仰。在当今人的信仰由神本转向人本的不可逆转的潮流中，每一个杰出的作家和艺术家，仿佛都要承担上帝的使命，给读者播放新的福音。

1999 年 1 月 25 日完稿